LES AFFAMÉS ET LES RASSASIÉS

DU MÊME AUTEUR

Il est de retour, Belfond, 2014 ; 10/18, 2015

TIMUR VERMES

LES AFFAMÉS
ET LES RASSASIÉS

Traduit de l'allemand
par Mathilde Sobottke

belfond

Titre original :
DIE HUNGRIGEN UND DIE SATTEN
publié par Eichborn Verlag in der Bastei Lübbe AG, Köln

Ce roman est une fiction. Certes, selon l'UNHCR, à l'échelle mondiale, en 2016, environ 70 millions de personnes étaient en fuite. Mais cela n'implique pas forcément que l'une d'entre elles ait une idée lumineuse.
Et même si c'était le cas, il n'est pas du tout certain qu'une chaîne de télévision rende compte de cette idée. Mais si jamais les choses en arrivaient là, il n'est pas sûr que Campino se prononce là-dessus. De toute façon, personne ne peut garantir que les groupes dépeints dans ce livre se comportent comme il l'insinue. Il est tout à fait possible que les choses se passent autrement.
Mais ce n'est pas probable.

Retrouvez-nous sur www.belfond.fr
ou www.facebook.com/belfond

Éditions Belfond,
12, avenue d'Italie, 75013 Paris.
Pour le Canada,
Interforum Canada, Inc.,
1055, bd René-Lévesque-Est,
Bureau 1100,
Montréal, Québec, H2L 4S5

ISBN : 978-2-7144-8158-0
Dépôt légal : octobre 2019

Belfond | un département **place des éditeurs**

place
des
éditeurs

« Je hais la réalité,
mais c'est quand même le seul endroit
où se faire servir un bon steak. »

Woody Allen

I

1

LE RÉFUGIÉ ESSAYE d'adopter une démarche normale, ce qui n'est pas facile parce que ça ne lui fait pas une sensation normale. Il n'arrive pas encore à dire si son allure paraît plus naturelle. Il sait juste que marcher normalement ne fonctionne pas ; les regards le rendent nerveux. Alors il rentre un peu la tête, mais ce n'est pas non plus une bonne solution, il suffit de voir les réactions des autres. Il doit avoir l'air d'une cigogne bossue. Mieux vaut bomber le torse, relever la tête, et sourire.

Voilà qui est mieux.

Il doit juste veiller à ne pas se mettre à saluer d'un air bienveillant, comme la vieille reine d'Angleterre.

Aurait-il dû se lancer plus tôt ? Ça n'avait pas vraiment été possible. Et puis il n'y avait pas non plus réfléchi pendant une éternité. Même maintenant il n'est pas sûr que cela ait été la bonne décision. Quoi qu'il en soit, il ne peut plus rien y changer.

Il se détend petit à petit, son rictus devient un sourire. Il commence à se laisser aller à son nouveau rôle. C'est logique qu'ils le regardent comme ça. Comment pourrait-il en être autrement : si chaque jour est comme le jour précédent, le moindre changement devient intéressant. Son attitude confiante provoque des réactions différentes. On ricane moins et on le gratifie plus souvent d'un hochement de tête encourageant ou d'autres signes de reconnaissance. Deux enfants lui courent après, comme ils le font parfois pour les voitures. Ils pourraient devenir plus nombreux, mais justement une voiture passe, et le nuage de poussière emporte les enfants avec lui.

Le réfugié commence à jouer de la situation. Une fillette le regarde, et il lui répond avec un pas de danse. Elle rit. C'est une sensation agréable. Oui, c'était la bonne décision. Ça valait le coup. Tout compte fait, il aurait dû le faire avant. Le réfugié tourne au coin et voit Mahmoud.

Mahmoud est accroupi par terre en train d'observer un groupe de filles. Le réfugié enfonce les mains dans les poches de son pantalon et se poste à côté de Mahmoud. Mahmoud ne bouge pas.

« Ça ne sert à rien, lui dit le réfugié.

— On ne peut pas savoir, réplique Mahmoud sans lever la tête.

— Bien sûr que si. Tu regardes mal.

— Je regarde comme tous les autres.

— Eh bien voilà, dit-il. Tout le monde regarde Nayla, tout le monde fait comme toi. Comment peut-elle se rendre compte que tu es différent ?

— Il ne s'agit pas de Nayla.

— Mais de qui alors ? D'Elani ?

— Peut-être. Peut-être pas.

— Ce serait encore plus bête.

— Qu'est-ce que tu en sais, toi !

— À mon avis, Elani aussi doit avoir l'impression que tu regardes Nayla. Et donc elle se dit que tu es comme tous les autres. »

Mahmoud penche la tête en arrière et lève les yeux jusqu'à ce qu'il puisse voir le réfugié :

« T'as une meilleure idée ?

— Pourquoi tu ne vas pas les rejoindre ? Faut que tu sois très cool, comme ça Nayla va se demander comment faire pour t'envoyer balader. Et quand tu es à côté d'elle, au moment où Nayla s'apprête à ouvrir la bouche – là, tout d'un coup, tu te retournes vers Elani. »

Mahmoud baisse la tête, évalue la suggestion, puis récapitule : « Ce n'est pas mon truc. Toi, t'es un tchatcheur. Moi, je suis plutôt un regardeur. Ma force réside dans mon regard. Où as-tu trouvé ces chaussures ? »

Mahmoud n'a pas baissé une seule fois les yeux. Peut-être que sa force réside vraiment dans son regard.

« On fait quelques économies quand on ne fume pas, dit le réfugié en lui tendant son paquet de cigarettes. »

Mahmoud en prend une : « En taxant, on économise encore plus. » Il coince la cigarette derrière son oreille. Toujours accroupi, comme un mécanicien qui inspecte les dégâts sur une voiture, il se tourne vers le réfugié :

« Elles sont belles, dit-il d'un air approbateur, elles ont même l'air authentiques. Si je ne savais pas qu'on n'en trouve pas de vraies ici, je dirais...

— Bien sûr qu'on en trouve. »

Le réfugié coince de nouveau le paquet sous la manche de son tee-shirt, plaqué sur son imposante épaule. Ça ne rend ni le paquet ni les cigarettes plus attrayantes, mais on voit tout de suite qu'il a des cigarettes. Dans un camp, les cigarettes sont une marchandise indispensable, même pour les non-fumeurs. On peut les utiliser pour nouer des contacts, pour aider des gens sans en faire toute une histoire. Tout le monde a besoin de cigarettes, si ce n'est pas pour lui-même, c'est pour les parents, les frères et sœurs ou un ami comme Mahmoud.

Mahmoud tape impatiemment la jambe du réfugié, puis il la secoue jusqu'à ce que le réfugié finisse par la lever, afin que le mécanicien pour chaussures puisse également inspecter les semelles.

« Super couleur. Chez qui tu les as trouvées ? demande Mahmoud, toujours accroupi. Chez Mbeke ? Dans ce cas, ce ne sont pas des vraies.

— C'est juste.

— Beh voilà.

— Quoi ?

— Ce ne sont pas des vraies.

— Nan. Elles ne viennent pas de Mbeke.

— Et de qui alors ? Ndugu n'est plus dans le business des chaussures, ça, j'en suis sûr.

— Elles ne viennent pas non plus de chez Ndugu.

— Alors elles sont tout sauf des vraies.

— C'est sûrement des fausses dans ce cas. » Le réfugié rit. Mahmoud se redresse : « Allez, dis-moi !

— Et si elles venaient de Zalando ?

— Zalando ne vend pas de chaussures.

— Pour moi, il a peut-être fait une exception. »

Mahmoud le dévisage. Personne ne connaît le vrai nom de Zalando. Mais tous savent qu'il travaille pour l'organisation et qu'il est allemand. Et qu'il répond toujours de la même manière quand on lui demande un service : « Pourquoi tu me demandes à moi ? Je suis Zalando peut-être ? » Une réflexion stupide, surtout quand on sait que personne ne connaît son vrai nom. Peut-être qu'il est vraiment ce fameux Zalando.

« Ne me dis rien alors », lance Mahmoud. Il retire la cigarette de derrière son oreille et la tend au réfugié avec une mine interrogatrice.

Le réfugié sort le briquet de sa poche. Si on veut faire plaisir à quelqu'un en lui offrant une cigarette, il faut aussi avoir du feu. Sinon les gens doivent se mettre à la recherche de quelqu'un qui en a et, dans ce cas, impossible d'avoir une conversation décente. Ils n'écoutent plus, ils oublient la moitié de ce que vous dites ou ne l'impriment même pas. Mahmoud et lui marchent le long de la route poussiéreuse en silence. Mahmoud regarde son smartphone.

« À Berlin, ils sont en train de manger des patates et des pieds de porc.

— Qui aimerait aller à Berlin ?

— Pas moi.

— Moi non plus.

— C'est tellement beau ici ! s'exclame Mahmoud.

— C'est magnifique, rétorque le réfugié en écartant les bras. Les plus belles pierres du monde. Du soleil gratos. Qu'y a-t-il à Berlin qu'on n'a pas ici ?

— Des femmes blondes, dit Mahmoud en prenant une bouffée.

— Et alors ? Qui veut des femmes blondes ?

— Moi. Pour essayer.

— Mon ami ! » Le réfugié se met en travers du chemin de Mahmoud, le prend doucement par les épaules et le regarde droit dans les yeux, comme pour le rappeler à l'ordre. « C'est le diable qui a créé les femmes blondes. Celui qui laisse entrer une blonde dans sa maison récolte le malheur. Tu tombes malade. Tes champs se dessèchent. Écoute ton vieux père : une blonde va te jeter une malédiction, et toutes tes chèvres vont mourir de faim.

— Quelle chance : mes chèvres sont déjà mortes. Alors je peux avoir une femme blonde.

— Tu n'as jamais eu de chèvres.

— D'autant plus injuste ! Dans ce cas je veux même deux femmes blondes. » Le réfugié rit. Mahmoud aussi.

« Bon alors, elles viennent d'où, tes chaussures ?

— Achetées.

— Neuves ?

— Neuves.

— D'où tu prends le fric ?

— Toi aussi, tu as le fric.

— C'est vrai. Mais je ne le dépense pas. Pas pour des conneries comme les chaussures.

— Pour quoi alors ? Pour un passeur ?

— Ça ne fait pas un pli. Mais pour un passeur haut de gamme.

— Oyez, oyez, ironise le réfugié, pour un passeur haut de gamme !

— Regarde-moi ça ! Encore un avec des envies de voyage. »

Cette remarque, c'est Miki qui l'a lancée. Miki se tient debout derrière son comptoir au bord de l'autoroute du camp. Il l'a bricolé avec des planches de bois et d'agglo ; quelques morceaux de tôle ondulée et le capot d'une vieille Mercedes font de l'ombre. Au début il avait planifié de tout repeindre uniformément. Mais après, c'est toujours pareil, un jour vous avez de la visite, l'autre jour il pleut, après votre meilleur ami refuse de vous aider, parce que vous avez une histoire avec sa femme – et puis voilà que cinq ans ont passé, et on finit par attendre que le bar s'effondre pour pouvoir en construire un autre. Manque de bol, il est bien trop solide.

Le bar n'est pas assez petit pour que Miki puisse le tenir sans être importuné, dans le camp personne n'y échappe. Mais il est assez petit pour que les gangs ne soient pas constamment sur son dos. En revanche, sans la protection des gangs il n'a pas d'électricité pour son frigo.

« Bien sûr que je vais partir en voyage ! » Mahmoud s'arrête. « Figure-toi que ce trou à rats n'est pas la destination rêvée.

— N'en sois pas si sûr, rétorque Miki. Ça te fait quoi, ça ? » Il passe la main sous le comptoir et leur jette un glaçon à travers la rue. « Une boisson fraîche avant le grand voyage ? »

Le réfugié veut rattraper le glaçon, mais Mahmoud le lui chipe sous le nez et se le met dans la bouche.

« Non merci, j'ai déjà ce qu'il me faut, rétorque Mahmoud.

— Allez, je t'invite. » Le réfugié pousse Mahmoud vers le comptoir de Miki. « Deux. Importées. Et rajoutes-en une pour toi.

— Merci, monsieur », dit Miki d'un air distingué avant de poser trois bouteilles sur le comptoir, l'une d'elles devant lui.

Mahmoud semble passablement surpris.

« D'abord tes nouvelles chaussures, et maintenant de la bière d'importation. J'ai loupé un truc ?

— Je ne sais pas encore, répond le réfugié. Profites-en. Peut-être que c'est une erreur. Peut-être que je ne devrais pas payer des bières.

— Mais si, le tranquillise Mahmoud.

— Une bière n'est jamais une erreur, explique Miki en prenant une grosse gorgée. Il fait une chaleur torride.

— Les prix des passeurs ont baissé ? creuse Mahmoud.

— Ceux du tien, sûrement pas, dit le réfugié en riant et, en se penchant vers Miki : Mahmoud économise pour un passeur haut de gamme. »

Miki écarquille les yeux.

« Exactement, dit Mahmoud, écoutez mes paroles : l'homme que vous avez devant vous ne voyage pas dans n'importe quel sombre camion.

— Ah bon ? » Miki s'adosse contre le frigo. Il prend un verre sur les étagères et se met à l'astiquer. Comme si ses clients buvaient vraiment dans des verres.

« Non, cet homme se repose confortablement à l'ombre jusqu'à ce que le passeur arrive. En Mercedes blanche. Sièges couleur crème. Le passeur saute de la voiture. Il porte un uniforme comme les types devant les hôtels de luxe et tient une ombrelle. Il contourne la voiture en courant, m'ouvre la portière et dit : "Je vous prie de monter, Bwana Mahmoud !"

— Il contourne la voiture en courant pour t'ouvrir la portière ? » Miki lève le verre pour l'inspecter à la lumière du soleil.

« C'est écrit, espèces de mécréants. Et moi, je monte et ensuite nous passons la frontière. Il roule tranquillement et me demande si la région me plaît. "Je peux aussi passer par un autre endroit, c'est comme vous désirez, Bwana Mahmoud", et moi, je lui réponds : "Nan, ça va aller. L'essentiel, c'est de ne pas arriver trop tôt."

— Bien sûr, il ne faut surtout pas, se moque Miki.

— Toi, tu fais des blagues à la noix, parce que tu ne piges rien. Parce que tu ne sais rien de l'Allemagne. Mais moi je m'y connais, et je te dis que les Allemands n'aiment pas quand on arrive trop tôt.

— Quand on arrive trop tard, le corrige le réfugié.

— Ou trop tôt.

— N'importe quoi !

— C'est aussi ce que dit le passeur, mais moi, je lui réponds : "Non, ce n'est pas n'importe quoi. Ce n'est pas agréable pour le nouveau Merkel si je me pointe alors qu'il n'a pas encore préparé ma chambre." Puis je rajoute : "Il vaut mieux passer la frontière une deuxième fois." Et lui rétorque : "Nous pouvons passer la frontière autant de fois que vous le souhaitez, Bwana Mahmoud. Mais le nouveau Merkel a téléphoné tout à l'heure, il a fait vider deux hôtels spécialement pour vous, il vous demande d'en choisir un." Et ensuite, poursuit Mahmoud tout content, avant de prendre une grosse gorgée de bière et de reposer avec nonchalance et beaucoup de précision la bouteille sur l'anneau humide laissé sur la table en bois, ensuite je lui dis : "Je prends l'hôtel où les toilettes et la chambre sont au même étage."

— Super projet », conclut le réfugié. Il prend sa bière, la cogne contre les bouteilles de Mahmoud et Miki avant de boire.

« Oui, super, reprend Miki, mais c'est n'importe quoi. S'il y a quelqu'un ici qui ne voyage pas dans un camion sombre et étroit, c'est bien cet homme. Il pointe son pouce sur lui-même. Parce que cet homme reste ici. Ici, dans ce trou à rats. Mais toi, mon ami, ils vont t'arnaquer, puis ils vont balancer ton cadavre dans le désert. Dans une brouette couleur crème.

— Rabat-joie, lance Mahmoud.

— Mais le mieux, c'est que je suis déjà là où tu veux être. Parce que ici les toilettes sont toujours au même étage. Un étage pareil, tu n'en trouves nulle part dans toute l'Europe : cinquante kilomètres carrés. C'est la plus grande suite du monde !

— Haahaa ! » fait Mahmoud.

Il ne regarde ni Miki ni le réfugié, ses yeux se perdent au-delà des tentes dans l'infini ciel bleu. Le réfugié sent que Mahmoud ne veut pas les regarder. Son imagination s'est peut-être un peu emportée, mais la vision était belle, et sur leurs visages Mahmoud ne verrait que trop bien à quel point Miki a raison. Trop de temps a passé depuis le moment où l'Allemagne a ouvert ses portes. La belle époque, quand ils avaient encore une dirigeante comme Merkel. Celui qui était alors à portée d'une frontière avait gagné le gros lot. Mais ça ne se répétera plus. Ça fait un an et demi qu'ils sont coincés ici, et ils y resteront encore un bon bout de temps.

Le réfugié se retourne et s'adosse contre le comptoir à côté de Mahmoud. Il contemple la rue. C'est l'après-midi, les enfants les plus rapides et les plus forts reviennent de la collecte du bois. La première fois que le réfugié leur a prêté attention, ils terminaient ce travail à midi. Mais les chemins s'allongent quand des millions de personnes ont besoin de combustibles, du bois, des branches, des bouses, n'importe quoi. Des millions de personnes, et chaque jour il y en a plus. C'est comme ça, tout simplement : d'autres arrivent, mais personne ne peut partir. Autrefois l'afflux se redistribuait vers le Maroc, la Libye, l'Égypte ou alors retour dans les pays d'origine. Mais ça, c'était avant. Avant que, petit à petit, l'Europe ferme ses frontières.

Un chien couleur sable approche. Il n'a plus grand-chose d'un chien, c'est plutôt une sorte de corbeille sur pattes recouverte d'un pelage, hors d'haleine. Il furète par terre, son regard rivé sur les bords des rues. Il ne va nulle part pour renifler, il n'y a rien à flairer. Puis il s'arrête et tourne la tête vers les trois hommes au bar. Il n'a qu'un œil, mais dans le camp, c'est largement suffisant. Personne n'attire le chien, mais personne ne lui lance des pierres non plus, c'est déjà ça. Le chien décide que ça vaut le coup de remuer la queue.

Miki fait un geste las de la main. Le chien cesse de remuer la queue et continue son chemin. C'est à peu près ce que l'Europe a fait avec les réfugiés.

Lorsque les gens étaient montés dans les bateaux, l'Europe avait essayé de fermer la Méditerranée. Quand elle s'était rendu compte qu'on ne pouvait pas fermer toute une mer, qu'on ne pouvait même pas surveiller une côte tortueuse longue de milliers de kilomètres, elle avait de nouveau déplacé la frontière sur le continent, en Afrique cette fois-ci. Elle avait payé l'Égypte, l'Algérie, la Tunisie, le Maroc et même les Libyens, un peu moins, certes. Il faut dire que jusqu'à aujourd'hui elle ne sait toujours pas à qui refourguer son argent en Libye. Mais ça n'avait pas suffi. Notamment parce que les Maghrébins apprenaient de leurs erreurs. Ils se sont mis à réfléchir à voix haute : et s'ils ne surveillaient pas si soigneusement leurs frontières, que se passerait-il ? L'idée leur est venue des Turcs, lesquels s'étaient aperçus qu'on pouvait récolter beaucoup d'attention et de respect en jouant sur le levier des réfugiés. Alors les Européens avaient donné encore plus d'argent et tiré une autre ligne au sud du Sahara. C'est pourquoi le rêve de Mahmoud de trouver un passeur haut de gamme n'est pas vraiment drôle. Il n'y a rien d'autre que des passeurs haut de gamme.

« Je vous révèle le secret », annonce le réfugié sans regarder les deux hommes.

Son regard survole le camp, une étendue infinie. Il s'est souvent rendu jusqu'aux abords du camp. Quand on a beaucoup de temps, c'est possible. Alors on voit d'un côté le néant, et dans ce néant il y a de la poussière et du sable et des pierres et encore plus de néant parmi tout ce néant. Et de l'autre côté, on voit des tentes et des cabanes en forme de tentes et des tentes en forme de cabanes et des tentes rapiécées et des tentes trouées et des tentes désertées et des tentes bondées, et quand on n'a rien à faire, on peut se demander quel côté est plus désespérant. Si on n'arrive pas à se décider, on va dormir et on revient quelques jours plus tard. On pourrait aussi revenir le lendemain, mais quand on a encore toute sa tête, on ne s'inflige pas ça.

« Je vous révèle le secret, répète le réfugié.

— Mmm ? » Miki fait des bruits qui crissent avec le verre.

« Le secret des chaussures.

— Il y a un secret ? »

Mahmoud pointe son doigt vers le bas sans rien dire. Miki doit se pencher par-dessus le comptoir branlant, le réfugié le remarque parce que la planche anguleuse s'enfonce dans ses omoplates avec un grincement. Puis la planche cesse de s'enfoncer et Miki dit : « Wouah ! Des nouvelles chaussures ! »

L'histoire des passeurs est le plus grand mensonge de tous : ils disaient vouloir combattre les passeurs. Mais les gouvernements ne peuvent pas combattre les passeurs. C'est comme avec les drogues, les putes et l'alcool : la seule chose sur laquelle les gouvernements peuvent influer est le prix. Chaque policier, chaque navire de guerre qu'ils envoient ne peut qu'augmenter le prix, et c'est exactement ce qui s'est passé : les prix ont augmenté et ils continuent d'augmenter.

Rares sont ceux qui peuvent encore payer les tarifs. Résultat, maintenant les passeurs travaillent moins et gagnent plus. Et ce n'est pas tout : ils perdent moins de cet argent, parce qu'ils ne sont plus obligés de faire appel à d'autres personnes.

Autrefois, quand on pouvait encore utiliser les bateaux gonflables, c'était un marché de masse très organisé avec un tas de boulots à travers toute l'Afrique. Il y avait toujours besoin de gens pour diffuser les informations, transmettre les lieux de rencontre, aller chercher la clientèle pour les transports, trouver des gilets de sauvetage. Un bateau rempli de gens nécessite tout un tas de coursiers, un conducteur. Et même quand on n'avait pas d'argent du tout, on pouvait gagner de quoi se payer la traversée en acceptant de jouer le timonier sur le bateau gonflable. Au fond c'était une perspective d'avenir relativement fair-play pour toutes les personnes concernées, parce que même le dernier des idiots peut piloter un tel bateau. Et aujourd'hui ?

Aujourd'hui on n'embarque plus quatre-vingts personnes dans un bateau gonflable, mais huit personnes dans un petit avion. Ou dans un vieil hélicoptère. Le pilote est un ouvrier qualifié. Certes, il faut entretenir l'avion ou l'hélicoptère, mais ça aussi nécessite des experts. Les passeurs n'emploient plus que des spécialistes. Et les petites mains devenues superflues continuent de remplir les centres d'accueil.

« J'en suis arrivé à la conclusion que ça n'a plus de sens de faire des économies, dit le réfugié.

— Tu abandonnes ? demande Mahmoud.

— Ce n'est pas ce que je dis. Je dis que ça n'a pas de sens d'économiser.

— C'est la bonne attitude. » Miki lui tape l'épaule par-derrière. « Encore une bière ?

— Si je dis qu'économiser n'a pas de sens, ça ne veut pas dire que boire en a.

— Et comment comptes-tu rassembler l'argent dans ce cas ?

— Je n'en sais rien. Mais explique-moi comment ça pourrait fonctionner ! »

Mahmoud se tait. Que pourrait-il dire après tout : impossible de s'enfiler suffisamment de bières pour oublier que le réfugié a raison. Les prix des passeurs augmentent aussi vite que les perspectives de gagner l'argent nécessaire diminuent. Même si le camp possède désormais plus de deux millions d'habitants. Suffisamment pour peupler une vraie ville. Et pourtant le camp ne deviendra jamais une ville.

Car le pays moribond dans lequel se trouve le camp a déjà suffisamment de villes qui ne fonctionnent pas. Il a un gouvernement qui n'était pas encore au pouvoir il y a trois ans et qui fort probablement ne le sera plus dans cinq. Il est constamment accusé par deux autres groupements qui pourraient tout aussi bien gouverner et le feront sans doute bientôt. La seule raison pour laquelle le camp existe et grandit, c'est qu'il y a quelque chose ici qu'on ne trouve nulle part ailleurs : la sécurité, même si ce n'est pas beaucoup.

La sécurité va de pair avec l'argent des Nations unies et des Européens. Voilà pourquoi le gouvernement en place aide à protéger le camp ; c'est dans son propre intérêt s'il veut que l'argent continue de couler à flots, ainsi que les aides au développement et les livraisons d'armes de non-agression. Au fond, ils afferment l'une des régions les plus inutiles au monde à un tarif rentable, voilà pourquoi les deux groupes rebelles se donnent tant de mal pour former eux-mêmes un gouvernement et empocher à leur tour leur part du gâteau migratoire.

La conséquence, c'est que depuis bientôt quinze ans, plus personne ne touche vraiment au camp. La sécurité y est suffisante pour survivre, mais pas pour construire un avenir. On peut s'installer dans le camp, comme le fait Miki. On peut même, pour peu qu'on ose miser autant sur l'avenir, s'acheter un nouveau frigo usé pour y mettre de la bière. Mais personne n'établirait une usine ici. Personne ne mettrait de l'argent dans ce tas de tentes susceptibles de disparaître d'une semaine à l'autre. Et par conséquent personne ne proposera jamais du travail, parce que sur le long terme il n'y aura rien ici à part de la poussière, du sable et de la sécheresse.

Ici, un homme ne peut rien gagner et une femme ne le peut que d'une seule façon, comme les femmes le font depuis des millénaires. Mais dans la situation actuelle, même la femme la plus belle du monde ne pourrait pas baiser suffisamment pour que ses économies rattrapent les prix des passeurs toujours en hausse depuis que les Européens ont fermé leurs frontières. C'est valable pour tout le monde dans le camp, même pour Mahmoud. Encore plus pour lui, car personne ne veut le baiser.

« Économiser ne sert à rien, dit le réfugié désabusé, parce que de toute façon, avec chaque jour qui passe, je m'éloigne davantage de la somme qu'exige le passeur.

— Pas besoin d'un passeur haut de gamme, propose Mahmoud.

— Ça change quoi ?

— Et les chaussures ? Elles changent quelque chose ? » Miki repose son verre sur les étagères.

« Tu n'iras nulle part de toute façon.

— Mais je marche plus confortablement. »

C'est la vérité. Ici, dès qu'on n'est plus enfant, la majorité des gens porte n'importe quelles tongs ou pantoufles, les enfants, eux, n'ont pas de chaussures du tout.

« Comme si, ici, on devait marcher très loin.

— Au moins marcher ne coûte rien. »

Le réfugié s'arrête. Il a dit ça par dépit, mais il a tout de même l'impression d'avoir mis le doigt sur quelque chose. Sur une circonstance qu'il ne peut pas encore vraiment nommer.

« Alors ? » Mahmoud regarde le réfugié plein d'espoir.

« Eh bien, regarde : je ne peux pas me payer un passeur, parce que je n'ai pas assez d'argent. Mais j'ai du temps. J'ai beaucoup de temps. Je suis coincé ici depuis un an et demi. Si j'avais marché ne serait-ce que dix kilomètres par jour, j'aurais avancé de cinq mille kilomètres. »

Mahmoud ne sait pas trop quoi répondre. Miki ne dit rien non plus.

« Cinq mille kilomètres, c'est pas mal. » Le réfugié pense en parlant, ou l'inverse. Il ne sait pas non plus où il veut en venir, mais il a l'impression que quelque part, là, il y a d'autres d'idées utiles. « Cinq mille kilomètres. Gratos. Et l'argent qu'autrement j'aurais donné au passeur serait encore à moi.

— Bien sûr, et peut-être même plus, ronchonne Mahmoud. Et de quoi tu vivras pendant ta marche ?

— C'est vrai, il faut que je mange et que je boive. Mais avez-vous déjà calculé tout ce que je pourrais manger et boire avec mes économies ?

— Il paraît que les prix à Berlin sont prohibitifs. » Miki joue les Cassandre, mais il ne donne pas l'impression d'être si pessimiste, il semble plutôt curieux. Il veut savoir où mènent toutes ces idées. Il dépose une autre bière devant le réfugié sans qu'il lui ait rien demandé.

« Hé ! proteste Mahmoud. Et moi ? »

Miki l'envoie paître.

« Raconte-moi une belle histoire et t'en auras une, toi aussi.

— J'aurais donc un peu moins d'argent mais j'aurais avancé de cinq mille kilomètres... »

Mahmoud se prend au jeu : « Et les frontières ?

— Je pourrais recruter des guides. Ils ne sont pas si chers.

— Bien sûr, ils n'attendent que toi pour te faire un prix d'ami. Moi, le prix d'ami, je préfère le payer à mon passeur haut de gamme. Parce que, avec un guide, tu peux être sûr de revenir à la case départ. Un prix d'ami pour les clients réguliers.

— T'as raison, dit le réfugié, mon plan n'est pas encore tout à fait au point.

— Et ensuite monsieur Prix d'ami va se retrouver devant les édifices frontaliers des Européens. Et eux diront que le pays d'où tu viens est vraiment merveilleux et que tu ne sais pas à quel point tu étais bien là-bas. Et ce sera terminé.

— OK, ça va...

— Comment ça, dit Miki, et c'est pour ça que je t'ai offert une bière ?

— Je ne vous ai pas promis de miracles ! » Le réfugié veut envoyer balader les deux hommes, mais c'est trop tard. C'est comme quand on a une idée et qu'on est interrompu au mauvais moment. Elle s'évapore. Il essaye de retrouver le fil de son histoire, il ferme les yeux et espère pouvoir repêcher le flux de ses pensées, comme les rêves dont on se réveille et auxquels on peut revenir quand on s'y prend bien.

« Je n'ai pas d'argent, mais j'ai beaucoup de temps, répète le réfugié. Et j'ai deux pieds...

— Oui, tu nous as déjà dit ça. »

Puis la pensée disparaît une fois pour toutes. Il saisit sa bouteille d'un air furieux et avale une longue gorgée, avant que Miki ne s'avise de la ranger de nouveau. Parfois il fait ça, voilà pourquoi il faut éviter de se pointer chez lui à une heure avancée et bourré, car il peut arriver que votre bouteille ne soit qu'à moitié pleine.

« Mais une chose est sûre, résume-t-il, que j'économise ou pas, je ne m'approcherai jamais du prix que coûte le voyage.

— Allez, dédramatise Mahmoud, c'est juste une impression. Les prix peuvent retomber, et alors nous serons de nouveau dans le coup.

— Ils ne tomberont pas, dit le réfugié d'un air décidé. L'Europe ne veut pas de nous. Personne ne veut de nous. Et moins on veut de toi, plus les prix du voyage augmentent. »

Plus personne ne sait quoi dire. Mais pour souligner sa détermination, pour insister encore une fois sur la pertinence de sa première idée, il paye encore trois bières. Et tandis qu'ils boivent et cogitent, une pensée ne cesse de tourner dans sa tête : il vient de rater une occasion absolument unique.

2

LE SECRÉTAIRE D'ÉTAT n'arrive pas à se décider. Ils ont dit que le granit était le matériau le plus dur. Ou bien était-ce la pierre artificielle ? Non pas que ça l'intéresse outre mesure, un secrétaire d'État a d'autres chats à fouetter, mais Tommy lui a très clairement fait comprendre qu'il ne veut pas prendre toutes les décisions tout seul. Raison pour laquelle le secrétaire d'État se trouve assis devant divers catalogues, tasse de café à la main, pour comparer les matériaux. Pierres naturelles ? Bois stratifié ?

« Du stratifié pour le plan de travail, avait demandé le secrétaire d'État, n'est-ce pas plutôt utilisé pour les sols ?

— Les sols, on verra plus tard.

— C'est quoi l'avantage ? On ne peut pas prendre du bois normal ?

— Du bois normal ! » Tommy avait ri comme si le secrétaire d'État avait proposé d'escalader l'Everest en tongs. Il se tenait dans le couloir, vêtu d'un short, son incontournable sac à dos Hello Kitty sur l'épaule, mais même cette affreuse tête de chat ne pouvait pas enlaidir son cul impeccable. Puis le cul impeccable s'était retourné, et un short d'un blanc étincelant s'était dirigé vers lui, porté par des jambes élancées et bronzées, couvertes d'un léger duvet de poils blonds à vous couper le souffle. En passant, il avait pris quelque chose sur la table basse, un magazine extrêmement gros et ennuyeux, et il l'avait laissé tomber sur la table comme un gros steak. « Tu vas te familiariser avec tout ça, comme ça tu vois un peu de quoi doivent s'occuper les gens normaux.

Je ne peux pas tout te réciter. Il faut que j'y aille, les papiers peints ne se choisissent pas tout seuls.

— Mais…

— Estime-toi heureux que je fasse une présélection. Samedi matin à dix heures et demie chez le tapissier, nous déciderons ensemble, je t'ai noté le rendez-vous.

— Dans Outlook ou le calendrier ?

— Les deux. Je dois filer. Gouverne bien ! Et passe le bonjour à Volker ! »

Le secrétaire d'État se gardera bien de passer le bonjour à Volker. Il maudit une fois de plus le moment où il a promis à Tommy qu'ils emménageraient ensemble. Ça avait été merveilleusement pratique, lui à Berlin, Tommy à Hambourg, et tous les quinze jours les heureuses retrouvailles. Le soir, il pouvait voir qui il voulait, avoir des discussions d'arrière-boutique jusqu'aux aurores, draguer de temps en temps (pas si souvent, à vrai dire), inviter des gens chez lui et potasser quelques stratégies à quatre heures du mat. Tommy prétend que ça ne changera pas, et il a probablement raison : ramener cinq politiciens sans que votre partenaire se réveille, ça devrait être faisable, surtout quand on a suffisamment de place pour mettre la chambre à coucher assez loin. Bientôt, ils auront un merveilleux deux cent cinquante mètres carrés, avec toit en terrasse. Ils y mettront un jacuzzi et là Tommy pourra faire très souvent ce pour quoi il est le plus doué.

Et ce n'est sûrement pas cuisiner.

Le secrétaire d'État lit dans le steak en papier que le granit est top, mais que les pierres naturelles se salissent facilement. Et qu'elles absorbent les liquides. De plus, le granit est très dur et quand on y dépose un verre un peu trop vite, celui-ci se brise immédiatement. Le secrétaire d'État se demande si chez les autres, on dépose les verres différemment que chez lui, à savoir – comment dire ça – normalement. Que se passe-t-il quand on les jette ?

Dans sa misère cataloguesque, le secrétaire d'État regarde son téléphone en espérant qu'un message vienne le délivrer. Mais rien. Il ouvre l'appli calendrier : deux meetings, deux interviews. Aucune urgence. Il pense aux fesses de Tommy dans son short blanc, puis tout à coup à l'expression « creux estival ». C'est vrai qu'en ce moment, il ne se passe strictement rien. Il devrait être content. Cela n'a pas toujours été le cas.

Il repense à l'été et l'automne où cette espèce de conne a fait rentrer les réfugiés dans le pays. L'incident du Nouvel An à Cologne. La volée de coups pour l'accord avec la Turquie. Et encore plus d'empoignades après le putsch. C'était réunion de crise après réunion de crise. Un jour, alors qu'il rentrait à la maison, il ne sait plus si c'était en septembre ou en octobre, Tommy avait dit : « Je me demande qui a encore envie de négocier avec toi tellement tu pues. » Il ne s'était pas changé pendant quatre ou cinq jours, et aujourd'hui, alors que l'agitation est en grande partie retombée, que le nombre de demandeurs d'asile a baissé, qu'on est en train de gérer, de diminuer ou de former ce nouveau contingent, voire tout à la fois, il peut récupérer des heures sup, il a enfin le temps de lire un bon bouquin.

Mais à la place, il lit des catalogues de cuisine !

« Le bois est un matériau vivant. » C'est ce qu'il y a écrit. Voilà. Du bon vieux bois. Les inconvénients : sensible à l'humidité, jus de fruits et de légumes, sang. Il suffit de faire attention à ne pas se couper, se dit-il d'abord, puis il songe que ce n'est sûrement pas du sang du cuisinier qu'il est question.

Dernièrement, il y a si peu à faire qu'on lui a même confié je ne sais quelle affaire de transport. La pause estivale est imminente, on flaire déjà la campagne électorale. Il ne se passe pratiquement plus rien. Si les gouvernements travaillent, c'est juste après leur entrée en fonctions. C'est là qu'ils doivent montrer à leurs électeurs que leur élection a changé quelque chose. Mais après deux, trois ans, les partisans du moindre effort sont au bout de leurs compétences. Ce qui reste est risqué et laborieux.

Du synthétique. Pas bon pour les poêles chaudes. Super malin, un plan de travail qui ne supporte pas de casseroles chaudes – qui peut bien inventer ce genre de choses ? Et sur quoi se rabattre ? Qu'est-ce qui résiste bien à la chaleur ? L'acier ? Le verre ?

Un royaume pour une crise d'État.

Le plus simple serait que Tommy prenne la décision. Mais au fond leur discussion ne porte pas uniquement sur le four de leur foyer commun, mais surtout sur le foyer d'une crise commune ; par chance cette crise reste assez limitée et ne touche pas à d'autres secteurs, mais il faut tout de même veiller à ce que le feu ne se généralise pas. L'étincelle de cette crise privée est que « Monsieur le secrétaire d'État sait merveilleusement bien déléguer » ; en clair, il va falloir qu'il s'investisse un peu plus dans les affaires domestiques ces jours à venir, car Tommy lui a récemment fait comprendre que lui, Tommy, était le compagnon adoré du secrétaire d'État et non pas une de ses salopes ministérielles. Puis Tommy avait voulu savoir s'ils étaient bien d'accord là-dessus, qu'il était le contraire d'une salope ministérielle, car si ce n'était pas le cas, avait-il insisté, précisant qu'il lui disait ça en toute amitié, il valait peut-être mieux mettre un terme à toute cette histoire illico presto.

Cela veut dire que désormais les choses vont un tant soit peu se compliquer. Il s'était dit qu'ils allaient mettre un panneau d'agglo dans la nouvelle cuisine, tout simplement. Parfois il aime bien aller dans les magasins de bricolage. La légère odeur de bois et de dissolvants, les étagères bien rangées. Tous ces pots de peinture. Les vis, les équerres. Les jeux de tournevis. Les jeux de clefs de serrage. Il est tout sauf bricoleur, mais quand on a en sa possession un jeu de tournevis, de chaque taille, et un jeu de clefs, de chaque taille, cela vous donne la sensation agréable d'être préparé à chaque vis que la vie vous présente.

Le dekton. Le miracle par excellence. On pourrait débiter un cochon dessus ou balancer une bombe atomique, ça résiste, et plus tard, dans cinquante mille années, quand la terre sera de nouveau habitée par des mutants, ceux-ci diront, tout en triant les débris : « Oh, un plan de travail en dekton. Et pratiquement neuf en plus ! » Il exagère bien sûr, Tchernobyl a montré que les régions dévastées par le nucléaire redeviennent habitables beaucoup plus vite que ce qu'on croyait et qu'on ne mute pas tant que ça. Pour lui, la sortie du nucléaire n'est pas du tout actée, un jour il a discuté avec quelques types de Vattenfall, ils ont plutôt la tête sur les épaules. Par contre, il ne veut pas connaître l'impact écologique. Celui de ce machin en dekton. L'impact écologique est toujours important aux yeux de Tommy : « Après tout, on laissera tout ça à nos enfants !

— On est homos.

— Il faut que tu sortes un peu de ta boutique. Ton parti te verrouille le cerveau. Je ne te dis pas à quel point ! »

Le portable sonne. Enfin. Le chauffeur.

« Je descends dans une minute. »

Faut se dépêcher. Il a souvent remarqué qu'il lui est plus facile de réfléchir quand il est sous pression. Il n'y connaît rien en matière de cuisine. Tommy a des idées précises et veut une cuisine qui en jette pour le cas où le ministre passerait les voir. Ou pour le cas où le secrétaire d'État deviendrait lui-même ministre, on ne peut pas savoir qui viendra vous rendre visite à ce moment-là. Peut-être le séduisant Premier ministre suédois ?

Mmmmh.

Pendant un instant le secrétaire d'État s'imagine Svensson en boxer. Puis il se ressaisit et redevient très professionnel. Il prend son smartphone, compare les prix et choisit le plus cher. Tommy dira une fois de plus que c'est « typique » et grognera qu'il pète plus haut que son cul (dix minutes), qu'ils pouvaient avoir mieux et moins cher (deux minutes), puis il dévoilera ce qu'il choisirait et la couleur (trente à quarante-cinq minutes), alors le secrétaire d'État n'aura plus qu'à minauder un peu (cinq, ou mieux, quinze minutes) puis à capituler.

Comme si ça ne pouvait pas se faire plus vite ! Mais parfois il faut passer par ce genre de détours, sur ce point les rapports avec Tommy ne sont pas bien différents de ceux avec les salopes ministérielles.

Bien sûr il ne faut pas qu'il dise ça à Tommy.

3

NADÈGE HACKENBUSCH se laisse aller en arrière avec satisfaction. On peut sentir les premières vagues avant même qu'elle arrive dans les locaux de la chaîne. Comme des ondes de choc, comme le vent avant l'orage, ce bruissement soudain dans les couronnes des arbres, différent d'une brise normale. Comme le bourdonnement des rails qui précède le passage du train.

L'effet Hackenbusch se déploie quand Sensenbrink enjoint une dernière fois à sa secrétaire de respecter les consignes : ne pas passer d'appels téléphoniques inattendus, rappeler tous les participants afin que personne ne manque à l'appel. Mais en vérité son nom résonne déjà dans les couloirs depuis un bon moment, comme une rumeur. Les employés flairent ce genre de choses comme les animaux un tremblement de terre. C'est contagieux :

« C'est aujourd'hui le grand jour ?

— Elle vient seule ?

— Alors ? L'équipe est au complet ? »

Elle espère bien !

Les temps où elle parcourait un à un les départements de la chaîne pour assister aux réunions sont définitivement révolus. Au début elle s'était sentie importante, mais après elle avait compris qu'on est bien plus important quand ce sont tous les autres qui se déplacent. L'année dernière, quand on avait commencé à prédire que la première saison atteindrait des records d'audience, elle avait réussi : pour préparer la deuxième saison, il n'y aurait qu'une seule réunion à laquelle tous seraient obligés de se pointer. Et on ne lui avait pas proposé de date – c'est elle qui l'avait choisie. Bien sûr elle avait pris le mois de juillet.

« Pourquoi bien sûr ? demande la nouvelle, assise à côté d'elle dans la limousine.

— Parce que ça oblige certains à interrompre leurs vacances », dit-elle en ouvrant son miroir de poche pour vérifier son maquillage. Un mouvement fluide, glissant, la main dans le sac, la main qui ressort avec le miroir, il s'ouvre dans le mouvement ascendant, un regard à l'intérieur pendant la brève pause entre l'ascension et la descente du miroir, la main avec le miroir se faufile dans le sac, en tout, même pas deux secondes.

« Ça ne les énerve pas ?

— Si. Mais c'est le seul moyen d'obtenir leur respect. Les gens importants, les gens avec de l'argent, les gens qui prennent les décisions, il faut les traiter mal. Les petites gens, jamais. Notez ça s'il vous plaît. »

La nouvelle le note dans son bloc. Nadège Hackenbusch n'a pas encore décidé si ce sera un livre de développement personnel ou ses mémoires, mais c'est une de ses phrases préférées, et il faut absolument qu'elle y soit. Elle met sa main dans le sac et en retire un billet de cinquante euros. On dirait presque qu'elle a un compartiment réservé aux billets de cinquante euros, tellement c'est naturel. Elle se penche en avant et passe le billet au chauffeur. « C'est pour vous. Avant que j'oublie. » Puis elle se laisse de nouveau glisser au fond de la banquette arrière.

« Il faut être gentil avec les petites gens, dit-elle, c'est ma mère qui me l'a appris. J'ai grandi dans un milieu modeste. Ma mère était une femme très simple.

— Ah, un instant. » La nouvelle feuillette son bloc-notes. Puis elle dit : « Votre mère a épousé un entrepreneur – diriez-vous vraiment que ce sont des conditions modestes… ?

— Ma mère était une femme *on ne peut plus* simple, insiste-t-elle. Je n'oublierai jamais mes origines. On doit savoir qui on est. Seul celui qui a des racines est humain. »

Elle marque un temps d'arrêt. Comme rien ne se passe, elle écarquille les yeux et fait un signe de tête en direction du bloc-notes.

« Pardon, fait la nouvelle. Seul celui... qui a... des racines... est... humain. »

L'air satisfait, elle observe la mise par écrit de ses mots. « Au début je donnais toujours dix euros, raconte-t-elle, mais après je me suis dit que c'était peut-être pingre. Alors j'ai donné vingt. Mais là aussi il m'arrivait de penser : peut-être que c'est pingre. Et c'est idiot de donner un pourboire si après on reste sur l'impression que ce n'est pas assez ou un truc comme ça. Dans ce cas, autant laisser tomber. Donc maintenant je donne cinquante.

— Et cinquante, ce n'est pas pingre ? » demande la nouvelle.

Le sous-entendu ne lui plaît pas. Qu'est-ce qu'elle veut dire au juste ? C'est de l'ironie ? Une critique ? De la suffitruc ?

« Un type qui trouve que cinquante n'est pas assez en veut sûrement cent. Et cent c'est avide.

— Mais pas cinquante ? »

Nadège Hackenbusch marque sa désapprobation par un bruit de bouche. « Vous donnez combien, vous ?

— Je ne sais pas, dit la nouvelle, cinq peut-être. Ça dépend aussi de la note.

— Non, justement. » Elle secoue sa belle tête. « Je vois bien que vous ne comprenez pas. Notez-le comme bon vous semble, on verra bien. Peut-être qu'on l'enlèvera, tout simplement.

— L'histoire des pourboires ou celle des gens importants ? »

La nouvelle ne fera pas long feu. Heureusement elle a une écriture très lisible, peu importe sa successeure, elle pourra sans problème reprendre ses notes.

« Je ne sais pas encore, dit Nadège Hackenbusch en regardant par la fenêtre d'un air absent, peut-être les deux.

— Dommage que je ne sois pas payée à l'heure, regrette la nouvelle.

— C'est vous-même qui êtes responsable de vos contrats. »

Nadège Hackenbusch regarde sa montre, puis elle attrape son portable. « Madeleine ? C'est moi, on arrive dans dix minutes. Tu pourrais les appeler et les prévenir ? Pour que ma place soit… ? Exactement. Non, attends, aujourd'hui, je préfère un cappuccino… Super… De l'édulcorant. Tu es un trésor ! »

À l'extérieur, la ville défile. Elle aime ça. Certaines de ses copines d'autrefois s'étaient montrées sceptiques quand son existence avait changé. Les interviews, sa vie privée étalée aux yeux de tous, le fait d'être toujours prête à se laisser photographier ou aborder par des étrangers, et que le succès ne soit pas de courte durée. Le succès est constant. Elle a tout de suite adoré ça, et elle le savoure toujours. C'est le monde dans lequel elle se sent bien, comme d'autres dans leur bar habituel. Notamment parce que ses effets secondaires lui montrent en permanence qu'elle est sur la bonne voie. Elle sait qu'elle mène une vie intéressante et enviable grâce à l'agitation constante des gens autour d'elle. À ses yeux, les journalistes sont comme des canaris dans une mine de charbon. Tant qu'ils sautillent, tout est impec.

Son regard effleure la nouvelle.

« Tournez ici, dit-elle au chauffeur, je voudrais voir ce qu'ils ont construit là-bas.

— Mais alors nous n'arriverons pas dans dix minutes.

— Nous ne sommes pas pressés », dit-elle avec douceur.

Puis, une demi-heure plus tard, elle accepte d'un air satisfait les excuses de Sensenbrink, car le cappuccino a refroidi : « Pourrait-on en avoir un frais ? S'il vous plaît !?

— Seulement si ça ne dérange pas ! ajoute Nadège Hackenbusch.

— Il n'y a aucun problème. Mademoiselle ?! »

Cette fois-ci aussi, ils ont choisi la grande salle de conférences sous les toits. Avec vue sur Hambourg. Les réunions se font à l'hôtel, le premier bâtiment sur la place, pas dans une de ces salles de conférences miteuses de la chaîne à Cologne ou à Munich-Unterföhring où ils regroupent ces tables carrées sous des lampes design désuètes. Elle aime ça. Elle aime qu'il y ait ces petits couverts et ces tourelles d'assiettes à trois étages pour les canapés et les pâtisseries. Les chaînes peuvent frimer comme elles veulent avec leurs services de traiteur, au final ce n'est que du café de cantoche et des biscuits dans des boîtes de supermarché. Non, elle veut des serviettes en tissu, elle veut des serveurs empressés qui portent tous la même tenue, elle veut voir que d'autres personnes dépensent de l'argent pour elle. Elle va devoir dicter ça à la nouvelle tout à l'heure. Ou à sa successeure.

Le cappuccino arrive juste après que Sensenbrink a fait dérouler la présentation, il lui faudra recommencer encore une fois et elle trouve que c'est très bien ainsi, la première fois tout le monde n'était pas encore vraiment silencieux. En plus, elle adore voir le logo de son émission : « En fuite – Nadège Hackenbusch est un ange dans la misère ». Ils ont dessiné une lapine dégourdie et mignonne, avec une salopette et des seins un peu trop gros. La lapine lui ressemble, même si jamais elle ne porterait de salopette.

« L'audience est bonne, dit Sensenbrink en affichant quelques graphiques. Les chiffres grimpent encore. On a les vieux, on a les jeunes. Et nous sommes toujours en exclusivité sur le sujet. Nous profitons aussi du fait qu'au départ personne n'a cru à ce format.

— À part moi », souligne-t-elle. Certes, à l'époque elle n'avait pas d'autres propositions, mais il n'existe aucune émission télé qui ne deviendrait pas meilleure avec et grâce à elle.

« C'est incroyable que vous ne mettiez rien en scène », dit une blonde. Cette blonde, elle l'a déjà vue plusieurs fois, mais elle n'arrive pas à retenir son nom. La blonde est jeune, trente ans maximum, grand maximum, et pourtant la dernière fois déjà elle a fait plusieurs remarques qui ont attiré l'attention des autres. Kalkberger ? Kalkbrenner ? Un nom qui fait penser aux magasins de bricolage. Elle décide de noter son nom à la prochaine occasion. En même temps elle ne sait pas très bien comment juger cette observation. Sarcastique ? Sceptique ?

« Vous n'avez qu'à vérifier, répond-elle durement.

— Non, non, je n'ai aucun doute là-dessus. Cette authenticité, c'est bien ce qui distingue l'émission. Il y a des scènes, on croirait sentir la puanteur à travers l'écran. C'est pour ça que nous vous admirons, et je pense que je parle pour tout le monde ici présent. »

L'assemblée tape sur la table du dos de la main. Nadège sourit et fait mine d'être embarrassée : « Et je me porte garante pour qu'à l'avenir tout reste authentiquissime. Après tout, ces personnes ont d'abord besoin de notre aide.

— Oui, mais moi je ne pourrais pas faire ça. » C'est une petite souris silencieuse et timide tout au bout de la table qui prend la parole. « D'ailleurs je m'en veux, mais je n'y arriverais pas. Parfois je me dis que ces gosses de réfugiés sont plutôt mignons – mais rien que de penser à cet épisode d'il y a deux ou trois semaines…

— Aïe, exactement, celle avec les dents…

— Wouah, l'épisode des dents… »

Nadège Hackenbusch voit le sourire de Kärrner. Kärrner ne dit presque jamais rien, même si c'est sa chaîne. Il dirige les réunions avec son visage.

« C'est la pure vérité…, affirme-t-elle.

— Oui, mais les dents de ces enfants étaient pratiquement noires !

— C'est le seul moment où je me suis dit que peut-être vous trichiez quand même, dit la blonde, que vous cherchiez les cas particulièrement graves. J'ai vraiment cru que ça ne pouvait pas être vrai.

— Pourtant c'est vrai. Il suffit de regarder les dents des parents. Avec ces gens, il faut tout reprendre depuis la base.

— Et comme ils ont donné des poignées entières de morceaux de sucre à leurs enfants… » La souris est très offusquée. « J'aurais pu engueuler le téléviseur…

— Je sais, dit Nadège Hackenbusch, compréhensive. L'hygiène dentaire, c'est la folie. Ce n'est pas non plus comme s'ils avaient perdu leur brosse à dents pendant leur fuite, ils n'en ont jamais eu. Ils croient que le dentifrice est une sorte de pâte de colmatage. Il faut vraiment les aider.

— Très juste, dit Sensenbrink, c'est le cœur du sujet. Mais ce qui est génial, c'est que nous avons touché là quelque chose de très actuel. On le voit non seulement aux audiences, mais aussi aux réactions sur Facebook. Bien sûr, parfois c'est dégoûtant, mais ça touche profondément les gens. C'est sidérant. Ce n'est pas un hasard si les collègues pensent d'abord à l'épisode des dents…

— C'est comme la visite du dentiste dans le foyer… » Un producteur-machin-chose-exécutif, resté plutôt discret jusqu'ici, a pris la parole. Il gonfle ses joues rebondies en secouant la tête. « La façon dont il a inspecté les bouches, les unes après les autres, et l'expression de son visage, c'est impossible de jouer ça…

— C'est inutile de jouer ça, réplique Nadège Hackenbusch avec assurance. On y voit des choses vraiment affreuses. Des choses qu'on aurait crues impossibles. Des enfants d'à peine quatre ans sentent déjà de la bouche comme des fosses septiques. »

Les responsables de la chaîne se cherchent du regard. Ils pincent les lèvres et lèvent les sourcils pour marquer qu'ils sont conscients de la gravité de la situation. Elle songe alors à placer sa belle phrase dès maintenant, au beau milieu de ce silence – quand elle dit cette phrase à un journal ou face à une caméra, c'est le succès assuré. La phrase est presque toujours imprimée ou diffusée, et tout le monde est tellement surpris que Nadège Hackenbusch soit si réfléchie malgré sa beauté et qu'elle connaisse les contextes économiques. Mais la blonde plus ou moins sceptique la devance :

« Et ça dans l'un des pays les plus riches sur cette terre. »

Elle dit même « cette terre », ce qui fait encore plus lanceur d'alerte que juste « la terre ». Quelle pourriture.

Madame Karstleiter fait mouche. Sensenbrink lui emboîte le pas. « Mais c'est ce qui fait avancer notre cause commune. Ces images sont parfois dures à supporter, mais elles font naître une consternation qu'autrement on n'arrive presque plus à susciter. Ça nous montre très clairement vers où on doit aller. Là où ça fait mal.

— Nous y sommes déjà, réplique-t-elle énergiquement, si vous voulez, je peux vous montrer à quoi ressemblent mes pieds après un jour de tournage ! »

L'auditoire rit cordialement et de manière entendue, même Sensenbrink. « Je pense que nous sommes tous conscients de votre dévouement. "Ange dans la misère", c'est avant tout votre bébé, tout dépend de Nadège Hackenbusch. L'émission vit de votre engagement, votre crédibilité, votre promptitude à vous salir les mains et à vous écorcher les pieds. Mais – et je vous prie de me passer ce petit jeu de mots –, malgré vos pieds éprouvés, nous voulons aujourd'hui vous proposer de faire un pas de plus.

— Qu'est-ce que c'est que cette histoire ? C'est la première fois que j'entends parler d'un truc pareil. » Elle tente de faire apparaître quelques rides de colère sur son front. Elle déteste les gens qui veulent la diriger. Elle sait à quel point c'est difficile d'acquérir son autonomie et de la garder. Elle est la mieux placée pour savoir ce qui est bon pour elle et elle sait que les publicitaires, les conseillers d'entreprise, les types des médias ont l'art d'appliquer les mêmes recettes d'une personne à l'autre. Mais une Nadège Hackenbusch ne reste une vraie Nadège Hackenbusch que si elle suit sa propre voie. Non pas qu'il y ait beaucoup de danger, elle est en trop bonne position pour que qui que ce soit puisse lui imposer quoi que ce soit. Ces quelques rides de colère doivent toutefois signaler à Sensenbrink qu'il marche sur la corde raide. Mais elle comprend vite qu'elle doit abandonner si elle ne veut pas paraître puérile. On ne peut pas tout avoir : des rides *et* du Botox.

« Bien sûr, vous n'avez pas pu en entendre parler, l'idée est toute nouvelle, s'empresse de répondre Sensenbrink. Mais il n'y a pas de quoi vous inquiéter, vous savez bien que nous ne prenons aucune décision sans vous…

— C'est moi qui ai le dernier mot, répond-elle, un peu trop têtue.

— … Oui, bien sûr que vous avez le dernier mot, c'est évident, que serait "Ange dans la misère" sans Nadège Hackenbusch, mais je vous prie tout de même d'écouter la proposition, nous pensons que nous tenons là une occasion en or… »

Le ton et les efforts de Sensenbrink l'apaisent. Elle esquisse son sourire incomparable que même le *Frankfurter Allgemeine* a qualifié un jour de « foudroyant » et elle dit : « Bon d'accord. »

Elle voit la dénommée Karstleiter se lever, se diriger vers l'avant et déposer ses notes sur le pupitre. Elle montre de légers signes de nervosité, et de toute évidence ce n'est pas seulement parce qu'elle doit parler devant Nadège Hackenbusch, mais aussi parce que le projet est d'une grande ampleur. Ce n'est pas mauvais signe.

« La deuxième saison d'"Ange dans la misère" n'est pas uniquement un immense succès, commence Karstleiter, elle témoigne aussi d'un énorme potentiel : les sondages auprès des téléspectateurs ont montré que Nadège Hackenbusch symbolise l'engagement sincère. Le public apprécie surtout le fait que nous ne passons pas d'un destin à un autre : nous restons dans le même foyer de réfugiés, et il peut suivre l'amélioration de la situation dans son ensemble. Il faut profiter de cet élan et de cet enthousiasme. Et il faut le faire maintenant. Il nous reste à diffuser un tiers de la saison. C'est pourquoi, chère madame Hackenbusch, nous souhaiterions vous demander la permission de faire une émission spéciale pour la fin de la saison. Peut-être même en plusieurs parties. »

Nadège Hackenbusch fait de son mieux pour plisser le front. Pour le moment on dirait juste qu'ils en veulent plus. Et plus, ce n'est pas toujours bien, elle le sait. Elle se souvient d'une de ses premières émissions de télé, une coloc de top-modèles. Les teasers avaient été super bien faits, mais au final ça n'avait été qu'un cauchemar de pacotille. Quelqu'un avait voulu remplir les moments sans top-modèles de machins qui y ressemblaient vaguement. Elle était partie après le deuxième épisode, mais elle se souvient encore très bien de cette horrible cérémonie pour la remise des prix. Il n'y avait ni le stade de Cologne ni le stade Allianz, il n'y avait ni New York ni Paris, ça s'était passé au bord d'une piscine d'un miteux quatre-étoiles à Majorque, sans public, un truc tellement minable qu'on aurait tout aussi bien pu donner l'ignoble prix à la vainqueure sous un abribus. Elle s'empresse donc d'objecter d'un air sceptique : « Ça sonne surtout très *cheap*.

— Le budget sûrement pas, la rassure immédiatement Karstleiter. Nous mettons à disposition plus que pour les épisodes normaux. Nous prenons ça très au sérieux. »

Le remède miracle. Plus de budget, ça veut dire plus d'argent pour elle.

« Nous souhaitons consolider le véritable produit, non pas l'amoindrir. Nous voulons que Nadège Hackenbusch aille au fond des choses. Nous voulons que vous alliez là où le manque de brosses à dents est le moindre des problèmes. Dans le plus grand camp de réfugiés au monde. »

Elle est un peu déboussolée.

« Vous êtes devenus fous ?

— Pourquoi ?

— Avez-vous une idée de ce qu'il se passe là-bas ? On y tire à tout va !

— Personne ne tire sur personne, explique Karstleiter.

— Comment pouvez-vous le savoir ?

— C'est impossible qu'il y ait des fusillades. Sinon, on ne pourrait pas y rassembler les réfugiés.

— S'il n'y avait aucune fusillade, il n'y aurait pas de réfugiés. Vous devriez regarder les infos !

— Madame Hackenbusch, madame Hackenbusch, il n'y a vraiment pas de quoi s'inquiéter, l'interrompt Sensenbrink, il y a des soldats et des Casques bleus et des organisations humanitaires partout !

— Je n'y crois pas. D'où sortez-vous ça ?

— Eh bien, je ne peux pas vous énumérer au pied levé les émissions que j'ai vues, mais pourquoi les réfugiés s'y amasseraient-ils sinon ? Je pense que si vous vous renseignez de façon ciblée sur le sujet...

— Je n'ai pas le temps de regarder constamment je ne sais quels bulletins d'informations. Préparez-moi plutôt un dossier et je ferai vérifier tout ça...

— Madame Hackenbusch, répète Karstleiter tout en douceur, tel un infirmier aux épaules larges, prêt à vous enfiler la camisole de force, croyez-vous vraiment que nous vous laisserions courir à votre perte ? Nous risquons au moins autant que vous.

— Je ne suis pas tout à fait d'accord. »

Sensenbrink lance un regard vers Kärrner dont le visage s'est renfrogné. Il se racle la gorge et lance ensuite sur un ton conciliant : « Peut-être devrions-nous regarder tout cela d'un autre point de vue. Personne n'ignore que les risques sont plus grands que pour un tournage en studio à Cologne. La question décisive est donc de savoir si ça en vaut la peine.

— Je peux vous donner la réponse : en aucun cas !

— Nous l'avons bien compris, c'est très clair, explique Sensenbrink avec une gravité surprenante. Mais mettez-vous un instant à la place du partenaire. *Votre* partenaire. »

Et même si elle rechigne, même si elle ne veut pas qu'on lui prenne les rênes, elle ne peut pas empêcher que Sensenbrink mette la pointe du pied dans la porte et ne l'ouvre ne serait-ce que d'une largeur de main.

« Nous pensons bien sûr d'abord à nos intérêts, mais on ne peut pas nier que nos intérêts et les vôtres sont parfois les mêmes. Et vous pouvez nous croire : si nous discutons avec vous de ces risques, c'est que nous y voyons une occasion à saisir. Pour nous, loin de moi l'idée de le cacher, mais aussi pour vous. Pensez à ce que nous pourrions atteindre avec cette programmation spéciale. Vous distanceriez d'un seul coup toutes ces émissions d'ameublement et de rénovation. Les recherches de l'âme sœur et de personnes disparues…

— Plus personne ne considère que je joue encore dans la même cour que les émissions de Vera Int-Veen, dit Nadège Hackenbusch d'un air récalcitrant.

— Nul besoin de vous comparer avec ça. » Sensenbrink abonde dans son sens. « Réfléchissez, cela témoigne de votre sérieux, mais avec une ampleur jusqu'ici inconnue. Nadège Hackenbusch se rend là où les autres ne vont pas. Comme Antonia Rados.

— Antonella qui ?

— Antonia Rados. La nana de RTL. Qui fait les zones de guerre.

— Connais pas.

— Pas très important. Disons qu'ainsi vous monteriez dans la catégorie de Günther Jauch[1], dit Sensenbrink patiemment. Il n'y en a qu'une qui a réussi en Allemagne : vous rappelez-vous Margarethe Schreinemakers ? »

Évidemment.

Tous ceux qui pratiquent aujourd'hui le Botox se souviennent de Schreinemakers. Meilleure plage horaire, trois heures, quatre heures, des blocs publicitaires aussi longs que l'intégrale de « Dallas », dépasser n'était pas un problème. L'apogée de l'info divertissement. Sans compter que tout le monde aurait aimé rapporter à la maison le salaire de Schreinemakers.

Puis il y avait eu une histoire comme quoi elle aurait mieux fait de payer ses impôts ou un truc du genre. Ça ne pourrait pas arriver à Nadège : elle paye ses impôts, volontiers, à tout moment. La dernière fois, elle s'était contentée de dire : « Je veux qu'après déduction des impôts, il me reste 2,5 millions. Vous devez bien avoir quelqu'un à la compta qui peut faire ce calcul. »

---

1. Günther Jauch est un présentateur de télévision très populaire en Allemagne où il présente la version allemande de « Qui veut gagner des millions ? » *(Toutes les notes sont de la traductrice.)*

Ils avaient quelqu'un.

« Vous serez la nouvelle Margarethe Schreinemakers. Avec la magie d'Angelina Jolie », ajoute cette fichue Karstleiter.

Est-ce qu'elle sent que l'histoire avec Schreinemakers a fait mouche ? Nadège essaye pourtant toujours de ne rien laisser paraître, après tout elle n'est pas une débutante. Mais Sensenbrink a déjà marqué un point, et maintenant cette Margarethe Jolie, ça s'agrippe tout de suite dans sa tête. Ça, et la perspective qu'en tant qu'Angelina Schreinemakers elle aura encore de la présence et de l'effet à l'écran même quand elle aura vraiment besoin du Botox. Jusqu'ici ce n'est qu'à titre préventif. C'est pyrolactique, comme on dit. En tout cas Anne Will, Maischberger et Illner ne sont pas loin des soixante-dix ans et personne ne leur dicte quoi que ce soit. Bien qu'elles ne sachent rien faire qu'une Nadège Hackenbusch ne pourrait pas faire aussi bien.

Évidemment elle ne fait aucune promesse. Elle clôt la réunion à la perfection, comme elle sait le faire. Mais tandis que, de retour dans sa limousine, elle dicte un autre paragraphe de sa philosophie à la nouvelle, elle est inhabituellement déconcentrée. Ça l'énerve presque, mais ses pensées ne cessent de revenir à cette bande-annonce, comme si elle était déjà tournée. Une voix vigoureuse qui dit :

« Notre invité ce soir chez Nadège Hackenbusch : Sa Sainteté. »

4

LE RESPONSABLE de la séance n'est pas encore arrivé et l'ambiance ressemble à celle d'une classe de lycée quand le professeur est en retard. Au fond c'est assez étonnant, puisque cette classe-ci n'est autre que le gouvernement fédéral. Pour sa défense : ce sont les vacances parlementaires. Le Parlement est en pause, pratiquement tout le monde est en pause, le gouvernement fédéral ne se réunit que tous les quinze jours au lieu d'une fois par semaine. Le chancelier est en vacances, le vice-chancelier aussi et la plupart des ministres bien entendu, donc tous envoient leurs représentants qui n'ont pourtant rien à se dire non plus. Certains se trouvent même assis à la table du cabinet pour la première fois de leur carrière. Secrètement ils ont tous déjà essayé les fauteuils noirs, particulièrement celui du milieu, avec selfie, doigt posé sur la sonnette du chancelier et tout le toutim, mais tous n'ont pas encore été officiellement envoyés ici dans le but de s'asseoir pour de bon et faire quelque chose d'utile.

Dans le cas présent, le terme « utile » n'est évidemment pas très opportun, aujourd'hui on se contentera pour l'essentiel de faire acte de présence et de triompher du règlement intérieur. Et tant que la ministre de l'Environnement, la doyenne et responsable de la séance, n'est pas arrivée, même ça devra attendre.

Le secrétaire d'État cherche des visages connus. Lohm devrait être là lui aussi. Lohm et lui font partie des plus jeunes, seule mademoiselle Amsel des Verts est encore plus jeune qu'eux. N'empêche qu'il s'est retrouvé dans cette pièce plus souvent que la plupart d'entre eux, même plus souvent que Lohm. Leubl, le ministre de l'Intérieur, l'y envoie par principe, pas seulement en été.

« Parce que je sais que même quand ça sort de l'ordre du jour vous continuez à réfléchir, avait dit Leubl la première fois.

— C'est très aimable, mais les autres aussi...

— Rendez-moi service et gardez votre loyauté pour vous. En tout cas quand nous sommes entre nous. Vous êtes le seul que j'ai vraiment choisi. Rogler est avec moi parce que le ministre-président lui doit une faveur. Schwanstatt est une chieuse de première, elle est à la botte de l'union des femmes en milieu rural et du salariat chrétien-démocrate. Si je l'envoie, je peux être sûr qu'elle se perdra sur le chemin du retour, et croyez-moi, j'en serais heureux. J'ai accepté qu'on me les impose à la seule condition qu'en contrepartie je puisse vous avoir à mes côtés.

— Je ne le savais pas...

— Alors vous vous êtes dit quoi ? Que le vieux était gâteux ? Que sur les trois billets de loterie qu'il a tirés, il a fait exprès de choisir deux perdants ? »

Il l'avait regardé d'un air si sévère que le secrétaire d'État avait préféré se taire. Puis Leubl s'était assis à son bureau, avait ouvert un porte-documents et commencé à lire. Sans lever la tête, il avait ajouté :

« Maintenant vous savez qu'il n'en est rien. Quand j'ai un empêchement et que je ne peux pas me rendre au cabinet, vous êtes mon homme. Quand je n'ai pas envie, pareil. J'attends de vous que vous preniez vos dispositions. »

Donc le secrétaire d'État est prêt, même si aujourd'hui, tout ce qu'il y a au programme est un compte rendu sur la recherche énergétique. Même pas sur la transition énergétique, non, sur la *recherche* énergétique, ce qui a à peu près autant d'importance que les films que les profs vous montrent lors du dernier cours avant les vacances.

Les joyeux tweets emplissent l'espace de leur silence. Théoriquement, car madame Karsdorff-Gundelingen et Stohn du ministère des Transports n'ont toujours pas compris comment mettre le son des touches en mode silencieux. Ça n'arrête pas de cliquer, lettre après lettre, toutes ces technologies modernes leur servent aussi peu qu'une canne pour aveugle à un voyant ; et la seule chose qu'on peut en déduire, c'est que ni Stohn ni Karsdorff-Gundelingen ne font partie de ceux qui refourguent secrètement, sous la table, des informations à la presse. D'ailleurs il se demande bien qui voudrait échanger des informations avec eux, c'est un mystère. KG est aussi bête qu'elle en a l'air, et Stohn est un tel suppôt de l'industrie automobile que ça en devient gênant. Stohn est une tête en béton avec des glissières de sécurité tellement larges devant le crâne que tous les journalistes gémissent en le voyant. Même ceux du magazine *ADAC Motorwelt*.

Il salue Grevensen. Lui, il le respecte. Pendant quarante-cinq ans, Grevensen a répandu le confort social-démocrate en Rhénanie-du-Nord-Westphalie, en débutant dans leur organisation de jeunesse, l'aile gauche, mais tempérée. Et ce que signifie réellement ce travail de terrain, on ne peut s'en faire une véritable idée qu'en discutant en privé avec lui, dans son appartement de député, autour d'un verre de vin et de sa collection de jazz. Lui qui avale tous les écrivains américains et un tas de Français dans leur langue d'origine vous révèle alors combien il a du mal à écouter l'horrible baratin des camarades, leurs slogans répétés à l'infini, leur grossièreté insupportable, et quel immense effort cela lui coûte de ne pas s'enfuir en courant lorsqu'il se retrouve devant une fanfare de mineurs.

« Les chansons sont à mourir d'ennui. Et en plus le tempo est malmené ! Comme s'il n'y avait que des asthmatiques claironnants ! De la musique de cuivres comme facteur d'intégration sociale, c'est bien beau, mais faut-il vraiment montrer ça sur une scène ? J'ai passé six ans à regarder mes enfants débiter leurs textes à l'atelier de théâtre de l'école – pour ce qui est du soutien culturel, je peux vous garantir que j'ai largement apporté ma contribution ! »

Un jour, ils lui avaient foutu un jeune candidat sous le nez. Et pour qu'il ferme sa gueule et qu'il congratule gentiment ce futur successeur, on lui avait donné le poste de secrétaire d'État au ministère de la Justice. C'est justement ce qu'il aime chez Grevensen : beaucoup verraient ça comme un passage à la retraite, comme des vacances anticipées, et ne se gêneraient pas pour commencer à boire dès onze heures du matin afin que leur temps grassement rémunéré passe plus vite. Grevensen, lui, joue le jeu jusqu'au bout, un vrai pro. Il a sûrement lu la présentation d'aujourd'hui. Il a vérifié si quelque subordonné révélerait involontairement un positionnement, ferait des concessions, accepterait des détails, il a à coup sûr demandé à des collègues s'il y a eu des accords ou des remarques dans ses propres rangs – le tout pour découvrir que la proposition est vraiment aussi ennuyeuse qu'elle en a l'air. C'est plus que ce que quatre-vingts pour cent des personnes présentes feraient, les deux ministres qui se sont personnellement déplacés inclus.

Le portable du secrétaire d'État clignote. WhatsApp. « T'es au courant ? NH fait de la pub pour des produits de nettoyage de salle de bains ! »

C'est Lohm. Bien sûr. Une réponse s'impose : « Très intéressant. »

À peine a-t-il appuyé sur « Envoyer » que le message suivant arrive :

« La tarlouze exulte, c'est le bonheur de la fiotte : enfin de l'air frais dans les chiottes.

— Pédé refoulé, répond-il, tu es où ? »

À ce moment-là Lohm passe la porte de la salle, un sourire insolent aux lèvres, et lui fait un clin d'œil. Le secrétaire d'État répond en roulant des yeux, d'un air à la fois bienveillant et ennuyé. Ils se connaissent depuis leurs études de droit. Lohm était beau gosse à l'époque, même après avoir rejoint les Verts, dont les goûts vestimentaires sont pour le moins douteux. Il était aussi très rusé. Avec Lohm, on rigolait tout le temps. Malheureusement il était hétéro jusqu'aux dents.

D'un autre côté, c'était Lohm qui lui avait conseillé de jouer offensivement la carte de l'homosexualité alors qu'ils étaient encore à la fac. Il était l'un des premiers à qui il s'était confié. Et Lohm avait eu raison. Dans le FDP[1] de Guido Westerwelle, ça n'aurait pas posé problème, l'homosexualité faisait partie du folklore, de la petite extravagance d'un parti à cinq pour cent qui n'était pas plus qu'un groupe marginal. Dans la CSU[2], c'était une assertion bien différente. Il fallait des couilles.

« Oui, mais tu les as, les couilles.

— Tu ne sais pas de quoi tu parles.

— Ah, tu crois ? Je conduis une Porsche 911, année de construction 1978. Je lui mets du plomb, pas parce qu'elle en a besoin, mais parce que ça lui fait du bien. Je suis en train de faire construire une maison, dans la campagne profonde, avec triple garage *et* carport, histoire que ma Jeep Gladiator de 65 soit au sec même quand ma copine vient avec son Alfa Spider. Crois-tu vraiment que les Verts m'épargnent ? »

Lohm avait raison : le secrétaire d'État avait des couilles.

Il aurait pu céder à la facilité, mais il voulait qu'on le prenne au sérieux et il avait donc suivi le dur chemin de Grevensen, à la différence près qu'il ne caressait pas l'âme du parti dans le sens du poil. Il écumait les sections locales, il parlait avec tout le monde et il disait à tous qu'il était homo avant soit de les soûler parce qu'il tenait mieux l'alcool, soit de les piller aux cartes. La soirée où, à environ vingt-cinq ans, il avait mis une raclée à la belote au directeur du groupe parlementaire, au vice-secrétaire d'État et à une conseillère pendant la réunion du parlement régional est restée légendaire. La manière dont il les avait fait cracher au bassinet : « Messieurs-dames, j'accepte les

1. Parti libéral-démocrate allemand.
2. L'Union chrétienne-sociale, parti politique allemand de centre droit qui n'existe qu'en Bavière, plus conservateur que la CDU, l'Union chrétienne-démocrate, son parti frère.

chèques, mais pas les pipes. Et ça ne vaut pas que pour la dame. »

Depuis ce jour-là, Lohm le fait marcher avec les nouvelles sur Nadège Hackenbusch. Car pour des raisons qu'il n'arrive pas très bien à comprendre, Nadège Hackenbusch est considérée comme une icône pédé. Il n'est pas rare de voir ce genre de choses : il a lu récemment que Marianne Rosenberg[1] se creuse encore aujourd'hui la tête pour comprendre ce qui lui avait valu cet honneur, après tout d'autres aussi avaient chanté des morceaux du style « Il est tout à moi ». En tout cas cette Hackenbusch n'a vraiment aucun lien, quel qu'il soit, avec la communauté gay. Il suffit de regarder comment elle bouge, parle, se comporte, pour voir que c'est une hétéro pure et dure, la seule chose d'insolite chez elle est son écrasante hypocrisie. Parfois, Tommy regarde sa série à la télé, c'est une femme horrifiante. D'après ce qu'on dit, son émission actuelle est plus ou moins sérieuse, comparée à d'autres. Mais quand on connaît ne serait-ce qu'un minimum le fonctionnement de la télé, on comprend tout de suite que ce n'est qu'une mesure publicitaire en faveur d'entreprises en faillite : elles font installer je ne sais quelles cages à poules pour les enfants défavorisés, et en compensation leur logo passe une centaine de fois à l'image. En plus, il ne faut pas se laisser abuser, c'est surtout un tremplin pour Hackenbusch qui veut petit à petit passer à de meilleurs créneaux horaires avec des contrats publicitaires plus intéressants. Il connaît les gens de son espèce, elle ne se contentera jamais d'une émission de niche comme cette grenade chantante dans son bar portuaire. Oh non, Hackenbusch vise la ligue de Thomas Gottschalk et ses célèbres émissions.

La ministre de l'Environnement finit par arriver. Normalement ce serait le moment où on demanderait à tous les journalistes de quitter la salle, mais aujourd'hui

1. Chanteuse de pop et de schlager, née en 1955, très célèbre dans les années soixante-dix.

il n'y en a pas, un autre signe qui prouve que la journée va être d'un calme plat. Une aire de jeux pour les ministères de l'Environnement, de la Recherche et peut-être aussi de l'Économie. Sauf que le ministre de l'Économie aussi est absent, apparemment ils ont tout manigancé pour que les deux autres puissent briller. Deux secrétaires d'État gloussent, la ministre de l'Environnement lève les yeux d'un air menaçant. L'équilibre fonctionne tant qu'on n'exagère pas trop, d'un côté comme de l'autre. Il se souvient que le ministre de la Défense a essayé un jour de se montrer particulièrement actif en l'absence du chancelier et du vice-chancelier – comme le délégué de classe qui veut tout à coup prendre en charge le cours pour pouvoir ensuite dire au prof de combien de pages on a pu avancer.

Le secrétaire d'État affiche le visage de l'auditeur pensif afin de pouvoir observer discrètement ce qui l'intéresse le plus : les comportements inhabituels. À un moment ou un autre, le ministère de l'Économie devra montrer son opposition, car dans le texte il manque le paragraphe sur les mesures d'encouragement, et ça l'étonnerait que Klein ne grappille pas un peu d'attention avec ses protestations. Klein aime s'écouter parler.

À un moment, la ministre de l'Environnement va faire une blague dans laquelle apparaîtra son mari. Il sait et attend tout ça, mais son attention se dirige surtout sur ce qui n'est pas comme d'habitude. Ce sont ces détails qui révèlent si quelqu'un abandonne ses positions, et c'est ça qui montre s'il a passé un marché avec d'autres. Qui signale peut-être même un changement radical de cap politique comme jadis dans le cas du ministre des Affaires étrangères s'offrant ouvertement à la gauche avec sa critique sur l'OTAN. Leubl avait prédit ce revirement quatre semaines plus tôt, parce qu'il avait remarqué que lors de la commission de l'Intérieur quelqu'un avait fait une remarque inhabituelle au sujet de l'immigration. Mais aujourd'hui il n'y a rien à découvrir. Et c'est dû au système du secrétaire d'État parlementaire.

Cette fonction avait initialement été pensée comme une sorte de camp d'entraînement pour les jeunes talents de la politique, une équipe ministérielle des moins de vingt et un ans. C'est pourquoi ces postes ne peuvent être pourvus que par les députés du Bundestag. Mais quand on regarde les secrétaires parlementaires, c'est tout le contraire d'une pépinière de talents. Presque personne en dessous de cinquante ans, et ceux en dessous de quarante sont une exception. Pour le dire gentiment, c'est dû au fait que parmi les six à sept cents députés, de toute façon, les jeunes sont rares. Pour le dire moins gentiment, le parti considère le poste de secrétaire parlementaire comme un placard idéal – on y met des personnes à qui on devrait donner une fonction, mais pour lesquelles on n'en a pas. Offrir à KG un poste de secrétaire d'État parlementaire signale à la fois aux entrepreneuses, à la fédération régionale de Rhénanie-Palatinat et à l'industrie cinématographique qu'ils sont tellement importants que leur élue a droit à un poste proche du gouvernement. Mais c'est quand même la merde pour la fonction et pour les citoyens, parce que KG est nullissime, et ce n'est sûrement pas la seule si on prend le temps de faire le tour des parlementaires. Résultat : l'association des contribuables n'arrête pas de tirer sur les parlementaires. Ça tombe sous le sens, s'il existe des postes auxquels on peut nommer n'importe quel idiot, autant supprimer ces postes.

Il regarde sa montre. Avec un peu de chance, la réunion sera finie dans une heure. Dans une heure et demie si Klein se lance dans un de ses laïus interminables et que tous sont assez malins pour ne pas y répondre, ce dont malheureusement on peut douter pour au moins deux candidats. En tout cas impossible que ça dépasse treize heures. Il envoie donc un message à Lohm :

« On déjeune ? »

Lohm répond :

« Éthiopien ? Congolais ? Nigérian ? Aujourd'hui Afrique oblige !

— Hein ?

— Tu ne t'es pas installé une alerte Google pour ta chérie ? NH part en Afrique. »

5

ASTRID VON ROËLL est coincée en Afrique et elle se les gèle. Malgré les trente-neuf degrés de température extérieure la reportrice d'*Évangeline* tente d'étirer discrètement les manches trois quarts de son gilet pour en faire des manches cinq quarts, puisque la clim du quatre-quatre est réglée sur environ quinze degrés. Elle lutte contre la température et l'avarice : la veste était un peu chère, même beaucoup trop chère, et elle ne veut pas détendre les manches délicates. En vérité, elle s'en ficherait si Nadège Hackenbusch, assise face à elle, n'affichait pas un visage on ne peut plus détendu. Astrid von Roëll ne veut pas donner l'impression qu'elle ne sait pas que même les quatre-quatre africains ont des clims. Elle tente donc de rester impassible, comme quelqu'un qui adore ces merveilleux changements de température typiques des voyages à l'étranger.

Elle observe Nadège Hackenbusch qui pianote sur son smartphone. Elle essaye de découvrir son secret sans se faire remarquer. Après tout, Nadège Hackenbusch ne porte qu'une minijupe en jean, un top simple et élégant, une veste en jean par-dessus, puis des baskets en toile de lin. À l'exception des pierres brillantes, l'ensemble fait très terre à terre, presque trash, mais Astrid a vu l'étiquette, elle sait donc très bien que ces fringues valent au moins quatre mille euros, sans compter les chaussures et les accessoires. Et pourtant : c'est évident qu'elles n'ont pas de chauffage intégré. Comment est-ce possible ? Comment supporte-t-elle ? Porte-t-elle des sous-vêtements thermiques ?

Quelle femme étonnante.

Astrid von Roëll a suivi la carrière de Nadège Hackenbusch depuis le départ. Ses premiers pas dans le télé-crochet, les pannes embarrassantes. Dans les conférences de rédaction on en riait sous cape. Cette naïveté. Elle se rappelle qu'à l'époque, dans la classe de sa filleule, les filles ingénues étaient châtiées d'un « T'es vraiment une Nadège ! » ou de manière plus concise d'un « Triple Nadège ! ». Bien sûr elle s'était fait virer au quatrième tour et avait réussi à tenir le troisième seulement parce qu'elle faisait grimper les parts d'audience, parce que ses vidéos YouTube étaient cultes et parce que les managers de la télé doivent bien vendre des pubs. Son physique et sa simplicité rafraîchissante étaient parfaits pour cela. Des jambes interminables, presque trop longues en fait et toujours un peu maladroites, pas complètement gauches, mais souvent à deux doigts de se replier comme chez un petit veau. Une poitrine polyvalente qui, selon la situation, se laissait remonter de façon palpitante ou cacher vertueusement dans les vêtements appropriés, comme maintenant. Ce visage sensationnel qui à l'époque déjà vous coupait le souffle tout en paraissant aussi normal que celui de l'aide de la boulangerie du coin. Un sourire comme le lever du soleil, une grande gueule qui n'arrêtait jamais et d'où sortait une quantité incroyable de conneries, mais aussi une honnêteté inconditionnelle. Il était pourtant évident que ce n'était pas une bonne idée de lui confier sa propre émission.

La même histoire qu'avec Franzi Van Almsick. Une nageuse qu'on envoie faire des interviews. Comme si n'importe qui pouvait devenir journaliste du jour au lendemain. Et c'est de la même manière qu'ils avaient envoyé au casse-pipe la pauvre vainqueure du casting, Nadège Hackenbusch. Ils auraient dû voir qu'elle était incapable de dire un texte face caméra. Même aujourd'hui, elle en est incapable, parce qu'elle n'a aucune idée de comment ça doit sonner. On peut lui faire visionner des présentateurs à la pelle, elle n'entend aucune différence. Et à chaque nouvelle tentative désespérée, ça devenait un peu plus tordu. Et plus hésitant, de moins en moins elle-même. Ça passait mal, et les spectateurs le sentaient, l'audience s'est mise à baisser jusqu'à sombrer.

Le secteur des médias peut être si cruel. Surtout avec les femmes. Personne ne le sait mieux qu'Astrid von Roëll. Cela fait seize ans qu'elle est chez *Évangeline* et à chaque fois ça la bouleverse. Il n'y a qu'à voir Esther Schweins avec son émission de divertissement sur RTL ! Ou, encore mieux, Tanja Schumann ! Toutes deux avaient été super drôles, et maintenant ? Les mecs avaient tous été recasés, mais les femmes ? Pareil pour Ingrid Steeger. Après « Klimbim » et « Filles célestes », le ressort était cassé, il n'y avait plus rien à faire. Steeger avait pu se maintenir un peu grâce à ses amours malheureuses et son destin de chômeuse. Schumann au contraire avait dû partir dans la jungle pour « Je suis une célébrité, sortez-moi de là ! » car sa vraie vie n'était pas assez misérable. En comparaison Nadège Hackenbusch s'était beaucoup mieux débrouillée.

Pour autant qu'Astrid von Roëll se souvienne, Hackenbusch n'avait jamais entièrement disparu. Sa vie incroyablement agitée y était pour beaucoup. Le mariage avec le joueur de l'équipe nationale de hockey, le premier enfant (son fils Keel), le divorce, la carrière de chanteuse vraiment pitoyable et la liaison simultanée avec le YouTubeur LeBrezel (« accentuez la dernière syllabe s'il vous plaît »), la séparation après cette histoire de viol se soldant par un deuxième enfant, presque comme une chute parfaitement programmée, les discussions autour de l'avortement parallèlement au procès s'achevant dans des comparaisons douteuses. Puis l'heureuse naissance de son deuxième fils Mynce (nommé d'après le lieu de reproduction comme chez les Beckham) et le livre sur la maternité auquel Astrid avait participé en tant que conseillère, quoique sans être citée. Le livre avait fait un flop et Nadège Hackenbusch était mûre pour la jungle quand est arrivé « Ange dans la misère ».

La voiture est équipée de sièges en cuir ; c'est incroyable, le temps que ça prend pour les réchauffer. C'est bon pour les tissus conjonctifs, se console Astrid von Roëll. Nadège

Hackenbusch fait disparaître son portable dans son sac Louis Vuitton d'un geste souple. Autrefois certaines femmes arrivaient à manier leurs cigarettes de façon très élégante – le smartphone est la cigarette de Nadège Hackenbusch.

« Qu'est-ce que vous avez pris pour le shooting ? demande-t-elle en se penchant vers Astrid von Roëll.

— Beaucoup de H&M, ils passent pas mal d'annonces en ce moment. Un peu de Hallhuber et puis deux valises remplies de Doris zu Wagenbach.

— Oh mon Dieu !

— Tu sais comment ça marche chez nous.

— Doris zu Wagenbach ! s'exclame Nadège en marquant à merveille son dédain. Il suffit de balancer une courtepointe et un clown dans un broyeur et le résultat, on le porte comme robe de soirée. Je ne comprends vraiment pas ce qui vous plaît chez elle.

— La rédaction en chef considère que c'est la mode à venir…

— … Le nouveau talent de la mode ? Wagenbach ? J'aime bien votre rédaction en chef, mais tu sais comme moi à quoi ils ressemblent. Votre vice-président arrive-t-il enfin à fermer sa chemise ? Chaque fois que je passe vous voir, il a un bouton défait. Et on peut parler de chance si ça se limite à la chemise. Mon Dieu, cet homme travaille pour *Évangeline* ! Personne ne le lui a jamais dit ou quoi ? »

Astrid von Roëll essaye de masquer qu'elle est frigorifiée. « Il suffit que nous nous servions de deux ou trois tenues, le reste, je le reprends sans y toucher. Et il y a aussi beaucoup de Hallhuber.

— Hallhuber. Mon Dieu. Mais c'est mieux que rien. » Nadège Hackenbusch se laisse de nouveau glisser au fond de son siège et soupire bruyamment. Elle regarde par la fenêtre. Derrière les vitres teintées, un autochtone disparaît dans la poussière bleu clair, jaune et gris. On ne voit pas grand-chose quand on regarde par la fenêtre. Leur voiture est la troisième de la colonne, les deux véhicules qui roulent devant brouillent à peu près tout. « Mais je te fais confiance.

Il ne faut pas que ton article donne l'impression que je porte ces saloperies en privé.

— Tu peux compter sur moi, se dépêche de la rassurer Astrid von Roëll. C'est uniquement pour le shooting.

— Oui, mais c'est quand même affreux ! Je veux dire, ce sont des gens pauvres, vraiment pauvres. Ils n'ont même pas de toit au-dessus de la tête, ils n'ont rien à manger. Et nous voilà, fraîchement arrivées d'un des plus riches pays du monde, et qu'est-ce que nous leur apportons ? H&M et Doris zu Wagenbach ! Ces gens doivent se sentir comme les derniers des cons.

— Ils ne portent pas non plus du Dior, tente de l'amadouer Astrid von Roëll.

— Exactement. D'habitude, ils ne portent que de la camelote, alors ils peuvent aussi porter de la merde.

— Attends, H&M n'est pas de la...

— Voilà pourquoi notre monde ne trouvera jamais la paix. Il nous manque la *sensibelty* pour les plus pauvres des pauvres !

— Nous avons aussi Hallhuber... », répète Astrid von Roëll, démunie.

Elle sent un léger spasme dans la gorge. Il fait un froid de chien dans cette putain de bagnole, ça fait vingt-sept heures qu'elle est debout et elle s'est vraiment donné de la peine. Nadège Hackenbusch déteste Doris zu Wagenbach, à cause de cette histoire avec shop@Home. Parce que Wagenbach avait récupéré les slots de Hackenbusch une fois que les ventes des push-up Hacken avaient commencé à décroître. C'était la faute de personne, les poitrines fortes n'étaient simplement plus tellement en vogue, mais selon Nadège Hackenbusch, Wagenbach avait tout manigancé. Et comme Astrid von Roëll sait tout ça, elle a bataillé pour qu'il y ait quelques jolies tenues de Hallhuber, vite fait bien fait. Ça n'a pas été si simple. Elle a même dû rappeler trois, quatre fois cette truffe de stagiaire du service mode avant d'arriver à ses fins. Et maintenant cet accès de colère ! Normalement elle n'est pas chochotte, mais pendant un instant elle craint de se mettre à pleurer. Pile à ce moment, Nadège Hackenbusch dit : « C'est la même chose que pour cette putain de bagnole. »

Ah bon ?

Son humeur exécrable n'est donc pas sa faute. Mais celle de la voiture.

C'est dans ces moments-là qu'Astrid von Roëll se félicite d'avoir toujours été près de Nadège Hackenbusch durant sa carrière. À fleur de peau. Elle dirait même que Hackenbusch est sa découverte. Depuis que Nadège Hackenbusch a eu son premier show, « Tournez Nadège ! », devenu par la suite un vrai fiasco, sur kabel eins, Vox ou RTL 2. Aujourd'hui Astrid von Roëll sait tout ce qu'il y a à savoir sur Nadège Hackenbusch. Elle a si souvent décrit cette magnifique histoire à la Cendrillon, cette ascension incomparable d'une star, à travers des portraits, des interviews et des articles, qu'elle a l'impression d'avoir pataugé dans la boue avec elle, d'avoir parcouru elle aussi tout ce chemin caillouteux, les dures années après le bac, la minuscule colocation à Hambourg, la peur de ne plus pouvoir payer le loyer : Nadège Hackenbusch, star et modèle pour des centaines de milliers de femmes et de filles, vient – rares sont ceux qui le savent – d'un milieu social très modeste. Et elle, Astrid von Roëll, a toujours été à ses côtés. Même au moment de cette histoire de viol, une histoire vraiment sordide, avec les énormes difficultés pour prouver les faits, comme pour chaque viol. La preuve de la vitesse à laquelle on peut passer du statut de victime à celui de coupable. La position difficile d'une femme face à un tribunal et à l'espace public. Juste parce qu'elle avait un tournage au moment des faits. Beaucoup de journaux avaient douté d'elle.

Comme si lors d'un viol, on passait son temps à regarder un agenda.

« Les juges allemands vivent encore dans les années cinquante, avait écrit Astrid von Roëll dans un commentaire à l'époque. Si une année comporte trois cent soixante-cinq jours, la justice ne peut pas dépendre du hasard d'une date correcte. » Il y avait eu plein de courriers de lecteurs et beaucoup de réactions sur le site, énormément de femmes l'avaient remerciée.

« Qu'est-ce qui ne va pas avec la voiture ? »

Astrid von Roëll caresse l'idée de baisser la vitre pour compenser le froid par la chaleur africaine, mais la poussière est trop dense. Elle ne veut pas montrer de faiblesse, bien qu'elle craigne que ces lèvres ne soient déjà bleues. Comment elle tient le coup, cette Hackenbusch ? « J'ai l'impression que la voiture est neuve. Pour les autres, je ne suis pas tellement sûre, mais celle-ci… elle sent même le neuf.

— Ils ont des sprays, explique Nadège, ils essayent de nous rouler dans la farine dès qu'ils peuvent. Mais j'y étais préparée.

— Qu'est-ce qui ne va pas alors ?

— Allô ? La couleur !

— La couleur ?

— Ils m'ont dit que j'allais être la nouvelle Schreinemakers. Et moi, j'ai dit que je voulais une voiture avec des zébrures. Comme dans Daktari.

— Mais il y en a. C'est une super idée, ça m'a tout de suite frappée.

— Oui, en noir et blanc. Mais du noir et du rose ?

— Je croyais que c'était voulu, parce que c'est ton émission et que le rose, c'est ta…

— Est-ce que Schreinemakers se serait baladée dans une bagnole zébrée de rose ?

— Je…

— Est-ce que Günther Jauch se balade dans des voitures roses ? Plasberg ? Ingo Zamperello ?

— Non…

— Je suis peut-être une pauvre fille, mais j'ai des yeux. Et je vois très bien dans quoi se baladent les vraies nanas. Daktari sauve des animaux. Il passe ses journées à penser aux animaux et aux gens, et c'est pourquoi il prend une voiture aux zébrures noir et blanc comme tout le monde en

Afrique. Moi je me retrouve dans une caisse rose, comme si cette couleur avait une importance pour moi. »

Dans ces moments-là, Astrid von Roëll est vraiment enthousiaste. Elle est vraiment fan. Parce que Nadège prête attention à des détails qu'elle n'aurait jamais remarqués. C'est là qu'on sent qu'une star n'est pas une star par hasard, mais bien parce qu'elle remarque des choses devant lesquelles d'autres passent sans faire attention.

« Qu'est-ce que tu vas faire ?

— Il faut qu'ils changent, et que ça saute. Le directeur de production n'a qu'à nous trouver une autre bagnole, et vite.

— Tu penses que c'est possible ?

— "Impossible", ça n'existe pas. Et je veux avoir un droit de regard sur le montage final. Je te jure que si cette bagnole à la Cindy von Marzahn[1] apparaît ne serait-ce qu'une seconde à l'image, je fous le bordel dans leur boutique de merde. De toute façon, ProSieben a déjà contacté mon manager, si je veux, ils me déroulent le tapis rouge. Mais ça, tu ne l'écris pas. »

Astrid von Roëll hoche la tête d'un air pro. Voilà le genre d'histoire qu'adorent les lectrices d'*Évangeline*. Des femmes qui présentent bien et qui ne sont quand même pas bêtes, mais capables de s'imposer. Impitoyables et sensibles, choses que les hommes devraient être un peu plus souvent – mais dans la vraie vie, seules les femmes sont ainsi. Quelques-unes. C'est pourquoi elle est la meilleure personne pour « Ange dans la misère ». Parce qu'elle sait prendre les choses en main, parce qu'elle a connu la vie au plus bas de l'échelle, parce qu'elle est un modèle pour les plus faibles, parce qu'elle se bat pour ceux qui sont dans le besoin, les femmes, les enfants et même pour ce petit chien à la fin de la première saison. Parce qu'elle observe les conditions dans ce foyer et qu'elle dit toujours : « "Impossible", ça n'existe pas. »

Il faudrait que quelqu'un assène la même chose dans sa rédaction.

1. Personnage inventé et incarné par l'humoriste Ilka Bessin.

Et elle ne va pas s'en priver. Il est question de la faire monter à la rédaction en chef sous peu. Actuellement, il y a encore marqué « *Editor at Large* » sur sa carte de visite, comme dans les grandes maisons d'édition américaines, mais il est probable que bientôt il y aura « Membre de la rédaction en chef », très bientôt même. Ou mieux : « Membre de la rédaction en chef *at Large* ». Il serait temps : elle sait diriger les gens, elle prend les bonnes décisions. Elle a arrangé elle-même son bureau au coin de l'étage, et tous le trouvent parfait.

D'ailleurs ce n'est pas un hasard si Astrid von Roëll est responsable pour tout ce qui touche à Nadège Hackenbusch : elle et Nadège sont pour ainsi dire des âmes sœurs. Astrid von Roëll peut se montrer impitoyable, être journaliste confère pas mal de pouvoir. On voit et on entend tellement de choses, et c'est cela qui vous permet de devenir politicien at Large ou manager at Large. Certes, elle n'est pas aussi belle que Nadège Hackenbusch, mais elle sait exprimer des choses formidables avec des mots, et c'est pourquoi Nadège Hackenbusch la respecte tant. Elle ne le lui dit pas toujours, mais c'est évident. C'est aussi pour cela qu'elle est dans cette voiture avec elle, en exclusivité pour ainsi dire. Nadège Hackenbusch lit tout ce qu'on écrit sur elle et elle retient qui est loyal et qui est méchant comme les journaleux de *Gloria* par exemple ou ces types haineux de *G-Style* avec leurs flingages à peine masqués. Quand on se démarque de ces articles, le courant passe tout seul. Mais il faut rester attentif.

Ils sont nombreux, les collègues qui aimeraient avoir, eux aussi, leur part du gâteau. À intervalles réguliers, il y en a un qui se pointe pour proposer une histoire avec Hackenbusch pendant la conférence de rédaction. En général Astrid von Roëll coupe court : « Ce n'est pas possible, Nadège me l'aurait raconté. » Elle dit « Nadège » comme en passant, afin que tout le monde sache qu'elles sont très proches et que c'est impossible qu'il arrive quelque chose à Hackenbusch sans qu'elle en ait vent. Le rédacteur en chef la charge alors de vérifier et le plus souvent il s'avère que ce sont vraiment des conneries. Ou alors que c'est totalement différent. Comme avec la deuxième grossesse et son collègue, M. Grant, qui aurait bien aimé lui mettre le grappin dessus. « Nadège Hackenbusch dans sa neuvième semaine. » *Bullshit.*

Ça avait été la dixième.

Quand « Lou » Grant se met à faire des « recherches » ! Il n'avait pas arrêté de pleurnicher, « mais elle est enceinte, elle est enceinte », simplement parce qu'il voulait signer l'article. « Tu ne peux pas m'exclure comme ça. Ce n'est pas possible.

— "Impossible", ça n'existe pas. » Voilà ce qu'elle dirait. Il n'aurait qu'à en discuter en long et en large avec un membre de la rédaction at Large. « Lou » Grant avec ses infos de rien du tout.

Ses infos en dessous de zéro !

Astrid von Roëll a presque chaud à force de s'énerver, mais en fait c'est surtout qu'elle ne sent plus ses doigts de pieds gelés. Elle aimerait se glisser hors de ses chaussures et coller ses pieds contre son corps assis sur cette banquette, mais ça fait vingt-huit heures qu'elle porte ces chaussures, et qui sait si…

« Regarde ça, lance Nadège Hackenbusch tout excitée, des serres ! »

Voilà exactement la raison pour laquelle il vaut mieux éviter de faire des directs avec Nadège. Ce qui au premier coup d'œil ressemble à des serres est en réalité des tentes blanches, en forme de tonnelles. Imprimées UNHCR en majuscules bleues, impossible de les louper.

« Oups, dit-elle, UNICEF. Nous allons sûrement arriver bientôt. »

Mais non. Dans ce néant, les rangées de tentes sont infinies. Ça ne s'arrête jamais, et pourtant la colonne de voitures roule assez vite. Les tentes n'en finissent pas, elles ne deviennent ni plus grandes ni plus hautes. Dans chaque lieu, on s'attend à trouver quelque chose comme un centre, une église, un château, un pont qui surplombe une rivière. Ici, il n'y a rien. Avant, il n'y avait rien non plus, et c'est pourquoi tout est pareil, partout cette épaisse couche de tentes sur un sol poussiéreux, desséché, brûlé. Le regard glisse au-delà des toits des tentes vers la vaste immensité, une mer de bâches blanches légèrement moutonnantes et des êtres humains sombres, flottant entre ces vagues, des centaines et des centaines de vagues dont se détachent encore et encore des groupes d'enfants qui se mettent à courir derrière eux, accompagnant un temps la colonne de voitures comme les bandes de dauphins un bateau.

Astrid von Roëll regarde vers Nadège Hackenbusch collée à la vitre teintée, sidérée de l'ampleur démesurée, écrasante du camp dont l'étendue illimitée vous fait comprendre brutalement que ce n'est pas juste un foyer en un peu plus grand, mais quelque chose de très différent, une ville de tentes capable d'accueillir tous les habitants de Berlin ou de Paris. Le plus épouvantable, se dit Astrid von Roëll, c'est que ça va quand même être difficile de trouver sept ou huit endroits adéquats pour faire des photos avec les femmes réfugiées. Voire un seul.

Finalement la voiture s'arrête. La porte coulissante s'ouvre. Astrid von Roëll ferme les yeux. Sa bouche s'ouvre comme si on l'avait délivrée, et elle s'offre à ce magnifique air qui s'engouffre dans la voiture, elle a envie de se jeter en lui, tout engourdie qu'elle est, elle a envie de se laisser glisser dans cette divine chaleur flamboyante, elle s'empare rapidement de son sac, prête à descendre dès que Nadège Hackenbusch aura quitté ce palais des glaces sur roues. Une main pénètre à l'intérieur de la voiture, c'est une main blanche et, en voyant la montre, Astrid von Roëll reconnaît la directrice de production sur place qui se propose d'aider Nadège Hackenbusch à descendre, et Nadège Hackenbusch saisit la main comme si c'était une évidence, comme s'il n'aurait pas non plus été étonnant de voir quelqu'un jeter son manteau dans la poussière devant elle. Elle se redresse avec souplesse, elle doit être immunisée contre le froid, comme un ours polaire. Ça existe, ce genre de choses, des personnes avec un métabolisme particulier ou un truc comme ça, c'est rare, mais ça existe, comme ce film avec le pêcheur islandais qui a survécu des heures entières dans la mer. Et une de ces rares personnes capables de s'adapter à tout, se dit Astrid von Roëll, est Nadège Hackenbusch. Qui pourtant ne tarde pas à se plaindre :

« Pourquoi vous ne m'avez pas prévenue que ce serait si long ? La moitié de mon cul a fondu avec votre stupide siège chauffant ! »

6

ÇA AVAIT ÉTÉ un coup de chance. Ou le destin, mais qui serait en mesure de faire la différence à part Allah ? N'importe qui ayant passé assez de temps dans le camp aurait pu avoir ce boulot. D'ailleurs, presque tous avaient essayé.

Ça avait pris deux heures maximum pour que, dans le camp, tout le monde sache qu'un Ange d'Allemagne allait arriver : un *malaika* comme on dit en swahili. Un Ange de la télévision. Tous échangeaient les liens de vidéos YouTube de cette Malaika, on disait que Malaika aidait les pauvres, même si dans les vidéos, tout ce qu'on voyait, c'était Malaika et un homme élégant qui parlaient dans un micro ou Malaika qui se déguisait en pute de village pour se verser un seau d'eau glacée sur la tête, sûrement en guise d'avertissement à l'égard de toutes les autres putes de village. Mais le choix restreint de vidéos était aussi dû au fait que l'Ange venait d'Allemagne. L'Ange était inconnu dans les pays où l'on parlait anglais ou français, il aurait fallu connaître les mots-clefs allemands pour trouver davantage de vidéos. Quand on cherchait un ange allemand qui aide les pauvres, on ne trouvait que le Merkel d'avant, à l'époque où c'était encore une femme.

« Malaika est belle, dit Mahmoud d'un air de spécialiste, elle est la plus belle femme du monde.

— Elle n'est pas aussi belle que Scarlett Johansson.

— C'est parce que tu ne connais Scarlett Johansson qu'en photo. Sur les photos, on la rend belle. Mais en Afrique, Scarlett Johansson ressemblerait à un gnou. »

Ils boivent de la bière chez Miki, et c'est le réfugié qui paye. C'est lui qui a eu le boulot que tous voulaient. Ils savaient que les Allemands de la télé apporteraient du travail et de l'argent. Des rumeurs affirmaient même qu'il y aurait du travail pour les femmes. C'était des conneries, aucune femme ne s'était manifestée. Allemands ou pas Allemands, elles non plus n'avaient pas envie de se voir refouler. Mais les gentils Allemands allaient mieux payer leurs assistants que n'importe quel passeur ou minigangster. Le réfugié s'est proposé surtout parce qu'il espère pouvoir malgré tout payer un passeur pour rejoindre l'Europe.

Beaucoup de choses qu'on dit des Allemands sont vraies. Par exemple, ils sont effectivement très organisés. Au début, comme les autres, il n'avait même pas aperçu l'ange, car l'ange avait des anges-complices. Ils l'épaulaient dans la recherche d'un assistant fin connaisseur et ils étaient arrivés dans le camp une bonne semaine avant. Bien sûr, Ali et ses gars étaient allés voir les Allemands eux aussi et ils avaient fait comme s'ils ne se connaissaient pas pour augmenter leurs chances. Mojo le Bleu avait fourré Salif dans un machin qu'il prenait pour un costume, comme si l'ange était à la recherche d'un président. Shaquan le Menteur, Pakka le Tordu, le vieux Gbil qui voulait qu'on le prenne pour un sage, tous ceux qui avaient des jambes pour marcher étaient là, et même certains qui n'en avaient pas. L'ange avait trois assistantes qui enregistraient leurs noms et qui les photographiaient d'une façon très allemande et vieux jeu : pas avec des smartphones, mais avec des polaroïds, c'est aussi des choses qu'on voit fréquemment, les Allemands dans un vieux van VW ou sur une vieille moto ou un vieux vélo.

D'après ce qu'on disait, Mojo était persuadé que les Allemands n'allaient pas pouvoir passer à côté de son homme. On disait aussi que Salif savait parler français, oui, ils allaient adorer Salif. Mais les Allemands ne se réjouissaient pas du merveilleux français de Salif. Ils étaient bien plus contents du réfugié qui affirmait parler anglais. Il s'en était douté, les Allemands avaient gagné toutes les guerres contre les Français, mais toujours perdu contre les Américains ou les Anglais. On apprécie la langue du vainqueur, mais pas celle du perdant.

Puis ils avaient fait des prises avec la caméra. Pour lui, ça s'était bien passé. La plupart étaient intimidés, mais lui était beaucoup trop curieux pour ça. Il riait beaucoup, entre autres parce que la jeune assistante aux cheveux foncés lui plaisait et qu'elle riait également. Puis il avait cessé de rire.

Il y avait une autre femme, relativement invisible parce qu'elle était effacée, très ridée. Elle ne disait rien et pourtant, elle observait tout. Voilà pourquoi elle avait attiré son attention. Les Allemands sont riches, tout ce qu'ils font est mûrement réfléchi, et s'ils dépensent de l'argent pour une femme avec des rides qui ne dit rien et ne fait qu'observer, alors cette femme doit être importante.

Cette femme l'avait regardé avec bienveillance quand il parlait de sa patrie à la brune. Avant lui, un énorme Noir avait joué les protecteurs, et les deux femmes ne l'avaient pas très bien pris. La brune semblait plutôt apeurée et tentait d'en finir au plus vite et la plus âgée ne le regardait même pas, concentrée sur son téléphone portable. Il s'était donc résolu à faire le contraire. Si tout le monde est bruyant, sois silencieux. La brune l'avait questionné sur sa patrie. Il l'avait regardée brièvement dans les yeux pour ne pas paraître aussi intimidant que le grand Noir. Puis il avait baissé la voix et dit :

« Ma patrie est très loin d'ici. Et toujours très près de moi. »

Il n'avait pas regardé vers la plus âgée, mais noté qu'elle levait le nez de son téléphone. Elle avait attrapé un stylo pour écrire quelque chose sur le papier accompagnant son polaroïd. Elle avait continué de l'observer, ce qu'elle avait entendu lui avait donc plu. Il avait fait comme si de rien n'était. Il avait dit son nom face caméra, son âge, ce qu'il savait faire. Il avait expliqué qu'il connaissait tout le monde dans le camp, qu'il parlait aussi français (les Allemands ne pouvaient pas vérifier), qu'il maîtrisait treize dialectes africains (ils ne pouvaient pas vérifier non plus) et contrairement à beaucoup d'autres, il n'avait pas prétendu connaître l'allemand. Il avait observé Lamine, ce débile qui, pour le prouver, avait dit « Angemerkel ». Son polaroïd avait été jeté à la poubelle à la vitesse de l'éclair. Quelle surprise qu'un idiot comme Lamine arrive à se faire photographier, mais à vrai dire, les Allemands pouvaient-ils savoir que dans le camp Lamine était la cible de prédilection des enfants pour leurs lancers de pierre, même avant les chiens ? On le touchait plus facilement et en plus il ne mordait pas.

Il avait peu parlé, ne voulait pas être pris pour un baratineur, mais comme un homme à qui on peut confier un ange. Il avait choisi l'exemple de Boateng, pas celui de Kevin-Prince, mais celui de son frère, Jérôme, toujours plus calme, plus contrôlé, un type avec lequel les Allemands ne se faisaient pas de soucis, même s'il était noir, et qui avait même eu le droit de devenir champion du monde pour eux. Apparemment les Allemands se méfiaient des hommes jeunes, il s'était donc vieilli. De sept ans, pas plus, pour la télé il avait trente et un ans. Ils l'avaient intégré à leur présélection. Puis, un à un, on les avait amenés dans une salle avec une caméra. L'ange était-il de l'autre côté, à regarder les images ? On lui avait seulement demandé de se présenter. Il avait dit son nom. Puis, sous l'impulsion du moment, sans savoir vraiment si c'était une bonne idée, il s'était dirigé vers la caméra, nonchalamment, très calme et posé comme Boateng, et il avait dit avec douceur :

« Le nom d'un homme importe peu au lion. »

Puis il avait quitté la salle.

7

« "LE NOM D'UN HOMME importe peu au lion." Qu'est-ce que ça veut dire ? »

Sensenbrink regarde autour de lui. Certains de ses collaborateurs tapent hâtivement la phrase dans leurs portables. Sensenbrink soupire.

« Ne peut-il pas juste se la fermer ? Pour une fois qu'il y en a un qui ressemble un peu à quelque chose, il faut qu'il commence à raconter des conneries.

— Le prénom idéal pour des personnes nées sous le signe du Lion…, lit une assistante à mi-voix.

— Le nom LOEWE est synonyme de qualité dans les appareils électroniques grand public depuis plus de quatre-vingt-dix ans…, énonce une voix masculine.

— C'est peut-être un proverbe africain. Ça doit bien exister, proverbesafricains.com ou quelque chose comme ça, présume Sensenbrink.

— J'ai déjà cherché. Il n'y a rien.

— Aucune importance. La question est de savoir ce que veut dire cette idiotie », fait remarquer Beate Karstleiter.

Sensenbrink en prend note avec bienveillance. Karstleiter est certes une vraie lèche-bottes, mais au moins elle lit correctement dans ses pensées. Il y en a suffisamment dans cette baraque qui témoignent d'un empressement servile, mais dont la servilité s'empresse dans des directions totalement inutiles.

« Il veut nous dire qu'on pose des questions insignifiantes.

— Ou bien que nous ne sommes pas des lions.

— Bien sûr que nous ne sommes pas des lions. Mais est-ce une bonne ou une mauvaise chose ?

— C'est mauvais. Tout le monde veut être un lion. Les lions sont fiers et forts.

— En Afrique, peut-être pas. Chez eux, le lion pourrait être dangereux et méchant.

— Dans ce cas nous serions inoffensifs et gentils. Parce que nous ne sommes pas des lions.

— Nous sommes peut-être des lionnes ?

— Quoi ?? » Sensenbrink regarde autour de lui.

En vérité il faudrait mettre fin à toutes ces discussions, de toute façon il en ressort toujours de la merde.

« En fait, *le* lion ne fait rien. C'est la lionne qui fait tout le travail. C'est elle qui chasse. »

Voilà. Ce genre de conneries comme l'égalité des sexes. Mais que faire ? Les gens veulent parler, parler, parler, pour pouvoir s'impliquer. On ne peut pas les forcer à se taire, sinon ils ne travaillent plus.

« Il a dit : le lion.

— Oui, en anglais.

— Ce n'est pas pareil en anglais ?

— Non, en anglais on dit *lion* et *lioness*.

— Ah, je croyais lionelle…

— Comme la femme de Messi ? »

Là, ça devient puéril. Sensenbrink met le holà : « Faites venir le suivant ! »

L'assistante parle dans un téléphone. L'homme-lion sort, un autre homme entre dans la salle. Il porte un short et des tongs et il a des lunettes de soleil étamées. Il dégage une certaine hésitation, pénètre dans la pièce comme s'il craignait un guet-apens. Une voix provenant de la porte encore ouverte le prévient qu'une caméra le filme en direct. Il se redresse instantanément. La voix dit encore autre chose. Alors il fait glisser ses lunettes sur ses cheveux.

« Mon Dieu, c'est quoi, ce maquereau qu'ils ont déterré ?

— Regardez-moi ce short !

— Quelle merde !

— Ils se foutent de notre gueule ? vocifère Karstleiter. Demandez-leur s'ils sont tombés sur la tête. »

L'assistante murmure des bribes incompréhensibles dans son casque micro, puis elle explique : « Ils ne comprennent pas. Apparemment il n'était pas du tout comme ça pendant les entretiens préliminaires.

— Pas comme ça, pas comme ça. Ils sont aveugles ? Qu'est-ce qu'il a autour du poignet ?

— C'est une blague ou quoi ?

— C'est une Rolex ?

— Mais une fausse. »

Sensenbrink se penche vers le microphone : « Dites-moi, vous checkez un peu les candidats avant de les faire passer devant l'objectif ? C'est déjà assez grave qu'il se présente à vous dans cet accoutrement, mais vous croyez qu'on se dit quoi, nous, quand on le voit arriver comme ça ? Pourquoi personne ne lui a dit d'enlever son putain de réveil ? Vous savez ce que ça nous coûte, toute cette cérémonie ? Ligne téléphonique permanente, moyens techniques, la moitié de la direction des programmes est fourrée ici ? Ouais, pardon. Vous pouvez vous le mettre au cul, votre pardon ! Faites votre boulot ! Au suivant. »

On voit le maquereau se retourner vers la porte et s'empresser d'enlever sa montre.

« C'est quoi, cette histoire ? Qu'est-ce qu'il fout ? Je m'en branle de sa montre ! Il aurait dû y penser avant... »

Maintenant une dame un peu plus âgée apparaît à l'image, elle rapproche le microphone de son casque de sa bouche et tente de calmer le jeu : « Il dit que ce n'est pas sa montre, explique-t-elle, il dit qu'il l'a empruntée pour faire bonne...

— Tant pis pour lui ! C'est sa merde. On est la télévision privée, pas l'Armée du Salut ! »

Soudain le maquereau tombe à genoux et se met à pleurer. Il dit quelques mots à la caméra, « *Angel* » et « *I can* aider », des bribes de plus en plus incompréhensibles. Une armoire, un ours, une montagne d'homme s'effondre donc comme un tas de gravats dans la petite salle, avant d'ouvrir sa chemise et de dévoiler une poitrine aux cicatrices troublantes.

« Oh putain.

— Maintenant il joue les victimes, ou quoi ?

— On ne peut pas le prendre juste parce qu'il est une victime.

— Quelle merde.

— Wouah, c'est violent.

— Je ne peux pas regarder ça. »

Le maquereau joint les mains en fixant la caméra, il lance « famille », d'un air suppliant il regarde tour à tour la femme plus âgée et dans la boîte noire qui pour lui ressemble à une petite télé.

« Oh non !

— Nous n'avons rien à faire d'un pleurnichard. »

Sensenbrink craint que l'ambiance bascule. Maintenant il faut des décideurs.

« Messieurs-dames, c'est violent, mais après tout, on fait du divertissement. J'avais dit expressément : un type solide. Pas quelqu'un des organisations humanitaires, mais un vrai réfugié. Sensible, qui a vu beaucoup de souffrance, mais qui n'est pas brisé.

— Et qui n'est pas non plus devenu inhumain, ajoute Karstleiter.

— Exactement. Dur, mais chaleureux. Et là, malheureusement je ne vois rien d'un dur à cuire.

— Et il ne parle pas non plus anglais.

— Hein ?

— Nous avons exigé qu'il parle anglais, lui rappelle Beate Karstleiter.

— Mais je crois avoir entendu du français.

— Ah oui, c'est vrai ! Pourquoi ce pleurnichard parle-t-il français ? »

La dame âgée tente de faire se relever le géant en pleurs.

Elle lui pose une question, sur quoi il hurle plusieurs fois le mot « *english* », mais malheureusement encore plus souvent « anglais ».

« Merde, dégagez-moi ce gars ! Allez ouste, dehors ! Il nous fait perdre notre temps. Mon Dieu, l'anglais de Hackenbusch est déjà suffisamment mauvais. Elle ne peut parler français qu'à condition de… » Sensenbrink marque un temps d'arrêt et tente de trouver une fin convenable à sa phrase, puis décide de ne pas la terminer. « Il va sortir, ce type ? »

Deux collaborateurs poussent le titan anéanti hors de la salle. Il semble à deux doigts de devenir violent, mais tente toujours de faire bonne impression face à la caméra. On entend un cri étouffé, peut-être bruyant pour ceux qui sont en Afrique, un cri triste, comme si une personne ou un objet merveilleux venait de mourir. Pendant un moment, la salle reste déserte. Un silence incommodant s'empare également du bureau de la chaîne. Sensenbrink pose son bras sur le dossier de son fauteuil, se retourne et s'adresse à son équipe.

« J'avoue que c'était un peu dur, mais il n'y a rien à faire. Les réfugiés, ce n'est pas la même chose que les blagues de Joko et Klaas. Ces incidents risquent de se répéter. Alors si vous trouvez que ce n'est pas tout à fait le chantier qui vous convient, je peux comprendre. Mais dans ce cas, levez-vous et admettez que vous n'y arrivez pas. Ils recrutent encore pour une nouvelle émission, un échange d'animaux domestiques ou je ne sais quoi. Mais ce que nous faisons ici, c'est une occasion unique, c'est du jamais vu. Vous en parlerez à vos petits-enfants ! »

Personne ne se lève. Les regards fuient. « Moi, je ne pars pas. » Voilà le message qu'on fait passer en silence. « Et toi ? » Personne ne quitte le navire. Sensenbrink se retourne d'un air satisfait.

« Je suis curieux de voir ce qu'ils vont nous servir maintenant… »

Arrive un homme avec une calotte. Il semble un peu plus âgé. Sa chemise pendouille sur son pantalon, ce n'est pas un cafetan, mais ça y fait penser. Sensenbrink bondit immédiatement.

« Merde, c'est quoi, *ça* ? » Il attrape de nouveau le microphone et parle directement à l'Afrique.

« C'EST QUOI, ÇA ? C'est quoi, ce truc sur son visage ? »

Les personnes réunies dans le bureau se lancent des regards significatifs.

« Exactement ! hurle Sensenbrink, fou de rage. Et pourquoi il a *une barbe* ? Je ne peux pas mettre un type avec une barbe dans l'émission. Ça aurait l'air de quoi ? Je peux déjà m'imaginer ce que ça va donner quand madame Tout-le-monde tombera là-dessus en zappant. Au bout de deux secondes, elle se dira : "Regarde-moi cette Hackenbusch, elle auditionne des terroristes maintenant ?" »

Un silence embarrassé règne dans la pièce. Certains se regardent et secouent de nouveau la tête, cette fois-ci d'un air déçu, dégoûté, intolérant. « Ces idiots de la production sur place », disent leurs regards. Ou encore : « Il faut tout faire soi-même. » Tous comprennent qu'on a envoyé là les plus grands minables de tout le pays.

« Ça *aussi*, je vous l'ai dit : j'ai dit *pas* de terroriste… Pourquoi est-il nécessaire que je le précise ? L'histoire de la barbe va sans dire ! *Pas de terroriste*, ça veut dire pas de terroriste et pas non plus de type qui y ressemble ! Je ne veux pas de bonnet de merde et pas de barbe de merde… Comment ça ? Encore un ? » Sensenbrink prend une profonde inspiration.

Puis il ajoute en se dominant avec peine :

« Oui, vous avez très bien compris. Tous ceux à barbe dégagent. Illico presto. Même les hipsters avec ceinture d'explosifs ! Et maintenant, envoyez-moi quelqu'un qui ressemble à un être humain. »

Exténué, Sensenbrink arrache les écouteurs de ses oreilles et les balance sur la table.

« Du café ? demande une assistante.

— S'il vous plaît. » Il pose la main sur son front et se masse les tempes. « Quand se termine le congé parental de Susanne ?

— Il reste neuf mois. »

Rien ne le gratte, mais Sensenbrink se frotte tout de même le derrière de l'oreille avec indolence.

« Je lui paye la baby-sitter et tout le reste, si elle accepte de partir dans ce trou et de s'occuper de ce bordel.

— Nous lui en avons déjà parlé. Elle veut être une bonne mère pour son enfant.

— Son enfant ne donnera que de la merde de toute façon. Avec tous ces portables et Internet, il n'y aura plus que des enfants de merde. Les derniers enfants convenables ont grandi dans les années quatre-vingt. Appelez-la et dites-lui qu'elle peut choisir son salaire.

— Vraiment ?

— Non, c'est des conneries. Appelez-les et demandez-leur pourquoi ça dure si longtemps, ils doivent accoucher des candidats avant de nous les montrer ou quoi ? »

Un type noir et svelte entre dans la pièce. La vingtaine, il sourit gentiment.

« *Hello ?* » Il fait un signe de la main vers la caméra. Puis il dit son prénom et commence à raconter. Sa famille, sa patrie, la vie dans le camp, ses amis… Sensenbrink regarde autour de lui pour savoir s'il est le seul à avoir décroché. Il plisse le front et signale à une assistante de mettre fin au spectacle et de faire entrer le candidat suivant. Elle murmure quelque chose dans son téléphone, puis le Noir interrompt son flot de paroles avant de faire un dernier signe affable vers la caméra et de quitter la salle. Un autre jeune Noir prend la relève. Il porte un tee-shirt si moulant qu'on pourrait croire qu'il vient de l'emprunter à son petit frère. Il est de bonne humeur, aimable. Lui aussi fait signe à la caméra avant de commencer à parler de façon détendue. Sensenbrink éteint le son. On voit le Noir qui parle sans un bruit.

« Quelque chose ne va pas.

— Le tee-shirt est trop petit, dit Beate Karstleiter, mais ça peut s'arranger.

— Je ne voulais pas vous interrompre tout à l'heure, s'empresse d'expliquer l'assistante au téléphone, ils m'ont déjà dit qu'ils sont désolés, mais qu'il est venu sans tee-shirt. Ils lui ont dit d'en trouver un rapidement et il est revenu avec ça, ils sont vraiment désolés, ils sont même inconsolables, mais…

— Non, ce n'est pas le tee-shirt, conclut Sensenbrink. Il est trop joyeux. Exactement comme le type d'avant. Ils sont trop joyeux. Mais qu'est-ce qu'ils foutent, là-bas ? Ils distribuent des drogues ? Demandez-leur ! » Sensenbrink se tourne de nouveau vers l'écran, où le jeune Noir au tee-shirt étriqué continue de parler sans interruption.

« Ils disent qu'ils sont tous comme ça, répond l'assistante. Ils sont contents parce qu'ils ont de nouveau une perspective. Du travail ou le fait qu'il se passe enfin quelque chose.

— Il faut essayer de suivre un peu ! Je ne peux pas vendre ça aux téléspectateurs. L'émission s'appelle « Ange dans la misère » et pas « Ange au Comedy Club ». S'il y a quelqu'un pour apporter un peu de lumière dans la noirceur, c'est Nadège Hackenbusch. Et ça veut dire qu'il faut que ça soit noir. Merde alors. Il faut aux côtés de Nadège quelqu'un qui voie que la situation est sombre. Pas un loustic comme celui-là. Qu'en est-il du premier ?

— L'homme-lion ?

— Faites-le revenir !

— Celui dont on ne savait pas ce qu'il voulait dire ?

— On se fout de ce qu'il voulait dire. Au moins il voulait dire quelque chose. Ça sonnait sage. C'était quoi déjà ?

— Le lion ne connaît pas son nom.

— L'homme ne connaît pas le nom du lion.

— Non, c'était plus sombre. Un peu menaçant : l'homme n'a pas besoin de connaître le nom du lion.

— Faites-le-moi réécouter ! »

Le jeune homme apparaît de nouveau sur l'écran.

« C'est du direct ? Il est revenu ?

— Non, c'est l'enregistrement. Ça arrive.

— *The name of the man means nothing to the lion*, répète le jeune homme.

— Voilà, c'était ça. » Sensenbrink serre le poing. « *C'est* sombre.

— C'est pas mal.

— C'est un peu comme une tombe anonyme. Ça donne le frisson.

— Oui, mais ça ne fait pas vraiment peur. Il le dit de façon très neutre. »

L'image change. Apparemment le jeune homme est de retour dans la salle. « N'empêche qu'il porte un pantalon convenable, dit Sensenbrink tout content. Il faudrait lui trouver un jean, mais pas trop neuf. Et pas trop beau. Que Grande s'en occupe ! » Il se tourne vers l'assistante avec le téléphone : « Dites-leur que ça nous a plu. Mais qu'il explique ce que ça veut dire, cette histoire du lion. »

Le jeune homme reçoit une instruction. Il bouge de façon calme, décontractée, pendant un instant Sensenbrink a une impression de déjà-vu.

« Je le trouve bien, entend-il dire quelqu'un derrière lui, une femme, léger accent souabe, c'est Engerle. Il me fait vachement penser à Boateng, quand il jouait encore. En moins noir bien sûr. Et sans cette marotte des lunettes. » Sensenbrink aime la comparaison. Voilà des évocations clairement positives.

Boateng à la peau claire regarde la caméra et demande : « *What lion ?*

— Eh bien, *with the name of the man and so* ! »

Boateng donne brièvement l'impression de ne pas piger de quoi parle Sensenbrink. Puis il sourit et dit : « *It's good. It's good you want to understand Africa. Let me help you understanding Africa. It's a very big job.* »

Il laisse ses mots faire effet, puis après une petite pause, il ajoute affablement : « *Africa is like a woman…* »

Sensenbrink hausse le sourcil. L'Afrique est comme une femme – ça sonne comme une platitude. Est-ce que ce Boateng se fout de sa gueule ?

« *… and like a zebra.* »

Certains rient, bienveillants. Même quelques femmes. Sensenbrink rit aussi : « Incroyable ! Il connaît ma femme ! *You know my wife ?* »

Boateng regarde la caméra d'un air confus : « *I don't know your wife, Sir,* s'empresse-t-il de dire.

— Mignon ! soupire Engerle, et quelqu'un d'autre redouble d'enthousiasme : Super mignon !

— OK, ça nous suffit, merci, dit Sensenbrink. C'est lui. S'il nous sort un de ses proverbes par émission, ça suffira.

— Ça va devenir culte, explique Beate Karstleiter à ceux qui n'ont toujours pas pigé. On devrait signer avec lui sans plus tarder.

— Avec les droits de publication, exhorte Sensenbrink, n'oubliez surtout pas ! »

L'assistante fait passer le message, on commence à bouger les chaises, à ranger les classeurs. Boateng à la peau claire est sur le point de sortir quand Sensenbrink dit : « Un instant ! Pouvez-vous diriger la caméra vers le bas, s'il vous plaît ? »

L'instruction est transmise. Boateng en moins foncé, presque arrivé à l'extérieur de la salle, revient sur ses pas. La caméra pivote un peu vers le bas.

« Eh bien voilà ! se réjouit Sensenbrink. Enfin quelqu'un avec des chaussures qui ont de l'allure. »

Espoir pour l'Afrique

C'est du jamais vu : Nadège Hackenbusch et *Évangeline* offrent un avenir à des femmes réfugiées. Jamais l'« Ange dans la misère » n'a été plus beau.

Par Astrid von Roëll

C'est comme un conte tout droit sorti des *Mille et Une Nuits* : la petite fille méprisée, obligée à vendre des allumettes toute la journée, si injustement traitée à la maison et qui, cachée par sa belle-mère, ne pourra jamais rencontrer le prince charmant. Mais elle a un rêve. Elle deviendra la meilleure vendeuse d'allumettes de tous les temps afin d'aider d'autres fillettes. Et elle est en Afrique, le continent noir, entre pauvreté et espoir, entre guerre et parc naturel. Nadège Hackenbusch a réalisé son rêve le plus intime. Le rêve d'une femme forte qui s'est mise en route pour tenter de rendre notre monde un peu meilleur. Le rêve d'une femme que personne ne croyait capable de rien.

« Je viens d'un milieu très modeste, confie-t-elle en exclusivité à *Évangeline,* et je sais ce qu'endurent les gens ici. » Elle porte un simple chemisier blanc sur son jean Hallhuber élimé. « Rien de spécial, dit-elle en souriant humblement, il faut que ça soit pratique. Ici je porte de bonnes chaussures, à cause des scorpions et des serpents. Mais ces jours-ci, il ne s'agit pas de mode, il s'agit d'êtres humains. » Cela fait vingt-quatre heures que Nadège Hackenbusch est en Afrique et on peut lire sur son visage à quel point ce moment passé ici l'a touchée. Ses émotions sont emprisonnées, mouvementées, comme dans un grand tourbillon. Elle est émue. Elle regarde par la fenêtre de la petite cabane où nous avons trouvé refuge : « Après tout, je suis une femme. »

Et quelle femme admirable ! Qui regarde droit devant elle comme un capitaine, tenant la barre de la grande locomotive de la vie. Mais en vérité, il s'agit aussi de mode.

En collaboration avec *Évangeline*, Nadège Hackenbusch va redonner de l'estime de soi à de jeunes femmes réfugiées. Plus d'un demi-million de femmes, de nombreuses jeunes mères, certaines encore les filles d'une mère. Seules dans un environnement hostile. « C'est un monde que nous ne connaissons plus, rappelle Nadège Hackenbusch, c'est un monde rempli de guerres civiles et de Boko Haram. Et pourtant, des êtres humains vivent dans ce monde. C'est ça que je veux rappeler à ces femmes : elles sont toujours des êtres séduisants et elles peuvent être belles. »

« Ici il ne s'agit pas de mode, il s'agit d'êtres humains. »

Trente de ces jeunes femmes seront donc choisies pour présenter des collections de mode destinées à l'Allemagne. Afin d'envoyer un signal ferme contre la violence, le malheur et la pauvreté. Des collections jeunes pour un nouveau monde, qui donnent du courage pour un nouvel avenir, qui jettent un pont vers nous, cette lointaine Allemagne. Des collections courageuses pour des femmes courageuses, imaginées par Hallhuber et la styliste étoilée Doris zu Wagenbach qui, depuis Munich, a confié à *Évangeline* : « Les souffrances de ces femmes m'émeuvent profondément. »

À la recherche de ses « mannequins », Nadège Hackenbusch parcourt ce camp énorme, infini. Et elle observe des scènes indescriptibles. Quand elle voit un enfant affamé assailli de mouches, elle n'hésite pas à chasser les importuns de sa propre main. Elle me regarde avec des yeux emplis de larmes : « Oui, ces enfants ont besoin de nourriture. Ils ont besoin d'un chez-eux. Mais une fois qu'ils l'auront, que se passera-t-il ? Il faut plus que de la nourriture et un toit sur la tête pour faire un être humain. Un être humain a aussi besoin de dignité. Ce monde a pris à ces gens leur dignité, et moi j'essaye de la leur redonner un tant soit peu. C'est la moindre des choses qu'on puisse faire. »

Malgré son grand cœur, l'« Ange dans la misère » sait :

le choix de ses modèles est dur et exigeant. « J'aimerais pouvoir toutes les prendre, dit-elle au milieu d'une mer de bras qui se lèvent vers elle, mais ce n'est pas possible. Malheureusement. Et d'ailleurs, ce ne serait pas bien pour les femmes. Elles ne veulent pas simplement être choisies, elles sont fières et se défendent contre la pitié. Elles veulent montrer qu'elles sont douées et qu'elles savent travailler. » Ces dires sont corroborés par sa dernière découverte, la belle Ashanti, 17 ans : « Je veux accomplir quelque chose, pour pouvoir vivre en Europe. »

Et pourtant, des êtres humains vivent dans ce monde

« C'est tellement courageux, ajoute Nadège Hackenbusch impressionnée. Ces femmes sont de vrais exemples, elles n'abandonnent pas, même si actuellement en Europe on ne peut malheureusement accueillir personne. » Pourtant Nadège Hackenbusch ne parvient pas à laisser de côté les candidates qui se heurtent à la sélection féroce sans tenter de les aider : elle a remarqué que beaucoup d'entre elles manquent du strict nécessaire.

« Je ne parle pas seulement de maquillage, de savon, de shampoing – des choses qui nous semblent si naturelles, à nous qui vivons dans un des pays les plus riches du monde. Beaucoup de femmes n'ont même pas de soutien-gorge, et bien que je ne puisse pas aider partout, dans ce cas je le peux. » Elle a apporté plus de 2 000 exemplaires de son push-up raffiné Hacken et les offre avec modestie. « Ce n'est pas grand-chose. » Nadège Hackenbusch garde les pieds sur terre. « Un soutien-gorge ne peut pas résoudre tous les problèmes. Mais c'est un petit pas, comme ces chatons porte-bonheur qui remuent le bras grâce à l'énergie solaire. C'est un petit pas, certes, mais il faut que quelqu'un décide de le faire. Je n'aimerais pas un chat porte-bonheur qui marcherait à l'essence. »

C'est une autre Nadège Hackenbusch que nous retrouvons ici. La maternité a fait d'elle une femme plus pensive, les deux pieds bien ancrés sur terre. Elle rit autant qu'avant, mais ses yeux sont éveillés et perçoivent le monde dans toute sa beauté. Ses expériences récentes l'ont encore fait mûrir, elles ont ajouté à sa sensualité une sensibilité inédite. Cela cache-t-il un nouvel amour ?

Ce ne serait pas une surprise. Nadège Hackenbusch ne serait pas la première femme qui succombe à la magie de ce mystérieux continent. L'Afrique – rien que ce nom, il porte des milliers de significations que même nos scientifiques et savants les plus érudits ne pourront jamais entièrement expliquer. Des légendes immémoriales, des destins émouvants, des récits sur l'amour, la mort et les sentiments les plus irrésistibles venus des obscures profondeurs de l'histoire de l'humanité. Voilà pourquoi on appelle ce pays le continent noir ! C'est en Afrique que Meryl Streep a trouvé son Robert Redford, c'est ici que la magnifique Juliette Binoche est tombée sous le charme énigmatique du comte hongrois Almasy et que Sigourney Weaver s'est sacrifiée dans les forêts tropicales brumeuses pour sauver les singes les plus malheureux et les plus traqués du monde. Nadège Hackenbusch marcherait-elle sur leurs traces ? Qui sait ce qu'apporte l'avenir ?

Parfois on dirait qu'ici, malgré l'effarante pauvreté, les histoires épouvantables, les nombreux serpents et scorpions, elle rit différemment d'à la maison. Pas plus fort, ni plus souvent, mais avec plus de gaieté. Est-ce possible ? Et qui l'aurait plus mérité que cette femme admirable ?

« Il faut plus que de la nourriture et un toit sur la tête pour faire un être humain. »

Le crépuscule descend lentement sur le camp et la lueur des feux le fait resplendir de l'humble beauté de la pauvreté. Les bruits de l'Afrique se déploient dans la nuit, on entend le cri d'un animal prédateur au loin. Un tigre ? Chassant peut-être un éléphanteau ? L'Afrique est impitoyable, mais l'espoir rayonne, et ici aussi l'amour réchauffe les cœurs des pauvres et des riches de la même manière.

8

ON PEUT APPRENDRE beaucoup de choses de Nadège Hackenbusch. Surtout en tant que femme. C'est sûrement cela qui ne cesse de surprendre Astrid von Roëll. Cette confiance en elle-même, cet engagement absolu. Il ne faut pas oublier que Nadège Hackenbusch a dix ans de moins qu'elle. En tout cas officiellement, car en vérité – mais ça, elle ne l'écrirait jamais –, c'est douze ans, si ce n'est que Nadège a aussi un peu adapté son âge. Donc, si toutefois on voulait pinailler et regarder d'un peu plus près les actes de naissance (qui certes ne veulent pas dire grand-chose, ce n'est que du papier), on arriverait à une différence d'âge de six ans. Ou huit. Et pourtant : lorsqu'elle voit la détermination et la confiance avec lesquelles Nadège Hackenbusch mène sa barque, elle a presque toujours l'impression d'être la plus jeune.

Il suffit de voir le culot de Nadège qui se terre dans sa tente depuis deux jours. Sans rien faire du tout. Il faut oser tout de même : une chaîne de télé trimballe des tonnes d'équipement sur des milliers de kilomètres, des caméramans, du personnel, sans parler d'elle-même, Astrid, après tout elle est journaliste pour le magazine people le plus en vogue d'Allemagne, tous ces efforts rien que pour Nadège Hackenbusch. Bien sûr, en tant que reporter pour *Évangeline*, elle sait très bien que certains traitements de faveur à l'égard des stars, des managers ou de la presse ne sont pas seulement normaux, mais aussi judicieux, justifiés, de circonstance. Alors oui – pour le dire de façon désinvolte –, paralyser pendant deux jours toute l'entreprise, il faut oser.

C'est audacieux, mais c'est aussi très énervant. Après tout, Astrid a été obligée d'inventer de A à Z la première histoire avec la mannequin réfugiée Ashanti, dix-sept ans. Elle a fini par devoir rechercher elle-même des mannequins. Sans concertation avec Nadège, puisque la rédaction en Allemagne avait prévu de publier l'édito de mode. Quand elle s'est enfin retrouvée dans la tente luxueuse de Nadège avec soixante-dix, quatre-vingts photos, ce qui est déjà assez compliqué, parce que Nadège passe son temps à téléphoner et qu'elle ne laisse pratiquement entrer personne, Nadège a d'abord pris les photos d'un air indifférent puis, sans s'arrêter de téléphoner, elle les a déposées avec agacement, comme une brochure publicitaire.

« Chéri, non, ce n'est pas possible. Tu annules ça *tout de suite*. Je ne *peux* pas décider maintenant. Et je ne déciderai pas maintenant. Mais ce n'est pas grave, qu'ils envoient des photos d'un peu tout... *Non !...* C'est juste pour avoir une première impression, je ne peux pas décider... Je ne vais tout de même pas décider d'après photo !... Qu'ils fassent d'autres ébauches, et je veux une photo de *chaque* ébauche. Avant et après... Si, bien sûr qu'on peut avoir un avis sur une ébauche, comme ça ils pourront en tenir compte par la suite, et après je regarderai de nouveau. C'est toujours la même chose, ils font comme tout le monde : ils te donnent leurs deux idées préférées, et tu es censée en bouffer une, mais c'est mal me connaître ! Je veux voir *toutes* les idées !... Oui, même les inachevées, et aussi celles qu'ils ont jetées. Ne te laisse pas avoir, il faut qu'il y ait des papiers froissés ! Tu fais attention à ça, il faut des trucs froissés. Ou déchirés puis recollés avec du scotch ! C'est comme ça qu'on sait qu'ils les ont vraiment sortis de la poubelle. Donc tu leur dis ça et tu m'appelles après, et *tu* me racontes ce qu'ils t'ont répondu. Et alors on verra. Jeteserretrèstrèsfort ! »

Nadège Hackenbusch appuie ostensiblement sur l'écran. Discussion terminée. Elle fait tomber le portable sur la table.

« Les hommes, dit-elle dans un sourire, en vérité ce sont les seuls enfants dont l'Allemagne dispose encore suffisamment. Manque de bol, la crèche ne les prend pas. »

Elle s'affale sur les canapés modulables. Astrid von Roëll attrape son regard au vol, il dit clairement que le quotidien d'une Nadège Hackenbusch est mortellement éprouvant – mais aussi qu'elle est heureuse de se retrouver enfin en tête à tête avec elle, sans être dérangée, telles des sœurs qui ne se sont pas vues depuis des mois. La colère d'Astrid von Roëll s'est envolée. Nadège a l'air crevée. Elle va chercher la pile de photos négligemment déposée et s'assoit à l'autre bout du canapé. Un canapé Rolf Benz, c'est ce qu'on voit sur le générique de l'émission. « "Ange dans la misère" *is powered by Rolf Benz* ». Avec revêtement en cuir aniline, cela frappe Astrid von Roëll tandis que Nadège Hackenbusch se sert de l'eau d'une grande cruche contenant des pierres et en renverse la moitié sur le canapé.

« Non, je ne suis pas enceinte.

— Enceinte ?

— Oui, tu vois la cruche et tu te dis : il y a une calcédoine dans l'eau, est-ce que Nadège est encore tombée enceinte ? Mais la calcédoine ne sert pas qu'aux femmes enceintes, elle donne de l'énergie à tout le monde. Il faudrait mettre des calcédoines dans l'eau de tout le monde ici. Je te le promets : ce sera une des premières choses que je ferai. Je vais vérifier ce qu'ils ont comme pierres dans l'eau. »

Astrid von Roëll est brièvement déconcentrée. Elle ne savait pas que Nadège faisait ça. Elle connaît plus ou moins le principe et elle a songé essayer à plusieurs reprises. Au sein de la rédaction, plusieurs personnes le font. Surtout ces derniers temps avec toutes ces stars mortes du cancer. Ça vous fait réfléchir.

« Je pensais au canapé. On voit tout sur le cuir aniline.

— Mais non, l'aniline en a besoin.

— L'aniline a besoin de taches ?

— Ma chérie, un animal n'a pas de taches. Un animal a une peau marquée par la vie. Tout ce qu'il se passe sur cette peau est la vie. Et l'animal continue de prendre part à cette vie. La vache est ici avec nous.

— Pour ainsi dire.

— Non, vraiment. Donc ce n'est pas grave de renverser un peu d'eau ou de vin. Ce ne sont pas des taches. C'est la vie. »

Astrid von Roëll aimerait que sa tente soit aussi bien équipée. Elle n'a même pas de clim, juste un ventilateur avec un faux contact.

Nadège inspire profondément, comme si elle devait plonger très profond. Puis elle dit : « D'accord, voyons voir ce que nous avons là. » Elle attrape la pile de photos et la feuillette avec détachement. « Non, non, non, fait-elle envoyant un polaroïd sur la table Rolf Benz à chaque "non". Aïe, nan, ça ne va pas du tout. » Elle regarde la moitié des photos, puis : « D'après ce que je vois, il va falloir que nous reprenions depuis le début. »

La fureur qui vient de se dissiper remonte à l'intérieur d'Astrid von Roëll, elle se faufile à travers la poitrine jusque dans la gorge, et elle s'y loge. Si elle était à la rédaction, elle ferait une scène jusqu'à ce que tous les voisins des bureaux adjacents pointent leurs tronches comme des marmottes, mais ici ce n'est pas possible. Ici, où Nadège, son amie, la traite comme la dernière des stagiaires, tout à coup il ne lui reste plus rien à part faire appel à cette amitié.

« Allez, Nadège, dit-elle en montrant le reste de la pile, on ne peut pas encore dire ça. Personne n'est clairvoyant. » Elle s'efforce de donner à son visage une expression badine. « Pas même toi. » Elle éructe presque la dernière phrase.

« Tu sais, je n'ai pas besoin d'être clairvoyante. Tu es plus forte pour ça. » Elle prend une gorgée d'eau, avant de poursuivre avec gentillesse. « Et alors ? Quand vont-ils te faire monter à l'étage de la direction ? Ils ne peuvent pas te faire attendre éternellement. »

Bien sûr, c'est agréable que Nadège Hackenbusch soit de son côté, mais au fond ce n'est pas tout à fait l'impression qu'elle a.

« Eh bien, tu connais ça, dit-elle avec détachement, soit ils doivent attendre qu'une femme parte, soit ils doivent accueillir un homme supplémentaire, afin de maintenir la parité. Mais ils n'ont personne.

— Qu'en est-il de Lou Grant ? » demande Nadège.

Elle fait une tête si drôle qu'Astrid von Roëll ne peut s'empêcher de ricaner, elles savent très bien toutes les deux que Lou Grant est un imbécile de première. Et pourtant Astrid von Roëll continue de fixer la pile des photos non regardées, cela représente quand même une journée de travail, sans assistante. Elle a dû aller vers ces gens elle-même, des étrangers qui ne parlent pas sa langue, avec des gestes et des signes de la main elle a demandé à chacun son accord, expliqué à chacun de quoi il s'agit, elle a même dessiné un plan hyper compliqué, parce que ces gens et ces tentes, si on veut les retrouver plus tard, il faut faire un dessin pour savoir où ils se situent approximativement. Oui, tout bien réfléchi, ça a été un boulot énorme, en plus elle a tout fait à pied. Depuis toutes ces années qu'elle travaille pour *Évangeline*, elle n'a jamais autant bossé. Elle ne peut en aucun cas jeter ça à la poubelle. Alors même si elle sait qu'elle ne devrait pas, elle insiste.

« Allez, regarde les autres au moins. »

Ça ressemble à une prière, mais si on est moins gentil, c'est comme un lion inférieur qui présente son ventre à l'autre ou lui apporte une jambe d'antilope ou quelque chose du genre. Nadège Hackenbusch regarde Astrid von Roëll avec douceur : « Je suis sincère : je n'ai pas besoin de les regarder. Je peux déjà te dire comment elles sont. On ne peut pas s'en servir. »

C'est comme un coup de pied dans le tibia, la douleur est plus forte qu'elle ne devrait, et il faut quelques secondes à Astrid von Roëll pour en comprendre la raison. Parce qu'elle ne s'y attendait pas, pas de la part d'une femme. À la rigueur de la part d'un homme, mais pas d'une femme. Elle s'attendait à ce qu'elle lui fasse au moins le plaisir d'y jeter un œil, ne serait-ce que par politesse. Par solidarité.

« Oui, mais... tu ne m'as pas dit ce que tu voulais ! »

En plus elle se met à se justifier. Ça n'a rien à voir avec du travail d'équipe, c'est tout sauf confraternel.

« Allez, on ne va pas en faire tout un plat, ce n'est que du lait renversé. Mais ce n'est pas grave du tout, les bonnes choses ont besoin de temps.

— Nadège, ce n'est pas possible ! La rédaction attend les photos ! Ils ne peuvent pas imprimer des pages blanches, tout de même !

— "Impossible", ça n'existe pas. Je n'ai encore jamais vu un numéro d'*Évangeline* avec des pages blanches. Vous allez bien trouver une idée. Tu sais quoi ? Nous n'avons qu'à raconter une autre histoire : les recettes du succès de Nadège Hackenbusch. Je vais te dicter tout ça, tu le notes rapidement et le tour est joué : les pages sont pleines. »

Astrid von Roëll a envie de vomir. Elle sait très bien ce que la rédaction va dire. Ils seront fous de rage. Puis ils vont se demander s'ils ont mieux. Et conclure que de cette manière Nadège Hackenbusch sera dans le magazine, que c'est tout de même un entretien en exclu, et ils vont l'imprimer. Tout ça ne serait pas si grave, si les lectrices en profitaient elles aussi, si par exemple elle parlait des vrais secrets du succès de Nadège Hackenbusch, à savoir qu'en procrastinant de la sorte, elle fait lanterner tout le monde jusqu'à ce qu'ils soient tellement à bout de nerfs qu'ils diffusent et impriment tout et n'importe quoi de ce que madame Hackenbusch est gentiment prête à leur balancer. Qu'ils avalent n'importe quelle couleuvre, même les billets *first class* avec lesquels l'Ange s'envole vers la misère, que Nadège Hackenbusch est une pourriture roublarde et égoïste, que cette peste ne se comporte guère mieux qu'un homme.

Et comme Astrid von Roëll l'admire pour ça !

Parce que Nadège Hackenbusch fait exactement le pas de trop qu'elle-même, Astrid von Roëll, n'oserait pas faire.

Mais ça, elle ne l'écrit pas bien sûr. Au lieu de ça, elle rapporte que Nadège Hackenbusch doit sa belle apparence à ses gènes. Et que dans son eau, il y a des calcédoines. Un quartz rose, un cristal de roche et une améthyste.

9

MARION OBSERVE Nadège Hackenbusch qui inspecte scrupuleusement son reflet dans le miroir. Marion l'inspecte avec elle, tout aussi scrupuleusement. Ce visage se laisse regarder, pense-t-elle, encore aujourd'hui. On peut dire ce qu'on veut de Nadège Hackenbusch, mais elle prend soin d'elle. Elle dort beaucoup, ne fume pas, ne boit pas, il n'y a aucun vice à cacher. Et elle ne se laisse pas trop retoucher, contrairement à Poutine qui a fini par ressembler à un masque en latex. Elle aimerait bien savoir qui est son conseiller.

Nadège a l'air très contente. Autrefois Marion pensait que Nadège était contente de son travail, mais aujourd'hui elle n'en est plus si sûre. Elle est plus probablement contente d'elle-même. Évidemment, c'est grâce à Marion et à la qualité inchangée de son travail depuis onze ans. Dans la tête de Nadège, en revanche, c'est elle-même la seule responsable, ne serait-ce que parce qu'elle insiste toujours pour que Marion soit sa maquilleuse. Certains sont persuadés que ce n'est pas un exploit, mais il suffit de voir Poutine : quelqu'un de célèbre peut aussi avoir le visage d'un blanc de dinde sous vide.

Elles se connaissent depuis leur colocation, et grâce à son succès, Marion a elle aussi fait une sorte de carrière, en coulisse. Comme ça tout le monde en profite. Marion n'a pas le corps qu'il faut pour une vraie carrière. Ses épaules sont trop larges, ses fesses trop menues, un corps parfait pour faire du strip-tease dans un bar gay.

Et le visage !

Assez joli, certes, ou autrement dit : particulier. En fait, ce qu'elle a au milieu du visage, c'est plus ou moins un double nez. Elle n'aime pas son nez, mais en même temps elle lui est reconnaissante. C'est une forme de publicité : vu comme elle arrive à faire disparaître ce pif, on conclut illico qu'elle est la meilleure des maquilleuses. L'expression de ses interlocuteurs lorsqu'ils découvrent la quantité de nez qui se cache là, derrière ce camaïeu de fards, lui échappe rarement. Ils savent alors qu'elle peut transformer une banane pourrie jusqu'à la faire ressembler à un radis tout frais.

Nadège Hackenbusch, elle, n'a pas besoin de ce genre de magie. Mais les talents de Marion tirent encore cinq pour cent de plus de cet excellent matériau, peut-être même dix. Un peu plus avec chaque année qui passe : le maquillage n'est pas seulement une histoire de savoir-faire, mais aussi d'expérience. Marion connaît le visage de Nadège. Cette aspérité à la jonction de la joue gauche et de l'aile du nez. Cet endroit sur son front où elle brille un peu plus sous les projecteurs. Marion sait exactement avec quelle teinte de poudre les orbites de Nadège paraissent idéales et à partir de quel degré l'éclaircissement devient artificiel.

« Ces deux jours valaient le coup », dit Marion en fonçant un peu plus les joues, très discrètement, c'est magnifique, quand on ne sait pas qu'elle accentue ces endroits, on ne remarque rien. Encore un avantage : avec des maquilleuses différentes, le travail varie toujours un peu, Marion, elle, fait toujours la même chose. C'est pourquoi on peut à peine voir ce qui est bidouillé, même en comparant les photos de presse des dernières années. Marion en a fait une philosophie : « Il faut rester dans son histoire. Si tu as raconté un western depuis le début, tu ne peux pas tout à coup débarquer avec un casque d'astronaute. » Ce n'est pas révolutionnaire, évidemment, à Hollywood ça se pratique depuis des années, mais en Allemagne, où tous les acteurs doivent faire attention à l'argent, ce n'est pas si courant. Quoi qu'il en soit, Marion reste toujours très modeste : « Tu as un teint vraiment super. En fait, tu n'as pas besoin de moi.

— Bien sûr que j'ai besoin de toi, rétorque Nadège Hackenbusch. Qu'est-ce que je ferais sans toi ? Avec cette tronche de criminelle !

— Tu prendrais une autre styliste. » Marion se détourne et se penche sur sa petite mallette de maquillage.

Un autre détail que Nadège apprécie chez Marion : elle ne trimballe pas des containers entiers de fourbi, elle se débrouille avec une poignée d'affaires dans le plus petit des espaces. Il est déjà arrivé qu'elle la maquille sur la banquette arrière d'un taxi, dans une armoire murale remplie à ras bord et même dans une toilette mobile, éclairée avec une lampe de poche vacillante.

Nadège se regarde dans la glace et ses yeux tombent sur ceux de Marion.

« Jamais, dit-elle sur un ton grave, tandis que son reflet fait un sourire affectueux à Marion. Je n'oserais plus me présenter devant les caméras. »

Émue, Marion lui rend son sourire, et pour un instant elle a l'impression que cette phrase, Nadège la pense vraiment. En tout cas, deux jours ont suffi à Nadège pour s'installer. On ne le voit pas seulement à la clarté de son teint, mais aussi à l'agitation générale. Ou à la voix que prend Grande en frappant à sa porte, pour essayer de soutirer à Nadège un semblant de planning. Habituellement, Grande est une directrice de production plutôt calme et sereine, mais les heures et les jours passant, sa voix s'est faite de plus en plus tendue. Et haute. Par exemple à la fin de la première journée :

« Ne pensez-vous pas que nous devrions commencer à mettre au point l'emploi du temps des jours à venir ? »

Marion, tout juste arrivée, se souvient bien de la réponse de Nadège Hackenbusch :

« Avez-vous remarqué comme c'est beau ? Nous n'avons que ce monde et nous le parcourons si négligemment. On devrait d'abord tourner quelques sujets, et pour ça, vous n'avez pas besoin de moi.

— Il faudrait quand même…

— Et ces marlboros !

— Quels marlboros ?

— Vous ne les avez pas vus ? Ces grands oiseaux ! C'est dingue. Il faut qu'on ait des images comme ça, quand ils atterrissent dans un arbre. C'est impossible que vous ne les ayez pas vus. Il y en a partout sur Google ! Il ne faut pas vous stresser comme ça, mettez plutôt un peu le nez dehors ! Nous sommes juste des êtres humains.

— D'accord, mais...

— Pas des machines. Juste des êtres humains.

— Oui, bien sûr, mais...

— Et il faut que l'arbre se balance.

— Quoi ?

— L'arbre. À l'atterrissage ! Quand ces bestioles atterrissent, il doit se balancer. Pour qu'on se rende compte de la taille de ces marlboros.

— Ah, vous parlez des *marabouts* ?

— C'est bien ce que je dis.

— Mais en attendant...

— Pardon, il faut vraiment que je décroche. Mais n'oubliez pas ! Mettez le nez dehors. Et il faut aussi qu'ils filment des léopards. Et des tigres ! »

Après le choix des couleurs, Marion n'a pas eu grand-chose à faire. Elle était un peu comme une dame de compagnie pour Nadège. Grande venait à intervalles de plus en plus courts, l'agitation de l'équipe avait fini par atteindre le degré adéquat aux yeux de Nadège. C'est ce qui compte : provoquer le maximum d'agitation, car c'est la seule condition pour pouvoir se poser en sauveur. Idéalement à l'apogée du chaos, de la panique, de la détresse. Et quand on s'y prend bien, quand on se présente avec politesse aux personnes de l'équipe, les caméramans, assistants, éclairagistes et constructeurs, quand on leur témoigne de la gentillesse, quand on rayonne d'une amabilité et d'une serviabilité sensationnelles, alors soudain les visages brillent d'une lumière particulière. Tous vous regardent avec la même gratitude qu'un chiot quand on arrête de le battre.

Marion ouvre la cape de coiffeuse et la plie prudemment pour que ni maquillage ni poudre ne tombent sur les vêtements. Nadège Hackenbusch se lève. Elle vérifie une dernière fois si sa coiffure tient bien. Malheureusement elle n'a pas pu imposer de coiffeuse, mais quand elle sera la nouvelle Schreinemakers, elle l'a promis à Marion, ça deviendra le minimum. Avec assistant. Plus une assistante pour Marion. Nadège Hackenbusch pivote vers elle.

« Qu'en penses-tu ? demande-t-elle en tournant sur elle-même, les bras écartés comme un grand animateur. Ça va ? »

Marion hoche la tête, puis elle plisse les yeux : « Les petites pierres brillantes ne sont peut-être pas...

— Pourquoi ? Elles sont super !

— Le jean couleur sable, impec. Il est cher, mais pas moyen de le savoir tant que tu laisses le chemisier de doudou nonchalamment par-dessus. Tee-shirt opaque, comme ça aucun de ces types coincés ne songera à faire une bêtise, on ne voit pas les tétons, tout est bien ample. Pas de boucles d'oreilles, pas de bracelets, très bien. La vieille Swatch, génial, pas tape-à-l'œil. Les baskets passent aussi, mais ces trucs brillants... je ne sais pas. Je ne connais pas ce modèle...

— Je les ai collés moi-même. Pas mal, non ?

— Oui, mais là, maintenant ? Les gens ici sont vraiment pauvres.

— Toi alors ! Après tout, ça n'a gêné personne dans les foyers de réfugiés en Allemagne.

— Possible, mais... je veux dire, je trouve ça bien et utile que tu te reposes un peu et tout, mais je suis allée faire un tour et c'est vraiment... c'est incomparable. Je n'avais encore jamais vu ça. Ils sont tellement pauvres.

— La télévision vit de ce genre de contradictions ! » Nadège Hackenbusch se retourne encore une fois vers la glace et se contemple d'un air satisfait. Apparemment elle avait besoin de cette désapprobation, maintenant elle est sûre de ce qu'elle fait. « Les gens ne veulent pas voir une nana aussi pauvre qu'eux. L'émission ne s'intitule pas "Cendrillon dans la misère". Tu viens ? »

Marion réassortit sa mallette pliable avec des gestes parcimonieux. Elle jette un œil aiguisé sur la table de maquillage et dans le rectangle argenté qui ressemble toujours un peu à la caisse à outils d'une princesse. Puis elle referme sobrement la boîte et suit Nadège Hackenbusch en direction du SUV. La chaleur est aussi absurde que l'air glacial qui s'exhale de la portière lorsqu'elles montent à bord. À l'intérieur il y a Grande et Astrid von Roëll.

« On t'a déjà allumé le chauffage de la banquette, annonce cette dernière.

— Tu es un amour, dit Nadège Hackenbusch. Que ferais-je sans toi ? »

Le visage de Grande se crispe un peu : « Ce n'est pas loin. On peut aussi marcher.

— Possible, répond Nadège Hackenbusch. Mais un ange a besoin d'ailes. Quand est-ce que vous allez les repeindre ? »

La voiture démarre doucement. Maintenant Marion remarque un beau jeune homme noir sur le siège passager qui s'efforce de saluer Nadège Hackenbusch depuis le début. Nadège l'ignore. Marion se doute de la raison. Nadège est énervée parce que l'équipe de tournage a choisi un homme. Nadège préfère travailler avec des femmes. Elle jette un œil vers Grande qui devrait normalement faciliter les contacts. Mais Grande se défile en s'absorbant dans son smartphone. Peut-être est-ce cela, la véritable raison de l'essor triomphal du smartphone : alors que les enfants peuvent simplement se mettre les mains devant les yeux quand ils ne veulent pas voir, les adultes doivent affronter les choses – en tout cas jusqu'ici.

Vu sous cet angle, c'est presque étonnant que Nadège mette son smartphone de côté et regarde bel et bien par la fenêtre, comme une enfant. Grande en prend note dans un froncement de sourcils. Elle doit sans doute avoir du mal à croire que sa star n'a réellement pas fait un seul pas à l'extérieur depuis deux jours.

Les rues du camp sont toutes les mêmes. Difficile de savoir dans quel bloc ils se trouvent, dans quel quartier

– ont-ils tourné en rond pendant dix minutes ? La voiture freine devant un bâtiment assemblé avec plusieurs containers et agrandi avec des tentes. Des gens, en grand nombre, y font la queue, beaucoup de femmes avec des enfants, ou des enfants avec leurs frères et sœurs plus petits. De toute évidence, on a essayé de couvrir la place devant le bâtiment pour protéger ceux qui patientent, mais à mesure que la foule croissait on a dû arrêter d'ajouter des pièces de tissu à la toiture rapiécée. Marion aperçoit de longues rangées de personnes accroupies, dans cette drôle de position, comme aux toilettes turques. Elle a déjà vu ça dans le foyer pour réfugiés où Nadège avait tourné, les gens s'accroupissaient ainsi dans les couloirs ou à n'importe quel endroit où ils trouvaient un accès WiFi convenable, et elle ne comprend toujours pas comment il est possible de tenir comme ça ne serait-ce qu'une minute sans que vos jambes s'engourdissent complètement.

La voiture s'arrête brièvement, le jeune homme descend. Puis la voiture fait demi-tour afin que Nadège Hackenbusch puisse sortir pile devant l'entrée et la caméra. L'équipe de tournage l'attend, et à côté de l'équipe se trouve le passager dans ses baskets en toile de lin, ignoré. Il est détendu, il porte la chemise que Marion et Nadège ont choisie pour lui : pas un de ces trucs super colorés que prennent volontiers les Africains, elle lui en a trouvé une bleu foncé, pas trop taillée, même si ça lui irait sûrement très bien, il a une silhouette agréable à habiller. Marion aimerait descendre elle aussi, elle est curieuse de savoir comment Nadège va s'entendre avec lui. Mais elle ne veut pas passer dans le champ des caméramans. Astrid von Roëll est descendue de l'autre côté de la voiture, Grande également. Marion reste à l'intérieur.

Elle a déjà visité le bâtiment, il n'y a pas de place pour installer un poste de maquillage provisoire. Elle attrape son boîtier de maquillage sur le sol du véhicule, l'ouvre et prépare son espace de travail. Du coton, des tissus, la cape. D'après son expérience, Nadège demandera les premières retouches au maximum dans une heure, mais avec la chaleur, ce sera sans doute plus tôt.

Par la porte ouverte, elle voit Nadège s'approcher du passager. Il lui tend la main, désinvolte et pourtant attentif, comme s'il avait tout appris auprès de Barack Obama. Nadège lui tourne le dos, Marion ne peut donc pas voir ses réactions mais elle voit comment il bouge, c'est un talent inné. On a envie de le regarder rien que pour sa façon d'ouvrir sa bouteille d'eau. Elle se laisse aller en arrière et s'occupe de ses e-mails. Sur son petit blog de cosmétique, il y a un nombre inhabituel de questions aujourd'hui, et lorsqu'elle a terminé, Nadège Hackenbusch n'est pas encore revenue.

Marion regarde sa montre. Beaucoup plus d'une heure. C'est inhabituel. Elle regarde à travers la vitre, se retourne dans tous les sens. Il n'y a rien sauf des réfugiés, de la poussière et du soleil. Elle songe à se renseigner auprès du conducteur, mais il est concentré sur son portable. Devant l'hôpital, il y a du WiFi, les réfugiés ne sont pas là seulement pour faire la queue. Marion descend. Elle s'étire, enfonce les mains dans les poches de son jean et contourne la voiture d'un pas raide.

L'infirmerie a aussi de l'électricité. Près des bornes de recharge, les portables s'accumulent, des pelotes de câbles jonchent le sol comme de puissantes plantes, quand une personne vient récupérer son portable, d'autres se lèvent d'un bond pour occuper la place convoitée. Les prises électriques sont les nouveaux trous d'eau. Deux petites filles approchent, elles pincent les jambes du pantalon de Marion en riant, mais pendant ces deux jours, Marion a appris que pour se montrer généreux, il faut respecter des heures et des endroits précis, autrement les nécessiteux réclament partout et à tout moment. Ce n'était pas si difficile à comprendre, Marion a un chien.

Elle revient à la voiture, ouvre la portière et prend de la crème solaire. Elle n'aurait pas cru qu'il lui faudrait en remettre aujourd'hui. Mais elle n'en peut plus d'être assise dans cette voiture glaciale.

Les filles ne la lâchent pas. Elles s'ennuient. Marion se baisse et leur montre une comptine pour laquelle on frappe dans ses mains. Elle chante d'abord « aramsamsam » et, voyant que ça leur plaît, elle chante aussi « Une souris verte ». Au bout d'un moment, les deux filles savent plutôt bien chanter « jelamontacéméssieu » et Nadège Hackenbusch n'est toujours pas de retour. Marion se redresse. Les filles se mettent à développer leurs propres versions, en glapissant des « ulliulliulliulli » en cœur, c'est assez impressionnant et passablement affreux. Marion flâne vers l'entrée du dispensaire et tente de regarder à l'intérieur. Il n'y a aucun signe d'agitation, les malades attendent avec la même patience d'ange.

Devrait-elle se faire du souci ?

Peut-on agresser une équipe de tournage et une présentatrice vedette allemande sans faire de bruit ?

Ou les kidnapper ?

Improbable. Elle pourrait tenter d'appeler Nadège, mais elle a sûrement éteint son portable pour le tournage. Elle décide de contourner le dispensaire, qui s'avère être plus grand qu'elle ne l'avait estimé. Il n'y a presque pas de fenêtres pour regarder à l'intérieur. Rien n'indique qu'il y ait été fait usage de violence. Personne ne s'énerve jamais, c'est la routine dans le camp. Des gens marchent, des gens portent, des gens transportent toujours les mêmes choses : des sacs de farine ou de céréales, des bidons d'eau, des fagots de bois sec. Sacs, bidons, fagots. Sacs, bidons, fagots. Une chèvre. Sacs, bidons, fagots. De retour à la voiture, ça fait deux heures et demie qu'elle n'a pas eu de nouvelles de Nadège Hackenbusch.

Elle appelle Grande. La messagerie. À qui pourrait-elle demander sinon ? Elle ne peut pas juste partir : si Nadège doit se faire remaquiller et qu'elle n'est pas là, ce sera le pétage de plomb assuré. Désemparée, elle remonte dans la voiture et ferme la portière pour boire un peu. Les enfants n'ont pas besoin de voir qu'elle boit de l'eau propre et emballée. Elle range ses ustensiles de maquillage dans un autre ordre, puis les remet dans leur position initiale. La clim fonctionne impeccablement, le chauffage de siège aussi. La voiture doit avoir des batteries grosses comme des frigos. Pas si désagréable au fond.

Elle sursaute. Combien de temps a-t-elle dormi ? Que s'est-il passé ? Elle entend un cri. Elle pousse la portière, sort dans la lumière étincelante en titubant, étourdie. Plein d'enfants sortent du dispensaire, une assistante-réalisatrice marche d'un pas pressé, elle remorque le caméraman qui marche à reculons, lui dit à voix basse quand il doit faire attention à un obstacle, le dirige à travers les piquets des tentes. Puis arrive Nadège Hackenbusch et avec elle, le passager. Elle a retroussé ses manches, son chemisier est ouvert, son tee-shirt en dessous est taché. De la sueur, de la saleté, peut-être du sang, mais pas beaucoup. Elle n'a pas l'air malheureuse, mais pas enthousiaste non plus. Si Marion devait donner une description, elle dirait : différente. Grave. Comme quelqu'un qui doit régler quelque chose. Comme un politicien avec un agenda bien rempli, pas un membre d'un parti politique, mais une personne de l'aide au développement. Il ne reste pas grand-chose de sa coiffure. Tout derrière, Grande suit en haletant, Nadège Hackenbusch se tourne vers elle et lui dit quelque chose en faisant des gestes très décidés. Marion attrape son regard au vol et tente de savoir avec un mouvement inquisiteur si elle a besoin de ses talents de maquilleuse, mais Nadège Hackenbusch refuse d'un signe de main. Puis elle s'assoit par terre, et le passager aussi.

Nadège a presque entièrement disparu dans la grappe d'enfants, mais vu l'attitude du caméraman, on sent que la situation n'est visiblement pas menaçante. Il se donne du mal pour les garder à l'image, l'assistante lui dégage son champ de vision. Marion s'approche. Elle est maintenant aux côtés d'Astrid von Roëll qui fait des photos avec son smartphone et, de temps en temps, gribouille dans son petit bloc-notes.

Nadège Hackenbusch est assise dans la poussière avec son jean de designer. Elle a posé son pied gauche sur les cuisses du passager, elle rit et les enfants rient aussi. Le jeune homme a un couteau à la main et détache les petites pierres brillantes de sa chaussure, une à une. Il les passe à Nadège qui les distribue aussi équitablement que possible.

Chacun une seule pierre.

Il travaille avec précaution, mais les baskets de Nadège se trouent quand même. Elle semble s'en moquer, il la regarde d'un air inquisiteur, elle lui fait signe de continuer, tandis qu'elle attrape un enfant de l'autre main pour lui retirer une pierre brillante de la bouche. Marion reconnaît la fille. Elle rit et chante « jelamontacéméssieu », puis dans un large sourire, elle remet la pierre dans sa bouche, mais seulement jusqu'à ce que Nadège proteste.

Le spectacle avec les pierres ne se termine que lorsque Nadège ôte ses chaussures ruinées et les jette. Les enfants courent après les chaussures en couinant. Le passager se lève. Il tend la main à Nadège Hackenbusch et elle le laisse l'aider. Elle époussette ses fesses, puis ôte également ses socquettes. Pendant un instant on dirait qu'elle va serrer le passager dans ses bras, mais elle lui tend juste la main avant de se mettre en route vers la voiture, pieds nus. Une femme s'approche d'elle. Nadège se retourne vers elle et la femme lui passe une paire de tongs bon marché. Nadège fait un geste pour payer, ou plutôt un geste pour ne pas payer, elle tapote ses vêtements, elle n'a pas pris d'argent, juste les socquettes. La femme refuse les socquettes, les sandales sont un cadeau. Elles s'enlacent.

Puis Nadège Hackenbusch revient à la voiture. Astrid von Roëll la rejoint, Grande aussi, elles se réunissent dans la voiture. Grande semble assez surmenée. Astrid von Roëll griffonne comme si sa vie en dépendait. Nadège s'enfonce dans le siège, on dirait qu'elle ne va jamais plus se relever. Elle ferme les yeux.

Marion demande : « Que s'est-il passé ? »

Personne ne répond.

Grande prend une inspiration, mais n'a pas le temps de parler. Les yeux fermés, Nadège Hackenbusch dit : « En arrivant, on fait dix minutes de pause. Et ensuite on débriefe. On planifiera l'emploi du temps des prochains jours. »

Grande dit : « J'ai déjà quelques… »

Nadège Hackenbusch se redresse. Ses yeux s'ouvrent et, avec une parfaite clarté que Marion ne lui a encore jamais vue, elle dit : « *Nous* planifierons l'emploi du temps. Et faites-*le* venir. Je veux qu'il participe ! »

Grande veut ajouter quelque chose, elle inspire profondément, mais s'interrompt avant d'avoir prononcé ne serait-ce qu'un son, puis elle hoche la tête. Ensuite on n'entend plus que le moteur de la voiture et le gribouillage d'Astrid von Roëll, interrompu de temps à autre par un bruissement hâtif lorsqu'elle tourne les feuilles de son bloc-notes, comme si à chaque seconde elle perdait de précieuses lettres.

Nadège retombe dans son siège et ferme les yeux. « Marion, dit-elle, peux-tu me démaquiller ? »

Nadège Hackenbusch : son pire cauchemar

Misère, détresse et violence : son travail dévoué au cœur du continent noir confronte la superstar allemande avec son propre passé tragique

Par Astrid von Roëll

On dit souvent que les femmes sont le sexe fort. Que les femmes endurent la douleur avec plus de courage. En comparaison des hommes, par exemple. Mais combien de souffrances une femme peut-elle endurer ? Car personne n'endure indéfiniment la souffrance, et cela vaut même pour Nadège Hackenbusch. Ces jours-ci, cette femme courageuse, toujours jeune, traverse – on ne peut pas le dire autrement – un véritable enfer.

Cela fait désormais des semaines que Nadège Hackenbusch se trouve en Afrique. 24 sur 24, elle s'occupe de la préparation, de chaque détail de son émission « Ange dans la misère ». C'est la Nadège Hackenbusch inconnue du grand public, la Nadège Hackenbusch qu'on apprend à connaître uniquement dans les coulisses du monde scintillant des riches et belles gens : une travailleuse disciplinée, une femme qui paye de sa personne sans relâche et qui pourtant ne se plaint jamais. « En tant que femme, il faut toujours être un peu plus performante que les hommes. » C'est ce qu'elle a confié un jour à *Évangeline*, et comme toujours, elle n'avait rien d'amer, elle était portée par une joyeuse envie de relever le défi. C'est Nadège Hackenbusch tout craché : être humain, modèle et femme. Mais ces jours-ci, même elle doit reconnaître les limites de ce qu'un être humain peut supporter. Au cœur de l'Afrique, elle se voit brusquement faire face à son plus grand et noir cauchemar.

Retour en arrière : au début de la journée, rien ne laisse présager ce qu'il va se passer. C'est un de ces matins où le soleil d'Afrique brille indifféremment pour tous les êtres humains. Lionel, son jeune et beau guide, l'accompagne à l'hôpital local. Tout le camp est ravi de la visite de l'Ange qui propose infatigablement son aide. Les gens ici ne vivent pas dans une « grotte », avec leur smartphone et Internet ils savent pratiquement tout sur Nadège Hackenbusch et le formidable travail qu'elle a accompli en Allemagne. Ils s'étonnent de sa posture humble, de son simple pantalon couleur sable, son teeshirt sous un chemisier aux manches retroussées. « Je l'ai piqué à Nicolai, dit-elle à sa façon si magnifiquement spontanée, il va être étonné de le voir à la télé. »

Un médecin noir accueille l'Ange secourable de la lointaine Allemagne, il lui serre la main. La proximité entre êtres humains peut être si simple. « Si seulement les politiciens étaient comme les êtres humains », plaisante-t-il avec gratitude, et Nadège Hackenbusch rit de bon cœur. Il lui montre les chambres du dispensaire, modestes, mais propres, comme c'est si souvent le cas chez les gens simples. Le manque se sent partout : « Trop peu, dit-il souvent, trop peu. » Il pointe son doigt par la fenêtre sur les longues files d'attente de ceux qui sollicitent de l'aide. C'est si typique du dynamisme de l'Ange allemand de répliquer immédiatement : « Nous allons essayer de tourner rapidement, pour que vous puissiez très vite revenir auprès de vos patients ! »

En Afrique aussi la charmante simplicité avec laquelle elle parle aux gens simples gagne les cœurs. Ce dispensaire n'est pas comparable à un hôpital allemand. C'est bondé, les gens se partagent les vieux lits, parfois les enfants sont même à trois. Vous chercherez en vain des draps blancs, des tableaux ornant les murs ou des lampes liseuses, de temps en temps il y a des coupures de courant, et cependant

Un être humain, un modèle et une femme

Nadège Hackenbusch n'y voit pas un hôpital de second rang. « Ces gens font des efforts, reconnaît-elle, à leur manière ils font du super boulot. Ils travaillent à un niveau très modique, et ils ont pourtant réussi à faire tomber la mortalité infantile à un sur cinq. » À la vitesse de l'éclair, elle prend des initiatives, développe des plans, organise des projets. Repeindre le service pédiatrique, avec des couleurs gaies contre le train-train quotidien. Proposer des ateliers de bricolage : « En Allemagne, nous avons fait ça avec la chaîne de bricolage Imagin-R, je suis sûre qu'elle nous aidera volontiers. » Son regard frais et pragmatique surprend sans cesse.

« Nous ne savons pas à quel point nous allons bien en Allemagne, dit-elle en riant, mais ici on est vite ramené sur terre. » Et dans la réalité. En quittant le service pédiatrique, Nadège Hackenbusch découvre une salle remplie de jeunes filles. Est-ce le destin ?

C'est un groupe de filles qui vient d'échapper à Boko Haram, il y a quelques jours seulement. Nombreuses se taisent, ne disent presque rien, deux d'entre elles sont au contraire comme survoltées, d'une humeur étrangement bonne ; cela peut sembler bizarre, mais leur joie et leurs rires sont presque désespérés. Dans un moment rare, Nadège Hackenbusch s'assoit près d'une des filles silencieuses et elle demande qu'on éteigne la caméra. Comme la fille ne parle pas, elle ne dit pas un mot non plus et reste simplement assise à ses côtés. Lionel veut partir avec l'équipe, mais Nadège le retient pour traduire. Il s'accroupit par terre, pas trop près, juste assez pour entendre ce qu'il se dit. Quand il se dit quelque chose.

« Nous ne savons pas à quel point nous allons bien en Allemagne. »

Elle ne touche pas la jeune fille, reste assise à côté d'elle comme une grande sœur. Des minutes entières. Puis elle lui donne un petit coup de pied de ses baskets étincelantes. Une fois, deux fois, trois fois. À la quatrième fois, le pied de la fille répond. Elle dit quelque chose, si doucement que Lionel se glisse plus près, il a du mal à comprendre et lui pose une question de sa voix douce. Elle sourit, elle les désigne, d'abord lui, puis Nadège. Ensuite il traduit : « Jolies chaussures. Nous avons tous les deux de jolies chaussures.

— Comment vas-tu ? demande Nadège.

— Bien, dit-elle, en tout cas maintenant. »

Il arrive qu'on rencontre des personnes spéciales, et Lionel en fait partie. Car ce que raconte la fille est une chose qu'on confie seulement à sa grande sœur, et Lionel réussit à traduire comme s'il n'était pas là. L'enlèvement. La peur. L'emprisonnement. Les hommes. Parfois un seul. Parfois deux à la fois. Comment elle se met à trouver certains moins mauvais, parce que après ils la laissent tranquille. C'est mieux que ceux qui veulent qu'on passe la nuit chez eux, parce qu'ils disent qu'Allah les aurait réunis. Les hommes qui le lendemain matin ont honte de leur faiblesse et la frappent parce qu'elle les a ensorcelés. Tout être humain doté d'un cœur ne se pose alors qu'une seule question :

Comment Nadège Hackenbusch supporte-t-elle cela ?

Car ici en Afrique, le pays des tigres et des marabouts, il n'y a sans doute aucune autre femme capable de partager cette souffrance amère avec tant d'intensité, du fond du cœur.

Elle reste courageuse et pose son bras autour des épaules de la fille, pensant sûrement à cet été terrible qu'elle a vécu. Le bonheur trompeur avec LeBrezel. Puis cette nuit épouvantable. Les journées sans fin au tribunal. Les disputes dans les médias. Le second viol, lorsque la justice est méprisée, son malheur avec la justification sans cœur qu'un « non » n'en était un qu'à la condition de le prononcer. Ajoutant qu'elle ne pouvait plus répéter ses accusations, si justifiées soient-elles, sous peine d'une sanction conventionnelle de 500 000 euros. C'est une confrontation dure, amère, presque insupportable avec son propre passé qui pousse Nadège Hackenbusch, cette femme fière, forte et belle, à saisir une main réconfortante, même pour un

« Si seulement les politiciens étaient comme les êtres humains... »

instant. La main de Lionel, un homme très spécial. Et au cœur du continent noir, on sent très distinctement que l'histoire regrettable d'une jeune femme unit pour un court instant deux cœurs éprouvés, prêts à mener de grands projets.

10

CELA PREND ENVIRON une semaine avant que le réfugié se rende compte que l'argent ne suffira pas.

Sa bière à la main, il s'est éloigné de la baraque sommairement éclairée de Miki. Il est adossé contre un réduit, las, et regarde le gigantesque ciel nocturne constellé d'étoiles. Il pose la bouteille froide contre son front. Mais comment est-ce possible ? Il gagne bien, très bien même, et il travaille beaucoup. Et pourtant il a l'impression que son but s'éloigne de plus en plus. Il se frotte les yeux. Ils semblent poisseux, comme s'il ne pouvait ni les ouvrir ni les fermer correctement. Ils commencent tôt, ces Allemands, et ensuite ils travaillent toute la journée. Aujourd'hui, ils sont allés chercher du bois pour se chauffer. Car Malaika est bien plus que juste magnifique.

C'est ce qu'il avait pensé au début, oui, il l'avait trouvée magnifique, et il s'était demandé ce qu'un être aussi beau cherchait dans un camp aussi moche. C'est pourquoi il avait commencé par l'amener au dispensaire. L'ange l'aurait sûrement trouvé sans lui, mais c'était le seul endroit dont il pensait qu'il était assez propre et accueillant pour un ange aussi magnifique. Un ange qui trouve que même sa voiture n'est pas suffisamment propre : il l'a vu lui-même, l'ange désire des voitures blanches.

Quand il y repense aujourd'hui, ce jour-là, c'est comme s'il avait fait connaissance de deux anges en un. Il se souvient du trajet jusqu'au dispensaire dans la voiture de l'ange. L'ange avait passé son temps à parler et à écrire à son monde angélique avec son téléphone d'ange blanc et or, plein de petites pierres brillantes. Ce n'est qu'au dernier moment, en arrivant devant le dispensaire, que l'ange a dit quelque chose et ça ressemblait à une fin de conversation. Puis ils étaient descendus et l'ange avait dit qu'il fallait recommencer parce que ce serait mieux s'il sortait par l'autre portière. L'ange avait tout à coup eu une expression particulièrement inquiète, comme s'il s'apprêtait à annoncer à quelqu'un que le dispensaire avait brûlé.

Et puis il y avait l'autre ange. Celui qui s'asseyait calmement à côté de la jeune fille au dispensaire. Qui écoutait des histoires qu'aucun ange ne devrait entendre. L'ange qui était ressorti du dispensaire.

Elle ne disait plus rien du tout, sauf une phrase qu'elle avait d'abord répétée en allemand. Elle s'était tournée vers lui, avait posé la main sur son avant-bras et dit d'une voix qui n'avait plus rien d'une voix d'ange :

« *This must go others.* Total. *I swear.* »

Elle veut accompagner les gens. Elle va chercher de l'eau avec eux. Elle essaye de cuisiner avec les moyens des gens d'ici et elle est allée ramasser du bois avec Munira. Cette façon de travailler doit être absolument inhabituelle pour les Allemands. Ses collaborateurs s'impatientaient. S'ils avaient pu décider, ils seraient remontés dans la voiture zébrée toute propre au bout de dix minutes de marche. Car dans une région où quasiment rien ne pousse et où deux millions de personnes cherchent du bois tous les jours, on n'en trouve pas facilement et il faut aller loin. Mais l'ange ne voulait pas prendre la voiture. Il voulait accompagner Munira, et si ça devait prendre deux ou trois heures pour trouver quelque chose susceptible de brûler, l'ange voulait lui aussi marcher deux ou trois heures.

« *She go three hours ?* avait-elle répété. *Real ?*

— *It's true, Malaika.* »

Les assistants de l'ange avaient contesté.

Alors l'ange avait fait fulminer la colère des cieux de sa bouche.

Il n'avait encore jamais vu quelqu'un écraser cinq hommes rien que par la voix. Surtout pas une femme. Mais c'est ce qui était arrivé. L'ange s'était juste fait apporter une autre paire de chaussures, sûrement plus confortables, et à partir de là, il était clair que tout le chemin se ferait à pied. Ce que personne ne regrettait plus que Munira qui aurait été ravie de prendre la voiture de l'ange.

Mais c'est exactement comme ça que le réfugié s'était imaginé un ange allemand. Pas juste bon, mais minutieusement bon. Il ne suffisait pas de porter un peu de bois pour la caméra, l'ange avait porté autant de bois que Munira. Il aurait parié que l'ange abandonnerait au bout de cent pas, mais il avait porté le bois comme ce Jésus des chrétiens sa croix. À deux reprises, elle avait vomi dans le sable d'épuisement, mais elle n'avait pas lâché.

Et avec l'argent, les Allemands étaient tout aussi minutieux.

Il boit une gorgée de bière. La petite Saba s'approche de lui. « Mtu ? » fait-elle d'un air interrogateur. C'est le nom que lui donnent les enfants. Depuis peu, tout le monde lui donne des noms. Les Allemands disent « Lionel », il préfère ne pas demander qu'elle en est la raison, il ne veut pas compliquer les choses. « Mtu », disent les enfants, une abréviation de « *mtu kwa malaika* » – « l'homme avec l'ange ». Saba affiche son visage le plus mignon, mais s'il capitule maintenant, il aura tous les jeunes du camp sur le dos. Il la chasse, épuisé, avec gentillesse et sévérité en même temps. Il lui dit qu'il a déjà aidé sa mère. Il a besoin de calme, il faut qu'il réfléchisse. Seul. Il y a des choses dont on ne peut parler à personne. Pas même à Mahmoud.

Ces Allemands minutieux.

C'est vrai qu'ils mettent un sacré paquet d'argent sur la table, mais ils ne se laissent pas plumer non plus. La femme d'un certain âge qu'ils appellent Grande le paye tous les jours. On ne le fait jamais attendre, à la fin de chaque journée, il reçoit en cash la somme dont ils sont convenus. Mais une avance, pas question. Et c'est bien là le hic.

L'argent suffirait pour payer un passeur si on lui donnait toute la somme d'un coup. Car mettre de l'argent de côté est pratiquement impossible.

L'argent n'est pas un problème quand on en a aussi peu que tous les autres dans le camp. Ce n'est pas non plus un problème quand on arrive à le cacher. Mais quand on ne peut pas le tenir secret, comme lui, *mtu kwa malaika,* « l'homme avec l'ange », on est obligé de partager avec les autres. Parce qu'on est celui qui monnaye le camp et la vie des autres. Ils ne permettraient pas que tu ne partages pas.

Alors il paye les bières chez Miki. Et il donne des petits boulots à Mahmoud et à quelques autres personnes. Trouver des histoires. Il donne quelque chose aux enfants. Et il donne sa part à Mojo le Bleu. En théorie. C'est lui qui l'a proposé à Mojo, et Mojo était même surpris. Mais ensuite il s'était ravisé et avait dit au réfugié qu'il ferait mieux de garder l'argent, qu'ils trouveraient une autre solution. Les choses n'en resteront pas là.

Il pourrait demander de l'argent aux autres réfugiés. En échange d'une visite de l'ange. Mais si les Allemands s'en rendaient compte, ils le mettraient à la porte. Et quand bien même, si vraiment il réussissait à gagner plus de cette manière, Mojo s'en mêlerait davantage, et il faudrait qu'il constitue son propre gang pour se défendre. Ça demande du temps, de l'argent, et il n'a pas envie d'être chef de gang. Ça n'aurait aucun sens : Mojo le Bleu fait ça depuis son enfance, ça prendrait maximum deux jours avant qu'un matin, on retrouve sa tête enfoncée dans les latrines.

De toute façon, le temps pour gagner de l'argent est limité, car tôt ou tard Mojo le Bleu va s'en mêler quoi qu'il en soit. Il attend simplement de voir si les Allemands contrôlent vraiment avec la même minutie tout ce qu'il se passe dans le camp. Mais une fois qu'il sera sûr, Mojo le prendra gentiment à part et lui dira que dorénavant il n'arrangera de rencontres avec l'ange qu'en échange d'argent. Et jamais sans concertation avec Mojo, cela va de soi. Il lui dira quelle somme ces rencontres devront rapporter. Ou plutôt : quelle somme il devra livrer à Mojo.

Et si ça se sait, les Allemands le virent.

Ou alors il refuse et Mojo le tue.

Super perspectives.

Il enfonce le bout de son index dans le goulot et le fait ressortir avec un petit claquement. Ça fait *fouppp*. Non, les choses sont ce qu'elles sont : il a le boulot le mieux payé de tout le camp, mais financièrement il est dans la même situation qu'avant.

Fouppp.

Et un jour Malaika redisparaîtra. Il vieillira et mourra ici. Sauf si elle le prend avec elle. Mais ça, Grande, le dragon de l'argent, l'a exclu dès le début.

« Tout ça n'est *pas* un billet pour l'Allemagne, c'est clair ? »

Alors pourquoi le ferait-elle quand même ?

Par amitié peut-être.

La probabilité est faible. Sur la toile, ça ne grouille pas vraiment d'histoires à propos d'équipes de tournage allemandes qui ramènent leurs sujets de reportage à la maison. À moins qu'il n'y ait des problèmes de santé. Quelqu'un a une maladie, au mieux une pauvre petite fille, et cette fille ne peut être opérée qu'en Allemagne.

Manque de bol, il est en pleine santé.

Il faudrait qu'il ait une raison tout aussi valable. Que… que sa vie soit en danger. À cause… bien sûr : à cause de Mojo le Bleu.

Ça pourrait marcher. L'histoire est même plutôt bonne, car pourquoi se retrouve-t-il dans cette situation ? Parce que les Allemands et l'ange sont venus ici. Parce qu'ils l'ont mis dans le pétrin. Parce qu'ils l'ont mis dans cette situation périlleuse, coincé entre l'argent, la violence et Mojo. Ils vont donc devoir l'aider à en ressortir. Lui et peut-être aussi Mahmoud.

Le danger, c'est qu'il pourrait éveiller des soupçons. Si Malaika pige qu'il y a ce genre d'affaires dans le camp, elle voudra sûrement savoir s'il n'a pas travaillé pour Mojo depuis le début. Ça vaut le coup de prendre le risque, mais il faut attendre encore un peu.

« Mtu ! » dit Saba en s'asseyant sur le sol près de lui. C'est impressionnant comme elle sait jouer de son regard pour avoir l'air encore plus mignonne. Elle est toujours mignonne, mais elle ne brûle jamais toutes ses cartouches. Elle peut toujours en rajouter, aucun autre enfant ici n'est aussi futé. Faut-il soutenir ce genre de choses ?

« Tu peux avoir ma bière.

— Vraiment ?

— Oui, la bouteille. Quand j'aurai terminé. »

Saba refuse d'un geste de la main : « Qu'est-ce que tu veux que je fasse de cette stupide bouteille ? »

Il prend la dernière gorgée et la pose devant elle. « Apporte-la aux Allemands.

— Pour quoi faire ?

— Ils te donneront peut-être de l'argent. J'ai entendu dire que les Allemands donnent toujours de l'argent pour des bouteilles.

— Ils te donnent de l'argent pour une bouteille vide ?

— C'est ce que j'ai entendu dire. »

De toute évidence, elle doute de cette histoire absurde.

« Combien ?

— Je n'en sais rien.

— Dis-moi !

— Je ne sais pas. Un peu. Moins qu'une bière, c'est sûr. Sinon tout le monde leur apporterait des bouteilles pleines. »

Saba soulève la bouteille. « Je leur apporte la bouteille vide ? Et ils me donnent de l'argent ? Tu rigoles.

— Tente le coup, dit-il gentiment. Après tout, on ne sait jamais.

— À quoi leur servirait la bouteille ? insiste Saba. Ils en feraient quoi ?

— Je ne sais pas. Des trucs allemands. Peut-être qu'ils y mettent tout simplement de la nouvelle bière. C'est possible : les Allemands ont tant de bière qu'il leur manque des bouteilles. »

Saba prend un air sceptique. Il continue de tisser l'histoire.

« Ensuite toutes les bouteilles sont mises sur un grand bateau, le bateau part pour l'Allemagne et tous les Allemands sont contents. Puis ils font leur danse d'Allemands.

— C'est comment, la danse des Allemands ? »

Il se lève et sautille, tout en frappant sur ses cuisses. Ça ressemble un peu à un éléphant qui essaye de marcher comme un héron. « Voilà, c'est comme ça que ça marche. Comme à l'Oktoberfest.

— C'est une danse stupide.

— Beh, dit-il en se laissant tomber près de Saba. On ne choisit pas ses danses. Tout le monde doit danser comme ses parents. Partout dans le monde. La danse de tes parents détermine le chemin de tes pieds. Toi aussi, tu danses comme tes parents. »

Saba a l'air de trouver ça logique.

« Mais pourquoi personne d'autre n'apporte de bouteilles aux Allemands ? Tout le monde les jette. Si ce que tu dis est vrai, c'est bête !

— Parce que personne ici ne connaît vraiment les Allemands. C'est juste une possibilité, rien de plus. Je ne peux rien te garantir. Il faut que tu essayes toi-même. »

Saba se lève, la bouteille à la main. « D'accooord », dit-elle en hésitant. Elle enfonce son pouce dans le goulot. Ça fait *foupppp*.

« Je peux aussi faire ma propre danse ? » demande-t-elle.

Il envisage la chose : Saba qui danse devant les Allemands. Puis il dit : « Fais la danse des Allemands. Et dis quelque chose en allemand. Tu connais quelques mots d'allemand ?

— Jelamontacéméssieu ?

— Ça veut dire quoi ?

— C'est une chanson allemande. Tout le monde la chante.

— Si tout le monde la chante, il faut que tu dises autre chose.

— Je ne sais pas…

— Tu veux te faire remarquer ou pas ? Tu dis : Oktoberfest !

— Ottobafesse ?

— Exactement. Montre ! »

Saba sautille de façon pataude, un petit éléphant sur des pattes de héron qui se tape les cuisses au hasard. Puis elle présente sa bouteille et lance « Ottobafesse », comme si c'était une fanfare. Il hoche la tête. L'idée que ça puisse marcher ne lui paraît plus si aberrante.

Les Allemands pourraient trouver ça mignon.

11

UN BUREAU PROPRE, une maison propre. Joseph Leubl aime l'ordre. Ça peut paraître ennuyeux, mais il vit ainsi depuis soixante-quinze ans, depuis qu'il a sa propre chambre. Ayant grandi avec quatre frères, il sait à quoi ressemble une porcherie et il sait aussi qu'il n'en veut pas. Il ne quitte pas son poste avant d'avoir terminé ce qu'il y a sur son bureau. Et quand il rentre à la maison, il n'aime pas que ça ait l'air comme s'il fallait se remettre au travail.

Il descend de la limousine et dit au revoir à son chauffeur qui reviendra le chercher demain. Puis il marche le long des dalles de pierre bordeaux enfoncées dans le gazon jusqu'à atteindre sa maison. Il aime ces dalles, il aime qu'elles soient légèrement couvertes de mousse et qu'en été plein de minuscules coléoptères rouges se promènent dessus. Les pierres lui font penser à la maison de ses parents, il les a fait transporter à Berlin après avoir vendu la maison avec ses frères. Quand il les voit, il pense à l'arroseur au soleil, à l'odeur de l'herbe mouillée, à la sensation de pierres chaudes et humides sous les pieds. Il les a fait insérer dans la pelouse exactement comme c'était à l'époque. Les touffes d'herbe doivent capitonner les rebords, il ne faut pas qu'on ait peur de se cogner les orteils, sinon on ne peut pas courir sur la pelouse. Sinon les enfants ne peuvent pas courir sur la pelouse. Ses deux filles ont beaucoup couru. Cette pensée lui plaît. Il connaît des enfants qui vivent en ville et qui ne sortent plus du tout, à moins qu'on ne les appâte avec des Pokémon.

Il entre, il savoure cette odeur, celle qui nous manque tant quand on voyage mais qu'on ne perçoit que rarement quand on est chez soi.

« Je suis de retour ! » lance-t-il à travers le couloir.

C'est devenu indispensable puisque les limousines sont de plus en plus silencieuses et les fenêtres de mieux en mieux isolées. Il a fait de sacrées frayeurs à sa femme, des dizaines de fois, jusqu'à ce qu'il prenne cette habitude de s'annoncer en rentrant. Il accroche son manteau à la patère et, dans son imagination, il y ajoute un chapeau. Ça fait plus de trente ans qu'il n'en porte plus, mais pour lui, le geste fait toujours partie du moment où l'on rentre à la maison. Il enlève ses chaussures impeccables et y enfonce des embauchoirs grâce auxquels il les dépose ensuite dans l'étagère à chaussures. Il glisse ses pieds dans les pantoufles en feutre et suit le carrelage jusque dans le living et la cuisine. Il entend sa femme qui fait cliquer le frigo.

Il l'embrasse sur la joue.

« Comment s'est passée ta journée ?

— Normal. La fontaine est cassée. J'ai déjà appelé l'installateur, mais il n'est pas disponible avant la semaine prochaine.

— Ce n'est pas si long. »

La cuisine est une cuisine indépendante. Il n'aime pas cette mode récente de faire s'interpénétrer tous les espaces habitables. Il ne veut pas que la cuisine déborde sur le séjour ni que le séjour se prolonge dans le jardin via une avancée en verre. La chambre des enfants n'a rien à faire dans la chambre à coucher, et pareil pour la remise à outils et le garage, même s'il n'y a plus de voiture depuis qu'ils ont la voiture de fonction.

Il se dirige vers le frigo pour prendre une bière. Ni une pils, ni une blanche, ni une légère. Ni une Großkopferter. Et pas non plus une bière qui vient d'une brasserie rurale qu'on fait livrer de je ne sais quel village. Et surtout pas une bière artisanale. Il déteste tous ces breuvages à la mode qui, à la première gorgée, sont tellement amers qu'on se demande si on les a fait cramer et qui soudain prennent un goût de mangue. Ou de mandarine. Ces bières de compost. Il veut une bière comme celle que buvait son père en rentrant des champs.

Il boit de la bière blonde.

Il ouvre la bouteille et verse le liquide dans le gobelet Willi. Alors qu'il s'apprête à prendre son verre pour aller regarder les informations au salon, sa femme lui dit : « Au fait, Bine est là. »

Il ne répond pas. Mais il n'aime pas ça.

Il aime les déroulements bien réglés. Il se dirige prudemment vers le salon. Personne. Il pose la bière sur la table basse carrelée et se laisse tomber dans le canapé. Il est soulagé d'avoir le salon pour lui seul encore quelques précieuses minutes. Les soirées comme celle-ci, dans la calme période estivale, sont rares, même s'il prend plus de libertés que n'importe quel autre ministre. Il a appris sur le tas avant de prendre cette charge, il n'a pas de soutien à la base du parti, n'en a jamais eu, il est sur la liste parce qu'ils ont besoin de lui, et quand on n'a pas de soutien à la base, on n'est pas obligé d'entretenir ses relations. Cela fait longtemps qu'il a cessé de les entretenir : certaines choses sont nécessaires, mais il est inutile de les expliquer. Dans chaque ménage, il faut quelqu'un pour descendre les poubelles, c'est un fait. Et si certains veulent passer des soirées entières à en débattre, parce que je ne sais quel menteur leur a raconté qu'il y aurait une méthode grâce à laquelle personne ne serait obligé de les descendre, alors grand bien leur fasse, mais sans lui. Il a soixante-quinze ans et plus tellement de temps à perdre.

Il voit deux jambes fines descendre l'escalier. Puis suivent des fesses maigrelettes dans un short et deux seins qui n'étaient pas encore là il y a huit semaines.

« Salut, papi !

— Notre petite Bine !

— Mmm ? »

Le ministre frappe un bon coup sur la table avec les jointures de ses doigts et la regarde d'un air contrarié.

« *Sorry.* »

Elle arrache les écouteurs de ses oreilles. Puis elle enroule le câble autour du smartphone, le soulève démonstrativement et le pose sur les étagères. Il hoche la tête, amadoué.

« Et alors, quoi de neuf ?

— Toi-même. »

Elle se laisse tomber dans un fauteuil, comme lui juste à l'instant. Étrange : c'est le même geste, mais la différence d'âge fait qu'il paraît épuisé, alors qu'elle semble juste boudeuse.

« Tu te réjouis de partir en vacances ?

— Nan.

— T'es fâchée avec maman ?

— Deux semaines dans le trou du cul du monde ? Sans Internet ? Je vais faire quoi dans ce bled ?

— Tu sais que je suis né dans ce bled, n'est-ce pas ? Et grand-mère aussi, juste à côté, à Öcking.

— Je sais seulement que vous n'y habitez plus.

— J'y habiterais encore, si je ne devais pas être à Berlin.

— Pff. »

Elle sort ses pieds nus de ses tongs et cramponne ses orteils au rebord de la table basse. Mais en voyant son regard, elle le relâche instantanément. Ses pieds tombent mollement sur le carrelage.

« Oui, mais tu es le ministre de l'Intérieur, ils te mettent Internet où tu veux.

— Ne sois pas têtue. Ta mère veut juste passer le plus de temps possible avec toi.

— C'est bien ça, le pire.

— Ce n'est pas ce que tu penses. Elle sait simplement qu'elle ne va plus passer beaucoup de vacances avec toi.

— Ah bon – et pourquoi ? D'après ce que je sais, elle n'est pas malade. »

Il affiche le même regard fâché.

« *Sorry.*

— On ne blague pas avec ce genre de choses.

— Je sais.

— Ce que je veux dire, c'est que ta mère a eu ton âge, elle aussi.

— Et alors ?

— Elle se souvient bien qu'à seize ans, elle a réussi pour la première fois à ne pas partir en vacances avec nous. Elle avait quinze ans la dernière fois que nous sommes partis ensemble.

— Dieu merci, lance sa femme qui entre avec le plateau.

— Oui, maintenant grand-mère est détendue. Mais à l'époque elle a pleuré comme une Madeleine ! »

Ils se lèvent et se dirigent vers la table de la salle à manger. Il prend sa bière et s'assoit en bout de table, Bine se met en face, grand-mère entre les deux. Elle distribue les assiettes, le beurre, la corbeille à pain, tomates, charcuterie, la pâte à tartiner végane et les verres. Bine en prend un d'un air sceptique.

« Personne ne me croirait si je raconte ça : le ministre de l'Intérieur boit dans de vieux verres à moutarde.

— Pourquoi pas ? demande grand-mère ministre en coupant et poivrant les tomates.

— Il y a même les vieux personnages Mickey Mouse. Difficile d'être moins cool.

— Alors ça colle parfaitement, répond Leubl en se préparant une tartine au salami d'un air chevronné. Le ministre de l'Intérieur est le ministre le moins cool de tous.

— Vraiment ? Pourquoi ?

— Parce qu'il est responsable de la police. » Il croque dans sa tartine. « Le ministre de l'Intérieur est un peu comme le concierge de l'Allemagne. »

Il regarde sa petite-fille racler la boîte végane pour en extraire une sorte de mortier gris-brun avec lequel elle enduit sa tranche de pain. On pourrait presque dire : dans les règles de l'art. Il lui passe une feuille de salade avec sa fourchette.

« Voilà. Ton papier peint.

— Joseph !

— Je ne dis rien à propos de ta charcuterie assassine, papi. »

Il pose la salade sur sa tartine de salami.

« Le tueur de saucisses s'excuse en bonne et due forme.

— D'accord, mais en échange, tu dis à ton stupide ministre des Transports qu'il fasse venir un Internet correct dans ce bled, et illico presto. »

Il rit. Il ne lui dit pas à quel point cela le réjouit que sa mère ne se laisse pas avoir par toutes ces bêtises d'Internet et de portables. Il ne lui dit pas non plus que la connexion est vraiment affreuse dans ce coin-là. Et qu'il pense que le ministre des Transports est incontestablement un incapable, à cent pour cent.

« C'est bien que tu y ailles. Ça me fait plaisir à moi aussi.

— Tant mieux pour vous si vous trouvez ça super.

— Tu verras, ce n'est pas si grave. Quand j'étais enfant, j'aimais être là-bas.

— Bien sûr. Après tout, vous aviez une jeunesse difficile. Mais je ne pardonnerai jamais à maman !

— Il y a beaucoup d'animaux », la console grand-mère Leubl.

Le reste du repas se déroule en grande partie sans bouderie. Après tout, ce ne sont pas papi et mamie qui ont choisi le lieu de vacances. Puis grand-mère se lève pour débarrasser la table. Il prend le reste de sa bière et retourne sur le canapé. Presque huit heures. Le journal télévisé est son dernier bastion.

« On ne peut pas regarder autre chose ?

— Les nouvelles ne t'intéressent pas du tout ?

— Je les connais déjà toutes. J'ai l'appli.

— Mais pas moi, et grand-mère non plus. » Il la foudroie du regard.

Jens Riewa apparaît à l'image. Aujourd'hui, on lui a choisi un costume bleu désavantageux, parfois on dirait qu'il se confond avec l'arrière-plan.

« Eh oui, prophétise Bine, maintenant ils vont parler de l'attentat. »

Il lui lance un nouveau regard menaçant, bien qu'il soit étonné de tout ce qu'elle sait. Elle est effectivement capable de prédire toutes les nouvelles du jour correctement, même celles qu'elle doit probablement trouver ennuyeuses.

« Ils proposent un nouveau système de droit de vote, explique Bine, à partir de seize ans. Dans ce cas, je pourrais déjà voter l'année prochaine.

— Et tu voterais pour qui ? demande grand-mère.

— L'AfD[1]. »

Un moment de silence. Il ne laisse rien paraître, puis sans la regarder il affirme : « Pour embêter maman.

— Exactement. Elle va péter un câble. La méga crise. Biiiiineeeee, comment peux-tu faire ça ??

— Et mon parti ?

— Jamais de la vie. Vous n'êtes pas assez merdiques.

— C'est un compliment ?

— Nan. Vous êtes merdiques quand même. »

À son âge, il n'avait pas le droit de dire autant « merde ». Mais ça ne l'énerve même plus. Qu'est-ce que ça révèle de leur époque ?

Que son délai de grâce a expiré. La météo vient à peine de commencer que Bine attrape la télécommande. Il ne se plaint même pas, il sait que grand-mère Leubl est du côté de Bine. Il sait aussi que c'est un énorme honneur que Bine leur fait en regardant la télé avec eux. Normalement, elle regarde tout sur son ordi, en VOD.

« Et qu'est-ce qu'on regarde ?

— Nadège Hackenbusch, dit Bine, ça devrait même vous plaire à vous.

— Celle avec les... ? » Il mime une poitrine opulente.

« Celle avec les réfugiés ! »

Et ce qu'il voit par la suite est pour le moins étonnant. Évidemment, il connaît cette mannequin bon marché difficile à différencier d'une racoleuse bon marché. Mais cette fois-ci, on l'a envoyée dans une des zones les plus sensibles de ce monde. Le plus grand camp de réfugiés sur

---

1. *Alternative für Deutschland,* parti eurosceptique et nationaliste allemand, catalogué à l'extrême droite.

terre. Ce n'est pas l'habituelle misère télévisuelle, celle avec une famille abrutie qui habite dans un taudis tout pourri, non, c'est la vraie misère. Et tandis que, sidéré, il regarde la mannequin racoleuse, accompagnée d'un réfugié assez bel homme, faire un tas de conneries et dire parfois des choses presque normales, Bine et sa femme disparaissent dans l'arrière-fond, imperceptibles. Il apprend que la mannequin racoleuse était déjà à l'antenne hier. Que demain aussi elle y sera, et tous les jours des deux semaines à venir, en direct depuis cette région miséreuse et, avec chaque minute qui passe, ce qu'il voit le rend de plus en plus nerveux. Il se lève, prend le téléphone et compose le numéro du secrétaire d'État.

12

C'EST JOUR DE PAYE.

« Sensenbrink à l'appareil, bonjour !

— Kasewalk, *Süddeutsche Zeitung*. Merci de prendre le temps de répondre à nos questions.

— Mon temps n'est pas illimité », corrige Sensenbrink en formant le poing du vainqueur sous la table. Kasewalk, c'est le top cinq. Probablement même le top trois. Quand on veut un article dans les pages média, il faut que ce soit dans le *Süddeutsche*, le *FAZ*, le *FAS*, le *Welt* ou, qui sait, peut-être dans *Der Spiegel*. Mais en définitive, il n'y a que le *Süddeutsche* et le *FAZ* qui comptent, et si Kasewalk vous appelle, vous pouvez partir du principe qu'ils vont au minimum libérer une demi-page, certainement plus, peut-être deux tiers. Et ça pour un docu quotidien avec Nadège Hackenbusch, dont le *Süddeutsche* n'aurait rien eu à branler encore huit semaines plus tôt.

« J'ai un meeting tout à l'heure. Comment puis-je vous aider ?

— Il s'agit bien sûr d'"Ange dans la misère". Ou plutôt A-2, comme vous l'appelez entre vous, d'après ce qu'on dit. Est-ce vrai ?

— Qui a vendu la mèche ?

— Vous avez dépassé les dix millions de téléspectateurs, la tendance est toujours à la hausse. Des audiences semblables à "Tatort", et ça tous les jours. Ce succès vous surprend-il ?

— Eh bien, A-2 marchait déjà très bien avant.

— Mais pas à ce point-là.

— Vous avez raison. Voilà la subtile différence : certaines séries ont du succès et finissent par être médiatisées à outrance. On fait un projet annexe, puis un autre, mais pour être franc, c'est toujours la même soupe diluée avec beaucoup d'eau. Ce n'est pas le cas de notre émission spéciale A-2.

— Au début, certains critiques étaient d'un autre avis. Même au sein de notre journal.

— Et qui dit vrai ? Je crois que nous sommes dans ce business depuis assez longtemps, et je suis le mieux placé pour savoir à quel moment il faut diluer et quand c'est inutile...

— Qu'avez-vous dilué ? »

Sensenbrink rit, Kasewalk le suit. La vieille astuce de la question impertinente, et pourtant Sensenbrink sent soudain un frisson tout chaud dans son dos. Le *Süddeutsche* qui joue avec lui au jeu de la question impertinente ! Kasewalk du *Süddeutsche*, une demi-page, Sensenbrink déglutit, il se sent admiré. Il secoue la tête, étonné de sa propre réaction, mais il savoure la situation, il ne peut pas le dire autrement. À quand remonte le dernier appel d'un journal ? Et ça commence tout juste, l'interview, l'attention, tout. Il veut savourer l'instant et se laisse aller en arrière.

« En tout cas, pas A-2. Si je voulais rester dans la même image, je dirais que nous n'y avons pas seulement ajouté de l'eau, mais plein d'autres ingrédients.

— Quels sont ces ingrédients ? »

Voilà les bonnes questions. Enfin. On ne lui demande pas seulement les chiffres d'affaires ou une déclaration d'ordre général de la chaîne. On lui demande son avis, parce que lui, Sensenbrink, est devenu quelqu'un : le producteur d'« Ange dans la misère ». Pas de l'émission-poubelle, mais de l'émission étonnamment bonne. Et cette interview le prouve : ce n'est pas un hasard, et ce n'est pas non plus grâce à Nadège Hackenbusch. C'est grâce à Sensenbrink. C'est l'interview de Sensenbrink.

C'est jour de paye pour Sensenbrink.

« Plus de légumes, plus de gras, plus de viande, se lance Sensenbrink. Le spectateur assiste à tout de très près. À l'origine, A-2 était produit en amont et diffusé une fois par semaine. C'est bien sûr un bémol pour le spectateur. Après trente ans de télévision privée, il a compris que ce genre d'émissions est optimisé pour la diffusion. C'est obligé.

— On grossit le conflit, on exagère les problèmes, on crée des drames...

— Je ne confirme pas, mais je dis : la production quotidienne de l'émission spéciale rend impossible une telle optimisation – le spectateur est face à du matériau plus brut, si vous voulez, et donc plus vrai. Et ça, il le sent.

— N'y est-il pas déjà habitué ? Après tout, "Je suis une célébrité" est aussi produit quotidiennement...

— Oui, mais le spectateur sait que c'est complètement artificiel. On paye des célébrités de seconde zone pour glander je ne sais où et, parce qu'il faut plus de piment, on crée des épreuves. Et au pire des cas, ces célébrités peuvent arrêter à tout moment, pour certaines, on sait dès le départ qu'elles vont se barrer après le temps minimum imposé. Dans A-2, personne n'a la possibilité de partir.

— Nadège Hackenbusch mise à part.

— Vous pourriez dire la même chose pour les news. N'importe quel correspondant peut rentrer chez lui quand il veut. Ça ne rend pas les guerres dont il parle plus anodines. Non, les gens que rencontre Nadège Hackenbusch n'ont aucune autre option. Ils étaient dans un camp hier, ils le sont aujourd'hui et le seront encore demain.

— Un correspondant ne s'embarque pas dans une amourette avec une ou un autochtone. »

Et voilà. Ça fait partie de l'exercice, c'est la question épineuse. Kasewalk doit la poser, pour pouvoir dire à son chef qu'il prend en compte le contexte global et qu'il n'offre pas uniquement à Sensenbrink un plateau sur mesure. Mais Sensenbrink connaît les pratiques, parce qu'il est un putain de pro absolu. Maintenant il faut un peu foutre la merde, histoire que Kasewalk soit content. Sans un bruit, il fait basculer son fauteuil en arrière et met les pieds sur la table. Un jour, il a vu quelqu'un sur HBO faire ça lors d'une interview.

« Sauf votre respect : quelles intentions voulez-vous prêter à madame Hackenbusch ?

— Nous ne lui prêtons aucune intention.

— Alors vous devriez reformuler votre question.

— Bon, il y a certaines scènes dans le spécial d'A-2 qui pourraient laisser croire que la relation entre madame Hackenbusch et son collaborateur ne se limite pas uniquement au domaine professionnel.

— À quelles scènes pensez-vous ?

— L'épisode *Fin de mois*. Cette famille qui n'a pratiquement rien…

— … et qui d'ailleurs ne reçoit rien. Dans ces camps, c'est la normalité, c'est la réalité d'une vie rationnée. Le cycle fonctionne de la manière suivante : les cinq premiers jours, tout le monde a à manger. Les cinq jours suivants, on rend visite à des amis pour économiser un repas. Puis viennent les cinq jours où tous ont faim. Madame Hackenbusch ne le savait pas, tout comme l'équipe et moi-même. Et quand vous assistez à ce genre de choses pour de vrai, ça vous affecte. Il me semble normal que même une personne forte comme madame Hackenbusch ait besoin de trouver du réconfort auprès d'une âme humaine.

— Elle aurait pu trouver du réconfort auprès de l'équipe de tournage. Mais elle choisit Lionel.

— Voulez-vous vraiment discuter de quand et auprès de qui madame Hackenbusch trouve du réconfort ? Si cela prouve quelque chose, c'est son professionnalisme. Si elle s'était tournée vers le caméraman, elle aurait compromis le tournage.

— Ou bien l'épisode avec l'eau sale… Ou encore celui du petit garçon qui meurt d'une fièvre.

— Je vois de quoi vous parlez. Ces petites scènes où madame Hackenbusch attrape la main de Lionel, ou bien son épaule. En ce qui concerne la chaîne, je vous dis ouvertement que ce genre de scènes valent leur pesant d'or. Pas que pour nous, mais pour n'importe quelle chaîne. Pourtant, nous ne lui demandons rien, ni n'en discutons en amont. Mais je ne vais sûrement pas couper ces scènes au montage, si elles se produisent.

— Parce que c'est de la viande dans votre soupe.

— Évidemment. Le spectateur est encore plus proche des événements. Et puisque vous en parlez : c'est aussi valable pour la relation entre nos protagonistes. Je ne peux pas vous dire ce qui se passe entre madame Hackenbusch et Lionel, vous devriez lui poser la question vous-même. Mais quoi qu'il en soit, nous ne scénarisons rien, et nous ne savons pas ce qu'il se passe entre eux émotionnellement.

— Vous ne savez pas ce qu'il se passe dans votre propre émission ?

— Non. Et j'assume volontiers la responsabilité du bon fonctionnement du suspense de l'histoire. Ce genre de choses, vous ne pouvez le faire qu'avec Nadège Hackenbusch. D'ailleurs, vos questions le montrent bien.

— Que voulez-vous dire ?

— Si c'était quelqu'un d'autre, vous ne poseriez pas la question. Pour Geissens, Wollnys, Katzenbergers, ça ne vous intéresserait jamais de savoir si ce qu'il se passe dans l'émission est réel. Ce n'est pas pareil avec Nadège. Vous la soupçonnez de commercialiser sa vie privée. Vous croyez peut-être que madame Hackenbusch joue la comédie devant toute la nation ? Une femme mariée avec deux enfants ?

— Difficilement imaginable…

— Vous voyez.

— Quelle est l'importance de Lionel dans le succès de l'émission ? »

Sensenbrink se détend, son dos s'enfonce dans le dossier de son fauteuil. Si cette interview revenait à sauver une vache sur un lac gelé, elle serait désormais hors de danger. Il ne se sent pourtant pas mieux.

« Une nouvelle fois, votre question contient la réponse : elle est immense.

— Est-ce vrai que vous l'avez choisi vous-même ?

— C'est vrai. »

Il ne se sent pas mieux et il lui faut un moment avant de comprendre pourquoi : il ne reste plus que des broutilles.

« Et pour lui non plus, vous ne scénarisez rien ?

— *Nada.*

— Pas non plus des phrases comme "La nuit, le soleil brille ailleurs" ? Ou alors "Personne ne sait pourquoi le singe se gratte" ?

— Incroyable, n'est-ce pas ? Ces phrases sortent toutes seules de ce garçon. Ce sont les clips avec ses petites phrases qui génèrent le plus de clics sur notre page web. Les enfants en font des mèmes. Hier j'ai vu un jeune couple, lui avec un tee-shirt "Quand le lion bâille, le gnou va se coucher". Et elle : "Le cœur bat en secret."

— "Le cœur bat en secret", "La nuit le soleil brille ailleurs" – savez-vous ce que cela veut dire ?

— Pas toujours. Mais ce mélange extraordinaire de puissance et de spiritualité se marie très bien avec Nadège Hackenbusch qui n'est pas tellement connue – et ce que je vous dis n'est pas un scoop – pour son côté introspectif. Vous pouvez tenter de recruter ce type de profil de façon ciblée, mais dans quatre-vingt-dix-neuf pour cent des cas vous échouerez. Lionel est un coup de chance fabuleux pour n'importe quel producteur. »

C'est le moment des gentillesses. Des questions posées de manière à ce que Sensenbrink puisse placer tout ce qu'il veut. Elles démontrent que le point culminant de l'interview est passé. Sensenbrink ressent une sorte de douleur due à la séparation imminente. La très grande importance, la très grande attention s'atténuent. Bien sûr, demain ce sera imprimé et un tas de gens vont le voir, pour presque tout le monde l'entretien aura lieu demain, sauf pour Kasewalk et lui-même. Les gens vont appeler ou écrire des mails à Sensenbrink : « Super interview dans le *SZ* ! » Et pourtant, c'est comme avec les grandes vacances, lorsqu'elles touchent à leur fin et qu'on commence à penser au premier jour de classe.

« Comment va se terminer l'émission ? demande Kasewalk comme s'il était capable de lire dans les pensées. Vous ne pouvez pas improviser la fin, vous avez bien dû planifier quelque chose. »

Sensenbrink sent une colère complètement illogique monter en lui. Contre Kasewalk, étrangement. Il a besoin d'un certain temps avant d'en trouver la cause, sûrement parce qu'elle est tout à fait puérile : il envie Kasewalk. Ça l'agace que, pour Kasewalk, demain, ce soit encore les vacances. Il fera une interview de quelqu'un d'autre, et le lendemain et le surlendemain. D'une façon ou d'une autre, Kasewalk a tous les jours une actu dans le *Süddeutsche.*

« Je ne peux pas vous le révéler, répond-il. Nous essayons évidemment de fignoler l'émission, mais il est évident qu'il faut revoir certains points à la baisse. Un camp de réfugiés n'est pas une maison de vacances, on ne peut pas tout remettre en ordre avant de rentrer chez soi. C'est comme ça quand on filme la vraie vie. Je crains qu'il faille laisser le spectateur un peu insatisfait. Insatisfait ou, pour être plus précis, curieux de découvrir la prochaine saison d'"Ange dans la misère" – les nouveaux épisodes commenceront en novembre.

— Une belle conclusion, dit Kasewalk.

— N'est-ce pas ? »

Ils se disent au revoir, puis c'est terminé. Pour le moment, se console Sensenbrink, pour le moment. Si ça continue encore un peu dans cette direction, qui sait où ça peut le mener ?

13

LE SECRÉTAIRE D'ÉTAT gare sa voiture dans le parking souterrain. Tommy l'attend là-haut. Il devrait être content qu'ils aient leur vendredi et donc un week-end prolongé. Tout s'est bien goupillé, même s'ils ont eu une réunion extraordinaire au ministère. Et pourtant il n'a même pas dû rester plus longtemps que d'habitude au bureau. Il devrait sauter de sa voiture, content, heureux, lubrique, il devrait ôter sa cravate en montant et enlever sa montre carrée pour gagner de précieuses secondes. Mais au lieu de cela, il est assis dans sa voiture, il a éteint le moteur et joue avec le clignotant, perdu dans ses pensées. Gauche. Droite. Gauche.

Droite.

Il ne peut même pas se plaindre du déroulement de la réunion. Dirigée avec vigueur, volontariste. Il connaît les réunions, il sait que ça ne va pas de soi. Lohm lui parle de ses séances interminables, misérablement préparées, sans résultat, dans lesquelles les uns ont peur de livrer des informations, alors que les autres ont peur de prendre des décisions, et au milieu, tous les autres qui ne pigent rien et qui par conséquent n'ont pas peur de l'ouvrir pour s'écouter parler et produire un bruissement profondément idiot. Dans le ministère de Leubl, cela n'existe pas.

Gauche.

Il a convoqué les services OS, B, E, M et KM, à peu près tout ce qui a trait aux réfugiés et à la sécurité intérieure. Il leur a fait part de l'impatience du ministre ou, pour le dire autrement, il a sermonné les personnes présentes et leur a montré que lui, et lui seul, est le bras droit de Leubl.

Il n'a pas de raison de rester assis là et d'étrangler le volant dans son poing.

Droite.

« Il faut garder cette histoire à l'œil, a-t-il dit. Enfin, une fois que tout le monde ici aura assimilé qu'il y a une histoire à garder à l'œil.

— Possible, mais il ne faut pas exagérer. Nous avons suffisamment d'autres chantiers. »

Une remarque de Gödeke, bien sûr. Les rôles se distribuent tout seuls, et même quand la colère qui flotte dans la pièce devient tellement épaisse qu'on pourrait la couper au couteau, c'est la police fédérale qui peut le plus tranquillement sortir de sa réserve, compte tenu de ses contingents limités.

« Si nous sommes attentifs, ça ne deviendra probablement pas un autre chantier. Je ne dis pas qu'il arrivera quelque chose. Mais tout est possible, et dans ce cas, ça peut devenir le plus grand chantier que nous ayons. J'insiste : il faut que nous restions attentifs. Et je me garde de vous demander pourquoi personne d'entre vous n'a mis ce sujet sur la table.

— Parce que c'est une émission de merde. Une émission de merde d'une chaîne de merde. »

Il y en a toujours un pour saisir l'appât. Dans ce cas précis : monsieur Berthold, chef du département de la sécurité publique. Soixante-quatre ans, habituellement discret et fiable, mais visiblement sans aucune envie de se laisser donner des leçons par un trentenaire juste avant sa retraite.

« Bien. C'est une émission de merde d'une chaîne de merde. Et donc elle est anodine ?

— Mon Dieu, je n'en sais rien, mais pourquoi serait-elle dangereuse ? Je ne peux pas parler pour mes collègues, mais je ne suis sûrement pas le seul à croire qu'un peu plus de calme nous ferait le plus grand bien. Que pourrait-il arriver ?

— Eh bien, le cas le plus banal serait qu'ils commencent à vouloir faire venir une de leurs magnifiques mannequins en Allemagne. »

Cela n'a pas déconcerté Berthold : « Ça, ils peuvent oublier. » Et monsieur Kalb du département migration a hoché la tête d'un air compétent : « Le droit d'asile vaut aussi pour la télévision. » Parfois c'est tellement simple, se dit le secrétaire d'État, il suffit de leur tendre le couteau.

Gauche. Droite.

« Bon, d'accord, a-t-il dit, du point de vue juridique, nous sommes donc tirés d'affaire. Mais qu'allons-nous faire si un million de téléspectateurs souffrent avec ce mannequin ? Des semaines durant ? Le ministre est-il censé se planter devant eux pour leur dire que, d'un point de vue juridique, ça ne fait pas de différence ? »

Berthold a murmuré quelque chose, ça sonnait comme : « Pourtant, c'est le cas. » Mais en vérité, tous autour de la table venaient, d'un seul coup, de comprendre la dimension de l'affaire.

« Messieurs, l'équipe qui est partie là-bas ne peut pas être qualifiée de professionnelle. Le secrétaire d'État a préparé le terrain. Ce ne sont pas des journalistes aptes à relater des informations de façon neutre, ou sinon capables de se tenir à l'écart. Il s'agit d'un groupe d'idiots qui normalement produisent des feuilletons comme "Cherche belle-mère". »

À ce moment-là, les premiers signes d'inquiétude sont apparus sur les visages. Il en a remis une couche.

« Ils ne sont pas non plus dans une jungle télévisuelle préfabriquée avec des prises électriques. Ils sont dans le vrai monde. »

Ça faisait du bien d'observer la meute qui commençait à flairer le danger, Gödeke le premier : « Vous craignez qu'on les prenne en otage ?

— Voyez-vous, tout à coup, ça paraît beaucoup moins anodin, non ? Mais ce n'est qu'une des multiples possibilités. Le problème principal, c'est que personne ne sait ce que ça va donner, pas même les gars de la télé. Ils pensent que c'est comme leur fausse jungle, ils pensent qu'ils maîtrisent. Mais ils ne maîtrisent plus rien depuis un moment : parce que dans la vraie vie n'importe quoi peut leur tomber dessus. Et si le public récompense cela avec des audiences…

— … ils ramèneront les trente mannequins avec leurs familles et leurs amis, a glissé Kaspers de la gestion de crise en se levant d'un bond.

— Et deux ou trois millions de spectateurs feront pression dans ce sens…

— Je connais quelques gusses de la télé. C'est vrai qu'ils se disent tous : "Que peut-il bien arriver ? En cas d'urgence, on a les lunettes de sûreté du docteur Bob." »

À partir de ce moment, la réunion a trouvé sa vitesse de croisière. Il lui a suffi de les réunir sous sa coupe.

« Bienvenue dans le présent. Si maintenant tout le monde a compris la situation, nous pouvons passer aux points positifs. La bonne nouvelle, c'est que ce n'est probablement pas un problème, a concédé le secrétaire d'État pour calmer les esprits, mais ça peut rapidement en devenir un. »

Gauche.

Il ne peut vraiment pas se plaindre. Il n'a même pas dû se réclamer du ministre, il n'a pas dû sortir des phrases comme « le ministre Leubl souhaite… ». Il a juste donné des ordres.

« Le plus important est la collecte de renseignements. Il nous faut savoir le plus de choses possible sur leur équipe. Pour être préparés un minimum. »

Droite.

« Ensuite nous déciderons de qui nous nous rapprochons. Nous allons parler avec leurs chefs. Une personne de chez nous et une du ministère des Affaires étrangères. Tout doucement, tout en retenue.

— Nous les sensibilisons afin qu'ils ne provoquent pas de situations idiotes.

— Nous leur rappelons le sens de la responsabilité civique, afin qu'ils ne crient pas à la censure.

— Exactement, c'est dans leur intérêt.

— Il faut surtout faire attention à Hackenbusch. Elle est d'une stupidité renversante, a dit Berthold avec agacement. Elle est capable de sortir des choses comme "Il faut absolument que vous veniez nous voir, nous avons une jolie maison d'hôtes près du lac de Starnberg". »

Berthold imitait les mouvements de tête de Hackenbusch. Vraiment pas mal. Il n'aurait jamais cru Berthold capable de ça.

« Notre ligne générale : qu'ils fassent leur truc, nous ne sommes absolument pas inquiets. Mais dans leur propre intérêt, qu'ils veillent à quitter les lieux rapidement. »

Puis il a mis fin à la réunion et s'est rendu au bureau de Leubl.

Gauche.

Droite.

Gauche.

Tandis qu'il faisait son bref rapport à Leubl, celui-ci l'écoutait en le regardant par-dessus ses lunettes de lecture.

« Bien, a dit Leubl, bien. Peut-être que nous réussirons à maîtriser. » Puis il s'est redressé dans son fauteuil. « Ce qui nous amène au dernier point : comment avez-vous pu passer à côté de ça ? »

Droite.

« Je… je n'y ai pas prêté attention. »

Leubl a enlevé ses lunettes.

« Vous n'y avez pas prêté attention ? Ce n'est pas moi qui vous ai appris l'existence de cette émission. Mais vous n'avez pas compris ce qu'elle pouvait devenir. Et pourquoi ?

— Pourquoi ? Je ne comprends pas la question… Cela m'a échappé, c'est tout. »

Gauche.

« Les réfugiés. La télé. Le gratin. Tous les ingrédients d'une catastrophe sont là. Pourquoi n'avez-vous pas vu le danger ? »

Droitegauchedroite.

Leubl a raison. Pourquoi n'avait-il rien vu ?

Gauchedroitegauche.

« Peut-être que j'étais distrait.

— Exactement. Vous étiez distrait, parce que vous êtes homo.

— Pardon ? »

Maintenant, son doigt actionne les phares. Le mur du garage souterrain s'illumine vivement.

« Je vais vous expliquer ce qu'il s'est passé : quelqu'un vous a parlé de l'émission. Vous vous êtes dit, il me raconte ça parce que Hackenbusch est l'idole des homos. Avec ça, le sujet était clos pour vous. »

Il fait un autre appel de phare, comme si la lumière pouvait transpercer le mur.

« Mais...

— Vous savez que je ne vous en veux pas d'être homo. Et pour que vous ne vous mépreniez pas sur mes propos, cela aurait pu arriver pour bien d'autres raisons. Parce que vous êtes un buveur ou un joueur ou parce que vous prenez de la coke ou que vous trompez votre partenaire. C'est ce qui se passe dès que certaines choses vous touchent de plus près que d'habitude. Dès que ces éléments détournent votre regard de ce qu'il se passe vraiment.

— Je m'en souviendrai.

— S'en souvenir ne sert à rien. C'est un signe qui montre que vous devez prendre une décision. »

Le secrétaire d'État a regardé Leubl d'un air interrogateur. Avec quelqu'un d'autre, il aurait pu supposer qu'on lui demandait de devenir hétéro. Ou de lâcher son poste. Mais avec Leubl, c'était impensable.

« Vous faites toujours comme si vous vous en foutiez que quelqu'un soit homo ou pas, et surtout que vous-même soyez homo. Mais vous ne vous en foutez pas.

— Je ne peux pas m'en foutre ! »

Leubl hoche la tête : « Et vous n'y êtes pas obligé. À l'intérieur du parti, ça peut même vous aider. Les gens voient comment vous gérez ça, ils peuvent s'agacer ou se réjouir pour vous. Ça fait de vous un politicien plus humain. Mais aussi un moins bon ministre. Certains ministres ont toujours un œil sur leur parti, leur circonscription électorale, leurs peurs, leurs faiblesses et la façon de les cacher ou de les utiliser publiquement. Ils ont tant d'autres choses à surveiller qu'ils en deviennent de mauvais ministres. Un bon ministre est ministre et rien d'autre. »

Leubl attrape le porte-documents le plus proche. Son exposé est terminé.

« Il vous appartient de décider quel genre de ministre vous voulez être. »

Le secrétaire d'État ouvre la portière d'un coup de coude. Il descend et se dirige vers l'ascenseur qui l'amène dans son appartement. Il déverrouille la porte. L'appartement est dans le noir, sauf une bougie chauffe-plat dont la flamme vacille au sol.

Il accroche ses clefs au crochet et fait un pas à l'intérieur. Il voit une deuxième bougie. Puis une troisième suivie de plein d'autres, en direction de la chambre à coucher.

Il n'a pas envie. Il se sent comme s'il avait perdu un match, une finale. Il n'a pas fait plus d'erreurs que les autres, mais il aurait été de son devoir de précéder l'équipe. Il ne s'est pas comporté comme un leader, mais comme un suiveur. Leubl a raison : il ne s'en fout pas. Certaines personnes doivent être meilleures que d'autres. Quand tu es noir ou femme ou handicapé ou homo. Si tu n'es pas meilleur que d'autres, peux-tu encore te permettre d'être homo ?

La main déjà sur la poignée de la porte, le secrétaire d'État s'était tourné vers Leubl, assis à son bureau.

« Monsieur Leubl ? »

Leubl l'avait regardé en haussant les sourcils d'un air interrogateur.

« Oui ?

— Ça vous est déjà arrivé ? »

Leubl replonge dans ses dossiers, détendu.

« Non. Puisque je ne suis pas homo. »

Il avait marqué un temps d'arrêt puis l'avait regardé à travers ses lunettes de lecture, affichant un regard innocent.

« Disons que j'ai décidé que ma priorité était d'être un bon ministre.

— Donc, ça vous est déjà arrivé.

— Oui. Ça arrive à tout le monde. Et en attendant que je trouve la bonne réponse, mon mariage a failli partir en miettes. Alors ne traînez pas. »

Le secrétaire d'État voit les bougies qui mènent dans la chambre à coucher.

Il reprend les clefs et quitte l'appartement.

14

IL SE PASSE un truc. Ou il va bientôt se passer un truc. Soit l'un soit l'autre. Elle le savait dès le début, elle a un nez pour ce genre de choses, comment Nadège le regarde, comment lui la regarde. On ne la lui fait pas. Une consolation après toutes les contraintes de ces derniers temps. Parfois Astrid von Roëll ne sait vraiment pas comment arriver à faire tout ça. Aujourd'hui, par exemple, ils veulent encore un autre texte. C'est à se demander ce que les types de la rédaction s'imaginent.

« Dis, tu aimerais bien un thé vert, toi aussi ? demande-t-elle à la stagiaire, assise face à son écran, écouteur dans les oreilles, occupée à passer en revue les rushs des derniers jours.

— Pardon ? »

La stagiaire est assise à la même table, dans un container. Trois tubes fluorescents en fin de vie et un autre qui clignote confèrent à la pièce l'atmosphère d'un passage souterrain rarement emprunté. Deux ventilateurs rotatifs veillent à diffuser de façon homogène la chaleur et l'air vicié, et dès que le souffle d'air s'approche, on se sent comme si une très vieille femme vous toussait dessus. Ils travaillent à trois à une table ; quand quelqu'un sort de la pièce, la place vacante est tout de suite occupée par quelqu'un d'autre.

« Qu'est-ce que je donnerais pour un thé vert ! » Astrid von Roëll se lève, se dirige vers la petite bouilloire, prend la théière entartrée et la remplit avec de l'eau d'un récipient qu'elle ne peut regarder autrement qu'avec méfiance.

De l'eau qui ne sort pas d'un robinet. Qui a traîné dans une citerne des jours entiers.

Propre bien sûr, on y veille. Au moins aussi propre que dans les points d'eau officiels, accessibles à tous les réfugiés. Dans tous les cas, bien plus propre que les points de distribution officieux, là il n'y a aucune comparaison. Personne ne la croirait si elle racontait ce qu'elle a vu. Un jour, ça sort tout trouble, le lendemain brun rouille, puis parfois laiteux comme un panaché terreux, c'est dingue. Qu'est-ce qu'on est censé faire avec ça ? On ne peut pas la boire, et tout ce qu'on lave est encore plus sale, que ce soit le linge ou soi-même. Pourtant, les gens font la queue, des heures entières.

L'eau est encore tiédasse. Elle la laisse couler. Ça n'a pas l'air si grave. Il ne faut simplement pas penser au fait qu'elle passe toute la journée dans ce gigantesque réservoir métallique, avec toutes ces particules de sédiments.

Elle ne devrait pas se plaindre, mais ça commence à la saouler, cette eau éternellement tiède. Quand on veut quelque chose de froid, il faut prendre un Coca dans le frigo, mais il n'y a pas de light, que des trucs remplis de sucre et, en plus, tout le monde vous regarde quand vous en prenez un. On vérifie si vous en remettez un nouveau, si vous buvez trop vite, et pourquoi d'ailleurs vous voulez une boisson froide. Ou pourquoi vous prenez la bonne eau…

« Hé ! Ça ne deviendra pas plus froid ! » Encore cette Grande. Miss gardienne de l'eau, c'est tellement énervant ! Astrid von Roëll tourne la tête, lève les yeux au ciel et se résigne à fermer le robinet.

« Merde, essaye de la surveiller un peu ! »

Grande se défoule sur la stagiaire.

« Pardon, j'étais dans mes pensées.

— Combien de fois vais-je devoir le dire ? Nous faisons livrer l'eau aux frais de la chaîne. Je ne peux pas constamment exploser le budget, juste parce que l'eau n'est pas assez fraîche pour madame von Roëll. »

Ça aussi, c'est un signe. Il y a deux semaines, Grande n'aurait jamais osé. À ce moment-là, tous étaient contents d'avoir *Évangeline* comme partenaire. Ils lui auraient apporté les boissons à la température souhaitée. Personne ne disait rien quand elle prenait une bouteille d'eau, à cette lointaine époque où il y avait encore du thé vert. Mais depuis que l'émission a explosé, tout le monde en parle, tous les magazines, journaux et médias sociaux. Ceux qui ont les moyens – et c'est le cas d'un nombre étonnant de médias – sont assis ici dans ce container. Maintenant, Astrid von Roëll doit se battre bec et ongles contre l'impression de n'être qu'une parmi un grand nombre. Le *Stern* a envoyé quelqu'un, *Bild* aussi, et maintenant même le *FAS*, ce torchon du dimanche, quant au *Frankfurter Allgemeine*, pour une fois, il condescend à parler de choses qui intéressent aussi les gens normaux. Et voilà qu'un de ces idiots au bureau a eu l'idée folle que, puisque l'émission est quotidienne, elle pourrait écrire plus. Pour la version en ligne. Probablement Lou Grant, cette cuve remplie d'intrigues. Elle n'a aucun mal à s'imaginer monsieur qui se laisse aller en arrière pendant la conférence et qui dit de sa voix nasillarde : « J'aimerais bien lire plus souvent des trucs là-dessus. » Alors qu'il va sûrement aussi peu sur le site web d'*Évangeline* que tous les autres.

C'est le vice-président qui lui avait annoncé la bonne nouvelle au téléphone.

Elle avait d'abord répondu sur un ton serviable : « Je ne sais pas s'il reste de la place ici. »

Et cette andouille de répondre : « Comment ça ?

— On est déjà très serrés. On parle bien de Sibylle ou de Sonja ? Il faudrait bien qu'elles aient une place pour dormir.

— Pourquoi on parlerait de madame Bessemer ou de madame Laienfeldt ?

— Eh bien, qui doit écrire tout ça sinon ? »

D'abord il était resté sans rien dire, puis il lui avait lâché, comme s'il la prenait pour une poire : « Hm, difficile. Voyons voir : et pourquoi pas... vous ?

— Quoi ? Ce n'est pas pour dire, mais j'ai vraiment beaucoup à faire avec les shootings et la recherche et...

— Mais dans un camp avec deux millions de personnes, il se passe sûrement plein de choses, vous pouvez bien écrire une centaine de lignes là-dessus.

— Ah oui, bien sûr, c'est possible. Je croyais que vous vouliez dire tous les jours. »

C'est là qu'il avait dû comprendre la folie de sa demande. Mais c'est typique des hommes, ils ne savent pas admettre leurs erreurs. Ils s'entêtent à faire fausse route comme des mules, jusqu'au bout. Sans déconner, il a mis au moins une minute pour trouver une réponse, et elle était aussi conne que la première. Plus conne en fait.

« Si, *bien sûr*, tous les jours !

— Je ne suis pas une machine à écrire, quand même !

— Vous êtes journaliste ! Avez-vous déjà ouvert un quotidien ? Il y a des nouveaux articles tous les jours ! »

Ça lui avait cloué le bec. Et il en avait bien sûr rajouté une couche, c'est ce que les hommes savent faire le mieux, ils flairent une faiblesse à huit mille kilomètres et même à travers le téléphone : « Voulez-vous vraiment que je me balade dans les locaux et que je dise qu'une des meilleures auteures d'*Évangeline* est incapable de faire ce que n'importe quel rédacteur de n'importe quel *torchon de province* sait faire ? »

Cette impertinence ! Ce trou du cul insolent !

Et « une des meilleures auteures ». Bien sûr qu'elle est une des meilleures, c'est certain. Le problème d'*Évangeline,* c'est qu'en dehors d'elle ils n'emploient que des brèles. Sonja et Sibylle sont très sympas et pas mal pour ce qui est du quotidien. Mais tout compte fait, toute la boutique n'est rien d'autre qu'un ramassis de dyslexiques surpayés !

Astrid von Roëll n'est pas de ceux qui se plaignent sans arrêt, elle ne regarde pas sa montre en travaillant et elle reste souvent plus longtemps que les autres, ses articles sont parmi les plus lus dans le magazine et elle n'en fait même pas tout un plat. Et en plus, elle reçoit toujours son nouveau portable de service après certains autres collègues qui font beaucoup moins qu'elle pour la maison. Alors dans ce cas précis, elle avait quand même demandé à parler au rédacteur en chef. Parce que pour elle, c'est une question de principe.

« C'est une question de qualité !

— Pardon, dit la stagiaire, j'étais déconcentrée. Qu'y a-t-il avec la qualité ?

— J'ai dit qu'il était aussi question de qualité, répète Astrid von Roëll avec insistance.

— Le café ne va pas ?

— Non ! Je parle de journalisme ! Du journalisme de qualité ! »

L'eau bout, et elle fait infuser l'horrible café soluble. Chez eux, à la rédaction, ils ont le bon espresso en capsules, on peut en faire ce qu'on veut, cappuccino, latte macchiato, tout. Quelle misère qu'il n'y en ait pas ici. Alors que pourtant le café pousse en Afrique, et en plus quelqu'un lui a dit que l'aluminium des capsules vient aussi d'ici. On pourrait économiser tous ces frais de transport. Mais c'est ça, les régions en crise, tout est là en surabondance et ils ne peuvent rien en faire ; c'est comme avec ce vieux Grec qui se tient juste en dessous de l'arbre fruitier et qui pourtant ne reçoit rien. Syphonos.

« C'est impossible qu'une seule personne écrive cent lignes chaque jour. *Cent !* Chaque jour ! Comment ça pourrait marcher ?

— Je ne sais pas, dit la stagiaire. Je suis abonnée à deux blogs sur mon portable, ils y arrivent.

— Bien sûr. Des blogs. De l'auto-exploitation.

— Et *Der Spiegel* en ligne y réfléchit aussi, d'après ce que j'ai entendu dire. Normalement, ils le font seulement pour "Je suis une célébrité". »

Astrid von Roëll se laisse tomber sur la chaise, tasse à la main. Exactement. *Der Spiegel* en ligne. Ils regardent l'émission à la télé, confortablement installés, puis ils la traînent dans la boue. Probablement, mais elle ne peut pas lire tout ce qui se publie.

« Tu n'as encore jamais écrit quoi que ce soit toi-même, si ? demande-t-elle froidement.

— Quelques articles en ligne.
— Ce n'est pas du tout pareil. »
Puis Astrid von Roëll ajoute un peu plus aimablement : « Mais tu es encore jeune. Il faut du temps pour faire du bon journalisme, c'est comme ça. Chez Condé Nast, ils sont morts de rire quand ils voient notre équipement. Ils savent que le journalisme a son prix. Ils se déplacent avec deux photographes, quatre ou cinq personnes pour les recherches et deux pour le texte. Et nous, qu'est-ce qu'on fait ? »

Le rédacteur en chef avait bien sûr cédé tout de suite. Mais pas devant elle, devant le vice-président. Ce pion sans couilles. Avec Nadège, ils n'auraient jamais osé, se dit-elle. Nadège dirait : « "Impossible", ça n'existe pas ! » D'ailleurs, elles feraient une super équipe : Nadège Hackenbusch et Astrid von Roëll, la première double direction féminine dans la presse premium.

« Ils ont une sacrée chance que je maîtrise les deux : faire des recherches *et* écrire ! »

La stagiaire hoche la tête, dans ses yeux brille une gratitude infinie pour cette chance de recevoir ses connaissances de fond sur la réalité médiatique. Toujours est-il qu'elle retourne un peu trop vite à son écran, en tout cas au goût d'Astrid von Roëll. Aurait-elle vraiment déjà remis ses deux oreillettes ?

Carrément ! Quelle salope.

Tout ça à cause de ce type. Mais elle a tout de suite remarqué qu'il avait quelque chose. Suffit de voir comment ils l'ont trouvé. Il n'est même pas si beau, en tout cas au premier coup d'œil. Certes, il a une façon surprenante de dire les choses. Et sa façon de traiter les femmes, c'est quand même… Oui, même elle se sent toute chose. Il a des manières si respectueuses, sans être obséquieux, pas comme les habituels défenseurs des femmes aseptisés.

Elle l'a chopé entre quat'z'yeux, chose assez difficile, une demi-heure, tout au début, avant que la télé l'isole autant. Les impressions avaient été surprenantes, une fois qu'elle s'était faite à son anglais, ce qui bien sûr avait pris un certain temps, car son anglais à elle aussi était un peu rouillé, elle n'a jamais été très douée pour les langues, mais là elle avait très bien compris.

On ne comprend qu'avec le cœur.

Il vient d'une ville dont le nom importe peu. On pourra lui demander à une autre occasion, et ses parents étaient des professeurs d'anglais, une chance pour lui. Puis il y a eu la guerre civile, ou peut-être avait-ce été une querelle de tribus, mais ça, les correcteurs pourront le vérifier, et ensuite ses parents sont morts, ils n'ont pas été tués, probablement pas en tout cas, mais c'est arrivé pendant leur fuite ou après ; l'épuisement, le mal du pays, cela vous brise émotionnellement. Après, il a fait un truc avec des voitures et il voulait étudier ou a même commencé à le faire (apparemment il y a donc même une fac ?), également quelque chose avec des voitures ou des machines, mais il y avait constamment des émeutes, et puis il a dû rejoindre l'armée, beh oui, somme toute, l'un de ces multiples destins de réfugiés, pas nécessaire de s'appesantir sur les détails. Que les amateurs blogueurs le fassent, mais en tant que pro, son boulot, c'est de se concentrer sur l'essentiel : comment s'est passé, comment se passe le travail avec Nadège Hackenbusch ?

« Oh, s'est-il empressé de dire avec un sourire, Malaika ! »

Astrid von Roëll inspire profondément. Elle va en finir avec tout ça. Cent lignes. Mais ils verront bien que cela impacte la qualité. Elle va écrire sur n'importe quelle connerie. Sur le temps qu'il fait. Il ne faut pas que ce soit trop bon, sinon à l'avenir ils voudront la même chose. Il faut tout de suite qu'on sente la différence : l'histoire pour l'édition, elle va la faire de telle sorte qu'ils devront craindre que Condé Nast la débauche.

15

« LE MATÉRIEL EST vraiment bon, dit Sensenbrink. Je n'y croyais pas. Et vous ? »

Il est en salle de montage et regarde les prises de vues de la veille. Plus précisément : les prises de vues présélectionnées de la veille, parce qu'ils leur envoient des quantités folles d'images de l'Afrique.

« Oui, moi aussi, je suis agréablement surprise », dit Beate Karstleiter.

On voit Nadège Hackenbusch et l'homme-lion cuisiner le repas du soir avec une famille. C'est banal, et pourtant fascinant, parce qu'il n'y a pratiquement rien à voir. Il n'y a pas de cuisine, juste un foyer à l'extérieur de la maison. Il n'y a pas de salade, pas de fruits, rien, pas non plus de réelle préparation, parce qu'il n'y a rien à préparer. Ils ont les ingrédients qu'on donne à tous les réfugiés, haricots, huile, sucre, sel, eau. Il n'y a pas d'épices dans ce camp où deux millions de personnes ont abandonné l'idée de diversification culinaire depuis des années. Les images sont désespérantes et familières à la fois, même la « Weltspiegel » sur l'ARD ne les diffuserait plus, mais Nadège Hackenbusch et l'homme-lion les rendent très efficaces.

L'homme-lion traduit en anglais : maintenant, la femme réfugiée sans âge va nous révéler sa recette secrète. C'est une bonne situation de départ, parce que Nadège Hackenbusch et tous les spectateurs ne peuvent pas s'imaginer comment fabriquer autre chose avec ces ingrédients que de la bouillie fadasse, même avec la meilleure volonté du monde. On voit le scepticisme dans les yeux de Nadège Hackenbusch, le même scepticisme que dans ces docu-drames, quand la bourgeoise ayant troqué sa place de maman veut imposer du poisson aux enfants des milieux défavorisés. Mais contrairement aux enfants défavorisés pilotés par le script, Nadège Hackenbusch veut se montrer polie, sauf que malheureusement elle n'arrive pas à croire à cette promesse. On voit sur son visage un espoir sincère, parce qu'elle croit comme tout le monde au miracle de la dramaturgie télévisuelle. Au remède miracle, au magnifique ingrédient qui donne à la tragédie menaçante un happy end, comme dans les épisodes habituels d'« Ange dans la misère » où, à la dernière seconde, le papetier fournit des crayons de couleur aux enfants. La femme dit quelque chose. Elle ferme les yeux, fait quelques mouvements cadencés de la main, rouvre les yeux et ajoute un peu de sucre dans la casserole, d'un air entendu. Nadège observe avec grand intérêt. On la voit littéralement chercher le détail exceptionnel dans le processus et ne pas le trouver. Ses yeux se posent sur l'homme-lion.

« Qu'est-ce qu'elle fait ? »

Si on lit sur ses lèvres, on voit ce qu'elle dit : « *What do she ?* » Heureusement, ils ont déjà posé la voix off avec la traduction pour la préproduction. Ils avaient d'abord voulu utiliser des sous-titres, mais à ce moment-là, ils ne savaient pas encore à quel point l'anglais de Nadège Hackenbusch était absurde. Alors ils font comme s'ils traduisaient en direct la discussion pour favoriser une narration rapide et parallèlement, en fond, ils baissent le volume des conneries que dit Nadège pour les rendre pratiquement inaudibles.

« Elle chante.

— Des incantations magiques ? »

Le rire de l'homme-lion. Si gentil, si amical, si attentionné et pourtant si particulier que Karstleiter retient son souffle. Ce n'est pas seulement dû à sa voix de doublage, on entend les intonations originales. D'abord ils avaient voulu la baisser comme pour Nadège, mais Sensenbrink lui-même s'était interposé.

« Non, pas des incantations, une comptine. Elle dit qu'il faut aller presque au bout de la première strophe.

— Et ensuite ?

— C'est le bon moment pour ajouter le sucre.

— Et la recette ?

— *C'est* la recette. »

Nadège Hackenbusch le regarde, incrédule.

« Mais... ce n'est pas une recette ! Quand l'eau bout, on y met les pâtes, ça non plus, ce n'est pas une recette ! Pose-lui encore une fois la question. » Sensenbrink croit entendre : « *Question her please again.* »

L'homme-lion veut lui répondre, puis il cède. De la main, il esquisse un geste comme pour dire « Je le fais », et ensuite il s'adresse à la femme. Elle lui répond non sans fierté.

« Malaika, regarde ! » Il prend Nadège Hackenbusch par la main et Sensenbrink a du mal à croire que Hackenbusch, cette acharnée du contrôle, se laisse faire, qu'elle se livre ainsi à lui, il l'attire un peu plus près des ingrédients, lui montre tour à tour la bouteille en plastique contenant l'huile indéfinissable et la caisse de haricots soigneusement fermée. « Regarde, Malaika ! C'est tout ce qu'il y a.

— Je sais. Et la recette ?

— Qu'est-ce que tu veux faire avec une recette ? »

Il s'approche doucement de la réfugiée, lui ôte la cuillère en bois des mains en s'excusant, puis remue le contenu de la casserole avant de soudain s'arrêter.

« Tu veux une nouvelle recette ? Je t'en montre une. » Alors il se met à tourner dans le sens contraire.

« Ce type est impayable, murmure Sensenbrink en se tournant vers Beate Karstleiter qui est en train de remettre ses lunettes. Je vous l'avais dit ! Vous avez vu comment il traite Hackenbusch ? Elle est complètement malléable entre ses mains. »

Karstleiter se racle la gorge et hoche la tête.

« Ils envoient toujours autant de rushs ? demande Sensenbrink.

— Oui, mais ce n'est pas grave. Le bureau du chef a appelé tout à l'heure. Ils veulent donner quinze minutes supplémentaires à l'émission.

— Tiens, tiens. Serait-ce les semaines de l'instruction du peuple ?

— Non, ils n'arrivent plus à caser la publicité. Ils ne veulent pas que ça ressemble à une émission publicitaire avec quelques spots de réfugiés. Je suis soufflée moi aussi. Ils ne sont pas toujours aussi sensibles. »

Sensenbrink joint les mains sur ses genoux et tapote ses pouces l'un contre l'autre d'un air songeur : « Étonnant. Alors qu'au fond, il ne se passe rien dans l'émission. L'épisode de la panique de masse mis à part.

— C'est pour ça qu'il vaut mieux les laisser tourner en continu. On ne peut capter ce genre de scènes qu'en tournant non-stop.

— Et notre homme-lion qui va même jusqu'à libérer cette petite coincée sous la clôture. » Sensenbrink secoue la tête. « Si tu écris ça dans un scénario, personne ne te croit.

— Nous recevons déjà les premières lettres d'amour.

— Pardon ?

— Oui, pas des corbeilles entières, mais une ou deux par jour quand même.

— De vraies lettres ? »

Beate Karstleiter hausse les sourcils et hoche la tête. Sensenbrink jette un œil approbateur sur l'écran : « Je ne savais pas que les gens faisaient encore ça de nos jours.

— Oui, c'est étonnant. Il y a des lettres de filles dont je n'aurais jamais cru qu'elles étaient capables de reconnaître un timbre. On fait tout suivre à Lionel.

— Lionel ?

— Apparemment, c'est son prénom.

— Mais non, corrige Sensenbrink. C'est comme ça que nous l'avons appelé. Mais ce n'est pas son vrai nom.

— Vous êtes sûr ? Nadège aussi l'appelle comme ça, et il ne s'en est jamais plaint.

— C'est peut-être le hasard, dit Sensenbrink, dubitatif.

— Il n'y a pas que des lettres d'amour. Certaines personnes veulent juste faire un don. »

Sensenbrink se réveille de sa béatitude : « Attendez, il ne faut pas nous éparpiller : nous ne sommes pas Médecins sans frontières ou un truc comme ça. En ce qui concerne les dons, il faut leur indiquer le nom d'une organisation caritative qui a envie de s'en occuper. Ça plaît bien quand on ajoute « Pain pour le Monde » ou quelque chose comme ça à la fin. Mais on ne va pas commencer à demander à Nadège Hackenbusch de distribuer de l'argent sur place.

— C'est bien ça, le problème. » Beate Karstleiter fait si ostensiblement tourner son fauteuil vers Sensenbrink qu'il est forcé de se tourner vers elle lui aussi. « Si ça continue comme ça, on va avoir de plus en plus de problèmes de ce type à régler.

— Quels problèmes ? Nous nous contentons d'afficher les adresses des organisations, et comme ça ils ne viennent même pas nous voir.

— Je ne parle pas seulement des spectateurs, fait remarquer Karstleiter.

— Mais encore ?

— Avez-vous observé notre ange ? Je ne suis pas sûre qu'elle fasse uniquement une émission de télé.

— Non, c'est sûr qu'elle est investie. Et c'est génial ! Elle fait des choses dont je ne soupçonnais même pas qu'elles étaient en elle.

— Oui, c'est probable...

— Qu'est-ce qu'il se passe ? Vous me regardez comme si c'était embêtant... C'est une mine d'or ! Une présentatrice qui pour une fois croit à ce qu'elle fait !

— Tant que ça ne devient pas du fanatisme, oui.

— Dites-moi, c'est un truc de nanas, ça ? »

À Beate Karstleiter, il peut dire ce genre de choses, parfois elle a aussi le droit de lui dire qu'il ne pense qu'à « ça ». Ce qui bien sûr n'est pas vrai.

Elle l'envoie paître.

« N'importe quoi, je veux juste dire qu'une distance saine et professionnelle n'est pas ce qu'il y a de pire. Si, tout à coup, elle se découvre une mission toute particulière, il pourrait arriver qu'elle devienne plus comme Schreinemakers que nécessaire. »

Sensenbrink plisse les yeux : « Je ne vous connaissais pas comme ça. Schreinemakers, c'est bien. Schreinemakers, c'est le jackpot. Ou alors vous voyez ça autrement ?

— Non, non…

— Savez-vous quelque chose que j'ignore ?

— J'ai juste quelques doutes…

— Mais ces doutes ne sont pas vraiment les vôtres, si ? »

Karstleiter détourne rapidement le regard, mais elle sait que ça correspond à un aveu. « Non, ce ne sont pas les miens. Pas à la base. Mais ils méritent d'être considérés.

— Bien. D'où viennent ces doutes ? Bureau du contentieux ? Ressources humaines ?

— Ministère de l'Intérieur.

— Pardon ?

— J'ai reçu un coup de fil d'un collaborateur du ministère de l'Intérieur.

— C'était un canular téléphonique ?

— Non, vraiment, c'était le bon numéro.

— Et ils ont quelque chose à redire sur notre émission ? Ils sont fous ou quoi ?

— Non, non, le type était près poli, ils ne veulent surtout pas qu'on prenne ça pour de l'ingérence…

— Bien sûr que je prends ça pour de l'ingérence !

— Non, je crois qu'ils se font vraiment du souci.

— Pour quelle raison ?

— D'après ce que j'ai compris, ils craignent que Hackenbusch ou l'équipe entière pète un câble et nous ramène, sous les yeux des caméras, des centaines de réfugiés, alors que le ministère de l'Intérieur est dans l'incapacité d'appliquer des traitements de faveur. Ils ont peur que tout le tumulte autour des réfugiés reprenne de plus belle, alors qu'ils viennent tout juste et à grand-peine de le canaliser.

— Ce n'est pas à nous de nous en soucier. C'est pas mes oignons de savoir s'ils font leurs devoirs ou pas. Nos oignons, c'est la télévision.

— Ils ne font qu'en appeler à notre responsabilité civique… »

Indigné, Sensenbrink donne une poussée dans son bureau, son fauteuil roule deux mètres plus loin, et il finit par buter contre une étagère avec l'arrière de la tête. Il ne prend même pas acte de la douleur.

« C'est de la censure par la petite porte. Ils vont voir à qui ils ont affaire. Nous ne sommes pas à la radio bavaroise ! »

Karstleiter tente de le calmer.

« Je n'écarterais quand même pas entièrement toutes ces remarques.

— Je n'en crois pas mes oreilles ! Je ne connais pas ces types et je n'ai aucune idée de ce qu'ils ont vraiment l'intention de faire ou de ce qui les motive. Ils appellent ça prendre ses responsabilités mais en réalité, ils font de la politique pour leur parti, parce que les gens qui vivent dans le village d'origine de Leubl ne veulent pas des étrangers. Il y a aussi un tas d'autres trucs que je sais : primo, je suis responsable de ce département, de ces collaborateurs, de ces boulots et de cette entreprise. Et deuzio, ce que nous avons ici, c'est une licence pour faire de l'argent ! Une licence politiquement correcte, irréprochable, qui pour une fois profite à tout le monde. Même aux réfugiés. Nous avons aussi un tout nouveau format, unique. De l'info-divertissement qui fait vraiment passer des idées. Qu'est-ce qu'il se passe ? Pourquoi ? Alors je pense sincèrement que je remplis ma responsabilité civique à une échelle beaucoup plus élevée quand j'arrive à faire en sorte que dix millions de personnes prennent conscience du contexte au lieu de regarder une mire sur pattes comme Jumbo Schreiner bouffer les plus grands schnitzels.

— Fallait juste que je le dise…

— Oui, et pourquoi vous ne me l'avez pas dit plus tôt ? Pourquoi faut-il que j'apprenne de façon détournée que mon bras droit ne fait que répéter ce que le ministère de l'Intérieur lui a soufflé ? D'ailleurs, était-ce vraiment le ministère de l'Intérieur ?!

— Parce que je trouve que les arguments ne sont pas faux. Et parce que je veux que vous les écoutiez au lieu de les ignorer. Parce que je n'ai aucun mal à imaginer que ce genre d'appel vous fasse tiquer. »

Sensenbrink se lève, furieux. Il n'a pas envie d'être traité comme un singe hurlant qu'on peut dresser, à qui il suffit de dire les choses sur le bon ton et au bon moment pour qu'à la fin il prenne la mesure souhaitée comme si c'était une banane.

« Oui, et je n'ai aucun mal à imaginer que vous puissiez l'imaginer, dit-il, la main posée sur la poignée de la porte. C'est pourquoi ils passent par mes collaborateurs au lieu de m'appeler. Si on cache ses sources, on ne peut plus parler d'information, c'est de la manipulation. Si seulement c'était vraiment des employés du ministère de l'Intérieur. Parce que, en fait, c'est peut-être les renseignements, l'office de protection de la Constitution, les Américains. Mais je m'en fiche : s'ils vous rappellent, saluez-les de ma part, on ne les laissera pas nous prendre le contrôle. »

Sensenbrink se précipite dans le couloir et claque la porte.

Beate Karstleiter pousse un profond soupir et se lève. Elle éteint et quitte à son tour la pièce. Et juste avant de pousser doucement la porte, elle dit dans l'obscurité, à personne en particulier mais comme si c'était important que ce soit énoncé : « Si tant est que nous l'ayons encore. »

16

« MADAME HACKENBUSCH ! Madame Hackenbusch, vous vous surpassez. C'est merveilleux, ce que vous nous montrez là, chantonne Sensenbrink dans le téléphone. Vous le savez très bien : les émissions spéciales, c'est une histoire complexe. Mais nous avons tapé dans le mille. Nos audiences sont même un peu au-dessus de celles de la série originale. »

Nadège est allongée dans son compartiment de container. Elle a enlevé ses chaussures et les a posées sur la bâche en plastique. Après sa journée au dispensaire, la première chose qu'elle a faite, c'est de virer ce machin Rolf Benz qu'on lui avait mis dans le container. Cinq millions et demi de téléspectateurs ont pu la suivre sur leur écran en train de traîner le canapé jusqu'à l'infirmerie, parce que là-bas les gens en ont plus besoin. Résolue, elle s'est ensuite allongée par terre pour dormir, avec simplement une couverture, comme les réfugiés dans leurs tentes. Malheureusement, il y a trop de bestioles qui se baladent par terre. Maintenant elle a aussi un carton à moitié rempli de bombes insecticides à côté de la bâche. Il fait chaud, mais elle a arrêté la clim. Les gens dans leurs tentes n'ont pas de clim non plus.

Son dos lui fait mal. Aujourd'hui, elle a fait la chaîne pour décharger des sacs de haricots d'un camion. Pendant toute la journée, elle a vu des gens attendre une chose aussi ennuyeuse que des haricots. Un instant, ce spectacle lui a rappelé les filles qui font la queue chez H&M pour la collection limitée de Karl Lagerfeld. La même peur se lit dans leurs yeux, la peur que les réserves s'épuisent. Mais comme il y a plus d'hommes, la peur est aussi teintée d'agressivité. C'est pourquoi les organisations ne laissent passer qu'un certain nombre de personnes, pour que la distribution des haricots suffise à coup sûr. D'après elles, en contrôlant l'accès, il y a au moins une chance de raisonner les gens. Car une fois qu'ils ont les haricots devant les yeux, ils n'écoutent plus rien. Au début, elle a essayé de dégoter des haricots pour d'autres, mais même Lionel n'a pas réussi à convaincre une famille de compter sur Malaika pour récupérer leurs denrées. Alors elle a dû se contenter d'en distribuer. Un sac pèse vingt-cinq kilos. Au début, elle n'arrivait pas à croire que vingt-cinq kilos, c'est si lourd. Puis un bénévole allemand lui a dit que c'était le même poids que deux caisses de bière remplies.

Elle est complètement crevée. Mais elle entend la voix encourageante de Sensenbrink.

« Madame Hackenbusch, chapeau ! Et je peux, non, je dois vous dire : la chaîne est contente et fière de pouvoir vous l'annoncer : retour à la maison ! *Mission accomplished !*

— Mishenne quoi ?

— Mission acc... Vous avez fait votre boulot ! Si ça dépendait de moi, on vous préparerait une réception sur la place du Romain.

— Quel Romain ?

— *Le* Romain ! À Francfort ! Vous savez bien, comme pour l'équipe nationale. Ou pour l'équipe olympique.

— Hein ? Ah d'accord, dit-elle, absente. Eh bien, on peut en parler quand nous serons de retour. Je ne sais pas encore trop quand.

— Ce sera sans doute un peu court pour le Romain, mais réfléchissez-y, on s'organisera même à la dernière minute. En tout cas, nous filmerons votre arrivée à l'aéroport dans une semaine. Les fans et tout le tralala, ça va être un super final. Je ne peux même pas vous dire à quel point tous ici sont dithyrambiques...

— Pourquoi final ? »

La voilà maintenant assise, droite comme un I.

« Pensiez-vous que nous allions vous laisser rentrer ni vu ni connu ? Cette émission spéciale aura bien sûr le final qu'elle mérite…

— Oui. Quand elle sera terminée.

— Madame Hackenbusch, je sais très bien que là-bas vous n'avez pas de calendrier mural, mais nous… pardon, vous bien sûr, *vous* avez passé trois semaines sur place. Le spécial est terminé. »

Sensenbrink entend de la friture sur la ligne.

Ce n'est pas de la bonne friture.

Ce sont des bruits inquiétants. Tout comme l'émission a fini par avoir quelque chose d'inquiétant. Certes, elle a du succès. Elle est unique, elle défonce tout. Mais elle est aussi devenue tellement étrange. Tellement… comment dire ?

Tellement sérieuse.

« Madame Hackenbusch ? »

Le silence se prolonge.

C'est exactement ça, le problème avec les émissions qui deviennent trop sérieuses. On ne peut pas les traiter comme les « À la recherche de la nouvelle star ». Dans ce type d'émission, les conditions sont paradisiaques, on peut virer un juré au bout d'un an et en prendre un autre, on change le décor, on change le générique, ce qui était vert hier sera bleu demain et personne ne s'énerve, parce que tout n'est que divertissement. Et quand il n'est plus divertissant, le divertissement peut s'arrêter à tout moment. Mais ce que Nadège Hackenbusch a commencé à faire s'éloigne de plus en plus du divertissement. C'est sérieux. Et ce n'est pas si facile de virer ce genre de choses de la programmation quand ça ne vous va pas, parce que la situation reste sérieuse.

Quel soulagement, se dit Sensenbrink, *quel soulagement quand l'affaire sera réglée.*

« Madame Hackenbusch ? Ohé ! »

Puis, une voix glaciale venant d'Afrique se fait entendre.

« Tout ça ne sera terminé que lorsque nous aurons terminé. »

Désormais elle est debout, à côté de sa fine couverture en laine. On aurait pu lui donner une couverture plus épaisse, il y en a pas mal. Mais les réfugiés, eux, n'en ont certainement pas. Elle a des doutes rien qu'en voyant le motif à carreaux. Selon elle, les vraies couvertures des réfugiés ressemblent à autre chose. Gris sombre. Comme dans les films de prisons.

« Si vous ne faisiez ne serait-ce qu'un pas devant la porte, vous verriez qu'ici rien n'est terminé. »

Sensenbrink essaye de l'amadouer :

« Oui, bon, personne ne s'attendait à ce que ça le soit. Les grands problèmes du monde, c'est... c'est... Après tout, nous sommes juste une petite chaîne de télé et donc nous pouvons être plus que fiers...

— Nous pouvons quoi ??

— Vous bien sûr, où ai-je la tête, *vous* avez toutes les raisons d'être fière... Avez-vous lu *Der Spiegel* récemment ? Attendez, je vous en fais lecture, madame Schreinemakers, si je peux me permettre l'insolence de vous appeler...

— Je m'en fous, du *Spiegel* ! Nous avons du travail ici. Ici !

— Alors, ce que je veux dire... Je ne veux bien évidemment pas vous contrarier, mais vous devez, vous devriez considérer que nous ne pouvons même pas diffuser ce matériel !

— Ce serait bien la première fois ! » Avec un geste expérimenté, Nadège Hackenbusch attrape une bombe insecticide dans le carton et la secoue. Elle ôte le bouchon d'une chiquenaude et, dans un nuage de poison, un mille-pattes de la taille d'une paume de main se tord dans tous les sens.

« Madame Hackenbusch, croyez-en un vieux professionnel : la programmation est faite, la pub est vendue, Ludmilla commence la semaine prochaine...

— Ce show de traînées ? Sur ma case ?

— Disons plutôt un soap documentaire qui dénonce de façon divertissante et touchante les conditions de vie dans les bordels des pays de l'Est...

— N'importe quoi. Ils montrent des nichons ukrainiens mal opérés, voilà tout.

— J'avoue que le format n'a pas la même classe qu'"Ange dans la misère", mais personne ne pouvait se douter que notre émission spéciale serait tellement…

— Les gens ici ont besoin de nous ! Les gens !

— Madame Hackenbusch…

— Il est question de vies humaines !

— Madame Hackenbusch !

— Il est question de destins. C'est une différence. Personne ne leur a pondu un scénario, vous comprenez ? C'est du live ! Ici, c'est la famine et *no future* pour les mille-pattes !

— Les mille-pattes ?

— Les milliers d'êtres humains ! Les dizaines de milliers ! Les centaines de milliers !

— Je sais, et je vous assure que personne n'en souffre plus que moi, mais nous avons une entreprise à faire tourner. Je suis responsable d'une multinationale, des emplois ! De mes collaborateurs. Personne n'est plus convaincu de votre travail que moi, madame Hackenbusch, mais vous devez comprendre que j'ai les mains liées !

— Pourquoi ? »

Sensenbrink est sidéré. Est-ce qu'elle ne comprend pas ses arguments ? À moins qu'elle ne connaisse pas l'expression ? Ça lui est déjà arrivé à plusieurs reprises, pas uniquement avec Nadège Hackenbusch. En général, il explique et alors les gens se fâchent encore plus, parce qu'ils croient qu'on les prend pour des idiots. Sensenbrink a appris la leçon.

« Je ne peux rien faire, madame Hackenbusch. Je ne peux pas diffuser des émissions pour lesquelles je n'ai pas vendu une seule minute de pub et jeter par la fenêtre l'émission de Ludmilla qui est planifiée et payée. C'est impossible !

— "Impossible", ça n'existe pas !

— Dans ce cas, si. Même si j'adorerais ! »

Sensenbrink ment, mais non sans un certain courage.

« Et ça veut dire quoi alors ?? »

La première pierre est posée. Sensenbrink veille à ne pas soupirer de soulagement. Maintenant il doit éviter qu'elle lui garde rancune, à lui ou à la chaîne. Elle doit avoir l'impression que n'importe quelle autre chaîne ferait la même chose.

« Ça ne signifie rien de particulier pour vous, je ne veux pas vous empêcher de prolonger votre séjour là-bas…

— Là-bas… non, mais vous vous entendez parler ! » Elle prend une de ses tongs et envoie le cadavre dehors.

« Euh, c'était un peu désinvolte, excusez-moi, mais quoi qu'il en soit, je dois faire revenir nos collaborateurs dans une semaine. Les billets sont déjà réservés, je ne peux vraiment rien faire.

— Et qu'est-ce que je suis censée dire aux gens ici ? Merci beaucoup, c'est fini. Toutes nos salutations, et MyTV vous souhaite bonne chance et bonne continuation ? »

Sensenbrink se racle la gorge. « Excusez-moi de vous le dire aussi clairement, madame Hackenbusch, avec tout le respect que j'ai pour votre incroyable exploit : le reste est affaire de politique. Nous pouvons uniquement attirer l'attention sur des injustices, mais nous ne pouvons pas résoudre tous les problèmes ! On le savait dès le départ !

— Vous savez quoi ? On va s'arrêter là, et dites à Kärrner de m'appeler.

— Eh bien, vous pouvez me croire, nous en avons parlé dans tous les comités, monsieur Kärrner me soutient entièrement sur ce point…

— Dites à Kärrner de m'appeler. »

Elle raccroche. Et Kärrner l'appelle vraiment, même pas trente minutes plus tard.

Kärrner ne plie pas.

Elle lui parle de leur partenariat de longue date, et Kärrner ne plie pas. Elle passe alors à une « amitié de longue date », et Kärrner ne plie pas. Elle dit qu'elle a récemment croisé machin de la chaîne ProSieben et, à ce moment, survient quelque chose qui ne lui est encore jamais arrivé : Kärrner, qui en vérité n'est rien de plus qu'une couille molle, ne plie pas. Puis, ils se disent au revoir de manière très chaleureuse, il faut vraiment qu'ils se revoient bientôt, chez Sergio, « leur QG », et ils raccrochent. Et tandis que Nadège

Hackenbusch fixe son écran qui s'assombrit, stupéfaite, elle prend son élan et, dans un cri de colère, elle donne un tel coup de pied dans son carton que les bombes volent comme des confettis.

17

« MALAIKA, il faut qu'on parle... »

Lionel, le réfugié, s'est lancé, mais à peine a-t-il entamé la phrase qu'il comprend que le moment est mal choisi. Malaika est debout dans son container aménagé lorsqu'il entre et apparemment cela fait un certain temps qu'elle fait les cent pas comme une girafe malade. Elle virevolte vers l'entrée du container, se rue sur lui et l'attire littéralement à l'intérieur.

« *Good that you come ! Goodgoodgood. You believe not what for a shit they make.* »

Il perd toujours ses moyens quand il se retrouve seul avec elle. Cet anglais est si différent de celui que parlent les autres Allemands. Différent de celui de Marion, de Grande et d'Astrid-scribouilleuse. De n'importe quel anglais. Il a demandé à la vieille dame Grande et elle lui a expliqué que c'était un anglais particulièrement bon, beaucoup mieux que l'anglais de beaucoup d'Anglais. En revanche, Malaika parlerait un dialecte particulier d'une région en Allemagne d'où ne viennent pas beaucoup de gens. Ce qui est bien sûr une bêtise : chacun sait que l'Allemagne n'a pas de régions vides à ce point, que plein de gens habitent partout. En tout cas, ça ne sonnait pas comme si la vieille dame Grande était jalouse de cet anglais, plutôt comme si Malaika était frappée d'un destin particulièrement dur. Un peu comme une orpheline linguistique.

« *Sit you,* tonne Malaika, *that must you hear !* »

Il s'assoit. Il tente d'attraper ses mains et de la calmer, il sait qu'il se passe plein de choses dans le camp qu'elle trouve terribles, c'est ce que les gens ici aiment tellement chez elle. Parce que eux-mêmes vivent depuis si longtemps dans ces conditions qu'ils commencent à croire que c'est la vie qui leur incombe. Et la réaction de Malaika leur montre qu'ils devraient vivre autrement, même mieux. À chaque fois qu'elle voit une chose qui la touche, elle attrape sa main. Elle la serre fermement, et quand il serre à son tour, tout en douceur, elle le regarde d'un air reconnaissant, se fâche encore plus et dit aux caméramans ce qu'ils doivent filmer, et s'ils ne pigent pas assez vite ce qu'elle veut, elle les attrape, les pousse et les oriente pour qu'ils voient au mieux l'abominable, et la plupart du temps elle oublie de lâcher sa main et le tire derrière elle, jusqu'à ce qu'elle s'en rende compte, le lâche et lui caresse le bras en guise d'excuse. Mais cette fois-ci elle ne veut pas sa main, elle l'esquive, toute bouleversée.

« *Sensenbrink, this idiot !* crie-t-elle. *And the Kärrner is the same asshole ! As if all here is not important for a shit ! All the humans ! All the poor humans !* »

Il la regarde, interrogateur, lève ses paumes d'un air désemparé, sans rien dire, parce que visiblement cela ne sert à rien de vouloir l'interrompre. Elle s'arrête soudain et inspire profondément. Puis elle s'essuie le coin des yeux avec sa manche.

« *Yesyes,* fait-elle, *you can not it know.* »

Elle s'accroupit à côté de lui et le regarde avec insistance : « *They want to end the sending.* Oui, ne me regarde pas comme ça ! » Puis pour l'apaiser, elle ajoute : « *Sorry,* j'oublie tout le temps que ton anglais n'est pas si bon. *Finish, understand you ? The German TV want make finish. We have a week only more. A week. I say to they : in three days can we not help all people, unpossible. And they say : there can we nothing make !* »

Tout à coup, elle se lève d'un bond : « *I am so at the end of my nerves,* crie-t-elle, *we have so much to do. We cannot simple homego !* »

Ce n'est pas si simple de suivre son raisonnement, mais il en comprend tout de même le sens : de toute évidence, ils veulent arrêter l'émission. Alors qu'ils ont toujours dit qu'elle marchait tellement bien. Il ne le montre pas, mais il se maudit en silence. Il a trop longtemps fait confiance à cette géniale émission à succès. Il lui reste donc sept jours de travail, et sept jours pour convaincre Malaika de le prendre avec elle. Il va devoir la calmer pour qu'elle l'écoute. Dans son état, rien ne peut rentrer dans sa tête. Il faut qu'elle se calme, et quand elle sera calmée, il pourra lui expliquer son problème. Si seulement ça l'intéresse. Il se lève. Si c'était n'importe quelle autre femme, il la prendrait dans ses bras, mais ce n'est peut-être pas une si bonne idée avec un ange allemand. Nadège Hackenbusch remarque quand même l'élan qui l'anime.

« *You understand me,* dit-elle d'un air triste, *that is nice. But one thing is safe, I swear you : not with us ! Think only of all our work. It can be not for nothing ! We can not come to all this humans here and make a tv-sending and then go we simple again home. And here all is how it was before ! Not now ! Where the first fois all Germans really look at all the shit of the world ! This is stupid. This is so unhuman !* »

Il ne l'a pas prise dans ses bras. Et pourtant, tout à coup, elle y est.

Elle a dû s'y faufiler entre deux paroles exubérantes. Il a du mal à le croire, mais le magnifique ange est vraiment dans ses bras, la tête appuyée contre sa poitrine, contre la seule personne qui a traversé la misère avec elle, et bien sûr il la serre à son tour, prudemment, très précautionneusement. Bien qu'elle soit agréable à toucher, il faut tenir bon. *Penses-y,* s'ordonne-t-il, *penses-y, ne l'oublie jamais : un geste déplacé, et elle ne te ramènera jamais en Allemagne. Laisse tes mains sur ses épaules, laisse tes mains sur ses épaules,* et quand il pense « épaules » pour la deuxième ou la troisième fois, il sent que ses mains sont déjà descendues bien plus bas, entre les omoplates.

Mais pas les siennes. Celles de Nadège.

Ce n'est pas bien. Ce n'est pas bien.

Ce.

N'est.

Pas.

Bien.

Il baisse la tête et tente de relâcher sa prise sur ses épaules, de lui dire que tout va s'arranger, mais il ne peut pas parler avec ses lèvres sur sa bouche, les lèvres d'un ange, les lèvres de la plus belle femme du monde, c'est comme si le ciel t'embrassait, personne ne l'a encore embrassé comme ça, si... si...

Si allemand.

Elle ne l'embrasse pas comme si elle lui posait une question, elle l'embrasse comme doivent embrasser les femmes allemandes, rigoureusement, c'est une sensation inhabituelle, différente, bonne, c'est sûr, quand le ciel vous embrasse, il faut l'embrasser à son tour, le contraire serait un péché, et il la serre contre lui, se demandant brièvement si elle trouve ça bien de le sentir, mais... Maintenant elle le sent et s'avance tout contre lui, ce n'est pas un rêve, ce n'est pas un drôle de malentendu entre cette femme du lointain étranger et lui, non, c'est la grande, la plus grande connivence qui puisse exister entre deux personnes dans ce monde.

Ces petites mains douces qui montrent toujours si énergiquement à tout le monde ce qu'il faut faire, elles sont partout, il est à deux doigts d'arracher sa chemise, mais ses mains à elle ont déjà ouvert tous les boutons, comme des fourmis légionnaires, même ceux des épaulettes, il est incapable de la déboutonner aussi vite, elle l'a déjà extraite de son pantalon, les chaussures ont glissé de ses pieds à la vitesse de l'éclair, tant et si bien qu'il se dit l'espace d'un instant que c'est « comme un pillage », et en même temps ses vêtements tombent d'elle comme les feuilles d'un arbre, il se laisse aller en arrière, ses doigts de fourmi sont au-dessus de lui, caressent son visage, le guident entre ses jambes avec détermination, puis elle se penche vers lui avec un soupir, le glissant à l'intérieur d'elle, très profondément, et elle n'attend pas, elle commence un va-et-vient à sa façon allemande, précise, rythmée, jusqu'à ce que, dans un souffle étonnamment rapide, elle s'effondre sur lui en gémissant, délivrée, le visage pressé contre le sien, de sorte qu'il peut désormais enfin y aller un peu plus tranquillement, oui, puisqu'elle est agréable à toucher, il a juste envie que ça se passe *ainsi* et un peu plus *ainsi* et un peu moins *ainsi*, cela semble d'ailleurs lui convenir, elle revient à la vie avec de tout petits bruits, et tandis qu'il se dit qu'ils pourraient désormais célébrer tout ça avec gourmandise et lenteur, comme un moment conçu pour l'amour des anges, elle se redresse et lui sourit, prenant les rênes et renouant avec son rythme inexorable. C'est inhabituel, mais pas mal, il faut simplement faire attention à ne pas penser à autre chose, ça lui fait penser à un truc, mais il n'arrive pas à saisir exactement ce que c'est, il l'a sur le bout de la langue, mais c'est à ce moment précis que ces seins vraiment très très beaux le distraient, et pour la première fois il vient avec une femme comme un vrai Allemand.

« *That was so good*, lui dit-elle à l'oreille. *So good, so good, so good. You are so wonderful. You be my angel.*

— Malaika, répond-il, *this is...*

— *This is love*, continue Malaika avec conviction. *But : this is more. This must destiny be.* » Elle s'accoude et le regarde dans les yeux avec gravité. « *The same goals, the same love. I have* never *so what feeled. And I knowed that in the first moment where I you seen have. This is what arrives only one fois in hundert years.* »

Il la regarde, en sueur, embrouillé, dorloté. Les idées se bousculent dans sa tête, il a du mal à croire ce qu'il se passe. Car si c'est vrai, si Malaika, ce magnifique ange, le meilleur être humain au monde avec les meilleurs seins du monde, l'aime vraiment, lui, dans ce cas, sept jours suffisent amplement pour la convaincre de le prendre avec elle. Est-ce possible ? Après tout, on dirait une plaisanterie de Mahmoud, comme si Mahmoud l'avait entubé, mais pour blaguer, l'ange ne ferait jamais ce qu'il vient de faire !

Dans le camp, il y a quelques filles qui feraient ça pour de l'argent, et il y en a certaines qui le feraient pour pouvoir ensuite se moquer de lui en compagnie de Mahmoud : « Tu n'as quand même pas cru que c'était de l'amour, andouille ? » Mais Malaika ?

En plus, il faudrait que la blague s'arrête. Il faudrait que Mahmoud entre précipitamment et éclate de rire, il faudrait que l'ange se redresse et rigole. Mais l'ange ne rit pas. L'ange est allongé à ses côtés, la tête posée sur sa poitrine, et ses doigts de fourmi jouent avec les poils de sa poitrine, mais cette fois-ci les doigts de fourmi sont très lents et doux, et sa respiration, profonde et calme. Il l'embrasse sur le front, elle lève le regard vers lui, les yeux fatigués, et l'embrasse avant de se serrer contre lui.

« *I have encore never a man how you founded,* murmure-t-elle aux poils sur sa poitrine. *A man and a human. I think all the time over that. This is the first fois I do what real senseful. And it is the first fois I love a real good man. I feel it. A better love for a better world.* »

Peut-être qu'elle a raison, se dit-il. Il ne croit plus à une blague. Elle est si sincère, si déterminée. Qu'est-ce qui compte, dans la vie ? Juste vivre mieux et ramener son petit cul en Europe, pour y gagner des sous ? C'est ça, le plan d'Allah ? C'est ça, le plan du dieu des chrétiens ? Non, c'est l'amour qui compte. On doit aimer un être humain bon avec sincérité, une femme bonne, et si c'est un ange, encore plus. Il ne s'est jamais pris pour quelqu'un de spécial, mais d'un autre côté, maintenant qu'il y réfléchit, il n'a jamais été vraiment mauvais non plus. Il n'a jamais été comme Mojo le Bleu, il n'a jamais vécu au jour le jour comme Mahmoud, et si Allah ou je ne sais qui cherche l'homme qui correspond à Malaika, un homme pour un ange, et qu'il ne trouve personne de mieux au monde que lui – qui est-il pour défier Dieu ? Dieu cherche l'homme qui rendra Malaika heureuse, et personne ne doit s'interposer, il veut se jeter dans cet amour le cœur pur, il veut faire de son mieux. Et comme Dieu récompense les amoureux et les justes, et seulement pour cette raison, pas par avidité ou par intérêt personnel, la volonté divine le projette dans le cœur d'une belle femme.

Et en plus vers l'Allemagne.

« *You're so right,* dit-il en lui caressant les cheveux qui se déploient sur son épaule. *I love you. I love you so much. I love you so much that I'll come with you. You must finish your tv-show, yes, but don't worry. I will come with you.* »

Ça va être magnifique. L'ange l'amènera dans sa maison d'ange. Il s'occupera de la maison, du jardin et des chèvres. Certes, il s'y connaît mieux en voitures, mais les Allemands ont déjà des voitures, par contre, ils n'ont pas de chèvres. Ils deviendront riches, encore plus riches, parce que l'ange est sûrement déjà riche, mais grâce à lui et à ses connaissances, elle deviendra encore plus riche. Et comme il n'oubliera jamais ses origines et que l'ange est un ange, ils continueront ensemble d'aider les pauvres, pour la télé et à la télé. Pour que les pauvres au cœur pur et rempli d'amour puissent eux aussi venir en Allemagne. Il va d'abord faire venir Mahmoud qui deviendra adjoint à la direction des chèvres. Les Allemands vont être étonnés de voir que ça marche bien, car Mahmoud est fidèle et fiable, et avec les célèbres ingénieurs allemands ils feront de l'Allemagne la plus grande nation de chèvres au monde. Ils auront une grande voiture et beaucoup d'enfants, et les paysans dans leurs villages diront que l'ange et l'ange de l'ange sont grands et justes et…

« *What ?* »

Elle se redresse instantanément comme un suricate.

« *What have you said ?* »

A-t-il commis une erreur ? A-t-il mal compris ?

Comment peut-on mal comprendre ce qui vient de les unir ? Ce qu'ils viennent de faire ? Ce qu'elle vient de dire ?

« I… *I only said…*

— *No !* dit-elle, les lèvres pincées. *Lionel ! No !* »

Elle voit le désarroi dans ses yeux et pose la main sur sa poitrine, sa petite main chaude et douce. « *You are so sweet. But you know self : we can not go. You can not go. The humans here need you. You have ever helped the humans here. You know all the humans here. All the humans love you. They trust you. And they need you. I can you not awaytaken. This is your life. This is your work. And it is also my work. And that means that I aussi not go away. For you. Forever.* »

Elle se serre tout contre lui, ses bras s'enroulent autour de sa nuque et l'attirent vers elle comme une meule. Ses yeux errent dans la pièce. Ce n'est pas possible. Ce qui est en train de se passer ne peut pas arriver. Il cherche un signe et ne trouve que des bombes insecticides. Il y a encore quelques secondes, elle était un ange, son ange dont les ailes allaient le porter vers une meilleure vie. Maintenant, elle l'attache à ce maudit sol. C'était sa grande chance de s'enfuir et il l'a ratée. La télévision s'en ira, il n'y aura plus d'argent, rien ne changera. Rien, rien, rien. Cet ange ne l'aidera pas, au contraire, il devra en plus s'occuper de l'ange. Ce n'est pas lui qui ira dans un pays meilleur, l'ange restera dans un pays plus mauvais, dans le pays le plus idiot où un être humain puisse venir. Sa vie défilera devant lui, pas au moment de sa mort, mais ici, dans ce camp ou dans un autre.

Car désormais, s'il veut partir, il devra prendre l'ange avec lui.

Et s'il doit prendre l'ange avec lui, cette bonne personne, cette personne insupportablement bonne, il devra prendre le camp entier avec lui.

Il se lève d'un bond.

18

« TU ES FOU », dit Mojo le Bleu en riant.

Il s'enfonce dans son énorme fauteuil de bureau, et le dossier part en arrière. Ce n'est pas un rire naturel, mais ce n'est pas non plus un bureau naturel. Il est immense. Il est aussi large qu'une Mercedes, tellement long et profond qu'il leur faudrait poser le ventre sur la table pour se donner la main. Le bureau est enduit d'un vernis blanc brillant impeccable, il y en a partout, sauf sur le lambrissage des tiroirs. Lui est doré et pourrait paraître démesuré, mais au final il s'accorde assez bien avec les quatre pattes de lion dorées sur lesquelles repose le bureau. Sur la table est posé un coupe-papier doré qui pourrait aussi servir de machette. Ou de pont pour traverser un petit ruisseau.

À droite de Mojo se trouve un iPad dans son emballage d'origine au-dessus d'un autre iPad dans son emballage d'origine en dessous de trois iPads dans leur emballage d'origine. À sa gauche, la télécommande dorée avec laquelle il commande l'écran plat qui compose le mur arrière de la baraque. Et au milieu trône Mojo dans un fauteuil en cuir blanc avec des oreilles princières.

Au fond, cet ensemble mériterait de figurer dans une pièce au moins enduite sommairement et peinte proprement. Mais quand on reste assis un certain temps devant ce gigantesque bureau, on se rend compte qu'il n'a pas pu entrer ici par la fenêtre, et encore moins par la porte, ce qui signifie que Mojo a d'abord dû avoir le bureau avant de faire construire sa baraque autour. Et qu'il avait tellement envie de s'asseoir entre les oreilles, derrière son bureau avec tous ces iPads, qu'il ne voulait plus attendre, en tout cas pas des bricoles comme de la peinture.

« Ahahahaha ! fait Mojo. Ahaaaaaa-Ahahahaha ! »

Ce n'est pas un rire amusé. Ça ne sonne pas comme si quelque chose lui semblait drôle, ça sonne très vigoureux, presque harassant, comme si ce rire bruyant était un travail particulièrement pénible. C'est dû au fait que Mojo a vu beaucoup de séries télé sur le mur de sa baraque. Des séries télé dans lesquelles de grands gangsters rient comme il tente de rire en ce moment. Ce qui nuit passablement à l'effet délibérément bizarre, c'est que Mojo n'a pas un goût cinématographique particulièrement exceptionnel. Il a vu à peu près les mêmes séries que tout le monde, « The Wire » par exemple ou encore « Breaking Bad ». C'est la raison pour laquelle il lui arrive de prendre un accent censé faire mexicain ou colombien. Il essaye souvent de nouveaux gestes qu'il invente lui-même. Pendant un certain temps, il traînait toujours derrière lui une bouteille d'air comprimé. Et l'année dernière, il avait des hamsters dans sa salle de réunion. On dit que parfois il en sortait un de sa cage, le lançait en l'air comme une balle de tennis et l'étranglait. Mais personne ne savait ce que cela voulait dire, parce que personne ne comprenait ce que symbolisait le hamster. Ce n'est pas si utile pour intimider quelqu'un, parce qu'un hamster n'est pas difficile à étrangler. En plus, ça puait le hamster dans toute la pièce, alors il a fini par laisser tomber. Quand ils se racontent ces histoires au comptoir avec Miki et Mahmoud, ça paraît assez drôle.

Mais quand on est assis en face de lui dans sa salle de réunion, on se souvient très vite qu'il y a quelques autres choses plutôt désagréables qu'aucun gangster n'a jamais faites à la télé. Mais Mojo le Bleu, si.

« Comment un type comme toi peut-il avoir une telle idée de merde ?

— Je n'ai pas eu beaucoup de temps. Je n'ai toujours pas beaucoup de temps.

— À pied ?

— À pied.

— T'es vraiment cinglé. Ahaaa-haaa. »

Il attend que Mojo le Bleu ait fini de rire. Mojo le Bleu ajoute, entêté : « Bandele, regarde-le, notre piéton... Ahaaaa-Ahaha ! Ha ! »

Bandele rit, conscient de son devoir. Comme pour tous les employés loyaux, son rire sonne un peu plus naturel, il a plus d'entraînement. Il rit tellement fort et cordialement que Mojo le Bleu fait un geste de la main pour le calmer. Bandele se tait comme si on avait appuyé sur un bouton.

« Sais-tu à quel point c'est loin ? demande Mojo le Bleu.

— Sais-tu depuis combien de temps je suis ici ? Si j'avais fait ne serait-ce que dix kilomètres par jour...

— Ouiouioui. Si tu pètes une fois par jour pendant un million d'années, le vent te pousse jusqu'en Europe. Mais moi, je m'en fous. Parce que tu ne partiras pas.

— Non ?

— Non.

— Et pourquoi ?

— Parce que tu es l'ange de l'ange. Qui me doit encore quelques faveurs. Et comment veux-tu t'en acquitter si tu n'es plus là ?

— Premièrement, je ne te dois aucune faveur. Et deuxièmement, l'époque des faveurs est révolue depuis longtemps, parce que les gars de la télé se tirent.

— Comment ça ?

— Terminé. Ils en ont fini avec l'émission de l'ange.

— C'est quoi, ces conneries ? L'émission marche bien, tout le monde le dit. Bandele, est-ce que l'émission marche bien ?

— Elle cartonne, dit Bandele.

— Possible. » Lionel hausse les épaules. « Mais maintenant ils l'arrêtent.

— Quand ça ?

— Dans cinq jours. Je te l'ai dit : je n'ai pas beaucoup de temps.

— Et les faveurs que tu me dois ?

— Je ne te dois rien. Mais je te propose un marché.

— Pour ta marche de péteux ? »

Il hoche la tête.

« Je ne suis pas vendeur de haricots. »

Mojo rit. Bandele l'assiste, serviable.

« N'aie crainte, je t'achète autre chose.

— À savoir ?

— J'ai besoin de quelqu'un qui connaisse le chemin. J'ai besoin de quelqu'un qui soudoie les gardes-frontières. J'ai besoin de quelqu'un qui soudoie l'armée.

— Ce que tu cherches, c'est un passeur de merde. Et je ne suis pas un passeur de merde.

— J'ai besoin de plus qu'un passeur. J'ai besoin de quelqu'un qui trouve à manger. Qui livre de l'eau.

— Mais marcher, tu sais le faire tout seul ?

— Oui, marcher, je le fais seul.

— Pour moi, ça ressemble toujours à un passeur de merde. Un passeur de merde avec une voiture-restaurant. Pourquoi tu ne payes pas l'un d'eux ?

— Parce que je n'ai pas assez d'argent.

— Et donc tu viens me voir ? »

Lionel hoche lentement la tête. Les pourparlers s'annoncent un peu difficiles.

« Regarde-moi ! Tu as vu un panneau devant la maison qui annonce "Réduction pour négros idiots" ?

— Non.

— Et sais-tu pourquoi tu n'as pas vu ce genre de panneau ?

— Non, pourquoi ? » Il sait ce qui va suivre, mais il pose quand même la question. Il connaît le film lui aussi.

« Parce qu'il n'y en a pas !

— La question n'est pas de savoir si j'ai assez d'argent pour payer un passeur. Ce qui compte, c'est que je peux te procurer un business. Plus grand que n'importe quel autre. Avec des profits qui explosent tout !

— Et pourquoi ?

— Parce que je suis à la télé.

— Pourquoi ils ne t'offrent pas le passeur alors ?

— Ce n'est pas comme ça que ça marche. Ils ne me prennent pas avec eux et ils ne me payent pas de passeur non plus. La question n'est pas non plus que tu apportes quelques bouteilles d'eau et un peu de farine. Je te parle de planification. Un passeur te fourre dans un bateau ou un camion avec un tas d'autres mecs. C'est trois fois rien. Moi, je veux ton organisation et tes contacts. Je veux ta protection.

— Et moi, qu'est-ce que j'ai ?

— Plus de fric que tu n'en as jamais vu.

— J'ai déjà vu beaucoup de fric, dit Mojo, amusé.

— Je sais », répond-il avec gravité. Il regarde Mojo droit dans les yeux. « Je le sais très bien. Et comme je le sais, je peux te garantir que je te propose… plus. »

Mojo se penche en avant et le toise. Il se tait. Réfléchit. Puis il se tourne vers Bandele et lui fait un signe de la main. Bandele se lève sans hésiter et quitte la pièce.

« OK. Actuellement, le trajet vers l'Europe coûte quinze mille dollars. Peut-être douze mille si tu négocies bien. Mais tu ne les as pas. »

Lionel opine de la tête.

« Et j'ai déjà vu douze mille dollars. Ça ne m'impressionne pas. »

Lionel opine de nouveau de la tête.

« Mais tu peux décrocher plus avec ton truc de télé. »

Lionel opine de la tête pour la troisième fois.

« On parle de combien au juste ? Cinquante mille ? Cent mille ?

— Plus. »

Lionel se penche en arrière et appuie nonchalamment sa basket droite sur une décoration du bureau. Il songe à pousser un peu afin que la chaise soit en équilibre sur les pieds arrière, puis il laisse tomber. C'est plus précis quand il ne vacille pas.

« Cinq cent mille ?

— Cent millions de dollars. »

Mojo tire sur ses oreilles.

« Tu es fou. »

Lionel ôte un pied du bureau et s'approche de Mojo : « Sans parler des bonus.

— Tu es fou !

— Fais le calcul. »

Lionel donne les détails à Mojo.

Mojo calcule.

Puis il lui donne son accord. Parce qu'il ne trouve aucune erreur.

Et parce que Lionel lui dit que ce n'est que le début.

19

CE TYPE EST *vraiment* malade.

Il attrape la lanière de son AK-47 et le passe d'une épaule à l'autre. Quatre kilos, c'est quatre kilos. Il y a des jours où il ne les remarque même pas, et d'autres où il a l'impression de porter un fusil en plomb.

Le plus simple serait bien sûr de le poser à terre.

De toute façon, personne ne passe, en tout cas pas à l'improviste. Le paysage est plat, la vue dégagée, et il n'y a rien à voir. Que pourrait-il y avoir : si on est honnête, ce poste frontière n'existe que pour une seule raison : parce que de l'autre côté, à cinq cents mètres de là, il y a un autre poste frontière, tout aussi superflu. Et comme de toute façon il est debout, il peut aussi bien porter son arme, au moins ça en jette, au moins ça lui donne la sensation d'être quelqu'un. Et il doit rester debout, parce qu'il n'arrive pas à le croire. Parce que ce type est *vraiment* malade.

Il se dit ça, alors qu'il est dans l'armée et qu'il a vu suffisamment de choses pour savoir que tous les goûts sont dans la nature, et mieux vaut demander avant de télécharger je ne sais quoi sur son smartphone pour des prunes. Après tout, ça coûte du temps, de l'argent et du courant pour copier et pour effacer tout ça, à quoi bon si on sait que l'autre ne bande ni pour les petits seins ni pour les gros seins, mais pour les seins qui pendent ? C'est une perte de temps, voilà tout. Mais : ce n'est pas malsain.

Les animaux ? Un pis-aller, tout comme les mecs entre eux. Beaucoup d'autres types trouvent que ça, c'est malsain, mais pas lui. Tout compte fait, aucun homme ne le ferait avec un autre homme, s'il peut avoir une femme à la place. Mais parfois on n'en a pas, et dans ce cas, par-derrière, suffit de faire un peu attention, on ne voit pas tellement la différence, alors à qui faire des reproches ? Non, ça non plus, ce n'est pas malsain.

Mais *ça*...

Il fait un geste de la tête pour chasser la curieuse pensée et en même temps il voit le nuage. Un nuage de poussière. Au fond, ça n'a rien d'inhabituel, sinon qu'aujourd'hui il n'y a pas assez de vent pour former ce genre de nuage. Il plisse les yeux, jette un œil vers l'autre poste frontière. Il n'est pas sûr de distinguer de signe d'agitation, mais apparemment son collègue est debout lui aussi. Peut-être qu'il pense à des trucs malsains lui aussi...

Et voilà que la pensée est de retour dans sa tête. Contrarié, il se dirige vers sa cabane pour aller chercher les jumelles. Cette vidéo ! Pourtant, il connaît Demba. Jamais il ne lui a donné un truc qui n'était pas bon. C'est Demba qui lui a appris à être attentif au bon angle. Par exemple, ce que cela fait de filmer de beaux seins pas simplement de face, mais de biais, en partant du dos, par-dessous le bras. Demba est attentif à ce genre de choses, et il a raison. Il n'arrive pas à dire pourquoi, mais l'impression est différente, meilleure.

Prometteuse.

Puis un jour, Demba se pointe tout excité en disant qu'il a un nouveau truc. Du jamais vu. Demba charge la vidéo en affichant un sourire comme si c'était ce qu'il y a de mieux au monde. Et il cherche exprès un petit coin tranquille pour regarder ce truc miraculeux.

On voit une voiture, sur une route asphaltée. On voit aussi que la route est trop grande, ce qui signifie en fait que la voiture est trop petite. C'est une voiture en plastique, un jouet pas très sophistiqué, de la taille d'une paume, *cheap*. Puis un pied arrive.

Un pied de femme portant une chaussure à talon. Le pied se pose sur la voiture. La voiture craquelle, le poids du pied la fend par le milieu, le plastique cède et s'aplatit.

Le pied tente d'étendre les dégâts, comme quand on éteint une cigarette, mais en fait la voiture est déjà écrabouillée, et le pied se défoule donc sur les pièces. Les roues ont roulé sur le côté, les deux de chaque axe.

D'un air absent, il attrape les jumelles et passe de nouveau à l'extérieur. Puis arrive la voiture suivante. Ce pied de femme est adroit, apparemment il ne fait pas ça pour la première fois. Il sait comment monter sur la voiture afin qu'elle ne se casse pas tout de suite et qu'elle ne valse pas n'importe comment de tous les côtés. La plante du pied coince le capot puis le talon s'enfonce doucement dans la malle, s'arrête pour recommencer aussitôt et se fourre cette fois-ci dans le toit de la voiture. On entend les bruits du toit qui se fendille, apparemment c'est important, même si ça ne se différencie pas le moins du monde d'autres bruits de plastique qui se casse. La carrosserie se détache du fond. Le pied remonte et s'enfonce de nouveau, plus à l'avant cette fois-ci, sur le capot encore en place, mais l'effet n'est plus tellement remarquable, parce qu'il est déjà fendu. Puis on revoit la même chose au ralenti.

Non, mais franchement : c'est malsain ou c'est malsain ?

Un petit nuage s'est détaché du grand nuage. Il se demande un instant si ça peut être un nuage de fumée, mais c'est de la poussière, sans nul doute. Le petit nuage s'approche rapidement, on dirait que c'est un véhicule, mais il ne peut pas le voir, parce que l'autre poste frontière lui masque la vue. Maintenant le garde en face lève la main vers sa tête, il téléphone. De toute évidence, il ne connaît pas non plus le véhicule, il veut des consignes, c'est clair, il veut demander à son chef ce qu'il doit faire. C'est un peu tard, le petit nuage approche vite, et s'il n'arrive pas à joindre son supérieur il n'obtiendra pas de consignes pour son petit nuage. Peut-être qu'il appelle pour le gros nuage ?

Qu'est-ce que ça pourrait être ? Au final, son vis-à-vis de l'autre frontière n'a pas à s'en inquiéter. Peu importe ce que c'est, ça quitte son pays, alors où est le problème ?

Est-ce quelqu'un de connu ?

Quelqu'un d'éminent ?

Dans ce trou perdu ?

Impossible. Si c'était quelqu'un d'important, il y aurait le chef pour jouer les badauds. Car ce qui se pointe derrière le baraquement vaut largement un coup d'œil : un tout-terrain zébré.

En rose fuchsia.

La voiture fonce le long de la piste sans être importunée, droit sur lui. Environ cent mètres avant la frontière, elle s'arrête. Un petit groupe en descend, tous sont blancs. Ils montrent différents endroits dans la poussière et s'y placent, désignant d'abord l'autre poste frontière, puis le sien. L'un d'eux lève les mains comme s'il irradiait l'autre cabane de ses pouvoirs magiques, puis il se tourne lentement, un mouvement partant de la hanche, jusqu'à ce que les rayons magiques touchent sa baraque. Aller. Retour. Aller. Retour.

Puis le charmeur de baraques retourne à la voiture, ouvre le coffre, et tout à coup ses mains de magicien font sens. Il en sort une caméra et un pied, et là c'est à son tour d'attraper son portable et d'appeler le colonel.

« Qu'est-ce qu'il y a ? aboie celui-ci.

— Il se passe un truc ici, et je me disais que vous devriez peut-être venir voir. On dirait que…

— Ça ne te regarde pas. »

Une réponse inhabituelle.

« Vous savez ce que c'est ?

— Je ne sais rien.

— C'est pour ça que je vous le dis : il y a la télé. Des types de la télé. Des Blancs. Et un nuage.

— J'ai d'autres trucs à faire. Ne t'en occupe pas.

— Vous savez qui c'est ?

— Ça ne nous regarde pas.

— Donc pour vous, c'est OK ?

— Pour moi, rien n'est OK. Je ne sais rien, parce qu'il n'y a rien.

— Je ne sais pas si on parle de la même chose. En tout cas, ce rien qui est en train d'arriver est plutôt énorme !

— Écoute-moi bien, espèce de crétin : nous ne sommes pas en guerre. Alors, tant que tu ne vois pas d'armée ennemie qui rapplique, tu ne me déranges pas. J'ai du travail, moi.

— Je ne sais pas qui rapplique !

— Tu crois quoi ? Si c'était un ennemi, il n'y aurait pas de télé au préalable. Et tout le reste ne m'intéresse pas.

— Je...

— J'attends de toi que tu m'épargnes des ennuis. Je ne veux pas de pleurnicheries, pas d'embrouilles, pas de morts, c'est clair ? Et la prochaine fois que tu m'appelles, gare à toi s'il n'y a pas au minimum un char devant toi ! »

Puis la ligne est coupée. Il n'y a donc personne pour venir voir ce qu'il y a à voir. Ne sachant que faire, il ôte le fusil de son épaule. L'arme à la main, il regarde les gens de la télé. Leur caméra se tourne lentement vers lui, et tout à coup il se sent extrêmement puéril avec le fusil à la main, en train de surveiller ce grand nulle part, alors il le baisse et le raccroche à son épaule, le plus impassiblement possible, comme s'il devenait juste un peu lourd.

Le nuage grandit, et il approche. Les types de la télé pointent maintenant leur caméra sur lui, alors il tente de donner l'impression de maîtriser la situation. Il les guette. Que fait son collègue de l'autre côté ? Son vis-à-vis aussi a épaulé son fusil, maintenant il le prend à la main, le doigt tout près de la détente, mais malgré ses regards incessants vers l'arrière-pays, il ne va pas vers la piste, il ne se met pas en travers du chemin, il reste à l'ombre comme s'il était embarrassé.

Apparemment, les Blancs ont suffisamment d'images pour le moment. Ils se sont éloignés de la caméra, mais ne l'ont pas désinstallée. Ils se sont assis à l'ombre de leur voiture et discutent. Il ne comprend pas de quoi ils parlent, mais ils n'arrêtent pas de secouer la tête tous ensemble. S'ils n'étaient pas là, il irait voir son collègue à l'autre cabane frontalière pour lui demander s'il sait de quoi il retourne. Mais il ne veut pas montrer de signe de faiblesse. Il ne peut pas non plus changer de position, sinon les types de la télé verraient qu'il est curieux et se mettraient sûrement à le filmer. Ça équivaudrait à des embrouilles.

Le nuage grandit. Mais la vision de son collègue qui fume à l'ombre l'apaise. Si ça se trouve, tout va se dérouler de son côté, et les gens de la télé sont pile à cet endroit parce que c'est de là qu'on a le meilleur point de vue. Et son collègue aura même un petit rôle.

Alors pourquoi l'ont-ils filmé ?

Parce que lui aussi les observe, voilà. Ça se fait beaucoup, ils montrent un truc et après ils passent à un lézard ou à un chien qui regarde tout ça d'un air ennuyé et…

« Ça ne te regarde pas. » Drôle de réponse.

Il y a du mouvement. L'un des types de la télé répond au téléphone. Puis il se lève et regarde par-dessus la voiture zébrée vers l'autre frontière. Il se baisse et pousse légèrement l'épaule d'un collègue. Celui-ci fait de même avec le collègue à ses côtés jusqu'à ce que tout le monde se lève.

Le garde-frontière en face se met en marche. Il se dirige vers la barrière et la lève. Les types de la télé regardent au loin et secouent la tête. Puis ils le regardent comme s'ils attendaient de lui qu'il fasse également un geste de la tête. Mais pour quelle raison, putain de merde ? Il aimerait presque voir un char, dans ce cas, il pourrait passer un coup de fil pour avoir de nouvelles consignes. Pourquoi est-il de service précisément aujourd'hui ? Ce n'était même pas son tour, il fait juste un remplacement. À peine se laisse-t-on persuader qu'on a des emmerdes.

Son collègue pose la main contre son front pour mieux protéger ses yeux du soleil. Le vent chasse la poussière dans sa direction, la poussière est plus rapide que ce qui la soulève. Sa tête est presque immobile, avec la main levée comme dans un salut, mais il bouge lentement, comme s'il évaluait une énorme distance.

Qu'est-ce que ça peut bien être ?

« Ça ne te regarde pas. »

C'est quoi, cette réponse ?

Le colonel n'est pas venu, et si lui ne sait pas pourquoi... Mais il soupçonne soudain que le colonel le sait très bien. Et si c'est préférable pour le colonel de ne pas être là, comment cela pourrait-il être bon pour lui ?

Est-ce qu'il peut retenir cette chose qui arrive là ?

Et s'il la retient, quelqu'un lui en sera-t-il reconnaissant ? Ou bien dira-t-on qu'il aurait dû la laisser passer ?

Il ne peut pas le prouver, mais il est soudain convaincu que la seule raison pour laquelle il n'y a personne sauf lui, c'est que personne ne veut y être. Puis il finit par voir. Ça se dessine en bas du nuage.

Des gens.

Une colonne de gens. Ils ne sont pas armés. Il y a simplement beaucoup de personnes derrière lesquelles marchent encore d'autres personnes. Certaines ont des enfants, certaines sont seules. Elles ont des couvertures roulées en boule comme si elles se rendaient dans un hébergement. Elles ne courent pas, elles marchent calmement, comme si elles savaient qu'elles peuvent continuer leur chemin. Malgré la frontière. Elles ne discutent pas avec son vis-à-vis, elles passent tout simplement par la barrière ouverte. Ce sont des gens comme dans les camps de réfugiés. Ce sont des réfugiés, et maintenant il sait ce que son collègue a dû entendre de son supérieur :

« S'ils veulent partir, laisse-les. »

C'est pourquoi son vis-à-vis se tient là si désinvolte, à regarder comme tout le monde passe à côté de sa baraque. À travers ses jumelles, il voit son collègue se retourner, lever ses jumelles, y plonger les yeux et regarder vers lui. Leurs regards se croisent. Son vis-à-vis a un large rictus et lui fait un signe de la main. Il s'estompe légèrement dans le nuage de poussière de l'énorme colonne qui se dirige maintenant vers les types de la télé. On ne voit pas la fin de la colonne.

Son collègue montre les gens, les jumelles toujours collées contre ses yeux. Il fait des mouvements exagérés comme s'il comptait, un doigt, deux doigts, trois doigts, puis il ajoute un geste désemparé : combien peut-il y en avoir ? Il pousse un rire, regarde autour de lui, puis écarte les bras, un peu, puis un peu plus et encore plus. On pourrait qualifier l'expression de son visage de stupéfaite, mais cette stupéfaction est gommée par le soulagement qui domine tout : ces personnes ne sont pas son problème.

Il commence à comprendre qu'il faudrait beaucoup de monde pour arrêter ces centaines, ces milliers de personnes, tout un tas de gens avec des matraques ou des armes à feu. Il comprend que ce n'est pas un hasard s'il est seul ici. Qu'il n'a pas suffisamment d'amis bien placés pour le tenir à l'écart de cette merde. Il est le pauvre con à qui personne ne dit rien.

Il ne voit plus ni la voiture rose ni la caméra. Il y a trop de gens. Personne ne daigne le regarder en se dirigeant vers lui. Habituellement, les gens ont du respect pour un homme en tenue de camouflage et muni d'un fusil, mais ces centaines de personnes pensent qu'il est exclu qu'il entreprenne quoi que ce soit.

Il entend des jurons incompréhensibles. Son regard se faufile entre la poussière et les gens, et il découvre la voiture aux zébrures roses de l'autre côté. Là, un homme jure et crie parce que apparemment ils voulaient filmer sa réaction à travers la foule, mais avec la poussière, on ne voit rien dans le viseur, d'ailleurs il ne distingue la voiture rose qu'à grand-peine.

Que se passera-t-il demain ? Où iront tous ces gens ? Personne ne sera ravi de les voir arriver. Alors on posera des questions. Et il ne voit aucun scénario, mais vraiment aucun, où on ne finira pas par demander qui était de service à la frontière ce jour-là.

Et on ne demandera pas « qui », mais « quel idiot ».

Déstabilisé, il regarde dans la direction d'où viennent tous ces gens qui l'ont déjà dépassé depuis un moment. Impossible de voir où s'arrête le cortège. Il remarque qu'il n'y a presque pas de vieux, et qu'ils sont tous peu chargés, comme si on ne leur avait pas laissé le temps de faire leurs bagages.

Ou comme si, là où ils vont, ils n'auront pas besoin de grand-chose.

Il garde le fusil sur son épaule, flâne vers la route avec désinvolture et lance à la ronde :

« Alors, vous allez où ? »

Une femme qui tient deux enfants par la main lui répond :

« En Allemagne.

— À pied ??

— Je ne suis pas l'organisatrice. Si tu as des questions, tourne-toi vers le grand là-bas ! »

Il s'efforce de trouver un grand dans le chaos. La femme continue son chemin. La fillette accrochée à sa main rit et lui fait un signe.

« Ottobafesse ! »

Il estime qu'il faudra dix à vingt minutes pour que la voiture aux zébrures roses se fraie un passage à travers la foule, depuis l'autre côté jusqu'à son poste frontière. Il lui reste dix à vingt minutes avant l'arrivée des caméras. Il prend une profonde inspiration, et soudain il sait ce qui va arriver.

Les Blancs vont débarquer à sa baraque. En colère, ils vont sauter de la voiture et engueuler le conducteur, parce qu'il a été trop lent. Puis les gens de la télé vont se mettre à chercher quelque chose. Ou quelqu'un.

Ils ne trouveront personne. Quelqu'un va héler le caméraman et celui-là va devoir filmer ce qu'il reste : son uniforme sur une chaise. Son fusil orphelin adossé à sa cabane.

Et son béret, posé sur le canon.

20

SENSENBRINK s'est déjà senti mieux. Hier, il a dormi épouvantablement mal et avant-hier aussi. Il a aussi crié sur sa femme à plusieurs reprises, parce qu'elle l'a beaucoup énervé. Elle a bien sûr remarqué qu'il ne buvait plus rien et elle sait que c'est annonciateur de problèmes, parce que c'est toujours dans ces moments-là qu'il arrête l'alcool. Ça lui donne la sensation de contrôler particulièrement bien les choses. C'est un leurre, il le sait. Et de toute façon, il boit peu.

Et puis elle, avec sa sensibilité de merde : « Tu as des soucis ? » Rien que de l'entendre parler sur ce ton... Normalement, il n'a rien contre sa femme, mais ce ton compréhensif...

Ce côté maternel.

C'est sûrement ça. C'est ce ton maternel. Dans ces cas-là, on réagit comme avec sa mère. On va dans sa chambre, on claque la porte et on pousse l'armoire devant. Mais il faut rester fair-play : somme toute, ce n'est pas la faute de cette bécasse.

Mais celle de cette connasse.

Le sol est en train de se dérober sous ses pieds. C'est la sensation du risque, et Sensenbrink déteste le risque. Il est manager, bordel de merde. S'il courait derrière le risque, il serait entrepreneur. Mais voilà que cette débile l'a pratiquement forcé à le devenir.

Cette folle !

Ça avait été une émission irréprochable, elle marchait du feu de Dieu. Fabriquée avec rien, personne n'aurait misé dessus, et c'est précisément là son point fort, même si, dernièrement, c'est un peu tombé dans l'oubli. Il a un septième sens pour ce qui est un peu singulier. Un Sensenbrink ne court pas derrière le mainstream, parce qu'il a déjà vu un tas de choses fonctionner. Il suffit d'être un peu plus âgé que tous ces lapins sautillants à l'étage. Gretchen Machinbête & Co., si on leur demande sur quelle chaîne Loriot a développé ses sketches, elles vous répondent : Sur « YouTube ! »

C'était à la radio de Brême !

Ça, c'était de la télévision !

Voilà, et ce serait donc un hasard si c'est lui qui a fait de A-2 une poule aux œufs d'or ? Rien que la dernière saison avait fait cent cinquante millions, à la louche, en comptant seulement les recettes publicitaires, sans inclure les produits dérivés ni la hausse de la capitalisation boursière ; Kärrner a dû gagner une jolie petite somme avec ses options. Et ça aurait tranquillement pu continuer comme ça. L'année prochaine, on lui aurait proposé un poste à la direction. Une histoire claire et nette, en béton armé. Et que fait cette dinde tarée ? Une mission suicide !

Personne ne sait comment ça va finir !

Non, c'est plutôt le contraire, tout le monde le sait : en fiasco. Ça *ne peut* se terminer *qu'en* fiasco. Quand tu joues à la roulette et que ton numéro sort, pas qu'une fois, mais deux fois, tu ne mises pas de nouveau tout ton argent. Tu te lèves et tu dis : « Merci beaucoup, messieurs-dames, j'arrête ! » Mais avec cette folle, ils n'ont même pas eu le temps de voir qu'elle était en train de remettre tout le fric sur la table.

Pif paf, et voilà qu'elle passe la frontière avec cent cinquante mille autres fous. Alors que pouvait-il faire, sinon vendre l'histoire du siècle à Kärrner ? Qu'aurait-il pu dire ? « Je suis dépassé par Hackenbusch. Je n'ai plus aucun contrôle sur elle. Il faut immédiatement arrêter A-2 ! »

Ils auraient aussi pu renvoyer les caméras en douce, sans dire que la star perd la boule, mais en prétendant qu'il y en a assez de la misère et ce genre de choses. Mais là,

Kärrner : « Nadège Hackenbusch marche vers l'Europe avec cent cinquante mille réfugiés et nous ne sommes pas de la partie ? Ou pire : nous étions sur place, nous avions un accès privilégié, et vous annulez tout ? Vous êtes vraiment con à ce point ? Demain, vous allez voir madame Schaabe, elle a déjà préparé votre rupture conventionnelle. »

Et à partir de ce moment-là, vous devenez le type qui voulait à tout prix passer à côté de l'histoire la plus dingue de tous les temps.

Alors on laisse les caméras sur place. Mais dans ce cas, il ne faut surtout pas qu'on sache qu'au fond vous n'avez aucune idée de ce qui s'y passe. Qu'à strictement parler, ce n'est qu'une débile mentale qui se balade avec cent cinquante mille réfugiés et que vous filmez ce que vous pouvez filmer. Bien sûr, parfois une chaîne peut être comme une pochette surprise. Mais seulement pour les spectateurs. Les personnes qui remplissent la pochette doivent savoir ce qu'ils cachent à l'intérieur. Cela relève du miracle que les mots magiques « Hackenbusch » et « cent cinquante mille ! » aient suffi à dissuader Kärrner de poser la question qui tombera à coup sûr lors du prochain meeting. D'ici là, il devra trouver une réponse. Raison pour laquelle Sensenbrink pose la question maintenant :

« Alors, messieurs-dames, c'est quoi, notre histoire ? »

Une salle remplie d'embarras. Certains gribouillent sur leurs blocs-notes. C'est stupéfiant, tout ce qu'ils dessinent en si peu de temps. Alors qu'habituellement on n'a pas l'impression qu'ils pensent aussi vite. La plupart évitent son regard. On reconnaît les nouveaux auteurs au fait qu'ils sont incommodés.

« Réveillez-vous ! Allô ! *Input !* C'est quoi, notre histoire ?

— Nadège Hackenbusch, dit Olav, las.

— Cent cinquante mille réfugiés », ajoute Anke.

Normalement, c'est une fille de confiance.

« Et ensuite – un gang bang ? Vous voulez faire une histoire avec des mots explosifs ? Hackenbusch et les réfugiés sont la prémisse, mais comment continue l'histoire ?

— Comment pouvons-nous le savoir ? demande Olav en attrapant un M&M's dans le bol sur la table. L'histoire est en train de se dérouler.

— Ah bon. Et nous, on fait quoi ? On regarde et on note ?

— Beh oui, c'est du journalisme. Je croyais qu'on voulait s'approcher davantage du journalisme ?

— Je n'ai jamais dit "journalisme", j'ai dit "Schreinemakers".

— C'est quoi, la différence ? »

Cette remarque vient d'un grand-père des alpages en costume. Sensenbrink essaye de mémoriser son visage, mais il ressemble trop aux dix autres grands-pères ermites. Chaque jour, Sensenbrink prie pour que les barbes passent enfin de mode et qu'on puisse de nouveau voir l'âge des gens.

Beate Karstleiter vient à son secours.

« Schreinemakers savait très bien ce qu'elle diffusait.

— Je vais vous dire très clairement de quoi il retourne ici. » Sensenbrink prend un air sévère. « Vous ne savez pas comment j'ai tanné les gars là-haut pour qu'ils nous suivent. Ils ont modifié tout le programme pour continuer à diffuser notre émission. Normalement, ils passeraient déjà je ne sais quelle merde en conserve, mais ils ne le font pas, parce que les conditions sont géniales. Ils continuent de vous payer, ils continuent de payer tout le service, bien que les conserves soient moins chères. Et vous pensez que ça va continuer éternellement ?

— Oui, tant que les audiences sont bonnes, dit un frère du grand-père avec aplomb.

— Bien, alors voyons si l'audience est bonne. Sylvie ?

— L'audience est très bonne. Je pense que nous pourrions même risquer de mettre l'émission au même moment que le JT.

— Mais tu m'as expliqué que ça a aussi de mauvais côtés. » Sensenbrink force Sylvie à aller dans sa direction.

« Oui, c'est sûr. Les parts d'audience nous indiquent seulement combien de gens nous regardent. Mais on ne sait pas s'ils sont contents, ni ce qui les touche. La rédaction du service téléspectateurs nous fait part de réactions extrêmement hétéroclites. Hayat, veux-tu dire quelques mots ? »

Sensenbrink ne sait toujours pas s'il doit apprécier cette nana voilée ou pas. Pendant les conférences de rédaction, il trouve de plus en plus que visuellement elle complète à merveille tous ces grands-pères des Alpes. C'est étrange de constater que même si les uns tentent d'être super branchés et les autres super conservateurs, dans l'ensemble ils ne diffèrent pas beaucoup de la population d'un patelin d'il y a deux cents ans. En revanche, jusqu'à présent, cette Hayat a toujours analysé les chiffres avec beaucoup de sobriété.

« Les réactions montrent que les gens trouvent l'émission géniale, dit Hayat. Ça ne change pas. Mais la situation est extrêmement volatile. »

Sensenbrink fait une grimace, comme s'il avait mordu un noyau de cerise en prenant son dessert : « Qui sait ce que ça veut dire ? »

Personne ne répond. « Volatile veut dire : merdique, traduit Sensenbrink, énervé. Ça peut basculer du jour au lendemain. C'est exactement ce que nous voulons éviter. Continuons, mais en allemand, s'il vous plaît !

— Les spectateurs ont suivi parce qu'ils étaient fans d'A-2, mais aujourd'hui ils sont désorientés. A-2 et aussi l'émission spéciale ont toujours eu une touche explicitement positive. Nadège Hackenbusch va sur le terrain. Nadège Hackenbusch aide, soulage, console. Ça plaisait aux spectateurs et ils aimaient regarder.

— C'est toujours le cas, fait remarquer Olav.

— Avec une histoire d'amour en prime ! ajoute Anke, normalement une fille de confiance.

— Non, il y a une différence. Avec "Ange dans la misère", on pouvait s'attendre à ce que tout se finisse bien. Il y avait des problèmes, mais on trouvait des solutions. Tandis qu'ici les gens ne voient pas de solutions. Ils n'ont pas de certitude quant à l'issue de l'histoire.

— Mais n'est-ce pas ça qui rend la chose passionnante ?

— D'un côté, oui. Mais ça réduit aussi la sensation de plaisir.

— Et donc il nous faut résoudre le problème des migrants, ou quoi ?

— Tout ce que je sais, c'est que les gens sont bouleversés, constate Hayat. Nous avons un trafic fou sur nos réseaux. Il y a bien sûr les questions standard, beaucoup de gens veulent faire des dons et ne savent ni où ni pour quoi. Mais surtout, les gens sont interloqués. Ils ne comprennent pas quelle histoire nous racontons.

— Ça n'a pas d'importance, tant que l'histoire est bonne, lance Olav en affichant un large rictus.

— Pour l'instant, c'est peut-être vrai. À long terme, c'est un risque pour la chaîne. Si A-2 doit continuer, je conseillerais à la chaîne de prendre une position inattaquable, sans équivoque. Autrement, on va peut-être nous mettre dans une case d'où on aura du mal à ressortir. »

Sensenbrink est étonné de tout ce qui sort de ce voile. Un voile qui prend pas mal de risques, mais qui décrit en effet la situation avec précision.

« Ce serait aussi une case qui n'attire pas les annonceurs, dit-il pour donner un peu de son poids de dirigeant à la description.

— Ça dépend du produit, répond Olav avec nonchalance. Il faut simplement que nous expliquions aux gens que nous fabriquons une toute nouvelle forme d'histoire. Un docu-soap sans scénario.

— Un peu comme "Top-chef", mais avec de l'ambition, ajoute un des barbus.

— Comme le mariage de Katzenberger. La fuite d'Hackenbusch.

— Elle fuit et baise un nègre !

— Ouuuhhh ! »

Du plat de la main, Sensenbrink tape plusieurs fois sur la table. Il voit que le voile retient son souffle. Elle n'ose pas parler sans autorisation, alors il l'encourage d'un geste. C'est mieux que d'intervenir lui-même. Elle a l'air d'avoir un avis, et Sensenbrink donnerait cher pour en avoir un lui-même.

« Faire du docu, c'est filmer ce qui existe de toute façon. Mais si on veut forcer le trait : c'est nous qui avons déclenché tout ça. On pourrait même dire que toute cette action fonctionne uniquement parce que nous l'accompagnons avec nos caméras. »

Hayat s'impatiente et, comme il n'y a aucune réaction, elle s'irrite davantage.

« Le spectateur pressent qu'il pourrait y avoir des morts. Des morts ! Parce que. Nous. Y. Sommes. Avec. Nos. Caméras. »

Sensenbrink essaye de la calmer.

« Mollo, je ne vois pas tout à fait les choses comme ça, mais notre collègue Hayat a tout à fait raison, c'est le chapeau qu'on pourrait nous faire porter, si on était mal intentionné. Je le répète pour tout le monde : par un enchaînement de circonstances exceptionnelles, nous nous retrouvons dans une position difficile, et ce qui est super, c'est qu'ici nous prenons entièrement nos responsabilités. Presque aucune chaîne ne le fait. Mais… nous avons aussi une responsabilité vis-à-vis de la chaîne. »

Sensenbrink se creuse la tête. Il lui faudrait maintenant un pont, une transition implacable vers ses directives ou quelque chose de ce genre. Si seulement il avait une idée.

« Et qu'est-ce que ça signifie ? demande Anke, normalement une fille de confiance.

— Ça signifie que… » Sensenbrink hésite. « Ce que je veux dire, c'est que nous savions tous que c'est une expérience inédite. C'est la raison pour laquelle nous avons demandé à Nadège de rester encore un peu. Mon Dieu, qu'est-ce que je l'ai travaillée au corps ! Mais – comme Olav le dit si bien – nous ne savons pas comment cette histoire va se terminer. Ça pourrait aussi, disons, ne pas se terminer si bien que ça. Peut-être qu'il y aura vraiment quelques morts. Si ça tourne très mal, même beaucoup de morts. Et dans ce cas, il ne faut pas que… » Sensenbrink s'interrompt. Il se sent tout vaseux à l'idée que Kärrner le convoque parce qu'il y aurait des cadavres d'enfants à l'écran.

Karstleiter termine sa phrase à sa place :

« Il ne faut pas que nous soyons catalogués comme la chaîne qui envoie des réfugiés au casse-pipe pour faire de l'audience.

— Voyez-vous, il nous faut trouver un moyen de récupérer la chose sans nous compromettre.

— Bon, c'est une façon très prosaïque de le résumer, répond Sensenbrink. Disons plutôt : il ne faut en aucun cas que cela ressemble à une grande intervention en faveur des réfugiés sponsorisée par MyTV.

— Alors c'est Nadège, le problème, dit Olav, impassible.

— Pourquoi ?

— Si elle n'était pas sur place, nous n'y serions pas non plus. On avait prévu de tout arrêter. Si nous avions simplement diffusé le final et qu'elle était rentrée, nous n'aurions aucun problème.

— Il faut la faire revenir au plus vite, soupire Karstleiter, ça ne peut pas être si difficile. De toute façon, elle n'était pas emballée dès le départ. »

Sensenbrink est abattu. Tout est en train de partir dans la mauvaise direction.

« Ça... ne devrait pas être notre seule et unique option, dit-il en s'efforçant de calmer les esprits. Il faut que nous pensions aux chiffres commerciaux de l'entreprise, aux annonceurs. Et aux êtres humains.

— Les annonceurs sont aussi des êtres humains, dit Olav d'un ton taquin.

— Je sais que vous vous êtes battu pour cela, renchérit Anke, normalement une fille de confiance, mais vous avez dit vous-même que le risque est trop important.

— Nous ne pouvons plus nous défausser. » Sensenbrink adopte un ton plus déterminé maintenant, parce qu'il vient de penser à un bon argument. « Si on se range à l'avis d'Hayat, si tout cela se déroule ainsi seulement parce que nos caméras sont sur place, les spectateurs nous reprocheront de toute façon de les reprendre à ces gens. Les caméras et en même temps… » – ici Sensenbrink marque délibérément une petite pause – « … l'espoir. Ce serait comme si nous les abandonnions. Nous et, euh, tous les spectateurs aussi.

— Eh bien, les spectateurs peuvent continuer de faire des dons ou quelque chose comme ça, dit un des grands-pères.

— On ne peut pas faire ça, dit Beate Karstleiter en secouant la tête.

— D'autres le font.

— Oui, pour des réfugiés coincés dans des camps. Ça, c'est toujours possible. Mais on ne peut pas récolter des dons pour des gens qui marchent vers nous. Ça fait de nous des passeurs.

— Nan, un moment, objecte Anke, normalement une fille de confiance, les passeurs *gardent* l'argent, mais nous, non.

— C'est quand même impossible, dit Sensenbrink froidement, réfléchissez un peu ! MyTV fait venir cent cinquante mille réfugiés en Allemagne, c'est complètement illégal ! Merde alors, il nous faut des propositions réalistes.

— Des humains pour des humains ! lance la nana voilée.

— Comment ?

— Des humains pour des humains, répète le voile, vous ne vous rappelez pas ?

— Ah oui, c'était machin.

— Le type dans les films sur Sissi ?

— Lui aussi, il a aidé les gens en Afrique. Ça a commencé par un pari dans l'émission de Gottschalk, mais il a collecté de l'argent, puis il est parti en Afrique pour aider les gens.

— Karlheinz Böhm ! s'exclame Olav. C'était ça, son nom !

— Super. Et ça nous avance à quoi ?

— Nous pourrions réitérer le même modèle, dit le voile. Dans ce cas, nous n'avons plus besoin de faire revenir madame Hackenbusch. »

Sensenbrink observe l'assemblée. Comme lui, tous se demandent où est la différence.

« Et en plus, ajoute le voile de nouveau un peu plus embarrassé, ce ne serait pas notre action. Nous pourrions communiquer normalement sur le sujet… »

Karstleiter revient à la charge :

« Si Nadège Hackenbusch collecte le fric ?

— Mais ouiiii ! lance Olav. C'est ça ! Notre histoire est que, pendant que nous faisons un docu on ne peut plus normal, Nadège a l'idée de…

— … de se mettre en route avec les réfugiés, et si quelqu'un veut faire un don, il peut le faire auprès d'elle. » Même Anke, normalement une fille de confiance, finit par comprendre.

« Il faudrait bien sûr tout organiser de telle façon que rien ne transite par la chaîne, note Karstleiter. Nous sommes simplement en train de tourner un reportage sur l'affaire, comme pourrait le faire n'importe quelle autre chaîne.

— Sauf que nous avons accès aux personnages principaux à tout moment, souligne Sensenbrink.

— Nous y sommes avec ardeur et passion. Nous souffrons avec eux, nous espérons avec eux…

— … pas pour la cause…

— … jamais pour la cause, c'est ce que disait déjà Hape Friedrichs…

— … il s'appelle Hajo, ne jamais devenir complice d'une cause…

— … non, seulement des gens !

— Exactement, des gens !

— Nous sommes là, chaque jour, et nous accompagnons l'action de Nadège Hackenbusch.

— Il lui faudrait un surnom qui en jette.

— Hackenfuite !

— Le train-train ! »

Sensenbrink se prélasse dans son fauteuil. Il contemple la nana au voile avec bienveillance, lui sourit. Et il sait déjà ce qu'il dira à Kärrner lors du prochain meeting. « Monsieur Kärrner, nous avons Karlheinz Böhm avec des nichons. »

21

CARLO EST OK. Carlo n'est pas un de ces Italiens fayots qui chantent, vous tutoient et vous offrent de la grappa. Au mur, pas de reproduction du pont du Rialto qui ressemble au dessin d'un enfant de quatre ans.

Il n'y a pas d'écrans pour le foot ni de feu de cheminée.

Et pas de pizza au feu de bois.

Carlo a de la classe. Carlo a un rabot pour les truffes qu'il est le seul à utiliser. Quand il connaît bien un de ses hôtes, il râpe longuement des copeaux de truffe dans le plat. Ça peut se faire avec n'importe quel plat, ça marche toujours, en principe, c'est comme le parmesan, mais pour les gens qui ont du goût. Ce n'est pas que le secrétaire d'État aime particulièrement manger des truffes, il faut s'habituer à cet arôme, entre l'ail et une mauvaise haleine chargée d'oignon qu'on accepte tout juste chez son partenaire. Certaines choses nécessitent plus de temps pour pouvoir être appréciées. Les olives ou la bière blanche non plus ne lui ont pas plu tout de suite. Ou le Red Bull. Quoi qu'il en soit, ce n'est pas la faute de Carlo si le secrétaire d'État picore dans sa salade sans appétit.

« Tu as vu ta copine à la télé hier ? »

Assis en face de lui, Lohm en a presque terminé avec ses pâtes. Peut-être aurait-il dû prendre une soupe à la place de la salade, mais chez Carlo les soupes sont souvent fades.

« Ne dis rien ! Elle a complètement disjoncté.

— Je ne sais pas. J'aime bien faire des blagues sur elle, mais pour être sincère, je trouve que ça ressemble presque à ce que faisait Karlheinz Böhm.

— Karlheinz *Böhm* ! » Le secrétaire d'État prononce le nom comme s'il était dégoûtant. « Ça va pas, la tête ? Karlheinz Böhm version timbrée peut-être.

— Possible, mais quand même : étonnant qu'une fille comme Hackenbusch se lance dans une telle entreprise.

— Ça devrait te faire comprendre à quel point c'est taré.

— Et captivant. Une personne normale ne ferait jamais ça. Si tu veux aller au bout d'une telle idée, tu as besoin d'idiots.

— Ne t'y mets pas toi aussi !

— Comment ça, "toi aussi" ? Qui te dit ça à part moi ?

— Devine. Le vieux. C'est des conneries. Vous jouez les Cassandre.

— Les oiseaux de mauvais augure, corrige Lohm.

— Où est la différence ?

— Cassandre avait vu juste. D'ailleurs, jusqu'ici, Leubl n'a pas eu entièrement tort, si ? »

Le secrétaire d'État repousse sa salade. Lohm le regarde d'un air interrogateur et, n'obtenant pas de réaction, il tire le plat vers lui avec un calme imperturbable. « Ton chef a très bien vu que la situation serait difficile à contrôler. »

Le secrétaire d'État observe Lohm qui commence à repêcher les rondelles de carotte dans le plat.

« Ouiouioui. La folie est toujours difficile à contrôler. Mais ça reste de la folie !

— Je l'ai toujours dit, lance Lohm entre deux bouchées de carotte.

— Ça va se terminer en catastrophe pour l'humanité !

— Et ce serait une détérioration ? » Lohm picore maintenant les tomates cerises.

« Qu'est-ce que tu veux dire ?

— Eh bien », commence Lohm lorsqu'une tomate cerise tombe de sa fourchette. Il l'attrape avec les doigts et l'enfonce dans sa bouche avec satisfaction. « Si on est honnête, ça a été une catastrophe humanitaire dès le départ. »

Le secrétaire d'État réfléchit un instant.

« Tout peut empirer, et d'ailleurs, là-bas, ça ne doit pas les arranger non plus. Imagine-toi : cent cinquante mille personnes se précipitent dans le désert. Sans aucun plan !

— Peut-être qu'ils en ont un.

— Tu cherches à me casser les couilles ou quoi ?

— Non, mais pourquoi des milliers de personnes se précipiteraient soudain dans le désert ?

— Je ne suis pas Jésus ! C'est comme pour les baleines : personne ne sait pourquoi elles viennent s'échouer sur la plage.

— Mais là, il ne s'agit pas de baleines.

— C'est une hystérie de masse ou je ne sais quoi.

— Ah bon ? Ces gens risquent leur vie. Évidemment, les gens qui prennent plus de risques, ça a toujours existé. Mais des milliers ? »

Le secrétaire d'État pousse un profond soupir, irrité. « Bon, d'accord. Mettons que tu aies raison et que ce ne soit pas une hystérie de masse. Quel pourrait être leur plan ?

— Je n'en ai aucune idée. Ne me demande pas. Je sais seulement que ces gens ne sont pas des baleines. »

Le secrétaire d'État se tait, boudeur. Il saisit au vol le regard d'une serveuse et commande deux espressos tandis que Lohm replie les énormes feuilles de salade avec une dextérité surprenante avant de les faire entrer dans sa bouche. L'espresso arrive. Le secrétaire d'État ne prend pas de sucre, mais il touille quand même.

« Bon, d'accord. Faisons comme s'il y avait un plan. Comment est-ce censé fonctionner ? »

Lohm mâchonne, songeur. « Cent cinquante mille personnes. Le chiffre peut paraître énorme, mais en fait il ne l'est pas.

— De toute façon, il se pourrait bien qu'ils exagèrent, réfléchit le secrétaire d'État. Mais partons du principe qu'il y en a vraiment cent cinquante mille. Va donc demander à l'Agence fédérale pour le secours technique ce qu'il faut pour approvisionner cent cinquante mille personnes, ne serait-ce que dans les grandes lignes. Suffit de voir l'investissement que demande n'importe quelle fête de voisinage.

— Ces gens-là s'en sortent peut-être avec moins. D'après ce qu'on entend, ils ne font pas trop la fête, là-bas. On peut donc se passer des unités mobiles de la police.

— Mais quand même, l'interrompt le secrétaire d'État, agacé, c'est quoi, le minimum ? Quels sont les besoins de base ?

— L'eau ?

— Exactement. Et on ne parle pas de se doucher, mais simplement de pouvoir boire. Disons que tout le monde a besoin de dix litres par jour. Ça fait un million et demi de litres.

— C'est beaucoup ? On peut mettre ça dans un camion-citerne ?

— Un demi-million ? »

— Une baignoire, ça fait cent vingt litres, je crois.

— Combien de baignoires peut-on mettre dans un camion-citerne ? »

Lohm pose la fourchette et sort son iPhone. Il tape quelque chose, puis il lit : « Un camion-citerne contient entre vingt et quarante mille litres.

— OK. Disons trente mille. Un million et demi de litres divisé par trente mille, ça fait cinquante camions.

— C'est pas tant que ça.

— Oui, mais pas qu'une seule fois. Tous les jours. Et l'histoire n'est pas réglée une fois que tu as les camions, il te faut aussi les conducteurs, et pas juste pour deux semaines. S'ils veulent faire tout le trajet, il faut les approvisionner pendant des années.

— Ne voilà-t-il pas que cette entreprise de folie génère des emplois sûrs ! »

Le secrétaire d'État regarde Lohm d'un air furieux.

« Ne fais pas cette tête. Je ne dis pas que ça va marcher. Nous venons de dire qu'il n'y avait pas de plan, et à peine cinq minutes plus tard nous voilà avec une bonne raison pour qu'ils ne meurent pas tous de soif. Et ça ne concerne pas que les fournisseurs d'eau. Parce qu'il faut aussi qu'ils mangent.

— Oui, mais ils ne peuvent pas faire la cuisine. Ils s'arrêtent forcément quelque part, mais il n'y a pas de cuisines mobiles sur place. Du bois ou des camping-gaz pour cent cinquante mille personnes, ça ne marche pas.

— Ça marche pour l'eau, mais pas pour la nourriture ?

— Ce n'est pas l'armée ! Ce sont des glands en tongs. Pardon, mais c'est la vérité !

— Alors les jeux sont faits.

— Parfaitement.

— Ils vont crever comme les baleines sur la plage.

— Exactement. Et ça, c'est terrible.

— Naturellement. Vraiment terrible.

— On est d'accord. »

Le secrétaire avale l'espresso en guise de confirmation. Lohm boit à petites gorgées. Un jour, le secrétaire d'État a lu qu'il ne fallait pas avaler son café comme un schnaps. D'un autre côté, certains Italiens le font. À qui faire confiance ?

« La nourriture n'est *qu'un* des multiples problèmes. Autrefois, avec un passeur, le voyage se faisait plus vite et les camions permettaient de traverser les régions où il n'y a rien à part des routes et du sable. Je ne veux pas dire que les nègres n'ont rien dans le ventre, mais à pied, il faut déjà qu'ils réussissent à passer tous ces endroits, continue-t-il. Ces régions n'ont aucune infrastructure. Il n'y a aucun village, rien du tout. Et ils doivent transporter tout ce bazar. Avoir des doutes là-dessus, ce n'est pas être raciste. Même les Américains auraient du mal à réussir.

— Du calme.

— Réfléchis un instant ! Cent cinquante mille personnes – jamais de la vie ! Ça correspond à l'intégralité de l'armée d'invasion des US en Irak.

— Ouioui, je me couche. Tu as gagné. »

Le secrétaire d'État se renverse sur sa chaise.

« Dieu merci. Tu as failli me rendre nerveux.

— Bien, dit Lohm. Alors ne restent que les images.

— Hein ?

— Les images ! Souviens-toi : ce n'est pas qu'une question de logistique ! »

Le secrétaire d'État sursaute. C'est juste.

« Ce n'est pas un tas de réfugiés qui croupit je ne sais où, dit Lohm. C'est un tas de réfugiés avec sa propre émission télé. Présentée par Nadège Hackenbusch. Ça balaye n'importe quel soap opéra du marché.

— Le buzz va retomber…

— Mais oui. Les gens meurent, ils crèvent de soif, la reine de l'infotainment roucoule avec un beau réfugié sensible et pleure des larmes amères – et tout ça en vrai, pour de bon. Tu crois que ça va retomber, moi, je relève le pari. À cinq contre un. »

Le secrétaire d'État reste là, immobile.

« Je te promets, s'ils s'y prennent bien, ils n'auront pas juste suffisamment de spectateurs. Ils auront tout le monde : les avides du sensationnel. Les philanthropes. Les nazis, parce que ça les rend fous. Parce que c'est vraiment autre chose : pour une fois, il n'y a pas de reporter étoilé à qui on passe une bouteille d'eau après le tournage…

— S'ils s'y prennent bien…

— Quand j'y réfléchis, c'est comme "Je suis une célébrité", mais avec de vrais cadavres et Nadège Hackenbusch en danger de mort. Est-ce qu'ils peuvent seulement faire des erreurs ?

— Tu prends vraiment ton pied, hein ?

— Que veux-tu ? Après tout, je suis chez les Verts. Et même si nous faisons beaucoup de conneries, nous n'avons jamais pensé que le repli sur soi est une solution.

— Cent cinquante mille personnes marchent vers la mort, et tout ce à quoi tu penses, c'est : nous l'avons toujours dit. Même les bien-pensants étaient mieux avant. »

Lohm ne dit rien. Le secrétaire d'État non plus. Il regarde au travers de Lohm. Aucun buzz ne peut tenir des années, mais un intérêt solide, c'est autre chose. Il suffit de voir ce que Nadège Hackenbusch a réussi à faire rien qu'avec les premières émissions dans le foyer des réfugiés.

« Elle donne un visage aux migrants.

— Hein ?

— Elle va leur donner un visage, dit le secrétaire d'État d'un air sombre. Et là, ça sera fini. On ne pourra plus regarder le problème des réfugiés de façon neutre.

— Ça n'a jamais été le cas !

— On va se faire broyer. Coincer entre les fans des réfugiés et les vrais nazis. » Le secrétaire d'État secoue la tête. « Non, tout converge vers cette branquignole. Il faut qu'elle dégage de là.

— Super plan. Hackenbusch est la dernière à se laisser dégager d'où que ce soit.

— T'as une meilleure proposition ?

— Bien sûr. Fais en sorte que ça ressemble à un accident.

— Je ne rigole plus, là ! » Il regarde Lohm avec une mine désespérée.

Lohm cesse de l'asticoter : « Tu veux que je te dise un truc bien ?

— Vas-y !

— Ce n'est pas ta décision. Au final, c'est avant tout une affaire pour le ministère des Affaires étrangères. Ou pour ton chef, mais en aucun cas pour toi. »

Parfois, il envie Lohm. Cette faculté de refouler les choses ou d'atermoyer. De simplement se rabattre sur son boulot et de faire comme s'il n'y avait rien d'autre. Même à l'époque où les Américains avaient élu Trump. L'OTAN s'était retrouvée en danger, l'ordre du monde tout entier, et Lohm bricolait ses histoires d'environnement comme si elles avaient la même importance. Comme si, dans un monde où les États-Unis ne participaient plus à la protection de l'environnement, cela faisait une quelconque différence de sauver un crapaud ou de l'écraser en bagnole. En cas de besoin, Lohm est capable de réduire son horizon au ministère de l'Environnement ou au barbecue du week-end. Il n'en fait même pas un secret. La philosophie de Lohm est la suivante : « Ce monde produit plus de merde jour après jour. À un moment donné, elle doit forcément refaire surface. Mon boulot n'est pas de la faire disparaître. Mon boulot, c'est qu'elle ne fasse pas surface ici, mais ailleurs. Qu'elle ne fasse pas surface aujourd'hui, mais plus tard. Voilà ce que je fais. Je ne plante pas de petits pommiers. Je déplace de la merde d'un endroit à un autre, d'aujourd'hui à demain.

— Et si tu ne peux plus éviter que la merde revienne ici demain ? lui a demandé le secrétaire d'État un jour.

— Alors demain, je serai ailleurs. »

Ça, le secrétaire d'État en est incapable. Il partage le pessimisme de fond de Lohm, mais il déteste le rafistolage et tient pour une défaite d'en venir à de tels recours. C'est aussi ce qu'il admire chez Leubl, ce goût des grandes solutions, minutieuses, résolues, pour lesquelles cela vaut le coup d'organiser des majorités. Mais dans ce cas, il n'arrive pas à entrevoir de solution.

Il ne croit pas en ses collègues des Affaires étrangères. Pourquoi résoudraient-ils le problème ? Pour que, le lendemain, davantage de zozos de la téloche se précipitent dans n'importe quelle zone de crise, avec l'agréable sensation d'être protégés par les Affaires étrangères en cas de pépin ? Le seul espoir est la distance. La difficulté d'approvisionner et de coordonner cent cinquante mille personnes, des mois durant. Des années durant. Si l'affaire s'endort, tout se passera bien. Voilà ce qu'il déteste. Ne pas pouvoir planifier. Ni décider. Juste attendre. C'est ce qui lui coûte le plus. Ça, et de savoir que celui qui trouvera la bonne solution s'assurera un poste ministériel.

10 000 kilomètres pour l'amour

Nadège Hackenbusch et Lionel : la mégastar a pris une décision de cœur – désormais, la destinée de 150 000 êtres humains dépend de l'épanouissement de ce bonheur naissant

Par Astrid von Roëll

Nous connaissons tous le conte du vilain petit canard qui deviendra un cygne mourant. Mais cette fois-ci, tout est différent : le cygne ne meurt pas, et le canard n'est pas vilain. C'est plutôt l'histoire d'une jeune femme forte qui jette tout dans la balance par amour et conquiert ainsi les cœurs du monde entier. C'est l'histoire d'une femme qui se réinvente radicalement, qui vit enfin le rêve qu'aucune femme n'a jamais osé rêver. Nadège Hackenbusch réalise ce rêve : elle a quitté son mari pour accompagner son grand amour, celui qu'on ne rencontre qu'une seule fois dans la vie, dans son périple vers l'Europe. À pied et seule. Avec 150 000 réfugiés.

Dix mille kilomètres. C'est une marche pour le droit à une vie, une marche pour le droit à une étincelle d'espoir et… une marche pour le droit à un petit bonheur. Une marche pleine de dangers, à l'issue imprévisible. Cette inquiétude, cette incertitude sont difficiles à supporter.

Ce n'est plus la Nadège Hackenbusch qu'on connaissait. Quand je la retrouve, ses cheveux doux et longs sont noués en un chignon pratique. Ses longues jambes sont habillées d'un simple pantalon de trekking beige (Black Diamond), sa veste Mammut Softshell est ouverte, un modeste tee-shirt mérinos bleu souligne son allure sans prétention. Elle sent que mon regard étonné se pose sur ses mains sveltes et dit en riant : « Oui, je sais, pas de vernis. Il y a huit semaines, ç'aurait été impensable pour moi. Mais tout peut changer si vite dans la vie. Je veux dire : t'arrives à le croire, toi ? Moi-même, j'ai du mal à le croire ! »

Dans sa tête défilent les événements des derniers jours comme les images d'un film : à peine quarante-huit heures se sont écoulées depuis que Nadège Hackenbusch a annoncé dans son émission la séparation d'avec son mari de longue date, Nicolai von Kraken. Les rumeurs circulent, les gens pensent à voix haute, on dit que l'émission sera prolongée de quelques jours pour relater la crise des Hackenbusch. Mais le jour prévu pour le grand final de l'émission, Nadège Hackenbusch surprend avec une nouvelle annonce : elle révèle au public à bout de souffle qu'elle va rentrer en Allemagne – mais pas seule !

« C'était une décision spontanée, dit la star, une petite voix intérieure m'a soufflé que cela ne pouvait pas continuer ainsi. » Cette voix, peut-elle être une autre voix que celle du cœur ? Car la raison de leur séparation – les lectrices d'*Évangeline* s'en doutaient avant d'autres – est son surprenant nouveau compagnon, Lionel. L'homme qu'elle appelle « l'âme du camp », le philanthrope déterminé, le jeune Gandhi d'Afrique qui a captivé toute l'Allemagne avec sa sincérité et ses vérités rafraîchissantes. Si certains observateurs qui ne connaissent pas Nadège Hackenbusch y voient un petit flirt estival, c'est pourtant la rencontre avec un être humain très spécial, une rencontre qui répand des lumières magiques. Cet être humain spécial doit faire face à un destin spécial et particulièrement amer : l'infatigable sauveteur des démunis est un étranger venu d'un monde étranger à qui le chemin vers notre patrie demeure fermé.

« C'était une décision spontanée. »

On voit sur le visage de Nadège Hackenbusch que cette inflexibilité la travaille, la touche profondément. Une petite ride s'est formée entre ses yeux, une ride qui confère à son jeune visage une maturité inattendue, une maturité empreinte d'inquiétude et de colère. Elle montre

Lionel a regardé la faim en face

la rage d'une femme qui n'est pas une administration. Une femme qui veille toujours aux besoins des hommes, et pas seulement à leurs devoirs. « Je ne peux pas changer la loi des hommes, dit-elle courageusement, en glissant derrière son oreille une mèche de cheveux rebelle. Mais je peux lutter contre ses répercussions inhumaines. C'est ce que je fais aux côtés de Lionel. Il est l'homme dont ces êtres humains ont besoin plus que de toute autre chose. »

Elle ne prononce pas les mots, mais elle le dit clairement : ici, les moulins du droit pétrissent la farine d'un très, très grand amour. Car les êtres humains dans le camp ne sont pas les seuls à avoir besoin de ce beau et mince porteur d'espoir aux yeux énigmatiques et doux. La femme en Nadège Hackenbusch a elle aussi besoin de son optimisme, telle une fleur délicate. Et c'est touchant de voir Nadège Hackenbusch, une superstar dans tous les pays d'Europe, se dévouer ainsi, mettre de côté ses propres besoins et renier la femme derrière l'ange : tandis que les yeux du monde se focalisent sur la foule impressionnante qui entoure le jeune couple durant ce trajet périlleux, elle limite ses exigences. « Nous avons tant de choses à faire, nous nous voyons si peu », dit-elle, et seuls ceux qui la connaissent depuis longtemps peuvent entendre dans sa voix ferme un léger tremblement, révélateur de l'effort que cela lui demande d'être Nadège Hackenbusch ces jours-ci. Car même si les gens se fient entièrement à Lionel, rien ne fonctionne sans l'énergie qu'elle a à offrir.

Mais malgré toutes ces priorités évidentes, l'inquiétude qu'engendre cette épreuve constante nous oblige à risquer également un œil dans l'âme de Nadège Hackenbusch. Il est dangereux d'ignorer les émotions fortes et les sentiments profonds en cas de grand stress, et c'est pourquoi il est temps désormais, dans la chaleur poussiéreuse de l'Afrique, de poser la question qui émeut des millions d'Allemands :

Qu'en est-il de Nicolai von Kraken ?

« Je suis désolée pour Nicolai, dit Nadège à voix basse, tandis que de son avant-bras elle essuie la sueur de son front. Mais il savait que nous n'étions pas destinés l'un à l'autre pour l'éternité. Nicolai a besoin de quelqu'un d'autre, il est lui-même encore un enfant. C'est sûr, l'adoption, le fait de reconnaître mes fils, tout ça l'a fait grandir, mais ce que j'ai traversé ces derniers mois m'a fait faire un énorme bond en avant dans mon développement personnel et m'a éloignée de lui encore davantage. La comparaison s'impose : Lionel est un homme qui a regardé la faim en face, qui a vécu sur ce continent. L'Afrique est magnifique et cruelle, avec des tigres et des serpents venimeux. »

Et qu'adviendra-t-il de ses fils ?

Keel, pour qui les vols à l'étalage étaient enfin de l'histoire ancienne ? Mynce, qui affronte justement l'importante étape du passage au lycée privé de St-Zwerenz ? Ses deux enfants n'ont-ils pas besoin d'elle ? Nadège Hackenbusch peine à cacher son émotion, toute maternelle. Elle a du mal à répondre. C'est un de ces moments rares dans la vie où même les devoirs et l'amour d'une mère doivent passer au second plan. Car Nadège Hackenbusch sait qu'aucun ange ne peut aider sans le pouvoir de l'amour. Et 150 000 personnes ne choisiront pas le bon chemin si elle et Lionel ne réussissent pas à se trouver durablement.

Une rencontre qui répand des lumières magiques

Cette fois-ci, ce n'est pas juste l'amour. C'est l'amour le plus important du monde.

22

IL FAUT S'OCCUPER de tout. Mahmoud ne gère rien. Il pensait pouvoir lui faire confiance et l'a chargé du contrôle de l'eau et de la nourriture. Mahmoud doit simplement vérifier que tous payent et que l'eau est bien potable et la nourriture, comestible. Et il doit coordonner les gens qui l'aident. Tout est allé si vite. Bien sûr qu'il aurait pu piger quand Mahmoud lui a demandé : « Tu me fais amiral de l'eau et de la nourriture ? » Mais il était soulagé de ne plus avoir à se soucier de tout ça. Et à vrai dire, qui aurait-il pu prendre ? Il a sollicité tous ses contacts, au complet, il a juste laissé de côté les plus grands idiots. Et on peut dire beaucoup de choses sur Mahmoud, mais il n'est pas bête. Qui peut savoir ce qui soudain fait perdre la tête à un homme : ça peut être une femme ou l'argent ou, comme dans le cas de Mahmoud, un statut. C'est pourquoi en vérité il ne s'est débarrassé de rien, car Mahmoud passe de plus en plus de temps à réfléchir aux insignes qu'il devrait se fabriquer. Il s'est procuré une vieille casquette de capitaine, Dieu sait d'où il la sort, et la même question se pose au sujet des épaulettes qu'il a cousues sur son tee-shirt.

D'ailleurs, c'est quoi, ce titre débile : « Amiral pour la nourriture et l'eau » ? Et pourquoi « amiral » ? Mahmoud n'a jamais été dans la marine. Il nagerait uniquement si on le fourrait dans un crocodile.

Donc c'est de nouveau lui qui se coltine tout. Il peut s'estimer heureux qu'au moins la hiérarchie fonctionne à peu près. Quelqu'un qui a travaillé avec des passeurs sait comment établir les priorités ou comment s'y prendre avec les mauvais payeurs. Mais autrement, on ne peut pas exiger grand-chose. Il a réussi à grand-peine à placer près de chaque camion une ou deux personnes qu'il connaît et dont le travail est à peu près fiable. Quand quelque chose ne fonctionne pas, elles le préviennent. Alors Malaika lui prête une de ses voitures roses, afin qu'il puisse atteindre rapidement le tronçon du cortège en question. Parfois il lui faut trente minutes pour y arriver, et ces trente minutes souvent sans réseau téléphonique sont encore les moments durant lesquels il parvient le mieux à dormir.

« Nous sommes arrivés !

— Hein ?

— Camion 29 ! »

Lionel passe sa main humide sur ses yeux. Après il se sent un peu plus frais, comme si un chien lui avait léché le visage. Il s'efforce d'ouvrir ses paupières bouffies et descend. Il regarde autour de lui. Ils ont entouré la voiture, ils lui font des sourires radieux, les enfants rient et jubilent comme s'il allait désormais les porter. Parfois il comprend d'où Malaika tire son énergie, cette énergie inépuisable, cette énergie épouvantable. C'est incroyable, le travail qu'elle fournit. Même si ce n'est pas la même chose de se balader constamment telle une bonne fée, d'offrir de l'eau ou des médicaments ou ces machins capricieux avec lesquels les femmes européennes harnachent apparemment leurs seins comme si c'étaient les bœufs devant une charrue, et d'être responsable de toutes les autres merdes.

Il pose le pied sous l'aile de la roue avant. Gémissant comme un vieil homme, il se redresse pour avoir une vue d'ensemble. Derrière les enfants, Orma lui fait des signes en se frayant un chemin vers lui à travers la foule.

« Ils veulent te parler.

— Oh merde ! Je t'avais dit de les envoyer balader ! C'est tout le temps la même chose.

— Non, ils disent que cette fois, ce n'est pas pareil !

— Et tu les as crus ? Orma, franchement ! C'est la plus vieille combine du monde ! »

Trois silhouettes s'approchent. Une montagne d'homme, fin de la trentaine, un type à lunettes et une femme dont on devine tout de suite qu'elle a une voix insupportable. La montagne essaye de dire quelque chose, mais la femme le pousse.

« Pour quoi on paye cinq dollars ? »

Bien sûr. Toujours la même chose. La seule chose qui change est le ton. La femme parle beaucoup plus vite que d'autres. Et d'une voix plus aiguë. Beaucoup plus aiguë. Parfois les enfants poussent des cris particulièrement aigus en jouant, mais cette femme les surpasse tous. Il ne savait pas qu'il était possible d'atteindre une fréquence si élevée.

« L'eau ne suffit pas !

— L'eau doit suffire, soupire Lionel. Et elle suffit !

— On n'a pas seulement soif ! On doit aussi se laver ! »

Cette voix ! Comme si on s'enfonçait une aiguille rouillée dans l'oreille. Pour ensuite la faire tourner. Heureusement, il est délivré par son portable.

« Hé, que fait mon marcheur préféré ? Comment va la vie ? »

C'est surprenant que Mojo ne l'appelle que maintenant.

« Pas bien.

— Normal ! C'est juste avant le sommet que les jambes sont les plus lourdes.

— Il faut qu'on parle.

— Pas vraiment. Les histoires de marcheurs sont les plus ennuyeuses du monde. Soit ça monte trop, soit ça descend trop, ou alors quelqu'un se perd. À moins que le marcheur meure, elles n'ont aucun intérêt, mais toi, tu peux encore téléphoner. Et moi, j'ai les dix saisons d'"Alerte à Malibu" à regarder. Tu connais "Alerte à Malibu" ? Un classique ! Alors trêve de bavardages : où est mon fric ?

— Je ne l'ai pas ! »

La femme qui crie le regarde, pleine d'espoir. Il ne la regarde pas, il fixe la poussière, le sable et l'immense néant.

« Pardon, il y a un problème sur la ligne. Il m'a semblé entendre que tu dis ne pas l'avoir.

— Je ne l'ai pas. »

Mojo rit.

« Tu es drôle. Mais tu es venu dans mon bureau. Tu as vu ma télé. Tu t'es peut-être dit : ce Mojo fait partie de ceux qui s'achètent de grosses télés pour impressionner je ne sais quels négros stupides. Mais tu as tort. Ce n'est pas moi, ça.

— Je...

— Pardon, je n'ai pas fini. J'achète de grosses télés parce que j'aime regarder la télé. Je ne veux pas non plus une image gonflée à outrance, je veux de la HD. Je ne veux pas voir les nichons de Pamela Anderson se transformer en petits carrés. Je veux des nichons ultranets, si je touche l'écran, je veux que Pamela Anderson couine de plaisir. C'est pour ça que j'ai toutes les saisons en Blu-Ray.

— Mais...

— Mais elles n'existent pas encore en Blu-Ray, tu veux dire ? Attends, tu es sûr de ça ?

— Je ne sais pas...

— Moi non plus. Tu veux que je demande à Bandele ?

— C'est...

— Bandele ! Est-ce que "Alerte à Malibu" est déjà paru en Blu-Ray ? » Mojo glousse. « J'ai hâte de savoir. »

Puis il rit de nouveau.

« Tu devrais voir comment le négro se creuse la tête. Bandele, t'es vraiment OK. Tu es un idiot, mais tu es OK. Quant à ce type ici, notre baiseur de chatte télévisuelle, ce n'est pas un idiot. C'est un gars futé. Tu entends ?

— Quoi ? » Lionel tente de ne pas donner l'impression d'être énervé, mais il est incroyablement fatigué.

« Est-ce que tu entends ce que je dis ?

— Oui. Bien sûr.

— Je dis que tu es un gars futé. Alors tu penses : Mojo se fout de ma gueule, je sais très bien que toutes les saisons d'"Alerte à Malibu" ne sont sorties qu'en DVD. Et je te confirme que tu as raison. Mais en même temps, tu as tort. Là, devant moi, j'ai toute l'édition d'"Alerte à Malibu" en Blu-Ray. Une fabrication spéciale. Je connais un type qui fait ça pour moi. Et ce n'est pas juste un truc gratos, bidouillé sur ordi, il fait ça dans un vrai studio américain. Je suis un aficionado. Sais-tu ce que ça veut dire ?

— Je peux l'imaginer. »

Mojo marque un temps d'arrêt. « Vraiment ?

— Eh bien, j'imagine qu'il ne s'agit pas seulement de transformer les scènes de nichons, mais tout le reste aussi, générique inclus. Alors c'est encore beaucoup plus cher, et tu veux que j'aie peur, parce que tu peux dépenser une fortune pour "Alerte à Malibu". Mais ça ne te servira à rien que j'aie peur. J'ai constamment peur. Le problème n'est pas que je n'ai pas suffisamment peur. Le problème est que nous avons un problème.

— Tiens, tiens ! Le client est mécontent. Puis-je enregistrer votre réclamation ? Vous faisiez-vous une autre idée de notre produit ? »

Il doit bien l'avouer : au début, il n'en avait pas de réelle idée. Et il est stupéfait que jusqu'ici tout ait fonctionné. Il ne peut pas dire qu'il n'y a pas cru, mais en vérité la question ne s'est pas posée comme ça. Il a juste vu sa chance d'atteindre l'Europe, l'Allemagne, exploser en mille morceaux sous ses yeux, et il a saisi le seul plan d'urgence à portée de main. Et si les perspectives de réussite avaient été deux fois moins bonnes, il l'aurait tenté quand même, parce que tout était mieux que la certitude absolue de terminer sa vie sur ce continent complètement foutu. Pourtant il avait eu peur dès le début. Surtout de la déception.

Le premier jour, sa plus grande crainte avait été l'arrivée. Le moment où il atteindrait le but et ne trouverait rien de ce que Mojo lui avait promis. Il s'était tout imaginé. Comment il poursuivrait alors sa route, comment il s'exhorterait à la patience, comment il se dirait que tout ça était difficile à accomplir, que les choses dont il avait besoin arriveraient à temps. Il s'était aussi imaginé le coup de grâce, quand il se rendrait compte que l'eau de Mojo n'arrivait pas, qu'elle n'arriverait jamais, que Mojo l'avait laissé tomber ou l'avait trompé ou les deux.

Et puis il y avait eu ce camion.

Un Zil tout cabossé de Russie, des années cinquante ou soixante, mais en état de marche. Et pas qu'un seul. Mojo les avait tous trouvés. Comme annoncé. Un kilomètre plus loin, le deuxième attendait. Et le suivant encore un kilomètre plus loin.

« Les camions ne sont pas là ?

— Si.

— Ils ne te plaisent pas, peut-être ? demande Mojo sur un ton sarcastique. Tu préfères Scania ? Ou MAN ? »

C'est vrai, Mojo travaille avec des épaves russes, indiennes, chinoises. Mais personne ne s'était attendu à autre chose. Mojo doit prendre tout ce qui possède des roues, même des semi-remorques ou des pick-up, à condition qu'ils soient assez grands. Tout ce qui n'est pas un camion-citerne est chargé de tonneaux en plastique, et ils ne doivent pas être faciles à dégoter si on en juge par l'arrière-goût de peinture ou de carburant qu'a parfois l'eau. Trouver des denrées alimentaires est encore plus compliqué.

Que procure-t-on à cent cinquante mille personnes ? Qui ont tout au plus emporté des récipients ? L'approvisionnement habituel du camp, la farine, le sucre et l'huile, ne sert à rien, parce que ces gens n'ont ni le temps ni l'équipement pour préparer leur purée de céréales. Certains Blancs dingues de sport consomment des concentrés alimentaires assez pratiques, mais Mojo aurait d'abord dû goupiller un moyen de livraison, et les voler parce que ces trucs sont beaucoup trop chers. Pour démarrer, il ne restait donc plus que les glucides et les matières grasses facilement portionnables : des pains, des galettes, des noisettes et des fruits secs. Les premiers jours, Mojo avait dû piller plusieurs boulangeries industrielles. Enfin, pas entièrement ; comme il était dépendant d'elles, il leur avait donné de l'argent et s'était montré très persuasif pour que pratiquement tous les autres clients passent au second plan. Et pourtant il était difficile d'assurer un approvisionnement continuel. Et ce n'est pas le principal problème.

« Je me fous des camions que tu utilises ; le problème, c'est toi. »

À l'autre bout de la ligne, c'est le silence.

« Mojo ? »

On n'entend rien.

« Mojo ? Allô ? »

Puis Mojo dit très lentement : « C'était *quoi*, ça ?

— Je n'ai pas l'argent. Et la raison, c'est toi.

— C'est quoi, ce cirque ? Je ressemble à un service de réclamation peut-être ?

— Tu empêches qu'on puisse te payer. Nous ne pouvons pas te sortir l'argent de la caisse si tu cloues le couvercle ! Il nous faut du courant.

— Vous *avez* du courant !

— Pas suffisamment. Ça ne sert à rien si mon smartphone est le seul à fonctionner. Chacun doit payer sa cotisation, et pour ça chacun a besoin d'un téléphone !

— Vous êtes cent cinquante mille. Tu crois qu'au milieu du désert chacun a droit à sa propre prise électrique, ou quoi ?

— Je ne peux pas te le dire autrement, si tu veux ton argent, tu dois t'en occuper. Il ne faut pas forcément du réseau pour chaque téléphone chaque jour, mais un jour sur deux. Peut-être que les familles peuvent s'en sortir avec un seul téléphone, peut-être que certains peuvent le partager, mais tout compte fait on a besoin de recharger trente mille téléphones, au bas mot. Et de générateurs qui tiennent le coup. Et de réseau. »

La ligne reste silencieuse.

« Allô ? Tu comprends ce que je dis ? Si tu ne t'occupes pas de l'électricité, personne ne te donnera ton argent pour "Alerte à Malibu". Simplement parce que ce n'est pas possible. Peu importe à quel point j'ai la trouille. »

La ligne est toujours muette.

« Je ne veux pas t'énerver, mec. Je sais que je ne contrôle rien. Je sais que tu peux me dire à tout moment : je n'ai pas mon argent, j'arrête les livraisons. Mais dans ce cas, on crève et point barre. Mais tu es le mieux placé pour savoir ce que tu pourrais empocher chaque jour, dix mille dollars, cinquante mille dollars. Il ne me sert à rien, ton fric, mais à toi, oui, et c'est exactement la somme qui va te filer entre les pattes chaque jour si tu ne gères pas cette histoire d'électricité. »

Ça reste silencieux, mais un bruissement vient prouver que Mojo est encore en ligne.

« Et c'est pareil pour l'eau et la nourriture. Celui qui ne boit pas aujourd'hui ne peut pas payer demain. Plus nous sommes nombreux à nous en sortir, plus la somme qui atterrit chez toi augmente.

— *Si* vous vous en sortez, dit Mojo, têtu.

— Si nous ne réussissons pas, plus personne ne songera à se mettre en route. Et à chaque cortège qui ne part pas, tu perdras à nouveau de l'argent. Chaque jour. Tu peux te baigner dans ton argent, mec, mais nous avons besoin d'électricité.

— Hé, marcheur vedette, fais gaffe à ta façon de me parler !

— Je ne pense pas être ton marcheur vedette », dit Lionel. Il parle aussi calmement et fermement que possible. « Je suis ton partenaire. Je suis le type qui fait de toi un homme riche. Si tu nous procures de l'électricité ! »

Silence à l'autre bout de la ligne. Puis la connexion s'interrompt.

Lionel fourre le portable dans sa poche. Une erreur impardonnable. La femme se plante devant lui. Et tandis qu'elle lui hurle dessus, crachant tout l'air de ses poumons pendant vingt minutes, Lionel espère comme un jeune amoureux que Mojo le rappelle.

23

C'EST SCANDALEUX.

Même si Astrid von Roëll doit bien admettre que c'est aussi « sensass », ça reste tout de même scandaleux.

En plus, il leur faut de la vidéo !

Comme si elle était une machine à pondre des actualités. Les doigts d'Astrid von Roëll sont déjà tout écorchés à cause de ce blog stupide. En tout cas, c'est l'impression qu'elle a et au fond c'est la même chose. Cent lignes par jour, lui avait-on dit, et c'était déjà de la folie. Il y a à peine trois mois, elle écrivait cent lignes en une semaine, mais ces cent lignes-là, eh bien, mon vieux, c'était presque de la littérature. Le chef du service de correction lui disait toujours : « Astrid, ma chérie, avec tes textes, je n'ai pas besoin de changer quoi que ce soit. Si tout le monde était comme toi, je pourrais prendre ma retraite. »

Aujourd'hui, elle pisse des textes à la chaîne, comme autrefois les femmes dans les usines, pendant la Seconde Guerre mondiale ou un truc comme ça. Pas étonnant qu'elles aient lutté pour le droit de vote et la fête des Mères. Et cent lignes, tu parles : ça n'en est bien sûr pas resté à cent lignes, après il y a eu les sous-titres pour les séries photo, une ou deux lignes à chaque fois. Ça fait déjà cent vingt. Parfois elle a l'impression d'être à deux doigts du burn-out. Il lui faut économiser ses forces : cette camelote pour Internet, elle ne la relit pas. Elle écrit d'une traite, et c'est parti avec cette merde. Sur leurs portables dans le métro, dans le train ou sur l'autoroute, les gens ne lisent pas attentivement de toute façon, alors pourquoi se donner le mal de bien écrire ? Pour les textes imprimés, elle se donne du mal, là, ça compte : qualité de roman, standard littéraire, et même si ça lui en coûte avec tout ce stress, elle a quand même sa fierté. Mais elle commence à ne plus savoir comment assumer ses responsabilités. Et depuis deux semaines ils veulent en plus des vidéos.

« Et puis quoi, encore ? »

Et l'andouille de vice-président :

« Pour le moment, ce n'est qu'une tentative.

— Comment ça, une tentative ?

— Nous avons de l'avance sur les autres, c'est un avantage inappréciable, et notamment grâce à vous. *Gala*, *Bunte*, ils essayent tous de nous rattraper, par tous les moyens...

— Qu'ils essayent ! Avec qui veulent-ils faire ça ? Seelow ?

— Oui, bien sûr, ils n'ont pas la qualité, mais ils essayent de compenser par la quantité. Plus de photos, plus de textes...

— Et je dois m'en occuper seule ??

— Eh bien, une petite vidéo, ce n'est pas grand-chose.

— Je ne sais pas faire ça. »

Ça lui avait échappé. En tant que femme, il ne faut jamais s'afficher comme une nunuche de la technique, il n'y a rien que les femmes ne puissent faire aussi bien que les hommes. Sauf que là, c'était vrai. Alors ils lui ont promptement envoyé Kay.

Et d'une certaine façon, Kay est pas mal. Dans ce qu'elle fait, à sa manière. Ce n'est pas du journalisme, bien sûr, mais quand même. Kay s'est attachée sur le toit du minivan, c'est tout de même courageux. Elle est assise sur le toit en pantalon cargo, une chemise militaire couleur sable sous la veste sans manches, comme ne la portent habituellement que les mecs, avec plein de petites poches pour des outils et des accessoires. Elle tient la caméra et zoome sur le pick-up aux zébrures roses alors qu'ils roulent à pleine vitesse à travers le désert poussiéreux. Astrid von Roëll regarde le résultat sur un moniteur de contrôle, qu'elle a soutiré de haute lutte au vice-président.

Kay a Nadège Hackenbusch en pleine mire. Nadège est debout à l'arrière du pick-up et se retient à la cabine. Ses longs cheveux flottent au vent, elle porte une chemise à carreaux qu'elle a nouée à la taille. Derrière Nadège se déploie l'infini fleuve de réfugiés, certains agitent la main vers elle et elle leur répond, radieuse.

« *Go !* lance-t-elle en serrant le poing étonnamment fort. *Go !* »

Ses yeux sont masqués par une paire de lunettes de désert incroyablement cool, le visage, le cou, les avant-bras dénudés sont bronzés, et Nadège semble si confiante, si enthousiaste que ça en devient contagieux, comme si elle voyait déjà la frontière allemande. Celui qui l'observe tiendrait pour complètement aberrant que cette marche puisse mal se terminer. Astrid von Roëll entend Kay frapper doucement sur le toit, le van accélère et double, puis elle filme Nadège par-devant. On voit Nadège dans le vent, et derrière elle un nuage de fumée qui monte, une image de liberté, de courage, Jeanne d'Arc n'a pas pu être plus exaltante. Extraordinaire, elle est simplement extraordinaire. Si ce n'est pas malheureux que des millions de gens voient ça seulement sur l'écran de leurs minuscules smartphones. Ça aurait sa place sur un grand écran.

Nadège a vu quelque chose. Elle tambourine sur la cabine du conducteur de son petit poing. C'est dingue. Elle n'a rien d'une fille. Nadège se penche en avant à pleine vitesse, elle se retient au rétroviseur, Kay filme tout, Nadège hurle quelque chose au conducteur, c'est tellement beau, comme un capitaine dans la tempête, l'eau qui lui gicle au visage, le vent qui mugit, mais ça lui est complètement égal, et il crie à son barreur… eh bien, ces choses qu'ils ont l'habitude de crier lors d'une tempête, parce que ce sont des vrais mecs. Et à ce moment Nadège Hackenbusch ressemble pile à ça. Pi-le. Puis elle se redresse. Le pick-up ralentit, déboîte vers le cortège des réfugiés, et Kay capte l'intégralité du mouvement : Nadège Hackenbusch en mission de sauvetage, le pick-up se jette à tout-va vers la nuée de réfugiés comme un requin secourable.

Ils s'arrêtent à côté d'une famille, un homme, une femme, trois enfants. Leur grande bouteille d'eau est fissurée. Nadège saute de la plateforme, un mélange d'ouvrier, de pompier et de top-modèle. Avec décontraction, elle ôte ses lunettes de protection, ses yeux chaleureux rayonnent dans son visage poussiéreux. Elle attrape deux bouteilles d'eau sur le pick-up et les passe à la famille. C'est là qu'on voit la différence, un homme leur aurait sûrement jeté de l'eau en passant, en continuant de rouler.

« *That suffies for today*, dit-elle. *Go, go !* » Elle s'apprête à remonter sur la surface de chargement, lorsque son téléphone sonne. Elle regarde son écran et leur fait signe, les mains grandes ouvertes : il faut faire une pause. Elle se détourne un peu et dit :

« Oui ?... Je t'entends bien... Je suis assez près du camion de la chaîne, mais ça risque de changer si je m'éloigne. Vous en êtes où ? »

Astrid von Roëll descend. La chaleur la frappe comme un coup de marteau, mais tout est mieux que de rester assise plus longtemps. Elle contourne la voiture pour se mettre à l'ombre.

« Oui, fait Nadège Hackenbusch, oui. Ah bon. Oui oui. Ouiouioui, vous allez réussir. Mais la vraie question est de savoir comment on l'appelle ! »

Kay descend du toit de la voiture et s'assoit à côté d'Astrid à l'ombre du véhicule. Elle se relève aussitôt, parce que le sable est brûlant, elle va chercher un petit matelas dans la voiture et y pose ses fesses. Elle donne un petit coup sur la jambe d'Astrid von Roëll, mais celle-ci n'a pas envie de s'asseoir.

« Pardon, mais c'est quoi, ce nom de merde ? »

Astrid von Roëll observe Nadège par-dessus le toit de la voiture, cette dernière lui jette un regard et lève les yeux au ciel. Astrid fait un geste qui veut dire « qu'est-ce qu'on peut y faire ». Elle ne sait pas de quoi il s'agit, mais de toute évidence Nadège a besoin de son soutien.

« Ça marche pour des histoires de cancer, mais vous n'avez qu'à écouter vous-même : fondation Hackenbusch. Ça sonne horriblement… souffrant. »

Nadège regarde Astrid et frappe son index contre sa tempe.

« Oui, bien sûr, il s'agit de souffrance et tout, mais on ne peut pas prendre un nom qui fasse penser : malade et misérable. Les gens ici sont pauvres, mais pas malades. En tout cas pas assez pour être contagieux. On peut les toucher sans problème. Ce n'est pas du tout comme le cancer. »

Maintenant Nadège fait une mine à la « c'est vrai, non ? » et Astrid essaye de l'imiter pour confirmer que c'est exactement ça, mais en son for intérieur elle songe que ça vaudrait tout de même le coup d'effectuer quelques recherches sur Google plus tard.

« Naaan, on peut sonner sérieux sans que ça paraisse merdique. Terminé. Qu'avez-vous d'autre ? Children for the Future. Hmm. Attends. Children for the Future ? »

Astrid von Roëll est embarrassée. Doit-elle donner son avis ou pas ? Children for the Future ne sonne pas si faux en fait, mais qui sait si elle est à même de…

« Ah oui, celle-là. Intéressant. Mais on voit tout de suite l'erreur : il faut toujours dire qui est derrière. Je ne saurais pas que c'est Steffi Graf si tu ne l'avais pas précisé… Alors tu vois. »

Incroyable, tout ce qu'il faut prendre en compte, se dit Astrid von Roëll. Elle s'est sûrement laissé éconduire bien trop vite pour cette histoire de vidéo. Elle est mentionnée comme réalisatrice. Mais elle aurait pu en tirer plus.

« Oui, oui, des humains pour des humains, c'est logique. Ce Böhm, à sa place je m'en ficherais pas mal aussi, plus personne ne le connaît. Quand est-ce qu'il a tourné un truc la dernière fois ? »

Astrid von Roëll passe le tranchant de sa main le long de sa gorge, pour ce qui touche à Sissi, elle s'y connaît, mais Nadège pose la main sur le téléphone et lance entre ses dents : « Tu es folle ou quoi, Assi ? C'est important. Ça prend le temps que ça prend ! »

Astrid von Roëll veut la calmer avec d'autres gestes, mais Nadège ne voit déjà plus rien, elle s'est détournée d'un air indigné. Difficile de dire qui la met le plus en colère.

Kay prend deux bouteilles d'eau et en passe une à Astrid von Roëll. Elle ouvre la sienne, laisse couler la moitié du contenu dans sa bouche et se verse le reste sur la tête. Astrid veut prendre une gorgée, lorsqu'elle entend un claquement de doigts, qui se fait de plus en plus fort.

« Ah, c'est très différent. Tu sais comment ça sonne ? Comme ce truc de Bill Gates. »

Nadège tend sa main libre et Astrid lui passe précipitamment la bouteille d'eau.

« Merci. Naaan. Pourquoi Hackenbusch Foundation ? Ça pourrait être n'importe qui... Tous ceux qui s'appellent Hackenbusch... *Nadège* Hackenbusch Foundation. Note ça ! Tu l'as ? Bien. Et qu'est-ce qu'on ajoute... ? Oui, tu t'es dit que c'était tout ? Il faut ajouter quelque chose ! »

Elle pose de nouveau la main sur le téléphone. « Maintenant, elle va nous ressortir cette histoire de moins-c'est-plus », dit-elle en souriant. Astrid se réjouit et lui sourit en retour.

« Oui, bien sûr qu'il manque quelque chose ! À mon prochain passage à New York, je ne veux pas me retrouver plantée là avec tout le monde qui dit : Aha, *interesting*, Nadège Hackenbusch Foundation – alors qu'en fait ils se demandent : *a Foundation, mais for what* ? Non je t'assure, il faut vraiment penser à tout. »

Nadège prend une gorgée d'eau et en fait couler un peu sur ses poignets et au creux de ses bras.

« Et ne me parle plus d'humains ou je ne sais quoi qui sonne tarte à la crème des années soixante. Il faut ajouter quelque chose comme, comment dit-on... Astrid, comment on appelle ces trucs où tout le monde fait des dons ?

— Crowdfunding ? tente Astrid von Roëll.

— Exactement, Croûtefonding. Mais il faut qu'on comprenne que ce n'est pas une croûte qui fonde tout ça, mais moi… People ? Je ne sais pas. Nadège Hackenbusch Foundation for People… pas mal, mais d'un autre côté pas vraiment. Ne faudrait-il pas dire "*for the people*" ?… Pourquoi la Corée du Nord ? »

Cette fois-ci Astrid von Roëll se tait. Nadège Hackenbusch prend une longue gorgée d'eau, puis elle lui passe nonchalamment la bouteille pour qu'elle la ferme.

« *Humanity ?* Nan, surtout pas, franchement, il faut toujours que vous exagériez, vous en remettez des couches jusqu'à ce que ce soit vraiment merdique. L'humanité, c'est trop. Je suis qui, après tout ? Oui, je suis Nadège Hackenbusch, mais toute l'humanité… Je peux seulement me charger de destins individuels… des humains tout simplement. Ou bien quelques-uns parfois, mais l'humanité, ça fait cinq milliards ! Non, on en reste à Nadège Hackenbusch Foundation for the Humans. On envoie ça tel quel, fin de la discussion. Madeleine n'a qu'à passer chez Strahlemann&Bullwinkel cet après-midi pour qu'ils nous fassent un joli logo d'ici demain, et ça ira comme sur des roulettes. On n'a pas l'éternité. Et je veux une présence à Berlin, à Hambourg et à Düsseldorf. Ne soyez pas avares, l'argent n'entre que si on y met de l'argent. *Over and out !* »

Elle laisse glisser le portable dans la poche arrière de son pantalon et affiche un large sourire. Astrid von Roëll la regarde d'un air interrogateur.

« J'ai décidé de créer cette fondation. Pour les dons. Pour que les gens voient que c'est du sérieux. Et ils se comportent comme les derniers pleurnichards ! Tu l'as entendu. Maintenant au moins, on a un nom, c'est bien, non ? Et sinon ? Vous avez vos images ? Parce que moi, je dois encore aller sauver quelques personnes ! »

Elle grimpe sur le pick-up avec une étonnante souplesse. Elle remet ses lunettes antipoussière, se penche nonchalamment vers le conducteur, frappe sur la tôle et dit : « *Let's roll !* »

24

Mojo le Bleu fait glisser la pointe de son index le long de son nez, au bas de l'aile du nez, de l'arrière vers la pointe. Puis il répète le geste, avec moins de pression. Le nez ne doit pas s'enfoncer. Il faut que ça aille plus lentement. Pas comme si on voulait gratter une allumette. Ou si ?

Mojo attrape la télécommande. Il rembobine la vidéo, la relance. Il s'est trompé, en fait c'est plus rapide, aussi rapide que pour gratter une allumette, mais sans aucune pression. On ne glisse pas jusqu'au bout, c'est un mélange de « glisser » et de « tapoter » : trop long pour un tapotement, trop court pour un glissement. L'index n'est pas tendu, il est relâché, légèrement courbé et, bien sûr, interdit de le fixer : il ne faut pas lâcher son vis-à-vis des yeux. Mojo appuie sur pause. Il prend son portable, passe en fonction caméra et en mode selfie. Il essaye différentes variantes avec l'index, puis il les vérifie.

« Bandele ! »

Depuis le siège passager, Bandele se tourne vers l'arrière.

« Il me faut un plus grand écran ici. Occupe-toi de ça ! » Son index touche légèrement l'aile de son nez, puis le bout, le doigt va de l'avant, comme sur un tremplin, avant de pointer Bandele pour une fraction de seconde. Bandele hoche la tête et regarde de nouveau devant lui. Mojo se laisse glisser dans son fauteuil, content. Super geste. Mieux que le reste du film. Le boss qui a inventé ce geste a de drôles de cheveux et il danse trop, mais ce geste est top. Il est sûrement obligé de danser autant, parce que c'est un Blanc et qu'il commande tout un tas de Noirs et de Latinos.

Il doit leur montrer qu'il est assez noir pour être leur boss, qu'il sait bouger, et pour un Blanc il bouge bien. Mais Mojo n'est pas obligé de danser. Un chef doit se démarquer de ses employés. Ils doivent l'admirer. Il faut qu'ils veuillent être comme lui. Et comment cela pourrait-il marcher s'il ne se différencie pas d'eux ? Quand on veut guider des hommes, on doit leur donner des buts et pas leur faire croire qu'ils y sont déjà arrivés.

Par ailleurs, il faut aussi éviter de se laisser descendre.

Mojo ouvre une bouteille d'eau dans un craquement et prend une gorgée. Il ne crèvera pas parmi les tomates comme le Parrain. Pas lui. Il ne se fera pas non plus flinguer. Il va simplement voir venir. Ce n'est pas parce que tout le monde finit tôt ou tard par faire une erreur que lui aussi va en faire une. Mais en même temps, rien ne dit qu'il vivra vieux.

La voiture ralentit. Ils longent une file de camions, puis la voiture s'arrête. Bandele vient lui ouvrir la portière. Mojo met ses lunettes de soleil et descend. Les gars ont déjà sauté du van. Deux sécurisent les environs, mais comme il n'y a rien de particulier, ils épaulent nonchalamment les AK-47. Derrière la voiture de Mojo s'est arrêtée une camionnette. Les portières s'ouvrent, cinq hommes en descendent.

« Allons-y », dit Mojo.

Bandele fait signe aux cinq hommes. Deux sont affublés de casquettes de baseball. Mojo part devant, Bandele lui emboîte le pas et les cinq hommes les suivent. Mojo passe à côté des camions-citernes, une bonne sensation. Au départ, il s'était inquiété, mais rien que cette armada de camions vaut l'investissement. Son armada. Savoir que c'est possible est une chose, mais le voir se produire, c'est vraiment dingue. Il passe comme s'il paradait. Mais il ne montre aucune fierté, ce serait puéril. Il joue l'évidence.

Ses camions. Son armada.

Ils se dirigent vers le camion numéro 34, devant lequel un grand nombre d'hommes se sont agglutinés. Ils s'écartent un peu, d'abord devant les gars, puis devant Mojo. Mojo regarde l'assemblée en silence. Bandele finit par dire : « Bon, écoutez-moi : voilà cinq nouveaux conducteurs. Quelqu'un doit leur expliquer comment tourne la boutique. Des volontaires ? Peu importe ! À qui est ce camion ? À qui est le 34 ? »

Une main se lève. Un échalas en maillot de foot brésilien.

« OK, Pelé, reprend Bandele, dis-leur.

— Je ne sais pas... » Pelé est confus. « Par où... par où commencer ?

— On s'en fout. Commence, tout simplement !

— Bon, d'accord. En fait, ce n'est pas bien compliqué...

— Vous entendez ? hurle Bandele aux cinq hommes. Ce n'est pas compliqué. Alors ouvrez vos oreilles !

— Pour l'essentiel... vous mettez de l'eau dans le camion. Quelqu'un vous dit où se trouve le point d'eau, parce que ce n'est pas toujours le même. Ensuite vous y allez. Pas besoin de trouver par vous-même, les plus anciens savent par où passer et vous n'avez qu'à les suivre. Pareil pour le retour. Après, on vous dit où est votre emplacement et quel numéro vous devez peindre dessus. Si vous avez des soucis avec les chiffres, ce n'est pas grave. On a déjà eu le cas, depuis tout le monde reçoit une photo avec le numéro sur son portable, comme ça on peut les recopier.

— Et quoi d'autre ? lui rappelle Bandele.

— Ah oui, c'est vrai. Vous êtes aussi responsable des générateurs et des points de rechargement. Le générateur doit être plein. Quand vous avez atteint votre emplacement, vous disposez les prises pour les téléphones. Ça demande du boulot de sortir tous les câbles et les prises.

— C'est une réclamation ? demande Bandele.

— Non, non, se dépêche de répondre Pelé, je ne me plains pas, c'est faisable, et on peut toujours demander à un des mômes, avec trois ou quatre assistants, c'est facile. Il faut attendre que tous les câbles soient posés pour allumer le générateur.

— Quel réseau ?

— Je ne sais pas. Dans mon camion, il n'y a que l'eau et l'électricité. Je n'ai pas les renseignements sur le réseau et la façon de se connecter. Seul un camion sur cinq ou six peut donner ces infos.

— Et les règles !

— Bien sûr, les règles : il ne faut pas juste remplir le camion, mais aussi nettoyer la citerne. Et l'électricité est aussi importante que l'eau.

— Et la distribution ?

— Nous ne donnons rien aux gens, les marcheurs s'occupent eux-mêmes de la distribution.

— Des exceptions ?

— Aucune. »

Bandele fait un pas de côté. Apparemment, il n'a plus de questions.

« Eh bien, tu vois, dit Mojo, c'est bien. Rien de sorcier. N'importe quel idiot peut faire ça. » Il fait un signe de tête à Pelé, et Pelé rejoint les autres d'un air soulagé.

« N'importe quel idiot, répète Mojo. Mais personne ici n'est payé comme un idiot, si ? » Il fait un pas vers eux, tandis qu'ils sourient jusqu'aux dents. « Toi, là, chasseur de fantômes, tu gagnes combien ?

— Deux cent cinquante dollars par semaine, répond un homme vigoureux avec un tee-shirt des Ghostbusters.

— Et toi ?

— Deux cent cinquante dollars la semaine. » Un garçon, à peine vingt ans, torse nu.

« Deux cent cinquante dollars la semaine. Connaissez-vous quelqu'un d'autre qui gagne cette somme ? »

Toutes les têtes font non.

« Deux cent cinquante dollars la semaine. Pour un boulot d'idiot. Si vous gagnez deux cent cinquante dollars, que croyez-vous que gagne l'homme qui vous paye une telle somme ? »

Ils se taisent, mais Mojo insiste. « Allez, un chiffre !

— Cinq cents ?

— Mille ? »

Mojo rit. « Je paye deux cent cinquante dollars par semaine. Pour des types qui croient que je fais cette merde pour mille.

— Par jour », dit timidement celui qui a misé sur mille dollars.

Mojo rit encore plus fort. Puis il se tourne vers le garçon sans chemise.

« Xbox ou PlayStation ?

— Je ne sais pas...

— Je sais que tu n'en as pas, mais tu rêves d'en avoir une, non ? Alors : Xbox ou PlayStation ?

— Xbox...

— Xbox ? OK. Xbox. 2010. La Xbox 360 aura des capteurs Kinect. Ce truc enregistre tes mouvements. Ce truc te surveille en même temps. Pourquoi ? Parce que derrière la Xbox, il y a Microsoft. Ils collectent tes données, les Américains collectent tes données, tout passe directement par ton réseau. Tu travailles dans notre entreprise et tu veux une Xbox ? C'est bien que tu n'en aies pas. À toi, chasseur de fantômes : Xbox ou PlayStation ?

— PlayStation, Mojo !

— Tu crois peut-être que les Japonais ne te surveillent pas ?

— Je ne sais pas...

— Réfléchis, espèce d'andouille ! Les Japonais te surveillent tout autant. Hé, monsieur Sans-chemise, voici ta seconde chance : Xbox ou PlayStation ?

— Ni l'une ni l'autre !

— Ah bon ! Pourquoi ?

— Pour que personne ne me surveille.

— Fais un effort. Qui voudrait surveiller un connard stupide comme toi ? Qui s'intéresse à ce que tu fais ? Pour eux, tu es un négro sur un continent sans importance, et tu veux te priver de jeux déments parce qu'on te fait croire que tu es sous surveillance ? Allez, PlayStation ou Xbox ?

— Je... je ne sais pas, Mojo.

— Bon. » Mojo sourit gentiment et lui tape sur l'épaule pour le rassurer. « Ça va. Vous êtes des idiots. Vous ne savez rien, et pourtant je vous paye deux cent cinquante dollars par semaine. Et pourquoi ? Parce que tout ça me fait gagner tellement d'argent que je m'en tape, de votre bêtise. Parce que chaque jour l'argent pleut comme pendant la mousson. Je n'ai encore jamais gagné autant d'argent avec aussi peu d'efforts et en aussi peu de temps. Je me fais venir des putes qui gagnent en une heure ce que vous gagnez la semaine. J'en commande des douzaines, et j'en renvoie la moitié à la maison sans les baiser. Et ça va continuer. Jour après jour. Jusqu'à ce que les marcheurs arrivent là où ils veulent aller. Et ensuite, Pelé ?

— Je ne sais pas…

— Ensuite il y aura d'autres marcheurs. De ce camp, d'un autre camp, peu importe. Ils auront entendu parler de cette aventure, ils viendront me voir pour me charger de l'organisation. Et c'est ce que je vais faire. La mousson continuera. Je n'arriverai même plus à fermer la porte tellement il y aura de dollars. Et ensuite ?

— Je…

— Je vous payerai trois cents dollars la semaine, juste pour me débarrasser de l'argent ! »

Personne n'a besoin de les inciter, ils exultent tout seuls.

« Et les putes ? Je devrai leur payer cinq cents dollars. Parce que ce sera le seul moyen de dépenser mes billets et de pouvoir regarder un peu par la fenêtre ! »

Il les tient.

« Voilà à quoi ressemble l'avenir. Et il n'y a qu'une seule chose qui puisse se mettre en travers de mon chemin. C'était quoi déjà, Bandele ?

— Un connard, dit Bandele, impassible.

— Exactement, un connard. Un connard qui empêche que nos marcheurs arrivent au but, heureux. Comment un connard peut-il empêcher ça, Bandele ?

— Pas d'électricité.

— Exact. Pas d'électricité. Tout le fric, toute l'organisation passe par leurs portables. Pas d'électricité, pas de fric. Pas de fric, pas de putes. Autre chose, Bandele ?

— Pas d'eau.

— Exactement. Pas d'eau. Pourquoi c'est important, chasseur de fantômes ?

— À cause... à cause des putes ?

— Exactement ! Quand les marcheurs arrivent le soir et que l'eau n'est pas là, ils paniquent. Ils font des conneries, et des marcheurs qui font des conneries, ça signifie toujours : des marcheurs morts. Chaque marcheur qui crève me coûte de l'argent aujourd'hui. Et demain encore plus. Car chaque marcheur qui réussit m'en garantit dix nouveaux. Alors je me demande comment ça se fait que l'eau n'arrive pas. Nous avons cent camions. Et chaque jour deux restent en réserve. Qu'est-ce qui peut mal tourner comme ça ? »

Les hommes se taisent.

« Des idées ? Des propositions ? »

Mojo regarde autour de lui.

« Que ferait un tel connard ? Il pourrait se dire : je vais vendre quelques pièces de mon camion. Les roues de secours. Les bougies. Puisqu'il y a des camions de rechange. Ce serait possible, non ? »

Les regards l'évitent.

« Ou bien, il commence à faire ses petites affaires. Les marcheurs ont toujours besoin de quelque chose, pas seulement de l'eau, et on peut leur procurer ce qu'ils veulent. Dans ce cas, parfois, le camion-citerne ne part pas parce que quelqu'un attend sa marchandise. Tu connais quelqu'un de ce genre, Pelé ? »

C'est comme si Pelé était soudain devenu contagieux. Il était au milieu de tous, et d'un seul coup on dirait qu'il les repousse tous.

« Mojo, c'était juste... Je n'ai pas attendu ! Pas une seconde !

— Des putes à cinq cents dollars. Je sais que vous n'en avez jamais eu, mais je vous jure qu'elles les valent. Vous avez sûrement du mal à l'imaginer, mais ces putes à cinq cents dollars ne veulent pas en terminer vite fait. Quand on en a eu une comme ça, on n'en prend plus qui coûtent moins. Et maintenant la grande question pour toi, Pelé :

qu'est-ce que tu crois que ça fait de foutre sa queue dans une pute à cinq dollars si la veille on l'a mise dans une à cinq cents ?

— Mojo, c'est… je ne sais pas… »

Incroyablement vite. Incroyablement fort. Et Mojo remet quelque chose dans la poche arrière de son pantalon, mais Pelé, lui, est assis à terre. Il se tient le ventre, et du sang s'en écoule par à-coups.

« Explique-nous, Pelé. »

Pelé ouvre la bouche en gémissant. La peur se lit dans ses yeux. « Mojo », balbutie-t-il.

Mojo s'agenouille devant lui.

« Décris-nous ça. Ça m'intéresse. Ça m'intéresse beaucoup plus que de savoir qui t'as aidé. Ça, je m'en fous royalement. »

Mojo prend la main de Pelé et l'écarte doucement. Il soulève son maillot pour inspecter le point d'impact. Le trou est rond, le sang noir.

« Je m'en fous, parce que je le sais. »

C'est un mouvement glissant, huilé. Il y a deux détonations, puis deux hommes sont à terre et tentent désespérément de retenir le sang de leurs mains. En même temps, on dirait presque qu'ils essayent de l'expulser hors de leur ventre. Un troisième homme s'est détaché du groupe et se met à courir. Mojo esquisse un geste, tout en drapant de nouveau le maillot brésilien maculé de sang sur la plaie de Pelé. Sans un mot, un des gars tend un fusil à Bandele. Il l'épaule d'un geste rapide et sûr, le fusil crachote une fois, puis Bandele le rend à son propriétaire sans un regard de plus vers la cible. Les hommes gémissent, Pelé se met à hurler.

« Prenez sur vous, dit Mojo, c'est important de m'écouter. J'ai besoin de vous vivants ! Et toi, là-bas, tu reviens tout de suite. Je n'ai pas envie de passer mon temps à hurler. »

Le visage de Pelé est vert-beige, baigné de sueur froide. Le groupe se tourne vers le fugitif. Il gémit, et il se tord et se tourne maladroitement. Il essaye de ramper en avant, mais il s'arrête si vite qu'on peut imaginer sa douleur. En pleurs, il s'arc-boute sur le côté et se met à ramper latéralement vers les autres.

« Vous êtes dans un western, dit Mojo froidement. Vous connaissez les westerns ? John Wayne ! Ben voilà ! Ce qui compte dans les westerns, c'est que le troupeau arrive. *En entier*. Je ne peux remplacer aucun des bœufs. Mais n'importe quel cow-boy. Donc je ne prends que des cow-boys de confiance. Où sont les clefs de vos camions ? »

Pelé enfonce ses doigts tremblants dans sa poche. Les gouttes de sueur brillent sur son visage verdâtre comme la rosée matinale sur une feuille. Il lui faut s'y reprendre à plusieurs fois avant d'arriver à sortir les clefs volumineuses. Il les tend à Mojo. Le sang s'égoutte dans le sable à quelques millimètres devant les chaussures de Mojo. Mojo fait s'approcher les nouveaux venus, leur montre les clefs que les blessés sortent de leur pantalon avec tant de mal qu'on aimerait arrêter de regarder. Puis il se redresse.

« Pelé ici présent me dit qu'il ne se passe rien de grave. Mais je n'attends pas qu'il se passe quelque chose. Je vois les sources d'erreurs et je les élimine. Je n'ai pas besoin de former ni d'éduquer qui que ce soit. N'importe quel idiot peut faire ce boulot. »

Le groupe s'écarte sur un côté, un tas de viande se traîne au milieu du cercle, s'effondre et se roule sur le dos. Mojo se penche vers lui et dit avec indulgence : « Les clefs, s'il te plaît. » Il désigne un des nouveaux avec un geste de la main.

« N'importe quel idiot, répète Mojo. C'est pourquoi je me fiche de savoir si quelqu'un m'arnaque ou si quelqu'un est juste au courant de quelque chose ou si quelqu'un a oublié de poser la question. Je donne son boulot à un autre gland, voilà tout. Il le fera mieux. Pelé et ses amis vont s'en occuper. Pas vrai, Pelé ? »

Pelé hoche hâtivement la tête.

« Je peux compter sur toi ? Tu vas accomplir ta mission ? Tu vas protéger le troupeau au prix de ta vie ? »

Pelé hoche la tête. Il essaye de se redresser. D'une main, il agrippe la roue avant du camion, dont il vient de passer les clefs à un autre homme.

« Reste comme ça, le tranquillise Mojo. Reste exactement comme ça. Vous restez tous comme vous êtes. Vous allez tous rester jusqu'à ce que les camions soient partis. Quand Bandele passera demain, je veux qu'il vous voie. Et si vous êtes encore en vie, tous ceux qui vous auront aidés mourront. »

Pelé commence à glisser vers le côté. Mojo enfonce la main dans sa poche.

« C'est du management moderne, vous voyez ? On donne à chacun la tâche dont on sait qu'il saura l'accomplir. »

Mojo compte les billets. Il se dirige vers Pelé, lui tape dans l'épaule jusqu'à ce qu'il ouvre lentement les yeux.

« C'est un boulot important, et c'est pourquoi il est bien payé. Trois mille dollars, pour chacun de vous. » Mojo glisse les billets entre les doigts ensanglantés de Pelé. « Avec ça, vous pouvez vous acheter de l'aide. »

Mojo se baisse avec une autre liasse. Elle glisse des mains sans force du tas de viande.

« J'attends que Bandele vous trouve demain. Il me dira qu'il vous a vus, étendus ici, avec votre fric. Et alors je saurai que tous mes cow-boys ont compris que je suis le seul à les payer. »

L'assemblée se tait. Mojo prend deux autres liasses et les jette aux hommes qui halètent, transpirent, gargouillent doucement.

« Avez-vous des questions ? »

Il les toise un par un. Bandele lève la main.

« Et celui-là ? » Il montre le cinquième type avec lequel ils sont arrivés.

Peut-être aurait-on pu anticiper le mouvement cette fois-ci, mais Mojo se sert de l'autre main. Il n'y a aucune différence, on dirait même qu'il est un peu plus rapide avec cette main-ci. Un gros type, très noir, s'effondre, ses yeux sidérés, incrédules, sont si foncièrement surpris qu'on pourrait presque le croire innocent. Si dans la vie il existait quelque chose comme l'innocence.

« As-tu surveillé tes collègues ? » demande Mojo.

Les coins des lèvres du Noir s'allongent, il fait non de la tête, presque imperceptiblement. On dirait qu'il va se mettre à pleurer. Mojo lui met la main sur la bouche. Il tire une autre liasse de billets de sa poche et la pose sur les genoux du gros. Puis il désigne les nouveaux conducteurs.

« Grâce à toi, ils auront vite compris. »

25

« BON, dit le secrétaire d'État, en clair, s'il vous plaît. Puis-je enfin savoir pourquoi ce cauchemar n'est toujours pas terminé ? »

Il est six heures du matin, à la table autour de lui sont assis des hommes qui auraient largement préféré être au fond de leur lit. Schneider est là, Berthold, les départements B, E et M et deux messieurs qui sont nouveaux dans le cercle. L'un d'eux vient du ministère des Affaires étrangères et donne l'impression que sa présence autour de cette table est un véritable scandale, parce que, au ministère des Affaires étrangères – c'est en tout cas ce qu'on entend dire –, on est d'avis que l'affaire Hackenbusch est une affaire intérieure.

« Ils sont fous ? avait dit le secrétaire d'État à Leubl. Ça ne pourrait pas être *plus* étranger !

— On s'en moque, lui avait répondu Leubl, prévenez-moi seulement si vous voyez qu'ils nous mettent des bâtons dans les roues. Je préfère que nous nous chargions entièrement de l'affaire, plutôt que les laisser y aller à reculons.

— Ce n'est pas faux.

— Il ne faut toutefois pas que nous donnions l'impression de vouloir tenir à l'écart les Affaires étrangères : laissez-leur entendre gentiment qu'ils peuvent reprendre la main à tout moment, et ils nous laisseront le champ libre. »

L'expression du visage de l'homme du ministère des Affaires étrangères est avenante. L'homme à côté de lui semble au contraire surmené et tendu. Son costume est froissé, il n'a pas dû rentrer à la maison depuis un moment. Ses mains tremblent lorsqu'il attrape la Thermos, et il avale la première tasse de café comme d'autres une bière fraîchement tirée lors d'une soirée d'été, il pose même la tasse sur la soucoupe comme si c'était un sous-bock. La soucoupe se brise, il ramasse les débris en secouant la tête et cherche de quoi la remplacer. Comme il ne trouve rien, il pose la tasse sur une serviette et se ressert. Peu importe sa fatigue, peu importe son agitation nerveuse, il ne manque pas d'entrain – il veut raconter pourquoi il a si peu dormi. Il vient des renseignements.

« Où dois-je commencer ? demande-t-il en se frottant les yeux.

— Par votre nom, s'il n'est pas secret », répond Berthold sur un ton désagréable.

Le secrétaire d'État lance un regard sévère à Berthold, puis il essaye de calmer les esprits :

« Nous sommes tous fatigués, alors je vais rapidement présenter tout le monde. Ce monsieur pas très aimable est monsieur Berthold, sécurité publique. Monsieur Gödeke, police fédérale, monsieur Kaspers, gestion de crise, monsieur Kalb, migration, monsieur Gondorff, Affaires internationales. Les Affaires étrangères nous ont envoyé monsieur... »

Le secrétaire d'État feuillette une fine pile d'e-mails imprimés, mais ne trouve rien. Grognon, il continue de froisser ses papiers et réfléchit à comment se sortir de là, mais ça lui tape trop sur les nerfs : « *Sorry*, je ne le trouve pas, ça vous dérange de vous... ?

— Zeitz.

— ... donc monsieur Seitz et...

— Z ! Zeitz.

— Pardon, Zeitz des Affaires étrangères. Et vous êtes monsieur... ?

— Echler, service des renseignements. Analyse et collecte d'informations régionales.

— Bon. C'est bien que vous soyez là. Dieu sait que nous avons besoin d'analyses. Dites-nous : que se passe-t-il ? Je veux dire, pourquoi marchent-ils encore ?

— Je ne comprends pas non plus, ajoute Gondorff alors que c'est parfaitement superflu. Si c'est si simple, pourquoi n'ont-ils pas toujours fait le trajet à pied ?

— Pour traduire : pourquoi ne crèvent-ils pas ? » Ça, c'est Berthold. Si le secrétaire d'État devait évaluer à quel point Berthold pense ce qu'il dit, il tablerait sur soixante-quinze pour cent. Le secrétaire d'État frappe plusieurs fois sur la table pour qu'on l'écoute et passe d'un geste la parole à Echler. Celui-ci se redresse sur sa chaise et lisse sa cravate avant de remarquer qu'il n'en porte pas.

« La réponse est… qu'il y a plusieurs causes. Mais au bout du compte l'explication est plus simple que ce que l'on croit. Excusez-moi, on vient de me briefer, la nuit a été très longue, et ma présentation sera un peu bricolée, je vais commencer avec ce qui me semble opportun… »

Le secrétaire d'État lui adresse un signe de tête encourageant.

« Bon, nous ne savons pas de qui vient l'idée. Mais quand on regarde bien, la question de monsieur… Gandorf ?… n'est pas si aberrante. Nous sommes nous-mêmes étonnés que personne ne l'ait fait avant. Après tout, pas besoin d'être Einstein pour y penser. »

Echler allume le rétroprojecteur à côté de lui : « Comme je l'ai dit, ma présentation est bricolée. Et avant de vous faire passer les fichiers image dans le mauvais ordre, je vais plutôt vous montrer des tirages à l'ancienne. Voici donc deux prises de vue aériennes de ce cortège. Vous voyez, c'est une colonne sans fin. Et ça, c'est le premier point important.

— Le fait qu'ils marchent en colonne ?

— Oui. Rien ne les y oblige. Mais la vraie astuce se révèle quand on compare les deux images. La chenille sombre, tout le monde peut l'imaginer, c'est la colonne elle-même. À gauche, vous voyez une image du milieu de la colonne, à droite, il y a une image de la tête. Vous remarquez quelque chose ?

— Il y a de gros asticots plus sombres dans la colonne.

— Exactement, ce sont les camions-citernes. Vous remarquerez…

— … que les espaces sont réguliers, accélère le secrétaire d'État.

— Tout à fait. Ce n'est pas un hasard.

— Parce que les camions roulent à côté de la colonne, mise Zeitz.

— Ah non, c'est vrai, vous ne pouvez pas le voir, dit Echler, mais ces camions ne roulent pas. Ils sont à l'arrêt. Les gens passent à côté. Et maintenant, regardez l'image de la tête. »

Le secrétaire d'État plisse les yeux. Il aimerait bien résoudre le mystère le premier, mais il est trop crevé. On voit toujours cette chenille sombre et les camions-citernes aux mêmes distances régulières. Il pense à des haricots dans leur cosse. Sauf que dans ce cas, il y a aussi des haricots devant la cosse.

Kalb conclut :

« Apparemment, ils ont trop de camions.

— Votre idée est juste : les camions ne se contentent pas d'approvisionner le cortège, ils lui donnent aussi sa structure. Ils sont garés en amont, à intervalles réguliers. Cela veut dire que les marcheurs ne peuvent pas se perdre, parce qu'ils marchent le long de ces camions comme s'ils passaient des relais. Vous comprenez ? Les camions fournissent l'eau et en même temps l'orientation. » Echler semble presque enthousiaste. Il parle plus vite, ce qu'il a découvert lui en impose visiblement.

« C'est une performance logistique étonnante. S'occuper de cent cinquante mille personnes dans un camp est une affaire relativement bien réglée : les gens forment des quartiers, on leur installe des toilettes, un point d'eau, ça s'organise comme au camping, et voilà. Mais cent cinquante mille personnes en mouvement, c'est le chaos qui vous guette. Et ils maîtrisent.

— Est-ce qu'ils ont de l'aide ? L'armée ? Un soutien étatique ?

— D'après nos découvertes, non. Quelqu'un a simplement bien réfléchi : il a calculé combien de gens il peut approvisionner avec un camion-citerne, combien de place ils prennent, puis les distances entre les camions. Le résultat qu'il a obtenu, c'est qu'un camion approvisionne trois mille personnes et qu'il en faut un tous les mille mètres.

— Et l'un d'eux est censé avoir calculé ça ? » se moque Berthold.

Le secrétaire d'État revoit son estimation à quatre-vingt-quinze pour cent.

« Pourquoi pas ? rétorque Echler. Tout ce qu'il faut, c'est une règle à calcul. Ça nécessite bien sûr aussi un certain sens de l'efficacité. Il faut calculer que vous avez besoin de tous les camions en double.

— Comme réserve, dit Gödeke.

— Non, parce que pour aller chercher l'eau et revenir, un jour ne suffit pas. Alors deux camions se relayent. L'un reste sur place, l'autre va chercher l'eau pour le lendemain. Ce qui est vraiment génial, c'est qu'ils n'alternent pas un par un. Les camions de rechange attendent déjà sur les quinze kilomètres à parcourir. Ces camions sont garés en amont de la colonne, comme vous l'avez vu sur la photo. Et maintenant, faites bien attention ! »

Il remplace les images par deux gros plans, probablement pris par un drone. On voit les camions sur lesquels sont marqués de gros numéros : « 3 » sur un, « 16 » sur un autre.

« Ils ont numéroté les camions ? Ont-ils peur d'en perdre un ?

— Mieux, dit Echler tout sourire, comme si ça avait été son idée. C'est comme un numéro de maison. Il faut vous rappeler qu'ils viennent d'un camp. Ils sont habitués à ce que leurs secteurs soient entièrement numérotés. Et c'est comme ça que fonctionnent les camions : celui qui a passé la nuit près du camion 16 hier dort de nouveau près du camion 16 demain. Il habite pour ainsi dire toujours près du camion 16.

— Et qu'est-ce que ça a de génial ?

— Ça évite le chaos. Imaginez-vous la chose suivante : vous êtes tout devant, c'est tôt le matin, vous voulez partir. Mais vous ne savez ni où aller ni jusqu'où. Et quoi que vous décidiez, vous devez communiquer votre décision à cent cinquante mille personnes. Mais non : les types en tête se réveillent à côté du camion numéro 1, et devant eux attendent déjà les nouveaux camions alignés à une distance d'un kilomètre. Ces camions ont les mêmes numéros, 15, 14 jusqu'à 1. Les marcheurs les dépassent un à un jusqu'au camion 1, et là ils ont terminé pour la journée. Chacun sait qu'en arrivant au numéro de la veille, l'étape de la journée est finie. »

Le secrétaire d'État ne sait pas vraiment comment interpréter cette admiration, mais apparemment ce n'est pas bon signe, et le reste de l'assemblée a l'air de le traduire comme lui. Echler ne se laisse pas brider. « C'est enfantin, dit-il, tout content, et en même temps vous avez une durée de marche normée. Ils ne font pas sept kilomètres aujourd'hui et vingt demain. Ils font quinze kilomètres tous les jours, ni plus ni moins.

— J'en suis ravi, dit le secrétaire d'État, mais il y a bien des limites.

— En fait, non, répond Echler, confiant.

— Des frontières, précise le secrétaire d'État sur un ton énervé.

— Excusez-moi, je n'avais pas compris. Pour les frontières, c'est simple : il y a la corruption. Apparemment, ils ont quelqu'un qui sait soudoyer les bonnes personnes.

— Mais quand même, proteste Gödeke, personne ne laisse entrer cent cinquante mille personnes dans son pays !

— Cela dépend de la somme, explique Echler, mais aussi des personnes. Vous avez raison : personne ne laisserait entrer cent cinquante mille soldats dans son pays, ni cent cinquante mille personnes armées. Mais ce que ces gens ont de plus dangereux, ce sont des couteaux de poche. Deuxième point : celui qui se laisse soudoyer ne veut pas d'ennuis.

Donc ils doivent être en mesure de faire des promesses convaincantes.

— Ils disent qu'ils ne font que passer, avance le secrétaire d'État en soupirant.

— Par exemple. » Echler lui sourit comme un professeur d'école, content que sa classe travaille bien. « Ou alors, ils affirment qu'ils ne vont pas mourir de faim dans son pays, qu'il n'a pas besoin de les approvisionner. Une fois que cela est clair, si ces gens arrivent et repartent, s'ils apportent la nourriture, l'eau et un abri, alors qu'est-ce qui l'empêche d'empocher un paquet d'argent pour les autoriser à passer ?

— Peut-être le fait que ce soit interdit ? dit Zeitz. Vous y avez déjà songé ? » Le secrétaire d'État se fait la réflexion qu'ils n'ont pas envoyé une lumière.

« Bon, d'accord : cent cinquante mille personnes marchent sans protection. Elles traversent des régions remplies de terroristes, d'islamistes et de criminels. Des régions d'où tout le monde se tire. Peut-être que je me trompe, mais j'ai comme l'impression que, de toute façon, ça va mal tourner. » Berthold énonce tout ça comme s'il ne voyait vraiment pas pourquoi on se faisait du souci.

« Qui dit qu'ils sont sans protection ? » Echler rayonne de joie, comme s'il avait lui-même organisé cette marche.

« Vous avez dit qu'ils n'étaient pas armés. Qu'ils ne peuvent pas l'être parce que sinon personne ne les laisserait entrer.

— Oui, mais ils ne sont pas sans protection. Ils sont protégés. Ils payent l'un des gangs du coin. Si l'État n'est pas digne de confiance, la criminalité organisée l'est d'autant plus. Les bénéfices sont évidents : l'armée n'a pas besoin d'intervenir, parce que ces criminels sont exactement ceux contre lesquels elle n'a jamais eu les moyens de lutter. La menace n'est pas plus grande que d'habitude.

— Peut-être que ça marche pour l'instant, dit Kalb, mais ce n'est qu'un instantané, n'est-ce pas ? Combien de temps est-ce que ça peut fonctionner ? Quatre semaines ? Ils vont tomber sur d'autres frontières, non ?

— Si je peux vous répondre en toute sincérité : tant qu'ils trouvent les bonnes personnes à soudoyer, je ne vois pas comment, face à ces États corrompus, leur modèle pourrait échouer, se réjouit Echler. Il est probable que dans le pays suivant, le gentil fonctionnaire attende déjà avidement leur arrivée pour s'en mettre plein les poches.

— S'ils doivent choisir entre deux pays, ils peuvent même choisir le plus avantageux ? s'indigne Kaspers.

— Ben, voyons ! grommelle Gödeke. La libre concurrence pour l'itinéraire le moins cher !

— C'est ce qu'il faut supposer, commente Echler de manière objective. Même s'ils sont loin d'en avoir besoin.

— OK, nous voilà donc enfin arrivés au point essentiel, dit Berthold. Qui paye pour toutes ces bêtises ?

— Exactement, dit Echler surexcité, ça va vous plaire. En tout cas aux socialistes parmi vous – y en a-t-il encore ?

— Nous sommes toujours un parti du peuple, dit Kalb, légèrement offensé. Quoi qu'il en soit, je ne vois pas pourquoi ça me plairait.

— C'est une sorte de société coopérative, dit Echler, radieux.

— C'est QUOI ??

— Les collègues de la NSA nous ont donné un petit coup de main. Chaque participant paye cinq dollars par jour. Ça fonctionne grâce aux smartphones, un programme quelconque. On reçoit une confirmation sur smartphone qui permet de s'identifier auprès des camions, de montrer qu'on a payé pour la journée – alors on vous donne de l'eau et quelque chose à manger. Faites le calcul : ils ont sept cent cinquante mille dollars de frais par jour. Au minimum.

— Au minimum ?

— Ça ne m'étonnerait pas qu'ils puissent débourser encore plus pour les dépenses spéciales. Mais vous devez considérer que tout cela est vachement avantageux pour eux.

— Cinq dollars par jour, ça finit aussi par faire une somme rondelette.

— S'ils marchent pendant deux ans, ils auront chacun dépensé environ trois mille cinq cents dollars. En 2016, il y a eu une enquête. À l'époque, fuir coûtait en moyenne sept mille euros. Il fallait économiser des années durant. Et maintenant, ils peuvent même échelonner le paiement. S'ils arrivent jusqu'ici, je vous promets qu'ils viendront avec de l'argent !

— Alors ce n'est qu'une question de temps, dit Berthold en se renversant nonchalamment sur sa chaise. S'il y a tellement de fric, ils vont finir par s'entretuer, il suffit d'attendre un peu.

— Vous pensez ? » demande Zeitz, tout content.

Echler fait non de la tête. « Il n'y a pas de fric qui traîne. L'argent est transféré par smartphone. Il n'y a pas un seul billet. C'est ce monsieur Lionel qui a la plus grosse somme sur son appareil, chaque jour autour de midi. À partir de là, les parts s'écoulent vers différents comptes, vraisemblablement les fournisseurs, la taxe de protection, les bakchichs.

— Sept cent cinquante mille dollars, réfléchit Kaspers. C'est un paquet d'argent.

— Par jour, ajoute Echler d'un air encourageant.

— Et ce Lionel, insiste le secrétaire d'État, c'est qui au juste ?

— On ne sait pas grand-chose sur lui. » Echler sort un papier. « Nous ne connaissons pas encore son vrai nom. Il est probable qu'il ait menti sur sa date de naissance et il faut s'attendre à ce que les dossiers du camp soient incomplets, ou qu'il y ait eu des saisies incorrectes. Mais nos sources disent que pendant un certain temps il a fait de petits boulots pour des passeurs.

— Alors c'est vrai ! constate Gödeke. Un passeur.

— Pas vraiment. Il était homme de main. Mais quand les passeurs sont devenus si chers que plus personne ne pouvait les payer, on n'a plus eu besoin de lui. Il a gardé les contacts, et c'est pourquoi l'organisation fonctionne. Vérifier si chacun a payé, distribuer l'eau et la nourriture, ça ne peut pas s'organiser avec n'importe quel péquin. C'est le boulot de ses potes qu'il a connus à l'époque des passeurs.

— Et qui paye pour ça ? s'étonne Zeitz.

— Sept cent cinquante mille dollars, peste le secrétaire d'État exaspéré.

— On pourrait croire qu'ils piquent dans la caisse, avoue Echler, mais dans ce voyage le gîte et le couvert sont gratuits. N'oubliez pas que ce ne sont que des réfugiés. D'ailleurs, ce Lionel paye lui aussi ses cinq dollars par jour.

— Je suis touché, dit le secrétaire d'État d'un air renfrogné, et Hackenbusch sûrement aussi.

— Non, réplique Echler sèchement, elle paye dix.

— D'après l'estimation des renseignements, nous avons donc là un modèle économique admirable.

— Il n'appartient pas aux renseignements de donner de telles appréciations », constate Echler. Tout d'un coup, il a l'air gris et épuisé, comme sucé jusqu'à la moelle. « On pourrait croire entendre là une forme de respect, mais c'est relatif. Certes, ces gens se sont servis du peu qu'ils ont d'une manière étonnamment efficace. Et ce qui vous plaît sans doute le moins, c'est que leur système est solide. Des faiblesses apparaîtront sans aucun doute si les circonstances changent, mais le modèle est aménageable, il a des réserves et peut facilement s'adapter. »

Le secrétaire d'État en a assez entendu. Il éloigne son fauteuil de la table : « Merci. J'en informerai le ministre. Pour tirer le bilan : vous estimez donc qu'un échec rapide est peu probable ? »

La fatigue a plié Echler comme une cigarette écrabouillée. Seule cette question le ravive encore une fois :

« Qui parle d'échec ? Ça baigne ! »

Une femme montre de la grandeur

Impitoyable scandale autour de Nadège Hackenbusch : tandis que celui qui est encore le mari de la star du show-biz montre son vrai visage, elle aide de jeunes entrepreneuses à ne pas perdre courage

Par Astrid von Roëll

Il est étonnant d'observer par quelles voies détournées la vie nous mène parfois à notre vocation. La vie, semble-t-il, ne choisit jamais le chemin le plus direct, et souvent on se demande pourquoi. Mais fondamentalement, la vie sait que la rapidité ne sert à rien si elle vous fait arriver au but trop tôt. C'est rare de le voir aussi clairement que ces derniers jours, sous le soleil brûlant d'Afrique, aux côtés de Nadège Hackenbusch. « Il y a vingt ans, je n'aurais pas pu gérer tout ça, dit-elle d'un air songeur, tandis que le vent du désert joue dans ses cheveux noirs comme sur une harpe. Aujourd'hui, je suis reconnaissante pour tout ce que j'ai pu apprendre, même si, à l'époque, je n'ai pas su l'estimer à sa juste valeur. Aujourd'hui, c'est bénéfique pour moi. Pour moi et pour eux. »

Eux, ce sont des centaines de milliers de réfugiés que Nadège Hackenbusch conduit actuellement à travers les dangers du continent noir avec Lionel, le nouvel homme qui l'accompagne, et sous les yeux époustouflés du monde entier. Ce n'est pas un hasard si Nadège Hackenbusch ouvre précisément aujourd'hui et en exclusivité son cœur à *Évangeline,* comme jamais elle ne l'a fait auparavant. Car tandis que cette femme encore étonnamment jeune mène à bien l'aventure la plus dangereuse qui soit, elle subit en privé la plus grande crise que le destin puisse réserver à un être humain. C'est à peine imaginable : une femme responsable de milliers de personnes, vivant un jeune amour saisissant et bienfaisant, qui se démarque ostensiblement de ce qu'aujourd'hui on définit si souvent comme une « relation », cette femme précisément est confrontée à un abyme de goujaterie totale.

Nicolai von Kraken. L'homme avec qui elle a renouvelé ses vœux l'été dernier, sur la plage blanche comme neige de St-Barth, où la mer couleur champagne les saluait en moussant. Comme ce doit être amer de voir cet homme qui a juré de l'aimer dans la joie comme dans la peine se mettre en travers de son chemin. De voir cet homme à qui elle a confié ses fils Keel et Mynce lui faire maintenant parvenir par un avocat dénué de cœur l'étrange message selon lequel, en cas de séparation, il revendiquerait la moitié de sa fortune. Nadège détourne courageusement le regard, trouvant réconfort dans l'étendue sans fin de l'infini.

« Ça me relie à la terre, dit-elle avec un sourire vaillant, tout ça me connecte à la terre. Ce pays, ces gens, Lionel. Il y a tant de choses plus importantes. » Elle ne peut ni ne veut parler de Nicolai, son avocat ne le permet pas. « Mais même si beaucoup de choses semblent injustes, si certaines personnes se comportent tout à coup comme jamais aucune femme ne le ferait, ici, dans ce pays, j'apprends chaque jour que rien n'arrive en vain. »

Nous sommes en route pour une intervention qui tient particulièrement à cœur à Nadège Hackenbusch. Parce que, encore une fois, ce sont les femmes qui se donnent le plus de peine et qui surmontent les plus grands obstacles : de jeunes entrepreneuses. Elles ont compris que les circonstances extrêmes de cette marche longue de plusieurs mois sont une chance, que c'est souvent au milieu de nulle part que l'urgence est la plus grande, et elles proposent leur aide. Et c'est une bénédiction que Nadège Hackenbusch soit là, elle qui connaît comme nulle autre la détresse des jeunes entrepreneuses.

Encore une fois, ce sont les femmes qui se donnent le plus de peine

> **« Une femme ne peut pas seulement compter sur son apparence. »**

Personne n'a dû lutter si durement pour être reconnu, une reconnaissance que les hommes empochent comme si cela allait de soi, comme si ça tombait du ciel. Dès 1999, elle faisait ses premières tentatives d'envol, parce qu'elle avait compris une chose : « Une femme ne peut pas seulement compter sur son apparence. Ça vaut pour n'importe quelle femme, même pour moi. On ne peut pas imaginer aujourd'hui quelles résistances j'ai dû affronter. C'était encore les années quatre-vingt-dix ! » Elle a commencé par faire sensation avec la série de cosmétiques « Smell d'Elle by Nadège ». Mais malgré le concept novateur, malgré ses idées ingénieuses, la prometteuse série de produits a été retirée du marché au bout d'à peine quatre semaines.

Le succès du push-up Hacken a prouvé qu'elle apprenait vite, car il s'est imposé de façon admirable dans un contexte peu propice : « Mais là, c'est le marché qui nous a laissé tomber, ça peut arriver à tout le monde », dit-elle en riant, sachant très bien que l'industrie lui a mis des bâtons dans les roues : l'année du lancement de son push-up, la mode des plus petits bonnets a soudain fait son entrée – secrètement, des observateurs estiment que c'est loin d'être un hasard. Nadège Hackenbusch ne se laisse pas démoraliser, quiconque la connaît sait qu'un nouveau projet est déjà dans les tuyaux – même si, ces jours-ci, c'est passé au second plan. « Ici, je peux faire profiter de mon expérience, aussi judicieusement qu'à la maison, dit-elle d'un air décidé, peut-être même plus judicieusement. Je connais ces difficultés. »

Ce qu'elle observe en Afrique est révoltant : « Les jeunes entrepreneuses sont tout simplement exploitées. » Elles s'occupent de petits travaux manuels qui s'avèrent souvent nécessaires en route, surtout au vu du grand nombre de jeunes hommes célibataires qui n'y connaissent pas grand-chose. « Ces femmes gagnent ainsi jour après jour la possibilité de poursuivre le voyage, explique Nadège

Hackenbusch. Payer à la journée est une vraie chance pour ceux qui n'ont pas encore suffisamment d'économies. » Mais souvent, les autres en profitent.

Chaque voyageur doit avoir payé à midi au plus tard. « Et plus la marque des douze heures approche, plus certaines femmes sont sous pression. » Ce que Nadège Hackenbusch observe alors est écœurant : « Les clients essayent de faire baisser le prix, de négocier plus de travail. » De façon particulièrement fâcheuse, ces clients sont toujours des hommes. « C'est clairement une question d'éducation, critique Nadège Hackenbusch. Les femmes sont plus douées pour les travaux manuels, elles y sont formées ; les hommes, non. Mais le fait que justement les hommes ne veuillent pas honorer cette aide comme il se doit est, pardonnez-moi, typique. »

Il ne faut pourtant pas s'attendre à ce que ces hommes éprouvent des remords. Nous accompagnons Nadège Hackenbusch en exclusivité tandis qu'elle demande des explications à un client défaillant. Le jeune Noir est gêné par la situation, mais ne veut pas admettre sa responsabilité. « Je n'y peux rien si je ne suis pas marié », dit-il, et lorsque Nadège demande énergiquement ce que le mariage vient faire là-dedans, il ajoute : « Si j'étais marié, ma femme le ferait gratuitement. » C'est étonnant de voir alors la détermination avec laquelle s'interpose l'icône du direct. Finalement, elle exige du client penaud qu'il transfère le salaire bien mérité sur le smartphone de l'entrepreneuse d'à peine 16 ans, et qui rayonne de joie. Les deux se réconcilient, il s'excuse, montre qu'il a pris conscience de la situation, et Nadège Hackenbusch espère : « Avec un peu de chance, il deviendra un client régulier. Les relations commerciales durables peuvent triompher des barrières entre les sexes et contribuer à la bonne entente. »

Une femme qui encourage le vivre ensemble

Une femme qui ne reste pas dans la confrontation, mais qui encourage le vivre ensemble. Qui croit à l'avenir de l'homme et de la femme malgré ses problèmes personnels. Cela aurait-il été possible il y a vingt ans ? « Non, je n'aurais pas pu aider ces femmes, insiste Nadège Hackenbusch. Je suis sûre que c'est mon destin d'être ici, aujourd'hui. Il ne s'agit pas d'arriver au but au plus vite. Tu dois être là quand on a besoin de toi. »

26

SENSENBRINK ferme la porte derrière lui. Il contourne le bureau et s'assoit paresseusement dans son fauteuil. Indifférent, il regarde le mur en face. L'affiche de « Tu n'es pas ma mère », le premier show dont il était le seul responsable. Et celle de « Carrément allemand », dont malheureusement il n'existe qu'un pilote. Le concept était drôle : trois demandeurs d'asile font tout pour s'adapter le mieux possible, et le vainqueur gagne un mariage blanc. C'était la blague officielle qui circulait dans les couloirs de la chaîne, alors qu'en vérité on ne gagnait que de l'argent. Mais au moins l'un des trois pouvait retarder son expulsion en témoignant de ses efforts dans l'émission. Ce n'est pas la vie qui écrit les meilleures histoires, c'est la télévision.

Sensenbrink se lève et se dirige vers le petit frigidaire. Il prend un jus de fruits et le décapsule. Il retourne à son bureau, s'assoit et pose la bouteille à côté du téléphone. Il y a un an ou un an et demi que la chaîne a supprimé le jus de fruits. Et l'eau gazeuse. Ils ont fixé un gazéificateur d'eau sur le robinet et ont collé une grande affiche expliquant pourquoi l'eau du robinet est excellente, pourquoi l'eau gazéifiée est aussi bonne que l'eau minérale, si ce n'est meilleure. Depuis qu'« Ange dans la misère » cartonne, Sensenbrink a son propre frigo, et à l'intérieur de celui-ci, il y a de nouveau du jus et de l'eau minérale en bouteille. Chose intéressante, il n'a pas été nécessaire de lui expliquer avec une affiche pourquoi finalement l'eau en bouteille n'est pas si mauvaise. Les gens sont bêtes, mais pas si bêtes que ça. Sensenbrink regarde le jus et se rend compte qu'il n'en a pas envie. S'il était fumeur, il grillerait sûrement une cigarette. Ne l'étant pas, il se laisse aller en arrière, mécontent et mal à l'aise.

Vide.

Peut-être est-ce allé trop vite ?

Sensenbrink n'aime pas les actions précipitées. Il y a des gens qui réagissent de façon optimale quand ils écoutent leur instinct et dont les idées les plus drôles naissent sous pression... Gottschalk, évidemment, même si Sensenbrink n'arrive pas à se souvenir d'autre chose que d'une histoire impliquant des ovaires, pas vraiment une apothéose télévisée. Apparemment, Kärrner était comme ça lui aussi, autrefois, quand il était encore producteur. Mais ce n'est pas son truc. On peut être spontané quand il n'y a pas d'enjeu, en vacances, dans leur maison de Majorque, là d'accord, on peut être spontané toute la journée. Quoique, là-bas non plus il ne l'est pas. Parce que la spontanéité, c'est fatigant, et la plupart du temps les résultats sont merdiques, on se retrouve je ne sais où et il pleut, ou bien on n'a pas de maillot de bain ou pas de capote, parce qu'on ne savait pas qu'on allait être si spontané. Être spontané, c'est comme faire l'amour à la plage, ça paraît vraiment chouette, mais en fin de compte on se retrouve avec du sable collé partout, et en moins de deux on est tellement brûlé qu'on peut détacher de gros lambeaux de peau de ses épaules.

Sensenbrink apprécie que tout soit planifié. Il veut savoir ce qu'il faut faire en toutes circonstances, et quand il ne le sait pas, dans neuf cas sur dix, il réussit à reporter la décision. Il dirait même que dans le management moderne la procrastination est la clef du succès. Les décisions qu'il faut vraiment prendre instantanément, on peut les compter sur les doigts d'une main. On peut s'y préparer. Et aujourd'hui aurait dû être l'un de ces jours-là.

Il a attendu le plus longtemps possible. Il a élaboré deux plans. Pendant le meeting, il a même reçu une magnifique passe : Olav, ce type à l'attitude nonchalante de l'artiste-né, est arrivé le dernier dans la salle de conférences, un exemplaire d'*Évangeline* coincé sous le bras. Il s'est vautré dans un fauteuil vide et a jeté le magazine sur la table avec un geste élégant qui partait du poignet, de sorte que le périodique a continué de tourner avant de s'arrêter pile comme il faut. Évidemment, autour d'une table ronde, il y a toujours quelqu'un pour qui ça tombe pile comme il faut. Et ensuite il a dit :

« Dites-moi, j'ai un problème aux yeux ou je suis en train de lire dans *Évangeline* que notre star collecte de l'argent pour des putes ? »

Grand remue-ménage, tous se ruent sur le magazine, sauf Sensenbrink qui sait déjà que Beate sera la plus rapide. Il s'agit d'un reportage sur six pages autour du divorce Hackenbusch et von Kraken, et si on n'était pas bête comme ses pieds et complètement aveugle, à la fin, on devait bien admettre qu'Olav avait raison.

« Je ne sais même pas pourquoi nous nous prenons tellement la tête pour écrire notre histoire, a dit Olav. Je veux dire, toutes ces discussions deux fois par semaine : comment est reçu le scénario, jusqu'où pouvons-nous expliciter ? Dans la phase d'ébauche, pendant la réception finale, puis le conseiller judiciaire qui épluche tout et fait chier tout le monde… Mais pourquoi discute-t-on le bout de gras, si notre petit soleil là-bas fait ce qu'il veut ? Parfois elle est l'Ange dans la misère, parfois elle est l'amante du super-réfugié, et aujourd'hui, ce sera quoi ? Surprise : la mère de la putain itinérante. »

Agitation autour de la table, ce qu'en général Sensenbrink apprécie. L'agitation, c'est bien, il suffit d'être rapide et d'adopter le rôle de celui qui garde son calme, avant que quelqu'un d'autre le fasse. Et ce qui est chouette avec Beate Karstleiter, c'est qu'elle se laisse beaucoup trop facilement contaminer par ce genre d'incertitudes pour pouvoir le devancer. Il a donc attendu sereinement qu'elle dise que c'était un peu fort et qu'il fallait tout de suite vérifier l'info. Alors il a pu s'étaler à sa guise :

« Redescendez un peu sur terre. Vous faites comme si 68 n'avait pas existé. »

Rétrospectivement, Sensenbrink doit avouer qu'il serait bien incapable de dire exactement tout ce qui a été autorisé en 68. En tout cas beaucoup de choses, et après on a pu porter des minijupes – quoique la minijupe n'ait jamais été interdite par la loi. Fort heureusement, personne ne l'a interrogé.

« À ce que je sache, le proxénétisme est toujours interdit, a dit Anke, habituellement une fille de confiance.

— Le proxénétisme, c'est quand on prend de l'argent pour ça, avait dit Sensenbrink d'un air cool. À la rigueur, on peut dire que Nadège Hackenbusch pratique le proxénétisme à titre bénévole.

— Et le proxénétisme bénévole n'est pas de l'encouragement à la prostitution ? » C'était cette Hayat. Il avait insisté pour qu'elle soit là régulièrement, parce qu'elle avait l'air plutôt dégourdie, mais il en vient à douter.

« Je ne connais rien à la jurisprudence des autres pays.

— *Évangeline* est publiée *ici*, a fait sobrement remarquer Olav.

— Et c'est son problème, a biaisé Sensenbrink. Ce qui est beaucoup plus important : étions-nous au courant de ce qu'il se passe ?

— Pas moi.

— Moi non plus.

— Et pourquoi pas ? C'est une super histoire ! Des putes qui se frayent un chemin vers l'Europe en baisant. Et si nous sommes au courant assez tôt, on peut le tourner de façon adéquate. Nadège observe, et ensuite elle pleure ou console ou fait son truc *human touch*, mais elle ne se jette pas dans la gueule du loup. »

Il a marqué un temps d'arrêt, a pris son élan et ajouté : « Si notre top star se retrouve en mauvaise compagnie, c'est qu'on n'a pas fait notre boulot. C'est qu'on n'a pas été vigilants. »

Encore une pause. Le silence embarrassé, c'est pas mal, mais il faut lui laisser le temps. Un vrai silence embarrassé qui fait de l'effet est comme une pâte à crêpes : il doit y avoir un sifflement quand on la met dans la poêle et ensuite, on la regarde s'étaler lentement.

Ce silence a été le tremplin idéal pour le point suivant : « Bon, c'est l'occasion d'aborder un autre sujet. »

Il était étonné que personne n'en ait parlé, mais ce sont des choses qui arrivent : parfois tous se défilent et dans ce cas il faut de vrais décideurs qui mettent résolument les sujets désagréables à l'ordre du jour : un général ne peut pas seulement donner des promotions, il doit aussi envoyer les soldats sous les feux ennemis.

« Jusqu'ici, nous avons eu la chance que personne ne s'en soit emparé, mais dans notre position, il ne faut pas nous endormir. J'aimerais bien montrer seulement les beaux côtés, mais ce n'est pas possible. Nous devons défendre notre nouvelle compétence journalistique. A-2 ne doit pas verser dans l'émission bisounours… »

Ces visages perplexes ! Comme s'il racontait n'importe quoi. C'était là un signe de l'avance qu'il avait sur sa troupe. Et il a continué sur ce ton boursouflé. Il ne veut même pas savoir ce qu'ils ont pensé.

« Les journées et semaines à venir seront sûrement désagréables, mais il ne faut pas qu'un autre média nous mette au pied du mur. C'est nous qui décidons des sujets, c'est nous qui décidons du ton, c'est nous qui menons la course depuis la pole position… »

C'est à peu près à cet endroit que les premiers ont cessé d'opiner de la tête.

« Mais le plus important, c'est la base de données. Nous devons savoir ce qu'il se passe. Sans rien embellir. Évidemment, aucun de tous ces chiffres ne doit quitter cette salle. Mais nous ne pouvons pas non plus nous raconter des histoires. Je veux des estimations réelles, et elles peuvent être pessimistes, je ne coincerai personne avec ça. Nous en avons besoin pour pouvoir imaginer le pire scénario possible, avec des idées qui tiennent la route. »

Où était l'erreur ? Bien sûr, il n'avait pas posé la question, mais personne ne lui avait dit quoi que ce soit. En tout cas, s'il posait la question, personne ne pourra plus la mettre sous le tapis. Les semaines suivantes décideraient de sa carrière, c'était clair comme de l'eau de roche, et cela faisait assez longtemps qu'il avait fermé les yeux. Il avait le choix entre la peste et le choléra, et dans ce cas il préférait regarder la fin droit dans les yeux, avec détermination. C'était un peu comme plonger depuis la tour de dix mètres ou sauter en parachute, en tout cas l'idée qu'on se fait de ce genre de choses ; dans la réalité il n'a fait ni l'un ni l'autre et il s'en gardera bien. Il a tout de suite senti l'adrénaline monter, c'était tout ou rien :

« Alors, je veux les chiffres : combien avons-nous de morts ? »

Personne n'a fait un seul bruit.

« Ça va aller, on va gérer : combien ? »

Puis quelqu'un a fini par dire : « Aucun.

— C'est grave. Mais il fallait s'y attendre. Ce dont nous avons besoin, c'est une stratégie de crise et...

— Pardon, je ne sais pas si vous avez bien compris : nous n'avons *aucun* mort. »

Ce moment passe en boucle dans la tête de Sensenbrink. Son visage quand il interrompt sa phrase, la perplexité dans laquelle il plonge pour dix bonnes secondes, avant de dire : « Comment ça, aucun mort ?

— Eh bien : il n'y en a aucun.

— Cent cinquante mille personnes marchent à travers le désert – *le désert* ! Nous savions tous qu'il pourrait y avoir des morts.

— Pourrait, oui. Mais il n'y en a pas. »

Le souvenir est très désagréable. Lui, assis là, en train de bredouiller des âneries : « Il doit bien y en avoir. Ils enterrent leurs cadavres pendant la nuit, ou quoi ?

— Possible, a dit Karstleiter, mais plutôt improbable.

— Ça va complètement à l'encontre du bon sens ! Cette entreprise comporte des milliers de dangers ! Par exemple, que se passe-t-il si quelqu'un ne peut pas payer ?

— J'ai posé la question à Grande il y a déjà un moment, a dit Anke, habituellement une fille de confiance, mais qui toutefois ne lui en a pas touché un seul mot. Ça n'arrive pratiquement jamais qu'une personne ne puisse pas payer.

— Et où prennent-ils l'argent ?

— Eh bien, il faut croire que ces gens *ont* de l'argent.

— Mais comment c'est possible ?

— Ils ont des économies, mais ne veulent pas les investir dans n'importe quel pays en crise. Les autres sont financés par leurs familles. Et avec les paiements échelonnés, ils ont encore plus de temps pour rassembler l'argent.

— Pour les femmes, c'est un peu différent, a dit Olav, personne n'investit en elles. Mais maintenant, grâce à *Évangeline*, nous savons comment on peut compenser les déficits financiers sans se soucier de la bureaucratie.

— Et les vieux ? Les malades ? » Encore une question stupide. Avec le recul, Sensenbrink a vraiment la sensation d'avoir été ridiculisé. Presque tout le monde dans cette salle en savait plus que lui.

« D'où sortez-vous l'idée qu'il y a des vieux et des malades ? s'est étonné Olav. Ils n'en prennent pas.

— Je ne crois pas en avoir vu dans l'une de nos émissions », a ajouté Anke, habituellement une fille de confiance.

Sensenbrink n'a toujours pas envie de jus de fruits. En secouant la tête, il a fait glisser la bouteille sur la table tel un pion esseulé, la poussant d'un endroit à l'autre. À la fin de la réunion, il a fait des compliments au hasard et a repris l'histoire des putes itinérantes pour demander un spécial sans Nadège Hackenbusch ; s'il y a quelques nichons, on peut aussi se passer de la star pour une fois. Il s'en est sorti tant bien que mal, mais maintenant, c'est le vide absolu.

Sans s'en réjouir, il avait pourtant pensé se trouver face à la grande décision de sa vie. Risquer le tout pour le tout, cap ou pas cap, Sensenbrink, l'homme qui a arrangé la question délicate, l'histoire des centaines de morts. Froid, professionnel, avec aplomb. Voilà de quel bois sont faits les membres du directoire.

Et maintenant ça.

Il devrait être soulagé. Il avait eu la trouille. Mais il éprouve seulement une déception abyssale. Il se sent trahi, comme si on lui avait dérobé une occasion unique. Un grand final : on ne sait pas si on va gagner, mais on est préparé à la perfection, et soudain, tout est annulé.

Parce que personne ne meurt dans le putain de cortège de Nadège Hackenbusch.

27

LEUBL A L'IMPRESSION d'être vieux. Évidemment, il sait que, d'une certaine façon, il l'est. C'est surtout sa fonction qui lui permet de se sentir vivre pleinement, mais pour être honnête : à partir de la moitié de la soixantaine, on n'est plus jeune du tout, même si Dieter Bohlen essaye de prouver le contraire. Voilà encore une chose qui ne vous rajeunit pas : que Dieter Bohlen soit l'une des rares personnalités que vous reconnaissez. En tout cas tant que la petite Bine contrôle la télécommande.

Leubl regarde avidement le frigo. Une deuxième bière lui ferait du bien. Mais sa femme n'aime pas ça. Pas quand Bine est à la maison. « Ça suffit que tu boives pour ne pas m'entendre, moi, a-t-elle dit, tu ne fais pas pareil avec ta petite-fille. À elle, tu lui parles ! » Donc pas de deuxième bière. Exténué, Leubl regarde la télé, Nadège Hackenbusch y sévit de nouveau. Elle n'est pas en studio, mais passe en duplex, et elle est en train de serrer dans ses bras ce gigolo qui a mis dans le pétrin l'Allemagne et sa télévision par un mélange rare d'effronterie et de raffinement. Et tout ce que trouve Binchen, c'est d'exulter : « Regarde, mamie, la tête qu'il fait. Il est trop mignooon. Trop gentil !

— Binchen, objecte Leubl, ce n'est pas parce qu'il est trop mignon qu'il est gentil.

— Non, je sais bien, il veut aussi la b... » Binchen met la main devant sa bouche et fait une moue coquette. Leubl feint de n'avoir rien entendu. « Mais ce n'est pas grave. C'est ça, l'amour, et s'il n'existait pas, maman n'existerait pas et moi non plus.

— Eh bien, ce n'est pas que l'amour, dit Leubl d'un air strict, c'est aussi autre chose. Il sait bien qu'il a plus de chances avec Hackenbusch que sans elle.

— Et c'est pour ça que ça ne peut pas être de l'amour ?

— Si. C'est possible, s'immisce la femme de Leubl. Mais ce que veut dire papi, c'est qu'il faut faire attention avec les hommes.

— Tu as fait attention avec papi ?

— Apparemment pas assez, répond-elle en riant.

— Binchen, éteins le son. C'est la pub. À quoi mamie aurait-elle dû faire attention avec moi ?

— Eh bien, elle devait savoir s'il y avait autre chose que l'amour.

— Ah, à l'époque, c'était plus facile d'être sûr, raconte la femme de Leubl. Tous les garçons disaient aux filles qu'elles devaient coucher avec eux et que, sinon, elles étaient des bourges.

— Et c'est pour ça que c'était plus facile ? Tu l'as fait ? »

Leubl regarde sa femme. Les enfants doivent-ils vraiment toujours tout savoir ? Sa femme lui répond par un regard qui lui fait comprendre que parfois, il faut jouer cartes sur table. Elle se redresse et dit :

« J'ai fait pas mal de choses. Mais il y en a beaucoup que je n'ai pas aimées.

— Quoi, par exemple ?

— Hm ? »

Leubl voit que sa femme réfléchit à ce qu'elle pourrait dire. Il lui jette un regard, mais elle ne sait pas comment l'interpréter. Pas étonnant, il ne sait pas très bien lui-même.

« Je trouvais bête la façon qu'ils avaient de te balancer ça. Il fallait que tu participes parce que sinon, tu étais conne. Qui a envie de porter une étiquette d'imbécile vieux jeu ?

— Et... » Binchen ose un autre regard vers Leubl. « Et papi dans tout ça ?

— Papi ?

— Oui.

— Papi était différent. Un jour, j'étais assise dans le parc avec mes copines et quelques garçons, on fumait, et là papi vient vers nous. D'un pas rapide, comme le font parfois les enfants pour rejoindre le plongeoir à la piscine. Parce qu'ils ont peur de ne plus oser sauter s'il y a un contretemps.

— Je vois bien. Et ensuite ?

— Eh bien, il a dit des choses gentilles. Ça se voyait que ce n'était pas facile… »

Leubl s'éclaircit la gorge pour la mettre en garde.

« … parce que la tête de papi était plus rouge…

— … que le SPD, oui, oui, oui. Mais ce n'est vraiment pas bien compliqué. »

Bine glousse. « Et ces choses gentilles, tu les as crues ?

— Ça m'a plu qu'il dise tout ça devant le groupe. C'était courageux. Tous ces garçons cool avec leurs pantalons pattes d'éph, super désinvoltes, avec des favoris comme Raimund Harmstorf, et voilà papi dans son costume avec le pins de la CSU. Et il dit tout simplement…

— Ça suffit maintenant !

— … que je suis la plus belle fille du monde, et que si je viens avec lui… »

Leubl se détourne, mal à l'aise.

« … il va me rendre heureuse pour le restant de ma vie. À une époque où tous les autres garçons te disaient que ce serait génial que tu te laisses sauter.

— Sauter ! pouffe Bine.

— Exactement, dit mamie avec un sourire en coin. Me "rendre heureuse" était une tout autre approche.

— Et alors ? Il t'a rendue heureuse ?

— Eh bien, dit la femme de Leubl avec bienveillance, il s'est donné du mal et… »

La fascination de Bine pour le passé a ses limites et elle remonte le volume dès la fin de la pub. Le jeune clone d'Oliver Geissen vient apparemment d'annoncer quelqu'un qui est en train d'arriver sur le plateau : « Campino !

— Beurk, dit Bine, c'est qui, *ce mec* ?

— Comment ça ? dit mamie. *Campino !* Même nous, on le connaît !

— Ça explique tout.

— C'est *oldschool,* quoi », ironise Leubl en se levant. Ce n'est pas bon qu'un bien-pensant comme Campino fourre son nez dans cette histoire. Ce n'est pas bon du tout. Il devrait encore y avoir un peu d'eau-de-vie de poire dans l'armoire. Leubl sent le regard de sa femme, mais il s'en fiche.

« Nan, papi, ce n'est plus *oldschool.*

— Mais alors ?

— C'est jurassique. »

En secouant la tête, Leubl verse un peu du schnaps couleur miel dans son verre. Une odeur de poire relaxante lui monte au nez, tandis que Campino dit qu'il trouve je ne sais quoi « tellement chouette, même si c'est diffusé sur une chaîne privée de merde ».

« Hé ho, répond le clone en riant, c'est elle qui paye mes factures !

— T'as eu du bol, vieux ! » Campino lui écrase une main sur l'épaule. « Normalement, les types comme toi atterrissent dans "Les 25 plus beaux cas sociaux". »

Puis Nadège Hackenbusch apparaît en duplex, elle crie avec passion qu'elle est très contente que Campino soit là, et Campino chantonne à son tour qu'il trouve ça « *tellement* chouette » ce qu'elle fait là, « *absolument* cool », ajoutant que les Tote Hosen vont donner un concert de bienfaisance à Berlin, et « tiens-toi bien », plein de personnes vont y participer, Lindenberg et Niedecken et Grönemeyer, et tout ça au profit de la Nadège Hackenbusch Foundation for the Humans. Alors Nadège Hackenbusch fond en larmes et dit qu'il est super gentil et que c'est vraiment merveilleux de sa part.

Wackersdorf, pense Leubl. Il est incapable d'entendre le nom de Niedecken sans penser à Wackersdorf. Il va falloir redoubler de fermeté si les musiciens pop mettent leur grain de sel, même s'il est certain que Bine n'a aucune idée de ce que peut bien être ce BAP[1].

Mais Bine se contente de dire : « Wouah, quelle réunion de viocs. »

Enfin, peut-être que ce ne sera qu'un mini Wackersdorf. « Pourquoi on regarde ça, en fait ? s'étonne Leubl en revenant à son fauteuil, le verre de schnaps à la main.

— Parce que Schminki est invitée !

— Qui ça ?

— Schminki Krawall ! »

Leubl n'apprend plus rien des autres projets de Campino, car à la place Bine lui explique qui est Schminki Krawall, à savoir *la* sensation YouTube. Bine lui montre quelques vidéos sur son portable, mais la magie de Schminki Krawall reste assez obscure aux yeux de Leubl. Il connaissait l'existence de sortes de chaînes privées sur YouTube, alimentées par un tas de gens, mais il avait toujours supposé que ces gens faisaient des choses insolites, trop impertinentes pour la télé. Or cette Schminki Krawall montre pour l'essentiel on ne sait quels produits ou alors elle entube on ne sait qui prêt à mordre dans on ne sait quoi, qui marche dans on ne sait quoi ou est appelé par on ne sait qui. Aucune vidéo ne permet d'apprendre en quoi consiste la compétence de Schminki Krawall comme testeuse de produits, et de toute façon ce n'est pas ce qui fait l'attrait de ces vidéos. Avec un professionnalisme implacable, Schminki joue la meilleure amie qui partage sa vie avec ses cinq millions de meilleurs amis. Et cette contradiction est tellement éclatante que Leubl peine à croire que sa petite Bine si dégourdie tombe dans le panneau.

« Mais papi, je le sais bien !

---

1. BAP est le nom du groupe fondé par Wolfgang Niedecken à la fin des années soixante-dix. Il apparaît avec d'autres chanteurs et groupes de musique pop, dont ceux cités ci-dessus, dans le documentaire « WAAhnsinn – Der Wackersdorf-Film » qui retrace les actions de divers mouvements citoyens opposés à l'usine de retraitement de déchets nucléaires de Wackersdorf en Bavière.

— Alors je comprends encore moins.

— Demande à mamie. Elle comprend. Ah Schminki, la voilà ! »

Leubl regarde sa femme. Madame Leubl écarquille les yeux en haussant les épaules et dit d'un ton profondément convaincu :

« Mamie comprend tout. »

Leubl prend une grosse gorgée de schnaps et voit arriver une jolie brune, elle tombe dans les bras du présentateur-clone comme si c'était un soldat rentrant de la guerre et serre la main de Campino comme si c'était un gentil monsieur à qui on laisse sa place dans le métro. Elle s'assoit à côté de Campino et du clone sur ce drôle de canapé, un mélange de pare-chocs et de barres asymétriques. Ensuite elle dit qu'elle trouve ça « *tellement* chouette », ce que fait Nadège, et « *absolument* cool », et soudain Leubl ressent une immense gratitude vis-à-vis de Campino, parce que lui au moins a dit que c'était sur une chaîne privée de merde.

« Et donc tu es partie là-bas et tu nous as rapporté un film, annonce le clone tout content.

— Exactement, exulte Schminki. Je me suis dit qu'il fallait que j'aille voir Nadège !

— Et c'est ce que nous allons voir après la pub ! »

Leubl finit son schnaps et éteint le son.

« Mais tu regardes quand même ses vidéos ? Même si tu sais que ce n'est pas ta copine ?

— Bien sûr !

— Mais…

— Bien sûr que tout ça n'est pas réel. Mais ça te donne des idées super. Parce qu'elle a une vie vachement excitante ! D'abord, elle n'est pas obligée de passer ses vacances dans le trou du cul du monde. Elle va à l'hôtel à Majorque. Avec son copain.

— Ou avec quelqu'un qui joue le copain.

— Hein ?

— Tu ne sais pas ce qu'il se passe quand la caméra est éteinte. Ils ne te montrent que ce qu'ils *veulent* que tu voies.

— Je ne crois pas. Schminki a même fait une vidéo pour parler de sa séparation, et c'était super triste. Elle était très sérieuse. Ça, c'était réel. »

Ensuite vient la vidéo de Schminki avec Nadège Hackenbusch. Schminki tombe dans les bras de Nadège, exactement comme elle vient de le faire avec le clone, la grande sœur de toutes les Binchen rencontre sa propre grande sœur. Mais cela semble se limiter à une petite visite de courtoisie. Il y a quelques images sur lesquelles on voit des enfants courir derrière la voiture de Schminki en poussant des cris et croquer des bonbons sans retenue, ça craque tellement qu'on a l'impression d'attraper des caries rien qu'en écoutant. Puis Schminki annonce qu'elle va profiter de l'occasion pour faire connaissance avec ce beau pays qu'elle veut présenter à tout le monde.

« C'est le pompon ! » dit la femme de Leubl.

Effectivement, après une transition brutale du point de vue visuel et thématique, Schminki traverse une autre partie du pays où elle rencontre un organisateur de safaris dans le désert. Des tentes, des matelas, un joli dîner, un peu comme du camping sur la plage, mais sans la mer. Les incontournables chameaux, des courses sur un marché quelconque. Quand Schminki ne se filme pas elle-même, ce sont des fruits exotiques ou de mignons animaux, car « avec tout ça, on ne doit pas oublier qu'au fond c'est un beau pays – et pas cher. » Puis elle achète un tee-shirt pour trois dollars et téléphone à Nadège Hackenbusch, histoire que ce soit à peu près raccord. Malgré cet aplomb cavalier, le virage final ne semble même pas si maladroit, bien plus malin que ce qu'elle fait dans ses propres vidéos. Probablement les rédacteurs de la chaîne ont-ils intégré au scénario cet appel pendant lequel elle remercie Nadège et souhaite que tous les réfugiés arrivent un jour en Allemagne sains et saufs afin de pouvoir, plus tard, passer des vacances dans leur ancienne patrie.

« Exactement, dit la femme de Leubl. Encore mieux si c'est avec TUI[1]. Je crois que je vais vomir. » Elle se lève, se dirige d'un pas rapide vers la télé et l'éteint.

« Mamie !!!

— Bine, il faut qu'on parle !

— Quoi ? Maintenant ?? Rallume, mamie !

— Je n'ai encore jamais vu un tel cynisme ! »

Leubl a envie d'un autre schnaps. Il regarde sa femme se jeter dans le combat, mais la bataille est perdue d'avance, il le sent. C'est la même sensation qu'autrefois, quand la mère de Bine voulait absolument sortir avec ce type horrible. George ou Paul, peu importe, un prénom à la Beatles. Il n'y avait rien eu à faire, elle devait expérimenter par elle-même. Peu importait qu'il sache que c'était un salaud. Mais au moins ce Beatles de merde était un amateur. Bine, elle, entre dans un monde rempli de salauds professionnels.

Il voit sa femme s'asseoir à côté de la petite Bine et lui expliquer ce qui se dessine si crûment pour elle et toute autre personne plus ou moins adulte, mais Bine râle. Elle rétorque que sa grand-mère comprend tout de travers et qu'elle est parfaitement capable de faire la différence, elle trouverait même vraiment chouette de dormir une fois dans le désert et d'y manger des fruits. Elle veut vivre dans un monde où tout le monde peut partir en vacances. Le combat est perdu, se dit Leubl, las, nous n'avons plus l'once d'une chance contre cette Schminki et sa vie dont chaque gamine de quatorze ans ne peut que rêver. Pas de parents gênants, des hôtels chics, des fringues et des cosmétiques en quantité, le tout avec un copain : autant de preuves du succès et d'une belle vie. Et elle a du talent : cette Schminki bouge comme si elle était née pour faire de la télé. Elle est joyeusement excitée, mais pas nerveuse, elle dégage de l'assurance, mais pas d'arrogance, elle a tout ce que Günther Jauch a dû mettre des années à apprendre à la radio. La seule chose qu'elle n'a pas : une position.

1. Agence de voyages allemande.

Et tandis qu'à l'époque, ce salaud de George ou Paul s'était contenté d'un peu de sexe, cette Schminki va complètement vampiriser sa petite-fille.

Il faudrait faire quelque chose contre ça, se dit Leubl en s'endormant. Au fond, ce serait une tâche pour le ministre de l'Intérieur.

28

IL A PRÉVENU tout le monde : ils partent à leurs risques et périls. Le succès n'était pas assuré, juste plus probable. Oui, lui ont-ils dit, bien sûr. C'est super que tu fasses tout ça quand même.

« Je ne vous promets rien, a-t-il poursuivi, sauf que vous ne vous noierez pas. » Une blague géniale, elle marchait à tous les coups. Il l'a faite au moins une centaine de fois, tout le monde a toujours rigolé. Parfois il ajoutait : « Et vous n'aurez pas non plus besoin d'un gilet de sauvetage », mais cette blague-là marchait moins bien, alors il a vite laissé tomber.

Il a également dit à ses gars : « Ne faites pas de promesses ! » Ils n'en ont sûrement pas fait, après tout ils ne reçoivent pas de commission, alors pas la peine de s'étendre. La seule chose qu'il ait précisée, c'est que s'il organisait tout, c'était parce qu'il fallait bien que quelqu'un le fasse, mais il ne deviendrait pas un guide ou un maire ou je ne sais quoi.

Alors pourquoi l'est-il quand même ?

Il n'a jamais voulu être maire. Il a eu l'idée, et peut-être une ou deux autres solutions qui aident, mais c'est tout. L'organisation avec les camions, par exemple, ça ne venait même pas de lui, c'était Mojo qui y avait pensé. Ou encore les contacts avec les seigneurs régionaux de la guerre : on en paye un et il éloigne les autres. Il faut juste savoir lequel tiendra sa parole, mais le modèle des paiements réguliers les fidélise étonnamment bien. Encore une idée de Mojo, qui empoche son pourcentage au passage, mais c'était prévu comme ça, pile-poil : tantôt l'un a une idée, tantôt l'autre, et parfois c'est Malaika qui peut aider ou alors l'UNHCR ou la télévision. Il n'est pas le responsable, personne n'a besoin de le remercier, il ne veut pas qu'on le couvre de louanges quand tout marche bien, mais il ne veut pas non plus qu'on vienne se plaindre auprès de lui. Il est juste le type qui marche en tête.

Il voit un nuage de poussière à l'horizon. Un pick-up avec des fusils mitrailleurs installés dessus en train de patrouiller. Une ou deux fois, des types ont essayé de les braquer, peut-être des trafiquants de filles, peut-être des concurrents cherchant à démontrer que les gardes en place n'étaient pas à même de garantir la sécurité. Pourtant, ils l'étaient : à peine les assaillants étaient-ils arrivés à distance de tir que les pick-up s'étaient rués sur eux. Et voilà, terminé ! En tout cas jusqu'à maintenant. En plus, il n'y a pas grand-chose à voler, ça aide. Les camions, la nourriture, l'eau, tout ça ne vaut pas vraiment la peine. Aujourd'hui, la nourriture, l'eau, l'électricité sont tellement bien gérées qu'il n'y a plus à faire que de menues améliorations par-ci par-là. Ça pourrait aller comme sur des roulettes. Quinze kilomètres par jour, ce n'est pas énorme. Et le soir, parfois on baise l'Ange et on rêve à l'avenir.

Mais ils ne le laissent pas tranquille.

Et elle non plus.

Parce qu'elle est un ange, et les anges ne comprennent rien à la vie. D'abord, elle lui a cassé les oreilles pour qu'il protège ces petites putes. En vérité, il ne s'agissait pas de protection : elle aurait voulu qu'il empêche qu'elles aient à se vendre. Comme si quelqu'un au monde était capable d'un tel exploit. Elles ont besoin de l'argent pour payer la nourriture, l'eau et la protection.

« *No ! I pay for they.* »

Un vrai ange. Quoiqu'un peu irréaliste. Il lui a fait la démonstration de ce qui allait se passer si la rumeur se répandait que l'ange payait pour les petites putes. En un rien de temps, tous arrêteraient de payer, en espérant que l'ange les aide. Il lui a tout calculé. En calcul, l'ange n'est pas si mauvais. Elle a vite compris qu'elle ne pourrait jamais assumer. Et il lui a dit que les gens ne se réhabitueraient péniblement à payer que lorsqu'elle aurait dépensé tout son argent. Ça ne fonctionnerait pas. Elle n'aiderait pas les putes, mais conduirait tout le cortège à une mort certaine.

« *But we must something make !*

— *No. We must bring them to Germany.* »

Puis il y a eu les premiers malades. En fait, ce n'était pas nouveau, mais apparemment elle n'avait pas remarqué, les premiers jours, que les vieux restaient à la traîne. Lui, dès le départ, il ne voulait pas les emmener. Il avait surtout pris des jeunes. Il n'avait pas de difficultés à trouver des candidats, il pouvait les choisir. Il avait même exigé de ses gars de ne prendre que des jeunes. Ceux qui pouvaient soigner leurs petits bobos eux-mêmes. Les enfants n'étaient pas un problème, tout comme les jeunes familles. Il avait voulu garder le contrôle grâce à l'appli. Mais comme on pouvait la copier, quelques vieux avaient réussi à s'immiscer. Ils avaient vite compris qu'ils n'y arriveraient pas. Alors ils avaient rebroussé chemin vers le camp. Enfin, probablement, car il ne sait pas s'ils ont réussi à l'atteindre. Il n'est pas guide de voyage, putain de merde.

Il a seulement eu l'idée, rien d'autre. Seulement l'idée.

Ensuite elle a commencé à parler des malades.

Avec cent cinquante mille personnes, bien sûr qu'il peut y avoir des malades. Et alors ? Il n'a garanti à personne que ça n'arriverait pas. Parfois, quelqu'un attrape un truc et ne peut pas continuer. Dans ce cas, soit il trouve quelqu'un qui le porte ou le traîne ou peu importe. Soit il ne trouve personne et, dans ce cas, le malade doit s'arrêter. On ne le transporte pas dans une voiture aux zébrures roses. Parce que sinon beaucoup de gens tomberaient très, très vite malades. Non, ça veut dire que c'est terminé. Les chanceux de la tête de cortège peuvent se reposer une journée avant de reprendre la route. Mais quand le cortège est passé, c'est fini. Alors il ne reste plus qu'à espérer que quelqu'un vienne à passer et propose son aide, mais ça peut prendre du temps. Ils n'empruntent pas les routes principales. Donc, le malade est livré à lui-même et personne ne sait ce qu'il devient. Il a sa ration d'eau, peut-être qu'il a gardé une poignée de denrées alimentaires, mais il est plus probable que non. Peut-être qu'il meurt, peut-être pas, ça peut arriver, il ne le sait pas, parce qu'il ne va pas revenir en arrière pour vérifier. En Afrique, plein de gens meurent, on ne va pas s'en assurer chaque fois.

À part les vieux, pour l'instant, tout le monde y arrive, mais viendra forcément un cas où ça ne marchera plus. Une fracture. Une appendicite. Les aléas de la vie. Alors il y aura des morts à la télé, voilà tout. Pour le moment il n'y en a pas eu pour la seule raison qu'il est très difficile de filmer en mer.

« *No ! We need a doctor.* »

Ils ont fini par se mettre d'accord sur le médecin.

Ou quelque chose qui y ressemble : à une époque, Pakka travaillait comme infirmier. Malaika lui a mis à disposition sa voiture zébrée. Maintenant Pakka longe le cortège et propose de l'aide. Les contacts de Malaika lui procurent des médicaments. Des analgésiques, des pansements, des bandages. Il ne transporte personne, il essaye de faire en sorte que les gens puissent continuer de marcher. S'il ne peut plus rien faire, il dit « *sorry* ». C'est tout.

« *That is all ? But that goes not !* »

Il a essayé de faire une blague : « *Goes not gives not* », comme elle le dit, quoi que ça signifie. Elle prononce cette phrase chaque fois qu'elle veut à tout prix quelque chose. Mais il s'agit de ne pas entraver la mécanique du cortège. Tous doivent comprendre les risques, tous doivent continuer de payer, tous doivent continuer de marcher. Le cortège ne peut pas s'arrêter, car aussitôt les locaux auront peur qu'il reste. L'imbattable avantage du cortège, c'est qu'il disparaît vite. Un cortège à l'arrêt devient un camp et personne ne veut d'un camp. Pire : une fois que les gens sont arrêtés, on ne sait pas si on va réussir à les remettre en mouvement.

Malaika veut un médecin. Pour un vrai médecin, dit-elle, l'argent de sa fondation suffira. Donc, un médecin, une deuxième voiture et de l'équipement, sa fondation peut payer ça. D'accord, a-t-il dit, un médecin, mais pas de transport.

Puis il y a eu la première femme enceinte.

Ça ne s'arrête jamais. Tout au début, il a pourtant dit : pas de femmes enceintes. Mais comment savoir ? Sans compter celles qui tombent enceintes en route. Beaucoup de jeunes filles, quelques putes. Chez certaines, ça commence à se voir clairement. Il s'est laissé dire qu'elles pourront marcher encore longtemps, c'est à l'approche de la naissance que ça va se compliquer. Et les nouveau-nés.

« *You know that not ! You have no childs ! I have !* »

Elle se redresse sur la plateforme de leur pick-up. C'est leur seul luxe, une surface de chargement pour deux, un demi-mètre de tôle servant d'écran pour les protéger. Il s'assoit et la prend dans ses bras.

Il a fait des recherches sur Google, cent cinquante mille jeunes gens, cela va faire cent cinquante à deux cents enfants par an. Ils n'arriveront jamais à tous les faire passer. Les plus résistantes des mères réussiront peut-être, mais que peut-il faire pour elles ? Il n'est pas magicien !

« *Another truck. I pay. Another truck. And a wise woman for babys !* »

Elle l'embrasse.

Il commence à comprendre, à s'habituer à son anglais capricieux. Elle veut un autre camion qui s'occupe des nouveau-nés. Et quand il sera plein, le plus âgé retournera avec sa mère. Juste pour les nouveau-nés. Pas de transport de malades.

L'idée n'est pas si mauvaise. C'est mieux que des enfants morts. Un petit bus rempli de bébés. Des super images. Un bébé n'est pas méchant, un bébé n'est pas menaçant. Mais ça n'empêchera pas les coups durs. Des gens risquent de mourir. Des enfants risquent de mourir.

Elle hoche la tête.

Il accepte et il a l'impression qu'on lui ôte un énorme sac à dos. Il y en a encore beaucoup sur ses épaules, mais c'est ça de moins, et Malaika a cette confiance infatigable, quand elle l'enlace, elle lui donne la sensation qu'il ne doit pas tout, tout, tout faire lui-même.

Parce qu'elle est un ange, ne cesse-t-il de se répéter.

29

« DITES-MOI : est-il possible que ce soit de la merde ?

— Quoi ? »

Sensenbrink s'est levé d'un bond. Il est en salle de montage 3, en ce moment c'est *la* salle de montage de toute la maison. Jusque-là, il était resté là calmement à taper des messages sur son smartphone, tandis que Beate Karstleiter et un technicien examinaient le nouveau matériel, quand soudain, il se lève et montre une tache sombre, arrondie sur l'écran.

« Vous ne voyez pas ça ? Arrêtez l'image, je vous montre. Dix secondes en arrière… exactement ! Là et là ! Et là aussi !

— Hm, fait le technicien, je ne sais pas. Ça pourrait aussi être des pierres…

— Des pierres ? Vous avez quoi comme pierres à la maison ?

— En général, la lave est sombre…

— Nous ne sommes pas à Lanzarote ! Là ! Encore. Reculez. Stop ! Voilà. Ces trucs-là !

— Peut-être des animaux endormis, dit Beate Karstleiter.

— Quel animal dort roulé comme une saucisse ? Vous êtes malades ou quoi ? C'est de la merde ! Zoomez un peu. »

La saucisse grandit, sans devenir nécessairement plus nette. Mais à présent il est pratiquement impossible d'interpréter les images autrement. Aussi parce qu'à côté, il semble y avoir un autre animal endormi, aplati au milieu.

« S'il vous plaît ! dit Sensenbrink. Des animaux aussi mous, ça n'existe pas. Qui est responsable de ça ? »

Beate Karstleiter regarde la fiche. « Korbinian, lit-elle, de l'équipe d'Anke.

— Qu'elle nous rejoigne. Illico ! »

Karstleiter téléphone. Sensenbrink passe les images en avance rapide. Les réfugiés sont en route depuis dix semaines, les histoires commencent à se raréfier. On ne peut plus tricoter autour de l'improbable couple et sa difficile mission. Comme pour tous les formats à succès arrivent désormais les difficultés à diversifier. Il a mis plus d'auteurs sur l'histoire, d'abord dix, puis dix autres, et ceux du début sont devenus auteurs en chef.

« Toujours la même chose, soupire Sensenbrink à l'intention de Beate Karstleiter. Ces créatifs ne sont pas des leaders. Anke est douée, mais seulement avec un stylo. Il ne faudrait jamais donner de promotion à ce genre de personne. Si on leur enlève leur clavier et qu'on leur donne d'autres personnes à gérer, ils veulent juste être gentils, et bien sûr ça ne peut donner que de... Oui ?

— Qu'y a-t-il ? demande Anke, habituellement une fille de confiance.

— Entrez, entrez. Nous sommes en train de regarder les images. Est-ce votre département qui a fait ce scénario ? Quel est le titre, déjà ?

— Titre de travail : "L'arrière-garde", lui souffle Beate Karstleiter.

— "Les petits derniers", corrige Anke. Oui, ça vient de nous.

— Nous débattons depuis tout à l'heure pour savoir ce qu'on voit là. Lui dit que ce sont des animaux. Moi, je dis que c'est de la merde.

— En effet. »

Karstleiter et Sensenbrink se regardent, puis leurs têtes se tournent comme sur commande vers Anke.

« Qu'est-ce que vous voulez dire par "en effet" ?

— Que vous avez raison. Ces tas-là, c'est de la merde.

— La merde des gens ou quoi ?

— Beh, nous n'avons pas fait de recherches détaillées, mais…

— Hé, épargnez-nous vos sarcasmes !

— … mais d'après ce que je vois, c'est bien ça.

— Et je peux savoir ce qui vous est passé par la tête ?

— Le sujet ne vous plaît plus ?

— C'est moi qui ai commandé ce sujet sur la merde ? Vous êtes sûre ?

— Monsieur Sensenbrink, nous avons tous participé à la conférence. Nous avons discuté des sujets possibles : il y avait toutes ces idées habituelles, le plus vieux réfugié, le plus jeune, le plus beau, ceux qui marchent en tête, ceux qui ferment la marche, et quelqu'un a même dit : "Génial, tout au bout, ça doit être vraiment rude."

— Oui, d'ailleurs ce n'est pas mal du tout, soutient Beate Karstleiter, mais ces images-là, je ne comprends pas ! Comment pouvez-vous laisser passer ça ? Il suffisait d'aller filmer quinze mètres plus loin, bon Dieu de merde. Vous êtes aveugles ?

— Non, et au début j'ai pensé la même chose que vous ! Mais d'après les informations dont je dispose, c'est partout pareil. Quand on filme à l'arrière du cortège, quinze mètres ne changent rien. J'ai même appelé l'Agence fédérale pour le secours technique, ils m'ont ri au nez : "Vous croyiez quoi, il faut bien continuer de faire ses besoins."

— Mais jusqu'ici nous n'avions pas…

— Parce que jusqu'ici tout a été filmé à l'avant de la marche. Au fond, c'est un simple calcul. Je peux vous l'expliquer, mais ça va être… peu appétissant. »

Sensenbrink gémit et s'enfonce dans son fauteuil. Résigné, il donne la parole à Anke d'un geste de la main.

« Voici ce qu'il se passe, commence Anke, habituellement une fille de confiance. Quand vous êtes devant, vous cherchez une place à l'écart pour vos besoins. Tous ceux qui ont fait de la randonnée connaissent ça. Sauf qu'aucun randonneur n'est vraiment plus ingénieux que les autres. Vous avez donc repéré un endroit et quand vous y arrivez…

— … il y a déjà plein de mouchoirs, ajoute Beate Karstleiter.

— Exactement. Le petit endroit qui vous semble adéquat, quelqu'un d'autre l'a déjà jugé adéquat avant vous. Et plus il y a de gens qui passent, plus les endroits adéquats se remplissent. Alors on cherche des endroits un peu moins adéquats, un peu plus éloignés. Ou bien on prend des endroits plus évidents. Les enfants par exemple finissent tous par utiliser les accotements, même s'ils cherchent des endroits inutilisés. Mais sur un tronçon de route où sont passées cinquante mille personnes, il n'y a presque plus d'endroits inutilisés.

— Beurk, fait Beate Karstleiter.

— Et ensuite ? demande Sensenbrink.

— Après ils campent. Au début, l'endroit privilégié pour dormir était la piste même. Mais comme de plus en plus de gens ont été heurtés par des voitures, ils ont laissé libre le centre de la piste. Résultat, cet espace est devenu le premier choix pour aller aux toilettes…

— Pourquoi ça ?

— Je ferais pareil, dit Karstleiter. On va d'abord là où on est sûr de ne pas marcher dans quoi que ce soit. En plus, la nuit, il fait très noir, personne ne vous voit, même au milieu de la route.

— Et ce n'est pas loin, ajoute Anke, habituellement une fille de confiance. L'autre option, c'est de s'écarter de la piste. Mais personne n'en raffole : il fait noir, vous n'êtes pas en sécurité, vous voulez rester avec le troupeau, vous avez peur de ne pas retrouver votre chemin…

— Bon, d'accord, dit Sensenbrink, mais faut-il vraiment que ça ressemble à ça ?

— Oui, dit Anke avec objectivité, de toute évidence. Et jusqu'ici je ne vous ai parlé que du premier jour. La colonne fait cinquante kilomètres de long, quelque chose de cet ordre-là. Ce qui veut dire que les personnes du deuxième tronçon, quinze kilomètres derrière la tête, parcourent un trajet déjà accompli par cinquante mille personnes et passent leur journée à éviter les tas de ces premiers cinquante mille. Et le troisième jour, la troisième portion de cinquante mille…

— Je ne veux même pas savoir ! » Sensenbrink ferme les yeux et tourne la tête.

« Un être humain chie à peu près trois cents grammes par jour, lit Beate Karstleiter sur son smartphone.

— Alors vous pouvez faire le calcul, dit Anke. Ça veut dire que les derniers de la colonne doivent traverser tous les jours une zone où sont disséminées quarante-cinq tonnes de merde des trois jours précédents. Ça fait environ un quart de million de tas…

— Arrêtez, ça suffit !

— Sur les images des drones, on voit même des motifs.

— Quoi ???

— Eh bien, quand une foule constante se regroupe toujours de la même façon, à savoir autour des camions-citernes, explique Anke, habituellement une fille de confiance, en attrapant une feuille de papier sur laquelle elle esquisse des ronds et des lignes, ça donne à peu près ça : ici le camion-citerne, là la piste, et la merde s'étale comme ça… » Elle répartit plein de petits points sur le papier.

« Ça suffit, ça suffit ! dit Sensenbrink.

— Plus on va vers l'arrière, plus il y a de gens avec des bâches de plastique. Ils s'en servent pour dormir à peu près au propre. Il y a même des spécialistes qui se font un peu de sous en pliant les bâches de manière à ce que le côté extérieur ne touche jamais le côté intérieur.

— Bonté divine ! Il ne faut en aucun cas diffuser ça.

— Quoique… C'est presque une bonne histoire.

— Non, pas du tout ! On ne peut pas se servir de ça. Nous diffusons en direct le plus grand drame de l'histoire de la télévision allemande. De la télévision tout court. C'est plus important que le 11 Septembre. Nous avons un accès exclusif au personnage principal. Aux deux personnages principaux du drame. Actuellement, aucune émission de la chaîne n'a plus d'importance. Nous sommes face à une responsabilité historique, tout le monde à la direction est d'accord avec moi sur ce point, nous portons une responsabilité pour l'humanité entière. Pour le journalisme. La démocratie ! Mais pas avec des images de merde !

— C'est cynique, dit Anke, mais quand le ravitaillement ne fonctionnait pas encore aussi bien, le problème n'était pas si éclatant.

— Les bétonnières ? »

Anke hoche la tête.

L'idée était venue d'un spectateur. Un globe-trotteur. En même temps constructeur de camions ou ingénieur. Il avait vu l'épisode sur la qualité catastrophique de l'approvisionnement alimentaire, un super programme, ça pleurait à tout va. Les dons s'étaient élevés à des dizaines de millions pour la fondation NHFH. Et cet ingénieur globe-trotteur avait appelé pour proposer une solution plus efficace car là-bas, en Afrique, les gens mangent principalement de la bouillie de céréales. Impossible que chacun prépare sa propre bouillie tout en marchant, mais on pouvait centraliser la tâche. Et ensuite livrer la bouillie à l'aide de bétonnières. Comme on continuerait de la remuer en route, en modifiant légèrement la recette, elle serait même meilleure à l'arrivée. Cela représentait une énorme organisation, deux camions avaient été donnés, d'autres achetés, et à cause de l'urgence humanitaire les entreprises de construction s'étaient proposées, comble de l'absurde, parce que sur place les responsables du ravitaillement, des gangsters douteux, avaient repris l'idée et trouvaient des transporteurs chinois, avec lesquels ça fonctionnait tout aussi bien. Depuis, chaque réfugié mange sa portion de bouillie quotidienne sur un bout de carton.

Beate Karstleiter clique sur sa souris. L'écran s'éclaircit et le « problème » leur saute de nouveau aux yeux. « Tout est lié, dit-elle.

— Mais il faut que ça s'arrête, dit Sensenbrink. Soyons clairs, ce n'est pas ça qui va attirer les annonceurs.

— Mais c'est la crédibilité qui nous distingue, dit Anke, la fille de confiance, l'air déconcerté. Le côté journalistique. Nous n'enjolivons rien.

— Dites ça aux gens de Salomon ou d'Adidas, rétorque Sensenbrink.

— Tsss, fait Beate Karstleiter, ou à Meindl. Essayez de vendre des boots à trois cents euros avec des images de gens enfoncés dans la merde jusqu'aux chevilles…

— Je comprends que vous n'aimiez pas ça, mais je ne suis pas magicienne. Tout ce que je peux vous proposer, c'est de ne plus filmer que l'avant de la marche.

— Ça ne sert à rien. Quelqu'un d'autre en parlera. C'est même un miracle que personne n'ait encore mis ça sur le tapis. Il faut enlever la merde.

— Mais comment vous vous imaginez ça ? Vous voulez interdire aux gens de chier ?

— Peut-être n'est-ce pas nécessaire, se lance Karstleiter. Peut-être que personne ne s'en apercevra.

— Plus ça dure, plus tôt un autre média le remarquera. Maintenant, nous ne pouvons plus prendre ce risque.

— Pourquoi pas ?

— Pourquoi *plus* ?

— Parce que, soupire Sensenbrink, parce que nous sommes en train de négocier une vente éventuelle.

— Pour vendre la chaîne ?

— Non, l'émission.

— C'est possible de vendre une franchise ?

— Des franchises. »

Les deux femmes et le technicien se regardent. Trois visages, trois grimaces satisfaites : sourcils haussés, hochements de tête entendus, bouche pointue. En fait, la bouche pointue appartient à Anke, habituellement une fille de confiance : « Est-on vraiment obligés d'enregistrer une licence pour ça ? C'est juste une actualité. Un événement. Nous n'avons rien programmé.

— Nous en avons déjà débattu, rappelle Karstleiter. On peut dire sans exagérer que tout ça n'arriverait pas sans notre présence.

— Voilà. Il est question de sécurité juridique. Le diffuseur ne veut pas risquer une injonction préliminaire. Donc il achète les droits au préalable, parce que ça coûte moins cher qu'un procès.

— Et c'est qui ?

— Bon, c'est vraiment top secret. Les Hollandais sont à deux doigts de signer.

— Et ensuite, ils mettent en place leur propre cortège ?

— Ils envoient Linda de Mol ?

— Non, non, ils diffusent notre émission. Et il n'y a pas que les Hollandais.

— Qui d'autre ? Les Français ?

— Obligé. Et les Italiens nous ont également envoyé une demande.

— N'ont-ils pas suffisamment de réfugiés eux-mêmes ?

— Eh bien, ce qui les attire, c'est que pour une fois les réfugiés ne veulent pas aller chez eux. Tout comme les Britanniques. Pour eux, cette émission, c'est comme un beau pied de nez.

— Mais "Ange dans la misère" est explicitement un programme d'aide. En faveur des réfugiés.

— Ça dépend du commentaire en voix off.

— Ils ne peuvent pas mettre n'importe quel commentaire par-dessus !

— S'ils payent suffisamment, ils ont le droit de tout faire, marmonne le technicien.

— Mais dans ce cas, la merde ne les dérangera pas.

— Les Anglais, non, les Italiens, non. Mais les Américains, oui.

— Le marché américain ?

— Bien sûr. Ils ont d'abord pensé reprendre le concept avec Salma Hayek, puis avec Angelina Jolie, et ensuite ils ont abandonné.

— Parce que Nadège Hackenbusch est mieux qu'Angelina Jolie ? » Le technicien hurle de rire. « Vous n'y croyez pas vous-même !

— Non. Parce que la situation est différente.

— En quoi ? Ils ont aussi une frontière. Surtout eux !

— Bien sûr, mais pas besoin de marcher pendant une éternité. Au Mexique, on peut monter dans un bus. »

Hochements de tête. L'argument se tient.

« Donc, ils ont besoin de notre Nadège. Qui l'eût cru ?

— Mais si elle est au milieu d'un énorme tas de merde, ça change tout. C'est le dernier tabou. Même dans "Je suis une célébrité", ils évitent la merde. Le sperme : oui. Les parties génitales : oui. La merde : non. Ils te serviraient des couilles de singe grillées, mais pas un trou du cul de singe.

— Bon, alors il faut enlever la merde.

— Mais comment ?

— Des sachets comme pour les chiens ?

— Très drôle.

— Pourquoi pas ? gamberge Beate Karstleiter. Ce serait le moins cher. Il faudrait juste les distribuer de manière centralisée…

— Il y en a même avec des petites pelles pour pousser. J'ai gardé un chien pendant une semaine, ce n'était pas si désagréable.

— Et l'accroche serait : MyTV traite les réfugiés comme des chiens ?

— Après tout, on leur envoie aussi des bétonnières.

— C'est moins grave que d'être traité comme un chien. En tout cas, en théorie.

— Non, tout ça, c'est des conneries. Vous n'avez qu'à les regarder : ces gens vous donnent-ils l'impression d'être prêts à ramasser leurs petits tas ? Même en Allemagne, ce serait limite. Et ensuite ils jetteraient leurs petits sacs rouges n'importe où. Alors nous n'aurions pas que de la merde, mais de la merde avec des emballages fluo.

— Des enfants qui se bombardent avec…

— Ou des gens qui les revendent. Non, il faut se débrouiller autrement.

— On pourrait envoyer des pelleteuses qui enfouissent tout ?

— C'est trop coûteux. Il faut trop de pelleteuses, et si ça s'étale vraiment autant, il faudra creuser une bande d'environ cent mètres à travers le paysage.

— Ça ne suffira pas, rappelle Anke, habituellement une fille de confiance. Je peux vous refaire sommairement le dessin.

— Non, merci. Disons cinq cents mètres. Mais ça ne marchera pas non plus. Et d'ailleurs, il ne s'agit pas de protéger l'environnement !

— Qu'est-ce que vous voulez dire ?

— Qu'on ne peut pas commencer à faire le ménage à la pelleteuse avant que tout le monde soit passé. Mais à quoi bon nettoyer derrière le cortège ? Nous ne filmons pas derrière. Nous voulons que ce soit propre en tête, au milieu et à la fin du cortège. Nous ne pouvons pas quotidiennement faire des trous au milieu de tous ces gens.

— Dans ce cas, il ne reste plus que les toilettes mobiles, constate Anke, habituellement une fille de confiance. Comme pour les concerts de rock.

— Au milieu d'un cortège ? » demande Beate Karstleiter.

Sensenbrink lui jette un regard furieux. Le scepticisme n'est certainement pas d'une grande aide.

« Les toilettes ne pèsent pas grand-chose, dit-il, encourageant. Elles sont faciles à monter.

— La plupart des petits tas se situent autour des camions-citernes, ajoute Anke, habituellement une fille de confiance. Alors il n'y a plus qu'à les monter là.

— Avez-vous une idée de combien il en faudra ? demande le technicien. Des milliers !

— Oui. » Sensenbrink se frotte le menton. « C'est sûr.

— Mais au moins, ils s'en serviraient, dit Anke, habituellement de toute confiance. On peut fermer la porte.

— Et ça veut dire qu'on va les transporter tous les jours ?

— Ça fera encore un tas de camions, explique Beate Karstleiter. Je tiens juste à vous le signaler au passage. »

Sensenbrink essaye de convertir des milliers de toilettes en camions. Il se retrouve soudain comme à l'école, à faire un exercice compliqué avec des tas, des maisons, des camions et des réfugiés. D'abord, il faut trouver l'énoncé. Donc : combien de camions...

« En réalité, ça n'en fait pas tant, dit le technicien. Il suffit de déplacer les toilettes un jour sur trois. Les camions-citernes restent aux mêmes emplacements pendant trois jours. Alors on peut laisser les toilettes en place et continuer de les utiliser.

— C'est juste ! confirme Anke, habituellement de toute confiance. Il suffit de transporter les toilettes du fond vers l'avant. On les vide et, une fois par jour, on enterre tout derrière le cortège avec la pelleteuse.

— Donc beaucoup moins de camions. » C'est chouette que Karstleiter daigne aider un peu. « Mais ça fait quand même dix ou quinze semi-remorques. Des conducteurs. Des responsables.

— Ils en ont déjà. Il en faut juste un peu plus.

— OK. Il y a donc une solution. Mais qui paye ? Les réfugiés ?

— Faut pas rêver. » Sensenbrink se frotte les yeux. « De toute évidence, les tas ne les gênent pas trop.

— Mais c'est pour leur bien. Le cortège sera d'autant mieux accepté. Et si les Américains achètent les droits, ils auront encore plus d'attention.

— Calculons plutôt comment faire des économies : il faudrait que l'entreprise baisse un peu le prix. Ou qu'elle les donne. C'est pour la bonne cause, et ça lui ferait de la pub à la télévision.

— Une ligne aérienne pourrait sponsoriser le transport vers l'Afrique..., conseille Anke, presque toujours de confiance. Dans ce cas, il ne reste que l'entretien et le fonctionnement au quotidien. Je ne sais pas combien on va gagner avec les franchises, mais...

— Ah certainement pas ! » Sensenbrink hoche énergiquement la tête. « La chaîne a le droit de gagner de l'argent, mais elle ne peut pas être l'organisatrice.

— OK, alors qui ? La fondation ?

— Ce serait beaucoup mieux. Les réfugiés doivent se charger de l'organisation, dit Karstleiter, et la fondation prend en charge les coûts. Ça pourrait même plaire à Nadège. À cause de Bill Gates qui donne dans l'assainissement des eaux. Les équipements sanitaires, c'est un peu pareil. »

Le regard de Sensenbrink se pose sur l'écran où les images continuent de défiler, sans le son. Il voit Lionel enlacer Nadège Hackenbusch, examiner la qualité de l'eau avec les conducteurs de camion, compter les paquets contenant les couvertures isolantes dorées.

« Et puisqu'on y est, dit Sensenbrink – de nouveau il est entièrement à son rôle de leader et de décideur –, Lionel a besoin de nouvelles chaussures. Il ne faut pas qu'elles lui tombent des pieds. Là, il n'a pas l'air entreprenant, mais pouilleux. Trouvez-lui un sponsor : à partir de maintenant, il aura de nouvelles baskets toutes les quatre semaines. »

30

VINGT MINUTES. Ça devrait suffire. Se rouler quelques patins et fissa. En tout cas, aujourd'hui le secrétaire d'État n'a pas la tête au grand numéro. Ce soir, personne ne se fera bien baiser, c'est sûr, Tommy peut afficher autant qu'il veut son regard haletant. Le secrétaire d'État embrasse Tommy et se sent poussé en direction de la chambre. Ça, il faut tout de suite l'empêcher. Une fois qu'ils seront dans la chambre, il va d'abord falloir régler les lumières, et ensuite viendra la boîte à joujoux. Non pas que le secrétaire d'État n'aime pas les jouets, mais ces derniers temps, à son goût, ça prend beaucoup trop de temps. Oui, autrefois, il aimait bien ça lui aussi, mais autrefois c'était autrefois, et maintenant c'est maintenant. Plus tard ce sera plus tard, mais en ce moment il traverse une mauvaise phase, voilà tout, et perdre des heures dans la chambre à coucher ne va rien améliorer. Le secrétaire d'État continue vaillamment d'embrasser Tommy en essayant de le repousser avec ses hanches. Son but est le canapé, où il n'y a pas de jouets, et où tout ça peut se faire rapidement et sans formalités.

« Mmmhhh, j'ai un nouveau truc, il faut que tu regardes ça en urgence », dit Tommy en se glissant dans sa bouche. Ses doigts ouvrent la chemise du secrétaire d'État. Manquait plus que ça : des nouveautés dans la boîte à joujoux. Vingt minutes, ça ne suffira jamais. Dix-neuf minutes ; plutôt dix-huit. Il est un peu plus grand et bien plus lourd que Tommy et c'est un avantage, car ainsi celui-ci ne peut pas si facilement prendre les rênes. Il tente de donner l'impression de plaisanter, mais bien sûr ça se retourne contre lui.

« Ohhhhh, gémit Tommy, quelqu'un fait le coquet ! »

Baisser le pantalon, les deux, sinon ça ne donnera rien, puis pousser Tommy dans la bonne position, mais sans aller trop vite, parce que Tommy aime qu'on le force un peu, au moins dix minutes, ça va être sacrément juste. Et ce calcul ne prend pas en compte la nécessité d'arriver à bander…

« Dis-moi, tu es en train de regarder ta montre, ou quoi ?

— Non, je regarde juste…

— Apparemment, nous sommes de nouveau pressés !

— N'importe quoi, viens, je t'aime, faisons-le…

— Vite fait sur le canapé ?

— Hein ?

— Tu m'as bien compris. Je ne suis pas bête. Chambre : Emmanuelle dans le jardin des plaisirs. Canapé : wham, bam, thank you Ma'am. Tu veux le canapé. Ce n'est pas difficile à comprendre : je ne sais même plus quand tu as arrosé le jardin des plaisirs la dernière fois. Pas étonnant qu'il n'y pousse plus rien.

— Si en plus on se dispute, il ne restera pas de temps du tout ! »

Ça, le secrétaire d'État ne le dit pas, bien sûr, même si ça tombe sous le sens, dans la mesure où il ne reste plus que seize minutes. Mais à strictement parler, son calcul est déjà caduc. Même après le coup le plus rapide, Tommy a besoin de rester un peu dans ses bras, et alors, c'est quand, le bon moment pour allumer la télé ? Au bout de cinq minutes ? Dix ? C'était bête de se laisser embarquer là-dedans.

« Tommy, pardon, dit le secrétaire d'État, il faut que je voie l'émission.

— Donc j'avais raison ! Tu regardes ta montre.

— Ouiii. Pardon, vraiment. Je ne peux pas faire autrement.

— Et pourquoi ?

— Parce que Leubl y participe.

— À cause de cette merde avec les réfugiés ? »

Le secrétaire d'État opine. Tommy inspire profondément, embrasse le secrétaire d'État mais il est évident qu'il se fait violence. « Bien, dit Tommy, bien. Je ne vais pas faire de caprice. Tu es mon secrétaire d'État, tu es la queue de ma vie. » Il se tourne et se penche vers les étagères en dessous du plan de travail. Ils ont finalement choisi du Corian, mais ce n'est pas aussi facile à entretenir que ce qu'on dit.

« Je ne vais pas chialer, et je ne vais pas rendre ta vie si dure encore plus dure. »

Il attrape une bouteille. Du vin rouge, le secrétaire d'État n'arrive pas à voir exactement lequel, mais probablement le barolo assez corsé. Tommy prend vigoureusement son élan, puis balance la bouteille sur un coussin du canapé avec une douceur étonnante.

« Attrape ! »

Le tire-bouchon suit, le secrétaire d'État arrive à l'attraper au vol.

« Je ne te fais pas de scène, parce que je suis un adulte. Je m'assois sagement sur le canapé et je soutiens mon homme, je le rends hyper fort. Je ne lui dis pas que je n'ai pas envie de mater son émission à la con, je suis au-dessus de ça. Mais il devrait savoir que ma patience a des limites. Et que j'ai besoin moi aussi d'être un peu réconforté. Ouvre le vin, espèce de salope pas sexy. »

Le secrétaire d'État lance un regard de gratitude à Tommy, qui lui répond d'un air étonnamment amoureux et déboutonne son pantalon. « C'est ça que tu aurais dû faire, dit-il, navré. Regarde. Je l'ai acheté rien que pour toi. Une petite folie. Mais c'était en solde. »

Le secrétaire d'État hoche la tête d'un air approbateur et verse du vin dans les verres, tandis que Tommy allume la télévision. C'est encore la météo. Tommy se glisse sur le canapé et se blottit tout contre lui. « Merdes de réfugiés, grogne-t-il. À quoi bon faire une autre émission ?

— Ça t'arrive de m'écouter quand je te raconte des trucs ?

— Toujours. Attends, c'est comment déjà ? Ah oui : réfugiéréfugiéréfugié. Le cher monsieur Leubl. Réfugiéréfugiéréfugié. Hackenbitch. J'ai oublié un truc ?

— Non. » Le secrétaire d'État fait un signe entendu. « Parfait !

— Allez, dis-moi.

— Si tu ouvrais un journal de temps en temps... »

Tommy donne un gros coup dans les côtes du secrétaire d'État.

« *Moi,* je ne fais pas de caprice. Ce serait donc vraiment très, très chouette si toi *aussi*...

— OK. Les médias ont compris qu'il n'y aurait pas de catastrophe. En tout cas, pas dans l'immédiat.

— Et alors ?

— Eh bien, ça veut dire que cent cinquante mille personnes marchent dans notre direction. Et on commence à se demander s'ils pourraient éventuellement y arriver.

— Ils peuvent ?

— Chuuut, fait le secrétaire d'État. Voyons qui est invité dans l'émission.

— Pourquoi chut ? Il suffit de regarder !

— Tais-toi maintenant ! »

Ça, le secrétaire d'État ne le dit pas, bien sûr. Il laisse parler Tommy et espère qu'à un moment il s'arrêtera tout seul. Leubl apparaît à l'image. Il affiche son visage Lino Ventura : le père inquiet, strict, mais au fond bienveillant. Ce visage avec lequel il a gagné les huit dernières élections, ou les six dernières, il l'a perfectionné pendant les dernières décennies, les rides de son front se creusant peu à peu. Personne dans tout le milieu de la politique n'utilise ses rides ainsi. En plus, il a le front haut. Malheureusement pour le secrétaire d'État, personne dans sa famille n'a le moindre problème de chute de cheveux. Peut-être devrait-il commencer à porter des lunettes, ça pourrait aussi fonctionner.

« D'accord, madame Rodung-Busch est invitée ! Il fallait s'y attendre, commente le secrétaire d'État.

— Tiens, tiens, c'est vrai ? » La main de Tommy se glisse sur ses côtes, et le secrétaire d'État essaye de pousser ses doigts avec un mouvement qu'on pourrait tout juste qualifier d'affectueux.

« Il fallait bien qu'ils fassent venir une nana pro-droits de l'homme. Houla, monsieur Schwägerle. J'espère qu'ils vont le sous-titrer. » Schwägerle est dangereux. Une fois par semaine, il écrit un bon commentaire pour les journaux, mais à la télévision il paraît beaucoup moins dynamique : c'est dû à son épouvantable accent souabe. Lorsque le secrétaire d'État était encore secrétaire général du parti, il a commencé par interdire à tous les Souabes de donner des interviews, c'est-à-dire : à la radio et à la télé. Excepté pour leurs chaînes régionales, après tout ça ne dérange personne si leur hachis verbal englue leurs ondes paysannes. Mais pas à l'échelle nationale ! En politique, les dialectes, c'est comme les quatre roues motrices : on doit pouvoir les enclencher et les arrêter, sinon on a plus d'inconvénients que d'avantages. Encore aujourd'hui, il trouve miraculeux que la CDU ait survécu à des décennies de Schäuble.

« Il ne manque plus qu'un type de la droite, dit le secrétaire d'État.

— Je sortais avec un fan du HSV, le club de foot de Hambourg, dit Tommy. Quand ils montraient le tableau avec les positions des joueurs, il parlait exactement comme toi maintenant.

— Je le savais : monsieur Blechdecker.

— Et bien sûr, van der Vaart en milieu de terrain, le singe Tommy avec douceur. Quelqu'un ne pourrait-il pas le refourguer à l'une de ses blondasses intoxiquées ?

— Si Blechdecker n'existait pas, il faudrait l'inventer. Quand tu as besoin d'un nazi pour une émission, mais que tu ne peux pas en inviter, les socialistes peuvent heureusement t'en fournir un.

— En parlant de rouge : tu nous ressers ? »

Le secrétaire d'État verse une bonne dose de rouge dans le verre de Tommy et ensuite, surpris, une bonne rasade hors du verre : il y a un écran à côté de Blechdecker, et sur l'écran, en duplex, Nadège Hackenbusch. La séquence diffusée donne habilement dans l'exagération : le départ, les premières interviews dans lesquelles les réfugiés parlent gaiement de l'Allemagne, le but de leur voyage. Naturellement, il y a aussi cette petite fille africaine toute mignonne qui fait un véritable carton sur YouTube avec deux vidéos. Dans l'une, elle danse, et dans la seconde, elle tend des bouteilles vides à des gens et dit : « Consigne, s'il vous plaît ! » Puis soudain, l'atmosphère change du tout au tout, et on découvre la véritable raison de l'agitation : Pegida[1] gagne de nouveaux membres. Et pile au moment où le présentateur demande à Nadège Hackenbusch comment se passent les choses, Tommy dit :

« Ouh, Nadège a vachement bronzé. Ça lui va bien. Mais je trouve qu'elle devrait… »

Regarder la télévision avec Tommy est affreux. Le secrétaire d'État se penche en avant et embrasse Tommy sur la bouche. Comme ça, au moins, il se tient tranquille.

« … nous venons vous voir, piaille Madame Hackenbusch. Bien sûr, ça va durer encore un peu. Mais si tout le monde aide, nous allons y parvenir ! Je suis tellement fière ! » La langue de Tommy se glisse dans la bouche du secrétaire d'État, très bien, comme ça il peut entendre le présentateur demander comment se déroule l'entreprise et comment elle gère tout ça, puis sa réponse, elle ne gère rien, elle porte juste un secours humanitaire. Soit elle est maligne, soit on lui a trouvé un avocat.

« Ils vont enfin donner la parole à ton chef pour qu'on en finisse ?

— Ce n'est pas encore le moment. Il faut d'abord qu'un journaliste dise qu'ils pourraient réussir à venir jusqu'ici. » Voilà. D'abord Schwägerle ajoute son grain de sel. C'est presque comme s'il marchait à côté du cortège en Afrique, alors qu'il n'a plus fait de vrai reportage depuis au moins quinze ans. Exténué, le secrétaire d'État glisse la main vers sa braguette ouverte pour en retirer celle de Tommy. Il essaye

1. Patriotische Europäer gegen die Islamisierung des Abendlandes : les Européens patriotes contre l'islamisation de l'Occident. Mouvement de droite populiste fondé en 2014 par Lutz Bachmann.

tant bien que mal de l'écarter, mais manque de bol, Tommy a deux mains. Avec le Capitaine Crochet, les choses seraient plus simples.

Maintenant Schwägerle explique l'infographie parue récemment dans *Focus*, qui montre l'agencement et la structure du cortège. Puis il parle d'une organisation sophistiquée dans son pantalon.

« S'il te plaît, Tommy, ce ne sera plus très long.

— En revanche, ce que tu caches là l'est vraiment...

— *S'il te plaît !* Il faut que je me concentre ! »

Une organisation sophistiquée du cortège, bien sûr. C'est le cortège qui dispose d'une organisation sophistiquée. Alors ça risque de devenir vraiment dangereux, dit Blechdecker avant de mettre en garde contre un truc en rapport avec l'État islamique. Cet homme a mené l'une des carrières les plus étonnantes des dernières années. Après ses débuts comme humoriste, il est passé sur les chaînes publiques, même chez Nuhr sur la WDR, où il se défoulait sur la CDU et le SPD comme tous les autres roquets. Petit à petit il est devenu évident qu'il n'était pas si éloigné des idées racistes de l'AfD. Puis il a écrit un livre plutôt craignos qui s'est vendu comme des petits pains, et depuis le SPD tente vainement de s'en débarrasser. Blechdecker dit quelque chose sur le fait d'être une minorité dans son propre pays, il parle du terrorisme et affirme que les Allemands souffrent d'aveuglement migrationiste.

« C'est censé être quoi, l'aveuglement migrationiste ? » demande Tommy, étonnamment attentif.

Leubl secoue la tête. Son tour est arrivé et, dès les premiers mots qu'il énonce, le secrétaire d'État aimerait lui créer un fan-club. Leubl remercie Nadège Hackenbusch pour son investissement. Il dit qu'il admire son travail – mais lui conseille de faire bien attention à ne pas s'exposer à des poursuites en raison de son activité de passeuse. On n'a encore jamais entendu de mise en garde plus courtoise, aimable et charmante à la télévision. Ensuite il ajoute qu'au fond, la population n'a rien à craindre. Une phrase assez concise et universelle et donc très osée parce qu'on ne sait pas ce que craignent les spectateurs : que les réfugiés arrivent ou qu'ils n'arrivent pas ? Nadège Hackenbusch trouvera-t-elle un joli appartement avec Lionel ? En tout cas, c'était le dernier dossier d'*Évangeline* : « Nadège & Lionel : un appartement de rêve à Munich ? » Mais Leubl met tout le monde dans sa poche en renvoyant à une série de traités qui fonctionnent bien, au cadre juridique sans équivoque, aux conventions liant les pays de l'UE. Il renvoie à Frontex et aux protections renforcées des frontières extérieures de l'Union. Il dit qu'il faut surmonter des obstacles techniques un peu plus complexes à maîtriser que n'importe quelle frontière en Afrique.

« J'admire votre optimisme, madame Hackenbusch, dit Leubl. Je vois beaucoup trop rarement une Allemagne aussi courageuse et confiante que vous l'êtes. Entendons-nous bien, j'ai beaucoup de compréhension pour vos compagnons de route, leur impatience et leurs espoirs. Je comprends qu'on ne réfléchisse pas uniquement dans le cadre des lois existantes. Dans une telle situation, il faut prendre soin de soi-même. Mais vous irez droit à la catastrophe si vous continuez comme ça. Je doute que vous arriviez aussi loin, mais vous serez arrêtés au plus tard en atteignant le canal de Suez ou le Bosphore. Ce sont des goulets d'étranglement, et aucun gouvernement autonome du monde ne pourra vous laisser passer. »

Ce n'est pas la loi, ni le gouvernement, ni les Allemands – c'est le canal de Suez et le Bosphore. Personne ne peut en vouloir à un canal ou à un détroit. Plein d'admiration, le secrétaire d'État se laisse glisser au fond du canapé. Il constate que la main de Tommy n'est plus entre ses cuisses, en revanche sa bouche y est. Il tente de le repousser, mais Tommy fait claquer sa langue, et ça, c'est… boonnn.

Madame Rodung-Busch est tout aussi surprise. Par l'attitude de Leubl, bien sûr. Elle s'était préparée à des attaques contre le gouvernement fédéral, contre la CSU, contre l'UE, mais pas contre le Bosphore. Elle est tellement surprise qu'il ne lui vient pas d'autre idée que de reprocher à Leubl de lui gratter vraiment les couilles... Non, ça, c'est Tommy... Elle lui reproche de ne plus soutenir les réfugiés, maintenant qu'il n'a plus son pantalon. Bien sûr, Leubl a beau jeu, parce qu'il lui suffit de dire qu'il n'est pas du devoir du gouvernement de branler les réfugiés, non, de les faire venir dans le pays, ah mon Dieu, qui aurait pu imaginer qu'on pourrait faire venir les réfugiés aussi profondément dans le pays, un pays tellement chaud et humide !

Dieu soit loué, maintenant c'est Schwägerle qui parle, et s'il y a bien quelque chose qui empêche tout homme normal de bander, c'est le souabe, ce dialecte est une contraception. À grand fracas, Schwägerle raconte que pour en arriver à une appréciation correcte de la situation il faut connaître l'histoire africaine, et là on peut assurément se passer d'écouter, parce que l'histoire africaine n'est d'aucune utilité pour franchir le canal de Suez ou le Bosphore. Leubl a posé ces deux obstacles, et maintenant, sous les yeux des spectateurs, il y a des centaines de milliers de réfugiés au bord du canal de Suez, incapables de traverser à la nage. Blechdecker a droit à une dernière contre-attaque, mais l'image rassurante des centaines de milliers de réfugiés séparés de la terre promise par le canal de Suez, comme les eaux profondes séparent les deux enfants rois de la chanson populaire, est à présent gravée dans les têtes. Détendu, Leubl peut même encore une fois tendre la main à Nadège Hackenbusch, la féliciter tant et si bien qu'on sent littéralement les électeurs des Verts migrer vers les rangs de la CSU. Avec son allure de Lino Ventura, il répand une impression de chaleur et de neutralité qui fait se sentir vraiment tout chaud, tout bien et tout mouillé et on s'étend et on grandit et on se garde de mettre les mains sur la tête de Tommy, parce qu'on ne pourrait jamais la faire bouger aussi parfaitement qu'elle bouge toute seule, à la place on pourrait se consacrer à ce rien de slip, si on n'avait pas la tête qui tourne autant.

Et lorsque Schwägerle se glisse de nouveau dans son champ de vision, le secrétaire d'État, flairant le danger, attrape vite fait la télécommande et éteint la télévision. Il se lève doucement pour ne pas interrompre Tommy, car soudain il a quand même très envie de la chambre et de la boîte à joujoux, mais là le portable vrombit trois fois.

Tommy lève brièvement les yeux vers lui.

Trois petits buzz, c'est Leubl.

Tommy engloutit le secrétaire d'État comme un aspirateur.

Le secrétaire d'État se sent tout doux, chaud et vacillant, il gémit quelque chose d'incompréhensible, et dans un drôle de mélange de cri de victoire et de chambre à air percée, il s'effondre sur le canapé. Il a l'impression qu'il lui faut rassembler ses dernières forces pour saisir ce fichu portable. Et au moment même où il lit le SMS de Leubl, la porte toute neuve du salon claque si fort que la poignée toute neuve en tombe.

« Neuf heures, dit le SMS. Chez Erzberger. »

31

CE N'EST PAS un plaisir que de regarder le vieux Erzberger.

Leubl est assis à sa table habituelle au Café Theresia et attend un café et un millefeuille. La table se trouve derrière le vestiaire, cachée par les manteaux, là où autrefois, quand ce n'était pas encore interdit dans les bars, les serveurs fumaient rapidement une cigarette. Normalement, la table n'est pas accessible aux clients, les serveurs y boivent toujours leur café et parfois un petit cognac ou un digestif. Mais pour le ministre de l'Intérieur, on fait une exception – le privilège de l'ancienneté : la première fois que Leubl a commandé un café au Theresia, les Beatles donnaient encore des concerts. L'inconvénient, c'est qu'à cette table on a parfois une vue un peu plus approfondie que nécessaire sur les coulisses de l'établissement.

Leubl ouvre son quotidien. Pour ce qui est de la partie centrale, il est déjà au courant de la quasi-totalité des articles, mais parfois il aime lire les nouvelles locales. Les chroniques du vieux Rebach, même si elles sont de plus en plus affreuses. Parce que quand on est aussi vieux que Leubl, chaque être humain qui ne considère pas les vingt-cinq dernières années comme un « passé lointain » est une bénédiction. Maintenant, un café ne serait vraiment pas de refus. Un café et un millefeuille. Mais ses chances sont minces, car même si le vieux Erzberger tente d'étouffer sa voix au mieux, il l'entend très distinctement :

« C'est un laisser-aller monstrueux ! »

Leubl baisse le journal. Il y a des jours où le vieux Erzberger ne fait que passer au café en coup de vent. Mais pas aujourd'hui. Aujourd'hui, le vieux Erzberger trône derrière le comptoir, il lève une commande devant ses yeux, ses lunettes remontées dans sa chevelure grise princière, étonnamment épaisse, et il tente de déchiffrer, ce qui est difficile parce que la lumière est réglée pour mettre en valeur les tartes et non pas pour faciliter la lecture aux concitoyens parmi les plus cacochymes.

« Pourquoi vous avez une assiette de pommes de terre ? Il est écrit tarte Ursula.

— S'il vous plaît, monsieur Erzberger, répond la jeune serveuse en jetant hâtivement un œil sur la commande. Laissez-moi faire mon travail ! Il n'y a pas marqué tarte, mais TVA.

— Nous n'avons pas de tarte Ursula !

— Eh bien, vous voyez ?!

— Ça veut dire quoi, "vous voyez" ? Qui prend ce genre de commandes ?

— Personne. Tout va bien ! Il faut vraiment que je me remette au…

— Pour que vous fassiez encore plus de dégâts ? » Le vieux Erzberger redresse le buste, un mètre quatre-vingt-dix de déception, même aujourd'hui. « Il faut que je vérifie toutes les commandes moi-même. Apportez-les-moi tout de suite. »

La serveuse est jeune, jolie et totalement désespérée. Leubl n'aimerait pas être à sa place. Le dynamisme, la fluidité du service ont toujours été très importants au Café Theresia. Pour beaucoup de gens, le Theresia est l'adresse numéro un de la ville.

Leubl observe l'embouteillage qui se forme devant le comptoir, tandis que le vieux Erzberger contrôle les commandes. Et des choses qu'il prend pour des commandes, comme des sachets à bonbons et des serviettes rafraîchissantes.

« Qui a écrit ça ? C'est complètement illisible ! Et là, il faut encore une pils, râle le vieux Erzberger. Et une salade de pommes de terre ! D'où sortez-vous une tarte au fromage, par tous les diables ? »

C'est peut-être une histoire de classement. Dans sa main, le vieux Erzberger tient maintenant une bonne douzaine de papiers qui pendouillent. Qu'il soit en mesure de comparer ne serait-ce qu'un papier avec la commande correspondante est plus que discutable. Mais la jeune serveuse ne peut pas contredire le vieux Erzberger, elle fait de son mieux pour qu'il ne hausse pas trop le ton, alors qu'il demande depuis quand les verres à bière ne sont plus sur l'étagère la plus haute. Courroucé, il proteste, exigeant que l'emplacement inapproprié des verres soit corrigé, et sur-le-champ. Autrefois, ils étaient sur l'étagère du haut et, là au moins, on les trouvait tout de suite. Maintenant, ces verres sont rangés n'importe comment, et ce n'est pas étonnant que les gens commandent si peu de bières si personne ne sait où sont les verres.

Leubl craint désormais sérieusement que son café n'arrive jamais. C'est dommage. Dans un quart d'heure, le secrétaire d'État va arriver et il aurait aimé avoir mangé son millefeuille et s'être débarrassé des miettes. Leubl n'aime pas tellement qu'on le regarde manger. Et qu'on dise : « Ça a l'air très bon. » Leubl a appris à s'arranger de beaucoup de choses dans la vie, mais pas des gens qui vous parlent quand vous mangez.

Et qui à la fin veulent peut-être même goûter.

Leubl consulte sa montre et commence à se fâcher. En plus, il comprend très bien le vieux Erzberger. Quel âge peut-il avoir, quatre-vingt-dix ans ? Plutôt quatre-vingt-quinze. De combien de mondes le vieux Erzberger a-t-il déjà dû se séparer ? Leubl se souvient très bien, il avait quarante-deux ou quarante-trois ans la première fois qu'il a eu l'impression que ce monde n'avait plus rien à voir avec celui dans lequel il avait grandi. C'était dans les années quatre-vingt. Et quand Bine passe la nuit chez eux, il remarque que même le monde dont il s'était péniblement arrangé à l'époque n'existe plus. Le nouveau, il est autorisé à y goûter uniquement parce que

Bine est sa petite-fille. Le vieux Erzberger a sûrement dû voir passer un ou deux mondes supplémentaires, alors peut-on s'étonner qu'il se raccroche si désespérément à tout ce qui lui paraît plus ou moins familier ? D'ailleurs, il ne s'est pas remarié après le décès de sa femme, probablement parce qu'il ne voulait pas s'habituer à une nouvelle femme, dans ce monde troublant des tartes Ursula et des verres disparus.

Dans un des miroirs, Leubl voit le secrétaire d'État s'approcher de sa table. Il s'assoit tandis qu'Anna, puisque tel est le nom de la jeune serveuse, pose le café et le millefeuille sur la table.

« Ponctuel, à la minute près, dit Leubl avec un certain regret.

— Mais je pensais…

— Ne vous en faites pas. » Leubl écarte le millefeuille.

« Vous n'en voulez pas ? Ça a l'air bon, pourtant. »

Leubl respire un bon coup. « Je le prendrai à emporter. » Le secrétaire d'État fait un signe discret à Anna pour lui faire comprendre qu'il veut la même chose. Leubl la voit confirmer d'un hochement de tête.

« Vous avez été bon hier.

— Vous trouvez ?

— Très convaincant.

— Vous avez vu les parts d'audience ?

— Non, pourquoi ?

— Je me les suis fait envoyer. Soixante-quinze pour cent de plus que d'habitude. »

Le secrétaire d'État siffle entre ses dents.

« Vous voyez, et maintenant on additionne les chiffres de Pegida, et pas seulement ceux de ces tarés à Dresde. C'est pareil partout en Allemagne. Ça recommence. À grande échelle.

— D'accord, mais comme vous l'avez dit vous-même, l'entreprise ne peut pas fonctionner.

— Malheureusement, ce n'est pas ce qui compte, répond Leubl.

— Alors qu'est-ce qui compte ?

— Avez-vous vu *Les Dents de la mer* ?

— Spielberg ? Oui, mais ça fait un bout de temps.

— M-m-m-m-m-m-m, fait Leubl. Vous souvenez-vous de la musique ?

— Oui, je crois bien. Vaguement.

— Avant même que le spectateur voie le requin, avant même qu'il découvre sa nageoire, il entend les cordes : m-m-m-m-m-m-m. D'abord tout doucement, puis de plus en plus fort, à mesure que le requin approche. Pourquoi le réalisateur fait-il cela ?

— Bah, parce que c'est effrayant.

— Voilà. C'est effrayant de voir une chose s'approcher lentement et irrémédiablement. »

Le secrétaire d'État réfléchit un instant. « Cent cinquante mille réfugiés, en prime time, chaque jour.

— M-m-m-m-m-m », fait Leubl en imitant une nageoire zigzagante. La tranche de sa main serpente, puis elle s'abat sur le dos de son autre main, posée sur la table devant lui, comme pour corroborer ses dires. « Ça marche à tous les coups. Sûr et certain.

— Mais combien de personnes voient ça comme une menace ? Les réfugiés ont aussi beaucoup de fans.

— Ils ne sont pas moins problématiques. Les stars s'y mettent, comme cette vendeuse sur Internet. Et plus l'élan gagne en puissance, plus le nombre de ceux qui ont peur augmente. Il augmente même plus vite.

— Mais ce que j'ai trouvé vraiment génial dans l'émission, c'est cette histoire avec le Bosphore. Le canal de Suez.

— Ça ne nous aide en rien.

— Pardon ? Ils s'arrêtent tous au canal de Suez ! Peut-on être plus explicite ? Une logique implacable. L'entreprise est vouée à l'échec.

— Oui, mais avant d'atteindre le canal de Suez, il leur faut encore au moins un an. Et à quoi ressemblera ce pays à votre avis si on lui joue la musique des *Dents de la mer* pendant un an ? »

Le secrétaire d'État se représente rapidement la chose. Il hoche la tête et se triture le menton.

« Et on n'en restera pas à cette musique, c'est sûr. Ils ne sont pas bêtes, non plus.

— Pas du tout. » Leubl remplit de nouveau sa tasse.

Anna arrive avec la commande du secrétaire d'État. « Bon, d'accord. Nous avons besoin d'une solution rapide, dit-il. Mais nous ne pouvons pas conduire cent cinquante mille personnes jusqu'au canal de Suez, pour que tout le monde puisse voir la fin dès demain.

— Dieu soit loué, d'ailleurs ce ne serait pas ce que nous voulons, rappelle Leubl. Ce n'est pas une bonne image : des centaines de milliers de personnes plantées devant le canal de Suez. Des centaines de milliers de personnes devant je ne sais quel col. Ces images aggraveraient la situation. Nous n'avons pas besoin de ça. Les aggravations requièrent des décisions. Et nous n'avons rien à gagner des décisions. Ce qu'il nous faut, c'est de l'ennui bien soigné. »

Le secrétaire d'État a fait un sort à son millefeuille, tout en écoutant. Il l'a trempé dans le café et l'a englouti sans faire aucune tache. Il n'y a aucune miette qui flotte dans le café. Au point que Leubl se demande si finalement ces pédés n'ont pas des capacités spéciales.

« N'est-ce pas une affaire pour le ministère des Affaires étrangères désormais ? suggère le secrétaire d'État. On ne peut pas permettre qu'ils se baladent comme ça à travers tous ces pays. »

Leubl hausse les épaules. « Quel moyen voulez-vous utiliser ? Ces pays veulent jouer la montre. Ils nous font attendre jusqu'à ce que le cortège soit passé chez eux. Les solutions rapides, ça ne les intéresse pas.

— Alors nous avons fait le tour des possibilités qu'il nous reste. »

Leubl se tait.

« Ou bien ai-je raté quelque chose ? » demande le secrétaire d'État.

Leubl ne dit toujours rien et prend une gorgée de café.

« OK, regardons ça d'un autre point de vue : de quoi avons-nous besoin ? Nous avons besoin d'une solution rapide et ennuyeuse. Par exemple : ces réfugiés font tous demi-tour, l'un après l'autre... Non, ils ne peuvent pas être aussi débiles... Par contre... Ils se perdent dans le sable... »

Leubl attrape sa lèvre inférieure entre son pouce et son index et écoute.

« ... ils se dispersent, continue de réfléchir le secrétaire d'État à voix haute.

— Oui, à mes oreilles, ça sonne ennuyeux. Ils se dispersent parce que... parce que plus rien ne fonctionne.

— Et pourquoi cela ?

— La malchance. Le destin. »

Maussade, Leubl fait la grimace. « Ce serait tragique.

— Oui, bien sûr, gamberge le secrétaire d'État, nous ne voulons pas de tragique. Ni la malchance ni le destin, mais...

— ... leur propre bêtise, avance Leubl.

— Leur propre bêtise, répète le secrétaire d'État d'un air pensif.

— Exactement. C'est leur propre faute. Ils font tout foirer. Ça, c'est bien. » Du bout de l'index, il ramasse une miette sur son assiette et la fait glisser entre ses lèvres. « Voyons voir... Ils ne peuvent pas se perdre. D'ailleurs, la plupart d'entre eux ne peuvent pas faire beaucoup d'erreurs. S'il y a quelque chose de fragile, c'est l'organisation. »

Leubl regarde le vieux Erzberger qui est en train de reclasser tous ses papiers. Il dit comme en passant : « Il suffit de voir avec qui ils se sont acoquinés.

— Ma foi, ce sont des criminels... des affairistes douteux... des mafieux...

— Ils leur fournissent les denrées alimentaires, l'itinéraire », dit Leubl du coin des lèvres. Il se penche en avant, attrape la tasse et la finit d'un trait. « Et l'eau.

— Et l'eau. » Le secrétaire d'État laisse la pensée faire son effet. « Mais sans eau la situation s'aggraverait rapidement. Ils ont toujours les caméras avec eux. Des gens qui meurent de soif, c'est une image tout aussi efficace qu'un requin blanc...

— Ça dépend. Mon scénario préféré est le suivant : quelque part, non loin d'une zone de peuplement, ils se retrouvent sans eau.

— Ils restent dans la colonie, ils y sont obligés bien sûr, comment faire sans eau, poursuit le secrétaire d'État à la place de Leubl. Une semaine, deux semaines, trois semaines...

— En tout cas, ils n'avancent plus, termine Leubl. Comment réagissent les gens sur place ?

— La population devient nerveuse, le gouvernement doit s'en occuper... »

Leubl le regarde par-dessus ses lunettes.

« Le gouvernement doit... s'en occuper..., répète le secrétaire d'État, et là, tout rentre dans l'ordre. Soudain, il doit *malgré tout* s'en occuper. »

Leubl fait un signe à Anna pour demander l'addition.

« Et le passage d'un cortège lucratif se transforme en un problème dont on ne peut plus se débarrasser... »

Anna apporte la note. Leubl y jette un œil. Incroyable ce qu'on peut demander pour deux millefeuilles et deux cafés. Il va payer de sa poche, sans facture : il n'arrive tout simplement pas à imposer aux contribuables les prix du vieux Erzberger.

« Et si ça se passait ainsi, laisseriez-vous entrer ce genre de personnes dans votre pays ? demande-t-il au secrétaire d'État tout en rangeant la monnaie dans son portefeuille.

— Je veillerais à ce que celui qui a laissé entrer ces personnes n'ait plus une seconde de bonheur, répond le secrétaire d'État en se levant. Et surtout, je récupérerais l'argent qu'il a empoché. Et tout le reste. Il ne s'y risquerait plus.

— Espérons-le », lance Leubl en enfilant son manteau. Ils attendent qu'Anna leur apporte le millefeuille emballé dans un sachet en papier kraft. Finalement, Leubl se réjouit à la perspective de l'avoir pour plus tard. Il va le manger au bureau, sur la table basse. Seul. Il jette encore un coup d'œil derrière le comptoir. Le vieux Erzberger a disparu.

La jeune serveuse est postée devant la montagne de commandes, désemparée, et retire les petits sachets de bonbons. L'air pensif, Leubl regarde le secrétaire d'État qui attrape son manteau sur le dos de la chaise. Avec un peu de chance, il laissera le ministère dans un meilleur état que le vieux Erzberger avec le Café Theresia.

32

NADÈGE HACKENBUSCH ne saurait dire quand exactement elle a eu cette pensée. Sûrement pas la première semaine. Probablement pas non plus la deuxième. Mais sûrement pas à l'instant, il y a un quart d'heure. La pensée est la suivante : c'est sacrément loin.

Elle doit avouer qu'au début, elle ne l'avait pas vu aussi clairement. Bien sûr, elle savait que c'était loin. Elle l'avait senti pendant le vol. Il y a des vols comme ça, où vous pouvez regarder deux films l'un après l'autre, ou trois, avec un épisode de « The Big Bang Theory » en plus. Il y en a même où, au bout d'un moment, vous n'avez plus envie de regarder de film, où vous vous dites : « Ah, ce serait pas mal de lire un livre. » Malheureusement, il est dans la valise. Il y a des vols où on vous donne, une fois que le repas du soir a été débarrassé, un pyjama et des lunettes pour dormir, et quand ce genre de choses arrive, alors même Nadège Hackenbusch comprend qu'elle est loin de la maison, que si elle voyageait en train, il y aurait sûrement des changements. Il faudrait passer plusieurs nuits quelque part. Ce serait très loin.

Mais pas aussi loin que là.

Elle se réveille, se faufile hors de la voiture. Lionel est déjà parti et la première chose qu'elle voit, c'est que ce matin tout ressemble à hier matin, bordel. C'est comme si on n'avait pas avancé du tout. Pour l'essentiel, les journées se différencient par le fait que le car-régie est trois mètres plus à gauche ou quatre mètres plus en avant. Le ciel est toujours du même bleu et il n'y a jamais de nuages. Et le mieux qu'on puisse dire, c'est qu'il ne fait pas encore aussi chaud qu'un peu plus tard dans la journée. Il est quasiment impossible d'insinuer ce genre de choses, les gens vous répondent tout de suite : de toute façon, là-bas, il fait toujours chaud. Mais non, ce pays est trop ingénieux : la nuit, il peut faire vachement froid. « Ce pays », c'est exactement le nom qu'il faut lui donner, parce que de toute façon on ne sait pas si on est encore dans tel pays ou déjà dans tel autre, ce n'est pas comme en Europe où d'un côté de la frontière on trouve des baguettes et au-delà, non. Il est possible que ce genre de différence existe aussi ici, à l'africaine bien sûr, mais pour en être sûr il faudrait traverser une ville de temps à autre. Une vraie ville, pas seulement un machin autour d'un trou d'eau.

Une ville. Que ne donnerait-elle pas pour une ville ? Avec rien qu'un magasin. De chaussures.

Non, de sacs à main. Une ville avec un magasin qui ne vend que des sacs à main.

Nadège attrape ses bottes et les secoue. Certes, elle n'y a jamais trouvé de scorpion. Ce n'est probablement qu'une légende et les scorpions ne se cachent pas dans les chaussures. Une légende concoctée par les chercheurs tropicaux, parce que les indigènes ne portent jamais de bottes. Les baskets de Lionel sont déjà exotiques. Encore une chose qu'elle n'arrive pas à comprendre. Mais c'est sûrement lié à l'endroit où on se sent chez soi : le sol africain ne lui sera jamais aussi familier qu'une pelouse allemande.

Nadège se ressaisit. Les deux premiers pas sont toujours un peu raides, mais somme toute elle est quand même étonnée que cette vie simple lui paraisse si facile, en tout cas physiquement. Le car-régie est en face, avec ses zébrures roses. Elle dispose désormais d'une jolie petite flotte, si on compte également les voitures du médecin et des sages-femmes qui vont bientôt arriver pour les nouveau-nés. Ça la rend quand même fière. Il n'est pas si difficile de monter une entreprise, tout le monde le fait, mais ça, tout ça, ici, c'est plus. C'est comme la Croix-Rouge, ou un peu comme le pape, mais le nouveau, bon et raisonnable et qui aime les homos. Le soutien-gorge Hacken était spécial lui aussi, on pouvait en être fier, mais ce n'était pas pareil, il manquait ce… un objectif plus élevé. Tout cela, c'est quelque chose qu'elle est la seule à pouvoir faire, Nadège Hackenbusch, personne d'autre. Dans le monde entier.

Un magasin de sacs à main et un chococcino frappé.

Elle fourre une poignée de noisettes dans sa bouche, son petit déjeuner. On va plutôt loin avec des noisettes, elle ne l'aurait jamais cru. Les céréales Bimsheimer Müsli sont devenues l'un des sponsors principaux, d'après les spots publicitaires, c'est le muesli le plus riche en noix de toute l'Allemagne. Et Nutella aussi s'est engagé à grande échelle, bien que là, le concept de noisettes devienne très extensible. Ils ont demandé s'ils pouvaient s'occuper de Nadège, et, bien que Nadège n'ait rien contre le Nutella, le message aurait été idiot. Le réfugié lambda tient toute la journée grâce aux noisettes, et madame Hackenbusch se fait des tartines de Nutella qu'elle sort tous les matins du frigo. Parce que, vu la température, sans frigo, ça deviendrait une boisson chocolatée. Il vaut mieux qu'elle s'en tienne aux noisettes. On s'y habitue. Et ça l'aide de n'avoir jamais attaché d'importance à la nourriture. Chez eux, c'était Nicolai le gourmet, avec le basilic qui venait de là et le steak de là-bas, et ensuite il faisait semblant de sentir la différence. Pour ça, ils sont toujours très forts, ces fins palais, ils détectent et encensent n'importe quelle différence. Alors qu'en réalité voilà ce qu'il se passe, dès qu'on leur dit d'où ça vient, tout de suite, ils font : « Ah oui, ça se sent ! » Une fois, elle avait dit à Nicolai : « C'est n'importe quoi. Si le pain venait d'ailleurs, il aurait le même goût. » Et il lui avait tout de suite donné raison.

C'est vraiment très loin. Pas seulement à cause du vol et tout ça. Elle le sait aussi grâce au coup de fil avec Nicolai. Quand elle lui avait demandé pourquoi les enfants n'étaient pas encore au lit, il s'était exclamé : « Si tôt ?

— Pourquoi tôt ? Il doit être beaucoup plus tard chez vous !

— Hein ? Quelle heure est-il chez toi ?
— Quatre heures et demie.
— Chez nous aussi. »

Là, elle s'est rendu compte qu'elle est vraiment loin de la maison : tellement loin que ça fait exactement vingt-quatre heures de différence. Faire tout ça à pied, c'est dingue ! Et impossible de prendre des vacances.

Finalement, « impossible », ça existe, elle en a fait elle-même l'amère constatation. Elle en a parlé avec Lionel, avant cette discussion à la télé. Si elle quitte le cortège maintenant, si elle rentre à la maison, elle n'est pas sûre qu'on la laisse revenir. Ils ne peuvent probablement pas le lui interdire, mais ils risquent de tout compliquer, de faire traîner les choses, et pendant ce temps la télévision n'aura pas d'images de Hackenbusch à diffuser et les spectateurs déserteront. Soudain, cent cinquante mille réfugiés ne seront plus rien d'autre que cent cinquante mille moins que rien dans le néant. Ce n'est pas forcément ce qui va se passer, mais elle ne peut pas courir ce risque. Elle ne peut pas partir.

Même si le vol l'aurait bien tentée. Un lit. Du café. Du champagne.

Tellement frais que l'extérieur du verre s'embue.

Non. Pas possible. Trop de risques. C'est pourquoi il n'y aura que du direct. Techniquement, ce n'est pas un problème. S'ils veulent Nadège Hackenbusch en nature, il faut qu'ils se déplacent en Afrique. Après tout, pour ces interviews estivales de politiciens, ils sont prêts à faire n'importe quoi.

Mais quand même, elle essayerait bien de s'éclipser de temps à autre. Elle aime Lionel, c'est sûr. Et tous ces gens sont importants, c'est évident. On pourrait même dire qu'ils sont de plus en plus importants, car il y en a de plus en plus. Depuis le début, quatre ou cinq nouveaux camions se sont ajoutés, c'est une des raisons pour lesquelles Lionel part souvent tôt le matin. Dans la plupart des cas, ces gars sont en mesure de prendre les décisions, mais pour certains, c'est difficile de trancher. Lionel a d'abord voulu se défiler, mais il a vite compris que sa présence évitait des problèmes. Il dit toujours qu'en Afrique, les victimes font partie du jeu, mais il peut éviter les images déplaisantes s'il s'assure lui-même de choisir uniquement les personnes les plus adaptées. Car même si l'approvisionnement en médicaments marche très bien, il n'y a qu'une voiture médicale aux zébrures roses, et il faut que ça en reste là. Pour une émission, elle l'a suivi pendant une journée. Il n'y a pas tant de choses à faire que ça – mais beaucoup de décisions à prendre : le malade sera-t-il de nouveau sur pied dans deux jours ? Dans ce cas, on peut le prendre en charge. Si ça peut aller plus vite grâce à quelques cachets, alors voilà. Personne ne peut tomber malade plus gravement. Voilà comment ça se présente. Ce jour-là, il n'y avait eu personne de gravement malade, et heureusement. Dieu soit loué, il y en a peu. Parce que Lionel choisit les bonnes personnes.

Elle pourrait donc très bien aller faire du shopping pendant un ou deux jours.

Mais il y a une raison pour laquelle elle ne prendrait jamais, jamais, jamais le risque que toute cette aventure échoue. Et cette raison est en train de frapper sur la tôle de la voiture.

« Bonjour, Nadège ! »

Presque sans accent, c'est vraiment surprenant. Elle sait déjà tant de choses. Elle l'aide et elle est incroyablement habile. Elle peut travailler pendant des heures avec le plus grand sérieux et pourtant elle est toujours joyeuse. Elle comprend si vite qu'on a du mal à suivre. Et qui l'aurait cru : il y a quatre semaines, elle ne connaissait que deux mots d'allemand.

L'un était « consigne ». L'autre, « Ottobafesse ».

33

« QU'EST-CE QU'IL se passe avec la clim ? On est tous censés se geler les miches ou quoi ? »

Astrid von Roëll est assise dans le camping-car qu'*Évangeline* lui a enfin trouvé et remonte la fermeture Éclair de son blouson outdoor en frissonnant. Elle travaille avec beaucoup de concentration à une comparaison détaillée d'appartements Airbnb à louer à Paris. Elle est un peu secouée par la manière dont les habitants de cette capitale aménagent leurs appartements. Dans une ville de culture et de renommée mondiale.

« Regarde ça. Non, mais regarde !

— Je ne peux pas, là, répond Kay d'on ne sait où.

— Si ce n'était que leur salon ! » Astrid von Roëll est stupéfaite. « Je veux dire, ils peuvent crécher comme il leur plaît. Mais je ne mettrai jamais un truc pareil *en location* ! » Elle pousse la souris un peu plus loin. « Et en plus en vert ! Je ne paye pas cent sept euros la nuit pour ça !

— Pourrais-tu éteindre et rallumer l'appareil ? crie Kay d'on ne sait où.

— Hein ?

— La clim ! Éteins et rallume !

— Comment je fais ? »

On entend un *boum* sourd, comme quand quelqu'un balance un outil avec agacement. Puis la porte s'ouvre violemment. Kay entre et fonce vers les interrupteurs du climatiseur à côté de la porte : « Ici : tu éteins. Là : tu allumes. Quel miracle, c'est le même bouton !

— Scuse ! » Astrid von Roëll affiche son troisième sourire favori. « La prochaine fois, je saurai.

— Qu'est-ce que tu veux faire à Paris ? Je croyais que tu devais écrire.

— Ils m'ont demandé si je voulais faire une interview.

— Qui ? France Télévisions ?

— J'ai oublié. Un truc avec té vé.

— Tu parles français ?

— Mé houi !

— Hui lala !

— Le principal, c'est qu'ils parlent anglais.

— Et qu'est-ce qu'ils te veulent, au juste ?

— Quelle question ! Il leur faut une experte.

— Alors c'est l'apothéose du journalisme de qualité ! Des journalistes qui interrogent d'autres journalistes ! »

Kay sort en claquant la porte. Astrid von Roëll lui fait un doigt d'honneur. Il n'y a pas de quoi prendre la grosse tête, juste parce qu'elle sait comment tenir un tournevis ou un machin chouette. La clim ne restera pas éternellement cassée et, à ce moment-là, elle redeviendra la souris grise à la caméra, et rien de plus.

D'ailleurs, ses images ne sont pas si bonnes que ça. Elle a déjà vu mieux, sur Arte, quand ils diffusent des documentaires animaliers. Pourtant, l'idée du drone n'était pas mauvaise, Kay avait été la première à y penser. On longe le cortège, le spectateur se dit que c'est filmé caméra à l'épaule, puis on s'éloigne lentement et on monte pour avoir un plan large machin chose. Ou encore ce plan du cortège en entier. D'une traite, environ cinquante kilomètres, sans coupe, les internautes se demandent encore aujourd'hui comment elle a réussi ça, parce que les drones ne sont pas capables de voler aussi loin, impossible. Il faut toujours rester à portée du drone pour capter le signal. Malgré sa longueur, la vidéo fait un tabac sur la page web. Après, le vice-président à la noix a tout de suite proposé un poste à temps plein à Kay, pour une fois il a réagi vite. Mais c'est quand même loin d'être de l'art. C'est un truc d'ingénieur, tout le monde peut apprendre, il suffit d'en avoir le temps ou l'envie. En revanche, il y a certaines choses que Kay ne sait pas faire. Astrid von Roëll l'a observée un jour en train d'essayer de se vernir les ongles des pieds, la honte.

« C'est censé être une cuisine ? Il est où, le micro-ondes ? »

Kay filmerait tout, peu importe que ce soit des personnes ou des cochons d'Inde. C'est ça, la vraie différence avec Astrid von Roëll : Kay n'a absolument pas compris qu'elle participe à quelque chose de très important, d'unique. C'est de l'histoire universelle. C'est de la politique, probablement même de la politique extérieure. Et intérieure. Et l'idiot de vice-président peut s'estimer heureux qu'Astrid von Roëll y comprenne quelque chose. Parce que son contrat ne mentionne rien de tout ça. Et ce qui est vraiment intéressant, c'est qu'ils ont précisément fait de Lou Grant le *Fake News Director*.

« Creative *News Director*, a corrigé l'idiot de vice-président.

— Si vous voulez. Mais s'il y a quelqu'un ici qui fait des news, c'est bien moi !

— Oui, mais...

— Même des *creative news* ! Je vous le dis tout de suite : je ne lui ferai aucun rapport.

— Non, non...

— Que ceux qui veulent le fassent !

— Non, vous allez bien sûr continuer à travailler pour le comité de rédaction...

— Directement. Je travaille *directement avec* le comité !

— Oui, bien sûr. Mais voyez-vous, il faut bien quelqu'un ici pour faire le travail. Vous êtes un peu trop partiale. On n'est pas obligé d'aimer tous ses collègues, mais même si vous n'appréciez pas beaucoup monsieur Grant, c'est quand même un bon journaliste.

— Si vous vous contentez de "bon"...

— Madame von Roëll, si vous me laissiez m'occuper de la qualité de notre journal ?! »

Creative News Director. Un poste qui n'existait même pas avant. S'il doit revenir à quelqu'un, alors c'est à elle. Pour une simple raison : les journalistes politiques, on peut les avoir pour pas cher par douzaines. Tout le monde peut faire ça. Ces types du *Süddeutsche* et du *FAZ* en tirent beaucoup de vanité, mais au fond ils impriment juste des informations, comme tout le monde. Quand on a les numéros de téléphone de ces présidents et attachés de presse, ce n'est pas bien compliqué, Astrid von Roëll fait exactement la même chose, juste avec des personnes différentes. Mais le plus important, c'est que les journalistes politiques sont limités. Ils ne comprennent rien à l'humain. Surtout les hommes. Ils ne pensent qu'à la politique.

« Ce que je veux dire, a repris Astrid von Roëll, c'est que nous ne devons pas oublier l'être humain dans tout ça.

— Ce qui veut dire ?

— Que nous devons être les garants de l'humain.

— Vous voulez dire avec une promotion, c'est ça ?

— Exactement. Une promotion et un vrai intitulé de poste. »

Elle pouvait littéralement voir la tête du type, à l'autre bout du fil.

« Et qu'aviez-vous en tête ?

— *Creative News Director.*

— Oui, c'est un peu ce dont je me doutais.

— *At Large.*

— Il faut que j'en parle au chef, mais je ne peux vous offrir qu'un poste pour deux. Si c'est faisable, vous devriez vous en charger *en équipe* avec votre collègue Grant. »

Quelle impertinence ! Un homme n'aurait même pas posé la question. Un jour, elle en avait parlé avec Nadège Hackenbusch, et cette dernière lui avait remonté le moral et lui avait dit que c'était super important qu'elle, Astrid von Roëll, ne recule pas d'un seul millimètre. Hors de question de se laisser doubler par Lou Grant. Vu de l'extérieur, on pense qu'il est question de pouvoir, de positions et de ce qui est imprimé en gras dans les journaux. « Mais derrière tout ça, avait déclaré Nadège en en appelant à sa conscience, derrière ça, il est uniquement question des hommes. »

C'est Nadège tout craché : maligne, mais sans diplôme. Bien sûr, elle ne parlait pas des hommes, mais des femmes.

Et c'est pourquoi Astrid von Roëll doit avoir au moins la même place que Lou Grant dans l'organigramme de la boîte, afin que les contenus féminins aient le poids qu'ils méritent.

« Et le salaire qu'ils méritent, avait souligné Nadège.

— Eh bien, ils m'ont déjà accordé une hausse.

— Quand même, il faut qu'ils te fassent une autre rallonge. » Pour Nadège Hackenbusch, c'était une évidence. « Chaque euro que tu ne prends pas, c'est un mec qui l'empoche. Plus tu es chère, plus il est normal que d'autres femmes le soient aussi. C'est le seul moyen. »

Astrid von Roëll ne l'avait encore jamais vue ainsi, mais elle avait raison.

« Et que saurait faire Lou Grant que tu ne sais pas faire ?

— Rien. *Nada*. Au contraire, je ne cesse d'apprendre des choses ici !

— Justement, et lui devient *plus* bête jour après jour. »

Elles avaient tellement ri. En repensant à cette conversation, Astrid von Roëll se fait soudain la réflexion que, ces derniers temps, elles ne se sont presque pas vues. C'est aussi parce que les mois passés en Afrique les ont beaucoup changées. Toutes les deux. Surtout Nadège qui n'a jamais été très pensive. Mais elle aussi, Astrid von Roëll. Humainement surtout, même si le côté humain et sensible a toujours été son point fort, maintenant c'est vraiment autre chose. Les choses qu'elle a vues ici… On ne peut pas vivre ça sans mûrir. Ici, on comprend à quel point la vie est fragile, à quel point les gens peuvent être forts. Que les grands sentiments existent aussi dans la plus profonde pauvreté. La santé, la nourriture, l'eau – ce sont les seules choses importantes de la vie. D'ailleurs, ça se sent dans ce qu'elle écrit.

Récemment, elle a relu ses textes des semaines précédentes, et c'est vraiment autre chose. Il y a de la profondeur, de la préoccupation, elle ne dirait pas de la philosophie, quoique : pourquoi pas, en fait ? Elle n'est pas la seule à l'avoir remarqué. Christine, Uschi, la femme du maire adjoint et Regine, elles lui ont toutes écrit des mails, elles voulaient savoir si elle viendrait à la fête de la bière, mais cette année, ce n'est malheureusement pas possible. En tout cas, toutes ont noté que ses textes avaient maintenant une nouvelle note plus profonde et que ses histoires relevaient *Évangeline* à un autre niveau. Elles ne lisent même plus *Gala* par exemple. Elles le jettent direct.

Un autre niveau. Tout *Évangeline* !

Il faut à tout prix qu'elle demande un salaire plus élevé.

« C'est mieux maintenant ? » Revoilà la plombière de la clim avec ses connaissances en caméra.

Clim, connaissance et caméra, ça fait trois « c ». Ce genre d'accumulation de mots commençant par la même lettre lui semble tellement facile ces derniers temps, ça lui vient en un tournemain. De quand date la dernière idée de Lou Grant ? Tout ce à quoi il est capable de penser, c'est l'un des murs dans son hideuse maison.

« Nan !

— Vraiment ? Allume et éteins !

— Excuse-moi, Kay : je suis au milieu d'une phrase ! Pardon, vraiment ! C'est super important ! »

On entend de nouveau ce *boum* !

La porte s'ouvre brutalement. Kay se précipite vers l'interrupteur, tandis que quatre des dix doigts d'Astrid von Roëll tapent minutieusement :

« Par Astrid von Roëll (*Creative News Director At Large*). »

Un couple de rêve en quête d'un abri

Nadège Hackenbusch et son Lionel : pour protéger leur amour, la superstar allemande crée un foyer modeste malgré les circonstances défavorables. L'homme de son cœur la remercie en apprenant la langue de son pays.

Par Astrid von Roëll

On se souvient instinctivement de *Guerre et Paix*, ce roman magnifiquement profond de Léon Tolstoï : une jeune noble, incarnée par l'inoubliable Audrey Hepburn, trouve le grand amour, en plein milieu de la misère, de la détresse et de la Russie. Mais quand on parle à Nadège Hackenbusch de cette comparaison évidente, quand on discute avec elle du fait que ces derniers mois et ces dernières semaines, elle est devenue une véritable Audrey Hepburn des cœurs, elle rit humblement et attrape la main de Lionel, son nouveau Bolkonski, aussi beau que mystérieux. Ils se regardent dans les yeux, puis Nadège dit : « Avec tout ça, il ne faut pas oublier que nous sommes privilégiés. Pendant le peu de temps libre que nous avons, au moins nous pouvons nous retirer. » Car il existe un lieu où le couple, à qui des centaines de milliers de personnes doivent tout, peut trouver un peu de calme. En exclusivité pour *Évangeline*, ils ont entrouvert la porte de ce paradis.

Quand nous leur rendons visite en début de soirée, ils semblent confus, comme un jeune couple dans sa première maison. Ils descendent d'une voiture rose, main dans la main, rêveurs et, on ne peut pas le dire autrement : amoureux. « Nous avons même lavé la voiture pour vous, dit Nadège Hackenbusch en riant. Non, en fait, c'était plutôt moi. »

Serait-ce une première graine de discorde dans leur jeune bonheur amoureux ? Mais Nadège embrasse affectueusement son Lionel, et nos doutes se dispersent comme une nuée colorée d'heureux papillons : « Oui, il était contre, avoue-t-elle en riant, à cause de l'eau – et il a entièrement raison. Les hommes sont souvent plus raisonnables avec ces choses-là. Mais une femme reste une femme ! »

Difficile de ne pas donner raison à Nadège Hackenbusch. Cette cordialité, ce naturel inimitable, cette humanité profonde. Qui ne comprendrait pas cette femme unique, surtout ces jours-ci, ces semaines et mois-ci ? Encore aujourd'hui, Nicolai von Kraken, son bientôt ex-mari aigri, continue de faire pleuvoir ses reproches incompréhensibles. Je veux savoir si elle arrive à concevoir pourquoi le bien-être de ses enfants importe si peu à ce producteur peu prospère. Elle se contente de détourner le regard et essuie une larme qui coule de ses yeux. Cela l'affecte encore, la façon dont von Kraken a forcé ses fils Keel et Mynce à passer devant les caméras. Cette mise en scène indécente dans une émission populaire, implorant leur mère de rentrer. Bon nombre d'experts ont sévèrement critiqué cette intervention, comme le célèbre avocat Karl-Theoderich zu Boten-Fürstett qui a précisé clairement : « C'est abuser de deux âmes d'enfant innocentes. » Mais une mère reste impuissante si l'État de droit n'a pas de sentiments.

Nadège Hackenbusch change de sujet, qui pourrait lui en vouloir ? Elle nous fait faire le tour de la voiture, une ISUZU D-MAX Single Cab (à partir de 22 500 euros). Une armature est installée sur la surface de chargement, pour supporter une bâche qui couvre l'arrière du véhicule comme pour un vrai camion. « C'est une bâche résistante », dit Nadège affectueusement. Un simple revêtement en tissu – est-ce encore la Nadège Hackenbusch d'autrefois ? « Mais oui, s'esclaffe-t-elle avec un clin d'œil,

« Maintenant, je peux penser à mes garçons tous les soirs avant de m'endormir. »

regarde, ils l'ont teintée exprès pour qu'elle aille avec la couleur de la voiture. Il faut que ça ressemble à quelque chose. » Chassez le naturel, il revient au galop.

La présentatrice à succès n'a pas perdu son sens pratique. La bâche peut s'enrouler sur trois côtés. « Nous aurions aussi pu avoir un toit en dur, dit Nadège (disponibles dans toutes les couleurs, prix à la demande). Mais les gens qui nous accompagnent n'en ont pas non plus. »

C'est surprenant ce que la main habile d'une femme peut faire d'une simple surface de chargement d'environ 2 305 × 1 570 mm : elle a trouvé deux coussins roses (Morphea, housse : Katinka Svensson), elle a recouvert la surface avec deux tapis isolants raffinés (EnForcer DreamHill, sur www.summitz.com) pour lui donner une impression de rêve douillet. Un refuge qui invite à s'attarder. Les photos de ses fils sont accrochées sur un côté de la paroi : « C'est Lionel qui a fait ça pour moi, je ne suis pas très douée en matière de visserie, dit-elle. Maintenant, je peux penser à mes garçons tous les soirs avant de m'endormir. »

Deux lamparos à LED se dressent dans l'abri (LightUp, trouvés sur www.HandWerk.de), un de chaque côté, fixés avec humour sur des porte-gobelets. Ils s'accordent avec la couleur de la voiture : non, ça n'a plus rien à voir avec le camping des années soixante-dix. Ce n'est pas un hasard, car Nadège Hackenbusch a aussi connu des années sombres quand elle était très jeune : « Les temps difficiles où on était trempé de sueur sont révolus, dit-elle en souriant, et avec les vêtements techniques modernes, ce n'est pas un problème. Ça n'a plus rien à voir avec ces joggings d'Adidas d'autrefois. » Il faut lui donner raison : même si Nadège Hackenbusch n'est pas habillée pour le festival de Salzburg, son tee-shirt mérinos de chez Mufflon est idéal pour une journée au bureau.

Pourtant, nous nous devons de lui poser la question : peut-on se permettre un tel îlot de paix dans cette misère indicible et cette lutte constante ? « Lionel me dit toujours que nous pourrons dormir quand nous serons en Allemagne, raconte Nadège, mais moi, je lui réponds : Si tu ne te reposes pas suffisamment, tu arriveras mort. » Ces retraites occasionnelles du couple de rêve répondent à une autre nécessité : comme Nadège Hackenbusch l'a révélé en exclusivité à *Évangeline,* Lionel apprend déjà l'allemand. Pour les médias allemands, mais aussi pour son rêve d'avenir en Allemagne. « Je ne veux pas être fainéant, dit-il dans un allemand étonnamment fluide, je pense à trouver du travail comme gérant. »

Ça paraît bien sûr étonnamment ambitieux, mais aujourd'hui déjà il fait preuve de qualités de management impressionnantes. « Lionel pense à des choses auxquelles je ne penserais jamais, s'étonne Nadège Hackenbusch. Tandis que moi, je préfère regarder la situation au jour le jour, lui me donne souvent l'impression qu'il est déjà en Uruguay ou je ne sais où. » Nadège Hackenbusch sert la bouillie traditionnelle, puis quelques noisettes. « En Allemagne, la première chose que je ferai, c'est de boire un prosecco, dit-elle. Tellement froid que les dents m'en tomberont. Lionel ne connaît pas le prosecco, mais je lui apprendrai. » Puis elle éclate de rire et ajoute : « J'y arriverai avant que tu sois gérant. » Elle n'a pas de doutes. « J'ai passé suffisamment de temps avec un homme qui se voulait producteur sans jamais produire quoi que ce soit de sensé. Lionel produit plus de choses chaque jour et il risque sa vie pour des centaines de milliers de personnes dans le besoin. »

La première graine de discorde dans le jeune bonheur amoureux ?

Le soleil descend sur l'horizon infini de l'Afrique. Nous disons au revoir au couple qui se retire dans son petit nid (1 225 kg de charge maximale). Tandis que nous nous éloignons, des petites lampes s'allument à l'arrière de la ISUZU D-MAX. C'est une lumière d'espoir dans un pays parfois plus sombre que n'importe quel lieu sur terre.

34

« LES DISCUSSIONS entre collaborateurs, dit Mojo en soupirant, vous connaissez ça ? »

Le soleil se couche, petit à petit, les températures se font plus supportables, même ici, où il n'y a rien. Plus exactement, moins que rien : le cortège est passé, et derrière lui le paysage n'a pas seulement l'air désert et vide, mais désert, vide et aplani.

Echler hoche la tête. Il regarde alentour et se demande s'il doit aller chercher les jumelles dans le Humvee.

« Il n'y a personne ici, le tranquillise Mojo. Même avec un microphone directionnel, il vous faut une portée de cinquante kilomètres, *mister* Jones. »

Echler le regarde d'un air dubitatif. Enfin, probablement, car on ne peut pas voir ses yeux derrière les lunettes de soleil, mais les commissures de ses lèvres s'étirent légèrement. Mojo montre le chapeau à large bord d'Echler. Ce dernier incline la tête, ses commissures bougent légèrement vers le haut. Il regarde le ciel.

« Des drones ? Vous vous déplacez sans plaque d'immatriculation, alors même s'ils nous observent, quasiment personne ne peut prouver que c'est vous. Tout au plus, ils peuvent savoir que quelqu'un a rendez-vous avec moi. » Mojo écarte les bras et sourit largement. « Et j'ai rendez-vous avec beaucoup de gens.

— Eh bien, soit. » Echler fait signe à son conducteur. Le Humvee se met en marche et quitte les lieux. Echler regarde Mojo par-dessus son épaule. Mojo sourit, puis il fait un geste vers sa voiture. La voiture rugit et s'éloigne à son tour.

« Et lui ?

— Bandele ? Bandele n'est même pas là. Ne faites pas attention à lui. Bandele est de l'air. Pas vrai, Bandele ? »

Bandele ne montre aucune réaction.

« Comme je suis puéril. » Mojo fait un geste de la tête. « J'ai parlé à l'air. Venez, marchons un peu. »

Les voitures ont laissé des traces de pneus dans la poussière marron-rouge. Echler distingue des traces plus anciennes, sûrement des camions. Il y a aussi des roues plus grandes, peut-être celles d'un tracteur. Echler marche à côté de Mojo, il sent la chaleur du sol à travers ses bottes. Mojo, à côté de lui, dégage une légère odeur d'eau de Cologne. Echler renifle et demande : « Calvin Klein ?

— Pas mal, dit Mojo d'un air approbateur, Calvin Klein ! Tu as entendu, Bandele-l'air ? C'est un véritable chien renifleur. Calvin Klein. Un cadeau de mes enfants. Avez-vous des enfants ? »

Echler fait non de la tête.

« Ah, les enfants, enchaîne Mojo. Une bénédiction et une torture. Si jeunes, si naïfs. Savez-vous ce que préfèrent mes enfants ? Barney, le dinosaure. »

Echler le regarde d'un air interrogateur.

« Vous n'avez vraiment pas d'enfants. Une émission affreuse. Un dinosaure en peluche violet qui n'arrête pas de chanter des chansons affreuses. » Mojo commence à chanter d'une voix vagissante une chose qui ressemble beaucoup à « Yankee Doodle ». « C'est sans cesse la même rengaine. Ils avaient arrêté la série, mais ensuite ils se sont ravisés. C'est insupportable. N'importe quel homme sain d'esprit a instantanément envie de tuer ce dinosaure.

— Dans une émission pour enfants ? »

Mojo fait non de la tête. « Pas dans l'émission – dans sa tête. J'ai envie de tuer Barney. Vous aussi, vous voudriez tuer Barney. Nous ne le faisons pas, bien sûr. Je ne le fais pas. Mes enfants adorent Barney. Mais… » Mojo lève la main en guise d'avertissement. « Ils doivent regarder l'émission sur leur petite télé. Barney n'a pas sa place sur mon écran.

Si Barney apparaissait ne serait-ce qu'une seule fois sur ma télé, elle serait contaminée. Il me faudrait la détruire ! »

Echler regarde Mojo d'un air dubitatif. Mojo lui tapote l'épaule avec un clin d'œil.

« Je ne fais que blaguer, dit-il en riant. La télé de mes enfants n'est pas petite.

— Eh bien, dans ce cas…

— Mais cette émission est terrible. Et pas juste terrible. Elle est dangereuse !

— Vraiment ?

— Mais oui. C'est aussi ce que disent les scientifiques.

— Parce que les hommes se mettent tous à tuer les dinosaures ?

— Ne rigolez pas. C'est grave. Vraiment dangereux. Pour les enfants !

— Ah. »

Echler aimerait bien en arriver au fait. Ça s'est presque un peu rafraîchi, mais ici frais veut surtout dire : moins caniculaire. En plus, il a un caillou dans sa chaussure. Mais l'amabilité et le *small talk* font partie du jeu. Ce serait impoli de passer directement aux affaires.

« Barney vend aux enfants un monde de mensonges, insiste Mojo gravement.

— Oui, c'est vrai, on ne chante pas beaucoup au quotidien, habituellement…

— Il n'y a pas que les chansons. Tout dans ce monde est beau et joli. Tout est agréable.

— Ce n'est pas grave. Le reste, ils l'apprendront bien assez tôt.

— Non, justement, soupire Mojo. Ils grandissent la tête remplie de Barney. Et moi, je dois avoir des discussions avec mes collaborateurs. »

Echler hausse les épaules. « Que faire ?

— Il me faudrait quelqu'un comme vous, assure Mojo. Vous ne connaissez pas Barney. Vous savez ce qu'est la vie. Parmi mes gars, il y a beaucoup de nègres stupides. »

Echler ne montre aucune réaction.

« Ils viennent me voir et ils se lamentent. Ils se lamentent tout le temps. En ce moment, c'est à cause des cabanons.

— Quels cabanons ?

— Vous savez, ces cabanons en plastique. Ils sont livrés d'Allemagne. Les maisonnettes pour la merde.

— Ça aussi, c'est vous qui gérez ?

— Je suis un businessman. Quand on a besoin de quelqu'un qui transporte des maisonnettes à merde, eh bien, je trouve quelqu'un pour le faire. Je pourrais aussi dire : non, je refuse ! Mais alors que se passera-t-il ? Quelqu'un d'autre prendra la place. Et si quelqu'un d'autre transporte des maisonnettes à merde pendant un certain temps, qui sait, il risque de se faire des idées stupides.

— Du genre, qu'il pourrait également transporter l'eau. »

Mojo percute doucement le bras d'Echler de son poing.

« Vous êtes un homme sage. As-tu entendu, Bandele ? Non seulement il a un bon instinct, mais il a aussi une tête bien faite. » Il se tapote le nez du bout de l'index, et ce geste paraît familier à Echler.

« Mais les stupides négros viennent me voir moi et me disent : je ne transporte pas de maisonnettes à merde. Je leur dis : je te donne un paquet de fric. Un paquet. Ça ne va pas ? Ils disent : si, mais tu ne m'as pas dit que c'était pour transporter des maisonnettes à merde. Alors je dis : on se fiche de ce que tu dois transporter. De la bouillie. De l'eau. On s'en fiche. Et eux : mais pas des maisonnettes à merde. J'insiste : parfois dans la vie il faut transporter des maisonnettes à merde. Et eux : mais pas moi.

— À cause de Barney, dit Echler parce qu'il faut bien dire quelque chose.

— À cause de Barney, affirme Mojo. Parce que dans le monde de Barney, il n'y a pas de maisonnettes à merde. Donc ils croient que pour eux il n'y en a pas non plus. » Il s'arrête, sa chaussure est restée accrochée à quelque chose qui dépasse du sol. Mojo se baisse et tire dessus. On dirait un cordon ou un tuyau. Mojo tire fort. Apparemment, le tuyau est long. Deux, trois mètres sortent du sol. Mojo l'enroule comme le faisait autrefois la grand-mère d'Echler avec un bout de ficelle. Puis il jette le fagotin à Bandele qui l'enfouit dans son pantalon cargo.

« Je leur dis : qu'est-ce qui ne va pas avec les maisonnettes à merde ? Ils répondent : les maisonnettes à merde puent. Ils disent ça comme des enfants. Et moi : ce sont des maisonnettes à merde allemandes. Elles sont étanches. Ça ne pue pas. Eux : si. Moi : non. » Mojo roule des yeux. Puis il voit un autre tuyau au sol. Il le saisit et commence à tirer dessus. Echler pense de nouveau à sa grand-mère, cette fois-ci enlevant les mauvaises herbes. Deux, trois mètres. Mojo les enroule.

Echler regarde sa montre. Il a du temps, mais pas indéfiniment.

« Et ensuite ?

— Que voulez-vous faire ? Je prends de nouveaux gars et j'essaye de convaincre les anciens. C'est un processus, dit-il en faisant tourner ses mains l'une autour de l'autre. Je crois que nous sommes sur la bonne voie.

— Bien, répond Echler. Ce qui nous amène à un autre processus. Nous avions un marché.

— Je me disais bien que vous alliez me poser la question.

— Vous pensiez que nous allions vous payer et basta ?

— Je vois plutôt ça comme une mesure pour établir la confiance.

— Comme quoi ?

— Je sais maintenant que vous êtes un homme bien. Quand vous dites que vous payez, vous payez. »

Echler le fixe, mais à cause des lunettes de soleil, il n'a pas l'air aussi furieux qu'il voudrait.

« C'est bien, l'encourage Mojo, je ne fais pas confiance à beaucoup de gens. Mais maintenant, je vous fais confiance. Je ne sais pas pour qui vous travaillez, mais vous pouvez aller voir votre boss et lui dire : Mojo me fait confiance. » Il se baisse et retire un autre tuyau du sol. « Aidez-moi, dit-il, en montrant un autre tuyau.

— C'est quoi ? demande Echler.

— C'est mauvais pour l'environnement. Du plastique. Des agents plastifiants. »

Echler se baisse et tire doucement sur le tuyau.

« Évidemment, dit Mojo, il n'y a pas de champs ici, ni d'agriculture – mais quand même. D'une certaine façon, tout atterrit chez les dauphins. Ce n'est pas très bien. »

Echler tire. « Nous vous avons transmis une somme à sept chiffres. Pourquoi n'avez-vous pas livré ?

— J'ai livré », répond Mojo. Il enroule de nouveau un tuyau et le lance à Bandele.

« Vous savez ce que je veux dire. Pourquoi avez-vous continué de livrer ? On était d'accord pour qu'il n'y ait plus d'eau à partir de ce bled de merde.

— C'est plus difficile que ce qu'on dirait, pas vrai ? » Mojo fait un signe de tête vers le tuyau sur lequel tire Echler. « Ces trucs en plastique, c'est l'enfer. » Echler hoche la tête. On pourrait croire que ce machin a des racines.

« Votre argent… Je vais être franc : j'ai cru que c'était un acompte. » Mojo inspecte le sol pour savoir s'il aurait raté un tuyau. « On rachète des parts d'un business.

— Des parts ??

— Au sens figuré, bien sûr, ajoute Mojo d'un air affable. Vous n'avez pas vraiment des parts, bien sûr.

— Nous vous avons fait parvenir une somme à sept chiffres…

— Oui, ça, j'ai compris. Et vous avez vraiment cru qu'avec ça vous pourriez me faire arrêter. Il y en a encore un. » Mojo se baisse et fait sortir un autre tuyau de terre. « À côté de vous aussi. Juste à côté de votre pied.

— À sept chiffres ! »

Mojo arrache énergiquement le tuyau. Puis il se redresse. « Je sais que vous êtes déçu. Ça arrive dans la vie d'un businessman. Mais soyez honnête : avez-vous pensé qu'un peu d'argent allait suffire ? Vous êtes sympa et malin, et je vous aime bien. Mais savez-vous ce que je gagne ? Je crée pas mal d'emplois ici. Et ça peut vraiment fonctionner longtemps. Pour être clair : si vous voulez que nous fassions affaire, vous devez rembourser mes pertes. Il faut tirer bien fort, alors ça marchera. »

Echler tire plus fort, puis se redresse à son tour.

« OK. On parle de combien ?

— Je ne peux pas vous révéler mes comptes, vous comprendrez sûrement. Mais j'ai mille conducteurs qui travaillent pour moi. Et d'après ce que j'observe, je pourrai les garder au minimum dix ans. Il faudra que votre somme à sept chiffres arrive une fois par semaine.

— Vous êtes malade ?

— Hé, restez poli. Vous vouliez connaître le prix, je vous l'ai donné.

— Vous voulez faire partie de notre liste de salariés ?

— En quelque sorte, oui.

— Simplement pour ne rien faire ?

— C'est paradoxal, n'est-ce pas ? Mais comment faire autrement ? Mes partenaires actuels ont des capacités financières étonnantes.

— Mais nous ne pouvons pas faire ça ! Je ne peux pas vous trouver des millions chaque semaine !

— Vous pouvez aussi payer d'un seul coup, mais ça vous reviendra plus cher. Compensation pour inflation. En plus, ce sont des sommes que votre gouvernement ne peut probablement pas envoyer sans que ça se remarque. »

Echler pose les mains sur ses hanches. Il se demande s'il doit exiger de Mojo qu'il rende l'argent. L'idée ne lui paraît pas bonne. « Je peux me renseigner encore une fois », dit-il en arrachant son tuyau du sol. Pendant un instant, il a l'impression de humer une odeur forte. Il vérifie ses semelles.

« Vous sentez quelque chose ?

— Pas vraiment, répond Echler, j'ai juste eu l'impression pendant un instant.

— Dans ce cas, c'est le tuyau. »

Echler en vérifie le bout. En effet. Ça sent assez fort.

« Mais autrement on ne sent rien, n'est-ce pas ? » Mojo renifle. « C'est le processus standard. Chaque jour, nous creusons une fosse derrière le cortège. Les maisonnettes sont vidées dans la fosse, puis on les ramène à l'avant. La pelleteuse referme la fosse. Six pieds de sable, on ne sent plus rien. La pelleteuse est superbe. Une marque allemande. Lieber ? Liebehr ?

— Liebherr.

— Exactement. Ce cortège est plus propre que n'importe quel camp de réfugiés.

— Et les tuyaux ? C'est pour la fermentation ?

— La fermentation ?

— Je ne suis pas sûr, je ne suis pas spécialiste des eaux usées, mais chez nous, on rassemble les boues de curage dans des sortes de digesteurs. Ça doit être le même principe.

— Je n'y comprends rien, moi. Mais il faut bien que les gens respirent.

— Quelles gens ?

— Les gens qui ont vu trop de Barney. Les négros stupides. Je vous le demande encore une fois, et répondez-moi honnêtement – vous avez le droit d'être malpoli : sentez-vous quelque chose ? Sentez-vous de la merde ? »

Echler inspire profondément par le nez. Puis il fait non de la tête.

Mojo se baisse. Il a découvert un autre tuyau. Il s'accroupit et tire le tuyau jusqu'à sa bouche : « Je vous l'avais dit, hurle-t-il dans la fine ouverture, on ne sent absolument rien. J'espère que vous avez enfin pigé. »

Il se lève. « Je pense que nous avons fait le tour. Faites-moi signe si vous voulez vraiment faire partie du projet. Bandele, appelle la voiture. Et merci de votre aide. » Mojo tire vigoureusement sur le dernier tuyau qui se tend de plus en plus, comme si quelqu'un le retenait.

Puis ça lâche avec une secousse.

« Nous restons à l'antenne ! »

L'interview du Spiegel

Le chef du divertissement chez MyTV Joachim Sensenbrink parle du succès d'« Ange dans la misère », de la responsabilité sociale et du business avec les réfugiés

Der Spiegel : Félicitations, monsieur Sensenbrink !

Sensenbrink : Pour quelle raison exactement ?

Der Spiegel : Qu'aimeriez-vous que je vous dise ? En ce moment, vous avez le choix : le chiffre d'affaires de MyTV grimpe à la verticale. Pareil pour les recettes publicitaires d'« Ange dans la misère ». Et d'après ce qu'on entend, vous allez passer au comité de direction.

Sensenbrink : Je peux confirmer vos observations sur les deux premiers points, mais pas sur le dernier. C'est le conseil d'administration qui en décidera et personne d'autre.

Der Spiegel : Le conseil d'administration peut-il court-circuiter l'homme qui est derrière ce nouvel essor ?

Sensenbrink : À vous de me le dire. D'après ce que je sais, le conseil d'administration peut faire ce qu'il veut.

Der Spiegel : Seulement si cet homme n'était pas lui-même responsable de l'essor. Sur ce point, nous avons entendu une drôle d'histoire : il paraît que la forme actuelle d'« Ange dans la misère » n'a pas été développée par vous, mais que c'est une décision spontanée de votre star.

Sensenbrink : Oui, j'en ai entendu parler. Mais je peux vous assurer que chez MyTV, c'est toujours la chaîne qui décide de ce qu'elle diffuse. Naturellement, nous discutons aussi avec nos stars, mais c'est nous qui prenons les décisions finales.

Der Spiegel : Dans ce cas, nous parlons à la bonne personne : qu'est-ce que ça fait de faire fortune avec des réfugiés ?

Sensenbrink : Gagner de l'argent est toujours agréable, mais ce que vous sous-entendez, c'est que nous le faisons d'une manière illégitime. Je ne vois pas les choses ainsi. Mais je suis prêt à en discuter avec *Der Spiegel* si vous m'expliquez quelles sont nos erreurs.

Der Spiegel : Disons que chaque émission d'« Ange dans la misère » contient plus de 60 min de publicité.

Sensenbrink : Et à combien de pub avons-nous droit ?

Der Spiegel : Ce n'est pas la question.

Sensenbrink : Si je vous suis, chaque centime que nous gagnons avec la publicité serait immoral.

Der Spiegel : N'est-ce pas le cas ?

Sensenbrink : Non, impossible. Nous sommes une chaîne privée. Sans ces pubs, nous ne pourrions vous informer sur ces réfugiés que sur une base bénévole. Et donc pas du tout.

Der Spiegel : Ou alors vous pourriez en parler dans le JT comme les autres chaînes. Le JT est parfaitement extensible.

Sensenbrink : Nous ne nous laissons pas dicter le poids de nos sujets. D'autres ont essayé de le faire, nous leur avons répondu que nous restions à l'antenne.

Der Spiegel : Certains critiques disent que ce n'est plus une question de poids, que sans votre chaîne, le sujet n'existerait pas.

Sensenbrink : Le sujet des réfugiés est à l'ordre du jour depuis 2015. Même Donald Trump n'a pas pu le détrôner.

Der Spiegel : C'était un sujet d'actualité, mais pas de cette façon. Sans Nadège Hackenbusch, sans votre star et vos caméras, le cortège ne se serait jamais mis en route. Votre émission n'existerait pas.

Sensenbrink : Je conteste.

Der Spiegel : Vous n'avez pas créé le sujet, mais vous l'avez accentué.

« Les réfugiés ne sont pas aussi naïfs que vous l'aimeriez »

Sensenbrink : Question de point de vue. Prenons un tremblement de terre en Amérique du Sud. Vous écrivez un article. Vous en parlez à la radio. Vous faites un reportage télévisé. Une priorité de la chaîne ARD. Au bout du compte, c'est toujours le même tremblement de terre. Les caméras, les images ne grossissent pas un sujet : elles lui donnent une visibilité.

Der Spiegel : Elles lui donnent néanmoins un certain poids social.

Sensenbrink : C'est toujours la société qui décide de ce poids. Avec sa télécommande. Nous ne sommes responsables que de l'offre. Et ça nous arrive aussi de nous tromper. Dans ce cas, ça donne une émission comme « Le château » et on n'est pas obligé de donner une interview au *Spiegel*. Mais une chaîne comme MyTV ne peut pas se permettre de se tromper.

Der Spiegel : Actuellement, la chaîne se porte à merveille. Parallèlement, l'AfD s'épanouit, elle s'approche de nouveau de la barre des 20 % et dans certaines régions elle l'a dépassée. Idem pour Pegida : en ce moment, il arrive sans difficulté à rassembler des foules à cinq chiffres. Le week-end dernier, seul le mauvais temps à Berlin a évité que le nombre passe à six chiffres.

Sensenbrink : Ce lien n'existe pas. Quand nous parlons de l'arrivée de l'hiver, les gens achètent des pull-overs. Mais nous n'avons pas inventé l'hiver.

Der Spiegel : Parfois vous diffusez deux fois par jour. Vous approfondissez le sujet au-delà de ce qu'il contient vraiment.

Sensenbrink : 150 000 personnes marchent vers l'Europe, et une célèbre présentatrice allemande se retrouve au milieu : je ne vois pas comment on pourrait représenter cela de façon exagérée.

Der Spiegel : Et les conséquences sociales ne vous importent pas ?

Sensenbrink : Dans votre bouche, ça sonne comme si nous alimentions la droite.

Der Spiegel : N'est-ce pas ce que vous faites ?

Sensenbrink : Je souhaiterais faire observer que Nadège Hackenbusch n'est pas de droite.

Der Spiegel : Ce n'est pas ce que nous avons dit.

Sensenbrink : Nadège Hackenbusch aide les réfugiés sans relâche. L'émission est… Je n'irais pas jusqu'à dire qu'elle est pro-réfugiés, mais elle est pro-humains. Je peux m'imaginer que cela ne convient pas à la droite. Mais ce n'est pas une raison pour cesser de faire de l'information.

Der Spiegel : Ce que vous faites dépasse l'information.

Sensenbrink : Oui, ça dépasse la forme traditionnelle avec laquelle *Spiegel TV* nous empoussière, peut-être, mais ça reste de l'information.

Der Spiegel : Est-ce vrai que les temps de marche ont été adaptés aux horaires de diffusion ? Dans n'importe quel film sur le désert on apprend qu'il est judicieux de marcher le soir ou la nuit.

Sensenbrink : Pour les joueurs de foot, il y a aussi des plages horaires plus judicieuses pour le coup d'envoi. La question est de savoir si l'équipe veut que le match soit diffusé.

Der Spiegel : Vous comparez une marche pour la survie à un match de foot ?

Sensenbrink : Je dis seulement que la plupart des réfugiés ont déjà vu la retransmission d'un match de foot. Ils ne sont pas aussi naïfs que vous l'aimeriez. Ils savent aussi que, dans ce monde, la pub existe.

« C'est la société qui décide de l'importance d'un sujet – avec la télécommande »

Der Spiegel : Pour des toilettes TOI TOI.

Sensenbrink : Jusqu'ici, personne ne s'est plaint. Le produit est soumis à un test permanent en prime time et il fait ses preuves. Le client est content, et les réfugiés le sont aussi.

Der Spiegel : Et vous planifiez déjà la deuxième saison.

Sensenbrink : Et alors ? Vous faites comme si le sujet des migrants avait toujours été bien net. Mais ce n'était pas le cas.

Der Spiegel : En tout cas, la Méditerranée était verrouillée au point que même la CSU a temporairement arrêté de se lamenter. Et maintenant, le FDP retrouve une place à côté de l'AfD.

Sensenbrink : Temporairement. Nous donnons aux migrants l'espace qu'ils méritent.

Der Spiegel : Ou alors la tranche horaire qu'il vous faut.

Sensenbrink : Quand 150 000 personnes se mettent en route sous l'œil de nos caméras, vous pouvez être sûrs qu'ils seraient partis un jour ou l'autre sans caméra. Peut-être auraient-ils attendu d'être 300 000, mais ils seraient partis à coup sûr.

Der Spiegel : C'est de la spéculation.

Sensenbrink : Mais sur MyTV. La chaîne des petits films légers et de la crétinisation du peuple. Sauf que là, on débat du sujet des réfugiés, et à l'échelle internationale. Presque tous les États de l'UE ont acheté des franchises, plus les États-Unis. Même *Der Spiegel* ne peut pas trouver cela mauvais.

Der Spiegel : En Hongrie et en Pologne, les gens suivent l'émission avec un plaisir sadique.

Sensenbrink : Les études de marché ne sont pas du même avis. L'attitude envers les réfugiés a changé positivement parmi les spectateurs réguliers.

Der Spiegel : Parmi les partisans des réfugiés. Parmi les adversaires, elle amplifie le rejet.

Sensenbrink : Dans tous les cas, elle encourage le débat. C'est ce qu'on appelle la démocratie.

Der Spiegel : Comment votre émission va-t-elle évoluer ?

Sensenbrink : Je ne sais pas. Et je ne vous cacherai pas que la fin pourrait être tragique.

« L'émission encourage le débat. C'est ce qu'on appelle la démocratie. »

Der Spiegel : Allez-vous diffuser la grande catastrophe pendant le final du samedi soir ?

Sensenbrink : Nous allons en tout cas informer convenablement. Mais compte tenu de l'importance de l'événement, toutes les chaînes vont faire pareil. Ou bien croyez-vous sincèrement que l'ARD et la ZDF n'enverront personne ? Si les réfugiés réussissaient à arriver jusqu'en Europe et que cela se soldait par un échec, les chaînes publiques en parleraient comme nous.

Der Spiegel : La forme devrait être un peu différente.

Sensenbrink : C'est vrai, et je vous garantis que chez nous, vous n'aurez pas les commentaires bornés de Sigmund Gottlieb. Cela reste le privilège des payeurs de redevance.

35

CE QU'ON PEUT vraiment apprendre de Malaika, c'est comment travailler avec les journalistes. Et d'abord, qu'il est possible de travailler avec eux. Autrefois, il pensait que le summum était un article dans un journal. Ou une émission de télé. Mais Malaika en tire beaucoup plus. Malaika a toujours un business en tête, comme une vraie femme d'affaires. Pour ça, elle est comme Mojo, voire meilleure. Quand un journaliste dit qu'il veut écrire sur ceci ou cela, alors Malaika dit qu'il doit écrire sur autre chose, par exemple la question préoccupante des médicaments. Et pour ça, elle est prête à mettre un short un peu plus court. Ou alors, elle promet que Lionel sera lui aussi à l'image. Désormais, il y a un deuxième véhicule de prise en charge pour les nouveau-nés. Une entreprise offre les additifs sains qu'il faut ajouter dans les camions-citernes pour que l'eau soit potable.

Malgré tout, c'est fatigant. Surtout depuis que l'émission passe aussi dans d'autres pays. Ils pourraient donner des interviews toute la journée. Ce qui est étonnant, c'est qu'il y a des douzaines de journalistes et toujours les mêmes trois questions.

Comment avez-vous eu cette idée ?

Où voulez-vous aller ?

Allez-vous réussir ?

Il leur suffirait de relire de vieilles interviews de Lionel et Malaika pour avoir leur réponse, mais ils ne le font pas. Cela ne leur importe pas. Ils ne cherchent pas d'autres questions. Ils ne sont pas non plus fâchés que la réponse soit toujours la même, ils veulent juste qu'on la leur répète exprès.

Aujourd'hui, il pourrait raconter dans son sommeil l'histoire de la naissance de l'idée au bar de Miki. Ce souvenir lui est cher, mais ces derniers temps, il lui évoque un peu un fruit abîmé que tout le monde aurait pris dans la main et reposé. Cela ne semble pas gêner Malaika. Elle répète joyeusement les mêmes phrases, parfois il a presque l'impression qu'elle ne s'en rend pas compte – mais est-ce vraiment possible ? Pour lui, c'est de plus en plus artificiel : Lionel, dites-le encore une fois. Plus court, Lionel. Un peu plus lentement, Lionel, et pourriez-vous regarder vers la plaine et tenir le regard pendant dix secondes ?

Aujourd'hui, il est presque persuadé de vraiment s'appeler Lionel.

Son portable sonne. Il n'a pas envie de décrocher. Peut-être devrait-il faire de Mahmoud l'Amiral des journalistes. Mais cet idiot va ressortir sa stupide coiffe de capitaine et la mettre sur sa tête. Vaut mieux qu'il s'en charge. Il inspire profondément et décroche.

« Allô ! Comment va mon marcheur préféré ?

— Tu en es où avec "Alerte à Malibu" ? »

Lionel est presque aussi soulagé qu'il en a l'air.

« Mon vieux, qui s'intéresse à "Alerte à Malibu" ? Tu connais "Friends" ?

— Pas vraiment.

— Regarde ! Tu bandes rien qu'en voyant le générique. C'est la meilleure émission de baise du monde. Tout tourne autour du fait qu'un tas de types sont trop bêtes pour niquer Jennifer Aniston. Regarde ce cul. Ces nichons. Après ils sautent dans cette fontaine. Elle dans son pull moulant qu'elle va mouiller pour nous tous, aaah. Ce visage. Et personne ne la baise ! Personne ! En tout cas personne d'important.

— Peut-être que ce n'est pas le sujet de la série ?

— Bien sûr que si ! Il y a encore deux autres pétasses, elles non plus ne se font pas vraiment baiser. Une pouliche blonde et une brune fadasse. Mon vieux, je te dis, c'est voulu. C'est de la dramaturgie ! Jennifer Aniston ne se fait pas baiser parce qu'elle traîne avec ces deux chouettes ennuyeuses. Toute l'émission me hurle : Mojo, viens aux States et sauve Jennifer Aniston de sa vie de merde.

— Et tu vas le faire ?

— Absolument ! Je ne peux pas te donner plus de détails, sinon mon pantalon va exploser. Il y a des choses plus importantes. J'ai entendu quelques histoires étranges. Des histoires sur toi.

— Il n'y a pas d'histoires étranges.

— Tu vas au Maroc ?

— Non.

— En Libye ?

— Non.

— Tunisie ? Algérie ?

— Nope. »

Mojo pimente la discussion de son silence désagréable. Lionel ne sait pas très bien ce qu'il attend de lui, alors il se tait. Et finit par gagner.

« Alors c'est vrai !

— Qu'est-ce qui est vrai ? Je n'ai jamais dit que je voulais aller en Libye ou au Maroc.

— Mais tu n'as pas dit non plus que tu ne voulais pas y aller.

— Ça n'a aucune importance. Et c'est bien pour toi ! Tu es payé à la journée.

— Il ne s'agit pas de journées ! Tu es un investissement pour l'avenir. Tu dois aller au pays des connasses. C'est le seul moyen pour que l'argent coule à flots. Ça ne m'apporte rien que tu traînes dans le sable des années durant.

— Alors nous sommes d'accord.

— Non, pas du tout. Tu vas aller au Maroc ou en Libye et te trouver un bateau comme n'importe quelle personne normale.

— Je ne peux pas faire ça.

— Tu essayes encore de m'imposer ta volonté ?

— Je ne peux pas demander aux gens de se balader des mois entiers à travers le néant, pour ensuite les envoyer se noyer comme des milliers avant eux.

— Ils auront leur chance, c'est tout ce qu'ils demandent.

— Mais ils ne demandent pas n'importe quelle chance.

— Le Maroc est une super chance !

— Non ! Les bateaux, c'est de la merde !

— Qu'y a-t-il à redire sur les bateaux ? Des bateaux, il y en a depuis des siècles. Personne ne s'en est jamais plaint.

— Tu ne peux pas contrôler la mer. Tu ne peux pas contrôler la qualité des bateaux.

— C'est pareil pour le désert.

— Un désert, ça ne peut pas s'assécher davantage. Et notre force, c'est notre nombre. Les passeurs demandent beaucoup d'argent, ils nous divisent en portions de cent et nous laissent nous noyer un à un.

— Quelques-uns, peut-être, rétorque Mojo.

— Et ceux qui réussissent ne formeront qu'un petit tas d'une centaine de négros de l'autre côté. Personne n'a peur de raccompagner quelques négros ou d'en faire je ne sais quoi. La télévision n'est pas là et au milieu de la mer nous sommes à leur merci.

— Mais le super-négro a un plan.

— En tout cas, mon plan, c'est de ne pas compter sur les autres. C'est de compter sur nous. Sur nos pieds. Sur notre argent. »

Mojo écoute sans parler.

« C'est aussi dans ton intérêt. Plus de succès, plus d'argent, plus de véhicules, plus de Jennifer Aniston.

— Jusqu'où veux-tu aller alors ? En Égypte ?

— Plus loin.

— Plus loin ?

— Si nous n'arrivons qu'au bord de la mer, alors on aura fait tout ça pour rien. Nous n'allons pas à la mer. Nous faisons tout le trajet.

— À travers l'Égypte ?

— À travers l'Égypte. »

Mojo ne dit rien.

« C'est notre…

— Ferme-la. Je réfléchis. »

Lionel se la ferme.

« Maintenant, reprend Mojo, écoute-moi bien, crétin.

— J'écoute.

— Je vais être patient, crétin. Habituellement, je ne suis pas aussi patient, mais là, oui. Tu m'as raconté beaucoup de conneries jusqu'ici, mais c'était des conneries vraies. Tu m'as promis beaucoup d'argent, et j'ai empoché beaucoup d'argent. Je te respecte. Tu es un frère. Un frère confus, mais un frère. Je t'aime bien, toi avec tes conneries. Tu écoutes ?

— J'écoute.

— Je suis même prêt à te donner raison çà et là. Les bateaux, c'est bancal ; la mer, c'est de la merde. Les passeurs empochent ton argent et te laissent te noyer. C'est une bonne idée de me payer chaque jour. Je prendrais aussi une avance, mais je comprends que ce soit mieux pour toi. Parfois tu n'es pas si confus, frère confus. Mais votre système a des limites. Je ne peux pas t'accompagner plus loin qu'en Égypte.

— Tu continueras de recevoir tes pourcentages.

— Je l'espère, mais je ne te parle pas de pourcentages, là.

— De quoi alors ?

— As-tu déjà regardé une carte, espèce d'idiot ?

— Tout à fait.

— Je ne te parle même pas de la Syrie ou de la Jordanie. Il y a sans doute des gens qui te laisseraient passer, mais pour chacun d'eux, il y en a au moins trois autres qui ne seront pas d'accord. Pour rien au monde. Je ne te parle pas non plus des Turcs, dont personne ne sait ce qu'ils veulent à part du respect. Soit. Si tu veux mon avis, tu pourrais même réussir à surmonter de petits obstacles comme le canal de Suez. Tout est envisageable. Mais il y a une chose qui est absolument impensable.

— Israël.

— Israël.

— C'est dix kilomètres en ligne droite. Quatorze kilomètres par la route. Une blague.

— Non, ce n'est pas une blague, rétorque Mojo. Justement. Dix kilomètres sur le territoire d'un pays avec une puissance militaire forte, un pays paranoïaque et qui n'hésite pas à se servir de ses armes dès qu'une chose ne lui va pas ou lui semble suspecte. Les Juifs commencent par tirer et posent des questions après. Ils laisseront peut-être passer une ou deux personnes s'ils sont de bonne humeur ou bourrés. Trois, non. Et mes camions, sûrement pas. Fin de l'approvisionnement en eau et en nourriture. Fin du paradis des chiottes transportables.

— Et la Jordanie ? »

Mojo inspire profondément. Puis il hurle : « La Jordanie ! Pourquoi tu me parles de la Jordanie ? Qu'est-ce que tu veux avec la Jordanie ? D'accord, l'argent te permet éventuellement de négocier. Mais tu n'arriveras jamais jusqu'en Jordanie.

— Dix kilomètres en ligne droite, répète Lionel, têtu.

— Ça équivaut à une ligne de tir dégagée ! Les Juifs te dégommeront ta jolie tête de Noir. Et c'est la fin assurée. D'après ce que je sais, une tête, ça peut toujours servir. Même au pays des pétasses !

— Nous trouverons un chemin, dit Lionel. Et tes camions viendront aussi. Si nous échouons, au moins tu auras fait six mois de bénéfices supplémentaires. Il faut que je te laisse. Je dois donner une interview. »

Il raccroche. Bien sûr qu'il savait pour Israël. Au fond, il avait espéré que Mojo aurait une idée. Mojo, la pochette-surprise. Soudain, le découragement s'abat sur lui. Il aimerait se retirer dans le cercle de ses amis et fidèles conseillers, il sait pourtant bien que ce cercle renferme certes beaucoup de fidélité et aussi une sorte d'amitié, mais trop peu de rationalité. En ce qui concerne Israël, l'aide de Malaika lui sera aussi inutile que celle de Mahmoud pour la nourriture et l'eau. Il a encore le temps, et il faut d'abord qu'il arrive jusque-là, mais il a encore moins d'idée pour les Israéliens que pour toutes les autres frontières.

Son portable sonne. Un indicatif américain. Il est sur le point de prendre l'appel, lorsqu'un SMS arrive. C'est Mojo.

« Prends soin de toi, frère confus. »

36

IL FAIT NOIR. La plupart des bureaux sont déjà vides, encore plus vides que le week-end. De nombreuses portes le long du couloir sont fermées. Parfois on voit les tables rangées dans la lueur d'une lampe isolée. Le fauteuil de bureau poussé contre la table avec soin, comme si le bureau était un petit garage. Étrange, mais on voit tout de suite si un bureau a été rangé pour le week-end ou pour les vacances de Noël. Les bureaux du week-end sont bien propres. Les bureaux des vacances donnent l'impression que les propriétaires ne vont jamais revenir. Leubl aime ça. Son propre bureau a l'air de ça en ce moment.

Il pose son manteau sur la rambarde et se penche pardessus. En bas, dans l'entrée, ils ont mis un sapin de Noël. Sans cadeaux. C'est à ça qu'on distingue les sapins de Noël des grands magasins de ceux des services administratifs : dans les grands magasins, il y a des cadeaux. Madame Krassnitzer de l'accueil lève la tête vers lui et lui fait signe. Elle est en train d'emballer ses affaires. Leubl lui fait signe à son tour et formule doucement, mais distinctement : « Joyeux Noël. » Elle lui envoie un baiser de la main. Leubl sent une humeur agréablement paisible se répandre en lui.

Il reprend son manteau et continue son chemin. Il suit le couloir jusqu'au bout et se dirige vers un bureau à l'angle. La porte est ouverte, il frappe.

« Peut-on entrer ?

— C'est bien parce que c'est vous ! »

Le secrétaire d'État est encore assis derrière son bureau.

« Vous devriez arrêter ! Même un secrétaire d'État ne peut pas changer le monde un 23 décembre. » Leubl accroche son manteau sur le portant.

« Ce n'est rien d'officiel, explique le secrétaire d'État.

— Alors, qu'est-ce que nous avons là ?

— Vous avez le choix, comme toujours. » Le secrétaire d'État se baisse et pose une bouteille sur la table. « D'un côté : du vin chaud. De Bavière. J'ai veillé à ce qu'il vienne de là-bas. »

Leubl regarde la bouteille d'un air sceptique : « La Franconie, ce n'est pas la Bavière, croyez-moi. Nous avons longtemps essayé.

— Alors on laisse tomber ?

— Je dirais que oui.

— J'ai même pris un petit réchaud à gaz. Pour que nous n'ayons pas à le réchauffer sur cette plaque peu romantique.

— Peu importe. Qu'avez-vous d'autre ?

— Un rouge. Des Pouilles.

— Que vous avez acheté ? »

Le secrétaire d'État sourit. « Comme par miracle, il a déjà décanté. »

Leubl le regarde comme s'il ne s'était pas attendu à autre chose de sa part, il se dirige vers le petit ensemble de fauteuils et l'épaisse bougie sans prétention, déjà allumée. La flamme se reflète dans les vitres sombres. Leubl aime la vue qu'on a sur la ville depuis le bureau du secrétaire d'État. C'est pour cela qu'ils ont délocalisé leur petit pot de Noël. Autrefois, ils le faisaient dans son bureau, jusqu'à ce que le secrétaire d'État laisse entendre que, chez lui, la vue était meilleure. Ce qui est indéniable.

Du coin de l'œil, Leubl regarde le secrétaire d'État couvrir son écran pour masquer la lumière électrique bleue. Il prend deux verres et le décanteur. Puis il s'assoit en face de Leubl et se met à napper les parois des verres à vin.

« Vous êtes sûr que c'est utile ?

— Avec ce vin, oui. »

Puis il sert pour de bon et fait respectueusement glisser le verre vers Leubl.

Leubl l'attrape et le porte à son nez. Il ferme les yeux, le secrétaire d'État a bien choisi, comme toujours. Ils trinquent avec un petit tintement. Le vin roule dans sa bouche, il se blottit contre son palais comme un chat dans sa couverture. « Maintenant, dit Leubl en se laissant aller en arrière, maintenant Noël commence vraiment. »

Le secrétaire d'État repose son verre et s'enfonce lui aussi dans son fauteuil. Ils regardent tous les deux la ville illuminée.

« Et alors ? Qu'allez-vous offrir à votre Tommy ?

— Le prince de Namibie, 22 × 5 centimètres, veiné, avec ventouse et testicules.

— Vous pouvez mieux faire, dit Leubl impassible.

— Je lui offre de l'art ; j'essaye un nouveau truc. Et votre femme ?

— La même chose qu'en 1969.

— C'est ça, le développement durable.

— Nous ne nous offrons rien.

— Depuis 1969 ?

— Depuis 1969.

— Vous vous y êtes mis tôt. Limiter la consommation et tout ça. Le SPD n'en était pas encore là, à l'époque.

— Ma foi, deux mille ans avant que les Verts aient commencé à réfléchir à l'économie, un certain Jésus jetait les commerçants en dehors du temple. »

Le secrétaire d'État prend une gorgée de vin. « Et vous faites tout ce que dit ce Jésus ?

— Qui sait ce que dit Jésus ?

— Certains prétendent le savoir.

— Et d'après eux, c'est un savoir exclusif, en plus !

— Et ça les rend moins crédibles ? »

Leubl regarde le verre dans sa main d'un air content. « Croyez-moi, si Dieu veut dire quelque chose, il le dira de manière à ce que tout le monde l'entende. Et si quelqu'un affirme être le seul à savoir, vous pouvez être sûr qu'il ne sait rien. »

Le secrétaire d'État prend une gorgée. « Ça me plaît.

— Ma fille nous a détestés pour ça.

— Pour l'histoire avec Dieu ?

— Non, pour avoir supprimé les cadeaux. Avec ses enfants, elle a tout changé. Et dix ans plus tard, elle a fini par faire comme nous. »

Ils se taisent. Leubl aimerait bien qu'il se mette à neiger, mais il n'y a rien.

« Qu'est-ce qu'on fait maintenant ? demande le secrétaire d'État.

— On attend.

— C'est tout ?

— La tentative valait le coup. Mais on savait que ça ne marcherait qu'avec quelqu'un de mauvais en calcul. Qui préfère avoir un million aujourd'hui que dix millions demain.

— Et maintenant ?

— Rien. Qu'est-ce que vous croyez ?

— Que nous chercherions autre chose dans notre boîte secrète. »

Leubl le regarde par-dessus son verre. « On a déjà raclé le fond de la boîte.

— Mais…

— Vous avez d'autres propositions ?

— Je ne sais pas…

— Allez-y ! »

Le secrétaire d'État hésite un instant. Puis il dit : « Les Américains feraient plus. Ou les Anglais.

— À savoir ?

— Sans trop entrer dans les détails : on pourrait chercher des solutions un peu plus sales.

— Vous pouvez détailler. Mais nous ne pouvons pas censurer notre télévision. Nous ne sommes pas les Russes.

— Non, mais…

— De quel genre de saleté disposons-nous ? Bombarder leurs camions ?

— Non, pas les bombarder…

— On envoie le GSG 9, l'unité d'intervention spéciale, le long du cortège pour qu'ils crèvent leurs pneus ?

— Dit comme ça, bien sûr, ça paraît puéril…

— Alors dites-le-moi autrement. Si ça marche, l'Allemagne aura activement participé à laisser mourir de soif cent cinquante mille personnes sans défense. Et si ça ne marche pas, ils auront de nouveaux pneus trois jours plus tard.

— Il faudrait peut-être… la tête de l'organisation…

— L'empoisonner au plutonium ? »

Le secrétaire d'État lève les yeux au ciel.

« Tout ne repose pas sur ce Lionel, reprend Leubl. Il n'y a rien d'assez compliqué à gérer que personne d'autre ne puisse reprendre la main. En plus, ils auront un saint. Ils l'embaumeraient et le trimballeraient à l'avant du cortège en guise d'accusation ambulante. Ça n'améliorerait pas la situation.

— Alors il n'y a rien à faire ?

— Rien, dit Leubl, à part boire ce très bon vin. » Leubl prend une gorgée à la hauteur de ses propos. Il soutient le regard du secrétaire d'État.

« Qu'est-ce qu'il y a ? Vous vous attendiez à quoi ?

— Je ne sais pas. Ça me donne une sensation étrange. Je suis mal à l'aise.

— C'est parce qu'on a perdu l'habitude.

— De quoi ?

— Cette sensation qu'une histoire tourne au vinaigre.

— Alors vous croyez vraiment qu'ils vont… ?

— Je crois que nous avons de mauvaises cartes. Et que nous ne sommes pas en pleine partie de poker. Nous ne pouvons pas reprendre trois nouvelles cartes. Ce n'est pas non plus comme à la belote. Nous avons une mauvaise main et nous devons faire avec.

— Et ça veut dire ?

— Vous ne jouez pas beaucoup aux cartes, hein ? On perd, et puis on paye.

— Mais qui a dit que nous participions au jeu ?

— Nous. Parce que nous n'avons jamais cessé de jouer quand les cartes étaient meilleures. »

Le secrétaire d'État se penche en avant, appuie les coudes sur les genoux et, d'un air songeur, il fait tourner le verre dans sa main.

« Beaucoup de gens ne vont pas aimer ça, dit-il.

— Les politiciens ne peuvent pas uniquement apporter de bonnes nouvelles.

— Alors ils ne sont plus élus.

— Possible, mais les électeurs doivent comprendre que parfois, c'est le miracle économique et parfois, la crise du pétrole. Aucun État dans toute l'histoire n'est allé de mieux en mieux. Mais il n'y a pas non plus d'État qui se soit éteint d'un seul coup. La plupart du temps, la lumière baisse lentement. »

Le secrétaire d'État remplit de nouveau les verres.

« Il y a d'autres options. Les autres États nous montrent l'exemple.

— Et vous savez ce que j'en pense, lui rappelle Leubl.

— Mais il faut bien que nous fassions quelque chose !

— Juste parce que nous sommes allemands ?

— Quel rapport ?

— Il nous faut toujours une stratégie pour tout. La plupart des pays ne partagent pas cette conception. Ils se disent : voyons voir ce qui va vraiment se passer.

— Mais on vient de dire exactement…

— On vient de constater qu'on avait des cartes de merde. Mais les autres joueurs peuvent faire des erreurs, trop réfléchir, ou trop peu, ou en jouant malencontreusement la mauvaise carte. Ou alors d'autres joueurs inattendus vont débarquer. Tout n'est pas perdu juste parce qu'on ne peut fusiller personne. »

Leubl lève son verre en signe d'encouragement. Le secrétaire d'État suit son exemple en hésitant.

« C'est Noël. On ne peut rien faire. Je rentre auprès de ma femme et je ne lui offre rien. Et vous rentrez auprès de Tommy avec votre prince de Namibie. »

Les verres tintent doucement. Leubl regarde par la fenêtre. Il commence à neiger. Il porte le verre à sa bouche et laisse encore une fois ce merveilleux vin choyer son palais. Le secrétaire d'État pousse un soupir. Alors Leubl lui tapote l'épaule pour le réconforter. « Avec un peu de chance, nous serons envahis par les Russes. Et ce sera de nouveau comme en RDA. Nous verrons bien combien de réfugiés voudront encore venir chez nous. »

II

37

DÈS QUE C'EST POSSIBLE, Lionel prend un des véhicules de Malaika. Il ne va pas très loin, seulement jusqu'à la colline ou la montagne suivante, et il n'y en a pas tant que ça dans le nord de l'Irak, les vraies montagnes ne commencent qu'à la frontière. Lionel monte le plus haut possible et sort de la voiture.

Il attrape ses jumelles et contemple le cortège. Il tente de s'y habituer. Il ne le fait ni avec plaisir ni à contrecœur, mais consciencieusement. De la même façon, il évalue son avancée : pas avec enthousiasme, mais comme pour se donner du courage. Aujourd'hui c'est pareil, il ne cesse de se répéter à voix basse qu'au moins la vision ne lui fait plus peur. Même si le cortège a doublé de volume.

On a du mal à le croire, mais c'est possible de faire la différence entre cinquante et cent kilomètres. Quand on s'est habitué à cinquante kilomètres pendant un an, ça aide. Au bout du compte, la question est simple : est-ce qu'il arrive qu'on ne voie plus la fin, ou pas ? Ou plutôt : à quelle hauteur faut-il grimper pour la voir ? En tout cas, dans cette partie du pays, les collines ne sont pas assez hautes.

Ce constat l'étonne, mais avant d'arriver en Jordanie c'était plus détendu. Plus simple. Personne ne croyait qu'ils arriveraient aussi loin. C'est pourquoi l'afflux restait constant, même si l'Afrique du Nord regorgeait de personnes désireuses de rejoindre l'Europe. C'est comme une compétition à qui sera le plus fou : certains tentent de traverser seuls le désert et, en comparaison, l'idée du cortège paraît moins cinglée. Mais elle est aussi moins reconnue que la bonne vieille méthode : « Je monte dans un bateau en Afrique du Nord et j'y vais. » Le cortège reste donc moyennement attrayant pour ceux qui sont prêts à prendre quelques risques – on peut se préparer à cette affluence.

Toutes les quatre ou six semaines, il avait demandé à Mojo d'ajouter un camion. L'investissement à fournir avait fini par se stabiliser : les gens ne s'attendaient plus à des miracles et se satisfaisaient de recevoir la même chose que la veille. Même les râleurs les plus tenaces ne pouvaient nier qu'au bout de chaque journée ils étaient arrivés quinze kilomètres plus loin. Mais à partir de la Jordanie, tout avait changé. La seule chose qui ne changeait pas était le magnifique pouvoir de l'argent.

Mojo s'est chargé de la prise de contact, et bien entendu il continue de recevoir ses pourcentages, parce que tout ce qui concerne l'argent passe par lui. C'est ainsi que Mojo a appris à Lionel que la Jordanie n'est pas uniquement remplie de Jordaniens, mais aussi de Palestiniens. Ces Palestiniens sont très bien organisés et aiment gagner de l'argent, comme tous les autres. Notamment parce qu'ils ont des projets encore plus grands dans cet exécrable Israël.

Les Palestiniens avaient mis en place la même infrastructure que les autres contacts de Mojo. Même les toilettes mobiles étaient réapparues, Malaika et sa fondation avaient tout organisé, de nouveau grâce à l'aide de Mojo. Au fond, c'était ce qu'il y avait de plus drôle, parce que Malaika et les types de la télé faisaient toujours comme si l'argent de la fondation était particulièrement beau et propre et qu'il fallait le dépenser avec beaucoup de soin et de parcimonie. Il ne s'en mêlait pas, mais contrairement à lui, Malaika aurait pu négocier directement avec les Palestiniens. Pourtant ils continuaient d'aller voir Mojo, comme s'il était le seul homme sur terre à savoir où trouver des toilettes mobiles. Mojo, toujours digne de confiance, prenait l'argent et en envoyait les trois quarts en Palestine ou on ne sait où. Empocher une provision de vingt-cinq pour cent lui réclamait un effort de… quinze secondes. Voire cinq secondes, car il avait sûrement enregistré un raccourci d'appel sur son téléphone.

La vue est excellente. À intervalles réguliers, les camions-citernes et les bétonnières flottent à la surface d'une mer de soleil, de pierres et de poussière. Parfois un véhicule étranger se fraye un chemin à travers la foule apathique, qui libère le chemin en rechignant, puis referme instantanément la trouée. Les passagers de la voiture doivent avoir l'impression de traverser du fioul.

Une fois que la voiture est passée, on a de nouveau l'impression que les gens sont à l'arrêt, tant ils avancent uniformément. Ça a pris un peu de temps avant d'arriver à ça. C'était ce qu'il y avait de plus difficile : marcher de façon à ne créer aucun embouteillage. L'astuce est que tous ceux qui campent autour d'un camion doivent avoir quitté les lieux au plus tard au moment où les personnes du camion suivant arrivent. Ce n'est pas si facile, et quand on ajoute de nouveaux camions, il ne faut pas s'attendre à ce que les nouveaux arrivants le comprennent tout seuls, non, il faut y mélanger au moins dix pour cent de personnes expérimentées, si possible un tiers.

Le cortège suit la piste et se perd, s'estompant progressivement dans l'immensité de la plaine. Les véhicules de Malaika ne sont pas visibles, elle tourne à l'arrière du cortège aujourd'hui. Mais sur une telle longueur, il n'est pas rare de perdre de vue les rayures rose fuchsia pendant plusieurs jours d'affilée. Cela ne nuit pas à la réputation de Malaika, les enfants l'adulent même encore davantage. Le portable sonne, mais Lionel ne décroche pas. On n'est pas obligé de toujours répondre. Parfois on est même obligé de ne pas répondre pour ne pas devenir fou.

Cette foule est tellement aberrante.

Ils marchaient en Jordanie depuis à peine cinq jours lorsque l'amiral Mahmoud l'a informé de l'arrivée de nouveaux marcheurs. Ils avaient vu les images à la télévision et sur leurs portables. Les nombreux bateaux pneumatiques, le va-et-vient des ferry-boats. Quinze ridicules kilomètres pour passer la minuscule mer Rouge, lisse comme un miroir, une traversée tellement anodine que même les plus petits enfants se réjouissaient. Ils étaient passés à l'écart d'Israël. Sur la plage attendaient déjà les premiers véhicules aux zébrures roses. Les véhicules de la télé, l'ambulance et la station des nouveau-nés étaient les seuls à devoir – et pouvoir – traverser Israël en fin de journée. Malaika avait goupillé ça avec une éditrice pro-juive, la plus haut placée des chefs d'Astrid-scribouilleuse. Lorsque les réfugiés étaient descendus des bateaux pour reprendre leur marche, les camions étaient déjà en place. Tout s'était déroulé sans accroc, mais ensuite l'afflux était devenu tel qu'il avait fallu greffer les premiers camions supplémentaires au bout de seulement cinq jours. En passant commande à Mojo par téléphone, il s'en était étonné. Mojo était parti d'un long éclat de rire.

« Pourquoi crois-tu que ça marche sans problème ?

— Eh bien, parce que nous payons.

— Vous ne payez pas si bien que ça. Réfléchis un peu : l'armée, les garde-côtes. Tu sais toi-même ce que tu raques. Tu n'as pas trouvé que c'était bon marché ?

— Non. C'était plus cher que l'Égypte.

— Oui, mais pas de beaucoup. Et il n'y a pas de guerre civile en Jordanie, l'État est plus ou moins intact.

— Ah. Et ça veut dire quoi ?

— Sais-tu seulement ce qu'il se passe chez eux ?

— Ils sont en guerre et le reste ne nous regarde pas.

— Ils ne sont pas en guerre. Mais ils ont des réfugiés. Des milliers de réfugiés.

— Et alors ? »

Mojo avait soufflé, comme s'il parlait à un papi gâteux.

« Bon, d'accord : nous avons un pays rempli de réfugiés, des millions de réfugiés. Ils sont là parce qu'ils ne peuvent aller nulle part, mais personne ne les aime. Ça te rappelle quelque chose ?

— Je ne suis pas débile.

— Et voilà que le super-réfugié se pointe, celui qui a emmené cent cinquante mille crétins sur dix mille kilomètres.

Tellement loin qu'ils ne reviendront jamais. Tu piges, maintenant ? »

Il n'avait rien dit. Qu'aurait-il pu dire alors que dans sa tête et son estomac tout se retournait ?

« Ils vont te guider. Aussi loin que possible de leurs villes. Et le plus près possible de leurs camps. Et plus tu prendras de réfugiés avec toi, moins ils te mettront de bâtons dans les roues.

— Mojo ! Comment je suis censé organiser tout ça ?

— Ne fais pas de chichis, tu vas y arriver. Dis-toi que c'est ton laissez-passer. Pas seulement pour traverser la Jordanie, non, ça nous facilite aussi le passage en Irak. Alors ne chiale pas, et accueille tous ces types avec une serviette sur la tête. »

Alors Lionel et ses gars ont accueilli des keffiehs. Rien qu'en Jordanie, il y en a eu quatre-vingt mille. Heureusement, il a pensé assez tôt à négocier quelques petits avantages. Trouver des camions supplémentaires n'avait posé aucun problème en Jordanie, et en plus on leur donnait l'eau, à titre gratuit. Quand ils avaient passé la frontière et que les peshmerga avaient repris la main sur les camions et l'approvisionnement des Palestiniens, ils étaient plus de deux cent trente mille personnes. Presque quatre-vingts camions. Quatre-vingts kilomètres.

Les nouveaux arrivants se mêlent au cortège, mais le réfugié et ses hommes gardent les rênes. Cette gigantesque entreprise ne cesse de l'effrayer, mais ce sont les Africains qui donnent le ton, et cela lui plaît vraiment. Les disputes sont étonnamment rares, tout le monde sait que ce sont les Noirs qui ont mis le projet sur pied. Les Syriens, Tunisiens, Égyptiens, Libanais, Afghans, Palestiniens et Irakiens peuvent s'estimer heureux qu'on les prenne. Qu'une aussi grande entreprise soit entièrement gérée par des Noirs est une première pour Lionel, mais aussi pour les autres. Et sans aucune opposition, car personne n'a jamais réussi une chose pareille.

Aujourd'hui, trois véhicules pour les nouveau-nés les accompagnent. Les camions ne transportent pas seulement de l'eau et de la nourriture, ils mettent aussi à disposition un stock de couvertures, un don de la fondation de Malaika. Quoique, actuellement, les températures soient supportables, même la nuit. C'est l'été, et c'est loin d'être un hasard. MyTV a calculé quelle était la meilleure période pour leur arrivée : avant les vacances d'été, à la fin de la saison de football. Sachant que c'est une année sans coupe d'Europe ni coupe du monde, les types de la télé ont sabré quelques bouteilles de champagne.

Ici, en Irak, soixante-dix mille personnes les ont rejoints. Lionel baisse les jumelles. Il regarde une dernière fois l'infinie chenille d'êtres humains. La tête a dépassé son point d'observation et se dirige vers le camion numéro 7 ; il reste donc six kilomètres. Si c'était le camion 5, il en resterait quatre, désormais il n'est plus obligé de compter sur ses doigts pour vérifier son calcul. Un jour ils seront peut-être trois cent cinquante mille. Lionel inspire profondément, la sensation est toujours ahurissante, mais il a déjà connu de pires moments de panique. Trois cent cinquante mille – parfois, ça sonne presque bien.

Encore deux semaines.

Et ils seront aux portes de la Turquie.

38

LE SECRÉTAIRE D'ÉTAT joue des coudes pour traverser la Marienplatz. Il pourrait demander un chauffeur – entre le parti, le ministère et le gouvernement, il se trouverait bien quelqu'un pour organiser et financer ça –, mais le secrétaire d'État suit l'exemple de Leubl : un politicien doit saisir toutes les occasions de voir ce qu'il se passe dans les rues. Et l'effervescence est telle que le secrétaire d'État doute que cela aurait été plus rapide avec un chauffeur. Comme tous les lundis, la Marienplatz est aussi bondée que pendant le marché de Noël. Ça n'a pas toujours été le cas.

Il se souvient de ce qu'était Pegida à Munich, autrefois. Chaque lundi, quelques personnes manifestaient contre les musulmans ou les chants de muezzin, une poignée d'idiots, littéralement une poignée, quand ils étaient six, c'était beaucoup. Aujourd'hui ce n'est plus pareil. Les cars de la police commencent à s'entasser derrière le marché aux victuailles.

Le secrétaire d'État se fraye un passage à travers la foule, au-dessus des épaules et des têtes il voit les énormes écrans numériques. Les organisateurs en louent trois désormais. Sur le premier, une vidéo prise par des drones et diffusée en boucle montre le cortège, ce plan-séquence légendaire, quarante-cinq minutes de foule sans interruption. Sur le deuxième écran, également en boucle, l'avancée du cortège, méticuleusement reconstituée, jour après jour, comme autrefois pendant la guerre, quand on reproduisait les lignes du front. Les images les plus menaçantes sont placées au milieu : l'éternelle colonne traversant à pied le tunnel du canal de Suez. Les bateaux pneumatiques dans la mer Rouge avec leur arôme provocateur d'invasion. À côté, le nombre de kilomètres parcourus, le trajet restant pour atteindre la frontière allemande sous forme de compte à rebours. Un effet malin puisque, au début, les plus de douze mille kilomètres paraissent très sécurisants alors qu'à la fin de la vidéo il en reste à peine plus de trois mille. Le secrétaire d'État sait évidemment compter, mais c'est grâce à ces manifestations du lundi qu'il a un jour compris, non sans frayeur, que le cortège avait parcouru les trois quarts du chemin.

Le troisième écran illustre l'accroissement du cortège, un graphique simple montrant un chiffre presque constant de cent cinquante mille pendant un bon moment, pour ensuite grimper en flèche et atteindre le double dans un vertigineux final. Le secrétaire d'État piétine dans un groupe de citoyens inquiets qui discutent énergiquement avec un homme en surpoids, boule à zéro, bras tatoué, qui leur présente quelques propositions de désintégration venues, à n'en pas douter, du milieu du siècle dernier. Les citoyens disent que ce sont des mesures fermes et sans doute très efficaces, mais qu'il n'est plus possible de les mettre en œuvre telles quelles aujourd'hui, après tout, on est au XXIe siècle. La boule à zéro écoute leurs arguments avec bienveillance, exprime sa compréhension et finit par dire : bien sûr que c'est réalisable. D'ailleurs ce n'est que temporaire, et lorsque le problème sera définitivement résolu, ces mesures peuvent cesser. Un citoyen répond que si ce n'est que temporaire, on peut bien sûr réfléchir à tout.

Le secrétaire d'État reste coincé. Il se démène pour revenir en direction du marché et gagne le métro pour traverser la Marienplatz en sous-sol. Ses collègues du parti qui travaillent à la mairie lui ont déjà décrit à maintes reprises le désespoir du conseil municipal. Munich, la libérale, cette ville de gauche, dans laquelle un électorat rouge et vert peut librement flamber l'argent et les avantages d'une région gouvernée par la CSU, est aujourd'hui aussi radicalisée que Dresde. Chaque semaine se réunissent des foules à cinq chiffres, et en plus, il y a un deuxième rendez-vous pour les manifestants, toutes les deux semaines sur la Odeonsplatz. Pour des raisons historiques, la municipalité a tenté de l'empêcher, mais a fini par perdre devant le tribunal. Désormais le nombre de participants atteint régulièrement des nombres à six chiffres. Si cela reste pacifique, c'est que l'énorme dispositif policier détourne les contre-manifestants vers d'autres quartiers.

En réapparaissant à l'autre bout de la Marienplatz, le secrétaire d'État entend de nouveau les cris. « Rendez-nous notre pays. » On s'y est presque habitué. Il n'y a plus aucune retenue. C'est pourquoi cet autre slogan complètement inadmissible a pu s'imposer, repris par tout le monde. Il vient de l'Allemagne de l'Est, bien sûr, sinon personne n'aurait pu légitimer ce genre de paroles. Ils le scandent infatigablement, chose qui d'ordinaire à Munich ne concerne que les chansons à boire pendant la fête de la bière.

« Arrêter les dons d'argent et la farine de soja : construire un mur, tirer dans le tas ! »

Le secrétaire d'État se prend un coude dans les côtes, c'est involontaire et il ne se défend pas. Il y a de la violence dans l'air, mais grâce aux contrôles de la police on peut être à peu près sûr qu'il n'y a pas d'armes qui se baladent. La cohue se calme un peu, et il se glisse dans un petit flot de passants qui s'est formé à contre-courant de la foule et se laisse emporter le long de la Marienhof. Il arrive à l'hôtel avec un quart d'heure de retard. Il monte les marches et se rend au bar. Lohm est déjà confortablement installé dans un coin et lui fait signe.

« La capitale du mouvement, dit-il lorsque le secrétaire d'État prend place à ses côtés. Vous ne maîtrisez vraiment plus rien ? » Cela sonne moqueur, mais Lohm ne peut plus cacher que lui aussi souhaiterait le retour de l'ancienne CSU, celle avec les majorités d'autrefois.

« Que te répondre ? soupire le secrétaire d'État. On a reçu une nouvelle étude hier.

— Et alors ? C'est aussi grave que ce que prétendent les sondages ?

— Pire. Ils ont enquêté sur notre base électorale. Il en ressort que nous n'en avons pas. À ce qu'il paraît, nous n'en avons même jamais eu. »

Lohm le regarde : « En chiffres ?

— Tout juste au-dessus de vingt-trois pour cent. » Le secrétaire d'État s'efforce de ne pas baisser la tête. Soudain l'entraîneur bavarois Nagelsmann lui vient à l'esprit, en train de hurler « tension du corps ! ».

« Oh ! merde, dit Lohm en se tournant vers le serveur. Je reprendrai une demi-chope de votre blanche. »

Le secrétaire d'État commande un gin tonic avec le deuxième gin de la carte.

Le serveur apporte les boissons. Le secrétaire d'État boit une première gorgée. Ça manque décidément de gin.

« On ne te voit plus beaucoup, dit Lohm d'un air inquiet, et quand on te voit, ça ne vaut pas le coup. T'as vraiment une sale tête.

— Merci beaucoup.

— Tu devrais te faire porter pâle pour une semaine et te laisser dorloter par Tommy. » Lohm gonfle la joue et fait un mouvement obscène avec sa langue. « S'il prend la peine de te concocter une si belle chambre à coucher !

— Tommy a déménagé, répond le secrétaire d'État d'un air absent.

— Vraiment ? » Lohm repose abruptement son verre de bière. « C'est… dommage.

— Ça vaut mieux comme ça. » Le secrétaire d'État avale rapidement le cocktail et fait signe au serveur. Il voudrait un autre gin – rien que du gin –, il reste beaucoup de tonic dans la petite bouteille. Le brouhaha devant l'hôtel augmente. Un nouveau groupe de manifestants arrive, on les entend même à travers les fenêtres insonorisées. Un haut-parleur couinant de la police, le slogan des tirs dans le tas, mais aussi un autre qu'il entend pour la première fois :

« Illégaux, cassez-vous – la police est avec nous ! »

Il regarde Lohm, qui écarquille les yeux et écarte les bras en secouant la tête.

« Tu l'avais déjà entendu ? lui demande le secrétaire d'État.

— Oui, à Berlin et... ah oui, à Erfurt. Ils ne font vraiment pas dans la dentelle.

— C'est de la lèche. Chose que les autonomes n'ont jamais su faire.

— À mon sens, ça dépasse largement la lèche.

— Eh oui, répond le secrétaire d'État. La situation dérape sérieusement.

— Et que fait le ministère de l'Intérieur ?

— Si tu veux mon avis, pas assez. » Sans entrain, le secrétaire d'État fait tinter les glaçons dans son verre.

« Serait-ce une critique envers saint Leubl ?

— Regarde ces cons-là dehors. Ça ne peut pas continuer comme ça. Il faut essayer de calmer les esprits.

— Et tu saurais quoi faire.

— Oh oui. Ohhhh oui.

— J'écoute ?

— Ce n'est pas sorcier. D'abord, il faut monter des clôtures frontalières. Chaque kilomètre de clôture, c'est cent manifestants de moins.

— Intéressant calcul.

— Cent cinquante si la clôture est de qualité. Du fil de fer de l'OTAN. Des miradors. Des projecteurs.

— Et pourquoi pas des postes de tir automatique ? propose Lohm.

— S'ils sont tournés vers l'extérieur, je t'assure qu'il y aura deux cents manifestants de moins. Par pièce.

— Et Leubl ne veut pas de ça ? Tiens, c'est drôle. »

Le secrétaire d'État fait semblant de ne pas remarquer le sarcasme, il n'a pas envie de l'entendre. « Je lui ai fait tout un tas de propositions, mais il ne les reprend pas. Il ne les refuse pas, mais il n'en fait rien non plus.

— Peut-être parce qu'elles ne sont pas légales ?

— On a une loi qui impose un plafond, cette loi suffit.

— Cette loi a toujours été aussi molle que de la cire fondue.

— Oh non. Elle ne l'est que si on manque de courage. Certes, c'est un paragraphe élastique, mais si tu le durcis, cette loi revient à avoir les pleins pouvoirs. Il faut oser. La Chancellerie, le ministère de la Défense, personne ne veut prendre le risque, mais dans leur cas, ça ne m'étonne pas trop.

— Et pour Leubl, ça t'étonne ?

— Oui, parce qu'il n'a pas peur, lui, il a des convictions. Il sait ce qui fait l'âme de la CSU, pour lui, il ne s'agit pas juste de la vendre au mieux. Et c'est précisément la raison pour laquelle je ne le comprends pas. S'il ne veut rien faire maintenant, alors quand ? Il ne manque plus que trois cents kilomètres, et ils seront en Turquie.

— Les Turcs, c'est une autre paire de manches, tu ne crois pas ?

— Justement. Ça nous laisserait juste assez de temps pour réagir. À condition de s'y mettre maintenant. »

Le secrétaire d'État commande un autre gin.

« Peut-être qu'il pèse encore le pour et le contre, dit Lohm en passant au serveur son verre de bière à moitié plein. Il me faut une grappa.

— Il y a une chose dont je suis certain, réplique le secrétaire d'État, morose. Leubl sait depuis longtemps ce qu'il veut faire.

— Et si tu lui demandais ?

— Chez nous, ça ne marche pas comme ça. Nous ne nous asseyons pas tous ensemble autour d'une table pour parler de nos émotions. Le ministère de l'Intérieur est un ministère pour les vrais durs.

— C'est pour ça que vous avez tous l'air sortis des Village People.

— Ahahah.

— Où est le problème ? Ton chef connaît la solution, alors détends-toi et profite du spectacle. Bon, il y en a sûrement beaucoup qui ne sont pas du même avis. Si je raconte ça, ils diront que le vieux Leubl est devenu gâteux et ils paniqueront. Mais apparemment tu lui fais encore confiance.

— Il n'est pas gâteux. Mais ça n'a pas de sens. Voir venir ne sert strictement à rien. Voir venir ne fait qu'empirer les choses. Aucune réaction n'est plus efficace quand on la met en place au dernier moment.

— Allons manger quelque chose avant que je sois complètement bourré, propose Lohm. Quoique, on peut aussi se saouler direct. Je ne savais pas que la situation était si désespérée. Je pensais que vous aviez un dernier atout en poche. »

Le secrétaire d'État se lève. « Nous en avons un. » Il n'a pas l'air confiant.

« À t'entendre, on croirait que c'est un sept de carreau et pas un valet de trèfle.

— Hein ? C'est du Schafkopf ?

— C'est du Skat ! Pourtant tu es bavarois ! Vous avez un vrai atout ou juste des broutilles ? »

Le secrétaire d'État fait un mouvement hésitant de la main droite, mais finit par lever énergiquement le bras. Le serveur arrive avec la machine à carte bleue. Le secrétaire d'État se lève, signe le bout de papier et attrape son manteau.

« Demain nous saurons si le chef tranche. Au plus tard après-demain.

— Et s'il ne tranche pas ?

— Alors il me dira que j'avais raison et que je peux y aller.

— Et tu lui répondras : ah, quand même !

— Exactement ! »

Perdu dans ses pensées, le secrétaire d'État descend les marches aux côtés de Lohm.

Ah, quand même !

Et pourquoi avoir attendu si longtemps ?

39

« RÉFUGIÉSRÉFUGIÉSRÉFUGIÉS. » Astrid von Roëll se défoule sur son clavier. Puis elle ajoute soigneusement et en majuscules : « À GERBER !!! » Avec trois points d'exclamation. Elle sélectionne tout et agrandit la police à cent trente-deux points. Elle commence par chercher une police particulièrement dure, puis en choisit une toute mignonne, d'abord Gigi, puis Palace Script.

Quel sale boulot de merde !

Certes, elle avait déjà la même impression il y a six mois, et aussi il y a à peine trois semaines, mais cette fois-ci le moment est bel et bien arrivé. Le moment où elle a tout écrit sur les réfugiés, vraiment tout. Enfin, tout ce qui a un intérêt en rapport avec Nadège Hackenbusch, mais ici pratiquement tout est lié à elle. Même ce que ces gens ont accompli avant de devenir réfugiés. Et d'une certaine façon, ses articles se lisent même assez bien, parce que, avant, tout un tas de ces réfugiés n'étaient pas des réfugiés, ce qu'on ne peut pas deviner d'entrée de jeu. Certains ont même eu un vrai travail. Ils n'étaient pas juste paysans, ce qui en vérité veut toujours dire qu'ils possédaient une chèvre. Non, de vrais boulots : l'un a réparé des voitures, l'autre était instituteur, et une femme avait même un job passionnant, une boutique de chaussures ou de tee-shirts ou un truc comme ça.

Astrid von Roëll regarde son clavier d'un air réprobateur. Elle lève les mains comme un pianiste de concert, les fait fondre sur les touches où elles se déchaînent, pleines de haine. « Tralalalalèèère, dit-elle à voix haute, merdemerdemerde. »

Les descriptions de métier finissent elles aussi par être redondantes. On peut décrire la vie d'un être humain, d'accord, mais celle d'une centaine de personnes – arrêtez vos bêtises ! Il ne faut pas oublier que pour la lectrice, la vraie vie continue. Pour la lectrice et pour tous les gens normaux qui ne sont pas embourbés dans ce monde bizarre de réfugiés. Avec le temps, on a peut-être l'impression que tout ça est la norme, mais ce n'est pas le cas ! Faut pas exagérer : la majeure partie de l'humanité possède plus d'une paire de chaussures. Et même un deuxième voire un troisième tee-shirt, que Dieu nous garde. Ce n'est pas parce que les gens ici n'ont pas cette chance et qu'ils dorment dans du film plastique doré que c'est partout la même chose. Merci bien !

Il faut dire que ce satané plastique doré est énervant lui aussi.

La nuit, quand vous faites ne serait-ce qu'un seul pas à l'extérieur du camp, ça froufroute de partout. Un jour, quelqu'un lui a raconté qu'il n'y a pas de plus beau spectacle au monde que le ciel au-dessus du désert, mais ce quelqu'un n'avait sûrement jamais regardé le ciel entouré d'innombrables larves laquées et froufroutantes. Qui toussent. Et ronflent.

Le ciel nocturne.

C'est toute une histoire : le ciel nocturne.

Ici personne ne le regarde. À juste titre. Quand on en a vu un, on les connaît tous. Même le dernier des écolos doit l'admettre : avec une enseigne lumineuse, vous n'avez pas ce problème.

Y en aura-t-il à Silopi ?

Elle a fait des recherches sur Google : une fois qu'ils seront arrivés en Turquie, la ville la plus proche sera un truc appelé Silopi. Oui, cent mille habitants, on peut dire une ville. Elle a prévu d'y aller. Elle s'est abstenue d'aller au Caire, parce qu'elle ne voulait pas risquer d'être séparée du cortège. En Jordanie et en Irak, on les a fait passer dans des coins paumés, toujours à proximité des camps de réfugiés. Mais la Turquie, c'est presque un vrai pays. Elle y a été en vacances, à deux reprises, la première fois à Antalya et ensuite pour un week-end prolongé à Istanbul. Alors là ! Il y a même des trams ! C'est étrange, mais les Européens de l'Ouest ajoutent machinalement « même » à cette phrase, « il y a même des trams », en tout cas la Turquie et l'Allemagne font toutes les deux partie d'un de ces machins, pas l'UE, l'autre truc, l'ONU. Elle va abandonner Kay pour une journée, se trouver une voiture et aller voir Silopi. Cent mille habitants, il faut bien qu'ils fassent leurs courses à un moment ou un autre. Il y aura des bars, des magasins, des boutiques et des restaurants, et elle fera du shopping comme s'il n'y avait pas de lendemain. Whammy blammy wowie zowie !

Mon Dieu, comme ça lui manque. Et le plus stupide, c'est qu'on ne peut même pas barrer les jours qui restent, puisque personne ne sait combien de temps ça va durer. Probablement moins de six mois, beaucoup moins même, mais c'est toujours trop vague pour se mettre à compter. Parfois, elle rêve que le gouvernement s'incline, tout simplement : « C'est bon, vous n'avez qu'à venir, on va se débrouiller. » Qu'est-ce qui l'en empêche ? Au moins, tout ça serait réglé. Elle se rendrait nonchalamment à la rédaction, comme si de rien n'était, et dès qu'elle entrerait Sibylle lui tomberait dans les bras, et ensuite Sonja. Un peu comme ces jeunes mères qui arrivent au bureau pour montrer leurs bébés, tous absolument identiques, sauf que ce serait beaucoup plus affectueux. Et plus intéressant, parce qu'elle aurait vraiment des choses à raconter. Puis l'idiot de vice-président entrerait, lancerait : « Eh bien, c'est quoi cet attroupement, quelqu'un fête son anniversaire ? » Et probablement Sibylle répondrait : « Regardez qui est là ! » Et l'idiot de vice-président serait tout ému : « Madame von Roëll, croyez-moi, je ne dis pas ça souvent, mais je suis tellement content de vous revoir saine et sauve – vous avez fait des choses inestimables pour notre entreprise. » C'est vrai qu'il ne dit pas ça souvent, elle ne l'a vu qu'une seule fois se comporter ainsi, lors des adieux de la grande Birgit Schetzing-Franckh, qui du reste était tout sauf grande à la fin de sa carrière. Mais elle se contenterait de répondre :

« Monsieur l'idiot de vice-président, j'ai simplement fait ce que n'importe quelle femme aurait fait à ma place. »

Ou plutôt un simple : « Merci, merci, prenez donc un verre de mousseux ! »

Puis cet idiot dirait : « Du mousseux ! Non, non, dans un cas comme celui-ci la maison offre… le champagne ! » Et tout le monde jubilerait, et Sonja dirait : « Allez, raconte. » Pas juste pour être polie, comme à la rentrée, après des vacances ennuyeuses aux Maldives, non : tous sont avides et s'attroupent autour d'elle comme les garçons perdus autour de Wendy, et elle prend une gorgée de champagne et raconte d'abord une petite anecdote qui lui semble parfaitement banale, mais les autres restent complètement baba, et à ce moment-là elle remarque que depuis le début Lou Grant se tient dans l'encadrement de la porte, fâché, oui voilà, c'est ça. Mais il ne veut pas paraître malpoli, alors il ne peut pas partir et se voit obligé d'observer que tout le monde l'admire et l'adore, et il grince des dents de colère, parce que personne ne fait attention à lui. Elle arrive parfaitement à imaginer ce grincement, du coin de sa bouche ruissellent même des bouts de dent, mais elle n'a pas de temps à perdre avec ça, car l'éditeur fait son entrée : « Bonjour » et « Madame von Roëll » et « Appelez-moi Hartmut » et « Il faut absolument que nous fassions un point, j'ai de grands projets pour vous ». Et lorsqu'il dit « grands projets », Lou Grant se ratatine entièrement, parce que Hartmut n'a pas de projet du tout pour lui, tout au plus des projets sociaux, ha ! C'est pourquoi il n'entend pas ce qu'elle répond à Hartmut : « C'est vraiment incroyablement gentil de votre part… » Ni ce qu'il dit après : « De ta part. J'insiste pour qu'on se tutoie ! » Puis de nouveau elle : « De ta part, mais… à la fin de l'année, je m'en vais à New York, chez *Vogue*, en tant que *Creative Premium Executive Director at Large*. » De nouveau, tous exultent. Sonja et Sibylle crient qu'elles sont super contentes pour elle. Elles se disent qu'elles vont elles aussi travailler à New York dans un avenir proche. Mais tu parles, certainement pas pour *Vogue*.

You bet !

Mais elle pourrait aussi faire preuve de magnanimité et rejoindre Lou Grant pour lui montrer qu'on n'est pas toujours obligé de se comporter comme un connard, et peut-être lui dira-t-elle que, d'une certaine façon, il va lui manquer. Et avec un sourire des plus aimables, elle ajouterait qu'ils pourraient se retrouver pour un café un de ces jours, si ça se présentait, si lui aussi venait à travailler à New York.

Hé oui.

Mais d'ici là elle devra pondre plus de ces... de ces machins. Comme si c'était facile. Peut-être pour certains, des pisseurs de copies, mais elle a une réputation en jeu. Une Astrid von Roëll ne se contente pas de pisser des copies, c'est bien là le problème. Parce que personne au monde ne peut produire un journalisme de qualité dans la quantité qu'ils réclament. Elle a tout essayé, vraiment tout, elle connaît son métier. Elle a vite compris qu'il n'y avait pas assez de monde, et elle ne parle pas seulement des assistants pour l'aider, mais aussi des personnes sur qui écrire. Des personnalités.

« Si vous ne trouvez pas de personnalités, alors inventez-les ! »

C'est ce que disait toujours son ancien rédacteur en chef, et en un clin d'œil il y avait un boucher connu et un boulanger connu et un coiffeur connu. Comme à la télévision : quelqu'un devient une star parce qu'il passe assez souvent à l'image. Mais essayez de faire ça ici : ces gens n'ont même pas de travail. Ils sont juste pauvres. Avec Nadège, elle croise tout un tas de gens, forcément, et ils se donnent tout le mal du monde, mais soyons honnêtes : jusqu'ici elle n'a rencontré personne qui vaille la peine qu'on le rencontre une deuxième fois. Ou qu'on le prenne en photo. Même les mannequins du premier shooting n'ont pas réussi à trouver leur voie. Au contraire : au moins deux d'entre elles – elle ne le jurerait pas, mais elle ne peut pas non plus être complètement à côté de la plaque – sont devenues des sortes de racoleuses. Non pas qu'elle trouve cela condamnable, mais des histoires de nanas qui fricotent avec des camionneurs, ce n'est pas vraiment dans la ligne des contenus d'*Évangeline*.

Des joueurs d'une équipe nationale, voilà un bon sujet.

Le seul qui restait est cet ami de Lionel, l'Amiral, mais le maximum qu'il sache faire, c'est regarder une caméra, ça ne va pas chercher plus loin. Pourtant, dans sa détresse, Astrid von Roëll lui a consacré un article pendant la période de l'Avent, l'âme triste derrière le visage gai, quelle connerie ! L'histoire la plus triste qui lui était arrivée était celle du petit chien, et elle avait pratiquement dû lui en dicter chaque mot pour que tout ça ait un tout petit peu de piment.

« Vous avez sûrement eu un chien, non ?

— Quoi ?

— Un chien. Ce n'est pas grave si ce n'était pas vraiment le vôtre. Un gentil chien du voisinage.

— Un chien du voisinage ?

— Toutou. Chien. Y en avait, non ? Pas maintenant, autrefois. Vous étiez petit et il y avait plein de chiens, pas vrai ?

— Des chiens ? Bien sûr, il y en a partout.

— Eh bien voilà. Beaucoup de chiens. Mais il y en avait un en particulier, et celui-là est mort, pas vrai ? Le pauvre chien. Et vous étiez très triste.

— Je ne sais pas, je ne m'intéresse pas tellement aux chiens. Les chiens traînent, les chiens meurent… »

Ce lourdaud. Comment faire du journalisme exigeant avec un abruti pareil ? Et c'est encore l'un des plus intéressants. Mais personne ne la croit. L'idiot de vice-président non plus :

« Madame von Roëll, vous exagérez. Il y a des centaines de milliers de personnes, vous allez bien trouver quelque chose qui puisse passionner les lectrices d'*Évangeline* !

— Comment vous vous imaginez ça ? Ces personnes se lèvent le matin, puis elles fuient, puis elles se couchent. Et le lendemain c'est pareil. Et encore. Et encore. C'est comme une usine dans laquelle tout le monde ne fait que se balader. Et ils mangent la même chose tous les jours ! La seule chose qui change, c'est la météo. »

Ce genre de discussions est devenu courant. C'est le seul moyen pour que là-bas, dans leurs bureaux confortables, ils se rendent compte des difficultés qu'elle affronte tous les jours et de la chance qu'ils ont que ce soit elle qui s'en charge et pas une de ces lumières qui se baladent dans leur boutique.

Il y aura sûrement des lampadaires !

Pas juste les phares d'un camion ! Des lumières venant d'en haut, comme chez les gens normaux. Et des feux tricolores !

Astrid von Roëll regarde sa montre. Dans les prochaines vingt, trente minutes, il lui faut une idée. Une idée qu'elle pourra continuer d'exploiter dans une vidéo demain. Avant c'était facile, Nadège et elle trouvaient toujours quelque chose, mais alors elles passaient plus de temps ensemble. D'une certaine façon, elle a l'impression que ça n'embête pas tant Nadège. Comment s'en étonner ? Elle sait déjà qu'elle signera un sacré contrat pour un livre. La dernière fois que Nadège lui a vraiment consacré du temps, comme il se doit pour une copine, ça date d'il y a une semaine. Elle ne se souvient même plus de quoi elles ont parlé. Probablement de Nicolai von Kraken et de toutes les idées qu'il se fait, c'est toujours un bon sujet, mais Astrid a déjà utilisé tout ce qu'on pouvait tirer de cette discussion. Ce blog de merde vous suce littéralement la moelle. Elle ne peut pas écrire que Keel s'est mis à snifer de la colle, elle l'a promis, et personne ne veut de son projet sur la mode pour réfugiés. Personne n'ose refuser, ils font comme si ça les intéressait, mais au fond ils connaissent leur clientèle. Personne ne veut ressembler à un réfugié, surtout pas les réfugiés eux-mêmes ; une fois qu'ils seront en Allemagne, ils achèteront illico des choses décentes.

Astrid von Roëll ferme les yeux et tente de se souvenir de tout ce que Nadège Hackenbusch a pu dire un jour ou l'autre. Elle se concentre, elle s'imagine Nadège, vissée sur son siège dans la bagnole rose fuchsia, ses lunettes anti-poussière levées, une main tambourinant sur le volant, l'autre tripatouillant ses cheveux...

Puis elle trouve.

40

ELLE N'A ENCORE jamais vu Lionel aussi furieux. Jamais, elle s'en souviendrait. Lionel ne se fâche pas souvent. Elle veut bien croire que tout ça est usant, mais quand même. Il se contente de si peu… Les premiers mois, on aurait presque dit que pour être heureux elle seule lui suffisait, ainsi que la voiture aux zébrures roses. Si ça se trouve, c'était même vrai, après tout, c'est toujours mieux qu'un camp. En plus, Lionel a conservé son job à la télé : la chaîne continue de lui payer un salaire pour sa collaboration à « Ange dans la misère ». Elle a donné un coup de pouce, c'est tout de même lui qui dirige le cortège, il est devenu évident qu'ils ne pouvaient plus s'en tirer en lui versant les ridicules petites sommes du début. Ils ne le payent toujours pas beaucoup, même si elle leur a dit de mettre le prix fort. Cinq mille euros par mois, une blague. Mais exonérés d'impôts, du moins pour le moment.

Ce n'est pas non plus que Nadège serait incapable de comprendre la colère de Lionel. Il s'était attendu à mieux lorsque ce type, Echler, était venu, après des semaines à demander un rendez-vous sans vouloir dire pourquoi. Lionel lui avait dit de passer quand il voulait, mais Echler lui avait répondu qu'il souhaitait un huis clos, juste eux trois. Absolument confidentiel. Sans caméras. Il fallait donc trouver un endroit où se rencontrer. Echler avait fait une proposition, mais Lionel avait tout de suite paniqué : « Ils vont te kidnapper, Nadège, ils te prendront et ne te laisseront jamais revenir. » Au début, elle avait jugé cette peur complètement délirante, on parlait de l'Allemagne, pas du Troisième Reich : non, la

République fédérale d'Allemagne. Mais autour d'elle, tout le monde avait trouvé que cette idée n'était pas si absurde, et aujourd'hui elle ne lui semble plus si aberrante à elle non plus. Alors ils ont eux-mêmes repéré le lieu de rendez-vous et l'ont communiqué à Echler au dernier moment. Puis ils y sont allés.

Une cabane délabrée au milieu d'un no man's land poussiéreux. Il est tout aussi difficile de comprendre pourquoi quelqu'un a bâti une cabane ici que de savoir pourquoi il l'a fait n'importe comment. Rien à voir avec les maisons allemandes : ça passe encore quand quelqu'un habite dedans, mais dès que ces machins sont vides, ils s'effritent comme des gâteaux secs. Un mur était encore intact et ils se sont installés à l'ombre. Elle a insisté pour étendre une couverture afin que ça paraisse un peu plus intime et officiel. Ils se sont assis et ont attendu.

« Tu vas voir : ils vont tous vous faire venir en Allemagne.

— L'Allemagne est *good*, mais pas si *good* que ça. » Son allemand s'améliore de jour en jour, mais il reste mignon. Il comprend pratiquement tout, pourtant quand un mot allemand sonne comme un mot anglais, il lui semble impossible d'utiliser le mot allemand. Comme si cette place était déjà occupée dans sa tête.

« Pourquoi viendraient-ils, sinon ?

— *We will* le savoir dans un instant. »

Un nuage de poussière est apparu à l'horizon. Lionel s'est levé pour aller vers la voiture. Il a enfoncé les clefs de contact et démarré le moteur. Pour pouvoir se sauver en cas d'urgence. Mais il n'y avait qu'un seul véhicule, un pick-up Toyota blanc et cabossé. À travers les jumelles, il n'a vu personne sur la plateforme, juste deux personnes à l'intérieur de la voiture qui s'est arrêtée relativement loin. Un homme est descendu. Il a dit quelque chose au conducteur et a claqué la portière. Le pick-up s'est lentement éloigné. L'homme portait un polo, un pantalon cargo beige, des chaussures de marche. Soit il cachait très bien son arme, soit il n'en avait pas. Il a mis ses lunettes de soleil et s'est dirigé vers eux en agitant la main.

Lionel a éteint le moteur, sans toutefois enlever les clefs. Il a contourné la voiture avant de faire signe à son tour. Puis il s'est posté à côté de Nadège pour attendre que l'invité les ait rejoints. Ce dernier a retiré ses lunettes de soleil et a d'abord tendu sa main vigoureuse à Nadège.

« Bonjour. Merci d'être venus. Je m'appelle Echler. »

Ils se sont assis à l'ombre et ont offert de l'eau à monsieur Echler, mais il a sorti sa propre bouteille d'une poche latérale de son pantalon.

« Vous venez de la part du gouvernement ? » Nadège était beaucoup trop curieuse pour faire preuve de subtilité.

« Je ne peux bien sûr pas vous dire qui m'envoie, a répondu Echler poliment. Mais j'ai des pouvoirs étendus. Et ces pouvoirs…

— C'est *what*, pouvoirs étendus ?

— Ah, oui, bien sûr. Ça veut dire que je peux négocier beaucoup de choses avec vous… vous voyez ? Bien, et quand vous verrez de quoi je suis autorisé à discuter avec vous, vous comprendrez vous-mêmes quel genre de personnes est susceptible de me mandater.

— C'est le gouvernement qui vous envoie ? »

Echler a levé les mains en guise d'excuse. Son visage est resté parfaitement neutre ; s'ils avaient vu un changement, il ne pouvait provenir que de leur imagination.

« OK. De *what* vous voulez parler ?

— Vous allez droit au but, vous n'aurez pas de soucis en Allemagne. »

À ce moment-là, leur discussion se déroulait encore bien, Nadège rayonnait : « C'est moi qui lui ai appris.

— Mais de *what* vous voulez parler ?

— Permettez-moi d'abord de vous féliciter. Ce que vous faites relève d'une performance étonnante, vraiment étonnante. Je vous le dis en toute franchise : c'est impressionnant !

— Vous ne vous y attendiez pas, hein ? a lancé Nadège, un peu bravache.

— Vous travaillez pour la télévision, vous savez vous-même que c'est un exploit. Pas seulement pour le spectacle, non, toute l'organisation. Mais nous avons aussi certaines inquiétudes. »

À ce moment-là, Lionel riait encore, pas d'un air compassé, mais franchement, il était de bonne humeur.

« Vous vous faites des *soucy* ? Vous n'avez pas besoin de vous faire des *soucy*. On avance bien.

— Oui, mais à partir de maintenant, c'est un autre jeu qui commence.

— *That's right*. Ça devient *simplyer*. »

Echler a affiché un visage particulièrement attristé et s'est penché en avant. « J'avoue que nous manquons tous d'expérience face à un projet comme le vôtre. Je ne veux pas non plus nier que vous utilisez vos ressources avec beaucoup de créativité. Personne n'aurait cru que vous arriveriez en Jordanie. Et qu'en Irak vous auriez plus de chances qu'en Syrie. Mais comparé à ce qui vous attend, c'était assez simple : l'Égypte, la Jordanie, l'Irak, ce sont des pays chaotiques, l'argent peut toujours débloquer la situation.

— L'argent, ça *goes* toujours.

— Mais maintenant vous entrez dans le monde civilisé. À commencer par la Turquie, vous allez trouver des pays réellement structurés. Vous ne pouvez pas simplement vous y faufiler sans que le président turc vous remarque. Ce sont des zones de crise, étroitement gardées. Il y a beaucoup de soldats, pas juste un garde-frontière à qui vous pouvez passer un billet. Ils ont des chars.

— Alors on leur donnera deux billets, a dit Lionel d'un air détendu. *We know* où on va. *We know* ce qu'on fait. *We live* avec la peur, la Turkey ne nous fait pas plus peur. Juste une autre peur.

— Même moins peur, a ajouté Nadège pour souligner et corriger sa position. Si vous saviez à quel point ces gens ont peur des bateaux pneumatiques, c'est rien en comparaison.

— Ça ne s'est pas vu sur la mer Rouge, a observé Echler.

— Quinze kilomètres sur une mer aussi calme qu'une piscine, a dit Nadège. On contrôlait le déroulement, du début à la fin. Et les personnes qu'on avait payées savaient que si un seul réfugié se noyait, les autres ne monteraient plus. Envolée la belle occasion de se faire du fric. Ils ont fait tellement attention, on aurait dit un service de ferry sous contrôle administratif certifié. C'était plus compliqué de faire passer tout le monde sous le canal de Suez.

— La Turquie, c'est quand même une autre paire de manches. Et vous le savez.

— C'est pour ça que vous êtes venu ? Pour nous dire que nous allons arriver en *Turkey* ? »

Echler s'est penché en arrière : « Peut-être que je m'exprime maladroitement, et vous connaissez votre situation mieux que moi. Vous savez quelles sont vos capacités. Moi, non. Je peux seulement imaginer que la situation est difficile ou bien qu'elle risque de le devenir. Et je voudrais vous donner la garantie – à tous les deux ! – qu'à ce moment-là vous ne serez pas seuls. Qu'il y a des gens prêts à vous tendre une main secourable si vous le voulez. Qu'il y a… d'autres options. »

Echler les a dévisagés tour à tour et, comme personne ne lui répondait, il a dû penser qu'il n'avait pas été assez clair : « Je voudrais que vous sachiez qu'il y a d'autres options. »

Ce n'était pas plus clair. C'était la même phrase tournée différemment. Et pendant que Nadège se demandait si elle était trop inexpérimentée pour comprendre la différence, ou pour savoir si cela cachait une combine, Lionel a demandé :

« Qu'est-ce que vous voulez dire ?

— Vous voulez les faire venir en Allemagne ? a-t-elle suggéré.

— Madame Hackenbusch, a répondu Echler sur un ton un peu agacé, comme si elle avait posé une question vraiment stupide, comment voulez-vous que ça marche ? Il est impossible que deux cent mille personnes…

— Trois cent mille.

— Bon, d'accord, que trois cent mille personnes viennent en Allemagne. Nous avons des lois. Comment vous imaginez-vous ça ?

— Alors de quoi parlez-vous ? »

Sa voix avait dû grimper dans les aigus, car Echler a fait des gestes apaisants : « Parlons-en tranquillement. Si cela ne vous plaît pas, faites comme si je n'avais rien dit. Mais franchement, ce que j'ai à vous offrir, ce ne sont pas des broutilles, et bien évidemment cela nécessite une certaine coopération de votre part, je ne veux rien vous cacher. Laissez-moi simplement vous expliquer ce que les gens qui m'envoient ont à vous proposer.

— Oui, c'est quoi ?

— Comme je l'ai dit, selon leur point de vue, vous allez tout droit dans un cul-de-sac. Malheureusement. Ils le voient, mais ne peuvent pas l'empêcher. Mais ils voient aussi l'enthousiasme et l'entrain avec lesquels vous marchez vers l'Europe, vers l'Allemagne. Les gens suivent très attentivement la façon dont vous vous préparez à ce pays – comment vous apprenez la langue, par exemple. Vous faites preuve d'initiative, d'esprit de décision, d'ingéniosité et d'endurance, et ce sont des qualités – madame Hackenbusch vous le confirmera – dont nous avons grand besoin en Allemagne. Je ne voudrais pas tomber dans le cliché, mais si tant est qu'on puisse parler de qualités spécifiquement allemandes, ce seraient exactement celles que vous démontrez tous les jours. Votre entreprise n'est rien d'autre qu'un fervent plaidoyer en faveur de l'Allemagne. En reconnaissance de ce potentiel – et bien sûr aussi pour l'impact humain –, il est envisageable que nous fassions un pas vers vous, plus grand que ce que vous osiez espérer. »

Echler a fait une pause avant d'ajouter : « Dans une fenêtre temporelle adéquate, bien entendu.

— Vous allez faire venir ces gens en Allemagne, ou non ?

— Je ne vous comprends pas. *What* dites-vous ?

— C'est délicat parce que ce que je vous propose ici n'est pas officiel. Si quelqu'un me pose la question, je ne suis au courant de rien. Si la presse l'apprend, l'histoire ne tient plus.

— *What story ?*

— *Ja, what story ??*

— Je peux faire en sorte – sous certaines conditions – que vous, monsieur Lionel, puissiez venir en Allemagne.

— Venir ?

— Durablement. On vous naturaliserait. Sous certaines conditions.

— Comment ? Quand ? Tout de suite ?

— N'essayez pas de me faire dire ce que je n'ai pas dit, en tout cas il ne peut s'agir de semaines ou de mois. Laissez-nous jusqu'à la fin de la semaine prochaine. Sans paperasse. Madame Hackenbusch confirmera sans doute que c'est une occasion unique pour un État de droit comme l'Allemagne.

— Et les autres ? »

Echler a soupiré, profondément peiné. « Comme je vous l'ai dit, personne ne peut faire venir trois cent mille réfugiés en Allemagne, c'est impossible. Mais dans le cas présent, eu égard aux périls que vous affrontez et étant donné que vous n'êtes pas seul à accomplir cette performance, dans le cas présent, on vous garantit que l'offre tient aussi pour… trente de vos collaborateurs.

— Vous parlez de quels trente collaborateurs ?

— Vous pouvez les choisir librement. Ils devront bien sûr passer le contrôle des organismes de sécurité, mais c'est tout. Trente collaborateurs de votre choix pourront devenir des Allemands. »

Là non plus Lionel n'est pas sorti de ses gonds. Au contraire. Et Nadège l'a vraiment admiré pour ça.

« *Can you* me noter ça ? Sur *paper* ?

— Seulement si vous acceptez. Comme je l'ai dit, seules une ou deux personnes savent que je suis ici. Si vous refusez, notre rendez-vous n'a jamais eu lieu. Mais si vous acceptez, je vous apporterai une confirmation écrite dans les vingt-quatre heures.

— De la part de qui ?

— Des plus hautes instances. Je ne peux pas vous en dire plus, mais ce sera une garantie qui saura vous rassurer. On viendra vous chercher avec des hélicoptères de l'armée allemande. Je vous donne ma parole que nous comprenons votre situation, nous comprenons que vous avez besoin de garanties. Et nous allons vous les donner.

— Si nous *cooperate* ?

— Oui. Mais ça reste raisonnable, nous n'attendons pas grand-chose.

— Vous attendez quoi ?

— Rien de particulier. Nous partons du principe que madame Hackenbusch rentrera en Allemagne avec vous et que par conséquent les caméras ne seront plus d'aucune utilité sur place. C'est une condition indispensable, mais ce n'est pas bien compliqué. Je ne sais pas comment vous dites dans les médias, mais nous considérons que c'est le fin mot de l'histoire. Tout est dit.

— Et pourquoi vous pensez *that* ?

— Ils veulent que le projet s'arrête, a présumé Nadège Hackenbusch.

— Oh non, non, vous vous trompez. De votre point de vue, c'est peut-être l'impression que ça donne, mais les personnes qui m'ont mandaté partent du principe que vous allez échouer quelle que soit la décision que vous prendrez ici et maintenant. Non, d'après ce que j'ai compris, ça part d'un intérêt personnel. On a décelé votre potentiel, et on ne veut pas que ce potentiel – je vous le dis sans fard – s'épuise dans des entreprises suicidaires.

— Et en quoi ce… potentiel peut vous servir ?

— Il ne s'agit pas seulement d'une naturalisation. On souhaite vous donner un poste adapté aux aptitudes particulières dont vous avez fait preuve. C'est en quelque sorte une offre d'emploi. Vous maîtrisez plusieurs langues, vous êtes un très bon organisateur, monsieur Lionel, vous êtes résolument et à cent pour cent un leader. Si vous voulez mon avis, ceci n'est pas un acte de clémence. On vous a pour ainsi dire découvert. On veut vous mettre à la tête de l'assistance aux réfugiés. En tant que dirigeant.

— En tant que P-DG ? a demandé Lionel.

— Oui, c'est ce que j'ai compris. »

Et ce qui est arrivé ensuite, Nadège n'aurait jamais osé le faire. Lionel s'est tourné vers Echler sans aucun sarcasme et a dit, tout sourire : « Cent collaborateurs.

— Quoi ?

— Il me faut cent collaborateurs. »

Puis il a regardé ce Echler se contorsionner, expliquer d'abord à quel point tout ça était difficile, passer ensuite à cinquante personnes, puis soixante-dix, comme si on pouvait jouer au poker avec des êtres humains, comme aux enchères, incroyable, insupportable, et Lionel n'a pas arrêté de négocier pour arracher son masque à cet État sans scrupules, à cet esclavagiste sans scrupules, pour le ridiculiser dans toute sa petitesse, l'observer alors qu'il dévoilait lui-même son hypocrisie, quel malheur qu'il n'y ait pas eu de caméra. Elle a admiré Lionel et l'élégance avec laquelle il agissait, la tranquillité, elle n'aurait jamais pu, c'était épuisant de le regarder faire, tremblant de colère. Puis elle a mis fin à la farce.

En se levant d'un bond, elle a dit que c'était hors de question. Que Lionel n'était pas l'homme qu'il voulait en faire, qu'à l'inverse d'Echler, Lionel était resté loyal, qu'il avait un cœur, une conscience, et que jamais, dans aucune circonstance, Lionel ne délaisserait les êtres humains qui lui faisaient confiance. Et pareil pour elle. Elle et ses caméras resteraient ici, auprès de ces gens, jusqu'à ce qu'ils trouvent leur chemin vers l'Allemagne. Il pouvait se fourrer ses méthodes de corruption *cheap* là où elle pensait, car ce n'était ni plus ni moins qu'une tentative de corruption de base, il voulait corrompre trente ou cent personnes avec son passeport allemand, sa petite monnaie puante et je ne sais quel poste de patron.

Certes, elle a vu le regard de Lionel. Elle a ruiné son moment, il avait voulu se la jouer cool, il avait voulu envoyer balader avec élégance ce type obséquieux et sa proposition débile, comme le font les grands politiciens, il avait probablement voulu négocier froidement jusqu'à mille collaborateurs, puis l'éconduire avec un sourire, afin qu'il mesure sa propre médiocrité jusqu'au plus profond de sa moelle, afin qu'il comprenne la leçon dans son petit cerveau étriqué de bourgeois. Mais parfois il n'y a ni la place ni le temps pour la pédagogie. Après tout, ils ont été clairs. Et pourtant, lorsque Echler s'était barré, la queue entre les jambes, Lionel fulminait. Pendant un court moment, elle aurait juré qu'il pleurait de rage, il lui a même dit de le laisser tranquille. Il avait honte, alors qu'elle l'aime précisément pour ses larmes.

Mais le plus étrange est que, si elle ne le connaissait pas mieux, elle en viendrait presque à croire que Lionel est fâché contre elle.

41

L'HOMME RESTERA sans visage, même si Leubl fait des efforts pour le mémoriser. Il a déjà déboutonné la veste de son costume, l'homme ne va pas tarder à lui fixer le microphone, puis il reboutonnera sa veste pour cacher le câble relié à la batterie. La batterie, Leubl va pouvoir la mettre là où elle dérange le moins. Dans la poche intérieure de son veston, par exemple.

« Vous pouvez mettre la batterie là où elle vous dérange le moins, explique l'homme. Dans la poche intérieure de votre veston, par exemple. »

Leubl tente de regarder l'homme en détail tandis que celui-ci clipse le petit microphone sur le revers de sa veste. Affaire de politesse. C'est vrai qu'on ne peut pas retenir chaque visage quand on voyage souvent et qu'on est très présent dans les médias, mais Leubl se donne quand même du mal. Il ne veut pas que l'homme au micro soit juste l'homme au micro, et ça ne vaut pas que pour celui-là. Quand il va à l'hôtel, il sait encore à peu près deux jours plus tard de quoi avait l'air la femme de chambre, l'employée qui lui a demandé son numéro de chambre et s'il souhaitait prendre du café ou du thé. Il ne connaît pas seulement les journalistes, il se souvient aussi des photographes, même ceux des petits journaux locaux. Mais avec les employés de la télé, ça ne veut pas marcher.

L'homme au micro dit quelque chose que Leubl a déjà entendu des centaines de fois et oublié aussitôt. Les studios de télé ne lui manqueront pas. Il est certain qu'aujourd'hui, c'est le début de la fin.

Depuis combien de temps fait-il de la politique ? Cinquante et un ans ? Cinquante-trois ? Ça dépend où on commence à compter. Au début, ce n'était pas la politique qui l'intéressait. D'abord il n'y avait eu que le dégoût. La répugnance à l'égard de ce qu'on appelait le mouvement étudiant et qui absorbait de plus en plus de personnes qui n'étaient pas des étudiants. Ses amis, des apprentis, des ouvriers, les membres du club d'échecs, même ceux du club de foot ! Encore aujourd'hui, Leubl s'énerve quand il y repense. Il a l'impression que les années 68 lui ont volé sa jeunesse.

Il se souvient d'avoir été sidéré par le succès de cette mode. Il faut le dire ainsi : ce n'était pas plus qu'une foutue mode. Mais c'était leur secret, ils faisaient croire que c'était plus, bien plus que le simple désir de faire les choses autrement que leurs parents. Leubl soupire.

« Quelque chose ne va pas ? » demande l'homme sans qualités.

Leubl fait quelques mouvements à titre d'essai, le câble du microphone ne tire pas ni ne gêne. Il regarde l'homme, ils sont d'accord, c'est du bon travail, alors ils se séparent sans que Leubl puisse a posteriori donner une description valable du personnage. Il retourne dans sa loge et attend son entrée en scène.

Il y a quelques magazines sur la table. Entre autres *Évangeline*. Uschi Glas a droit à un court article. Uschi Glas. Une des rares personnes à ne pas s'être laissé complètement retourner la tête à l'époque. Et la pression était grande en 68. On ne se rend plus compte aujourd'hui. Tout le monde fait comme s'il s'était agi de personnes inoffensives qui mettaient des tulipes dans les canons des soldats. Que pouvait-il y avoir de mauvais là-dedans ? Peut-on faire un meilleur usage des fusils qu'en y mettant des fleurs ?

Mais ce n'étaient ni des rêveurs ni des redresseurs de torts, en tout cas pour la plupart. C'étaient simplement des bonimenteurs exaspérants qui croyaient flairer leur heure de gloire. Cette décontraction avec laquelle ils dévalorisaient les personnes normales, faisant d'elles des petits-bourgeois tout en s'érigeant eux-mêmes en brillants révolutionnaires. Sans parler du diktat sur les comportements. Ils remplaçaient la puanteur sous les toges par leur propre puanteur : des discussions interminables, des coupes de cheveux épouvantables, ce verbiage affreux qui consistait à ne jamais mentionner certaines choses et à prononcer le plus souvent possible « conditions de production » ou « critique » ou encore « contre-révolutionnaire ». Et la seule raison pour laquelle cette religion livresque desséchée fonctionnait, c'était qu'on avait inventé la pilule – et que ces révolutionnaires à deux sous avaient fait main basse sur les filles les plus populaires. Alors n'importe quel garçon dégourdi finissait par se rallier à leur cause. Pareil pour les filles moins populaires. Et pour les garçons moins dégourdis. Tout ça était horriblement prévisible, et pourtant tous s'en fichaient. Sauf lui. Il n'avait aucune envie de répéter les phrases sur le prolétariat et la synergie des forces productives juste pour pouvoir aduler Rudi Dutschke et Elisabeth Förtsch en même temps.

Alors il avait intégré la CSU.

Et dit au revoir à Elisabeth. À quoi bon ? Trois ans plus tard, elle était enceinte, comme toutes les autres filles de la campagne, à cette différence près que le père révolutionnaire ne payerait pas un centime pour son enfant. Elle l'acceptait et prenait ça pour de l'émancipation. Leubl attrape le magazine et le feuillette, perdu dans ses pensées. Un véritable voyage dans le temps. Tout le monde ne vieillit pas aussi élégamment que Senta Berger. Ou qu'Uschi Glas qui s'est transformée en mère de la nation, une sorte d'Inge Meysel, et toujours aussi jolie.

Ça frappe à la porte. Une jeune femme passe la tête : « Encore dix minutes, monsieur le ministre.

— Bien », répond Leubl.

Faire une chose de façon superficielle tout en véhiculant autre chose. Comme Strauß. Leubl a mis du temps avant de comprendre le concept. Mais ensuite, il n'a pas seulement voté pour Strauß, il l'a aussi admiré. Il aurait fait un bon chancelier. Schmidt était OK, il fallait le reconnaître, mais Strauß aurait pu y arriver. Ah, quelles élections, quels candidats ! Autrefois, la politique était plus amusante. C'est aussi pour ça qu'il compte faire ses adieux aujourd'hui.

« Vous venez, monsieur Leubl ? »

L'assistante de tout à l'heure l'attend dans l'encadrement de la porte. Au moins, les femmes ne portent pas de vestes noires. Il n'arrive pourtant pas à retenir beaucoup plus que la couleur de leurs cheveux. Pour le prénom, ça se complique. Sa petite-fille prendrait une photo avec son smartphone, mais seuls les jeunes gens peuvent se le permettre. Chez les vieux, ça fait tout de suite sénile. Leubl se lève et suit l'assistante.

« Vous savez comment ça marche ? »

Il hoche la tête : « C'est la troisième fois que je viens chez Klobinger. » Il sait qu'il va quand même avoir droit aux explications.

« Oui, bon, je vous l'explique quand même, pour être sûre – nous avons un nouveau directeur à la production. Je vais vous demander de vous asseoir un court moment, afin que nous puissions régler la lumière sur vous. On pourrait prendre quelqu'un d'autre, mais comme je l'ai dit, nous avons un nouveau directeur de production et il ne croit pas trop aux doublures.

— Tout dans le monde est affaire de croyances », dit Leubl, indulgent. Il jette un dernier coup d'œil : l'assistante a les cheveux bruns. Il aurait parié qu'ils étaient noirs ou roux foncé.

Elle conduit Leubl jusqu'à sa place dans le studio. En chemin, il serre les mains de tous les caméramans, éclairagistes, collaborateurs, en partie par gentillesse, en partie par habitude : les caméramans aussi sont des électeurs. Robert Klobinger n'est pas encore arrivé. Leubl s'assoit, se tourne dans son fauteuil, se renverse en arrière, s'adonne à la magie de la télévision. Autrefois, ça le rendait nerveux, mais il faut considérer qu'il a commencé à fréquenter les plateaux à l'époque où il n'y avait que trois chaînes et où chaque apparition à la télévision générait autant de spectateurs qu'un match international. Aujourd'hui il sait que la plupart des erreurs sont vite oubliées, malgré YouTube. Klobinger entre, ils échangent une poignée de main, une courte annonce passe sur les haut-parleurs du plateau. Leubl se lève, se rend en coulisse où il attend entre deux panneaux contreplaqués comme le client d'une menuiserie. Un assistant se pointe devant la table de Klobinger, il appuie une main sur son casque, lève l'autre main et compte à rebours sur ses doigts : cinq, quatre, trois, deux, un. Le dernier doigt pointe Klobinger, puis l'assistant plonge avec un mouvement élégant, comme un magicien qui, après avoir fait disparaître ses doigts, disparaît lui-même.

Klobinger salue son public. Un court film d'introduction montre Nadège Hackenbusch et ce Lionel mi-idiot mi-génial, leur marche avec des centaines de milliers de réfugiés, simple et mystérieuse à la fois, comme Xénophon et ses Dix-Mille, la Longue Marche de Mao, la marche du sel de Gandhi, la marche sur Rome de Mussolini et une centaine d'autres marches historiques. Pas besoin d'inventer quoi que ce soit, se dit Leubl, c'est toujours les mêmes vieux trucs.

Le film montre la dureté des premiers jours, la progression à travers les déserts, le passage sous le canal de Suez, d'une neutralité réjouissante – sur RTL, ils auraient vraisemblablement ajouté une musique douceâtre pour souligner des images déjà fortes. Il montre aussi les manifestations de masse qui continuent de grossir, les résultats des élections, les résultats des enquêtes. Il montre l'incertitude et ceux qui en profitent.

Puis le clip s'arrête. Klobinger présente son invité du jour, et Leubl se dirige vers sa place. Il est bon marcheur, il a déjà parcouru des tas de chemins de Saint-Jacques pour des centaines d'émissions d'actualités. Leubl dans le couloir de la Chambre des députés, Leubl descendant les marches. Ne pas regarder la caméra, marcher sans se crisper, passer devant la caméra. C'est toujours la même chose.

« … le ministre de l'Intérieur Joseph Leubl, de la CSU. Merci de vous joindre à nous. Vous avez vu le film. Vous avez parlé à plusieurs reprises des obstacles qui attendaient le cortège. Êtes-vous très surpris de voir que les réfugiés sont arrivés si loin ? »

Leubl fait non de la tête : « Non, pas très. Ce qui est surprenant, c'est que personne n'y ait pensé avant. Ce n'était qu'une question de temps. Or on ne peut perdre sa vie qu'une seule fois. Si ces personnes sont prêtes à affronter les dangers de la haute mer, il n'y a pas de raison qu'elles évitent ceux d'une marche à travers le désert. »

Klobinger le regarde, l'air étonné. Leubl savoure le moment. Il a lâché assez longtemps les formules habituelles dans les microphones pour savoir ce qu'il va se passer. La faiblesse qu'il montre est trop alléchante, Klobinger doit mettre de côté son catalogue de questions. Leubl le voit tourner distraitement ses petites fiches entre ses mains. Puis il pose docilement la question, comme si Leubl la lui avait soufflée :

« Pourquoi l'Allemagne n'est-elle pas mieux préparée, dans ce cas ? Avez-vous échoué ?

— Je pense que vous savez aussi bien que moi où se situent les responsabilités. Les électeurs ne voulaient plus voir de réfugiés, alors la politique leur a fabriqué un paravent. Nous avons fermé nos frontières à l'Afrique et les réfugiés se sont accumulés dans les camps. Chacun sait ce qui se passe quand les choses s'accumulent, sans qu'on les laisse se déverser quelque part. La digue déborde. Ou bien elle casse.

— Je ne sais pas si la comparaison avec une inondation est la mieux adaptée…

— Vous pouvez appeler cela comme vous voulez.

— … mais pour rester dans votre image : peut-être que vos digues ne valent rien.

— On peut bien se lamenter maintenant, mais tout le monde savait ce que nous faisions. Nous avons signé des accords avec le Maroc, l'Égypte, la Turquie, la Tunisie, pour ne citer que les pays les plus stables, des pays où vous n'achèteriez jamais une voiture d'occasion, ni moi ni les électeurs. On est face à des millions de personnes qui n'ont certes pas de quoi payer un passeur au prix actuel, mais qui le pourraient sur la base des tarifs de 2015, et c'est assez d'argent pour pouvoir aller n'importe où à pied, à condition de s'y prendre intelligemment.

— Mais les accords...

— Il est possible de retenir dix réfugiés, cinquante, cent, mais pas un quart de million de personnes, en particulier si la télévision marche à leurs côtés. Et si ces gens vous convainquent qu'ils ne veulent pas rester chez vous, il arrive exactement ce qui est arrivé : l'armée ne les retient pas, mais les escorte. Elle veille seulement à ce que personne ne fasse de bêtises. »

Klobinger est visiblement bouleversé. Il pose sa pile de fiches, la question suivante va de soi.

« Cela signifie qu'ils vont continuer d'avancer ?

— Oui, bien sûr.

— Et qui les arrêtera ?

— Je ne sais pas, dit Leubl. Peut-être que l'État islamique aurait pu s'en charger.

— Vous êtes sérieux ?

— Vous pouvez faire comme tout le monde et regarder une carte : là, ils sont chez les Turcs. Vont-ils les arrêter ? Pas par la force.

— Comment pouvez-vous le savoir ?

— Parce que j'ai appelé mes collègues turcs.

— Mais les Turcs ne devraient-ils pas...

— Je vais vous dire ce qu'il va se passer : les réfugiés vont arriver aux frontières turques. Ils vont continuer de marcher. Tout doucement. Ils vont se presser contre leur barrière ou je ne sais quel obstacle. Alors le garde-frontière turc aura le choix : massacrer des êtres humains sans défense devant les caméras du monde entier et en prime time, ou bien regarder ces gens s'écraser contre cette magnifique clôture jusqu'à ce qu'ils crèvent et l'enterrent sous eux.

— Vous inventez ?

— Non, je vous répète ce que ce Lionel a dit à mes contacts en Turquie.

— Ils se dirigent vers une mort assurée ?

— Non, ils risquent leur vie comme ils l'ont toujours fait. Mais de façon beaucoup plus efficace qu'à la loterie des bateaux pneumatiques.

— Et la Turquie ?

— À votre avis, que feront les Turcs ? Si les réfugiés vont jusqu'au bout, ils ouvriront leurs portes. Pourquoi les Turcs abattraient-ils ces personnes à notre place ?

— Parce que… parce qu'ils risquent de rester coincés avec les réfugiés ?

— Vous savez aussi bien que moi que la Turquie n'est pas la destination dont ils rêvent. Ils veulent venir chez nous. Et devinez ce que ce Lionel compte faire à la frontière suivante. Il n'est pas besoin de trouver une nouvelle idée à chaque fois. Une seule suffit.

— Donc, selon vos estimations, ils arriveront jusqu'aux frontières de l'Union européenne ?

— Non.

— Alors qui va les retenir ?

— Vous m'avez mal compris, monsieur Klobinger, dit Leubl calmement. Ils n'arriveront pas jusqu'aux frontières de l'Union européenne. Ils arriveront jusque chez nous.

— Mais les Hongrois, les Autrichiens…

— Nous connaissons suffisamment la solidarité de nos partenaires de l'Est. Je ne compte pas sur leur aide. Ils ne vont pas nous délester du travail. Ils vont laisser passer les réfugiés comme la dernière fois.

— Oui, mais… ça signifierait que vous devez vous préparer à… défendre les frontières allemandes par la force des armes ? »

Leubl respire profondément. Il a rarement été aussi détendu. Il se penche légèrement en avant, il ne veut pas surjouer sa réponse.

« Contre les réfugiés ? Non. »

Klobinger s'attendait à une réponse plus longue. Plus évasive. Une autre réponse. Ça se voit, il saisit d'abord le tas de fiches, déconcerté, puis le repose avec détermination.

« Est-ce que je vous ai vraiment bien compris ?

— Je pense que oui.

— Vous ne donneriez pas d'ordres en ce sens ?

— Non.

— En avez-vous… en avez-vous… discuté avec le gouvernement ?

— J'en ai discuté avec moi-même.

— Euh… je suis un peu… Ça fait pourtant partie de vos attributions. En tant que ministre de l'Intérieur.

— C'est juste.

— Alors - excusez-moi de le dire aussi clairement - vous ne serez plus ministre de l'Intérieur pour longtemps.

— Possible. Le gouvernement peut essayer de trouver quelqu'un qui voie les choses autrement. Mais je doute qu'ils dégottent quelqu'un qui serait prêt à violer son serment.

— Le violer ? Ce serment impose justement la protection des frontières.

— Il impose d'accroître ce qui est profitable au peuple et d'écarter de lui tout dommage.

— N'est-ce pas la même chose ?

— Seulement si on considère les réfugiés comme un dommage. »

Pendant un instant, on dirait que Klobinger préférerait travailler pour une chaîne privée, au moins il pourrait demander une coupure pub.

« N'est-ce pas votre point de vue ?

— Objectivement, les réfugiés sont un indice infaillible du fait que la qualité de vie est meilleure chez nous que, disons, en Russie.

— Pour résumer : le ministre de l'Intérieur affirme sur la télévision publique qu'il refuse d'empêcher que des centaines de milliers de personnes passent illégalement la frontière ? Parce qu'il estime que l'arrivée d'un nombre élevé de réfugiés constitue une sorte de label de qualité pour l'Allemagne ?

— Si vous résumez, faites-le correctement : je refuse parce que des milliers de réfugiés morts constituent le plus grand des dommages. » Puis, pour s'assurer que Klobinger va le relancer, Leubl ajoute : « Actuellement.

— Actuellement ? »

Leubl se laisse aller en arrière, sa voix est calme et sereine : « Vous connaissez la fameuse image du canot de sauvetage. Une fois que le canot est plein, si l'on embarque d'autres personnes, alors on ne fait que mettre en péril les rescapés déjà présents. Cela revient à sacrifier des gens. Tout le monde sait à quoi ressemblaient les canots de sauvetage du *Titanic* : ils étaient à moitié vides.

— Ce que vous dites, c'est que le canot Allemagne est à moitié vide ?

— Il se vide même de plus en plus au moment où nous nous parlons : parce que c'est un bateau particulier. Sa structure n'est pas en bois, mais repose sur une économie qui fonctionne parfaitement. Dans ce système économique, plus il y a de participants, plus il y a de place dans le bateau. Si vous vous y prenez bien, le bateau grandit quand vous êtes dessus.

— Ce qui veut dire que nous devons accueillir ces réfugiés afin de pouvoir accueillir plus de réfugiés ? »

Leubl hoche la tête.

« Et cela diminuera un jour ? demande Klobinger avec suffisance, avant de prendre une gorgée d'eau.

— Jamais. »

Klobinger avale de travers.

Leubl lui tend un mouchoir : « Mais au moins, nous sauverons une grande partie de notre prospérité.

— Techniquement, dit Klobinger en toussant, puis en frappant sur sa poitrine, d'un point de vue purement technique, la prospérité peut aussi être sauvée si on se promène tranquillement dans un bateau à moitié vide, non ? »

Leubl fait non de la tête.

« Dans ce bateau à moitié vide, il y aurait des personnes qui ont tué pour être à l'aise. Ce sont des meurtriers et, un jour ou l'autre, ils seront rattrapés par leur meurtre. D'abord ils essayeront de le minimiser. Puis ils essayeront de l'excuser. Mais ça ne marchera pas, parce que tout le monde peut voir que le bateau est à moitié vide. Alors ils essayeront de faire taire leurs détracteurs. Vous comprenez ?

— Est-ce une fatalité ?

— Bien sûr. En 2013, lorsque les cadavres flottaient dans la Méditerranée, nous nous sommes déjà rendus coupables de non-assistance. Mais qui l'avouerait ? Des gens qui n'ont jamais vu de réfugié de leur vie ont commencé à se faire passer pour des victimes. Ce premier virage à droite a été notre réaction à des morts à deux mille kilomètres de chez nous. À quoi croyez-vous que ressemblera la droitisation de ce pays quand il y aura des massacres de masse sur le pas de notre porte ? »

Klobinger réfléchit. « Vous nous mettez en garde contre la fin de la démocratie ?

— Non : contre la fin de la prospérité. Beaucoup de gens croient que la démocratie est indispensable à la prospérité. Mais en vérité, ce qui différencie un pays de la Ligue des champions d'une nation de second plan, c'est de savoir s'il développe des choses comme des smartphones, Coca-Cola, Internet, Porsche. Ces idées et produits ne viennent ni de Russie, ni de Turquie, ni de Chine. C'est pourquoi les réfugiés veulent venir chez nous et pas chez eux.

— Les nazis ont inventé certaines choses très progressistes, lance Klobinger, par exemple la V2.

— Les nazis ne sont pas les pères de toutes choses. C'est la guerre qui l'est, rétorque Leubl. Mais vous avez raison : une société de meurtriers a besoin d'ennemis pour pouvoir tenir. Et c'est la raison pour laquelle je ne tirerai sur personne. »

Klobinger se tait un moment.

« Que comptez-vous faire dans ce cas ?

— Ce que nous aurions dû faire depuis longtemps : préparer la population à leur arrivée.

— À leur arrivée ? Ou bien aussi au fait qu'ils vont rester ?

— Surtout au fait qu'ils vont rester.

— Mais comment voulez-vous y préparer la population ?

— En expliquant ce à quoi elle doit s'attendre. Des centaines de milliers de personnes vont arriver. La plupart resteront. D'autres encore arriveront et…

— Mais…

— … d'autres arriveront et puisque nous le savons et que nous l'acceptons, nous devrions réussir à remettre les choses sur de bons rails. À l'avenir, nous allons devoir former ces gens dans leurs pays d'origine. Les plus méritants pourront venir les premiers. Nous allons construire des centres de formation en Afrique et dans l'est de l'Allemagne afin que ces régions retrouvent leur prospérité. Nous allons dépenser des milliards, plutôt cinquante que cinq. Chaque année. Ainsi, nous veillerons à ce que les personnes qui viennent chez nous soient bien préparées. Quant aux détracteurs qui crieront le plus fort, nous les affronterons et en appellerons à leur honneur et à leur volonté de travailler pour leur pays…

— Pardon…

— … et là, je demande à voir ces pleurnicheurs refuser un poste bien payé juste pour pouvoir continuer de se comporter en nazis. »

Leubl frappe un grand coup sur la table et se renverse à nouveau dans son fauteuil. Pas épuisé, plutôt comme un boxeur qui laisse venir son adversaire après une attaque virulente.

« Excusez-moi, monsieur Leubl, reprend Klobinger, mais avez-vous parlé au gouvernement de ce que vous me dites ici ?

— Non. » Leubl se contente de cette réponse lapidaire.

« Dans ce cas… tout ce que je vois ici, c'est un ministre qui vomit sa bile. C'est compréhensible, humain, mais aussi sans réelle conséquence.

— Vous vous trompez, dit Leubl avec douceur. Parfois, ce qui compte dans la vie, ce n'est pas le droit, la loi ou les règlements, c'est la réalité. Vous voyez, personne ne se bat pour accomplir cette tâche. Personne ne veut fusiller des êtres humains sans défense. C'est moi qui hérite de la patate chaude. La Chancellerie ne fera aucun commentaire, personne ne dira : "Leubl a tort, nous allons ouvrir le feu." Si quelqu'un souhaite résoudre le problème autrement, je perdrai mon travail dans l'heure qui suit cette émission. Mais je vous assure que j'occuperai encore mon poste demain matin. Mais il y a quand même une bonne nouvelle.

— Qui serait ? » Désormais Klobinger semble complètement dépassé.

« Primo : nous avons de bonnes chances de garantir notre prospérité. Deuzio : nous aurons bientôt des migrants mieux formés que dans n'importe quel autre pays du monde. Car nous pouvons les former selon nos besoins. C'est un marché : nous leur offrons la protection et un salaire en échange de leur collaboration. Tertio : si tout se passe bien, les autres pays riches copieront notre modèle. »

Klobinger ne répond pas. Leubl lui sourit : « Buvez un coup. »

Klobinger s'exécute, confus, puis il bredouille : « Et ça de la bouche d'un homme de la CSU… » Leubl hausse les épaules, attrape la carafe d'eau et le ressert.

« Vous savez, à la CSU, il faut parfois faire preuve de force brute pour éviter que les électeurs courent rejoindre les partis nazis. Le devoir de la CSU, c'est aussi de ramener les sujets nazis vers des positions conservatrices plus digestes, en les diluant. J'ai fini par comprendre qu'à défaut de nous atteler à cette tâche, nous étions en train de noyer nos fondements chrétiens dans une sauce nazie. Strauß aurait refusé cela. Strauß n'aurait pas voté pour l'AfD, il l'aurait traitée par le mépris.

— C'est… c'est un beau mot de la fin, dit Klobinger en regardant la caméra, consterné. Nous sommes heureux que vous nous ayez suivis, la prochaine fois nous parlerons de… de… »

Leubl attrape le tas de fiches et les passe à Klobinger d'un air serviable. Celui-ci feuillette rapidement les dernières, puis il trouve :

« Oui, c'est ça, nous parlerons de… »

Klobinger hésite. Puis, dans un rire rauque, il conclut : « Non, avec la meilleure volonté du monde, ça, j'ai vraiment du mal à le croire. »

42

CE GROS CON !

Sensenbrink est assis dans son fauteuil et serre le poing. Il ne sait pas très bien quoi en faire. Le projeter sur l'accoudoir ne suffirait pas. C'est pareil pour le dessus de la table. Alors son poing reste en l'air et se tord de plus en plus convulsivement, comme un hérisson à qui on donnerait des petits coups.

« C'est maintenant qu'il y pense. Maintenant ! »

Beate Karstleiter affiche un visage contrit. Un silence de mort pèse sur l'assemblée. Sensenbrink est assis là, secouant la tête, pâle de colère. Avec dégoût, sa main repousse un tas de papiers, puis il attrape brusquement la pile et la balance à travers la pièce avec un cri de rage.

« Tout ça pour des prunes !

— Gardons notre calme, dit Karstleiter prudemment, peut-être qu'on n'aura pas besoin de tout bazarder…

— Ah oui ? lance Sensenbrink avec ironie. C'est vrai, c'est juste le ministre de l'Intérieur de la République fédérale d'Allemagne qui dit à la télévision comment va se terminer notre émission !

— Comment elle va probablement se terminer. » Karstleiter lève les mains dans un mouvement souple, un geste mi-réconfortant, mi-obséquieux. « Probablement ! Peut-être !

— Peut-être ? »

Sensenbrink fulmine. La chaîne a libéré toute la journée, ou presque. Elle a fait dégager la Formule 1 et elle lui réserve même le dimanche soir, huit heures et quart, la case où d'habitude s'affrontent les blockbusters hollywoodiens et « Tatort ». Il a obtenu tout ça rien que pour la retransmission de cette épreuve de force. Des centaines de milliers de réfugiés marchent en direct vers la frontière turque, et personne ne sait comment vont réagir les gardes-frontières. En première ligne, les hommes les plus beaux, les femmes, les enfants, et à aucun moment on ne sait s'ils vont survivre. L'émission d'actualités la plus captivante depuis la chute du Mur et, au milieu, une des plus belles femmes d'Allemagne. Une douzaine d'équipes de drones, des images sous tous les angles imaginables, des caméras fixées sur des centaines de réfugiés, des images au plus près de la barrière, même quand les coups de feu éclatent.

« Imaginez-vous, avait dit Sensenbrink à une poignée d'élus du comité directeur, les Turcs tirent, nous vérifions les images en régie et vous voyez tout, les sursauts, la peur, la panique, et pourtant ces personnes courageuses ne peuvent et ne veulent pas partir, on est les témoins de tout, on entend le son original ; et soudain la caméra 52 vacille, la régie s'en aperçoit et switche sur cette image, mais la caméra 52 dégringole, puis on entend deux autres impacts et elle ne bouge presque plus. Et ensuite… » Sensenbrink avait marqué une petite pause. « Plus rien. Et on voit l'image en contre-plongée, immobile. Un peu de travers, un dernier soubresaut… puis… ça s'arrête. »

Personne n'avait osé ciller. Quinze, vingt secondes de silence, jusqu'à ce que Kärrner dise, en riant jaune :

« Peut-être qu'elle est juste tombée. »

Et Sensenbrink, avec le plus grand calme : « Oui. Peut-être. Peut-être pas. »

Là, il avait été sûr de tenir son dimanche. Cinq heures. Live. Et *open end*.

Et maintenant ils ne vont faire qu'une bouchée de lui. Alors, qu'allez-vous nous proposer ce dimanche, monsieur Sensenbrink ? Les mêmes personnes que d'habitude, mais cette fois-ci avec caméras à la boutonnière ? Permettez-nous de vous rappeler que la Refugeecam a été introduite au bout d'un trimestre ! Il y avait même eu des blagues à ce sujet, vous vous souvenez ? Allez, au revoir, monsieur Sensenbrink, et merci pour rien du tout !

« Peut-être qu'ils n'en feront rien..., souffle Anke, habituellement une fille de confiance.

— Quoi ??

— Eh bien, peut-être qu'ils vont changer d'avis...

— Et on serait les seuls à qui personne ne dit rien ? » Sensenbrink a un geste résigné. « Non, une chose est sûre : si les Turcs comptaient se résigner gentiment à nous servir de pare-chocs, quelqu'un nous l'aurait dit.

— Nous ne sommes pas les seuls à essayer d'éviter qu'on nous ruine notre histoire, estime Karstleiter. Si les Turcs nous aidaient, l'AfD et tous ceux à qui profite la panique essayeront de contenir l'information, les réseaux sociaux adorent la panique...

— Mais le gouvernement le dirait. Et les Turcs donneraient une conférence de presse sur l'inviolabilité de leurs frontières, la souveraineté nationale, le monopole de la force, blablabla...

— Oui, mais quand même : les Turcs, on ne peut jamais savoir ce qui leur passe par la tête. Si ça se trouve, ils vont encore engager des négociations, affirme Olav sereinement.

— C'est de la politique, et en politique tout est une question de prix, acquiesce Karstleiter.

— Bon, d'accord, si vous êtes tous si futés, dites-moi une chose : ça a coûté trois milliards pour qu'ils surveillent un peu leur littoral. Qu'est-ce que ça coûtera de leur faire ouvrir le feu sur des personnes sans défense en prime time et devant les caméras du monde entier ? Sortez vos calculatrices, si c'est moins de cinquante millions, je paye avec les recettes publicitaires !

— Cinquante milliards ? suggère quelqu'un.

— Inutile de calculer, hurle Sensenbrink, ils ne le feront jamais. Pour aucune somme au monde !

— Restons objectifs. » Beate Karstleiter tente de jouer les mères protectrices. « Qu'est-ce qui a changé ? Les Turcs ne tireront pas, soit. Mais je vous écoute parler et je me rends compte qu'ils ne l'auraient pas non plus fait avant, pas vrai ? Alors au fond, c'est du pareil au même.

— Notre problème n'est pas que le scénario a changé, soupire Sensenbrink. Le problème, c'est que monsieur Tonton Glandu a révélé à tout le monde le fin mot de l'histoire.

— Et maintenant, nos détracteurs tiennent la meilleure histoire, ça, c'est vrai, ajoute Anke, habituellement une fille de confiance. Leubl a provoqué un tollé à la base de la CSU, tout le monde en débat, a-t-il raison ou pas, ils sont des millions à se tourner vers la droite…

— Lors de la manifestation spontanée qui s'est déroulée à Berlin à l'issue de l'émission, la police a compté cent mille personnes, au milieu de la nuit !

— Si les flics disent cent mille, il y en avait deux cent mille.

— Et ce soir, rebelote !

— … Et tout ça, c'est des news. Ça passe sur l'ARD, la ZDF. Et nous, qu'est-ce qu'on fait ? Que dalle. On peut oublier notre numéro des réfugiés qui se préparent pour la frontière. C'est deux semaines de reportages bonnes pour la poubelle.

— Et si nous avancions le mariage ? » suggère Karstleiter.

C'est le seul défaut de Karstleiter : elle n'a rien d'une auteure. Au moins, Sensenbrink peut compter sur Olav pour redresser la barre. Ou plutôt sur Anke, la fille de confiance, car Olav regarde son portable qui clignote et se prépare à quitter la salle avec un geste empressé qui signifie « il faut que je décroche ».

« On n'avait pas dit qu'on éteignait les portables ? demande Sensenbrink sur un ton cassant.

— Si, rétorque Olav depuis la porte, mais seulement s'il n'y avait rien d'important. »

Sensenbrink balance un stylo à travers la pièce, désespéré.

« Qu'en est-il du mariage ? insiste Karstleiter. Ce serait un message fort.

— On peut tenter le mariage, mais uniquement si monsieur Sensenbrink le souhaite formellement, fait observer Anke, habituellement de toute confiance. Ce n'est pas ce que nous conseillons. Au contraire.

— Qui, nous ?

— Eh bien, les auteurs.

— Et pourquoi ? C'est super, le mariage !

— Seulement si ça s'agence bien avec le reste de l'histoire. »

Anke, habituellement une fille de confiance, soupire parce qu'il lui faut expliquer ce qu'au fond tout le monde dans la pièce a compris, hormis Karstleiter et peut-être aussi la dénommée Hayat.

« Nadège et Lionel se marient une fois arrivés sains et saufs – voilà une belle histoire. Nadège et Lionel se marient parce qu'ils ne savent pas s'ils vont survivre, c'est une histoire encore plus belle.

— Comme Hitler et Eva Braun, précise généreusement Sensenbrink.

— Mais Nadège et Lionel qui se marient parce que sinon il ne se passe rien, dit Anke, la fille de confiance, c'est un pétard mouillé. C'est comme les Geissens[1] qui renouvellent leurs vœux tellement ils sont au désespoir.

— D'accord, d'accord, ce n'était qu'une proposition.

— Sans parler du fait que madame n'a pas encore divorcé, dit Sensenbrink. Et d'ailleurs, ça en est où ? Kraken a-t-il donné son accord ? Qui s'en occupe ? »

Une main au deuxième rang se lève, puis une femme d'un certain âge dit : « Nous sommes sur le coup. En collaboration avec *Évangeline*. Apparemment, ce n'est qu'une question d'argent.

— Ce qui veut dire ?

— Nicolai von Kraken lui réclame de l'argent. Ça doit être un type vraiment désagréable, un faux jeton…

1. *Die Geissens* est une émission de téléréalité allemande qui suit le quotidien d'une famille richissime. Elle est l'équivalent allemand de la famille Kardashian.

— Un faux jeton ? » Sensenbrink est énervé. « A-t-il droit à cet argent ou pas ?

— On peut le voir de diverses manières… »

La mâchoire inférieure de Sensenbrink se crispe.

« … mais d'un point de vue légal, oui.

— Et d'un point de vue moral, non, ou quoi ?

— Eh bien, il y a des complications.

— Lesquelles ?

— Nadège ne peut pas manquer d'argent, se moque Karstleiter.

— Non, mais d'après ce qu'on entend dire, le problème est qu'il y a eu de nombreux divorces dans le cercle d'amies de madame Hackenbusch. Et apparemment madame Hackenbusch n'a jamais vu de divorce dans lequel la femme doit payer quelque chose à l'homme.

— Parce que, en général, avec ces nanas, c'est les mecs qui ramènent le fric », lance un des grands-pères barbus.

Sensenbrink approuve d'un signe de la main : « Exactement. D'où sortirait-il de l'argent ? Il suffit de regarder ce que le soi-disant producteur a produit ces dernières années : des bides et du vent.

— Oui, et pourtant madame Hackenbusch considère que si la femme paye, il s'agit à coup sûr d'une escroquerie. Elle va aller jusqu'au procès, et par conséquent on peut oublier un divorce rapide.

— Nan, réplique Sensenbrink, si nécessaire, on payera cet idiot. Nadège se fout de la justice, tant qu'elle ne doit pas casquer. On va arranger l'affaire. Comme ça, s'ils veulent, ils peuvent se marier après-demain. Mais c'est vrai que, sans réel motif, le mariage, c'est nul. Quelqu'un a-t-il une meilleure idée ?

— On pourrait tenter une action en justice pour obliger le gouvernement à agir…, propose Hayat.

— Tout à fait. Cher tribunal constitutionnel, s'il te plaît, sauve mon émission, ironise Sensenbrink. Le seul qui en profiterait est Dieter Möller de l'ARD.

— Houla. Lui. » Un autre grand-père a pris la parole. « Ça fait un bail qu'il existe. Quel âge a-t-il ? Cent ans ?

— On pourrait faire parler les opposants, suggère Karstleiter.

— Comment ça ?

— Eh bien, après chaque émission d'A-2, on diffuse quinze minutes sur Pegida.

— Comme ce complément bizarre à la fin de "Germany's Next Topmodel" ? Un genre d'émission après l'émission ?

— Un peu, oui.

— Bien sûr, et ensuite l'émission après l'émission après l'émission, où le préfet de police a le droit de venir déblatérer ses doutes – nan, c'est trop *cheap*. Et je vous ferais remarquer que nous faisons un show sur des anges et des héros, pas sur des nazis.

— Ce ne sont pas tous des nazis… »

Le rire général n'aide pas, mais au moins il détend. Karstleiter tente de faire régner le silence, lorsque la porte s'ouvre sur Olav.

« Ah, le revoilà ! » dit Sensenbrink sur un ton accusateur, mais le reproche glisse sur Olav – et cette fois-ci ce n'est pas grâce à son habituelle vanité. Il est excité comme une puce ; sans ranger son portable, il se penche vers Sensenbrink et Karstleiter, après quoi Karstleiter déclare rapidement : « Bon, on va faire un break et on se retrouve à cinq heures. D'ici là, tout le monde réfléchit à un plan B. »

Tous froncent les sourcils et rangent les chaises. L'équipe s'éclipse, mais en sortant, Anke, habituellement une fille de confiance, entend ce qu'Olav confie à Sensenbrink.

« Si c'est vrai, ils ne repousseront sûrement pas "Tatort" dimanche. Ils l'annuleront ! »

43

BON, IL FAUDRAIT probablement congeler ce rôti. C'est même impératif : pour elles seules, c'est beaucoup trop, même si Binchen en prend un peu comme ça lui arrive ces derniers temps, si le rôti est bio.

Si Joseph ne rentre pas aujourd'hui, le rôti, c'est trop. Dans ce cas, il faut le congeler.

Aucun problème.

C'est même très simple.

Elle se lève.

Elle se rassoit.

Elle ne connaît personne qui aime autant le rôti. Toutes les sortes de rôti. Même du bœuf mariné – mais seulement si c'est elle qui le cuisine. « Au restaurant, je suis trop déçu, a-t-il coutume de dire. Un schnitzel à la poêle, la plupart arrivent encore à le faire, mais un rôti, un rôti passable, voire un rôti digne de ce nom… oh là là. Et les knödel – n'en parlons pas. »

Ses knödel à elle, il les aime. Mais bon, puisqu'il ne rentre pas, inutile de se tracasser avec la pâte. Après tout, elle ne se garde pas éternellement. Pas obligé de faire cuire des pommes de terre.

Elle se lève.

Ah oui, c'est vrai : inutile de faire cuire les pommes de terre.

Elle se rassoit.

Ce n'est pas nouveau. Il avait appelé juste avant de passer sur le podium et lui avait dit qu'il devait rester à Berlin pour le week-end.

« Tu vois une autre femme ? » avait-elle demandé, et il avait répondu : « Ce serait trop beau. » Puis ils avaient ri. Elle voyait bien ce qui se passait depuis son passage chez Klobinger. C'était vraiment une tout autre dimension que les scandales médiatiques et les journaux critiques. Trois cent mille personnes à Dresde, cent cinquante mille à Dortmund.

« Leubl anéantit les Allemands. »

« L'Allemagne de l'Est n'est pas une décharge pour tes réfugiés ! »

« Notre haine ! Notre sang ! Essuie toi-même les culs des migrants ! »

Des tas de gens font des réserves, même ici, à la campagne.

Et d'ailleurs, elle devrait aller faire les courses avant que les magasins ferment.

Elle se lève.

Elle se rassoit.

On aurait pu calmer les esprits, si le gouvernement avait démenti les déclarations de Leubl. Il aurait proposé sa démission, et ç'aurait été à quelqu'un d'autre de s'occuper de cette histoire. Et là, demain, il aurait son rôti. Son rôti de veau. Mais le gouvernement n'avait rien démenti. Il ne l'avait pas non plus couvert. Même son parti ne s'était pas trop avancé.

Le président du groupe parlementaire : « Ce sont des points dont nous discutons. »

Le secrétaire général : « Monsieur Leubl est un homme expérimenté, mais cinquante milliards d'euros, c'est bien sûr dénué de tout fondement. »

La Chancellerie : « Nous n'avons pas connaissance de ces observations en provenance de la Turquie. On peut imaginer qu'il s'agit d'opinions isolées. »

Depuis l'émission, il a donc été en service vingt-quatre heures sur vingt-quatre. Il a visité les lieux susceptibles d'accueillir ses projets et préparé des logements provisoires comme si les réfugiés étaient déjà là. À celui qui doutait de ses paroles, il disait : « Un ministre de l'Intérieur qui raconte des conneries de son propre chef perd son poste.

Vous n'avez pas besoin de me croire – vérifiez simplement si demain, je suis encore ministre de l'Intérieur. » En effet, chaque nouveau jour, il était encore ministre.

« Ne seriez-vous pas en train de traîner derrière vous le gouvernement au complet ? » lui a demandé Klobinger lors d'une interview téléphonique. Joseph est resté loyal, mais en vérité Klobinger avait raison, Joseph faisait le travail du chancelier.

Réfléchissons : si Joseph n'est pas là demain, que pourrait-elle cuisiner ? Peut-être devrait-elle en discuter avec Bine, qui va bientôt arriver. Bine choisira ce qui lui fait plaisir et elle le cuisinera. Pareil après-demain et le jour d'après. Parce qu'une chose est sûre : Joseph ne reviendra pas non plus après-demain, ni le jour d'après.

Elle va s'en sortir, ce n'est pas la première fois qu'il s'absente pour une plus longue période.

Il dit toujours qu'il faut regarder les choses objectivement et, si on est objectif, la seule différence, c'est qu'il avait l'habitude de la prévenir de la durée de son absence. Il lui disait toujours ce qui les attendait tous les deux, à quel moment il serait où et le soir, il l'appelait une dernière fois. Même autrefois, alors que c'était compliqué de passer un coup de fil depuis le bloc de l'Est, car les espions écoutaient tout. La seule différence, c'est donc que, cette fois-ci, il ne l'a pas prévenue.

Elle se lève et se dirige vers l'évier. Elle ouvre le robinet et regarde l'eau s'écouler, désemparée. Elle met la main sous le jet, l'eau est froide. Elle tente de se rappeler si elle voulait de l'eau froide ou de l'eau chaude, puis elle se souvient qu'elle n'a pas besoin d'eau. Pas de knödel, pas de pommes de terre, pas d'eau. Qu'elle est bête ! Elle hoche la tête et coupe l'eau. Puis elle se dirige vers le canapé et s'assoit.

Que faire à manger ?

Peut-être aura-t-elle une idée au supermarché. Il est étonnamment bien approvisionné, parfois ça lui donne des idées. Certes, les derniers jours, ce n'était pas vraiment agréable. Les regards au rayon fruits et légumes… et partout où on peut risquer un œil par-dessus les étals. À quelques reprises, elle s'est même fait insulter. Bien sûr, certains sont restés aimables, les voisins se sont empressés pour l'aider quand ce fou a renversé son chariot. Sur le parking, en pleine journée !

« Ton mari n'a pas intérêt à remettre les pieds ici, cette tapette de métèque ! »

N'importe quoi. Et d'abord, c'est quoi, une tapette de métèque ?

Peut-être devrait-elle tout de même aller au supermarché. Elle se lève et ramasse la télécommande. Elle est sur le carrelage, le boîtier s'est ouvert, les piles en sont tombées, elle n'en retrouve qu'une et la remet dedans. L'autre a dû rouler sous le canapé. Elle pose la télécommande sur la table basse. Espérons qu'elle fonctionne encore. Elle se demande si elle doit faire un test, elle lorgne la télévision puis décide de laisser la télécommande en place.

Elle se rassoit.

Le rôti est une bonne solution, le congélateur est une bonne solution. Quand on ne sait pas très bien ce qu'on doit faire, dans un premier temps on congèle le problème. On devrait congeler beaucoup plus de problèmes. Pourquoi n'existe-t-il pas d'appareil pour congeler tout ce qu'on veut ? Bien sûr, congeler n'est pas toujours la bonne réponse ; pour la télévision, par exemple, ça n'est d'aucune aide, d'ailleurs elle le sait.

Elle ne connaît pas grand-chose en téléviseurs, mais ce qui est sûr, c'est qu'il faut un écran et un caisson qui ne soit pas cassé, jusque-là tout est clair. Joseph aime bien s'occuper de ces choses, il adore les magasins d'électronique, mais Joseph n'est pas là. Il n'est pas là à l'instant, et demain non plus il ne sera pas là, ni après-demain, alors il ne peut pas aller au magasin d'électronique. Mais on vit très bien sans télé. Les bons programmes sont rares, souvent c'est même abominable.

Faut-il vraiment montrer tout ça ?

Comme ils ont conspué Joseph ! Sans aucune pudeur. Ces visages haineux. Les policiers qui peinaient à lui dégager le podium. On ne comprenait pas un seul mot, et cette foule n'arrêtait pas de crier, tellement fort que ça s'entendait même à la télé. Elle hurlait qu'elle ne voulait pas de tout ça et que tout devait rester en l'état. Personne ne s'occupait plus du fait que là-bas, dans cette région complètement négligée, le taux de chômage dépassait l'entendement. Puis les œufs ont volé. Autrefois, quand ils avaient jeté des œufs à Helmut Kohl, et par la suite, à chaque incident où des œufs volaient, Joseph haussait les épaules : « L'œuf est l'argument classique du prolétariat. » Là, c'était pareil.

Il s'est quand même efforcé de leur parler. Les gardes du corps se sont mis à ouvrir ces ridicules écrans pour le protéger. Et pourtant, les œufs pleuvaient, encore et encore.

Puis la tomate.

Elle pense : mais oui, des œufs et une salade de tomates, quelque chose de léger et d'estival, ce serait pas mal.

Du rouge cramoisi sur la chemise blanche, mûr, intense, puis il a fait une blague et chancelé, comme chaque fois qu'on le bouscule par inadvertance, comme si la tomate pesait cent kilos. C'est ça qu'elle aime chez lui, il essaye toujours de garder son humour. Un peu comme Norbert Blüm en son temps. Mais ensuite elle a remarqué qu'il n'affichait pas son visage jovial. Il ouvrait et fermait la bouche. Comme quand on prononce un mot avec un « o ». Ou plutôt quelque chose avec deux « o », comme dans « rôti de veau ».

Puis la moitié droite de son visage a explosé.

Elle ne voulait pas regarder, mais la télécommande était déjà tombée, et que voulez-vous faire quand l'homme avec qui vous avez été heureuse pendant quarante-neuf ans explose à la télévision et que vous ne trouvez pas le bouton sur cette foutue télé et que les images reviennent en boucle, la tomate, lui qui dit « rôti de veau », la tête.

La tomate, « rôti de veau », la tête.

Très objectif.

Très objectif.

Il a dit qu'il ne serait pas là ce week-end. Ça arrive souvent, c'est normal. Il ne viendra pas ce week-end. Elle se lève. Elle se rassoit.

La tomate.

Rôti de veau.

Il ne viendra pas.

Joseph

44

AU FOND, rien n'a changé. La même ville, le même bâtiment, la même pièce, les mêmes personnes. Gödeke, Kaspers, Kalb, ils sont tous là, et cette fois tous sont marqués par la fatigue, pas seulement Echler. Il est sept heures du matin. Einsteiger, le nouveau secrétaire d'État, les a tous convoqués au dernier moment, personne n'a eu connaissance du rendez-vous avant vingt-trois heures la veille. L'ancien secrétaire d'État, ministre de l'Intérieur depuis à peine dix heures, n'y a pensé qu'à ce moment-là. Lui non plus n'a pas dormi. Depuis sa prestation de serment, il n'a cessé d'éplucher les vues aériennes, de comparer les cartes. Il a téléphoné à d'anciens camarades de l'armée. Puis il a pris une douche, enfilé une chemise propre, attrapé quelque chose dans le frigo et, pour la première fois depuis longtemps, il ne s'est pas dit que le frigo était vraiment bien mieux garni quand Tommy habitait encore l'appartement.

Tommy.

Il a l'impression que cette époque est révolue depuis une éternité.

Le nouveau ministre de l'Intérieur accroche son manteau et se dirige vers la table des boissons. Même s'il n'a que cinq minutes de retard, il doit faire trois thermos avant de trouver un fond de café. Il prend le téléphone interne et en commande du nouveau. Puis il se dirige vers sa place avec sa tasse à moitié pleine.

« Pardon, ce n'est pas ce qu'on peut appeler un bon départ, dit-il, mais il fallait que je termine un coup de fil.

Je crois que nous sommes tous submergés de coups de fil. Alors évitons d'être dérangés. »

Il attrape son smartphone et l'éteint. Gondorff suit son exemple.

Le regard du ministre de l'Intérieur s'arrête brièvement au milieu de la table de conférence, l'air absent. Puis il se redresse et inspire profondément comme pour prendre son élan.

« Il n'y a pas de mots adéquats dans une telle situation. Mais si amère soit-elle, pour l'instant nous sommes obligés de laisser les autres faire le travail de deuil. La mort de monsieur Leubl ne change rien au fait que le temps presse. Au contraire, elle aggrave le problème. »

Le ministre de l'Intérieur regarde autour de lui. Les visages sont inexpressifs, on n'y décèle ni critique ni approbation. Ils se doutent de ce qui va venir, mais personne ne peut lui épargner de l'expliciter. Que vont-ils penser ? Il suppose que, majoritairement, ils approuveront : les autorités publiques sont plutôt conservatrices.

« Il n'est un secret pour personne que je n'étais pas forcément d'accord avec la stratégie de monsieur Leubl. Mais je ne veux pas non plus la critiquer. Premièrement, parce qu'il ne peut plus la défendre. Deuxièmement, parce que j'ai toujours été convaincu d'une chose : s'il y a bien quelqu'un en Allemagne qui aurait pu imposer cette stratégie, qui aurait pu donner aux Allemands – et à moi aussi – l'assurance que l'idée d'une "industrie d'intégration" fonctionne, ç'aurait été Joseph Leubl. »

Le ministre de l'Intérieur récolte des hochements de tête.

« Cela implique que je me vois aujourd'hui forcé de constater que cette assurance n'existe plus. Je suis même persuadé que c'est une solution très périlleuse qui – sans une personne respectable comme monsieur Leubl – risque de conduire ce pays droit dans le mur.

— Enfin quelqu'un qui ose le dire », grogne Berthold, tout content.

Le ministre de l'Intérieur se demande un instant s'il doit lui passer cette remarque, puis Kalb prend les devants : « Mais enfin !

— Je dis les choses telles qu'elles sont.

— Quoi qu'il en soit, reprend le ministre de l'Intérieur, je ne suis pas Joseph Leubl. Mais me voilà ministre de l'Intérieur. Je suis convaincu que notre République n'est pas en mesure de supporter une immigration dépassant le plafond que nous nous sommes fixé, même s'il s'agit de personnes en quête d'asile. L'immigration forcée est tout aussi inacceptable pour les citoyens allemands. Il est donc de notre devoir de contenir cet afflux avec tous les moyens dont nous disposons. La situation juridique est sans équivoque et nous avons de multiples possibilités.

— Hormis l'armée, rétorque Berthold sèchement.

— Ce n'est pas dit, juge Kaspers.

— Bien sûr que si. Vous pouvez aller vérifier. On se trouve en position de se défendre seulement dans le cas d'une attaque armée. Et d'après ce que je vois à la télé, ils n'ont même pas de fusils.

— Qu'en est-il des bâtons ? Des couteaux de poche ? demande Gödeke.

— Vous voulez faire croire à une attaque armée contre notre pays avec des bâtons de marche et des couteaux de poche ? Bon courage pour pondre le rapport, se moque Berthold.

— Il suffit de trouver un juge avec un peu d'imagination, lance Gödeke en haussant les épaules. À Hambourg, nous avons bidouillé des choses bien plus difficiles.

— Merci, messieurs, répond le ministre de l'Intérieur. Je soutiens expressément ce genre d'idées. Les réfugiés font preuve de créativité, nous devons faire pareil. Je présume qu'ils ne vont pas nous tendre la perche en prenant d'assaut la frontière avec leurs bâtons brandis. Si tant est qu'ils arrivent jusque-là.

— Ce n'est pas impossible, souligne Gondorff. Le scénario de monsieur Leubl est parfaitement cohérent.

— Et laisser entendre qu'on ne fera rien pour nous y opposer le rend encore plus cohérent. Pour ce qui est de la solidarité de nos partenaires européens, commence le ministre de l'Intérieur, tandis que ses interlocuteurs froncent le nez avec mépris, on ne doit pas se faire d'illusions. Mais tout n'est pas perdu. Nous avons deux alliés : la situation juridique sans équivoque – le traité de Dublin est toujours en vigueur – et la peur des autres pays de se retrouver coincés avec les réfugiés. La Bulgarie, la Serbie, la Hongrie, peu importe, la peur est partout la même, et on doit s'en servir. C'est également valable pour les Turcs. Je ne considère pas que cette frontière soit déjà franchie.

— À quoi pensez-vous ? demande Kalb.

— Je me dis que plus nos frontières sont hermétiques, plus les leurs le deviennent aussi. Si on ferme notre frontière de manière crédible, les Autrichiens vont faire pareil, tout comme les autres pays en amont. C'est un effet domino à l'envers : les dominos ne tombent pas, mais se redressent les uns après les autres.

— Mais en vérité, c'est du bluff », lance Kalb. Est-ce une question ou un simple constat ? Impossible de savoir. Le silence s'installe autour de la table.

« Je ne bluffe pas le moins du monde, répond sèchement le ministre de l'Intérieur, et si certains parmi vous ne sont pas convaincus, qu'ils demandent leur mutation. Je vous le dis clairement : je suis déterminé à défendre les frontières allemandes par la force des armes. C'est pourquoi je m'appuie volontiers sur l'objection de monsieur Kalb : le danger est que d'autres États doutent de notre détermination. Nos mesures ne doivent laisser aucun doute. Non seulement pour les réfugiés, mais aussi pour les Autrichiens ou n'importe qui d'autre. Est-ce bien compris ? »

Personne ne dit mot. Le ministre de l'Intérieur se tourne vers Echler : « J'aimerais que vous nous résumiez la situation. » Il se laisse aller en arrière et attrape sa tasse. Le café est léger et complètement froid.

« OK, commence Echler. Il nous reste six, au maximum sept jours avant que les réfugiés atteignent la frontière turque.

— Qu'est-ce qui va se passer à ce moment-là ?

— Je ne peux pas le prédire avec précision, mais la structure du cortège permet tout de même d'émettre quelques hypothèses. » Il allume un vidéoprojecteur et fait apparaître un graphique sur le mur. « Le rythme de la marche ne peut pas subir de grandes variations et, si le cortège parcourt quotidiennement quinze kilomètres, alors quinze camions arriveront à la frontière tous les jours. Chaque camion approvisionne trois mille personnes, ce qui fait quarante-cinq mille. Mais lors des arrêts, la structure du cortège se délite. On obtient alors un campement sauvage de quarante-cinq mille personnes le premier jour et de quatre-vingt-dix mille le deuxième. C'est difficilement maîtrisable.

— Sauf pour une armée, rétorque Gödeke.

— Oui, mais ces gens ne sont pas des soldats, il n'y a pas de généraux. Les camions donnent l'impression que c'est très organisé, mais en réalité ça ne l'est pas tellement.

— D'accord, répond le ministre de l'Intérieur, leur but ne peut donc pas être de rassembler trois cent mille personnes.

— S'ils sont capables de réfléchir un tant soit peu, non. On ne peut plus les nourrir ni les guider. Ils ne prendront pas ce risque, ils vont attendre d'avoir rassemblé une foule suffisamment préoccupante, disons, peut-être vingt mille, trente mille personnes. Et ensuite ils marcheront vers la frontière.

— Et les Turcs ? Les suppositions de Leubl sont-elles vraiment fiables ?

— Difficile à dire, répond Echler. Monsieur Leubl savait de quoi il parlait.

— Mais ses informations s'accordaient aussi très bien avec ses convictions politiques, relativise le ministre de l'Intérieur. Je réitère ma question : ses suppositions sont-elles fiables ?

— Nos relations avec la Turquie ont déjà été meilleures, ce qui rend les choses difficilement prévisibles. Mais il se peut aussi qu'il y ait des réflexions en notre faveur dont nous n'avons pas connaissance. Tout comme ils pourraient prendre exemple sur la Jordanie.

— Pourquoi parlez-vous de la Jordan… Ah ! putain de merde, laisse échapper Kalb.

— Voilà. La Jordanie s'est débarrassée de quatre-vingt mille réfugiés au passage du cortège. L'Irak, presque de la même quantité. Les Turcs aussi ont des réfugiés à offrir. À foison. Suivre l'exemple serait donc une option.

— Notre déclaration doit être d'autant plus ferme : les Turcs doivent comprendre qu'ils ne pourront pas se débarrasser de cent mille réfugiés, et qu'ils devront s'en coltiner trois cent mille de plus. Soyons clairs : il nous faut un mur. Nul besoin qu'il soit beau, ou écoresponsable, il faut juste qu'il soit haut et stable. Je me fiche que ça puisse ressembler à Berlin ou à Israël. Et pour être encore plus clair : je ne veux pas qu'on élabore de nouvelles techniques. On reprend exactement ce qui a fait ses preuves ailleurs. Je veux un mur que personne ne pourra franchir ni abattre, et capable de résister à l'assaut d'une grande foule. Sur au moins cent kilomètres.

— Et on le met où ? Nous avons environ quatre mille kilomètres de frontières.

— Faut-il vraiment tout vous expliquer ? s'impatiente le ministre de l'Intérieur. On peut bien évidemment exclure la frontière avec la France ou le Danemark. Il faut choisir celles concernées par un trajet…

— Vous comptez là-dedans les Polonais ou pas ? »

Le ministre de l'Intérieur hésite brièvement. La question peut paraître idiote, mais on ne peut rien exclure. Un bon tiers des frontières allemandes concerne la Pologne et la Tchéquie. Et quand on a parcouru dix mille kilomètres, un petit détour n'est pas bien gênant.

« Ce n'est peut-être pas nécessaire. » Kaspers lève brièvement la main. « Quinze kilomètres par jour, ce n'est pas si rapide. De plus, on sait ce qu'ils prévoient de faire : ils ne cherchent pas l'accès le plus simple, ils veulent atteindre nos frontières et jouer les victimes jusqu'au bout. Nous pouvons attendre de voir quel trajet ils vont choisir et ensuite armer la frontière en question à notre guise. »

Le ministre de l'Intérieur hoche la tête : « On doit tout de même envoyer un signal aux Turcs au plus vite. Il faut choisir une des frontières possibles et leur montrer ce que nous projetons de faire une fois le trajet fixé.

— La police fédérale va dès à présent élaborer des scénarios et s'entraîner, garantit Gödeke. Usage d'armes à feu inclus. Et en présence de la presse. Les médias auront droit à un traitement préférentiel qui en jette. Peut-être que l'armée ne peut pas nous envoyer des hommes, mais qu'en est-il des équipements militaires ? Les armes lourdes ? Qui peut vérifier ça ?

— Je m'en occupe, propose Berthold spontanément.

— Merci, dit le ministre de l'Intérieur. Je m'assurerai que nous aurons les moyens financiers.

— Reste le plan B. » Kaspers se penche en avant.

« Quel plan B ? demande le ministre de l'Intérieur.

— Au fond, c'est l'ancien plan A. Les idées mises en place par monsieur Leubl. Dans l'état actuel, ce serait notre plan B, si jamais nous…

— Pas de plan B, dit le ministre de l'Intérieur. On arrête ça tout de suite. Il faut montrer que nous n'avons pas de plan B. Les Autrichiens doivent comprendre que les réfugiés vont nous mettre dans une situation catastrophique. Que nous ne pouvons pas nous permettre d'ouvrir nos frontières.

— Là aussi, présence médiatique ? demande Kaspers.

— À fond la caisse, dit le ministre de l'Intérieur. Plus il y en aura, mieux ce sera. »

Doit-on s'inquiéter pour Nadège Hackenbusch ?

Alors que ce sont les semaines les plus dures de sa vie, les experts craignent que la présentatrice star ne s'effondre. Quelle cruauté : tandis qu'elle aide des milliers de personnes, son ex-mari la laisse tomber.

Par Astrid von Roëll

On dirait la tâche la plus ardue jamais imposée à une femme, comme dans le conte de fées : fabriquer du fil d'or avec de la paille. Mais cette fois-ci, l'impensable pourrait se produire ; il semblerait que la vedette allemande, la superstar Nadège Hackenbusch, soit sur le point d'accomplir le miracle. Un miracle à l'arrière-goût amer de larmes : cette paille n'est pas de la paille, et l'or est de l'argent qui se déverse du ciel comme un mince filet de temps ondoyant.

Nadège Hackenbusch, élue femme de l'année par le prestigieux groupe Printernet (entre autres *Grandezza, Évangeline, Hengst*) en mai dernier, regarde d'un air songeur ce mince fil qui part de son front et tombe sur sa longue crinière châtaine comme de la mousse sur la bière (brune). « Mes premiers cheveux gris », dit-elle en enroulant précautionneusement la mèche autour de son index svelte. Elle le dit comme si de rien n'était, mais est-ce vraiment aussi facile à accepter que ses yeux incomparablement confiants veulent nous le faire croire ? Surtout pour… cette femme ?

Ce Moïse a surmonté un mariage malheureux

Cela fait maintenant plus d'un an que Nadège Hackenbusch a décidé d'affronter la plus grande épreuve de tous les temps. Même si on dit souvent que l'amour guérit toutes les blessures, les quelques cheveux argentés racontent une autre histoire. Ils disent une douleur que Nadège Hackenbusch ne laisserait jamais paraître.

Pendant tout ce temps, elle n'a réussi qu'à deux reprises à faire venir ses fils Keel et Mynce afin qu'ils puissent voir leur mère (*Évangeline* en a parlé en exclusivité). Nadège Hackenbusch ne cache pas que c'est sûrement mieux ainsi : « Ce n'est pas un environnement qui convient aux enfants », dit la femme dont la fondation – Nadège Hackenbusch Foundation for the Humans – travaille inlassablement à faire le bonheur de jeunes mamans dans trois bus pour nourrissons, devenus célèbres dans le monde entier. Mais chaque jour passé dans ce cortège qui fait vibrer l'humanité entière prive ses deux fils, Keel et Mynce, de la seule personne qui puisse leur donner le réconfort dont ils ont besoin. Les coups de téléphone ou les e-mails ne peuvent pas remplacer cette proximité ni les caresses affectueuses. Ce qui est particulièrement cruel : la femme qui aide tant de personnes se retrouve trahie là où elle peut le moins se défendre.

Bien sûr que Nadège Hackenbusch ne dit aucune méchanceté sur Nicolai von Kraken. L'affaire « alcopop » de Keel, les prétendus projets transgenres de Mynce... Jamais cette femme indépendante ne songerait à reprocher à Nicolai von Kraken d'être la cause des crises de ses enfants ou d'avoir manqué à son devoir de les surveiller. Pourtant, elle est lasse de défendre son ex-partenaire peu reconnaissant. Indulgente, elle endure même son étrange amourette avec la starlette du Web, Schminki Krawall, de 23 ans sa cadette, une relation qui a suscité l'incompréhension et le mépris de la haute société. Mais des amis préoccupés constatent que, de plus en plus souvent, elle se tait quand la discussion se porte sur sa famille, qui doit se passer depuis longtemps de l'aide de Nadège alors qu'elle en a urgemment besoin. Et le père adoptif de ses enfants impose des exigences pécuniaires de plus en plus aberrantes à l'aide d'une armada d'avocats célèbres et sans scrupules. Sans parler du droit de garde : « Bien sûr, dit Nadège Hackenbusch avec indulgence, chez leur père, Keel et Mynce sont entre de bonnes mains, temporairement. Mais il n'empêche qu'à long terme, les femmes sont les meilleures mères. »

Le fardeau ne cesse de s'alourdir, alors même que, jour après jour, la plus grande opération de sauvetage jamais menée par une femme ne pardonne aucune faiblesse. L'arrivée imminente en Turquie n'est qu'une maigre consolation : « Je serai heureuse d'arriver là-bas, explique la célèbre présentatrice d'un air confiant. Les rues ont des lampadaires, le pays est dans un tout autre état. Ça se voit à des villes comme Antalya. Il y a des trams. »

Mais plus elle approche du but, plus cette marche pleine d'espoir se charge d'une impitoyable intensité dramatique : tandis que, grâce au dévouement infaillible de Nadège Hackenbusch, des centaines de milliers de personnes se trouvent au seuil d'un nouveau départ, quelques amis proches capables de voir ce qu'il se passe en coulisse se posent la question : combien de temps cette femme va-t-elle encore pouvoir supporter ces immenses efforts ? Combien de temps l'amour providentiel du jeune Lionel pourra-t-il apaiser les douleurs inhumaines que lui inflige cette vie unique en son genre ?

« Les femmes modernes comme Nadège Hackenbusch sont particulièrement vulnérables », met en garde le professeur Gabriel Schauffhausen. L'enseignant en psychologie cosmétique de l'institut renommé Heribert Sinsheimer à Munich observe le déroulement préoccupant des événements depuis le début. « Ces femmes travaillent plus que la plupart des hommes, plus que des managers, et elles attendent plus d'elles-mêmes, explique l'expert. Les symptômes peuvent être complexes et troublants, mais la formation de cheveux gris isolés n'est pas atypique et probablement un signal alarmant. En cas de stress continu, il y

Combien de temps cette femme va-t-elle encore pouvoir supporter ces immenses efforts ?

a un risque de burn-out. » Ou plus grave encore ? « Ce n'est pas totalement exclu », répond l'homme de 77 ans, profondément inquiet.

Mais Nadège Hackenbusch n'a pas le temps de réagir à ce danger. Elle incarne l'espoir de milliers de personnes, notamment de milliers de femmes ; elle est l'espoir, l'exemple, la guide dans une époque de dérive des sentiments. Ces personnes s'estiment heureuses de pouvoir se reposer sur une femme comme Nadège Hackenbusch. C'est l'histoire d'un Moïse moderne au féminin : mais ce Moïse a surmonté bien plus qu'une longue marche à travers le désert. Ce Moïse a aussi surmonté un mariage malheureux qui a précisément échoué à cause de l'amour.

45

LE MINISTRE DE L'INTÉRIEUR est mal à l'aise. Ce n'est pas la première fois qu'il porte un gilet pare-balles, mais pas non plus la dixième. Pendant son service militaire, déjà, il avait eu l'impression que ça le rendait pataud.

« Où est votre putain de gilet ? l'avait engueulé le sergent. Vous savez ce qui vous pend au nez si vous ne portez pas votre gilet ? »

Sa réponse standard de l'époque : « Rien, tant que je tire le premier. »

Et le sergent : « Vous êtes sûr que ça va là-dedans ? »

Il sent un léger coup dans ses côtes. « Je vous ai demandé si ça allait. » À côté de lui se trouve Cilic, l'officier de liaison mis à sa disposition par les Turcs. Le ministre de l'Intérieur sursaute, hoche la tête et arrange son gilet, mais ça n'aide pas, il tombe juste mal d'une autre façon. Ils sont dans la salle de surveillance du poste frontière de Habur, une salle de taille moyenne, comme seuls les Orientaux savent en faire : un carton en béton tellement climatisé qu'on se croirait à l'âge de glace, quatre murs peints d'une couleur indéfinissable, de légères fissures dans le crépi, le sol carrelé ; une salle paraissant nue malgré l'équipement technique, malgré les moniteurs, comme si le bâtiment était en passe d'être démoli. Au mur, un portrait d'Atatürk, esseulé, en tout cas pour le moment. Les hommes sont assis à des tables, devant des moniteurs, parfois quelqu'un entre en coup de vent, mais c'est rare, comme si la réalité extérieure pouvait gâcher les images sur les écrans. Trois écrans diffusent ce que filment les caméras de surveillance du poste frontière, deux autres montrent les images de CNN et – sans doute une forme de reconnaissance envers le visiteur allemand – celles de MyTV. Puis un autre écran en veille et, sur les deux restants, on voit les images, légèrement chancelantes, prises depuis les hélicoptères : quelques-uns se trouvent apparemment dans l'espace aérien au-delà de la frontière, ce qui est illégal selon le droit international ; des zooms puissants permettent de filmer loin à l'intérieur de l'Irak. Les images ne redonnent franchement pas espoir.

Normalement, six mille transporteurs sont contrôlés ici chaque jour. Mais aujourd'hui, des centaines, des milliers de camions s'agglutinent sur la route qui mène à la frontière que les Irakiens ont fermée aux camions et aux voitures. Elle est réservée à la colonne qui longe les camions amassés. Un cortège infini d'êtres humains, avec quelques petites trouées et pourtant infiniment long. Les camionneurs font des signes de main, certains klaxonnent, énervés parce que le cortège les empêche de passer. Les caméras saisissent les camions-citernes des réfugiés au loin, restés en arrière probablement pour que les réfugiés puissent mieux jouer la carte de la foule. Le ministre de l'Intérieur soupire et lorgne la hideuse horloge digitale au mur.

Il est deux heures de l'après-midi. Une heure de plus qu'en Allemagne. Le repas de midi est passé. Les familles s'ennuient, les jeunes s'ennuient. Tout le monde s'ennuie. Alors même la Formule 1 leur paraît digne d'attention. Sauf aujourd'hui. Aujourd'hui, tout le monde regarde ce flot de gens en train de surmonter l'étape la plus importante de son interminable trajet. Tous veulent voir si Leubl avait raison. Pour ce qui est des Irakiens, on dirait que oui. Le ministre hausse les épaules.

« Il fallait s'y attendre. » Cilic a deviné ses pensées.

« Bien sûr », répond le ministre, contrarié.

Il aimerait être plus difficile à cerner. Sa contrariété a dû s'entendre, et cela le contrarie encore plus. Mais sa colère est puérile : personne ne pouvait croire sincèrement qu'il se trouverait quelqu'un en Irak pour freiner les réfugiés. C'était stupide, aussi stupide qu'autrefois, lorsque, en chemin pour l'école, le ministre espérait jusqu'à la dernière intersection que, peut-être, l'école avait brûlé. D'un autre côté : c'était encore possible. Même maintenant.

Les routiers sont tous descendus, ils préparent du thé, mangent, discutent. Les automobilistes lui envoient un plus mauvais signe : nombreux font demi-tour, comme s'il n'y avait aucune chance de passer la frontière à brève échéance. Ils doivent se dire qu'il faudra plusieurs jours pour faire passer des centaines de milliers de réfugiés.

« Qu'est-ce que cela leur apporterait ? » Cilic semble encore être dans ses pensées. Le ministre ferme les yeux afin qu'on ne voie pas qu'il les lève au ciel. Il aimerait tellement sortir fumer une cigarette. Malheureusement il ne fume pas.

« Puis-je vous faire porter un thé ?

— Ce serait très aimable. »

Cilic fait un signe et quelqu'un quitte la salle. Sur les écrans, on voit les premiers réfugiés quitter l'Irak, traversant ce drôle de no man's land entre deux postes frontières qui n'appartient à personne. Ils marchent sans hâte, solennellement. Ils pourraient couper à travers champs, ce serait même plus logique, mais ils suivent la route avec le virage en épingle. On dirait presque qu'ils tiennent à suivre le tracé de la route le plus correctement possible. Ils prennent vers l'ouest, se dirigeant ainsi tout officiellement vers la frontière turque. Leurs camions restent invisibles, comme s'ils pouvaient paraître trop brutaux, avec tout cet acier, pas assez vulnérables et au contraire trop agressifs. Comme si tout ça n'était pas agressif. C'est une atteinte à la liberté, oui, au fond ce n'est rien d'autre ! Le ministre de l'Intérieur se demande si le droit turc inclut une notion comme l'atteinte à la liberté.

Ou une notion comme la justice.

Il regarde la carte accrochée au mur et la compare de nouveau avec Google maps, qui permet des zooms plus forts. Dans les minutes qui suivent, ils vont traverser le Habur, qui forme ici la frontière avec l'Irak. Ils marchent plus lentement, se servant du pont pour densifier le cortège. Des femmes, des enfants. Sur les écrans, on voit très clairement Nadège Hackenbusch, radieuse Jeanne d'Arc de la télévision privée. Elle donne la main à cette fillette que même le ministre de l'Intérieur trouve parfois mignonne.

L'air songeur, le ministre regarde dehors, à travers les persiennes qui assombrissent la salle. « Je vous le dis honnêtement, fait Cilic, à votre place, j'aurais bombardé le pont. Ou je l'aurais fait sauter. » Il prend un verre de thé brûlant sur un plateau en cuivre qu'un jeune garçon vient d'apporter et le tend au ministre.

« Merci. La République fédérale d'Allemagne ne fait pas sauter les ponts d'autres pays.

— Autrefois vous n'étiez pas si… BCBB ? BCBD ?

— BCBG. Autrefois nous n'étions pas la République fédérale. »

Le garçon avec le thé n'est clairement pas un militaire, pourquoi peut-il entrer ici comme ça ? Il pourrait tout aussi bien leur livrer un paquet d'explosifs. À quoi bon le gilet pare-balles ?

« Je vous en prie, je ne voulais pas être malpoli, dit Cilic, mais sans ce pont, leur situation serait beaucoup moins facile. Pour ces choses-là, je reste soldat. Bien sûr, ce n'est pas une invitation. Après tout, c'est notre pont.

— Si ça rassure le soldat que vous êtes : nous y aurions songé s'il s'agissait d'un fleuve comme le Rhin ou le Danube. Nous aurions même payé la démolition et la reconstruction. Mais le Habur… Il y a des jours où il suffit de retrousser les jambes de son pantalon pour le franchir.

— Au printemps, le Habur n'est pas pareil.

— Dites-le-leur. Peut-être qu'ils pourraient reporter. »

Le ministre de l'Intérieur repose abruptement son verre de thé, car par une des fenêtres il voit arriver les premiers réfugiés, en vrai, pas à la télé. Ils traversent le pont, une colonne dense, très dense et infinie. Elle lui semble encore plus longue qu'à la télévision. Il regarde tour à tour la fenêtre puis les écrans, il voit Lionel en gros plan sur MyTV, qui démonte son portable – il retire démonstrativement la batterie du boîtier, il coupe la communication, désormais plus personne ne peut lui parler.

Le ministre de l'Intérieur sort. Vissé sur la grille d'acier de la dernière marche, il se penche un peu en avant. Le cortège n'est pas particulièrement rapide, ça ressemble un peu à une coulée de lave humaine, et ça a l'air sans fin. Et pourtant on voit incroyablement loin. Il n'était pas préparé à la réalité de cette foule en mouvement. Bien sûr, il a regardé les images télévisées comme tout le monde, mais là il a soudain le sentiment d'avoir sous-estimé toute cette histoire. Il récapitule rapidement les événements des derniers jours, il n'a aucun reproche à se faire, il a mis en place ce qui devait l'être, il a remué ciel et terre. La construction de la clôture a commencé il y a quatre jours. Ils ont choisi la ville de Passau, car grâce au Danube et à l'Inn, l'effet est bien visible et ça reste économiquement intéressant. Les ponts frontaliers sont impressionnants. Huit mètres de talus en béton, couronnés de fil de fer de l'OTAN, une connerie en fait – mais au bout du compte ça ne coûte pas plus cher et c'est beaucoup plus dissuasif. Évidemment, la clôture n'est pas infinie, il vaudrait mieux qu'il n'y ait pas de très bons nageurs parmi les réfugiés, mais ce qui est sûr, c'est qu'on voit que l'Allemagne prend la chose au sérieux. Les Autrichiens et l'UE ont tout de suite protesté, brandissant les accords de Schengen, mais heureusement, en tant que ministre de l'Intérieur, on peut déléguer. Le succès lui donne raison : les manifestations n'ont pas cessé, mais elles n'ont pas grossi. Sa démarche a été saluée, les citoyens sont apaisés. Et pourtant il a soudain l'impression de ne pas avoir fait ses devoirs, de ne pas avoir appris sa leçon, en tout cas pas suffisamment, à quelques minutes du grand test.

Les Turcs, en revanche, ont fait leur travail.

Ils l'avaient promis et ils ont tenu parole : pas question d'encourager les réfugiés. Même les hélicoptères chargés de filmer sont armés. Le passage est bloqué par de lourds barrages en acier et, derrière ces barrages, le long de la frontière, des fantassins sont postés avec des fusils d'assaut MPT-76. Il y a quelques années, ç'aurait été des fusils allemands G3, Heckler & Koch. Ils en utilisent encore, mais disons que les élans de sensibilité allemands n'ont pas laissé les Turcs indifférents. Sur les collines, pour surveiller la vallée, il n'y a pas de chars Leopard, les Turcs ont détaché leurs chars américains. Pleinement opérationnels, lourdement armés, et si on devait les utiliser, personne ne pourrait affirmer rétrospectivement que c'étaient des armes allemandes. Les Turcs ont aussi fait venir un canon à eau. Une option pour éviter de tirer immédiatement.

Soudain, le ministre remarque que les haut-parleurs vétustes n'arrêtent pas de coasser : c'est du turc et, si on fait preuve d'imagination, quelque chose qui ressemble à de l'anglais. « L'armée turque vous signale que vous vous approchez illégalement de la frontière turque, lui traduit Cilic. Arrêtez-vous et rebroussez chemin. Nous allons ouvrir le feu. » Encore. Et encore. Aucun effet. Puis il entend un grondement et, en lui tapotant l'épaule, Cilic lui passe des cache-oreilles.

Le regard du ministre de l'Intérieur se lève vers le ciel. Plusieurs avions de combat ont décollé, vraisemblablement des F-16, ils tournent au-dessus de la zone. Deux s'approchent à basse altitude. Il fait glisser la protection sur ses oreilles, mais le bruit est quand même de plus en plus insupportable. Les enfants se mettent à pleurer ou à crier lorsque les avions survolent le cortège dans un bruit de tonnerre, on pourrait presque compter les rivets sur leur ventre. Les femmes essayent de protéger les têtes des enfants. Beaucoup de gens cherchent de quoi se boucher les oreilles, certains trouvent. La seule chose que le ministre ne voit pas, ce sont des gens qui s'arrêtent. Il jette un œil à l'intérieur de la salle de crise. MyTV fait des plans de coupe dans la foule, Hackenbusch revient régulièrement, avec ses airs de diva elle avance presque religieusement, un mélange d'excursion scolaire et de deuil national. Et soudain, il apparaît à l'image. Des femmes en pleurs, des enfants, puis le ministre de l'Intérieur avec ses oreilles bien protégées. Une image idiote.

Il lève la tête, voit le drone qui plane à tout juste dix mètres. Il fixe l'objectif avec application, sérieux comme un pape, lève les deux mains et ôte le casque pour le lancer dans la foule qui passe. En live. Qu'ils essayent donc de couper ça ! Hackenbusch n'est pas la seule à savoir fabriquer des images.

Les avions reviennent. Cette fois-ci ils volent encore plus bas, lentement, à peine moins qu'une voiture dans la circulation urbaine. Il sait qu'on peut faire ça, mais il ne l'avait jamais vu en vrai. Le bruit est douloureux, il ouvre la bouche et crie pour créer une contre-pression et protéger ses tympans. Il pourrait jurer qu'on sent la chaleur des réacteurs, en tout cas, en bas dans la foule ça doit être infernal. Les hommes brandissent les poings, les femmes lèvent les mains d'un air implorant, MyTV montre Hackenbusch avec ses cheveux virevoltants, un buisson ardent crêpé, elle lance des regards accusateurs, comme si elle pouvait distinguer les pilotes, et peut-être qu'elle le peut. C'est sûrement le hasard, mais lorsque les machines s'éloignent, on dirait que Nadège Hackenbusch les a chassées personnellement de ses regards furieux.

Les canons à eau commencent à cracher. Certains jets passent par-dessus la foule, ce n'est pas très productif, avec la chaleur c'est probablement même agréable. On voit rapidement qu'ils n'ont aucun effet, surtout quand on ne vise pas directement les gens. Le ministre de l'Intérieur regarde Cilic d'un air interrogateur. Cilic a un geste embarrassé : il ne faut pas s'attendre à ce que les Turcs balancent 20 bars de pression sur des nourrissons et des enfants en bas âge. En guise de compromis, la foule se trouve généreusement humidifiée. Que compte-t-on obtenir avec ça ? Le problème saute aux yeux : les réfugiés ne peuvent plus faire demi-tour. Même stopper serait difficile. On aurait dû construire la frontière différemment, se dit soudain le ministre de l'Intérieur. Les gens affluent vers le passage comme pour traverser un grand entonnoir, alors qu'il faudrait que ce goulet fasse une saillie dans la foule, la pression les détournerait sur les côtés. Il prend hâtivement quelques notes.

Les premiers réfugiés atteignent les barrages d'acier et s'arrêtent. Ce sont des femmes avec des enfants dans les bras. Les gens commencent à s'amasser, se retrouvent à l'étroit, puis les barrages s'ouvrent.

La foule est en liesse.

Le ministre de l'Intérieur regarde Cilic, décontenancé. « Déjà ? Vous n'avez pas tiré un seul coup ! Pas même un coup d'avertissement !

— Avertir de quoi ? Où voulez-vous qu'ils aillent ?

— Vous les encouragez littéralement ! » Mais le ministre de l'Intérieur fait cette remarque seulement parce qu'il sait qu'un drone pourrait l'écouter.

« Vous savez aussi bien que moi que si nous attendons pour ouvrir que les gens soient déjà coincés à l'avant, il y aura des douzaines de morts. Dans ce cas, autant tirer directement sur la foule. Et nous n'allons pas tirer sur la foule. Surtout pas pour une Allemagne prompte à nous accuser de génocide. Quel intérêt de tirer les marrons du feu à votre place, pour s'entendre dire après : Vous faites comme avec les Arméniens !

— C'est vous qui décidez », rétorque le ministre de l'Intérieur. Leubl le savait, c'était prévisible, et pourtant il se sent mal. « Mais regardez-les, ils vont bloquer vos routes pendant des mois et des mois. Vous allez bien vous amuser.

— Je ne crois pas que ça prendra autant de temps », dit Cilic.

Désabusé, le ministre de l'Intérieur se penche par-dessus la rambarde et regarde les soldats reculer. Ils forment une sorte de haie d'honneur. Du moins quand ils le peuvent, car nombre d'entre eux se font embrasser par les femmes, enlacer par les hommes pleins de gratitude. Les avions de combat ont disparu. Les soldats dirigent la foule. Comme si les réfugiés ne pouvaient pas trouver la route tout seuls. Ils n'ont qu'à suivre le mouvement. Ça le fait penser aux images de la Bornholmer Straße, à Berlin, en 1989. Est-ce qu'une frontière en forme de biseau aurait aidé ?

Cilic s'est mis en retrait. Peut-être boude-t-il, mais ça ne concerne pas le ministre de l'Intérieur. Il s'est rendu sur place, il a affronté ses responsabilités et il a saisi la dernière chance d'éviter le conflit. Ça n'a pas marché, mais personne ne s'y attendait. Restent maintenant trois, peut-être quatre mois pour se préparer. Ce n'est pas beaucoup, même trop peu, mais il n'y a plus rien à faire.

Les soldats continuent de pointer leur doigt au loin. Ils doivent se sentir comme des employés des renseignements. On leur pose tout le temps les questions les plus idiotes. Le ministre de l'Intérieur connaît ça ; ado, c'est ainsi qu'il gagnait un peu d'argent dans les salons professionnels. Où est le vestiaire ? Où sont les toilettes ? Et bien sûr, chaque fois, le vestiaire et les toilettes étaient indiqués partout. Des panneaux énormes, partout, toilettes et vestiaires, sur ce point les architectes allemands sont vraiment forts. Et pourtant, c'était toujours les mêmes questions. Ces pauvres soldats turcs sont sûrement plantés là à répéter sans cesse : l'Allemagne ? C'est par là. L'Allemagne ? C'est par là.

« Je ne crois pas que ça prendra autant de temps. »

Ça sonnait inhabituel. Peut-être à cause de l'accent.

Le ministre de l'Intérieur se redresse. Il va se laisser reconduire par l'hélicoptère. Il jette un dernier coup d'œil dans la salle, sur les écrans, sur les images filmées depuis les hélicoptères. Les boucles de CNN, les mêmes images à l'infini, comme si c'était trop cher d'en faire de nouvelles. Puis l'écran de MyTV. Il marque un temps d'arrêt, puis se précipite à l'extérieur.

Il ne distingue rien, mais il n'a aucun mal à imaginer où c'est. Dans la direction où pointent les soldats.

« Où allez-vous ? s'exclame Cilic. Vous ne pouvez pas… »

Le ministre de l'Intérieur dévale l'escalier. Il se fraye un chemin à travers un attroupement de soldats et suit le trajet des réfugiés derrière le barrage. Cilic le poursuit à grand-peine. En courant, le ministre dépasse les canons à eau, les voitures de la police, un poste de fusil-mitrailleur – quelle blague. Il y a trois véhicules blindés et, en haut d'une petite élévation, deux lourds M60. Rien de tout cela n'était destiné aux réfugiés, tout était pour lui, l'idiot d'Allemand.

« Monsieur le ministre, crie Cilic, tout seul, vous ne pouvez pas...

— Au contraire ! crie le ministre aussi fort. Je peux très bien tout seul ! »

Il accélère encore, arrache les fermetures du gilet pare-balles qui le gêne et le balance sur le côté. Il suit la route, ça doit être un petit kilomètre plus loin, il traverse la rangée de soldats qui font signe aux réfugiés, sur l'asphalte il avance plus vite, puis il finit par voir : un énorme parking, bien plus vaste que ce qu'il semblait sur l'écran, de toute évidence récemment agrandi à l'aide de gros engins. C'est par là que vont les réfugiés. Il les voit monter dans un car. Et derrière ce car, il y en a un deuxième.

« Je ne crois pas que ça prendra autant de temps. » Ce connard hypocrite.

Il doit y avoir des douzaines de cars. Des centaines. De toutes les années, toutes les tailles, toutes les marques ; il y a même des bus publics. Le ministre de l'Intérieur sent son cœur battre jusque dans son cou, presque dans sa bouche, et ça n'a rien à voir avec son petit sprint.

Cilic le rattrape, épuisé.

« Monsieur le ministre...

— C'est quoi, ça ? hurle le ministre. Que faites-vous ?

— Vous devez comprendre..., dit Cilic en haletant.

— Qu'est-ce que je dois comprendre ? Que faites-vous ? QUE FAITES-VOUS LÀ ???

— Vous feriez la même chose !

— Qu'est-ce que je ferais ?

— Croyiez-vous sincèrement que nous pouvions laisser entrer un demi-million d'êtres humains et les faire traverser à pied un pays densément peuplé ? On n'est pas n'importe quel État de nègres ! On est la République turque ! Il nous faut contrôler ces gens un minimum. Et s'ils doivent passer, au moins, que ça aille vite ! »

Le ministre de l'Intérieur regarde vers le parking d'un air impuissant. Cilic a raison. Ça tombe sous le sens : dans un bus, ils restent sur les routes. Ils ont un logement provisoire dans lequel ils peuvent tenir un certain temps. Peut-être pas six mois, peut-être pas deux mois, mais le temps qu'il faut pour parcourir le reste du trajet. Et les Turcs veulent que ça aille vite. Peut-être qu'au fond c'est sa clôture qui a accéléré les choses.

Le temps pour parcourir le reste du trajet ?

Le ministre de l'Intérieur calcule à toute vitesse. Le réseau routier de la Turquie n'est pas très développé, les doubles voies ne pourront pas rester dégagées pendant des journées entières. Ils vont donc faire passer les cars par les routes secondaires. Mais dès qu'ils arriveront à proximité d'une autoroute à quatre voies, ça ira plus vite. Il ne lui reste plus quatre mois. Deux mille kilomètres en car, ça fait dix jours maximum.

Avec un peu de chance, il a encore deux semaines.

46

ILS VOLENT.

Lionel est debout, à l'avant du bus, à côté de Mahmoud qui conduit. Il se retient au siège de Mahmoud et à une barre. Il regarde droit devant, à travers le pare-brise, le bus qui avale la piste poussiéreuse en dessous d'eux. Il regarde l'aiguille du compteur. Elle ne fonctionne pas. Mais ils roulent peut-être à quarante kilomètres à l'heure.

Ils volent.

Le car est incontestablement le plus laid que Lionel ait jamais vu. Peut-être aussi le plus vieux, mais c'est difficile à dire, parce qu'il est finalement inclassable à force de laideur. Il a un avant arrondi avec une encoche, comme une carotte. Le pare-brise est divisé par le milieu, il doit donc être plutôt ancien, des années soixante, peut-être même cinquante. Juste au-dessus du pare-chocs, il y a une drôle de calandre, étrangement petite et étroite, qui ne couvre pas toute la largeur et se termine précisément au niveau des phares tout ronds, si bien que le bus a un air de chenille qui fait la moue.

Un soubresaut secoue le car. Si tant est qu'il ait un jour possédé une suspension, elle a cessé de fonctionner depuis un bail. Le soubresaut est suivi d'un bref grincement menaçant, le sol du car racle la chaussée, puis le moteur gronde lorsque Mahmoud passe à un rapport plus élevé pour reprendre de la vitesse. Mahmoud remet en place sa casquette de capitaine, le car se ressaisit et accélère.

« Je suis désolé pour ton boulot.

— Quoi ? »

Le bus est encore plus bruyant qu'il est vieux.

« J'ai dit que j'étais désolé pour ton boulot, crie Lionel.

— Pourquoi ? crie Mahmoud à son tour.

— Eh bien, avant tu étais amiral.

— Je suis toujours amiral. » Enthousiaste, Mahmoud montre sa casquette. Le car fait un bond et celle-ci glisse sur son visage.

Lionel regarde à travers les vitres latérales. Elles sont toutes petites, comme si le verre était plus cher que la tôle. Il ne manque pas grand-chose pour qu'on puisse utiliser le car pour des transports de prisonniers. Le paysage turc défile. Il n'est pas très différent d'autres paysages, chaud et vaste, rocheux et poussiéreux. On tombe souvent sur des bâtiments. Les routes sont meilleures, même si ce n'est pas l'impression qu'on en a quand on roule dans un vieux car.

Mais ils sont dans un car. Ils volent. Qui l'eût cru ?

C'était l'idée des Turcs. Un jour, ils l'ont appelé et lui ont demandé s'il était le type de la télé. Oui, il était bien le type de la télé.

« Est-ce que c'est vrai, ce qu'on dit ? » C'était une voix ni jeune ni vieille, calme, impassible, assurée. Un homme. Il parlait un anglais que Lionel connaissait comme étant celui des Britanniques.

« Et qu'est-ce qu'on dit ?

— On dit que vous voulez entrer en Turquie avec un grand nombre de personnes.

— Non, traverser la Turquie.

— Comment ?

— Nous voulons traverser la Turquie.

— Alors je dois vous prévenir que nous ne pouvons pas vous le permettre.

— Je sais.

— Vous le savez ?

— Oui.

— Qu'est-ce que ça veut dire… ?

— Je sais que vous ne pouvez pas le permettre.

— Et ça veut dire quoi ?

— Je n'ai pas beaucoup d'expérience de ce genre de question. Mais ça fait un bon moment qu'on marche. On a traversé beaucoup de pays. Personne ne nous a permis de les traverser. Mais ça ne les a pas vraiment dérangés non plus. Cette fois-ci ça pourrait être pareil.

— Je ne crois pas.

— Pardon, peut-être que je me suis mal exprimé. Bien évidemment, c'est une manière d'assouvir un très grand désir et ce n'est donc que justice si en même temps nous assouvissons le désir de quelqu'un d'autre. Vous n'avez qu'à nous dire ce que nous pouvons faire pour vous – et pour qui d'autre nous pouvons faire quelque chose…

— Vous n'avez pas compris. Nous sommes la République turque. Ce que vous insinuez fonctionne peut-être pour obtenir un permis de construire. Mais pas pour des centaines de milliers de personnes. Soyons clairs : si vous essayez de franchir la frontière, où que ce soit, nous vous en empêcherons. Nous vous arrêterons. Par tous les moyens dont dispose un État souverain.

— Bon, alors c'est ce que vous devrez faire. » Il se souvient qu'il sentait son pouls battre dans ses tempes. Il savait que ce moment devait arriver tôt ou tard. Le moment où l'argent n'est plus d'aucune aide. Le moment où il faut parler.

« Nous allons mettre notre vie en jeu.

— Qu'est-ce que je dois comprendre ?

— Nous allons continuer de marcher. Vous voyez, ça ne fait pas de différence. C'est un peu comme le moment où on monte dans un minuscule bateau pneumatique. On risque sa vie. Pour nous, votre pays est comme la mer. Nous n'attendons pas non plus de la mer qu'elle nous permette de traverser. Nous avançons tout simplement et nous voyons si nous mourons. » Il a pris une grande inspiration délibérée, bien appuyée. « Vous allez devoir nous tuer.

— Nous allons vous tuer. Vous comprenez ?

— Vous allez nous tuer. Je comprends. »

Le silence avait duré un moment.

« Vous allez nous tuer comme la mer. C'est comme je vous le disais : pour nous, il n'y a pas de différence, peut-être que ce sera même plus rapide. En tout cas, cela nous coûtera moins cher, parce que nous n'aurons pas besoin de gilets de sauvetage. Le seul pour qui ça fait une différence, c'est vous.

— Qu'est-ce que vous voulez dire ?

— Personne ne rend la mer responsable de ses actes. La mer est la mer. Pour vous, c'est différent. Vous êtes la République turque. Vous avez le choix.

— Vous aussi. Vous pouvez vous arrêter.

— Pour vieillir et mourir devant votre frontière ? Ce n'est pas l'idée. Nous allons continuer de marcher et vous forcer à prendre une décision. Vous allez devoir décider de ce que valent nos vies. »

À l'autre bout du fil, il n'y avait plus rien. Lionel avait tenté le tout pour le tout : « Et que nous nous comprenions bien : nous allons vous rendre la décision aussi difficile que possible. Nous aurons toutes les caméras du monde à nos côtés. Les premiers que vous devrez tuer sont nos femmes et nos enfants. »

Puis la voix a dit : « Je ferai passer le message. Je vous rappellerai. »

« Hé !! » Un cri traverse le car, puis un rire. Lionel se rattrape au montant central du pare-brise. Quelques enfants se sont cogné la tête et pleurent. Mahmoud se retourne avec un air rayonnant.

« Il freine bien, non ? »

Il passe la première comme s'il manipulait un pied-de-biche et reprend de la vitesse.

Ils avaient mis une petite semaine avant de le rappeler.

« En admettant que vous ne soyez pas fusillé en traversant la frontière, que ferez-vous ? avait demandé l'homme sans âge.

— Suis-je le seul à ne pas être fusillé, ou bien est-ce valable pour nous tous ?

— Vous seul. »

À ce moment-là, Lionel s'était déjà fait à l'idée. Malaika, ce chameau au cœur d'or, ne le laissera jamais aller seul en Allemagne. « Alors je resterai auprès des autres, jusqu'à ce que moi aussi je sois fusillé ou quelque chose comme ça. »

Il avait levé les yeux au ciel, puis ajouté : « Je ne peux pas partir d'ici, malheureusement. »

Il ne savait pas ce qui avait été le plus difficile à accepter, la conscience d'être lié à ce cortège pour le meilleur et pour le pire ou la remarque impassible de son interlocuteur : « C'est bien ce qu'on se disait. Alors que feriez-vous si on ne vous fusillait pas ? Vous tous.

— Vous avez dû le voir à la télévision. Nous continuerons notre chemin.

— Et d'où tirons-nous, d'où tirez-vous la certitude que, à l'autre bout de la Turquie, vous pourrez entrer dans le pays suivant ? Disons… en Bulgarie.

— Eh bien, comme nous serons déjà en train de traverser la Turquie, on pourrait imaginer qu'on fera la même chose en arrivant devant la frontière suivante. On verra si les Bulgares nous fusillent.

— Et vous croyez que cela fonctionnera ?

— Oui. Même mieux.

— Qu'est-ce qui vous fait penser ça ?

— Parce que nous pourrons dire aux Bulgares que même les Turcs ne nous ont pas tués. »

Il avait entendu un rire saccadé.

« Je sais que ce n'est pas tellement bien vu de laisser entrer des étrangers dans son pays. Mais vous ne risquez pas grand-chose. Pour les Bulgares, on ne peut pas savoir. Dans le pire des cas, il y aura un tas de réfugiés morts à votre frontière. Les funérailles ne seront pas bien compliquées à organiser. Nous venons avec nos propres pelleteuses.

— Ça, vos pelleteuses, c'est encore autre chose. De même que toute votre organisation. Actuellement, vous parcourez quinze kilomètres par jour. Ça va durer trop longtemps. La Turquie ne peut pas laisser vagabonder sans surveillance des centaines de milliers de personnes sur son territoire.

— Je suis désolé, c'est la structure de notre cortège. Notre eau, notre nourriture. Et quinze kilomètres par jour, c'est respectable. »

Alors la voix avait suggéré : « Seriez-vous prêts à monter dans des cars ? » Et Lionel avait répondu que cette fois-ci, c'est lui qui rappellerait.

Un homme se tient au bord de la route avec une vache. Lionel s'étonne : pourquoi l'homme ne garde-t-il pas une deuxième vache, ou au moins une chèvre ? Il a déjà vu plusieurs de ces hommes qui gardent une seule vache. Comment se fait-il que ce pays se porte tellement mieux que sa patrie ? Peut-être qu'on peut arriver à vivre en gardant une vache, même à deux, si on n'a pas constamment sur le dos une guerre civile ou un putsch ou une famine. Mahmoud klaxonne pour saluer. L'homme fait un signe cordial, sans s'intéresser réellement à ce qu'il voit. Pendant un instant, on dirait que c'est la vache qui garde l'homme.

Ils s'étaient réunis, Mahmoud, lui et quelques autres personnes, et s'étaient demandé comment répartir les camions-citernes, jusqu'à ce que le Turc leur explique qu'il y avait assez d'eau dans son pays, à condition bien sûr qu'il ne s'agisse que de le traverser. Toutes les négociations avaient été menées ainsi, dans un langage truffé de « si » et de « peut-être ». Quand le Turc avait dit qu'ils enverraient des cars avec des soldats, Lionel avait répondu qu'ils n'y monteraient que s'ils conduisaient eux-mêmes, alors le Turc avait dit que dans ce cas ils devraient barrer les routes avec l'aide de l'armée, ce à quoi Lionel avait répondu que sur le principe il n'avait rien contre, mais qu'ils vérifieraient à l'aide des portables que ces routes les conduisaient vraiment vers la Bulgarie, puis le Turc avait lancé : ou la Grèce. Et Lionel avait répété : ou la Grèce.

Le Turc avait assuré qu'au pire il serait envisageable que les réfugiés montent une équipe de conducteurs et qu'éventuellement il faudrait passer par des endroits où il y avait déjà d'autres réfugiés, et Lionel avait expliqué qu'ils avaient l'habitude, mais qu'à l'heure actuelle il devenait assez compliqué de faire fonctionner le système de paiement, alors le Turc avait répondu que ce n'était peut-être plus nécessaire parce que l'eau, la nourriture, le carburant et l'électricité pourraient être mis à leur disposition, c'était envisageable si en contrepartie ils passaient près de quelques camps de réfugiés. Lionel avait fait le calcul et constaté qu'il fallait plus de cars et de mécaniciens pour les réparations si on voulait être sûr que ça aille vite, et le Turc avait fait le calcul et dit qu'il avait sans doute raison et que d'ailleurs c'était judicieux, parce qu'il aimerait bien récupérer les cars après coup. Lionel ne sait pas pourquoi, mais tout à coup, sans vraiment réfléchir, il avait dit : « À moins que les Bulgares en aient besoin. »

Il l'avait dit comme ça, mais en prononçant ces mots, il exprimait exactement la pensée du Turc. Les Bulgares et n'importe qui d'autre préféraient sûrement laisser entrer et traverser quelqu'un qui ne parcourait pas seulement quinze kilomètres par jour, mais quarante, voire cinquante kilomètres par heure. Les Bulgares se sentiraient plus à l'aise avec des paquets compacts de réfugiés dans des cars plutôt qu'un cortège infini et désordonné. A fortiori s'ils n'avaient pas à s'occuper de la logistique et qu'il leur suffisait de les laisser sortir comme ils étaient entrés.

« Ou les Grecs, avait dit le Turc.

— Ou les Grecs », avait confirmé Lionel.

Ça s'était arrêté là. Lionel n'avait pas su à quoi s'attendre avant d'avoir atteint la frontière, il avait organisé la marche comme si ces discussions n'avaient jamais eu lieu, mais effectivement, de l'autre côté, les cars attendaient. Lorsque les premiers se sont mis en route, il a appelé le Turc pour le remercier. Le numéro n'existait plus.

Mahmoud ralentit. Le car qui les précède freine pour laisser passer un homme avec une vache. Le car est aussi laid que le leur, le même modèle. On voit dépasser le bloc moteur, on dirait un cul trop long et vraiment très moche qu'on aurait coupé à la verticale. Qui que soit celui qui l'a conçu, il a dû perdre toute motivation une fois arrivé là et se dire : « Voilà, le car s'arrête ici. » Puis il a collé le nom du car dessus et il est rentré chez lui.

Mahmoud arrête le car. « Laisse-moi descendre », dit Lionel. Il va monter dans le suivant. Il vaut mieux éviter que tout le monde sache dans lequel il se trouve. Mahmoud ouvre la porte et le salue de la main.

Lionel sort, se dirige vers l'arrière et tandis que le car se remet en route, il voit l'inscription collée sur le cul : « Ikarus ».

Bien sûr.

Le nom d'un garçon qui vole.

47

LE MINISTRE DE L'INTÉRIEUR n'arrive pas à dormir. Il est fatigué, incroyablement fatigué, mais dès qu'il ferme les yeux, il pense à un problème qu'il n'a pas encore résolu. Il n'a pas fermé l'œil depuis trois jours. Il a quitté la Turquie comme s'il avait le diable aux trousses, en chemin vers l'hélicoptère il a prévenu la Chancellerie qu'il fallait rameuter l'UE, qu'il fallait surtout sommer la Bulgarie et la Grèce de rentrer dans le rang. Les réfugiés ne choisiront sûrement pas la Roumanie, ils ne veulent pas monter sur des bateaux, ils préfèrent les voies terrestres. Il ne reste donc que la Bulgarie ou la Grèce pour la suite. Si les Grecs et les Bulgares ne laissent rien passer, le problème peut être maîtrisé, il faudra juste payer les Turcs. Il suffit que la somme soit plus élevée que celle qu'ils économisent en refourguant à ce cortège des milliers de leurs propres réfugiés.

L'argent, ça se trouve toujours. Une population qui accepte les réfugiés, non.

Le ministre de l'Intérieur se retourne. Il a fait venir le canapé et les fauteuils de son ancien bureau, l'ensemble sur lequel Leubl et lui se prélassaient encore avant Noël.

Leubl.

Comment maîtriser les frontières des Bulgares et des Grecs ? Car une chose est certaine : si les réfugiés se déploient comme à la frontière turco-irakienne, tout s'effondre. Les Turcs ne nous ont débarrassés de rien, se dit-il, les Grecs et les Bulgares ne le feront pas non plus. Il faudrait que quelqu'un d'autre se charge de la besogne. Quelqu'un qui défendrait nos intérêts. L'armée ? Le GSG 9 ? Ni les Bulgares ni les Grecs ne le permettront, les frontières relèvent des affaires intérieures, sur ce point ils pinaillent tous. La Chancellerie doit faire pression. Et ensuite on peut envoyer Frontex. La protection des frontières extérieures de l'UE est une tâche pour Frontex. Peut-être devrait-on envoyer des soldats allemands qui portent l'uniforme de Frontex ? Une sorte d'escroquerie d'uniformes, comme Poutine en Crimée. Qui faudrait-il appeler pour cela ? Le ministre de l'Intérieur se redresse et allume.

Il est deux heures et demie. Il frotte ses yeux secs. Il n'aurait pas dû allumer la lampe. Il lui arrive d'avoir des fulgurances dans son demi-sommeil, mais ensuite, à y regarder de plus près, elles s'avèrent être des bêtises. Il n'a pas de mal à imaginer la réaction du ministère des Affaires étrangères et de la Chancellerie. Des soldats allemands sous les couleurs de Frontex. Avant qu'ils se fassent à l'idée, les réfugiés auront déjà dépassé Nuremberg. Son portable clignote. Trois messages. Les deux premiers viennent du bureau fédéral pour la protection de la Constitution. Ils ont dépisté une nouvelle milice citoyenne, en Bavière cette fois-ci. Trente membres, dont une part de femmes étonnamment élevée. Des armes lourdes, des grenades, des lance-flammes. Fondée il y a six mois à peine et déjà radicalisée. Aucun doute, ils sont prêts à se servir des armes : lors de l'arrestation, ils ont blessé huit agents. Et en ont tué cinq. Le troisième message parle d'une banque de données, d'informations codées sur un réseau à l'échelle nationale. Et d'indices sur des douzaines d'autres groupes. Apparemment, une de leurs brigades s'est mise en route pour le Sud.

Le ministre de l'Intérieur se sent comme englouti par une gigantesque vague. Il respire profondément, s'imagine devenir tout plat, comme s'il s'enfonçait dans les sables mouvants avec un sac à dos avalanche, il ne faut pas se laisser enfouir, il faut bien s'étirer, répartir son poids, toujours rester à la surface.

Il faut surfer sur la vague.

Non, ce sont des conneries. On ne peut pas déployer ces guérilleros à la frontière. L'État doit garder le contrôle, pas le donner. Il note : « Des mesures musclées. Raabe ! » Ratisser large, appréhender et emprisonner. Ils pourront toujours déposer plainte, mais il faut réagir avec fermeté. Il n'aura pas de mal à convaincre le ministre de la Justice de limiter la cadence de travail de ses juges pendant quelques semaines – jusqu'à ce que l'histoire des réfugiés soit réglée, il a besoin de calme. Après, libre à eux d'annuler chacune de ses décisions.

Il écrit « rafle ! ». À l'échelle fédérale. Il ne peut pas laisser la droite lui mettre la pression, même s'il doit tous les enfermer. Une fois le problème des réfugiés résolu, ils finiront bien par se calmer. Peut-être qu'ils le traiteront en héros, la droite est assez tarée. Quand on leur cloue le bec de façon radicale, ils prennent vraiment ça pour un argument.

Il faut commencer par appeler Raabe, demain matin à sept heures. Il lui envoie un SMS : « On doit se parler en urgence ! À sept heures ! »

Il éteint la lampe et se recouche. Il a un début de mal de ventre, une crampe, et il se rend compte que sa position est crispée, sa respiration est crispée, il tente de dormir de façon crispée. *Évangeline* a affirmé que, ces derniers jours, il était devenu un homme d'État. Un article écrit à quatre mains et tout de même complètement stupide. Ils ont publié des photos avant/après, lors de sa prise de fonctions, puis deux jours après son retour de Turquie. Ils aiment sa barbe de trois jours et disent qu'il semble aussi déterminé que Gerard Butler dans *300*. Quelle comparaison ! Trois cents hommes contre cent mille intrus lourdement armés – il ne sait pas si c'est cette image tordue qu'ils ont en tête ou si c'est de l'intox ou si les rédactrices d'*Évangeline* craquent simplement pour les hommes barbus à moitié nus.

Le ministre de l'Intérieur se retourne. Trois heures et demie. Voilà pour les nazis, c'est réglé, maintenant voyons pour les réfugiés.

Qu'aurait fait Leubl ?

Mais non, ça, il le sait. Alors qu'aurait fait Helmut Schmidt ? Après tout, c'est un peu comme une inondation[1], n'est-ce pas ? Les Bulgares. Les Grecs. Il faut qu'ils comprennent qu'ils ne vont pas pouvoir se débarrasser des réfugiés. Il faut qu'ils comprennent. Il le faut.

Mais on ne dirait pas que c'est ce qu'il se passe.

Echler lui a fait savoir que dans les administrations publiques grecques et bulgares, beaucoup soutiennent l'idée de laisser passer les cars. Des discussions officieuses sont en cours avec les pays situés sur le trajet. Il a demandé à Echler d'évaluer la probabilité que les Bulgares respectent les règles fixées par l'UE. Selon les accords de Dublin, ces réfugiés deviendraient tous les leurs, ça doit bien leur faire peur.

Echler n'a rien répondu.

« Fifty-fifty ? Quarante-soixante ? Donnez-moi une estimation !

— En l'état actuel, si nos chances s'élèvent à dix pour cent, c'est optimiste. »

La nuque du ministre de l'Intérieur est douloureuse. Sa tête repose sur l'accoudoir. Einsteiger a eu la gentillesse de lui trouver des coussins dans un hôtel proche, mais comme souvent, ce sont des sacs flasques, remplis d'air, dans lesquels la tête s'enfonce comme une pierre. L'accoudoir est capitonné mais, pour la nuque, l'angle reste quand même trop aigu. Le ministre de l'Intérieur se retourne de nouveau sur le dos.

L'essentiel, c'est la frontière allemande. S'ils arrivent à faire croire qu'elle est fermée, les autres pays suivront. Il a réellement songé à des installations de tir automatique. Si ce n'est pas pour enfermer son propre peuple, mais pour protéger ses frontières, ça vaut le coup d'y réfléchir. Et personne n'est forcé de passer la frontière ; quand on dit à quelqu'un de ne pas approcher davantage, mais qu'il le fait malgré tout, il est seul responsable, non ? Il a

1. Allusion aux inondations de 1962 à Hambourg qui avaient fait de Helmut Schmidt, alors sénateur, un homme d'action.

même commencé des recherches sur Google, puis il a fini par abandonner. Les postes de tir automatique capables d'éloigner des milliers de personnes des heures durant, ça n'existe pas ; les dispositifs piégés de la RDA se déclenchaient quand on touchait un fil de fer ou quelque chose du genre. Et ensuite, paf. Il faudrait coupler des détecteurs de mouvement avec des fusils-mitrailleurs, mais comme personne ne l'a jamais tenté, ça ne tiendrait sûrement pas mieux qu'une installation bricolée avec des éléments de chez Elektro Conrad. L'avantage de ce genre de bidouillages : c'est tellement inadmissible qu'on peut se passer de réfléchir aux questions de droits.

Il n'y a aucun bruit dans le bâtiment. Pas de crachotement dans le chauffage, pas de chasse d'eau. Pas de robinet qui goutte. Pas d'oiseau qui marche sur la gouttière. Pas de voiture qui passe. Quand il était petit, la nuit, il voyait toujours le faisceau des phares qui glissait sur le plafond de sa chambre. Il n'était jamais vraiment seul, même dans la noirceur désespérée de la nuit, la ville était en vie. Dans cet immeuble récent, le ministre de l'Intérieur ne voit pas de phares. Personne ne klaxonne, aucun tram ne passe.

Un mur. Un fossé pour bloquer les véhicules, comme dans le no man's land entre RFA et RDA, afin que personne ne traverse à pleine vitesse avec un camion. Tirs autorisés. Des clôtures infranchissables, inclinées vers l'avant, exactement comme on le fait pour protéger ses platebandes des limaces. Des obstacles en acier devant le mur. Ou derrière. Une sorte de donjon, comme dans un château fort. Sa tête ne cesse de réarranger compulsivement les éléments, il y en a sans cesse de nouveaux, des bouts de mur, des tours, tout est de plus en plus confus, mais la solution réside dans le bon agencement, si on connecte parfaitement toutes les parties, tout ira bien, mais voilà que les barbelés se glissent de nouveau au mauvais endroit, il s'y prend mal, les barbelés ne viennent qu'à la toute fin. D'abord le fossé, le mur, les portails, il les tient dans sa main comme des énormes pièces de puzzle, et chaque fois qu'il veut en placer une, elle est trop grosse ou bien elle reste accrochée à d'autres pièces et il fait tomber le mur, alors il faut tout reprendre du début. Les barbelés s'emmêlent, il reprend encore une fois, il décide de rester particulièrement concentré et, très lentement, il pose d'abord le mur, mais cette fois les barbelés s'accrochent à son pull, sa manche est retenue par les piques, il n'a plus le temps, il doit trier les pièces de nouveau pour éviter ce bordel, les rouleaux de barbelés, les morceaux de mur, les tours, les projecteurs, mais le barbelé n'arrête pas de tout recouvrir, le mur lui glisse des mains, les rouleaux réfractaires se défont...

Le ministre de l'Intérieur sursaute.

Quelque part dans le bâtiment, on entend un aspirateur.

Il se redresse. Ses yeux sont enflés, secs et englués. Il se lève et se dirige vers la bouilloire. Il va boire un thé.

La marge de manœuvre que lui laisse la loi est de plus en plus grande. Pas en théorie, mais en pratique. Celui qui veut appliquer la loi a déjà perdu car tout le monde suit une unique règle : celui qui hérite des réfugiés n'a plus qu'à se dépêcher de s'en débarrasser. Bien sûr que Dublin était une idiotie : qui trouve des réfugiés doit les garder. Ainsi, tous les pays des franges de l'UE sont les dindons de la farce. Ce n'était pas une solution, ça fonctionnait tant qu'il n'y avait pas ou peu de réfugiés. Quand il y en a trop, l'injustice de cette règle est si flagrante que les États frontaliers se permettent tout bonnement de les envoyer plus loin.

Mais dans ce cas, l'Allemagne peut aussi se permettre de ne pas les laisser entrer. Le ministre de l'Intérieur se frotte la nuque et déroule un sachet de thé.

En théorie, la législation est contraignante, c'est évident, mais en pratique tout est en train d'être renégocié. Voilà ce dont il s'agit : une renégociation non annoncée dans une situation très particulière. C'est comme la course des dégonflés dans ce film avec James Dean : les types foncent vers le gouffre et celui qui saute le dernier de sa voiture gagne. Ici le défi consiste à savoir qui pourra regarder la souffrance des réfugiés le plus longtemps. Avec la population allemande, on part avec un handicap.

L'eau bout. Le ministre de l'Intérieur fait infuser le thé. Il paraît qu'il ne faut pas faire ça. On ne doit pas ébouillanter le thé.

Le plus simple serait d'interdire les images. Si personne ne voit la souffrance, on gagne clairement en liberté d'action. Mais les images sont inévitables. Alors il faut trouver une méthode qui cause le minimum de souffrance. Un mur. Mais dans tous les murs il faut un passage, des portails comme ceux des abris antiatomiques destinés au gouvernement américain, des portails en acier. Ou un autre matériau solide qu'on peut trouver en l'espace de quelques semaines. Et si ça se passe comme en Turquie, l'Allemagne sera le pays qui n'ouvre pas. Qui ne cédera pas au chantage. On ne doit pas être obligé d'en venir aux tirs, il faut que ça suffise de ne pas ouvrir.

Il faut une clôture le long de la frontière avec l'Autriche, au moins, peut-être même avec la Tchéquie.

Beaucoup trop cher. Et impossible dans ces délais.

Alors des clôtures plus simples, qu'il faudra défendre. Il tourne en rond. Littéralement. Le ministre de l'Intérieur a la tête qui tourne, il doit tenir. Il paraît que dans ce genre de situations certains collègues prennent de l'héroïne. Mais lui ne fume même pas. Son pouls s'emballe. Il essaye de se faire léger, tout plat, comme dans les sables mouvants. Il transpire. Dehors les oiseaux se mettent à gazouiller. Le ministre de l'Intérieur est fatigué, affreusement fatigué. Son portable clignote. Un SMS.

« Tu étais dans *Évangeline*. Tu n'as pas l'air bien. Fais attention à toi ! »

Tommy.

Le fait que Tommy pense encore à lui lui remonte un peu le moral. Il prend sa tasse et retourne vers le canapé, pose une couverture en laine sur ses épaules comme un poncho, avant de s'asseoir lourdement. Il ferme les yeux. Il essaye de penser à des choses agréables. Des choses apaisantes.

Sa chambre d'enfant. Le gazouillis des oiseaux. Le grondement du tram dans les virages. Il a toujours aimé les trams, beaucoup plus que les bus. Les conducteurs qui faisaient monter les pantographes puis glissaient le long des caténaires, presque en silence ; les bruits venaient des roues prises dans les rails.

Les caténaires.

Les étincelles sur les caténaires.

Il écarquille les yeux.

48

ON N'A MÊME PAS le droit de se réjouir.

Alors qu'il aurait enfin une bonne raison. Sensenbrink ferme la porte du bureau derrière lui et, tout doucement, il fait : « Yes ! » C'est presque le même son que le matin dans la salle de bains quand il marche sur le canard en plastique de sa fille : « ssh ».

C'est vraiment énervant. Les choses ne sont pas « sssh ».

Elles sont « YES ! ».

Grâce à lui, incontestablement. Bon, il faut avouer que c'est Olav qui a eu l'info. Mais c'est lui qui a su s'en servir.

Sensenbrink se vautre dans son canapé, il passe la main sur l'étagère au-dessus de lui, dans le compartiment du bas. Ça le gêne un peu de l'avoir gardé, mais c'est tellement génial : les parts d'audience de la journée à la frontière turque. Il extirpe la feuille avec vigueur, ça ne peut pas faire de mal, il l'a minutieusement plastifiée. Le soir, alors que sa secrétaire était déjà partie. Ça aussi, c'est un peu gênant, mais il s'en fout. C'est rare d'obtenir de tels chiffres !

Le début était un peu décevant, un peu en dessous de la moyenne, les chiffres typiques de l'après-midi. Vertigineux comparés à la énième rediffusion de « Big Bang Theory », mais peu pour un épisode d'A-2. Quand on est le FC Bayern, on ne se contente pas du championnat, on veut aussi la coupe. Puis à gauche, sur la barre temporelle, la progression au moment du passage de la frontière apparaît nettement. Sur les autres chaînes aussi. Ils étaient tous là, n-tv, N24, ARD et ZDF, la télévision publique en double, comme toujours – il faut bien dépenser les redevances quand on se fait piquer tous les événements footballistiques.

Mais ensuite, après la frontière, tout change.

Sensenbrink fouille de nouveau à tâtons, en deux gestes adroits il a attrapé l'autre graphique qui ne couvre pas toute la journée, mais analyse à la seconde près l'heure qui entoure le passage de la frontière. Ahhh ! D'abord, certains téléspectateurs repassent sur leur chaîne habituelle. Puis les choses s'ébruitent : il s'avère que ça continue. Ça ne s'arrête pas à frontière-passée-et-terminé, c'est maintenant que ça commence vraiment. Passer-la-frontière-et-monter-dans-le-bus. Et les autres chaînes n'ont aucune image. Elles n'ont rien. Elles ont arrêté de travailler, elles ont cru que c'était fini. Ces messieurs les experts de l'info n'ont même pas compris ce qu'il se tramait. Deux jours avant, il avait croisé cet idiot de Klüpfel dans le centre-ville, qui s'était vanté d'avoir des infos de première main sur les plans de MyTV.

« Quatorze drones ? Huit équipes ? Bien sûr, votre émission, c'est un sacré truc, chapeau, mais qu'est-ce que vous voulez filmer là-bas ? »

Klüpfel, précisément lui ! Il a toujours fait partie de ceux qui, cinq heures passées, n'étaient plus joignables au bureau. Et aujourd'hui le voilà bonnet de nuit suppléant ou on ne sait quoi pour la WDR. Mais le meilleur des super réseaux de correspondants et d'experts du Proche-Orient ne sert à que dalle si votre envoyé spécial enquête à la frontière alors que le vrai truc se passe deux kilomètres plus loin. Sensenbrink a un rictus. Pendant deux heures, ils étaient les seuls sur les réfugiés en train de monter dans les cars. Et deux équipes de tournage ont même embarqué avec eux. Elles sont encore sur place, chaque jour dans un car différent.

En exclusivité sur MyTV.

Ça ne sert plus à rien de se lamenter et de balancer des flashs dernière minute et autres émissions spéciales.

C'était gagné. Une fois que les spectateurs sont accrochés, tu as une longueur d'avance. Bien sûr, ils vont faire un tour sur l'ARD pour vérifier que ce que tu diffuses est vraiment arrivé. Mais si l'ARD n'a pas d'images, que fait le spectateur ?

Exactement !

Après une demi-heure, l'ARD s'est abaissée à afficher un bandeau en bas de l'image, et là, les chiffres ont explosé. L'ARD confirme, mais si tu veux voir les images, passe sur MyTV.

Un large sourire illumine le visage de Sensenbrink. C'était des parts d'audience comme pour Durbridge dans les années soixante. Personne n'aurait cru que c'était encore possible aujourd'hui. Tard le soir, Kärrner a parcouru la boutique en chancelant, blanc comme un linge, et il a dit : « Là, les stock-options ne suffisent plus. Ils vont devoir nous donner des parts de la holding. »

Oh oui !

D'accord, ils n'ont pas réussi à avoir le ministre de l'Intérieur face caméra. Mais l'ARD non plus.

17 à 0 pour Sensenbrink. « Yesssss ! »

À partir de là, il n'a plus lâché la bride aux spectateurs. Désormais, la chaîne diffuse en permanence une image du direct, incrustée en haut à gauche, même pendant les films. Elle fait défiler les kilomètres qui restent jusqu'à la frontière allemande. Avec ce nouveau transport par cars, le compte à rebours vaut vraiment le coup. En temps réel. MyTV est allumée en permanence dans la plupart des bureaux. C'est comme le 11 Septembre, mais c'est parti pour durer au moins dix jours.

Et pourtant, pas le droit de se réjouir. À part pour les recettes.

Les plages publicitaires étaient déjà vendues pour toute la durée de la Turquie. À présent les heures d'antenne manquent pour les caser. À l'origine on prévoyait trois mois de marche, et maintenant il ne reste plus que dix jours. Dix jours durant lesquels les spectateurs seront accrochés au logo de MyTV comme des toxicos à leur aiguille. Un marché de rêve : tout le monde veut y entrer, mais c'est complet.

Olav a dit : nous vendons une place au soleil à des tarifs lunaires.

En plus, la chaîne peut choisir ses annonceurs, parce que tout le monde est prêt à payer. Même à trois heures du matin, le prix de la minute est trop élevé pour les habituelles pétasses d'Internet. MyTV diffuse des annonceurs premium pendant toute la nuit.

Kärrner lui a fait porter une boîte de cigares aujourd'hui, des cubains, quarante euros pièce. Discrètement livrée à la maison. Hier, une caisse de champagne. De la part de Kärrner en personne, il ne faut pas que ça passe par l'entreprise. Sensenbrink a hâte de savoir ce que ce sera demain. Ça pourrait être tellement génial sans cette condition : fermer sa gueule.

Sinon ça risque de coûter cher.

Des imprévus sur les directs, ça arrive à tout le monde. Des heures d'antenne qui sautent. Des retards. Il peut toujours y avoir des surprises, des changements.

Ce qu'il faut retenir ici, c'est que c'était une *surprise*.

Il se pourrait pourtant que certains aient de légers doutes là-dessus, par exemple à cause de la présence, comme par hasard, de quatorze drones et huit équipes de tournage MyTV sur place, précisément à ce moment-là. Bien sûr, c'est le show le plus important de la chaîne, mais si venait à s'ébruiter le fait que, pendant des semaines, ils ont continué à vendre des plages de pub pour trois mois de Turquie alors qu'ils savaient que les cars allaient largement raccourcir ce temps, ça ne ferait pas très sérieux ! Personne ne doit savoir qu'ils ont vendu un produit dont ils savaient déjà qu'il n'existerait jamais !

Ça ferait trop mauvaise impression. On peut toujours argumenter sur le fait qu'on ne peut pas en trouver de preuves, si tant est qu'elles soient juridiquement exigibles, mais une chose demeure certaine : personne n'aime qu'on se foute de sa gueule. Surtout pas ces types avec leurs budgets de plusieurs millions. Cela fait donc des jours que Sensenbrink feint de tomber des nues. La réaction officielle ne peut pas être « Que faire de tout ce fric ? » mais juste : « Oh là là, comment je vais caser la pub ? Pauvre de moi, que vais-je dire aux clients ? »

Et quand on lui pose des questions, il persiste et signe : « On a eu de la chance. De la chance et des collaborateurs doués. » Bien évidemment, personne n'est dupe. Mais il faut quand même s'y tenir.

Dans vingt ans, quand plus personne ne se souviendra de Nadège Hackenbusch, il pourra raconter à ses petits-enfants comment il a goupillé toute l'affaire haut la main. Et tous bâilleront : « Papi Sensenbrink parle encore de la guerre. »

Alors qu'est-ce qu'il lui reste ?

Du champagne à boire sans se faire remarquer.

Des cigares à ne fumer qu'à la maison.

Et deux graphiques plastifiés en secret et honteusement planqués comme des photos de nu.

Sensenbrink prend les graphiques et les brandit devant lui. Le simple fait de voir l'ARD dégringoler… ! Il sourit.

Génial.

49

« VOUS ÊTES SÉRIEUX ? » Kaspers dévisage le ministre de l'Intérieur, incrédule. « Avez-vous dormi au moins ?

— Non, répond le ministre, mais ça n'a rien à voir. C'est la seule solution praticable. »

L'assemblée est plus restreinte que la dernière fois. Sont présents Berthold, Kaspers et Gödeke. Migration, Affaires internationales et renseignements ne sont pas là. Il va y avoir suffisamment de réticence, inutile de réunir plus de sceptiques.

« Vous savez que cela a déjà été pratiqué à deux reprises dans l'histoire de l'Allemagne ? » Kaspers attaque bille en tête. « En RDA et avec les nazis ! Personne autour de cette table ne les considère comme des modèles.

— En RDA, avec les nazis et dans l'élevage. » Les parents de Gödeke sont agriculteurs en Basse-Saxe.

Le ministre de l'Intérieur lève les deux index : « Avant de nous fourvoyer… c'est la tâche qui nous dicte les solutions possibles. Quand on prépare une procession aux flambeaux six mois à l'avance, on peut sans doute tourner dans tous les sens la question des références au nazisme. Mais notre mission est plus complexe : il nous reste un peu plus de quarante-huit heures pour envoyer un message sans équivoque à la Bulgarie et aux États de la route des Balkans, avant qu'ils décident de ce qu'ils vont faire avec les réfugiés. Est-ce que jusque-là nous sommes d'accord ? »

Le trio de bureaucrates hoche la tête. Kaspers avance les mains dans un geste apaisant, puis les tourne vers le haut en guise d'encouragement : dites-nous donc à quoi vous avez pensé.

« Bon. Un message clair et rapide, résume le ministre de l'Intérieur. Je vois trois variantes possibles. La première, c'est que nous construisons un énorme mur en béton. Ce n'est pas crédible, tout le monde sait qu'en dix jours, on ne dépassera pas les deux cents mètres. La deuxième : nous construisons une clôture en acier ou en fil de fer et derrière, nous postons des gardes-frontières avec mitrailleuses et ordre de tirer. Mais sincèrement, qui nous croirait capables de faucher des centaines de milliers de personnes comme à la lointaine époque de Verdun ?

— Ma foi, dit Gödeke, on n'est pas obligés de sortir tout de suite les mitrailleuses...

— Oh si, on est obligés. Si vous comptez envoyer ce message avec du gaz lacrymogène et des canons à eau, autant laisser tomber. J'ai vu les visages des réfugiés à la frontière turque. Un peu de gaz lacrymo ne les arrêtera pas. Et ils ne rebrousseront pas chemin non plus, ils sont assez malins pour créer suffisamment de pression par-derrière, de sorte qu'il n'y ait plus qu'une seule direction possible.

— Ça reste à voir..., juge Berthold.

— Détrompez-vous. Si nous voulons que les autres ferment leur frontière aussi hermétiquement que nous, il ne faut pas qu'ils puissent se dire : on verra bien. Il faut qu'ils se disent : mince, c'est sérieux.

— Mais la haute tension..., Kaspers secoue la tête.

— Ne nous interdisons pas de réfléchir à toutes les options, insiste le ministre de l'Intérieur. Si quelqu'un a une meilleure idée, il n'a qu'à s'exprimer. »

Puis, en appuyant ses mains sur la table, il crie : « D'ailleurs, il aurait déjà pu le faire ! »

Il se rassoit et absorbe le silence comme une gorgée d'eau. « Veuillez m'excuser d'avoir haussé le ton. » Il se redresse sur son fauteuil. Il soupire, ses épaules et sa nuque commencent à se contracter.

« Revenons à nos moutons : plusieurs raisons plaident en faveur de la haute tension. Premièrement, c'est plus facile à réaliser. Construire une clôture en fil de fer est rapide, mais cela reste juste une clôture en fil de fer, même s'il y a des barbelés. Cela va aussi vite de construire une clôture à haute tension, et tout le monde sait que c'est mortel. C'est réalisable et crédible. Deuxièmement, c'est automatique et illimité. Quelqu'un touche la clôture et son corps fait circuler le courant. Pas d'armes à recharger et, surtout, on exclut le facteur humain. On n'est pas obligés d'exiger de nos gardes-frontières de tuer des êtres humains en masse. Et pour finir, c'est défendable d'un point de vue éthique. Après tout, c'est notre frontière. Personne n'oblige les réfugiés à la toucher. S'ils veulent sacrifier leur vie, qu'ils ne se gênent pas. Mais c'est leur décision.

— Exactement, dit Kaspers. Comme pour ces types dans les camps de concentration. »

Le ministre de l'Intérieur lui jette un regard noir. « Je... » Il ne termine pas sa phrase. Il doit se faire violence pour garder son sang-froid, presque réduit à néant, et prendre un ton modéré : « Je veux des contributions constructives, pas des états d'âme. » Tour à tour, il regarde ses interlocuteurs dans les yeux : « Mais laissez-moi tout de même vous répondre, que ce soit dit une fois pour toutes, avant que nous poursuivions cette discussion. Comme il va nous falloir défendre notre décision, je vais vous donner quelques arguments. On ne doit pas oublier que si ces personnes se présentent vraiment devant notre clôture, elles ne pourront plus prétendre fuir la mort et la torture. Elles fuiront l'Autriche ! »

L'ambiance autour de la table se calme. Hésitants, ils hochent la tête, et leurs yeux révèlent qu'on pourrait effectivement voir les choses ainsi. Puis Gödeke prend la parole.

« Mais vous êtes conscient que ce n'est pas réalisable tel quel ?

— Pourquoi ? »

Gödeke tente d'esquiver le prochain savon : « Si je comprends bien, on imagine le scénario jusqu'au bout, sans aucune censure ? Je n'ai pas envie qu'on me renvoie ça à la gueule plus tard.

— C'est bon, soupire le ministre de l'Intérieur, allez-y. Ce qu'on dit ici reste entre ces quatre murs.

— Bien. Je vous préviens, je ne suis pas physicien ou ingénieur. Mais je crois pouvoir dire que j'ai quelques connaissances basiques sur l'électricité et, d'après ce que je sais, notre cas est bien différent d'un aimant sur lequel vont s'accrocher autant de pièces de métal qu'on veut sans qu'il perde son magnétisme.

— Ce qui veut dire ?

— Ce qui veut dire que le corps humain a une certaine résistance. Il absorbe une partie de l'énergie qui le traverse. Alors quand cinquante, cent ou je ne sais combien de personnes seront accrochées à la clôture…

— … ce que bien entendu personne ne souhaite…, se hâte de préciser le ministre de l'Intérieur, notamment pour faire plaisir à Kaspers.

— … ce que personne ne souhaite, reprend Gödeke. Si les suivants leur grimpent par-dessus à quatre pattes, il n'y a pas plus de risque mortel qu'avec les piles de votre lampe de poche.

— Surtout parce que cinquante, cent, ou je ne sais combien de personnes représentent aussi un certain poids, ajoute Berthold. Et une fois que l'électricité n'agira plus, il ne se passera plus rien. Notre clôture sera une clôture comme les autres. »

Le ministre de l'Intérieur hausse ses épaules crispées et grimace de douleur. « Un ingénieur allemand sait tout faire, dit-il.

— Pardon ?

— La question n'est pas forcément de savoir ce qui est possible, rappelle-t-il à ses collaborateurs. Ce qui est bien plus important, c'est de savoir ce qui est le plus crédible. Fusiller des gens par milliers – ou bien réussir à construire une installation électrique potable ?

— Que voulez-vous dire ? »

Le ministre de l'Intérieur se frotte la nuque, abattu : « Je veux dire que vous êtes aussi peu électricien que moi. Mais les Bulgares ne le sont pas non plus. Il faut que nous ayons une solution techniquement capable de fonctionner. Elle n'est peut-être pas jolie, mais nous sommes dans une situation d'urgence. Le plus important, c'est que la structure puisse résister deux jours à deux semaines face à la pression. Et ce qui est au moins aussi important que le fonctionnement de la clôture haute tension, non, encore plus important, c'est que les autres membres de l'UE croient qu'elle fonctionne. Vous ne devez pas oublier que si les Bulgares retiennent les réfugiés aux frontières extérieures, si tout s'essouffle et s'arrête devant chez eux, nous n'aurons même pas besoin de tester notre clôture. Dans ce cas, les Turcs auront perdu et devront construire un nouveau camp, tant pis pour eux.

— Un écran de fumée, dit Kaspers.

— Insolite, dit Berthold d'un air approbateur. Une clôture Potemkine.

— Oh non, riposte le ministre de l'Intérieur, qu'il n'y ait aucun malentendu : la clôture doit fonctionner.

— La réaction du public sera dévastatrice », fait remarquer Kaspers, bien que cela ne soit d'aucune utilité.

Malgré sa fatigue, le ministre de l'Intérieur perçoit l'approbation. Certes, ces réactions n'enchanteront pas Kaspers, mais il estime que c'est le prix à payer dans le cas présent.

« Peut-être pas, lance Gödeke. C'est tellement radical que nous récolterons au moins les éloges de tous les conservateurs de droite.

— Dix pour cent de moins pour Pegida, ce serait quelque chose, calcule Berthold.

— Plus, encourage Gödeke, vingt pour cent, peut-être vingt-cinq. Un gouvernement qui se voit gratifié de la confiance de la population…

— La partie réactionnaire de la population, réplique Kaspers.

— Possible, dit le ministre de l'Intérieur. Mais ça ne fait pas de nous un gouvernement réactionnaire. » Il sort son portable et l'allume, signe que le meeting est terminé. Puis soudain il demande à Kaspers : « Pourriez-vous allumer la télévision ? MyTV ! »

Kaspers s'exécute. Le ministre de l'Intérieur jette un œil sur l'écran, puis il quitte la pièce et se précipite dans son bureau.

« Mais qu'est-ce qu'il se passe ? » demande Berthold.

Kaspers se penche vers la télé, puis tapote l'écran à l'endroit du kilométrage, comme si l'affichage était cassé.

Incrédule, Berthold siffle entre ses dents : « Ces enfoirés n'ont pas fait de pause. Ils roulent non-stop. À ce rythme, ça ne sera plus très long jusqu'à la frontière bulgare. »

Et Gödeke ajoute : « Merde, regardez l'écriture sur les panneaux. C'est du cyrillique ! »

50

SABA NE DIT PAS un mot.

Nadège non plus. Elle aimerait bien avoir quelque chose à faire. L'équipe télé est descendue il y a une heure, elle a diffusé pendant trente-six heures en continu et tente désormais de monter un reportage à envoyer à la chaîne depuis le car-régie. Mais probablement que tout le monde s'est endormi. Elle est assise à côté d'une femme qui ronfle comme deux hommes, un petit garçon sur ses genoux. Nadège regrette de lui avoir proposé son siège. Deux sièges, ce serait un vrai luxe maintenant. Ils avaient gardé le siège double pour leur Malaika, mais elle ne voulait pas de traitement de faveur et avait insisté pour que la femme s'assoie. Comment aurait-elle pu réagir autrement ? Les cars sont incroyablement bondés. D'ailleurs, ce n'était pas la faute des Turcs, mais celle des réfugiés, devenus soudain euphoriques.

« Si on n'est pas obligés de marcher, on peut bien se serrer un peu. »

Sur chaque siège, un adulte, sur presque chaque adulte, un enfant. Et dans les rangées, plein de gens debout. Ça doit sentir très mauvais. Nadège ne le perçoit plus, mais cette sensation sur sa peau, la manière dont tout colle, dont chacun reste collé aux autres, au fond c'est écœurant. Même Saba pue un peu, là, sur ses genoux, et normalement Saba ne pue jamais. Mais son odeur est moins grave que son silence.

Nadège fait glisser sa main poisseuse sur les cheveux poisseux de Saba. Elle ne sait que faire d'autre. Si elles étaient dans sa voiture, elle pourrait conduire un peu, pour passer le temps, mais ça, elle peut faire une croix dessus. Lionel l'a interdit.

La raison l'interdit aussi. En plus, elle aurait dû abandonner Saba. Elle s'était mise d'accord avec Lionel pour que Saba puisse l'aider et rester dans la voiture. Mais maintenant qu'ils voyagent en car, il n'y a plus rien à faire pour aider. Les distributions d'eau, d'aspirine sont assurées aux stations-service. Grâce à l'armée. Il n'est pas question d'arrêter un car pour une distribution d'ibuprofène avec son véhicule aux zébrures roses. Saba n'est plus son assistante, c'est une petite fille réfugiée comme les autres. Alors Saba doit prendre le car pour que personne ne reproche à Nadège d'élever une mignonne petite princesse. C'est aussi ce qu'a dit Anke et, parmi tous les auteurs de la chaîne, elle est la plus fiable.

Surtout quand il s'agit des sentiments.

Nadège sort un tissu déchiré et sale de son pantalon sale. Elle prend sa bouteille d'eau, humidifie prudemment le lambeau car il ne reste plus beaucoup d'eau, et elle essuie le front de Saba. Puis elle en fait un serre-tête un peu hippie. Elle comprend pourquoi autrefois les gens trouvaient que les hippies ressemblaient à des marginaux, mais au moins le front reste tiède.

Saba se laisse faire, sans bouger. Elle regarde par la fenêtre, les yeux dans le vide. Puis elle dit : « Tu ne le savais pas toi non plus, si ?

— Non », répond Nadège.

Saba la force à tourner sa tête et la regarde avec insistance : « Et lui ?

— Non plus.

— Il le savait forcément. Et si lui savait, toi aussi !

— Il ne me dit pas tout. Il sait sûrement plus de choses que moi, mais ça, non. »

Saba regarde de nouveau par la fenêtre.

« Il ne pouvait pas le savoir, ma puce ! Personne ne le savait. Même les Turcs. Ce n'était pas du tout prévu. »

La petite hippie ne réagit pas. Nadège n'arrive pas à juger si Saba ne la croit pas ou si plus rien ne l'atteint. Désespérée, elle serre Saba contre elle.

« Il me l'a dit lui-même. Ce n'était pas du tout prévu comme ça ! »

Ce qui était prévu, c'était que le cortège conserve sa configuration avec les bus pour parcourir chaque jour un tronçon de quinze kilomètres. Ça devait se faire par fournées. Les cars devaient ensuite attendre jusqu'à ce qu'un grand convoi se forme. Mais les Turcs ont contrecarré ses plans. Ils ont fait comprendre à Lionel que ça créerait un gigantesque embouteillage. Il faudrait une éternité avant que le convoi se mette en route. Ils ne pouvaient pas tous partir en même temps comme les wagons d'un train. Il fallait d'abord en faire partir un premier, ensuite un deuxième, puis un troisième – ça s'additionne. Avec quatre cars, ça prendrait quatre minutes, si tout se passait bien. Avec cent cars, quarante. Avec mille, ça faisait six heures. Pour aller plus vite, les bus partent sur-le-champ et continuent leur route, toujours plus loin. Deux conducteurs pour chacun, des arrêts fixes pour faire le plein, des pauses fixes pour boire et faire pipi, et entre-temps, rien. Les Turcs ont cru que les gens attendraient leur tour d'embarquer. Ils se sont dit que pendant ce temps ils allaient pouvoir faire venir d'autres cars.

Mais les réfugiés ont tout chamboulé.

La petite hippie tressaille. Nadège sent que son épaule se mouille.

Elle comprend les réfugiés. Après une marche d'un an et demi, quand vous voyez des gens monter dans des cars devant vous, vous n'avez pas envie de vous allonger pour attendre patiemment le lendemain afin de pouvoir embarquer à votre tour. Vous parcourez un kilomètre de plus, pour une fois ça fera seize, ce n'est pas la mer à boire. Et alors, les gens derrière remarquent que vous ne vous arrêtez pas comme d'habitude. Ils continuent également d'avancer, parce que ça ne fait que deux kilomètres de plus, des clopinettes. Le message se propage : les cars sont là. Chacun pense alors automatiquement que s'allonger pour dormir, c'est prendre le risque que demain il n'y ait plus de cars. Alors ils se mettent à marcher plus vite.

Nadège a vu les images sur son smartphone. Tout le monde a vu les images. Elles n'étaient pas de MyTV, mais de n-tv et de l'ARD : des gens qui courent sur les pistes au pas de l'oie. Des gens qui commencent à se doubler, du jamais-vu au sein du cortège. Les gens qui se font doubler paniquent. Les parents commencent à porter leurs enfants. Ils dépassent les camions en courant, ils attrapent de la nourriture et de l'eau pour continuer à cavaler comme des marathoniens. Des personnes misérables qui marchent depuis huit heures, douze heures, vingt heures, sans s'arrêter, depuis vingt-quatre heures, poussées par une peur que personne n'aurait pu anticiper. Les parents qui crient sur leurs enfants épuisés, les frappent pour qu'ils avancent. Et la terreur dans les yeux de ceux qui sont tout derrière.

Des gens qui soudain croient devoir courir pour survivre.

« S'il avait su, il aurait… il aurait fait tout ça autrement », chuchote Nadège dans l'oreille de Saba, même si elle ignore si c'est vrai. Lionel lui a raconté que les Turcs l'avaient appelé. Le numéro de téléphone était soudain réapparu et quelqu'un l'avait engueulé :

« Vos amis vont finir par s'arrêter ou quoi ? Nous avons terminé pour aujourd'hui ! »

Lionel a tout de suite appelé ses agents de liaison et il a vite compris qu'il ne maîtrisait plus la situation. Ils auraient pu hurler en continu qu'il y avait assez de cars, que les marcheurs pouvaient se reposer deux heures sans se faire de soucis – personne ne l'aurait cru. Comment croire à des nouvelles rassurantes quand des milliers d'affreux fantômes insomniaques et horrifiés défilent sans cesse à côté de vous et ne pensent qu'à avancer ? La peur se lit sur leurs visages : si on n'est pas sur le coup maintenant, alors tout aura été vain.

Les Turcs ont compris assez vite que cela se solderait par une catastrophe s'ils essayaient d'interrompre l'embarquement. À partir de là, ils ont eu du travail par-dessus la tête pour acheminer assez de cars par les rues bondées. Apparemment, ils avaient aménagé une nouvelle piste tout exprès. Il existe quelques images du petit parking, prises par des drones : c'était comme un gigantesque hachoir, avec des gens et des cars mélangés. La catastrophe à la frontière a été évitée. Parce qu'elle avait eu lieu avant, sur la piste.

Elle se souvient des images de Pakka, à côté de son véhicule médical, quelque part au bord de la piste, lessivé, résigné, en pleurs. Partout, des êtres humains jonchent le sol, tout du long de la route jusqu'à la frontière, le cortège a abandonné des milliers de personnes. Des personnes qui se sont effondrées, incapables de continuer. Certaines ont juste des crampes, d'autres sont inconscientes. Évanouies. D'autres encore blessées. Des chevilles fracturées, à force de marcher imprudemment, à cause de l'effervescence et des coups de pied.

Il y a des morts.

La maman de Saba a envoyé une photo sur le portable.

Elle a essayé de laisser le père de Saba avec dignité. Elle n'a pas pu l'enterrer, dans la hâte – elle ignorait qu'en vérité elle avait du temps. S'ils l'avaient su, ils ne se seraient pas pressés au point de mourir. Avec dignité, c'est relatif. En fait, elle l'a tiré à l'écart de la route et l'a adossé contre un talus, en position assise. Il paraît juste un peu moins passif que s'il était allongé. On ne sait pas très bien si la maman de Saba l'a tourné de façon à ce qu'il puisse voir l'immensité irakienne ou le sprint final paniqué pour rejoindre la frontière – ça ne se voit pas sur la photo. La maman de Saba a déposé dans ses bras un jouet de chacun des trois enfants.

Puis elle a repris sa course. Vers les cars.

Nadège sent l'humidité couler dans son soutien-gorge. Mais les convulsions ont cessé. Du coin de l'œil, elle fixe la petite tête malpropre. Saba s'est endormie.

C'est déjà ça.

51

« J'AI UNE BONNE et une mauvaise nouvelle, lui annonce la présidente de la Commission européenne au téléphone.

— C'est toujours ça de pris ! » rétorque le ministre de l'Intérieur.

Il a mis le haut-parleur, il a du mal à rester assis. Ses épaules sont comme des câbles tendus, sa nuque, un serre-joint, son dos disloqué ne tient que quand il est debout. « D'abord la mauvaise, dit-il.

— Nous n'avons pas de nouvel accord. »

Le ministre de l'Intérieur ne dit rien. Ce n'est pas surprenant. Le ton de sa voix ressemble à celui de quelqu'un qui prend note d'un incident fâcheux, mais prévisible, quand il demande : « Qu'ont-ils dit ?

— Pas grand-chose. Les Français seraient d'accord pour en prendre cinq mille.

— Au lieu de trois mille.

— Je sais bien que ce n'est pas une grande avancée. Mais deux mille de plus, c'est quand même deux mille de plus.

— Quoi d'autre ?

— C'est tout. Je crois que les Français pourraient se résoudre à faire un peu mieux, si les autres laissaient entendre qu'ils s'engagent. Mais il n'en est rien. Les Italiens, les Espagnols, les Portugais et les Grecs disent qu'ils ont assez donné. Et nos amis à l'est…

— Je sais. Mais je souligne que c'est nous qui faisons un pas vers eux !

— Ils ne le voient pas du même œil.

— Les Bulgares ? Je vous en prie !

— Précisément, les Bulgares. »

C'est juste un jeu. Le jeu du mistigri. C'est une fête d'anniversaire : un enfant riche que personne n'aime est invité. Et tous les autres pensent en rigolant que ce serait vraiment amusant que cet enfant riche et bête ramasse le mistigri. Ils se font des signes pour se dire qui a le mistigri et qui doit donner quelle carte afin qu'elle atterrisse chez l'enfant bête. Les signes sont de plus en plus évidents. Quand cela devient ennuyeux, ils passent le mistigri à l'enfant riche et bête, ils le fourrent dans son jeu, à découvert, sans se soucier du secret, ce n'est plus un jeu. Ils disent : « Pleurnicheur ! » Et quand l'autre pleure pour de bon, ils sont encore plus contents.

« Je le dis sans aucun plaisir, souligne-t-il, mais les Bulgares vont devoir se débrouiller tout seuls avec les réfugiés. » L'Allemagne est peut-être bête et riche, mais pas sans défense.

« C'est précisément ce que je leur ai fait savoir, acquiesce la présidente. Mais soyons honnêtes : le croyez-vous vous-même ?

— Celui qui ouvre ses frontières doit en assumer les conséquences. Si les Bulgares pensent que les Serbes vont les débarrasser du problème, si les Serbes pensent que les Hongrois vont le faire, si les Hongrois placent leurs espoirs dans les Autrichiens, c'est leur affaire. En tout cas, nous ne les accueillerons pas. L'Allemagne est allée jusqu'au bout la dernière fois. Elle a atteint sa limite.

— Et pourtant vous proposez une répartition.

— Vous m'avez mal compris. Nous ne proposons rien du tout. Nous ne pouvons rien proposer. Mais quand on nous demande du soutien dans une situation désespérée, nous sommes toujours prêts à aider. Nous ne serons pas en reste par rapport à la France.

— Cinq mille réfugiés ?

— Nous avons une limite légale. Et la mission de défendre notre pays. Mais le principe de proportionnalité reste valable. S'il s'agit d'un nombre relativement faible, nous sommes prêts à renoncer à une approche plus dure. Mais face à quatre cent mille personnes, c'est exclu. Vous le savez aussi bien que moi.

— Oui. Vous le savez, moi je le sais, tout le monde le sait. Mais vraisemblablement les États de la route des Balkans sont prêts à prendre le risque.

— Ne parliez-vous pas d'une bonne nouvelle tout à l'heure ?

— J'ai l'impression qu'il nous faut plus de temps. Ce n'est jamais bon de prendre des décisions hâtives.

— On n'y est pour rien. Ce sont les réfugiés qui accélèrent le rythme et – je ne peux pas le prouver, mais ça en a tout l'air – les pays de transit.

— D'accord, écoutez, le calcul est simple : si les frontières ne tiennent plus, l'Allemagne risque d'échouer dans son rôle de membre actif de l'UE. Si l'Allemagne chavire, l'UE chavire. Sommes-nous d'accord là-dessus ?

— On a dépassé ce point depuis longtemps. Les frontières des autres ne tiennent plus.

— Mais nous pouvons corriger cette impression.

— Et comment ?

— Nous faisons croire que les frontières tiennent. Si l'Allemagne se charge bénévolement des réfugiés, nous pouvons continuer d'affirmer qu'elles tiennent pendant un certain temps. L'UE constate à l'unanimité et avec la plus grande reconnaissance que dans ce cas précis l'Allemagne a fait une dernière exception.

— À l'unanimité…, reprend le ministre de l'Intérieur avec sarcasme.

— À l'unanimité. Je peux y arriver. Vous croyez peut-être que nous ne sommes plus en mesure de réussir quoi que ce soit, mais je vais y arriver, je vous donne ma parole.

— Et à quoi nous servirait le temps gagné ?

— L'UE peut s'accorder sur une politique migratoire vraiment cohérente.

— Vous y croyez sincèrement ?

— J'ai une certitude : si tout le monde voit tomber la frontière de l'UE, il n'y aura plus personne pour considérer qu'un accord est nécessaire.

— La même chose vaut pour la frontière allemande. Non, il n'y a qu'une solution : une fois que les Bulgares devront se coltiner un quart de million de réfugiés, ils réfléchiront à deux fois avant d'en accueillir un deuxième.

— Vous allez vraiment installer ces clôtures haute tension ?

— Aucun commentaire. »

Plusieurs journaux en ont parlé, le *Bild* l'appelle déjà « monsieur 100 000 volts ». Il a lui-même laissé filtrer l'information, afin que le projet soit rapidement connu de tous. Il n'a aucun soutien politique. Officiellement, la Chancellerie n'est au courant de rien et prétend devoir vérifier le processus. Elle lui a fait comprendre que c'est lui qui en fera les frais si ça tourne mal, s'il y a des critiques, ou un scandale, en gros, dans tous les cas. Certains experts tiennent ce plan pour irréalisable, d'autres au contraire disent que c'est faisable. Poser des lignes électriques, c'est beaucoup plus rapide que déplacer des troupes. Ce qui joue en sa faveur, c'est l'idée que les Allemands ne sont pas franchement connus pour bluffer.

« Je crains de ne pas pouvoir vous aider dans ce cas, dit la présidente, abattue. Soyez assuré que je continuerai de tenter de les persuader, mais c'est vain si l'on parle de cinq mille réfugiés.

— Et vous savez que je ne peux pas marchander. Je pourrais dire sept mille, ou huit mille, mais je n'atteindrai jamais le chiffre qui vous arrange. Je n'arriverais même pas à faire accepter la moitié des réfugiés à ma population. »

La ligne reste silencieuse.

« Je ne sais plus quoi dire. » Soudain la présidente paraît incroyablement fatiguée et vieille. « Je ne sais plus comment m'y prendre. On dirait que nous allons devoir prendre le risque. »

Le ministre de l'Intérieur la salue. Debout, au milieu de son bureau, il constate qu'il ne sait plus non plus comment s'y prendre. Alors il pourrait en profiter pour dormir tout son saoul.

52

IL FAIT SILENCIEUX dans le car. Ce n'est plus comme en Serbie ou en Hongrie. Là-bas, l'atmosphère était encore joyeuse, comme lors d'une excursion pour se rendre à un immense mariage à la campagne. Mais peu à peu, tous se sont tus, même les petits qui habituellement se disputent ou pleurnichent à la moindre occasion. Difficile de dire quand ça a commencé. Peut-être quand les montagnes qui bordent la chaussée sont devenues plus hautes. Mais plus probablement au moment où, sur la voie opposée, les voitures se sont faites de plus en plus rares, alors qu'on était en pleine journée. Maintenant il n'y en a plus aucune.

Les Allemands ont fermé leur côté de la frontière et, face à la route vide, les réfugiés se sentent étrangement seuls. Comme dans les westerns, quand la fusillade est imminente et que tous ceux qui ne sont pas impliqués quittent précipitamment le saloon.

Ils regardent par la fenêtre et observent cette Autriche étonnamment humide. Les nuages sont bas. Les pluies fréquentes ont rendu le pays fertile, en tout cas aux endroits où il n'y a ni maisons ni routes. C'est un pays très encombré, il y a des choses partout, aucun vide nulle part. Il l'a bien vu : aucune chèvre. C'est frappant parce qu'il y a des touffes d'herbe foisonnant partout. Étrange que ces Européens ne pensent pas aux choses les plus simples. Peut-être qu'ils sont si modernes et si riches qu'ils ont perdu de vue les nombreux avantages de la chèvre. C'est pourtant deux fois mieux : pas de risque de concurrence. Ils ont peur qu'on leur vole leur travail, mais personne ne travaille avec des chèvres.

Quatre-vingts millions d'Allemands et pratiquement aucune chèvre – si on compte une chèvre pour dix Allemands, ça représente un sacré marché dont il faut absolument profiter.

Il observe le véhicule militaire s'échapper puis ralentir quelques centaines de mètres plus loin.

« Plus au milieu, ordonne-t-il à Mahmoud. Il ne faut pas qu'ils doublent.

— Plus au milieu », répète Mahmoud comme un batelier. Lionel fait passer l'information, les gens assis au fond doivent signaler au car de derrière qu'ils ralentissent. Ils passent une petite rivière tirée au cordeau. Il a d'abord pris cette rigole pour un canal, mais Google maps la nomme « Salzach ».

« Tu veux que je m'arrête ? » demande Mahmoud.

Lionel pointe son doigt sur le P, indiquant la prochaine sortie : « Va jusque-là. »

Il lui tend son smartphone : Google maps indique une petite aire de repos.

« Tu sors, tu traverses le parking et tu reviens sur l'autoroute pour te mettre en travers de la voie, mais carrément. Il est temps de reprendre notre marche.

— Alors maintenant on passe aux choses sérieuses, hein ? »

Mahmoud se dirige vers le parking. On aurait pu aller encore un peu plus loin, même jusqu'à la frontière, mais Lionel ne veut pas gâcher l'image.

« Quand on sera arrêtés et ceux derrière nous aussi, tu chopes quelques conducteurs et tu bloques la route au mieux. Je ne veux pas que des petits malins se faufilent par les côtés. »

Il a parlé avec quelques types de la télé de Malaika. D'après eux, l'image de personnes démunies, tenant des enfants à la main et, surtout, avançant à pied, sera plus puissante. Parce que dans un bus, ces mêmes personnes paraissent tout de suite moins démunies. Sans compter que dans un bus, personne ne voit que tu as un enfant.

L'autoroute décrit une longue courbe vers la gauche, les caméras postées à la frontière pourront parfaitement voir les réfugiés et leurs enfants se diriger vers elle. Cela fait des jours qu'ils échangent les places pour les faire venir devant. Lors du fiasco à la frontière turque, les jeunes hommes se sont avérés les plus forts et cela a bousculé l'ordre, il a fallu refaire un tri après coup. Tout le monde sait qu'il y a beaucoup de jeunes hommes dans le cortège, mais mieux vaut ne pas trop mettre l'accent sur eux. Une mariée doit se faire belle pour ses noces.

Mahmoud passe sur l'aire de repos. Il commence à freiner sur la voie d'insertion puis se place très lentement au milieu de l'autoroute. Ensuite il ouvre les portes et éteint le moteur, pour la première fois depuis une semaine.

Le silence, l'absence de la vibration du moteur diesel, confère un aspect irrévocable à ce moment.

Quelqu'un pousse un cri et soudain la joie éclate comme s'ils étaient arrivés au but. Lionel descend. Des buissons bordent l'aire de repos. À travers les buissons, on voit des gyrophares, la police autrichienne bloque l'accès afin que personne ne songe à rester ici. Les organisations humanitaires ont installé des points d'eau et distribuent de la nourriture. Même l'armée sécurise les chemins partant de l'aire de repos, une intervention superflue, car ces chemins sont déjà remplis de véhicules portant les logos des ONG. Le parking ne permet de prendre en charge qu'une fraction des réfugiés. Des gens qui visiblement attendaient à côté de leurs véhicules se lèvent. Ils jettent leurs cigarettes, vident leurs gobelets en carton pour monter dans leurs véhicules grâce auxquels ils comptent approvisionner les parties les plus éloignées du cortège.

Des badauds se sont rassemblés devant les grillages en lisière du parking. Bon nombre d'entre eux tiennent à la main des objets informes, en regardant de plus près on comprend que ce sont des animaux en peluche. Il a déjà entendu parler de ça : les réfugiés attirent les touristes aux peluches comme des poissons morts les chats. Apparemment les

Européens supposent que les réfugiés ont un besoin urgent d'animaux en peluche. Sauf les Hongrois : là-bas, on leur avait jeté des pierres. Après un bref coup d'œil à l'intérieur du car, il se dit que, en vérité, la plupart préféreraient sûrement du savon.

Lionel vérifie sur son portable le signal GPS des véhicules transportant les nourrissons. Ils sont à quinze, vingt kilomètres, mais s'approchent rapidement. Malaika est dans un car cinq kilomètres derrière lui. Un véhicule aux zébrures roses se faufile à côté des cars, il freine, une équipe de tournage descend et se fraye hâtivement un chemin vers lui. Il leur fait signe, d'un air apaisant : « On a tout notre temps. » Désormais il n'y a plus qu'à attendre l'arrivée des autres cars. Pas tous, ce serait aussi inutile que de se mettre en marche avec une centaine de personnes.

Dans sa tête, ça continue de travailler, mais il n'y a vraiment plus rien à faire, parce que tout est fait. Dans sa tête, il tourne et retourne les bêtises habituelles. Était-ce vraiment bien de passer la frontière ici ? Aurait-il pris la mauvaise décision ? Aurait-il mieux valu choisir le pont de l'Inn ?

Il a si souvent repoussé cette idée qu'aujourd'hui ça lui semble facile de la rejeter à nouveau. Certes, ç'aurait produit un effet maximum sur un minuscule espace. Le pont ne mesure que trente, quarante mètres de large, et les Allemands auraient eu beau le barrer avec la plus grande détermination, ils se seraient jetés contre l'obstacle avec la plus grande détermination. Prêts à affronter la mort, sans possibilité d'esquiver, car à gauche comme à droite, tout en bas, coule l'Inn. Les Allemands auraient dû prendre une décision. Une belle fin, l'ultime épreuve. Mais qui l'aurait vue ?

Où aurait-on mis les caméras ? Les Allemands ne leur auraient jamais donné d'emplacements de choix. Ils auraient dû poster les équipes dans des bateaux ou sur des radeaux. Et de là, au-dessous du pont, on ne peut pas filmer les visages, on n'a que de mauvaises images toutes tremblantes. En plus, on ne pouvait pas exclure que tous les réfugiés sautent dans l'Inn quand ça deviendrait dangereux. Alors tout le monde aurait dit : c'est leur propre faute s'ils se sont noyés. À Salzbourg, ce genre de scénario ne peut pas arriver.

En revanche, il y a plus de place pour se carapater à gauche ou à droite. Que se passera-t-il si la moitié des réfugiés trouve l'Autriche plutôt pas mal ?

Si l'autre moitié croit qu'elle peut y arriver seule ?

Que se passera-t-il si, demain ou après-demain, il partait seul et se retrouvait seul devant la frontière ? À la fin de la journée, tous seraient en Allemagne, peu importe par quels biais et chemins de traverse, tous sauf lui.

Lionel se masse le front avec sa paume. Ce n'est pas la première fois qu'il pense à toutes ces bêtises. Chaque fois, il en vient à la même conclusion : comment pourraient-ils quitter l'homme qui marche aux côtés de Malaika et des caméras ? Ils le suivront parce que c'est leur meilleure chance d'obtenir un bel avenir.

Les Allemands ne tireront pas, parce que c'est un bon peuple. Ils ne vont pas non plus allumer l'électricité. Ils racontent ce genre d'histoires parce que c'est fatigant, les réfugiés, ça se comprend, ils seraient contents s'il y en avait un peu moins à venir chez eux, personne ne leur en veut. Donc ils font semblant d'être méchants. C'est ça, la politique. Mais dans les moments cruciaux, les Allemands sont de braves gens.

La pluie s'est arrêtée. La masse nuageuse s'est ouverte et le soleil s'invite sur l'aire de repos. Une personne de la télé lui passe une bouteille d'eau et quelque chose à manger. Oui, pourquoi pas ?

Il s'assoit par terre, adossé contre le pneu d'un car chauffé par le soleil, et il regarde les montagnes. Malaika lui en a parlé. Il y pousse du lait et du chocolat. Il lui a dit qu'elle devait se tromper, que le cacao venait à coup sûr d'Afrique. Elle a répondu que c'était possible, mais qu'en Allemagne, en général, le chocolat venait des Alpes. Sauf en hiver, là il venait d'un roi habitant un village du nom d'Aix-la-Chapelle.

Lionel prend une gorgée d'eau et mord dans une tartine grasse garnie d'une tranche jaune clair, un jaune qui tire un peu sur le moisi. Il mâche courageusement. À chacun de voir comment il s'assortira avec l'Allemagne. C'est tout ce qu'il peut faire jusqu'à dimanche.

53

LE MINISTRE DE L'INTÉRIEUR a l'impression d'être dans une *Wochenschau*[1]. Rommel inspectant la ligne Maginot. Peut-être était-ce maladroit de demander un uniforme de la police nationale. Vêtu d'un gilet pare-balles, cette fois-ci le ministre de l'Intérieur se trouve étonnamment beau et déterminé, c'est parfait pour accueillir les journalistes. NDR, WDR, BR, ZDF, RTL, MyTV, N24, tous sont là. Ils ont accès à presque tout, le ministre de l'Intérieur veut montrer qu'ils ont confectionné une frontière inviolable. Gödeke le conduit aux fortifications, il porte également un uniforme, mais avec bottes et pistolet. Le ministre de l'Intérieur a précisé qu'il voulait voir des personnes armées.

« Pistolet, mitraillette, au mieux les deux. Je veux que dans chaque panorama de n'importe quelle émission d'actualités, il y ait au moins trois armes de tir. On est prêts ! Et faites venir les tireurs d'élite ! »

Il a passé en revue le déroulement avec Gödeke, plusieurs fois. Pas de courtoisie, pas de gentils commentaires à la presse, le message doit être sans équivoque. Ils ont rassemblé la presse dans une salle où l'acoustique est très bonne, et Gödeke ne se tourne pas vers les journalistes pour demander « On y va ? », il attend que le ministre de l'Intérieur lui passe la parole et ensuite, il dit : « Mesdames et messieurs, nous n'avons pas beaucoup de temps, alors suivez-moi. »

1. Émissions d'informations cinématographiques diffusées par le IIIe Reich.

Il s'agit de se montrer déterminé. Il a voulu que le GSG 9 soit sur place : il faut qu'on voie leurs fusils d'assaut. Il a fait venir tous les véhicules spéciaux disponibles, y compris des chasse-neige, comme si on pouvait repousser les réfugiés ainsi. C'est symbolique. Les Mowag, en revanche, c'est du sérieux ; il a fait augmenter leur potentiel militaire en contournant la voie hiérarchique. Quand on s'y connaît, il y a de quoi être étonné : jusqu'ici, la police nationale n'a jamais eu de Mowag équipés de fusils-mitrailleurs, surtout pas les gros. Et quand on est étonné, on peut en venir à questionner la base légale de tout ce cirque. Mais le ministre de l'Intérieur ne se fait pas trop de soucis : d'après son expérience, les journalistes qui se passionnent pour les armes ne s'intéressent pas trop aux questions juridiques. Et le plus souvent, les journalistes qui s'intéressent aux questions juridiques ne savent même pas quelle est la différence entre une mitrailleuse et une mitraillette. En général, ils croient que la police a les deux en rayon.

Ils accompagnent les journalistes jusqu'aux camionnettes. Ils vont devoir faire un détour pour visiter les installations frontalières de l'extérieur, depuis le côté autrichien, cela fait des jours qu'on ne peut plus les atteindre directement. Il faut passer par la Suisse ou l'Italie, ou bien on prend, comme vont le faire les camionnettes, des chemins de traverse réservés aux personnes autorisées. Afin de rester incognito, ce sont des véhicules sans fenêtres. Les portables ont été confisqués pour que ces petits futés ne puissent pas suivre le trajet sur GPS.

Il a vécu ces derniers jours comme une série de revers, mais le ministre de l'Intérieur essaye de se dire que cela signifie uniquement que personne ne va se charger à sa place de la tâche désagréable de refuser l'entrée aux réfugiés. Ni plus ni moins. Pas de problème.

Gödeke et lui arrivent les premiers, la presse doit faire quelques boucles supplémentaires pour brouiller les pistes. Le ministre de l'Intérieur descend et regarde autour de lui. La zone frontalière, bourrée de camions il y a encore une semaine, est complètement vide et ressemble à un champ de bataille bien préparé. Les bâtiments et les stations-service sont entourés de clôtures qui ne suffiront certainement pas. C'est pourquoi les fenêtres des bâtiments de l'aire de repos Walserberg sont condamnées avec des planches, surtout dans les étages. Au rez-de-chaussée, on a préféré les murer. Le grand bâtiment sud de Walserberg repose silencieusement dans la lumière du soleil comme un navire échoué.

Comme on ne peut pas exclure les pillages, les stations-service sont complètement vides. Il paraît que le bailleur a déjà porté plainte contre l'Autriche, à cause de la perte de revenus. Ça n'a rien changé, les Autrichiens préfèrent d'abord s'occuper du vrai problème et ensuite éclaircir les questions juridiques. Au moins, la police et l'armée autrichiennes sont là. Les Autrichiens, eux, peuvent faire appel à l'armée pour préserver la sécurité intérieure. Ils ont le droit de faire venir de vrais chars. Non pas qu'ils soient très utiles dans le combat rapproché, mais ça donne une image plus inflexible. Ça pourrait en tout cas, mais en vérité, l'Autriche ne peut pas faire oublier qu'elle est le pays de l'enquêteur Kottan[1].

Les camionnettes avec la presse arrivent. Le ministre de l'Intérieur attend jusqu'à ce que les reporters soient descendus et laisse l'étrange décor faire son effet. « C'est comme lors du choc pétrolier », lance un caméraman. Il ne peut en avoir connaissance qu'à travers la télévision. Gödeke et le ministre de l'Intérieur passent devant. Ils montent sur un podium spécialement conçu pour l'occasion, depuis lequel on a une bonne vue d'ensemble. Ils regardent vers l'Allemagne, au-delà des installations fraîchement mises en place.

« Comme pour le mur de Berlin, dit monsieur Choc pétrolier.

— Ce que vous voyez ici sont les clôtures haute sécurité du meilleur standard, commence Gödeke. Étayées plusieurs fois

1. « Kottan ermittelt » est une série policière autrichienne humoristique, diffusée dans les années 1970 et 1980.

à l'arrière, résistantes à la pression. Peu d'entretoises transversales, presque aucune possibilité de grimper. Protection anti-escalade avec du barbelé de l'OTAN. Les poutres sont enfoncées de plus d'un mètre dans le sol et bétonnées. La clôture fait six mètres de haut et elle est couronnée d'un élément en porte-à-faux.

— Niveau de difficulté ? » demande une jeune femme hardiment.

Le ministre de l'Intérieur regarde Gödeke.

« Nous l'avons fait estimer par le Club alpin. D'après eux, entre huit et neuf. »

La femme hardie siffle entre ses dents.

« Il faut plusieurs années d'entraînement, personne ne pourra vous faire une démonstration en claquant des doigts. D'ailleurs, le but est que personne ne s'aventure à l'escalader.

— Ça pourrait être plus dissuasif, lance un jeune journaliste. Les enclaves en Afrique du Nord sont mieux protégées. »

Le ministre de l'Intérieur approuve en silence.

« L'apparence de la clôture est due au manque de temps, les autorités ont été obligées de réagir rapidement, explique Gödeke. Ça ne sert à rien de construire un super mur s'il ne fait que deux cents mètres de long et qu'à côté vous avez une simple clôture de jardin. Tout le monde va faire le détour jusqu'à un endroit plus facile à passer. Nous n'avons donc pas pu avoir la variante la plus sûre, mais celle qui offre le plus de sécurité sur une distance maximale.

— Et quelle est la longueur de votre clôture ?

— C'est confidentiel. Notre avantage, c'est qu'un cortège de cette taille ne peut pas se déplacer de deux cents kilomètres sans se faire remarquer. S'il change de position, nous ferons pareil, et plus vite.

— Où sommes-nous ? demande un reporter. En Allemagne ?

— Non, nous sommes en Autriche, dit Gödeke. Selon le traité de Schengen, nous sommes entrés en Autriche tout à l'heure. Pour éviter que les réfugiés saisissent les occasions que leur offrirait un séjour sur le sol allemand, on a installé la clôture directement sur la frontière.

— C'est ce qui la différencie des installations en Palestine ou au Mexique, explique le ministre de l'Intérieur. Là-bas, les gens tentent d'entrer sur le territoire sans se faire remarquer. Ils n'essayeront jamais d'en appeler au droit israélien ou américain. Dans ce cas, on ne prend aucun risque à déplacer la clôture de cinquante kilomètres vers l'intérieur du pays. Mais nous partons de l'idée que ces réfugiés-là vont demander l'asile en masse et pour cela, en principe, il suffit de se trouver sur le sol allemand – il faut donc tout faire pour les empêcher d'y arriver.

— Une installation frontalière comme celle-ci est une première.

— Mais non ! dit le Berlinois du choc pétrolier.

— Je vous assure que si ! insiste Gödeke. Il existe des installations qui sont censées faire obstacle aux intrusions secrètes, individuelles et groupées – en Israël, aux États-Unis. Et il existe des installations qui sont censées empêcher les évasions – comme le mur dont vous parlez. Et il existe des installations qui permettent d'éviter les attaques armées massives – c'est le cas de n'importe quel rempart, du château fort jusqu'à la muraille de Chine. Mais jusqu'ici, il n'y a jamais eu d'installation conçue pour un afflux massif d'intrus non armés qui veulent invoquer leurs droits après coup.

— C'est pour ça que l'installation est placée exactement sur la frontière, résume madame Escalade.

— En effet, dit Gödeke. La construction électrique dépasse même un peu.

— Vous l'avez vraiment fait ? demande un journaliste d'un certain âge.

— L'État ne peut pas céder face au chantage, répond le ministre de l'Intérieur d'un air chevronné. Ces personnes sont en sécurité en Autriche. Ils n'ont pas besoin de venir chez nous.

— À quel point la construction est-elle sûre ? demande le vieux journaliste. Est-ce tout, ou bien y a-t-il encore plus ? Quelle est l'intensité du courant, et pour combien de personnes cela présente-t-il un risque mortel ?

— Les détails sont confidentiels, dit Gödeke. Par contre, permettez-moi d'attirer votre attention sur le fait que nous n'avons pas pu utiliser les clôtures de protection industrielles en raison de leur intensité insuffisante. Il s'agit de clôtures qu'on utilise habituellement pour protéger les centrales nucléaires.

— Je vous assure que n'importe quel réfugié cherchant à trafiquer cette clôture sera confronté aux conséquences les plus fâcheuses d'un vrai produit "made in Germany", intervient le ministre de l'Intérieur.

— C'est mortel ou pas ? grogne le vieux journaliste. C'est ça qui compte.

— C'est une expérience unique que la personne en question ne tentera pas une deuxième fois, rétorque le ministre.

— Parce qu'il ne veut pas ? Ou parce qu'il ne peut pas ?

— Il ne peut pas. Pour autant qu'on puisse en juger.

— Donc c'est mortel. » Le journaliste prend note, aussi content que s'il avait trouvé un très beau champignon en forêt.

« Permettez-moi de préciser un point qui a été un peu négligé ces derniers temps, contre-attaque le ministre de l'Intérieur. Surtout en ce qui concerne la sécurité.

— C'est original venant d'un homme de la CSU, dit le ramasseur de champignons.

— En général, on pense qu'une clôture doit être conçue pour que personne ne l'escalade. Mais ce n'est pas possible. Il n'existe pas de clôture qui n'ait jamais été franchie.

— Alors, pourquoi en construire une ? demande l'escaladeuse.

— Une clôture, pontifie le ministre de l'Intérieur, est une déclaration. Elle dit que le chemin s'arrête là où elle est installée.

— Un fil rouge enverrait le même message, rétorque le ramasseur de champignons.

— C'est juste. Car ce qui est décisif avec cette clôture n'est pas de savoir de quoi elle est faite. Ce qui est décisif, c'est ce que vous ferez si quelqu'un décide de ne pas la respecter. C'est de savoir si vous pouvez défendre votre clôture ou votre fil. Je vous assure que la République fédérale d'Allemagne a tous les moyens et unités nécessaires pour défendre ses frontières, et nous sommes décidés à y recourir. La police nationale s'entraîne intensément depuis des semaines, nous sommes préparés à n'importe quelle situation de crise.

— Si vous êtes à ce point déterminé, lance le Berlinois du choc pétrolier, à combien de victimes vous attendez-vous ?

— Je ne peux pas vous donner de chiffres. » Le ministre se redresse. « Mais j'étais en Turquie lors du passage des réfugiés. Et dans un cas comparable, la police nationale allemande ne se contentera pas de regarder, les bras croisés. Tant que des personnes non autorisées essayeront de franchir la frontière, nous les en empêcherons.

— Et si elles continuent ?

— Le temps qu'il faudra, dit le ministre de l'Intérieur, puis il fait une pause significative. Le temps qu'il faudra pour que plus personne n'essaye.

— Vous n'allez pas tenir, dit l'escaladeuse en fixant le ministre, l'air provocant. Si les choses se gâtent, vous devrez céder. Vous serez obligé d'ouvrir.

— Je ne saurais comment faire. »

L'escaladeuse se tourne vers la clôture. Et là, elle comprend.

« Nous sommes très sérieux, dit le ministre avec aplomb. Nous ne préparons pas d'hébergements en secret. Et nous n'allons pas ouvrir à un moment ou un autre. Car, comme vous le constatez, il n'y a pas d'ouverture. »

54

NEUF HEURES du matin. Ils ont longtemps hésité, mais arriver à l'aube ferait trop penser à une attaque. Si vous trouvez quelqu'un devant votre porte à quatre heures du matin, c'est forcément des cambrioleurs, des soldats ennemis ou la police secrète. Lionel ne veut surprendre personne. Il veut que ce soit un dimanche, parce que les Allemands ne travaillent pas. La chaîne de Malaika l'a même fait écrire dans les magazines télé : le jour de la décision. La chaîne va diffuser en continu, toute la journée. Les drones sont déjà en place depuis qu'ils sont partis. Il marche à côté de Malaika et de Saba, ils forment une petite famille. La veille, Malaika et lui sont allés trois cents bus en arrière, ils ont dormi là-bas.

« Notre dernière nuit, a-t-elle dit.

— La dernière nuit dans cette voiture. »

Astrid est passée, ils ont joué les amoureux pour le photographe en fixant le ciel étoilé, en vérité ce n'était pas le ciel, mais – le photographe préférait la lumière – l'éclairage de surveillance d'une usine entourée de clôtures. « Je vais vous laisser », a dit Astrid avec une expression particulière, comme s'ils s'apprêtaient à passer une merveilleuse nuit d'amour.

Ils ont réfléchi une dernière fois à la possibilité que Malaika reste en retrait. Mais ç'aurait été idiot. Malaika est la seule à qui on peut être sûr que les Allemands ne laisseront rien arriver. Et bien qu'il veuille la protéger, Lionel n'est pas assez macho pour ignorer que Malaika, sa célébrité et ses caméras le protègent encore plus.

Leur plan est le suivant : d'abord les femmes et les enfants, pendant toute la journée, et continuer sur la lancée pour le prime time. Mais il faut commencer tout doucement.

Malaika et lui sont partis à huit heures du matin, tenant Saba par la main. Dans chaque bus, ils ont pris des gens avec eux. Sans se hâter, ce n'est pas un assaut : « L'Allemagne est le pays où tout fonctionne le mieux, a-t-il dit à la télé, et nous sommes des gens honnêtes et nous travaillons dur. Mais ça ne t'aide pas de travailler dur, si ta maison part en fumée. C'est tout ce que nous voulons : travailler dans une maison qui ne brûle pas. »

À l'exception de quelques Autrichiens, c'est calme. « Dégagez ! » crient-ils. Ou bien : « Tirez-vous ! » Ou encore : « Au revoir ! » Les employés des ONG secouent la tête, gobelet de café à la main. Ils ont fait un petit crochet par un poste de la Croix-Rouge, où des personnes très aimables lui ont offert un café. Il a demandé s'il pouvait avoir du lait, « Je prends toujours mon café avec du lait », un pieux mensonge, il n'aime pas le café. Mais les Allemands adorent le café, encore plus que la bière, et il veut devenir un bon Allemand. C'est bien que la caméra le voie.

« Vous parlez très bien allemand, dit une dame rondouillette.

— Vous aussi », rétorque-t-il. Il fait le show pour la télévision. Elle rit, attrape un carton sous la table, puis verse du lait dans un gobelet. Lionel la salue et lève le gobelet vers la caméra : « À la vôtre ! »

En réalité, marcher est superflu. Ça sert tout au plus à faire passer les femmes et les enfants devant, mais depuis la Turquie ils savent ce qu'ils ont à faire. Pour les autres frontières, ils s'étaient préparés de façon similaire, mais ça ne s'était pas avéré nécessaire. Et cette scribouilleuse, la confidente de Malaika, dit que ça renvoie une image stupide de passer la nuit devant la clôture et de n'avoir plus qu'à se lever le matin. Il faut marcher vers la frontière. Pour la télé.

Ils tombent sur une première rangée de véhicules militaires. Une centaine de mètres derrière se trouvent des barrières, à partir de là, on ne laisse passer que des « personnes autorisées ». C'est-à-dire des reporters, la police, les secouristes, des gens comme ça, lui a dit Malaika, « des personnes autorisées, avec un papier ». Ça l'a déconcerté, parce qu'il est sûr que parmi les quatre cent mille réfugiés personne n'a d'autorisation ou de papier. D'ailleurs, on sent la nervosité de certains policiers : comment contrôler l'absence de papiers ?

En même temps, dans le cortège, il y a certainement des personnes qui en ont. Des personnes à la peau très claire qui font des vidéos avec leurs portables. Mais qui peut le dire avec certitude ? Après tout, un tas de gens font des vidéos, aujourd'hui c'est la journée idéale.

Malaika le tire vers elle, ah oui : le moment du selfie. Elle l'enlace, Saba entre eux, puis elle tape quelque chose sur le clavier et met la photo en ligne. Ils passent devant les véhicules des nourrissons. Une des infirmières les observe depuis le véhicule ouvert, à côté d'elle une collègue passe un bébé à sa mère. Tous les quatre pleurent. Les infirmières parce que la séparation est douloureuse, le bébé par habitude, la mère peut-être par solidarité.

Arrive le dernier barrage. On voit la clôture au loin. Ils ont bien observé la zone, cette fille qui filme pour Astrid les a un peu aidés avec son drone – la même clôture barre vingt kilomètres vers la droite et vingt kilomètres vers la gauche. Alors ils ont choisi l'endroit qui offre la meilleure vue aux caméras. Le poste frontière, tout simplement. Mais les chaînes télé ne laissent rien au hasard : elles ont installé plein de projecteurs, pour quand il fera noir. On a l'impression d'arriver dans une immense arène.

Lionel a soudain un haut-le-cœur. Ce n'est rien, se dit-il. Tu es sur la terre ferme. Tu es aux commandes. C'est mieux que n'importe quel bateau gonflable. Ça en valait la peine. Mais en fait il ne se sent pas si bien que ça. Il essaye de voir le bon côté des choses. La clôture, par exemple.

Elle n'a pas l'air si terrible. Pour une équipe de quatre, cinq garçons, en forme, malins, à un moment où personne ne regarde, c'est faisable. Mais avec quatre cent mille personnes, difficile de trouver un moment pour passer inaperçu. D'autant que les soldats et les policiers autrichiens ont très rigoureusement veillé à ce que personne ne se carapate dans les buissons. Peu ont essayé : celui qui est pris seul se fait expulser. C'est comme pour les sardines : seul le banc offre la sécurité.

La clôture est garnie de panneaux « Danger ».

Vont-ils allumer l'électricité ?

Lionel s'arrête. Dix mètres devant la clôture. Beaucoup de policiers cagoulés et caparaçonnés de l'autre côté. Des véhicules blindés, des engins qui ressemblent à des charrues. Lionel leur fait un signe amical. Ils ne réagissent pas. Une quantité impressionnante d'armes à feu, toutes sortes de calibres, même des mitrailleuses. Il regarde à droite. Malaika est à côté de lui. Des caméramans les filment en contre-plongée, Malaika ressemble à un ange envoyé de Dieu avec une épée de feu. Saba attrape fermement la main de Malaika, puis la sienne. Il se retourne vers les gens qui avancent derrière eux. Des jeunes, des femmes avec des enfants à la main, dans les bras.

Il se tourne de nouveau vers la clôture et hoche la tête avec détermination. Leur plan : d'abord les femmes et les enfants. Et tous ceux qui sont derrière eux savent : marcher lentement, mais avancer. Toujours avancer. Il n'y a qu'une seule direction.

Et si ça n'avance plus : *push !*

55

« PASSEZ SUR L'ÉCRAN C », dit le chef de l'opération. Le grand écran montre maintenant l'un des secteurs périphériques. Il y a beaucoup de jeunes hommes, un peu trop pour croire à un regroupement fortuit.

« Je pense qu'ils vont tenter les premiers. Puis-je avoir une autre caméra ? »

Les jeux de stratégie ont tous révélé la même chose : ils enverront d'abord les jeunes hommes pour essayer de franchir la clôture et de la fragiliser depuis l'autre côté. Ou de demander asile, c'est aussi une possibilité. Il faut l'éviter. C'est comme avec un ballon de baudruche : quand la peau se déchire à un endroit, on ne peut plus la recoller, tout s'affaisse. C'est le premier trou qu'il faut éviter.

« Haut-parleur ! ordonne le chef de l'opération. Et envoyez deux canons à eau. Tenez-moi ces types à l'écart ! »

En réalité, maintenir l'écart n'est plus vraiment possible. Pour la plupart des personnes aux premiers rangs, la distance avec la redoutable clôture électrique est déjà trop mince. Jusqu'ici personne n'a tenté de la toucher. À certains endroits, les gens commencent à résister à la pression de derrière en poussant à leur tour.

« Faut-il… ? » Gödeke se tourne vers le ministre de l'Intérieur. Côte à côte, ils observent le chaos ordonné, afin de pouvoir à tout moment donner les ordres nécessaires.

Le ministre de l'Intérieur fait non de la tête : « Neuf mille volts sont suffisants. »

Les lignes électriques ont bel et bien été posées, elles fonctionnent, mais elles passent en haut, dans les barbelés qui couronnent la clôture. Ils avaient songé à électrifier l'ensemble, mais cela s'était rapidement avéré contre-productif. Quand une telle foule se presse contre ces installations, à la rigueur il y a quelques centaines de morts avant que la surcharge endommage l'installation. Et pour un si grand nombre de personnes qui ne peuvent pas reculer, une centaine de morts n'aurait aucun effet. Ce ne serait pas plus qu'un « nous avons essayé », et ce signe, on peut l'envoyer plus efficacement avec des tirs ciblés. Les tirs s'entendent de partout et il y a moins de victimes. Et la peur de l'électricité reste intacte. Ça les découragera plus longtemps.

« *We are sick to sit and wait, open up the fucking gate !* chantent-ils désormais.

— Il n'y a pas de *gate* », marmonne le ministre de l'Intérieur. Il n'existe qu'un seul moyen de désorganiser le flot – il faudrait chasser ceux de derrière, les disperser en direction de l'Autriche, ensuite on pourrait repousser aussi ceux qui se sont approchés de la clôture ; et alors ces enfoirés d'en face n'auront qu'à se débrouiller pour retrouver tout le monde, ils auraient dû mieux étudier la situation avant de les laisser passer dans leur pays. Mais ce qui est complètement impossible, c'est de balancer des grenades lacrymogènes ou quelque chose comme ça sur le territoire autrichien.

« D'accord, dit le chef de l'opération, *showtime* ! »

Sous les acclamations des réfugiés, un garçon grimpe sur les épaules d'un autre.

« Les canons à eau, dès qu'il frôle la clôture, dit-il dans son micro-casque. Et préparez-vous à intervenir dans le secteur A, il y en a d'autres. »

L'eau gicle des canons, faisant carrément tomber le garçon perché, mais deux autres ont déjà grimpé et agrippent la clôture. Les poutres en métal sont lisses, désormais mouillées, et pourtant ils s'accrochent comme des geckos, avec un seul bras, l'autre bras, ils le tendent vers l'arrière, apparemment ils veulent qu'on leur donne des vestes ou des couvertures, quelque chose pour couvrir les câbles électriques et le barbelé de l'OTAN.

« Message d'avertissement ! commande le chef de l'opération. Tireurs d'élite, à mes ordres ! »

Ce ne sont pas juste des tentatives d'escalade. La peur de l'électricité a plus d'effet que l'électricité elle-même. Et tant que personne n'escalade la clôture, personne ne connaît l'intensité du courant. Il faut que les réfugiés restent au sol. Le chef de l'opération jette un œil vers le ministre de l'Intérieur et Gödeke mais, comme ils ne réagissent pas, il lance durement : « Tirs d'avertissement ! »

On entend siffler les projectiles. Les caméras montrent la foule qui recule, si tant est qu'on puisse le dire ainsi. Elle semble se contracter, mais elle n'a presque aucune marge de manœuvre. Un mètre – peut-être un demi-mètre. Le garçon accroché à la clôture ne lâche pas.

« Il y est presque, avertit le chef de l'opération. Les doigts ou les jambes ! Tirez ! »

Deux tirs résonnent, puis le garçon retombe dans la foule avec un cri. D'autres tirs claquent, ensuite les images ne montrent plus que la clôture vide. Le ministre de l'Intérieur prend un gobelet de café. Tout à l'heure à la télé, il a vu ce Lionel faire la même chose : prendre un café. Il lève son gobelet et trinque à la santé de son adversaire.

Ça pourrait être pire.

56

LES CAMÉRAS ONT FINI par se retirer, abandonnant la foule à son sort. D'abord, ça lui a semblé logique, parce qu'elles ne pouvaient plus maintenir de distance et donc faire de bonnes images. En plus, il y a beaucoup de caméras montées sur les réfugiés mêmes. Mais à cet instant, Nadège se sent quand même un peu livrée à elle-même. Peut-être à cause des tirs.

Elle n'a pas vraiment vu ce qui s'est passé, juste entendu les détonations. Mais l'histoire a fini par circuler, ils ont tiré sur quelques réfugiés. Une vague d'angoisse a traversé la foule, et tout à coup Saba a crié de douleur, parce que quelqu'un lui avait marché sur le pied. Les tirs ont cessé. « Ça fait partie du jeu, lui a lancé Lionel, ils sont obligés de faire ça. Il n'y a que des blessés. » Il a bien sûr raison.

« Oulàlà, on commence à être assez serrés, dit-elle sur un ton excité au microphone devant sa bouche. Je suis allée dans pas mal de boîtes de nuit. Je me suis faufilée dans les bars pendant le carnaval à Cologne. Mais ici, plus question de danser !

— Tu es à l'image, dit une voix dans son oreillette, tu me fais signe ? À dix heures !

— Vous en êtes déjà au mousseux ou quoi ? C'est midi passé !

— C'est notre drone qui est à dix heures ! De ton point de vue, c'est à gauche, mais pas complètement – non, l'autre gauche ! Là où tu mets – Oui. Voilà. Un petit signe, s'il te plaît ! »

Nadège tend le bras en l'air, ce qui n'est pas si simple, puis elle agite la main en direction du drone. Ça commence à ne plus être très drôle. Elle est à cinq ou six mètres de la clôture, et là ils doivent être de plus en plus serrés. De temps à autre, des garçons essayent de se hisser dessus, mais chacun le paye avec des mains criblées de balles. Plus personne n'ose toucher la clôture. En dessous d'elle, Saba s'agrippe à son genou pour ne pas être emportée par la foule. Nadège se penche vers elle du mieux qu'elle peut.

« Tu veux monter sur les épaules de Lionel ? Ou sur les miennes ? »

Plusieurs personnes le font déjà : prendre les enfants assez âgés sur les épaules. On gagne de la place, et c'est plus sûr pour les enfants.

« Les tiennes.

— D'accord, soupire Nadège, mais il faut que tu m'aides. »

Il est presque impossible de se baisser. Elle ne peut pas simplement soulever Saba, les gens sont si serrés qu'elle doit la faire monter à la verticale, comme un tire-bouchon.

« Serre-toi fort contre moi, dit-elle, je tire et tu grimpes sur moi. Accroche tes pieds dans les poches de mon pantalon.

— Je n'arrive pas à lever les pieds », souffle Saba.

Nadège sent les petits doigts s'agripper aux bretelles de son soutien-gorge, puis les bretelles lâchent. Les doigts se cramponnent à la manche de son tee-shirt. La manche tient. Super produit.

« Tout va bien de votre côté ? dit son oreillette. Tu veux qu'on envoie les hélicoptères ?

— Non, souffle Nadège, tandis que la tête de Saba glisse entre ses seins, c'est maintenant que tout se joue ! Encore un peu et ils seront obligés d'ouvrir. Ils voient bien ce qu'il se passe ! »

Les haut-parleurs carillonnent sans cesse que les réfugiés doivent évacuer la zone frontalière. Anglais, allemand et une autre langue. Ça vous arrangerait bien, se dit Nadège.

« Ma chaussure a disparu, geint Saba.

— Continue, ma puce. En Allemagne, il y a beaucoup de chaussures. »

Les orteils nus de Saba se fourrent dans le ceinturon de Nadège, quelle maligne ! Ses cuisses se serrent autour de Nadège et elle pousse comme si elle escaladait un tronc pour cueillir des noix de coco. Elle se tourne habilement jusqu'à se retrouver sur les épaules de Nadège avec un rire.

« Salut, l'Allemagne, glapit-elle en agitant les deux bras.

— Fais signe à dix heures, ma puce.

— Eh bien, tu vois, la félicite son oreillette.

— Avez-vous les bébés à l'image ? » Nadège souffle. « Ouaaaff !

— Pardon ?

— Wouah, on est vraiment comprimés, là… J'ai du mal à respirer… » Elle souffle de nouveau, plus fort qu'elle ne le voudrait. « Vous voyez les… bébés ? »

Les bébés ne poussent plus les cris habituels. Les pleurs sont empreints de cette vive irritation que les bébés manifestent quand ils en ont vraiment marre.

« Tout est bon, dit l'oreillette, nous les avons, ça a l'air dingue. Les spectateurs sont vachement remontés. Il y a des manifs à Berlin, partout où nous organisons des séances publiques.

— Combien de… specta… aïe ?!!!

— Presque cent mille à Berlin, plus de cinquante-cinq mille à Munich. On n'a pas pu se positionner dans le centre-ville, malheureusement. C'est logique, Munich, c'est là d'où vient le ministre de l'Intérieur ! Mais à la frontière, c'est l'enfer aussi. Plus de dix mille personnes ont fait le trajet. Tu vois, ton boulot est quasi fait. Tu peux préparer tes valises.

— Pas question de se dégonfler, gémit Nadège. C'est précisément ce qu'ils veulent !

— Si tu voyais tous les gens qui arrivent par-derrière, c'est vraiment impressionnant…

— Ça passe ou ça casse, souffle Nadège. Je sais de quoi je parle, je viens d'un milieu très modeste ! Wouah, mais c'est dingue !

— Bon, on va passer en direct, c'est vraiment époustouflant. On est en plein milieu ! On y va dans deux minutes !

— OK !

— Tu devrais peut-être faire descendre Saba.

— Ça ne va pas être possible. » Nadège Hackenbusch essaye de gagner un peu de place, mais ce n'est pas facile.

« C'est embêtant. Si on veut que Saba soit à l'image, on verra à peine ton visage. Et si on t'a bien, Saba est à moitié coupée.

— Je ne peux rien y faire !

— Bon, on va trouver une solution. Grand angle ou quelque chose comme ça. » Nadège attrape le genou de Saba pour l'encourager. Saba couine. Puis Nadège tente de faire signe à Lionel pour lui faire comprendre qu'elle ne va pas tarder à passer à l'antenne. Lionel lève le pouce. La foule l'a embarqué quelques mètres plus loin. Une fois de retour, elle va prendre de belles longues vacances, elle va écrire le livre avec Lionel, ils ont signé il y a une semaine. Et une fois que le livre marchera vraiment bien, elle fera son grand retour à la télévision, un gros truc le jeudi soir. De quoi faire tomber Heidi Klum de son piédestal.

« Dix secondes, Nadège ! dit l'oreillette. Et à dix heures !

— Ça roule ! » Elle lève la tête. « Allez, ma puce ! »

57

« ÇA COMMENCE à être vraiment limite », dit Anke, habituellement une fille de confiance. Tour à tour, elle appuie les mains sur ses hanches et serre les poings, sans cesser de faire les cent pas. Elle fixe l'écran central.

« Ma foi, fait Olav qui se charge de maintenir le contact avec Nadège Hackenbusch via son casque, c'était pire ce midi.

— Pire ?

— D'après ce que je sais, c'étaient les premiers coups de feu en direct à la télévision allemande.

— Au moins, ils ont arrêté de tirer. Regarde ce qui se passe là, c'est comme à Duisburg pour la Love Parade. »

Olav passe en revue les différents écrans en salle-régie. Il secoue la tête et regarde Beate Karstleiter. Elle tapote l'épaule d'un des techniciens. Malgré la lumière tamisée de la salle, Olav se dit que le technicien n'était pas si pâle pendant la matinée. La caméra zoome sur le secteur de la clôture – c'est vrai, les gens sont serrés comme des sardines. Entourées d'hommes plus grands qu'elles, les femmes tiennent leurs têtes de façon peu naturelle, le menton vers le haut pour pouvoir respirer. Tout le monde a déjà vu des images d'heures de pointe dans le métro, mais là ça fait au moins une heure que ça dure. Certaines personnes semblent épuisées, et dans l'ensemble ce sont encore elles qui s'en sortent le mieux.

Parfois, une poussée dans la foule indique qu'à l'arrière un groupe de nouveaux arrivants fait monter la pression. Ces poussées-là, ces ondes de choc vous coupent le souffle rien qu'à les regarder. C'est aussi brutal que lumineux : il ne s'agit pas d'une ruse tactique, ces gens-là veulent entrer dans le pays et pour cela ils sont prêts à mourir. Sauf que cette fois-ci ils n'ont pas choisi la côte sicilienne, mais l'autoroute de Salzbourg.

« Elle, là, regarde, dit Anke, habituellement une fille de confiance, en inspirant bruyamment. Elle est complètement sonnée. La seule chose qui l'empêche de tomber, c'est que c'est trop serré. Elle n'a même plus les yeux ouverts.

— Tu es sûre ? Je ne sais pas, peut-être qu'elle se repose.

— Regardez ! Elle ne se repose pas du tout. Il doit faire trente-cinq, quarante degrés là-bas. »

La porte s'ouvre, Sensenbrink entre dans la salle. Il lit tout de suite sur les visages que l'ambiance est moins sensationnelle que le taux d'audience. « Et que fait notre épatant ministre de l'Intérieur ? Ne voit-il pas ce qui se passe ? N'a-t-il pas de télé ?

— Possible, dit Anke, habituellement de toute confiance. Peut-être qu'il n'est pas sur la bonne chaîne. La télévision bavaroise a cessé de diffuser, en tout cas.

— Ah ouais, ils ont toujours été forts pour ne pas montrer les moments décisifs, se moque Olav.

— Surtout quand ils ont suffisamment engrangé de redevances, minimise Karstleiter.

— Pour quel motif ? » veut savoir Sensenbrink.

Des deux mains, Anke désigne les écrans : « Ils refusent de retransmettre ça, ils ne montrent plus que des images fixes avec un commentaire audio.

— Je viens d'en discuter avec Kärrner au téléphone. La dernière fois que j'ai regardé en détail, la situation était préoccupante, mais pas encore mauvaise. Que s'est-il passé ? »

Anke tapote l'épaule du technicien blafard et il affiche l'image en question. « Vous voyez cette femme ?

— Merde, lance alors Olav, encore une comme ça. Incroyable !

— Et là. » Beate Karstleiter se lève. « Et là aussi ! Une autre. » Elle pointe son doigt vers les endroits en question.

« Mon Dieu, il faut qu'ils fassent attention à leurs enfants s'ils les prennent sur leurs épaules, laisse échapper le technicien. Ils sont à moitié endormis. »

On voit tout un tas d'enfants accablés de fatigue. Certains sont à deux doigts de basculer par-dessus la tête de leurs parents, d'autres vrillent sur le côté, et on voit distinctement quels parents n'ont plus la force de les surveiller.

« Ne vous approchez pas trop pour la retransmission », grogne Sensenbrink. Puis il répète avec insistance : « J'ai dit pas si près !! » Mais le technicien continue de zoomer sur un enfant d'environ trois ans, comme si cela pouvait le réveiller.

« Hééé !!! hurle-t-il. Ton petit est en train de glisser ! »

Puis tout à coup, le gamin a disparu. Il s'est enfoncé sur le côté puis il est tombé la tête en avant, comme quand on fait un plongeon, au milieu de la foule imbriquée.

« Hé, merde, il est passé où ?!

— Il n'a pas pu disparaître, dit Olav, il n'y a pas assez de place pour tomber tout en bas.

— Rembobine, exige Anke, on va regarder ça sur la 5.

— Mais pour le direct, vous passez sur le plan d'ensemble, c'est clair ? » commande Sensenbrink.

Le technicien rembobine, puis repasse l'enregistrement. On voit l'enfant s'enfoncer, sa tête heurte celle d'une fille ou d'une jeune femme derrière lui. La femme tombe à terre, puis l'enfant, avant que la foule se referme sur eux.

« Merde, dit Sensenbrink, putain de merde. »

Anke met les mains devant sa bouche.

« Il faut les sortir de là, dit le technicien. Quelqu'un doit les remonter. Le garçon et la fille !

— Personne ne réagit, observe Karstleiter, sidérée.

— Alors c'est que personne ne peut réagir, dit Olav. Ils ne peuvent pas bouger.

— C'est… c'est pas possible. Ce n'était pas pareil avant… » Sensenbrink se frotte le visage des deux mains. « Ça a dû s'aggraver dans les dernières minutes.

— Non, ça fait un moment que ça dure, dit Anke.

— N'importe quoi. Mon Dieu, ne zoome pas autant, les annonceurs ne veulent pas voir ça.

— Cette fille-là ! » Le technicien se penche vers la gauche et vomit dans la poubelle. Anke, toujours aussi fiable, pousse son fauteuil à roulettes et prend les manettes.

« Je crois que personne ne veut voir ça – oh non, encore une. Là ! Elle va tomber. » Une femme disparaît sans un bruit dans la foule, comme du cacao dans un verre de lait.

« Ce n'était pas comme ça tout à l'heure, fulmine Sensenbrink, on ne peut pas diffuser ça. Montrez les zones en bordure. Mettez une pause pub. Et réduisez l'image du direct. Pourquoi personne ne nous met en garde ? Que fait notre superstar pendant tout ce temps ?

— Nadège ? demande Olav. Comment ça se passe pour vous ?

— Elle est sur quelle caméra, cette branquignole ? veut savoir Sensenbrink.

— Sur la 2, répond le technicien d'une voix tremblante.

— Nadège ? » insiste Olav tandis que Sensenbrink constate : « Vous racontez n'importe quoi. Elle n'est pas sur la 2. »

***

Le ministre de l'Intérieur donne un coup de volant pour éviter le fourgon. La blessure sur son front se rouvre, quelque chose coule le long de sa tempe. Ils commencent même à dépêcher des équipes de la frontière, c'est de la folie, de la folie complète. Il a besoin de chaque homme. Il se penche vers la boîte à gants pour chercher un mouchoir, mais ne trouve que des cigarettes, des manuels et des chargeurs pour un revolver.

Un autre fourgon passe à toute vitesse, gyrophare enclenché, et il manque de se retrouver dans le fossé. Il ne s'est même pas attaché. Il faut qu'ils arrêtent de rappeler les hommes, mais il ne sait pas comment donner cet ordre. Il n'arrive pas à faire marcher ces nouvelles radios, et le réseau mobile est surchargé. Il faudrait qu'il puisse le dire à un policier, mais comme toujours, quand on en a besoin, il n'y en a pas.

Il revient du périmètre de sécurité, c'est la panique. Ce n'est pas la faute des paysans, logique, ça ne leur viendrait jamais à l'idée. Non, ce sont les spectateurs révoltés, des gens venus habiter la campagne pour que leurs enfants aient une vie meilleure ou une vie plus verte ou pour posséder leur propre pelouse où installer leur barbecue à cinq mille euros et une aire de jeux pour enfant unique. Et ce sont aussi les gens venus des villes tout exprès afin d'exiger l'ouverture de la frontière.

Le périmètre de sécurité était bien gardé, il est allé voir lui-même : il fallait s'attendre à ce que ces militants des droits de l'homme et des organisations humanitaires mobilisent leurs troupes. Mais personne n'avait envisagé des images d'une telle violence. Avec Greenpeace ou ces types-là, on peut parler, ce sont des pros. Mais là, il n'y a que des insurgés amateurs ! Les pires, ce sont les nanas. Cet émoi, ces criailleries à vous crever les tympans : « Vous ne pouvez pas comprendre, vous n'avez pas d'enfants ! »

C'est leur nombre qui est fatal. « Vingt mille », lui a dit le jeune officier de police en le conduisant. « Vingt mille ? a-t-il rétorqué. D'après les chiffres de la police ou en vrai ? »

L'officier s'est tourné vers lui : « Si vous voulez mon avis, c'est le double. Largement. »

Et ce « double » avait tout de suite compris qu'il n'y avait là que quelques centaines de policiers. Les axes routiers auraient dû être bloqués, mais ce n'est pas du tout la même chose de bloquer de vieux briscards d'activistes lors du G20 et des personnes persuadées qu'elles doivent sauver des vies à tout prix. À un moment, les manifestants ont tout simplement franchi les barrières installées sur les routes. Et les milices citoyennes ont cru voir arriver leur heure de gloire. Il l'a constaté de ses propres yeux. Lui et l'officier se sont arrêtés à une barrière pour se faire une idée de la situation. Des idiots vêtus d'uniformes absurdes sont sortis des buissons, avec des stocks d'armes étonnants, et ils ont essayé de fraterniser avec la police. Au moins quatre postes ont rapporté ce genre d'incidents, c'est incroyable le nombre de fous que révèle cette affaire. Quelques policiers étaient même contents, on a peine à le croire. Il a ordonné par radio de faire cesser ces familiarités, puis il a entendu les tirs. Ce n'était pas des coups de semonce, ces pseudo-policiers tiraient dans la foule en hurlant : « Cassez-vous ! C'est notre pays ! »

Le ministre de l'Intérieur secoue la tête comme pour chasser une pensée désagréable. Il les a observés tandis que le jeune officier demandait des renforts avec la radio du tout-terrain. Un homme rondouillard, tatoué, avec un brassard des SS customisé a tiré à deux reprises dans le ventre d'un homme avec une kalachnikov avant de terrasser la femme particulièrement crispante à ses côtés à l'aide de la crosse, un mouvement professionnel, bref et brutal, l'arête de la crosse tapant le côté de la tête, puis la tête qui fait un angle droit comme si le cou était en papier et la femme qui s'écroule comme un mannequin de vitrine.

Le jeune officier a sauté de la voiture, retiré son pistolet de l'étui et crié au ministre de l'Intérieur : « Montez et allez immédiatement au centre de coordination ! Trouvez-nous des renforts ! Allez, vite ! » Il a tiré une première fois, un coup d'avertissement, mais comme l'homme à la kalachnikov ne réagissait pas, il lui a tiré dessus, deux, trois fois. L'homme est tombé à genoux, et quatre autres idiots ont fait volte-face, mis en joue le jeune officier et lui ont logé deux balles dans la tête. Sans hésiter, avec un mouvement huilé, une rotation, lever du fusil, pan, comme s'ils faisaient ça tous les jours. Alors le ministre de l'Intérieur a fait rugir le moteur du tout-terrain. Deux hommes se sont retournés vers les manifestants hurlant, les deux autres lui ont tiré dessus. Plusieurs balles ont atteint la tôle. Quelque chose a sifflé près de son visage, ça dégageait de la chaleur. À présent, il a passé une colline et se trouve hors de portée.

Le ministre de l'Intérieur tire le maximum de la voiture, fait tout ce qu'il a appris au cours de rallye. Qu'a donc foutu le bureau de la protection de la Constitution ces derniers mois ? Comment est-il possible qu'il y ait des hordes entières de ces types ? C'est presque l'état d'urgence, il va avoir besoin de l'armée. Il évite un arbre qui dépasse sur la chaussée et manque de percuter un fourgon qui a dû se renverser en faisant une manœuvre similaire. Il voit des policiers s'occuper d'autres policiers, il fait bifurquer son véhicule dans le champ attenant, en priant pour que ces tout-terrain fonctionnent vraiment, et il appuie sur l'accélérateur. Le moteur hurle et catapulte de nouveau le véhicule sur la chaussée. Le ministre se jette sur le côté pour éviter que sa tête cogne le plafond, il sort son portable et écrit d'une seule main.

Il aurait dû faire venir l'armée dès le départ, mais ce n'était pas encore l'état d'urgence, ça n'aurait été possible que pour apporter une aide humanitaire, et il n'avait pas voulu envoyer de faux signes d'espoir. Il ne fallait pas que les réfugiés croient qu'ils étaient en train de leur monter les tentes. Mais il aurait eu des brigades et des troupes, des hommes en veux-tu en voilà, il aurait suffi de leur filer un flingue. Quoi qu'on fasse, ce n'est jamais bon, et en plus ce foutu réseau mobile ne sert à rien.

Un autre transporteur se dirige vers lui, le ministre de l'Intérieur écrase le frein, son poids le propulse contre le volant, puis il change de vitesse et appuie de nouveau sur l'accélérateur. Il aperçoit le centre de coordination au loin. Il fonce presque jusque devant la porte, un muret en béton assure la majeure partie du freinage, à grand-peine le ministre se rattrape au tableau de bord et au toit, sa tête heurte le volant, il ne sent même pas que ses incisives s'enfoncent dans sa lèvre inférieure. Il remarque un objet léger qui, tombé du pare-soleil, glisse le long de sa tempe ensanglantée. Il s'effondre dans le fauteuil. Étourdi, il regarde par terre, voit un bout de papier et le ramasse. Une photo du jeune officier avec une fille. Le jeune officier est torse nu, il porte son képi de service de travers. La fille en bikini se serre contre lui, prête à attraper son képi, mais il retient la fille d'un bras et de l'autre le képi. Elle rit. Quelques mots sont inscrits au stylo :

« Mon gardien de la paix. »

« Mon » est souligné.

Et à la place des points sur les I, il y a des cœurs.

***

Nadège reprend ses esprits parce qu'elle est allongée dans une position incroyablement inconfortable : ses jambes, ses bras sont emboîtés avec d'autres jambes, complètement tordues, il lui est quasi impossible de les rapprocher. Son visage est tourné vers le côté, un pied pousse contre l'arrière de sa tête, sa joue frotte sur l'asphalte.

Les chœurs ont décliné. À la place on entend des gémissements, des appels à l'aide et des voix masculines qui crient des choses censées apporter du réconfort. Elle comprend quelques mots, « encore » et « frontière ».

Il faut qu'elle réussisse à se lever.

« Olav ? dit-elle dans son micro. Olav ? »

Olav ne répond pas.

« Olav, répète Nadège particulièrement fort, pensant que la connexion est peut-être défaillante, envoyez l'hélicoptère ! Immédiatement ! » Puis elle se souvient qu'en dessous de sa hanche gauche, il devrait y avoir les angles de l'émetteur. Mais il n'est pas là. Se lever. Poser les genoux à terre et se redresser. Elle tente de se retourner, mais là où elle veut aller, il y a d'autres jambes. Elle essaye de frapper dessus pour attirer l'attention, mais elle ne peut prendre aucun recul. Probablement que ces jambes ne sentent pas la différence entre ses mains et d'autres jambes.

« Lionel ! »

Un cri rauque s'est arraché d'elle. Puis elle appelle plus fort : « Saba ! »

***

J'ai échoué, se dit l'amiral Mahmoud.

Il est là où doit se trouver un amiral, en première ligne. Il a toujours voulu être un vrai amiral, un chef qui reste avec ses troupes, pas un de ceux qui se planquent.

Il a essayé de structurer tous ces gens, mais ce n'est plus possible.

Il a essayé de former des anneaux pour protéger les femmes et les enfants, mais ils ont rapidement été crevés, devenant inutiles.

Il a hurlé, il en a appelé à l'honneur de chacun, mais désormais il n'arrive plus à inspirer assez d'air pour se faire entendre. Il se tient devant la clôture et tente désespérément d'empêcher que ses bras ou ses jambes glissent à travers.

Il a vu ce qui arrivait si la foule avait le malheur de se déplacer à ce moment-là. Des membres formant des angles qu'on croirait impossibles, avant de comprendre qu'ils ne sont plus accrochés aux os, juste à la peau. Mais le plus inquiétant, c'est le silence. Plus personne ne respire assez pour pouvoir crier.

***

« Ils sont passés où, tes Allemands, hein ? »

Lionel n'arrive pas à savoir à qui est la voix, elle n'est pas forte, mais distincte, et elle vient d'un endroit vers lequel il ne peut pas se tourner.

« Ils sont où, tes Allemands ?

— Ils… ils vont ouvrir, dit Lionel à grand-peine.

— Tu parles… Ils vont… nous… laisser crever. »

Lionel veut faire une réponse plus longue. Il veut dire quelque chose comme : « C'est la phase décisive, il faut la surmonter, on savait que ça allait arriver. » Mais il n'arrive pas à respirer. Alors il se contente de murmurer : « Ils ne… peuvent… pas. »

Il y a déjà des morts. Et si les Allemands se décident finalement à accomplir un miracle, il y en aura d'autres. Lionel ne veut pas en faire partie. Il ne sent plus ses mains, ses jambes sont engourdies.

Ça se dit si facilement : « Quoi qu'il en soit, nous risquerons notre vie. »

Mais au fond, si on la risque, c'est qu'on part du principe qu'on ne la perdra pas.

« Où sont tes Allemands ?

— Où est Malaika ? »

Lionel ne sait pas quoi répondre. Et il constate qu'il n'en a plus rien à faire, pourvu qu'il survive à cette journée.

***

« Ils ne peuvent pas faire ça. »

Il est encore à l'extérieur, mais il entend déjà hurler Gödeke. « C'est leur pays de merde. »

Un policier s'empresse de lui ouvrir la porte du centre de coordination. Gödeke se tient au milieu de la pièce, criant, fulminant, entouré d'un groupe de policiers qui fixent les écrans, les visages incrédules. Du coin de l'œil, le ministre de l'Intérieur discerne les infos qui défilent : « ckenbusch portée disparue +++ plusieurs morts +++ l'UE propose la prise en charge de 15 000 réfugiés +++ Nadège Hackenbusch portée disparue +++ » Mais les mauvaises nouvelles, celles qui craignent vraiment, ne viennent pas de la télévision. Ce sont celles des caméras de surveillance du côté allemand de la clôture, les images hyper exclusives.

Des visages épuisés, léthargiques, que la foule presse contre la clôture en acier comme contre un gigantesque coupe-œuf. C'est le silence complet, le ministre de l'Intérieur n'a encore jamais vu ça : une terreur pareille sans que personne crie. Les bras se tendent à travers la clôture, suppliant, certains ne pendent plus que mollement. Il voit la tête d'un enfant dans une position très peu naturelle.

« C'est de la non-assistance, crie Gödeke. Je ne veux pas savoir ce qu'il se passerait si on se permettait une chose pareille. »

Le ministre de l'Intérieur se dit que c'est précisément ce qu'ils sont en train de faire.

Il regarde les policiers qui fixent les écrans, les têtes dodelinantes, ils sont dépassés. Les plus âgés n'arrivent plus à regarder, ils ne cessent de détourner les yeux, encore et encore. Des officiers, un commissaire, des personnes expérimentées. Ils paraissent découragés. Et de plus en plus souvent, quand ils détournent le regard, c'est sur lui qu'il tombe. Jusqu'à ce que, l'un après l'autre, ils se soient tous tournés vers lui. Le chef des opérations le dernier. Ce n'est pas de la désobéissance. Ils demandent de l'aide.

Le ministre de l'Intérieur tente de rester objectif. Il doit y avoir une solution, peu importe que les images soient insupportables. Quelle est leur priorité ? Quelle est sa tâche la plus urgente ? Il doit représenter les intérêts de son pays, il doit agir pour le bien de ses citoyens. Mais ce qui est en train de se dérouler, est-ce pour le bien des citoyens ?

« Monsieur le ministre, dit Gödeke, que devons-nous faire ? »

Leubl avait affirmé que ces actes changeraient les citoyens. Que ce qui est en train de se passer ferait d'eux des meurtriers, ou des complices de meurtriers. Il ne sait pas si c'est vrai, mais il sait que s'il continue de permettre qu'il y ait des morts, les Allemands seront bientôt les citoyens d'un autre pays.

On ne l'a pas élu pour qu'il change le pays à l'insu de tous.

Mais l'arrivée de plus de réfugiés va aussi changer le pays.

Alors, si de toute façon le pays change : quel autre pays veut-on ? Il enfonce ses mains dans les poches de son pantalon.

Il sent quelque chose sous ses doigts. Du carton. La photo. La jeune femme. L'officier.

Le ministre se redresse. Ça lui en coûte, sa voix dénote un mélange de colère, de découragement et de détermination, tandis que son poing se resserre sur la photo.

« Mesdames et messieurs, le but de notre mission a changé. Ce que nous voyons ici est peut-être notre droit. Mais ce n'est pas la justice. »

***

Nadège n'a pas l'impression que qui que ce soit réagisse à ses appels. Elle entend des cris sourds venant d'ailleurs. Une onde de choc traverse la foule, une poussée qui se dirige sûrement vers l'endroit où se trouve la frontière, et en même temps se répand un gémissement collectif.

« Saba ! »

Au sol, elle est inutile, il faut qu'elle se lève, qu'elle prenne appui sur son bras et se hisse. Elle tire sur un pantalon et se fait promptement écraser l'avant-bras par un pied. Nadège pousse un cri. Le pied se tourne jusqu'à ce qu'il n'y ait plus que les orteils sur son bras, apparemment le pied ne peut pas faire plus, mais Nadège est déjà reconnaissante. Soudain elle sent que sa main se mouille, elle devient chaude. Puis elle se rend compte que le sol est humide à plusieurs endroits, sous son visage aussi, mais là, c'est sûrement du sang.

« Je suis ici ! crie-t-elle. Eh !! En bas ! Saba ! Où es-tu ? »

Elle soulève péniblement un genou, mais ça n'aide pas, elle risque même de tomber sur le dos. Se retrouver sur le dos lui semble instinctivement l'option la plus dangereuse.

« Nadège, entend-elle tout doucement.

— Saba ? Où es-tu ?

— ... ège ! » Il lui est impossible de distinguer d'où viennent les cris étouffés. « ...dèèège !

— Je viens vers toi, je viens te chercher ! » crie Nadège, puis une autre onde traverse la foule, les gens au-dessus d'elle se meuvent comme de grosses vagues massives, la cohue devient encore plus compacte. « Oufffff », font les hommes et, lorsque sous la pression l'air s'échappe de leurs poumons, les femmes crient. Nadège Hackenbusch hurle de douleur quand son pied se fait écraser par une personne très lourde. Par réflexe, elle essaye de retirer sa jambe, mais la pression se déplace et une douleur encore plus aiguë jaillit dans sa cheville. Elle sent sa jambe céder sous le poids, la douleur ne diminue pas, elle siffle et bourdonne dans ses oreilles, Nadège halète, les jambes tournent autour d'elle, elle s'efforce de rester consciente malgré l'atroce douleur. Elle sent que le poids se déplace, écrasant uniquement son mollet, mais alors un pied sur son épaule la pousse en arrière.

« Lionel ! » hurle Nadège de toutes ses forces. Il y a de plus en plus de pieds. Ils avancent en tâtonnant, ils sentent bien qu'ils ne se posent pas sur le sol, c'est trop mou, puis ils se relèvent, rapidement, mais avec peine, comme s'ils devaient traverser un liquide visqueux, ils essayent de trouver une autre position, mais c'est impossible, les pieds la tâtent comme des extraterrestres aveugles le feraient avec une forme de vie inconnue, et pour finir, ils sont bien obligés de se poser quelque part, alors il ne reste plus à Nadège qu'à se tourner sur le côté afin que les pieds glissent sur elle.

« Lionel ! Je suis ici ! »

Elle n'est pas sûre que sa voix parvienne à pénétrer la couche de culs humains. Désespérée, elle se met à pincer toutes les jambes à sa portée, elle essaye de mordre la jambe à qui appartient le pied sur son épaule. La jambe réagit, se déplace vers sa poitrine, poussant son omoplate contre une autre jambe qui s'affaisse d'un ou deux centimètres, de sorte que Nadège glisse davantage en arrière.

« Lionel !! glapit-elle, paniquée. Je suis ici ! »

Au-dessus, une voix hurle des ordres. Les jambes essayent de se coordonner.

« Meumm ! » hurle la voix étouffée. Puis plus distinctement : « La main ! »

Elle tend une main vers le haut, elle arrive à la monter à hauteur de genou, même si elle est tordue vers l'arrière. Puis elle sent les pointes de doigts calleux, mais n'arrive pas à les saisir. Ses doigts tâtonnent, elle réussit à les accrocher à ceux de la main calleuse, puis une autre poussée compresse la foule, la main s'éloigne et son bras se coince sous un genou, s'écrasant contre l'asphalte. Elle sent que le genou veut se redresser, d'abord lentement, puis dans un effort désespéré, mais finalement le genou devient étonnamment flasque.

« N... dège, fait une voix lointaine... ai peur ! »

Nadège réprime la panique. Elle a souvent discuté avec Lionel de ce qui pourrait se passer si les frontières ne s'ouvraient pas, et il a dit qu'il n'existait aucune clôture au monde capable de résister durablement à une telle pression. C'est peut-être seulement une question de minutes avant que la clôture tombe et que cette folie cesse. Une personne pas trop lourde lui marche sur le ventre.

« Saba, tiens bon ! crie Nadège péniblement. C'est bientôt fini. »

Épuisée, elle attend la réponse. Sa nuque est endolorie, c'est incroyablement fatigant de maintenir la tête en hauteur comme ça.

« Saba, tu m'entends !?! »

Il suffit d'une fraction de seconde. Nadège vient de reconsidérer toute la situation, et soudain la conviction est là, claire comme une journée limpide, il n'y a pas le moindre doute : si elle n'arrive pas à se relever dans les minutes qui suivent, elle n'entendra plus jamais Saba. Elle se met à pousser des cris stridents, pas de mots, elle hurle simplement aussi fort et aigu que possible, plus fort que jamais dans toute sa vie, tout le monde doit comprendre que ça suffit, qu'il ne s'agit pas de quelques égratignures, mais de la vie de Saba. Nadège libère des forces dont elle ne soupçonnait pas l'existence. L'insupportable douleur dans sa jambe lui paraît soudain ridicule, elle tire et pousse et lutte pour remonter.

Mais elle arrive à peine à hauteur de genou.

Une rotule percute brutalement dans son nez, elle sent que ça saigne, mais elle ne peut pas atteindre son nez pour l'essuyer. Elle crie, tente de crier encore plus fort, mais sa voix chavire, elle n'est plus aussi pénétrante, et tout à coup, plus loin, elle entend une autre femme crier de la même manière, mais plus fort encore.

« Saba ! » glapit Nadège, mais peut-être qu'elle croit seulement crier, c'est difficile à dire, parce que la douleur dans son pied est revenue, plus lancinante encore. Une jambe fait glisser le micro-casque qu'elle porte sur la tête, l'arceau pointu s'enfonce dans son oreille, un pied monte sur sa tête et glisse sur son visage, le long de son nez endolori. Elle éprouve une sorte de fatigue, une fatigue préparatoire, car elle sait qu'elle va avoir besoin de beaucoup de force, ça va être très épuisant, beaucoup plus épuisant qu'avant, il faut qu'elle rassemble toutes ses forces. Ce serait bien de se reposer encore un petit instant, c'est tellement agaçant et inutile de constamment repousser ces jambes, dès qu'on en dégage une, une autre arrive, maintenant quelqu'un d'autre se tient sur sa cuisse, elle se tourne sur le côté, mais le pied reste où il est, c'est supportable, et il est plus important de se reposer, elle doit protéger son thorax et se faire toute mince, une nouvelle poussée traverse la foule, et désormais deux pieds la plaquent au sol, sa tête percute violemment l'asphalte, elle la soulève, presque par réflexe, car soudain le sol lui paraît accueillant et confortable, si seulement sa jambe n'était pas...

***

De l'espoir bleu clignotant. Ce sont tous les camions de pompiers qui ont pu se déplacer jusqu'à la frontière. Ils travaillent sur la clôture, ils travaillent fébrilement, et ils pestent contre cette clôture de merde faite avec un acier de merde, presque impossible à couper même avec les cisailles les plus solides. Au début ils s'y sont mal pris, se servant de l'avant de la lame, et la pression n'était pas suffisante. Il faut être au plus près du point de jonction, mais alors les lames s'enfoncent dans la foule compressée contre la clôture. Ils ont hésité. Ils ont appelé la direction de l'intervention. Jusqu'à ce que le ministre de l'Intérieur arrive en courant du centre de coordination. Il a arraché l'appareil peu maniable des mains du premier pompier qui se présentait.

Maintenant, on dirait que le ministre a pris un bain de sang. Avec un pompier, ils se relaient et ont sectionné trois barres, pour cela il a dû entailler un pied mort et un pied vivant. Autour de lui deux pompiers dirigent deux pelleteuses pour éviter que la clôture ne tombe soudainement et écrase les sauveteurs. Mais ils manquent d'hommes, de pelleteuses, de tout. La plupart des policiers ont été envoyés en renfort dans la zone frontalière. Ils doivent s'assurer que les pompiers et les sauveteurs puissent passer, s'ils ne sont pas déjà impliqués dans des combats avec des activistes d'extrême droite. De vrais combats, pas juste des cocktails Molotov, non, des attaques groupées de personnes disposant d'une formation militaire, des semi-professionnels qui veulent atteindre la frontière pour se charger eux-mêmes de faire régner la justice. Les hélicoptères survolent la zone. Pour ça au moins, les Autrichiens ont donné leur autorisation. Ils tentent d'aller chercher les réfugiés au bout de l'embouteillage pour les amener en Allemagne. Mais les réfugiés ne font pas confiance aux pilotes. Ils veulent passer la frontière à pied, c'est le seul moyen d'être sûr d'arriver à bon port.

C'est incroyable de voir la clôture ployer ainsi. Tout finit par se tordre un jour ou l'autre, n'importe quel acier peut se déformer, il le sait, mais quand on a vu à quoi ressemblait la clôture avant, on peine à le croire. Ils ont coupé l'électricité. Ils se sont demandé un instant s'il fallait inciter les réfugiés à grimper, mais la seule conséquence serait que les plus costauds monteraient sur les plus faibles. Dans le pire des cas, la clôture serait alors remplie d'êtres humains, accrochés aux fils de fer comme les cadenas aux ponts, et elle finirait par tomber du mauvais côté. Il faut diminuer la pression de façon contrôlée. Le seul moyen, c'est de créer une ouverture.

Il n'entend même plus les appels à l'aide, d'ailleurs ils ne sont plus aussi insistants, les gens sont exténués et les profèrent mécaniquement, comme un disque rayé. Certains interprètent l'aide soudaine comme le signe que la clôture peut être franchie, mais à l'avant, les gens sont trop faibles pour se hisser dessus, ou bien ils sont coincés. Il faudrait retirer les barbelés de l'OTAN. Le ministre hurle cette idée aux pompiers qui commencent à discuter en continuant de travailler. Normalement, quand on construit une clôture, on ne réfléchit pas à la façon la plus simple de retirer les barbelés.

Quelqu'un apporte une tronçonneuse, on dirait un énorme couteau à pain. Le ministre entend quelqu'un dire : « Tant pis. » Puis : « Autrement ils vont tous crever ! » Quelqu'un lance la machine, le bruit est vilain.

Un petit garçon est étendu à terre, juste à côté de la clôture. Il regarde le ministre dans les yeux. Le ministre serait un peu plus détendu si le garçon ne le regardait pas constamment. Il a déjà essayé de placer les cisailles autrement, afin de ne pas être dans son champ de vision, mais il n'y a qu'un seul angle qui convienne. Lorsqu'il l'a aperçu la première fois, il a essayé de l'encourager. Le garçon n'a pas réagi. Alors le ministre a retiré sa veste. Il a essayé d'améliorer la performance des cisailles en changeant de position, et il a remarqué le regard critique du garçon, comme si celui-ci s'étonnait de sa maladresse. Et soudain son expression a changé.

Le ministre entend un éclat assourdi, probablement un raté d'allumage, il lève la tête pour voir si les outils fonctionnent normalement, mais personne ne réagit. Il serre les dents et appuie de toutes ses forces sur le métal. La clôture grince, indignée, comme si elle se languissait de quelqu'un. Ils ont dû réussir à retirer une pièce importante, car la pelleteuse se met à chanceler. Le conducteur fait rugir le moteur pour accentuer la pression sur la clôture. Le ministre donne encore une fois tout ce qu'il a, puis il se laisse tomber en arrière et le pompier prend le relais.

Le garçon doit avoir huit ou neuf ans, c'est difficile à dire, car on ne voit que sa tête, et celle-ci ne semble plus avoir de réelle forme. Quelqu'un est dessus, et de toute évidence sur cette personne il y a encore une autre personne. Cela ne fait plus rien au garçon. Le ministre essaye de détourner le regard, mais ça lui donne l'impression de le trahir. Comme si le garçon lui interdisait de se défiler.

Il étire son dos en gémissant et là, il l'entend de nouveau. Un éclat sourd, suivi d'un deuxième.

Ça vient de l'autre côté.

58

ASTRID VON ROËLL a éteint l'écran. Elle ne peut pas regarder ça, elle a une tendance à l'agoraphobie. De toute façon, elle n'a aucune influence sur les événements. Kay est quelque part avec son drone, l'agence s'occupe des actualités du jour. C'est comme autrefois avec les collègues du sport, il faut attendre les résultats. Ça ne peut pas être si passionnant, pourquoi ce serait différent du passage des autres frontières ? L'Allemagne est l'un des pays les plus riches du monde, ils vont bien finir par ouvrir la porte.

Ces derniers jours, elle s'est souvent demandé si elle devait écrire une nécrologie de Nadège, au cas où. Les grandes rédactions, les grandes agences le font, à partir d'un certain âge, pour certaines personnes connues, elles ont des nécrologies dans les tiroirs, afin d'être les plus rapides une fois que la chose arrive. Mais ça n'est pas toujours prévisible, il suffit de voir Udo Jürgens. Un jour encore sur scène, le lendemain – pfft.

En vérité, elle a été obligée de se poser la question, car l'abruti de vice-président a évoqué l'éventualité. « C'est bien sûr un sujet déplaisant, madame von Roëll, mais il faut que nous soyons professionnels… »

Premièrement, elle n'est pas une agence de presse, deuxièmement, elle en fait déjà beaucoup, troisièmement, elle est un être humain et quatrièmement, il est bien possible que Nadège ne meure pas, et dans ce cas tout ce travail aura été vain. Cela dit sans cynisme. D'ailleurs, il est complètement inimaginable que Nadège meure. Les bandeaux déroulants des télés n'y changent rien.

C'est exactement ce qu'elle a dit à cet idiot de vice-président : « D'où sortez-vous cette idée ? C'est Nadège Hackenbusch ! Si elle meurt, c'est que c'est écrit dans le scénario ! » Et c'est d'autant plus vrai pour « portée disparue ».

Il s'est rendu à l'évidence. De plus, une nécrologie, même une stagiaire peut la bricoler. Astrid, elle, est responsable de la touche personnelle : « Les dernières heures de Nadège Hackenbusch – comment je les ai vécues ».

Elle se dirige vers l'avant et s'assoit sur le siège conducteur. Elle pose les pieds en hauteur. Dans le bus devant elle, trois jeunes hommes assis dans le fond regardent dehors. Ils rient et font mine de flirter. Elle secoue la tête, désapprobatrice, mais secrètement elle se sent flattée. Le camping-car va lui manquer. Au moins un peu. Combien de fois va-t-elle encore dormir ici ? Une nuit ? Deux nuits ?

Est-ce que la maison de l'Histoire s'intéressera à son véhicule ? Après tout, l'un des plus longs reportages dans l'histoire de l'Allemagne a été créé ici. Probablement *le* plus long. Et l'un des meilleurs, il ne faudra pas hésiter à le préciser quand on lui donnera le prix Henri Nannen. Ou ce prix Theodor machin chose. Le Pulitzer serait possible aussi, malheureusement pour le moment personne ne la connaît à New York.

Elle sent une sorte de secousse étouffée, venant d'en bas. Comme si l'autoroute avait pété.

Apparemment, les types dans le bus l'ont sentie eux aussi. Astrid affiche un visage ahuri, drôle et innocent, et lève les mains : ce n'est pas sa faute. Mais les garçons ne font pas attention à elle. Ils regardent au-delà du toit de son camping-car et pointent leurs doigts sur quelque chose. Puis le sol pète de nouveau. Astrid fronce les sourcils. Elle ôte ses pieds du tableau de bord et descend.

Son regard parcourt les cars garés à la queue leu leu. Il n'y a presque personne en vue, tout le monde est à l'intérieur, parce que, avec ce soleil, on y voit mieux l'écran du smartphone. Pour eux, ce qu'il se passe à la frontière n'est pas sans importance. Très, très loin, Astrid discerne deux colonnes de fumée. Elle se retourne.

Sur le chemin parallèle à l'autoroute, il y a une voiture de police, lancée à toute vitesse. L'homme sur le siège passager gesticule violemment. La voiture roule en marche arrière et finit par s'écarter du chemin. Elle pénètre dans le champ, puis ses roues patinent. Le moteur s'emballe, le policier gesticulant ouvre précipitamment la portière et s'enfuit à travers champs. Il fait de grands sauts gauches, s'enfonçant chaque fois jusqu'aux chevilles dans la terre. Astrid éclate de rire.

L'autoroute tremble et hurle, cette fois-ci ça vient de devant. Astrid se retourne et voit une boule de feu au milieu des bus. Encore une boule de feu, une autre, et une autre, c'est comme une chaîne de boules, comme une énorme mèche. Elle regarde le car devant elle, le bruit devient incroyablement fort, le vacarme l'engloutit comme une grande gueule de dragon, puis il ne reste qu'un tintement dans les oreilles.

Le car n'a plus de fenêtres, ni à l'arrière ni sur les côtés, pas une seule, il vaut mieux, car ainsi les gens en feu peuvent se glisser à l'extérieur. Ils crient, mais de toute évidence ils sont enroués, Astrid n'entend rien du tout, de toute façon, il n'y en a plus qu'un seul qui crie, les deux autres ne grimpent plus, ils pendent par la fenêtre comme des couvertures qu'on aère, des lits en feu, ça va sacrément sentir le roussi.

Beds are burning, pense Astrid.

Une femme s'efforce d'ouvrir la porte arrière du car, mais celle-ci ne bouge pas d'un millimètre, apparemment quelque chose la bloque à l'intérieur, la femme se retourne pour appeler quelqu'un dans le bus, elle se baisse en pleurant pour enlever ce qui bloque. Son visage réapparaît, la bouche grande ouverte, elle abandonne la porte et tente de ramper à travers l'étroite fenêtre brisée, elle passe la tête, une épaule, un bras, la bouche toujours grande ouverte, Astrid n'a encore jamais vu quelqu'un ouvrir de si grands yeux, puis les cheveux de la femme prennent feu et une grande flamme roule à travers tout le car.

The time has come.

De l'air chaud cingle le visage d'Astrid, mais cet air est plus dur que l'air, c'est comme si elle s'était précipitée tête la première contre un mur ardent. Elle sent l'odeur de cheveux brûlés, la sueur goutte dans ses yeux, elle s'essuie le visage avec sa manche, ça fait mal, la sueur est rouge cramoisi, elle tâte son front et retire un débris de verre qui s'est enfoncé sous sa peau comme pour faire une petite poche pratique.

Astrid décide de suivre le policier sautillant, puis elle se tord la cheville. La jambe droite de son pantalon manque, mais ce n'est pas très grave, de toute façon elle voulait le jeter, par contre un morceau du car dépasse de son genou, sa jambe ne fonctionne pas vraiment comme avant, d'ailleurs il manque de la peau, on peut voir comment s'emboîtent les différentes parties du genou, ça ressemble un peu à un poulet. Peut-être n'est-ce pas juste le genou, car il y a aussi un autre morceau de tôle dans sa cuisse. Son pantalon ruisselle. C'est sûrement une bonne chose : avec tout ce feu partout, elle ne brûlera pas si facilement. C'est chouette que ça ne fasse pas mal, pas du tout même, elle a vraiment eu de la chance.

Elle se tourne vers le bus derrière le camping-car encore intact. La porte s'ouvre, un homme descend, poussé par des douzaines de mains, il regarde Astrid, et cette fois-ci elle ne se sent pas flattée, tellement il a l'air horrifié, elle fait un geste agacé de la tête et lève les yeux au ciel. Là, elle a l'impression de voir une cigarette qui flotte dans l'air. Quelque chose se détache de la cigarette, deux plus petites cigarettes, dont une qui se dirige vers elle, puis le sang coule de nouveau dans ses yeux. Lorsqu'elle l'a essuyé, l'homme aussi a pris feu, ainsi que le bus. Un truc enflammé rampe par terre, puis il se tourne sur le dos, sans force, et continue de se consumer sans bouger.

Le camping-car d'Astrid explose sans un bruit.

Un jour, quand elle était enfant, Astrid est rentrée à vélo sous la grêle avec sa meilleure copine, en plein été, c'était drôle et douloureux à la fois, les grêlons sautaient partout, ils pétillaient sur la peau, sur le visage, elle a crié et Biggi, une fille un peu potelée, a crié à son tour ; maintenant Astrid est étendue par terre, elle essaye de crier sous les grêlons, mais n'émet qu'un pénible borborygme, il faut qu'elle se repose, le souffle lui manque. Elle se laisse aller en arrière, elle a la tête qui tourne et, allongée, elle se sent mieux, le sang s'écoule alors de ses yeux, elle soulève prudemment la tête, cette lourde lourde tête, elle voit des couverts dépasser de sa poitrine, deux couteaux, des fourchettes, au moins il ne faudra pas les chercher tout à l'heure, et planté dans son épaule un morceau de l'étui à couverts. Astrid s'étrangle, elle tousse, il y a quelque chose dans sa gorge, dans ses poumons, manquait plus que ça, elle a dû avaler de travers, elle se racle la gorge, sa bouche a un goût qui lui rappelle l'odeur d'un garage, pas là où c'est plein d'huile, mais là où il y a tous ces copeaux métalliques, une fois elle est sortie avec un mécanicien, il ne supportait pas la vue du sang, il n'aimerait pas du tout son tee-shirt, même s'il est mouillé.

Elle a horriblement froid tout à coup. Étonnant, après tout son camping-car est en flammes. Avec ça, le musée ne va plus pouvoir s'amuser.

59

LE MINISTRE DE L'INTÉRIEUR pourrait jurer que c'est arrivé au moment où les pompiers l'ont tiré en arrière. Un gémissement a traversé la foule compacte, le segment de clôture lui a soudain sauté dessus et le pompier qui le relayait l'a attrapé par le col pour le tirer hors de la zone dangereuse. Ils ont vu la clôture s'effondrer sur une largeur de dix ou quinze mètres, comme si elle s'était changée en cire molle. La foule qui déborde du chaudron, une bouillasse humaine, horrifiée, paniquée, sens dessus dessous. Il a compris que les sauver coûtera des vies et prié pour que ce soit peu. Faites qu'il y en ait moins de cinquante, s'il vous plaît, ou moins de cent, Seigneur, faites qu'il y en ait peu, car ils meurent par ma faute, punis-moi, mais épargne-les. Ils voulaient atteindre la Terre promise, comme ton peuple, et ce que j'ai infligé au plus insignifiant parmi eux, je l'ai infligé des milliers de fois.

Il a prié pour que le reste de la structure s'effondre au plus vite, afin que tout le monde ne soit pas obligé de se presser au travers de cette ridicule faille, et il se souvient d'avoir vu l'autre bout de la clôture vaciller avant de tomber également. Cette sensation de bonheur complètement irrationnelle, ce soulagement incroyable, comme si, au final, il pouvait y avoir un happy end. Mais ça ne sera pas un happy end, il peut aisément deviner que ce qu'ils trouveront au-delà de la clôture sera affreux, pas seulement à cause du garçon aux yeux morts.

Puis il se souvient d'une série de boules de feu s'élevant depuis la vallée, des perles étincelantes rouge et jaune, s'enchaînant avec précision, comme agencées par une bureaucratie divine. Elles s'approchent et le chaudron humain explose, faisant gicler dix ou vingt de ces perles de feu. Il se souvient qu'un être humain vole vers lui, tournoyant comme un danseur, les bras écartés, mais sans jambes et sans tête, avec un drôle de chapeau brûlant à la main, une sorte de casquette de capitaine. À partir de ce moment, de toute évidence, il lui manque une case, c'est sûrement ça, parce que ces personnes qui volent, dans son époque, ça n'existe pas.

Le ministre de l'Intérieur marche le long de l'autoroute. Il dépasse les cars, des centaines de cars, peut-être des milliers, on n'en voit pas la fin, et tous sont en flammes. De la fumée épaisse s'échappe des fenêtres sans vitres, comme d'énormes larves très noires qui se cabrent. Les sièges et la garniture intérieure des cars brûlent comme des torches de mazout sale. Ce sont des cages calcinées, avec des barres noircies qui se courbent sous la chaleur. Sur les sièges en feu on voit des êtres humains, leurs têtes noires, tombées vers l'avant et encore plus souvent vers l'arrière, des silhouettes sombres découpées sur un fond flamboyant. Les bouches forment des béances gigantesques dans des troncs d'arbres, parfois on voit les dents blanches. Quelques-uns ont l'air aigris dans leur pose, mais beaucoup semblent réfléchir à leurs peines et leurs détresses, et, au final, on dirait qu'ils rient amèrement à pleins poumons.

Parfois on voit de plus petites têtes à côté, des bras noirs posés autour de petits cous noirs, et partout ces yeux ouverts, plus ouverts encore que les bouches, ces yeux épouvantables qui ne se refermeront plus jamais.

À côté de certains bus, çà et là des personnes observent le déchaînement infernal. Des silhouettes cramées tentent encore et encore de remonter dans les bus, elles lèvent les bras, impuissantes, s'éloignent puis se résignent à recommencer. Il y a un homme qui filme avec son portable, et une femme en pleurs, la sienne peut-être, qui pose la main sur son avant-bras, jusqu'à ce que l'homme laisse tomber le portable et la prenne dans ses bras.

Une odeur poignante de diesel, de plastique, de caoutchouc brûlé et de viande carbonisée flotte dans l'air. Tantôt le vent tourne et enveloppe le ministre dans de légers nuages de cette fumée étourdissante, tantôt des personnes surgissent d'un brouillard épais comme d'un monde souterrain. Soit il leur manque des bouts de peau, soit on n'arrive pas à faire la différence entre vêtements et corps. Il ne sait pas comment les aider, sans ressources, sans médicaments, sans eau, n'ayant plus qu'un bras qu'il arrive à bouger. Il devrait faire demi-tour, mais il se sent obligé de continuer, il veut savoir si ce Dieu terrible a réellement transformé chaque bus en un cercueil en feu avec la même implacable minutie.

Puis le ministre de l'Intérieur voit la femme et la fille.

Elles marchent lentement, comme des morts-vivants, mais elles marchent. La fille doit avoir à peine plus de huit ou neuf ans, mais c'est elle qui guide la femme. La fille a le visage tout crasseux, comme celle qui est peut-être sa mère, elle regarde devant elle avec sérieux, marche en hésitant comme si elle devait décider à chaque pas si cela vaut encore la peine de continuer. Le réservoir d'un car prend feu derrière la fille, elle réagit à peine, s'immobilise un moment, silhouette sombre se détachant de l'enfer blanc et jaune, puis elle repart.

Le ministre de l'Intérieur s'arrête. La fille marche à petits pas, elle tire la femme derrière elle, déterminée, mais sans vigueur, comme si c'était un jouet. La fille s'arrête à côté de lui. Elle tourne la tête, lève les yeux. Dans son regard, il n'y a rien, aucune prière, aucune colère, aucun reproche, aucune plainte.

Le ministre de l'Intérieur tend à la fille la main qu'il peut encore bouger. Elle hésite, puis elle pose sa petite main dans la sienne. Le ministre de l'Intérieur la serre et se retourne. Il marche avec elles en direction de la frontière.

Spéculations autour de la catastrophe de Tauern

Estimation des experts : au moins 300 000 morts – la recherche des responsables continue

Berlin – Dix jours après l'attaque scandaleuse contre des centaines de milliers de réfugiés non armés à la frontière allemande, le gouvernement a de nouveau vivement condamné les événements, exigeant que les responsables soient rapidement identifiés. « C'est notre devoir, au nom de la civilisation et de l'humanité, de veiller à ce que les meurtriers soient punis comme ils le méritent. »

Tandis que les institutions officielles font profil bas, les enquêteurs continuent de chercher des indices. « Les ressources logistiques restreignent le cercle des suspects, nous a confié un haut représentant du gouvernement russe. Une attaque militaire coordonnée avec des drones furtifs pouvant répertorier cent cibles simultanément nécessite, outre un potentiel militaire considérable, la technologie adéquate. Il n'est un secret pour personne qu'actuellement seuls deux États au monde disposent de ces deux éléments. Et la Russie n'en fait pas partie. »

Les spécialistes et experts militaires s'accordent à penser que c'est un indice pointant les États-Unis et Israël, mais qualifient les deux options de « difficilement imaginables ». En effet, les États-Unis comme Israël ont critiqué clairement et sans réserve les événements lors du Conseil de sécurité et de l'assemblée plénière de l'ONU. Mais le scepticisme international grandit. Le secrétaire d'État Volker Lohm, des Verts, explique : « Quand on trouve un chevreuil abattu dans la forêt, il est difficile de ne pas accuser la seule personne du village possédant un fusil. Surtout quand c'est le chasseur. »

Avec cette insinuation, Lohm reprend divers éléments de réponse qui prêtent à Israël un intérêt particulier à éviter que l'Allemagne dérive vers l'extrême droite. Il aurait pu s'agir de conserver la République fédérale en qualité de partenaire solide. Les experts signalent toutefois que cette interprétation implique que les États survolés par les drones l'aient tacitement toléré. Pour les cercles anti-UE, à n'en pas douter, il devait être question de préserver la position de l'Allemagne dans l'UE en tant que pays solvable. Mais aux yeux de Lohm, ces idées relèvent de la caricature : « C'est aller chercher un peu loin. Avant de se lancer dans les théories complotistes les plus folles, ce serait bien de présenter au moins une preuve pour étayer ces points de vue. Si ce n'est pas le fusil du chasseur qui a tiré, aucun indice ne sert à rien. »

La logistique nécessaire restreint le cercle des suspects

En attendant, l'évaluation du nombre exact des victimes s'avère difficile, même si des sources sérieuses estiment qu'un chiffre en dessous de 300 000 est désormais exclu. On continue de trouver des blessés et des morts, mais aussi des personnes traumatisées, éparpillées dans la zone sinistrée. Les instances officielles considèrent que l'obstacle principal à l'obtention de chiffres plus précis est la propension de plus en plus marquée de la population à accueillir des victimes et à les cacher aux autorités. (ap/dpa/Reuters)

Nadège Hackenbusch : même dans la mort, elle veille sur son fils

L'ancien producteur Nicolai von Kraken et le joli Mynce : main dans la main, père et fils achèvent l'œuvre de la grande artiste – et grande dame.

pas journalistique !

C'est comme dans le film *Titanic* : une catastrophe incroyablement cruelle fait remonter, depuis les profondeurs les plus noires, le plus grand trésor que possède l'homme – le cœur. Cinq ans après la tragédie bouleversante de l'autoroute de Tauern, près de l'ancien poste frontière et de l'actuel cimetière, Nicolai von Kraken, directeur de la Nadège Hackenbusch Foundation for the Humans, inaugurera le nouveau centre d'accueil, conçu par l'architecte star Daniel Libeskind pour un montant de 150 millions d'euros. Et si l'événement attriste le veuf de l'inoubliable icône d'« Ange dans la misère », il ne peut s'empêcher de constater : « L'avenir s'annonce plus beau aujourd'hui que l'on aurait osé en rêver – et le monde le doit à Nadège. »

L'histoire paraît toujours inconcevable, presque surhumaine : dans une action éclair, des bombes lancées depuis des drones førtifs tuent plus de 300 000 personnes en l'espace de quelques minutes – et parmi elles Nadège Hackenbusch, l'« Ange dans la misère » secourable, une femme envoûtante dont l'allure et le sacrifice inconditionnel en faveur des plus pauvres en ont fait une lady Diana de son époque, même si Nicolai von Kraken le conteste avec humilité : « Nadège n'aurait pas aimé cela. Ce genre de parallèle ne tient pas. Nadège a sacrifié sa vie pour des centaines de milliers de personnes,

u/

phrase somme toute trop longue

l'autre a posé un petit casque sur sa tête pour aller voir des mines terrestres, ce n'est pas vraiment comparable. »

Nicolai von Kraken se redresse, on sent la douleur qui retourne son for intérieur comme un chien solitaire une platebande de fleurs. Certes, beaucoup d'observateurs ont été surpris lorsqu'il a annoncé, quelques jours après la mort de la star, que le divorce avait été annulé à la dernière minute. Que lui et la mère de ses fils étaient retombés amoureux. Et à le voir doucement caresser entre son index et son majeur la broche de la fondation accrochée à son revers, depuis laquelle le visage souriant lui insuffle infatigablement une nouvelle confiance même depuis l'au-delà, on comprend que seul l'amour a pu conduire cet homme à abandonner sa carrière de producteur à succès pour se consacrer à cent pour cent à l'œuvre de sa femme décédée bien trop tôt.

paragraphe très fort ! bien !!

Plus de 15 000 employés travaillent aujourd'hui pour la fondation, principalement répartis sur les huit camps que le gouvernement a bâtis en Afrique et en Asie conséquemment à la catastrophe. L'apprentissage de la langue ainsi qu'une formation conforme à l'économie et aux programmes d'études allemands offrent chaque année à de plus en plus de personnes la chance d'immigrer en toute légalité. Cette année, pour la première fois, les 450 000 places offertes par l'Allemagne ne seront pas toutes pourvues, faute de candidats – car les personnes formées dans les camps sont aussi devenues une main-d'œuvre appréciée sur place. Sans compter que les expériences positives ont fait naître des camps de formation français et anglais sur le même modèle – bientôt un camp polonais suivra.

identifiez les citations ou périphrasez le texte de la brochure avec vos propres mots

C'est censé être de Goethe ? Je ne l'ai trouvé nulle part.

Mais comme disait déjà Goethe sur Internet, « toute grande œuvre a des ennemis mesquins ». L'enthousiasme n'est pas partout le même, les Verts et de nombreuses associations de défense des

« sur Internet » n'est pas une indication précise

droits de l'homme déplorent que l'enseignement prodigué dans les camps se concentre sur la culture allemande dominante. Or ce sont justement ces détails, les chansons de Noël allemandes et l'exploitation forestière comme matières d'examen obligatoires, qui font selon Nicolai von Kraken le succès des programmes, même en Allemagne. « Prenez ces quatre Sénégalais qui ont participé à la nouvelle émission de Wetten Dass. Ils n'ont pas seulement eu de la chance ! Il n'y avait aucune combine : Thomas Gottschalk les a choisis lui-même et à l'aveuglette parmi 400 participants. Et s'il en avait pris quatre autres, ils auraient tout aussi facilement battu le conseil de l'AfD en orthographe et en tri des déchets. Je crois qu'à ce moment-là une grande partie de la population a vu à quel point les gens sortaient germanisés de nos camps. Ce n'est pas pour rien que la vidéo a enregistré 20 millions de vues. »

Nicolai von Kraken doit interrompre l'interview lorsque son fils Mynce entre dans la pièce avec quelques documents. C'est un moment d'une splendeur irréelle : en voyant ce jeune homme qui d'année en année ressemble plus à sa mère, dont les yeux et la bouche sont nimbés de l'aura de Nadège Hackenbusch, travailler ici main dans la main avec son père, on a l'impression d'entendre respirer avec bienveillance l'esprit de cette femme exceptionnelle.

c'est bien vu, mais : un esprit ne respire pas !

Bien sûr, il reste encore à faire : quand on parle avec Kevin Kruse, ancien ministre de l'Intérieur et actuel délégué fédéral pour l'industrie de l'intégration, on voit un homme conscient des efforts supplémentaires à accomplir. « Il ne faut pas se voiler la face : la tolérance qui règne actuellement à l'Est n'est pas liée à la générosité des gens. Il a fallu la gagner – on ne peut pas le dire autrement – au prix de beaucoup d'emplois, explique Kruse que nous avons pu joindre par téléphone pendant sa lune de miel avec son mari

Thomas Glass. Mais même ceux qui se contentent de tolérer les immigrés, parce que cela représente un avantage pour eux, finissent par ne plus vouloir se passer de ces avantages. Dans le Brandebourg ou le Mecklembourg-Poméranie, plus personne ne veut des taux de chômage d'autrefois. Les gens voient bien qu'il y a de nouveau des médecins, des magasins, que l'administration et les politiciens n'ont pas de problèmes à justifier l'ouverture de nouveaux bureaux de poste, des organismes publics, des hôpitaux. Allez donc interroger les habitants de Peenemünde. »

Retour en Allemagne. Nicolai von Kraken fait quelques corrections sur son discours : « Il faut sans cesse expliquer aux gens que même Nadège était un être humain très simple, dit-il gentiment, c'est pourquoi nous avons fait en sorte que ces poupées "Vierge Marie" illégales soient retirées du marché. Cette commercialisation n'est ni souhaitée ni judicieuse, elle ne rend pas justice à sa mémoire. En plus, pour les fêtes de fin d'année, nous proposerons de nouveau notre "Nadège Sainte Nuit" sur la boutique en ligne. » Ce n'est un secret pour personne que la première série de jouets caritative d'Allemagne va s'étoffer : la sortie de la voiture aux zébrures roses est prévue pour octobre, le véhicule des nouveau-nés sera équipé de douze bébés chocolat tout mignons qui feront battre plus fort les cœurs des fillettes et – grande surprise ! – Nadège retrouvera enfin sa meilleure amie, la mignonne petite Saba. Une poupée Nicolai complétera-t-elle bientôt la collection ? L'ancien producteur sourit d'un air entendu…

prenez vos distances ! enlevez p. ex. « mignons »

Ce qui est beaucoup moins clair, c'est l'identité des responsables des événements à la frontière. La supposition que l'État d'Israël serait intervenu dans l'intérêt de la stabilité de l'Europe et en prévention d'une nouvelle Allemagne nationale-socialiste n'est toujours pas prouvée. D'un autre côté, la liste des pays disposant d'un nombre suffisant de drones fortifs haute performance n'est pas longue. FURTIFS !!!

Mais c'est comme ça avec les icebergs : la moitié est sous l'eau. Et souvent, c'est la plus grosse moitié. + de la moitié

Si le *Titanic* l'avait su ! Un navire ne peut rien savoir. Mieux : « Le capitaine du Titanic... »

Edith von Maischenberg
Troisième semestre

Chère Madame Maischenberg,

Somme toute un article très ambitieux, qui laisse cependant une marge pour faire mieux. Bien que vos observations soient abouties et empathiques, il faut améliorer les aspects qui touchent à la recherche et à la vérification des faits (Goethe!). Eu égard à la mise en avant de l'être humain qu'était Nadège Hackenbusch, il manque définitivement une référence à Lionel qui à l'époque était temporairement son compagnon ou du moins son assistant.
Il faudrait du moins mentionner qu'on le compte parmi les victimes; en raison de mon expérience chez Évangéline je vous fais remarquer que pour la presse people on peut aisément ajouter une autre note tragique. N'oubliez jamais : le lecteur aussi veut pleurer !
Un assez bon travail dans l'ensemble.

Lou Grant

Astrid-von-Roëll-Akademie für Qualitätsjournalismus

Composition : Facompo, Rouen

FSC
www.fsc.org
MIXTE
Papier issu de
sources responsables
FSC® C003309

Cet ouvrage a été achevé d'imprimer en octobre 2019
dans les ateliers de Normandie Roto Impression s.a.s.
61250 Lonrai (Orne)
N° d'impression : 1904496

Imprimé en France